法官和他的刽子手
Der Richter und sein Henker

嫌疑
Der Verdacht

承诺
Das Versprechen

司法
Justiz

退休探长
Der Pensionierte

# 迪伦马特
## 侦探小说集

[瑞士] 弗里德里希·迪伦马特 著
韩瑞祥 等 译

著作权合同登记号　图字 01-2018-6385

Friedrich Dürrenmatt
Der Richter und sein Henker, Der Verdacht, Das Versprechen, Justiz, Der Pensionierte
Copyright © 1986 by Diogenes Verlag AG Zürich
All rights reserved
Diese Sammlung erscheint mit Förderung von Pro Helvetia, Zürich.

图书在版编目(CIP)数据

迪伦马特侦探小说集/(瑞士)迪伦马特著;韩瑞祥等译.—北京:人民文学出版社,2018
ISBN 978-7-02-014408-2

Ⅰ.①迪… Ⅱ.①迪…②韩… Ⅲ.①侦探小说—小说集—瑞士—现代 Ⅳ.①I522.45

中国版本图书馆 CIP 数据核字(2018)第 146948 号

责任编辑　欧阳韬
装帧设计　刘　静
责任印制　徐　冉

出版发行　人民文学出版社
社　　址　北京市朝内大街 166 号
邮政编码　100705
网　　址　http://www.rw-cn.com

印　　刷　三河市鑫金马印装有限公司
经　　销　全国新华书店等

字　　数　376 千字
开　　本　880 毫米×1230 毫米　1/32
印　　张　15.25　插页 3
印　　数　1—10000
版　　次　2018 年 10 月北京第 1 版
印　　次　2018 年 10 月第 1 次印刷

书　　号　978-7-02-014408-2
定　　价　58.00 元

如有印装质量问题,请与本社图书销售中心调换。电话:01065233595

# 目　次

1　前言 / 韩瑞祥

1　法官和他的刽子手 / 韩瑞祥 译

87　嫌疑 / 崔涛涛 译

187　承诺 / 张培 译

287　司法 / 巩婕 译

433　退休探长 / 张世胜 译

# 前　言

弗里德里希·迪伦马特(Friedrich Dürrenmatt,1921—1990)是瑞士现当代文学的伟大旗手,是战后德语文学最优秀的经典作家之一,被誉为布莱希特之后"最杰出的德语戏剧家"。[①] 20世纪50到60年代,他在戏剧和小说创作方面所取得的辉煌成就无疑为德语当代文学赢得了令人敬仰的世界声誉。德国著名文学评论家和学者瓦尔特·因斯曾经这样赞誉说:迪伦马特的喜剧"是在虚构,需要的是能够表现对环境那无可挽回的东西的想象和出人意料的睿智,……是在创造风格";他的喜剧"不是为现存的世界加砖添瓦,而是展现着那基石上的千疮百孔;它所追求的不是对存在的证明,而是要采用夸张性的模仿去讽刺,去嘲弄,去重新创造;它表现着变化的东西,而自身同样处于变化之中"。[②] 因斯的这段话不仅一针见血地勾画出了迪伦马特喜剧创作的特点,也十分贴切地揭示出其小说创作的风格。迪伦马特的文学创作是虚构、想象和睿智的艺术结合,而不是对生存环境现实主义的直接反映;他的文学艺术不是对现实的褒扬,而是立足于我行我素毫不掩饰的揭示,即"良心"的写照;[③] 他借助怪诞而创新的多样化艺术手段来表现变化的、引起痛苦和不安的现实生存与

---

[①] Walter Jens: Ernst gemacht mit der Komödie. In: Über Friedrich Dürrenmatt, Hrg. von Daniel Keel, Diogenes Verlag 1990, S. 39-44. Hier: S. 39.
[②] 同上,第40页。
[③] Friedrich Dürrenmatt: Gespräche 1960—1990 in vier Bänden. Hrg. v. Heinz Ludwig Arnold. Diogenes Verlag 1996. S. 161.

社会主题。他的艺术风格别开生面,独树一帜,堪称典范。

迪伦马特于1921年1月5日生于伯尔尼市附近一个叫柯诺芬根的村庄。父亲是新教神父。像他的祖辈一样,他几乎在伯尔尼家乡度过了他的一生。对他来说,童年的家乡既是一个祥和之地,又是一个幽灵似的田园。中学时期,他就开始阅读表现主义作家凯泽和卡夫卡的作品,同时也对叔本华和尼采情有独钟。1941年,他进入苏黎世大学学习哲学、自然科学和日耳曼语言文学,主攻克尔凯郭尔和柏拉图哲学。与此同时,他也开始研究阿里斯托芬与古希腊的悲剧诗人。

迪伦马特是在卡夫卡和凯泽的影响下开始了他的文学创作生涯,短篇小说《老人》是他发表的第一部作品。1946年冬,他的第一本剧作《圣经如是说》问世。创作初期,迪伦马特为卡巴莱剧场写了许多卡巴莱小品剧,因此也度过了初期作为自由作家生存的困境。这些成功的卡巴莱小品剧可以被看作是他后来喜剧的雏形。

20世纪50年代初期,伴随着瑞士经济奇迹的出现,迪伦马特的文学创作也开始脱颖而出。作为戏剧作家的实验场地,他首先发表了一系列广播剧,先后获得了德国战争盲人广播剧奖(1955)和意大利国家奖(1956)。与此同时,他也开始创作侦探小说。迪伦马特独具一格的侦探小说也是其在德语文坛上独领风骚的创举,与其戏剧创作相得益彰。脍炙人口的《法官和他的刽子手》(1950)和《嫌疑》(1953)就是这个时期的杰作。从这个时期开始,迪伦马特在创作实践的基础上也着手探讨戏剧理论问题。1954年发表的《戏剧问题》奠定了这位剧作家一生所遵循的立足于社会观察的戏剧创作思想。50年代初到60年代中期是迪伦马特喜剧创作的高潮。如果说《罗慕路斯大帝》(1948)克服了初期的表现主义倾向而预先实践了他后来的喜剧理论的话,那么《密西西比先生的婚姻》(1950)、《天使来到巴比伦》(1953)等则是其开始探讨和认识布莱希特戏剧创作的结晶。前者以极其夸张的漫画形式展现出了占统治地位的意识形态的死亡之舞,也奠定了他在联邦德国戏剧舞台上的成功。可以说,他日臻成熟的喜剧创作在很大程度上填补了战后德国重建时期德语戏剧的空白。

1955年,迪伦马特发表了为他带来世界声誉的"悲喜剧"《老妇还乡》,从而使他的喜剧"模式"达到了前所未有的成功。与传统的喜剧不同,突如其来的转折和怪诞的风格和表现手段构成了迪伦马特喜剧表现的核心和与众不同的特色。《老妇还乡》很快就成为世界喜剧舞台上的经典之作,深受东西方观众的喜爱。迪伦马特因此先后获得曼海姆席勒奖和瑞士席勒基金会大奖。《老妇还乡》把迪伦马特迄今在作品中所表现的社会批判升华到对西方社会制度在道德上的控诉。喜剧《物理学家》(1962)是迪伦马特喜剧创作的又一个高潮,是这个时期德语舞台上上演最多的剧目之一。它与后来的《流星》(1965)和处女作《圣经如是说》的新版《再洗礼派教徒》(1966)等彻底确立了迪伦马特在世界戏剧舞台上的重要地位。

从60年代末以后,迪伦马特趋向于杂文和散文的创作,越来越关注社会政治问题,文化批评越发尖锐。杂文集《关于以色列的杂文》(1976)收录了作者这个时期许多很有认识价值的政论和文化批评檄文。与此同时,迪伦马特更多地投身于喜剧舞台实践,他先后担任巴塞尔和苏黎世剧院艺术顾问,改编和导演了自己早期的喜剧以及莎士比亚、施特林德贝格、歌德等的剧作。

迪伦马特在喜剧创作上享誉世界,但在小说创作上也很有建树,特别是其独辟蹊径的侦探小说可以说在世界文坛上一枝独秀。《隧道》(1950)、《嫌疑》(1953)、《法官和他的刽子手》(1950)、《抛锚》(1956)、《承诺》(1958)等一直受到世界各地读者的喜爱。

在同代德语作家中,迪伦马特是很幸运的,由于他的国家的特殊地位,他的家乡没有遭受过纳粹铁蹄的踩躏,他的精神没有受过法西斯奴役的创伤。他几乎一直生活在伯尔尼州比勒湖畔的诺伊堡。从这个静谧的田园里冷静而批判地观察着这个世界的"喜剧",又以犀利的喜剧、小说、广播剧、杂文等艺术形式将他那富有想象力的、但却始终尖锐刻薄的诅咒抛投到读者之中,就是要以惊世骇俗的方式将他们从那可笑可悲的日常现实中唤醒。他的作品不是自我的表现,而更多是力图呈现给这个令人沮丧的世界一面镜子,一面怪诞扭曲的镜子,要以此来认识它。他的全部作品都围绕着这个主题。与他同代作家不同,他的文学表现自始至终都渗透着一种历史悲观主义色彩,正如他所说的,"我认为,人们不可能完全认同一个曾经存在的、现在存在的和将来会存在的社会,而始终必然会以某种方式采取反对的态度。反对是文学艺术的事,而反对需要人,因为只有在与别人的对话中,才会有事物、思想的继续发展。"①

人民文学出版社将陆续推出迪伦马特的作品,意在比较系统地向我国读者介绍这位独具风格的瑞士德语作家。文集包括喜剧、侦探小说和中短篇小说。《侦探小说卷》收录了迪伦马特创作的五部侦探小说:《法官和他的刽子手》(1950)、《嫌疑》(1953)、《承诺》(1958)、《司法》(1985)和未竟之作《退休探长》(1979)。这些侦探小说是迪伦马特为德语当代文学做出的独树一帜的贡献,因此也一直备受评论界的关注和世界各地读者的喜爱。

其实,迪伦马特的侦探小说与传统的侦探小说存在着根本的区别,如果说传统的侦探小说注重对犯罪行为神秘玄妙的侦探过程的描写,以扣人心弦的故事情节见长的话,那么在迪伦马特的侦探小说中,不是对犯罪行为和罪犯踪迹的分析和推理,而是侦探人物本身成为叙事的核心。在这里,作者把叙事化的喜剧手段融入喜剧化的叙事之中,无情地讽刺和鞭挞了代表公正的司法机构的种种弊端,形成了独具特色的叙事风格。从根本上说,侦探小说构成了作者观察、感受、认识和表现现实生存不可分割的部分。迪伦马特的侦探小说无

---

① 转引自:Peter Andre Bloch u. Edwin Hubacher (Hrg.): Der Schriftsteller in unserer Zeit. Eine Dokumentation zu Sprache und Literatur in der Gegenwart. Bern 1972. S. 40.

疑是对传统侦探小说的戏讽,是"侦探小说安魂曲"。①

迪伦马特的侦探小说处女作《法官和他的刽子手》一举为初出茅庐的作者赢得了世界声誉。在这部小说中,迪伦马特把凶杀之谜、邪恶之谜及其在《戏剧问题》中所阐释的"偶然"融为一体;侦破谋杀警察少尉施密特案件的故事与伯尔尼老警长贝尔拉赫和犯罪分子这两个对手之间的持久冲突彼此交织,形成了小说多线叙事的深层结构。这部小说没有以侦探和法律的胜利而告终,而是将二者置于怀疑嘲讽的聚光灯下。这就是迪伦马特后来所说的"侦探小说安魂曲"。

第二部侦探小说《嫌疑》是《法官和他的刽子手》的续篇。小说的情节开始于1948年12月27日,表现的主题是战争罪行。如果从传统侦探小说视角来看,这个故事的结尾是令人难以置信的,简直像童话一样。但这样的拯救正是作品表现的意图所在:"凡是关系到大家的事,只有大家才能解决。任何个人试图自己去解决关系到大家的事的努力都必然会失败。"②显而易见,贝尔拉赫在这里被看成失败者,他试图独自揭穿埃门贝格的英雄行为失败了,因为没有人相信他的控告是真的。而战争罪犯埃门贝格无疑也心里明白,不仅是他,而且许许多多的人都会对贝尔拉赫的怀疑做出这样的反应,正如他所说的:"这不应该意味着在瑞士会存在战争罪犯吧!"而贝尔拉赫给了不仅让埃门贝格,而且让自以为是的瑞士人感到无地自容的回应:"凡是在德国曾经发生的,只要一出现某些条件,便在任何国家都会发生……没有一个人,也没有一个民族会是例外。"这部小说不仅一反传统侦探小说的俗套,而且饱含着不容忽视的社会批判因素。

小说《承诺》是在迪伦马特之前完成的电影脚本《光天化日之

---

① 这是迪伦马特的第三部侦探小说《嫌疑》的副标题。
② Friedrich Dürrenmatt: 21 Punkte zu den „Physikern". In: Die Physiker. Diogenes 1998. S. 92—93.

下》的基础上创作的。作者在这里彻底打破了传统的侦探小说的叙事结构,采用了一种错综交织的叙事形式,形成了更加广阔的叙事空间。这部小说多层次多视角的表现既是对主人公近乎宿命的正义感的悲剧性讽刺,因为他的理想追求与现实格格不入,也是作为侦探小说作家的小说叙事者的自我嘲讽,因为他试图将这种叙事表现为人的理性和信仰的必然见证,同时是对传统的侦探小说的戏讽,因为它要以成功的侦探结局来伸张正义。《承诺》因此而成为名副其实的"侦探小说安魂曲"。

在小说《司法》中,迪伦马特更加激进地表现了关于公正的主题。这部筹划于20世纪50年代末的小说直到1985年才问世。小说描写的是一场非同凡响的凶杀案件。同作者的前几部侦探小说一样,《司法》也把嘲讽的目光指向传统侦探小说的陈规俗套和千篇一律的行为方式。小说的叙事从始至终错综复杂,扑朔迷离,从而也引起了批评家激烈的争议。实际上,《司法》从根本上表明了迪伦马特对传统侦探小说文本概念的颠覆,为读者提供了更复杂更广阔的想象和思考空间。

《退休探长》是迪伦马特侦探小说的未竟之作。小说主人公赫希施泰特勒探长几乎是《法官和他的刽子手》和《嫌疑》中的贝尔拉赫探长形象的翻版。按照迪伦马特的说法,这部小说原本打算描写这样一个故事:"在他长久的职业生涯里,一个伯尔尼探长出于人道,出于对人类法律缺陷的了解,放手让一些罪犯逃脱了法律的制裁。在退休后的最初日子里,他要一一去拜访这些人。"[①]这部小说于1995年在苏黎世《世界周刊》连载,瑞士作家韦德默为之续写了一个可能的结局:多年以后,探长又与同一伙犯罪分子再次实施了入室抢劫,进入作家迪伦马特的酒窖里。最终是入室抢劫犯、政治家和作者济济一堂,品酒探讨法律和公正问题,直到黎明的曙光照耀大

---

① 转引自:Peter Rüedi: Nachwort. In: Friedrich Dürrenmatt: Der Pensionierte. Diogenes Verlag 1995, S. 187.

地。《退休探长》呈现出一种断断续续万花筒般的叙事结构,其中交织着各种令读者难以想象的社会问题和冲突,这也许是迪伦马特留给读者一个品味不尽的"悬案"。

总而言之,迪伦马特的五部侦探小说是对传统侦探小说在形式和内容上的戏讽甚或解构,从一个新的表现视角创立了迪伦马特式的侦探小说形式。这无疑是对德语当代文学的一大贡献。

我们选编出版迪伦马特的系列作品,初衷是希望我国读者能进一步了解和认识这位享有世界声誉的瑞士作家,获得阅读他者文学的愉悦,并有所借鉴和受益。但由于水平有限,选编和翻译疏漏在所难免,敬请批评指正。

作品的翻译得到了瑞士国家文化基金会(Pro Helvetia)的资助和安格利卡·萨尔维斯贝格女士(Angelika Salvisberg)的大力支持,编者也曾应邀前往瑞士洛伦翻译者之家(Übersetzerhaus Looren),与瑞士相关专家解决了翻译中的诸多问题,在此一并表示诚挚的谢意。

韩瑞祥

2017 年 10 月 30 日于北京

# 法官和他的刽子手

一部侦探小说

韩瑞祥 译

# 第 一 章

  1948年11月3日清晨,特万镇的警察阿方斯·克莱宁在拉姆波因(特森贝格地区一个村庄)的马路口见到一辆蓝色的梅赛德斯停在路边。这条路通往特万峡谷的森林深处。晨雾弥漫,这是深秋时节常见的天气。克莱宁本来已经从车旁走了过去,然后却又折了回来。刚才走过时,他透过模模糊糊的车窗玻璃匆匆地瞥了一眼,觉得司机好像趴在方向盘上。他心想着,这人喝醉酒了;像普通人一样,他也顾不上多想。因此,他不愿意煞有介事地对待这个陌生人,而宁可多些人情味。于是他走到车旁,想唤醒这个沉睡的人,拉他去特万镇,让他在"大熊"旅馆喝杯咖啡,吃点粉汤,醒醒酒。虽然明令禁止醉酒驾车,但是并没有禁止喝醉酒后把车停在路边在里面睡觉啊。克莱宁上前打开车门,慈祥地把手搭在陌生人的肩上。就在这一瞬间,他发现这人已经死了。太阳穴给打穿了。这时,克莱宁发现右车门也敞开着。车里并没有多少血迹,死者穿在身上的灰色大衣似乎根本也没有什么污迹。一个黄色的皮夹子的边缘闪现在大衣口袋外。克莱宁一掏出皮夹子,就轻而易举地断定,死者是伯尔尼城的警察少尉乌尔利希·施密特。

  克莱宁不知道该怎么办才好。作为乡村警察,他从来还没有遇到过这样一桩血案。他在马路边上踱来踱去。当初升的太阳透过迷雾照耀着死者时,他觉得很不好受。他回到车旁,捡起那顶掉在死者脚前的毡帽,戴在死者头上,压得深深的,免得他再看见太阳穴上的伤口。然后,他才感到好受些。

  这个警察又走到朝着特万镇的另一个路边,擦去额头的汗水。

他最终打定主意。他把死者挪到副驾座上，小心翼翼地扶正他，并且用一条在车厢里找到的皮带固定住这个已经没有生命的躯体，然后自己坐到驾座上。

发动机启动不了，然而，克莱宁毫不费力地让车子顺着这条下坡的马路向下滑行到特万镇，来到"大熊"旅馆前。他让人给车加上油，恐怕不会有人认出这个高贵的一动不动的人竟然是个死人。克莱宁觉得很中意，因为他憎恨骇人听闻的事。就这样，他保持沉默不语。

然而，当他沿着湖朝着比尔方向驶去时，晨雾又变得越来越浓了，再也看不到太阳，清晨变得就像世界末日一样阴暗。克莱宁陷入一条长长的车流中，出于一种无法解释的原因，一辆接一辆地缓慢行驶着，即使是浓雾天，似乎也用不着这样缓慢，克莱宁不由自主地想到，这简直就像是一排送葬的队伍。死者一动不动地坐在他旁边，只是有时候遇到路面不平时，他就会像一个智慧的中国老者点点头，于是，克莱宁便越来越不敢尝试去超越其他车辆。他们到达比尔时，晚了好长时间。

当人们根据关键线索从比尔开始进行调查时，在伯尔尼，这个令人悲痛的案件交给了警长贝尔拉赫，他也曾经是死者的上司。

贝尔拉赫曾长久生活在国外，先是在君士坦丁堡，后来在德国脱颖而出，成为一个知名的刑侦专家。最后，他担任过美因河畔的法兰克福刑警局局长。然而，他1933年返回了故乡之城。他回来的原因并非出自于他对常常称之为自己的金色墓地的伯尔尼的热爱，而是因为他当时打了德国新政府一个高级官员一记耳光。在法兰克福，人们对这种暴力行为议论纷纷。而在伯尔尼，大家对这事的评价则随着欧洲政局的变化，开始是愤怒，然后是应该谴责，但毕竟还可以理解，最后甚至被看成对一个瑞士人来说别无选择的可能行为。可这已经是1945年的事了。

贝尔拉赫在施密特案件中做的第一件事是，他下令最初几天采取秘密处理的方式——一道命令，他只有依靠自己全部的人格魅力才能付诸实施。"我们对案件了解太少,而报刊反正是过去两千年里所发明的东西中最多余的。"他这样说道。

显而易见,贝尔拉赫好像对这种秘密行动抱以很大期望,与他的"顶头上司"卢修斯·鲁茨博士相反。鲁茨也在大学里教授刑法。他的伯尔尼家族受到了一个巴塞尔叔祖良好的影响。他刚访问过纽约和芝加哥警察局,才返回伯尔尼,并且对"瑞士联邦首都制止犯罪的原始落后状态"感到震惊,在一次共同乘坐电车回家的路上,他直言不讳地冲着警察局长这样说。

就在这天早晨,贝尔拉赫再一次和比尔通完电话后,便前往位于班蒂格大街的舍恩勒尔家,施密特就住在那里。贝尔拉赫沿着古城走下去,越过纳德格大桥。他总是习惯于步行,因为在他看来,伯尔尼过于狭小,不适宜乘坐"电车以及诸如此类的交通工具"。

他有点吃力地沿着拐来拐去的石阶向上走去。他已年过花甲,在这样的时刻,免不了会有力不从心的感觉。然而,他很快就来到舍恩勒尔家门口,按了按门铃。

开门的是舍恩勒尔太太,一个又矮又胖举止高雅的女人。她立刻请贝尔拉赫进屋,她认识他。

"想必施密特昨天晚上出差去了,"贝尔拉赫说,"他一定走得非常突然。他让我给他随后寄些东西去。劳驾您把我领到他房间去,舍恩勒尔太太。"

这女人点点头。他们穿过走廊,经过一幅好大的油画,它镶在一个沉甸甸的金色画框里。贝尔拉赫看了一眼,上面画的亡者之岛。

"施密特先生现在去哪儿了?"胖女人一边问,一边打开房门。

"去国外了。"贝尔拉赫说,并且抬头望着天花板。

这房间的位置朝着一片平地,透过花园门,可以看到一个小公园,里面耸立着一些古老的棕色冷杉,它们肯定生病了,因为地上落了厚厚的一层针叶。毫无疑问,这是这座房子里最好的房间。贝尔拉赫走到书桌前,再次四下看了看。长沙发上放着一条死者的领带。

"施密特先生肯定去热带了。难道不是吗？贝尔拉赫先生？"舍恩勒尔太太好奇地问道。贝尔拉赫感到有点吃惊："他没有去热带，而是高高在上了。"

舍恩勒尔太太的眼睛瞪得圆圆的，两手抱在头顶上。"天哪，上喜马拉雅山了。"

"差不多吧，"贝尔拉赫说，"您差一点儿就猜出来了。"他打开一个放在书桌上的文件夹，立刻把它夹在腋下。

"您找到了要随后寄给施密特先生的东西？"

"找到了。"

他又一次环顾四周，可是故意不再去看那条领带。

"他可是我们历来见过的最好的房客，从来都没有和女人闹过什么风流韵事，或者有别的传闻。"舍恩勒尔太太信誓旦旦地说。

贝尔拉赫走到门口时说："我说不定什么时候还会派人或者我自己来。施密特在这里还有一些我们也许需要的重要文件。"

"我会收到施密特先生从国外寄来的明信片吗？"舍恩勒尔太太还关切地问道，"我儿子喜欢集邮啊。"

然而，贝尔拉赫皱皱眉头，一边若有所思地打量着舍恩勒尔太太，一边遗憾地说道："恐怕不会吧，出这样的公差，人们通常是不会寄明信片的，这也是不允许的。"

这时，舍恩勒尔太太又一次把两手抱在头上，十分失望地说："警察局什么都禁止啊。"

贝尔拉赫出了门，心里有说不出的高兴，终于离开了这座房子。

# 第 二 章

他陷入深深的沉思,一反平日的习惯,不是在施密特的办公室,而是在"剧院"餐厅一边用午餐,一边聚精会神地翻阅从施密特的房间拿来的文件夹。然后,他短暂地散步穿过联邦大街,将近两点钟时,回到自己的办公室。在那里,他听到了施密特的遗体从比尔运到的消息。但是,他放弃了去看看这个当年的下级的想法;他不喜欢看死人,宁愿让死人安宁为好,千万不可打扰他们。他似乎也不想去拜访鲁茨,但是却不得不从命。他不再去翻阅施密特的文件夹,将它小心翼翼地锁在自己的书桌里,然后点上一支烟,走进鲁茨的办公室。鲁茨心里明白,当这个老家伙每每抽着烟大摇大摆地走进来时,鲁茨都感到恼火。几年前,他仅有一次敢于说话了,但是,贝尔拉赫打了一个轻蔑的手势给予回应,他在土耳其工作了十年之久,在君士坦丁堡,总是在上司的办公室里抽烟,这样一句话显得更加举足轻重,因为它永远也无法查证。

卢修斯·鲁茨博士接待贝尔拉赫时显得烦躁不安,因为在他看来,事情还没有弄出任何眉目。他让贝尔拉赫坐在书桌近旁一把舒适的沙发椅上。

"比尔那边还没有消息吗?"贝尔拉赫问道。

"还没有。"鲁茨答道。

"好奇怪,"贝尔拉赫说,"这期间,他们不是在发疯似的追查着吗?"

贝尔拉赫坐下来,随便瞥了瞥挂在墙上的特拉弗雷特的绘画,一些彩色钢笔画,画面上,在一面迎风飘扬的大旗下,士兵们正在行军,或从右或从左,将军则时隐时现。

鲁茨开口说道:"可以又一次让人抱着不断变化、日益加剧的担心看到,在这个国家里,刑事侦查学依然处在多么幼稚的地步。天知道,我对发生在这个州里的许多事情都习以为常了。但是,这种办案方式暴露了我们乡村警察的职业素养,令人不寒而栗,我现在依然感到震惊。在这里,面对一个遇害的警察少尉,人们显然视这种办案方式是自然而然的事。"

"请您冷静一下,鲁茨博士,"贝尔拉赫回答道,"我们的乡村警察无疑像芝加哥的警察一样能够胜任他们的工作。我们终将会查个水落石出,是谁杀害了施密特。"

"您怀疑某个人了,贝尔拉赫警长?"

贝尔拉赫久久地打量着鲁茨,终于说道:"是的,我是怀疑某个人了,鲁茨博士。"

"是谁呢?"

"我现在还无法告诉您。"

"好吧,这挺有趣的,"鲁茨说,"我知道,贝尔拉赫警长,您随时准备着用现代科学的刑事侦查学的伟大认识来掩饰一种错误的措施。但是,您可别忘记,时代在前进,即使在举世著名的刑侦学家面前也不会停滞。我在纽约和芝加哥所看到的犯罪行为,您在我们这个可爱的伯尔尼真是想象不出来的。可是,现在有一个警察少尉被杀害了,一个确定无疑的征兆是,在这个公共安全大楼里也开始闹得沸沸扬扬了,这样就意味着要无所顾忌地采取一切措施。"

确实如此,他也这样认为,贝尔拉赫回答说。

这样认为可就对了,鲁茨一边回应,一边咳嗽起来。

墙上的挂钟嘀嗒嘀嗒地响着。

贝尔拉赫把左手小心翼翼地放在胃部,用右手在鲁茨递给他的烟缸里掐灭烟。他说道,好久以来,他的身体状况不怎么好,至少医生对他拉长了脸。他常常感到胃不舒服,因此,他请鲁茨博士在这个谋杀案上给他派一个能够担当主要工作的助手。这样一来,贝尔拉赫就想更多地坐在办公室里来处理这案件。鲁茨表示同意。"您打算让谁来当助手呢?"他问道。

"钱兹,"贝尔拉赫说,"他虽然还在伯尔尼高原上度假,但是可以把他叫回来。"

鲁茨应答道:"我同意他当助手。钱兹是一个不断进取的人,决心要在刑事侦查方面干出名堂来。"

然后,他转过身去,背向贝尔拉赫,朝窗外望着挤满孩子的孤儿院广场。

突然,一阵不可遏制的兴致袭上心头,他要和贝尔拉赫来争论现代科学的刑事侦查学的价值所在。

已经到了下午将近五点钟,贝尔拉赫依然决定要在当天下午驱车前往特万镇事发地。他带着布拉特尔一起去,一个高大虚胖的警察,他从来都不多说一句话,因此,贝尔拉赫很喜欢他,而且也是他开车。克莱宁在特万镇接待了他们。他露出一副无畏的神情,准备着听候责备。可是警长却很友好,一边和克莱宁握手,一边说道,他很高兴认识一个能够独立思考的人。克莱宁为这句话感到自豪,尽管他并不确切地明白这老人说的是什么意思。他带领着贝尔拉赫沿着那条马路,朝着特森贝格的事发点向上走去。布拉特尔慢慢地跟在后面,闷闷不乐,因为他们步行。

贝尔拉赫觉得拉姆波因这个地方名字好奇怪。这个名字德语叫做"拉姆灵根",克莱宁向他说明情况。

"原来是这样,"贝尔拉赫说,"这样叫更好听些。"

他们来到事发点。这条马路的右边对着特万镇,围着一道墙。

"克莱宁,车子当时停在哪儿呢?"

"就在这儿,"这位警察一边回答,一边指着马路,"几乎就在马路中间。"这时,贝尔拉赫几乎看都不看一眼。"要是我让车子和死者就停在这儿不动的话,或许会更好些。"

"为什么?"贝尔拉赫边说边抬头仰望着侏罗山脉的岩石。"应该尽快地把死人运走,他们在我们之中不再有什么东西可以寻觅了。您把施密特送到比尔,这样做无可挑剔。"

贝尔拉赫走到马路边上,朝着特万镇向下望去。只有一片片葡萄园坐落在他和那个古老的村庄之间。太阳已经落山了。马路蜿蜒穿过一座座房屋。火车站上停着一列长长的货车。

"克莱宁,难道下面就没有人听到什么动静吗?"他问道,"小城近在咫尺,想必会有人听到枪声的。"

"除了汽车发动机响了一夜外,人们没有听到任何别的动静,但是谁也料想不到会发生可怕的事情。"

"那当然,人们怎么会想到那儿去呢。"他又望着葡萄园。"今年的葡萄酒怎么样,克莱宁?"

"不错。我们过后可以去尝尝。"

"说实话,我现在正想喝一杯新酒呢。"

这时,他的右脚踢到一个硬邦邦的东西。他弯下腰,瘦小的手指夹起一个顶头已经压扁的长条形小金属块。克莱宁和布拉特尔好奇地望去。

"一粒手枪子弹。"布拉特尔说。

"您拿它还有什么用呢,警长先生!"克莱宁惊讶地说。

"这不过是偶然而已。"贝尔拉赫说。然后,他们朝着特万镇向下走去。

# 第 三 章

贝尔拉赫好像喝不惯特万的新葡萄酒,第二天清晨,他宣称彻夜未眠,吐个不停。鲁茨在楼梯上碰到了警长,真的为他的健康状况担忧,建议他去看看医生。

"别说了,别说了。"贝尔拉赫嘟哝着说,觉得宁可去争论现代科学的刑事侦探学,也不愿意去看医生。

到了办公室,他感觉好一些。他坐到书桌前,拿出锁在里面的死者的文件夹。

当钱兹上午十点前来向他报到时,贝尔拉赫依然沉浸在这文件夹里。钱兹是昨天深夜从度假地赶回来的。

贝尔拉赫吓了一跳,他刹那间以为死去的施密特来到他跟前。钱兹穿着一件和施密特一模一样的大衣,也戴着一顶同样的毡帽,只是面孔不同。这是一张善良丰满的面庞。

"您来就好了,钱兹,"贝尔拉赫说,"我们一定要谈谈施密特案件。您要承担起主要工作,我的健康状况不太好。"

"好吧,"钱兹说,"我已经知道了。"

钱兹把椅子推到贝尔拉赫的书桌前坐了下来,随之将左手臂搭在上面。施密特的文件夹打开摊在书桌上。

贝尔拉赫身子向后靠在软椅上。"我可以告诉您的是,"他开门见山地说,"我在君士坦丁堡和伯尔尼之间见过成千上万的警察,好坏都有。有许多人并不比我们关押在各种监狱里那些可怜的社会渣滓好多少;这些人只是偶然地站在了法律的对立面。但对施密特,我则无可指责,他是最有才华的。他理所当然胜过我们所有人。他是一个头脑清醒的人,他知道要做什么;他知道什么时候该说话,什么时候不该说话;该说时就说,不该说时则保持沉默。我们要以他为榜样,钱兹,他的能力在我们大家之上。"

钱兹慢慢地将脑袋转向贝尔拉赫。他之前朝着窗外望去,并且说:"这有可能。"

贝尔拉赫看到他并不是心服口服的样子。

"我们对他的死了解得不太多。"贝尔拉赫接着说,"您看这颗子弹,这就是一切。"他随之把他在特万发现的子弹放到桌上。钱兹把它拿在手里看来看去。

"这颗子弹出自一把军用手枪。"他说着把子弹又放回去。

贝尔拉赫合上放在书桌上的文件夹说:"首先我们不知道,施密特去特万或者拉姆灵根要寻找什么呢。他没有公务去比尔湖;要是有的话,那我就会知道他的行程。在我们看来,缺少任何会让他前往那个地方的动机,哪怕可能只是一丝一毫也罢。"

钱兹听着贝尔拉赫所说的话,只是似听非听而已,他把一条腿跷在另一条腿上说:"我们只知道施密特是怎样被害的。"

"这事您又是怎么知道的呢?"警长停顿了片刻后不无惊讶地问道。

"施密特的车方向盘在左边,而您在马路左边发现了这颗子弹,从车里看去。后来,在特万,人们听到汽车发动机响了一夜。当施密特从拉姆波因向下驶往特万镇时,被凶手拦住了。他可能认识凶手,不然的话,他恐怕不会停车的。施密特打开右车门,让凶手上车,然后他又坐到方向盘前。就在这个时刻,凶手向他开枪了。施密特肯定没有料到这个人为什么要杀他。"

贝尔拉赫把这事前后又想了一下,然后说:"我现在想抽支烟。"他随之点上烟。"您说的没错,钱兹,施密特和他的凶手之间肯定发生了类似这样的事情,我愿意相信您。可是,这依然说明不了施密特在从特万镇到拉姆波因的马路上究竟要寻找什么呢。"

钱兹提出要考虑到施密特在大衣下面穿着一身夜礼服。

"这事我压根儿就不知道。"贝尔拉赫说。

"是吗？难道您没有看到死者？"

"没有,我不喜欢看死人。"

"不过在调查记录里也有记载。"

"我更不喜欢看调查记录了。"

钱兹沉默了。

然而,贝尔拉赫断言说:"这只能使案件变得更加复杂。施密特穿着一身夜礼服想在特万巴赫峡谷里干什么呢？"

"这也许会使案件变得简单些,"钱兹回应道;在拉姆波因这个地方,有能力举办需要来客身着燕尾服的人肯定为数不多。

他掏出一本小小的袖珍日历,说明这是施密特的日历。

"我知道它,"贝尔拉赫点点头说,"里面没有记载什么重要的东西。"

钱兹反驳说:"施密特在星期三,也就是11月2日这天上面写了一个G字。正如法医所说,他在这天午夜前不久就被杀害了。另一个G字写在10月26日,也是星期三,还有一个写在星期二,也就是10月18日。"

"这个G字会意味着一切可能的东西,"贝尔拉赫说,"一个女人名字或者别的什么。"

"这不大可能是女人名字,"钱兹回应道,"施密特的女朋友叫安娜,而施密特为人也中规中矩,安分守己。"

"我对这个女朋友也一无所知,"警长坦诚地说;而当他看到钱兹对他的无知感到吃惊时,便说道:"我只是对谁是杀害施密特的凶手感兴趣,钱兹。"

钱兹彬彬有礼地说:"那当然,"又是摇头又是大笑:"您的确是个了不起的人,贝尔拉赫警长。"

贝尔拉赫一本正经地说:"我仅仅是一只大黑猫,就喜欢抓老鼠。"

钱兹不知道该怎样来应答,最后解释道:"在用G字标识的这几天,施密特每次都穿着燕尾服,开着他的梅赛德斯离去。"

"这些您又是从哪儿知道的?"

"舍恩勒尔太太说的。"

"原来如此,"贝尔拉赫说完便沉默起来。但是他后来又说道:"是的,这些都是事实。"

钱兹专注地望着警长的神色,给自己点上一支烟,然后犹犹豫豫地说:"鲁茨博士告诉我说,您心目中已经有了一个怀疑对象。"

"是的,我有了,钱兹。"

"在施密特这个谋杀案中,我是您的助手,要是您能告诉我,您的怀疑针对谁,那不更好吗,贝尔拉赫警长?"

"您看看,"贝尔拉赫慢条斯理地回答说,同样像钱兹一样小心翼翼地字斟句酌,"我的怀疑并非是一种从刑事侦探学上来说科学的怀疑。我没有理由表明我的怀疑是正确的。您也看到了,我对案件了解得太少了。其实我只有一个想法,可能会考虑到谁是凶手。然而,涉及到的这个人还必须提供他就是凶手的证据。"

"您这是什么意思,警长?"钱兹问道。贝尔拉赫微笑着说:"我现在只有等待,要等到能够证明有理由拘捕嫌疑犯的证据完全浮出水面。"

"既然我要和您合作共事,那我就得知道,我的侦查要针对谁。"钱兹彬彬有礼地解释道。

"我们首先要保持客观,这适用于有了怀疑对象的我,也适用于主要担当这个案件侦查任务的您。我的怀疑能否证实,我自己也不知道。我期待着您的侦查。您要断定杀害施密特的凶手,不用顾及到我已经有了怀疑对象。如果我所怀疑的人是凶手,那您自己就会冲着他进行侦查的,当然与我不同,采用的是一种无可挑剔的科学方式;如果他不是凶手,那您就会找到真正的凶手,这样一来,也就没有必要知道我怀疑错了的那个人的名字。"

他们沉默了一会儿。然后,这个老者问道:"您同意我们的工作方式吗?"

钱兹犹豫了片刻,然后回答道:"好吧,就这样办。"

"您现在打算怎么办,钱兹?"

被问的人走到窗前:"施密特在今天这个日子上也标上了一个G字。我想开车去拉姆波因看看会发现什么线索。我七点动身,施密特要是开车去特森贝格,也总是在同一时间。"

他转过身来,彬彬有礼地问道,但又像是在开玩笑:"您一起去吗,警长?"

"是的,钱兹,我一起去。"警长出乎意料地回答道。

"好吧,"钱兹有点惶恐不安地说,他没有料到警长会这样,"七点钟。"

到了门口,他再次转过身来:"您毕竟也去过舍恩勒尔太太家,贝尔拉赫警长。您在那里没有发现什么吗?"这个老者没有立刻回答,而是先把文件夹锁到书桌里,然后把钥匙装进衣兜。

"没有,钱兹,"他最终说道,"我没有发现什么东西。您现在可以走了。"

# 第 四 章

　　七点钟,钱兹开车前往阿尔滕贝格接贝尔拉赫。从1933年以来,这位警长就一直住在阿勒河畔的一座房子里。天下着雨,这辆快速行驶的警车在纳德格桥旁拐弯时险些失控,好在钱兹立刻又控制住了车。到了阿尔滕贝格大街上,他缓慢地行驶着,他还从来没有来过贝尔拉赫家。他透过湿淋淋的窗玻璃,寻视他家的门牌号,最后才费劲地猜到了。然而,他一再按响喇叭,房间里却没有一点动静。钱兹下了车,冒着雨跑到门口。黑暗中,他摸不着门铃,迟疑片刻后,他按下门把手。门没有锁,钱兹走进前厅。他看到自己面对着一扇半掩的门,从里面投射出灯光。他走到门前敲了敲,可是没有回应,于是他便完全打开门。他看了看客厅,四面墙壁上全都摆满书,贝尔拉赫躺在长沙发上。警长还在睡觉,然而,他好像已经准备好前往比尔湖,他穿着冬大衣。他手里拿着一本书。钱兹听着那平静的呼吸声不知所措。这个沉睡的老人和这许许多多的书使他觉得有一种不可名状的恐惧。他小心翼翼地环顾四周。这个房间没有窗户,但是每面墙上都有一扇门,它们无疑通往其他房间。客厅中央立着一张很大的书桌。钱兹望去时吓了一跳,书桌上躺着一条大铁蛇。

　　"这是我从君士坦丁堡带回来的。"这时,从长沙发上传来一个平静的声音,贝尔拉赫随之坐起来。

　　"您看看,钱兹,我都穿好大衣了。我们可以走了。"

　　"请您原谅,"这个被招呼的人依然心有余悸地说,"您正在睡觉,没有听到我进来。我在门口没有找到门铃。"

　　"我就没有门铃。我也不需要它。大门从来都没有锁过。"

"您出门时也这样?"

"我出门时也这样。回家总是好紧张啊,要看看是不是有人偷了你的东西。"

钱兹一边笑,一边把那条从君士坦丁堡带回来的蛇拿在手里。

"有一次,我险些被这家伙弄死了。"警长略带嘲讽地说。这时钱兹才发现,这条蛇的脑袋可以用作手柄,而其身躯就像是一把锋利的尖刀。他惊愕地观察着这个可怕的武器上闪闪发光的装饰。贝尔拉赫站在他身旁。

"你们要像蛇一样聪明,"他边说边若有所思地打量着钱兹,打量了好久。然后,他微笑着说:"又要像鸽子一样温柔,"并且轻轻地拍着钱兹的肩膀。"我睡了一觉。几天来这是头一回。这个该死的胃。"

"有这么严重吗?"钱兹问道。

"是的,就这样严重。"警长冷冰冰地回应道。

"那您应该待在家里才是,贝尔拉赫先生,天气冷,又下着雨。"

贝尔拉赫再次注视着钱兹,笑着说:"胡说,事关要找到凶犯,我留在家里,这不正合您的心意嘛。"

当他们坐在车里驶过纳德格大桥时,贝尔拉赫说:"您为什么不经过阿尔高施塔尔登前往措利科芬,钱兹,那条路毕竟比穿过城区要近些。"

"我不喜欢经过措利科芬-比尔前往特万,宁愿经过凯尔策-埃尔拉赫。"

"这是一条不同寻常的路,钱兹。"

"其实并非那么不寻常,警长。"

他们又沉默了。城里的灯光从他们身旁一闪而过。当他们来到贝特勒赫姆时,钱兹问道:

"您和施密特一起同行过吗?"

"当然了,这是家常便饭。他开车很谨慎。"贝尔拉赫若有所思地望着速度表,几乎指向110公里了。

钱兹稍稍放慢速度。"我和施密特同行过一次,他开车慢得要死。我记得他给自己的车起了一个特别的名字。当他要加油时,就那样叫它。您可记得这个名字吗?我一下子记不起来了。"

"他管自己的车叫蓝色卡隆。"①贝尔拉赫回答道。

"卡隆是古希腊传说中的一个名字,对吗?"

"卡隆的任务是把死者摆渡到阴间去,钱兹。"

"施密特的父母是富翁,他可以上高级文理中学,可我们之中谁也没有这样的条件。所以,他知道谁是卡隆,而我们则不知道。"

贝尔拉赫把两手插进大衣口袋,又一次看看速度表。"是的,钱兹,"他说,"施密特很有教养,会希腊语和拉丁语,上大学时就前途无量。尽管如此,我则希望车速别超过100公里。"

刚刚驶过居姆纳,快到一个加油站时,车子突然停下来。一个男子走到他们跟前,问他们有何吩咐。

"警察,"钱兹说,"我们要打听一件事。"

他们模模糊糊地看到一张又好奇又有点紧张的面孔伸向车里。

"两天前,有没有一个司机在你们这儿停留过?他管自己的车叫蓝色卡隆。"

这人惊奇地摇摇头,钱兹又继续驶去。"我们再问下一个人吧。"

在凯尔策加油站那儿,人们也一无所知。

贝尔拉赫含糊地说:"您这样问来问去有什么意义呢?"

到了埃尔拉赫,钱兹还算幸运。星期三晚上,有这样一个人来过这里,人家这样告诉他。

"您看,"当他们在兰德龙那儿拐进诺伊堡-比尔公路时,钱兹说,"现在我们知道了,星期三晚上,施密特开车经过了凯尔策-

---

① 卡隆(Charon):希腊神话中厄瑞玻斯和尼克斯(夜女神)的儿子。他的任务是在冥河上摆渡举行过葬礼的死者亡灵。后来他逐渐被看成死亡与冥界的象征。

茵斯。"

"您有把握吗?"警长问道。

"我已经向您提供了这个无懈可击的证据。"

"是的,这个证据无懈可击。可是您觉得这有什么用吗,钱兹?"贝尔拉赫打算刨根问底。

"事情现在就这样明摆着。我们所了解到的一切以后都会对我们有用的。"钱兹这样回应道。

"这回您又说对了。"老人边说边望着比尔湖。雨停了。过了诺伊夫菲勒后,湖面从浓雾的缝隙中露出了脸儿。他们驶进里格兹。钱兹一边缓慢行驶,一边寻找拐向拉姆波因的路。

这时,汽车盘着一座座葡萄山而上。贝尔拉赫打开车窗,向下眺望着比尔湖。在彼得岛的上空,有几颗星星在闪烁。灯光映现在水面上,一艘汽艇风驰电掣般划过湖面。在这深秋季节,贝尔拉赫心想着。特万就坐落在他们前面的深处,而他们的身后则是里格兹。

他们拐了一个弯,朝着他们在夜晚感觉就在眼前的森林驶去。钱兹看上去有些没把握,他说,这条路也许只通向舍尔奈兹。当他们看见一个人迎面走来时,他停下车。"劳驾,这是去拉姆波因的路吗?"

"一直往前走,到了森林边缘那排白房子时向右拐进森林里。"这人回答说。他身穿一件皮上衣,吹着口哨呼唤他的小狗。在汽车灯光里,小狗晃着黑脑袋跳来跳去。

"过来,平平!"

他们驶过一座座葡萄山,很快就进入森林里。一排排冷杉迎面而来,无边无尽的树干从灯光里一闪而过。路面很狭窄,又坑坑洼洼。时而有树枝噼噼啪啪地扫过车窗玻璃。他们的右边是陡峭的深谷。钱兹开得如此缓慢,他们甚至听到了峡谷深处潺潺流水的声音。

"特万巴赫峡谷,"钱兹介绍说,"另一边就是通往特万的路。"

左边,悬崖矗立在夜空,一再反射出白色的光芒。除此之外,一切都黑魆魆的,因为才是新月之夜。路变得平缓了,小溪现在就在他们身旁潺潺流去。他们向左拐弯,驶过一座桥。一条马路出现在他们面前。正是从特万通往拉姆波因的马路。钱兹停下车。

他熄灭车灯,他们顿时陷入一片黑暗中。

"现在要干什么?"贝尔拉赫说。

"我们现在等待。差二十分钟八点。"

## 第 五 章

他们就这样等待着,等到八点了,但什么都没有发生。这时,贝尔拉赫说,现在到了要听听钱兹有什么打算的时刻了。

"没有什么确切的线索,警长。在施密特这个案件上,我还没有走到这样的地步。即使您有一个怀疑对象,您不也还在黑暗中摸索吗?我今天把一切都寄希望于这种可能上,那就是今天晚上在施密特星期三曾经到过的地方举行社交晚会,也许有一些人来参加。这样一个社交晚会,到了当今,客人还要身穿燕尾服来参加,它一定好盛大。这当然只是一种推测,贝尔拉赫警长,不过推测在我们这个职业中是不可缺少的。我们就是要顺着一个个推测去侦办。"

关于施密特在特森贝格滞留的调查,比尔、诺伊施泰特、特万和拉姆波因的警察都没有拿出什么线索,警长这样颇为怀疑地打断了这位下属的思考。

施密特恰恰成了一个凶犯的牺牲品,而凶犯无疑要比比尔和诺伊施泰特的警察更高明,钱兹回应道。

贝尔拉赫含混地问道,他怎么会知道事情是这样呢?

"我没有怀疑任何人,"钱兹说,"然而,我敬畏这个杀害施密特的人,如果这里可以用敬畏二字的话。"

贝尔拉赫不动声色地倾听着,稍稍耸了耸肩:"您打算要抓住这个您会感到敬畏的人吗?钱兹?"

"我希望如此,警长。"

他们又陷入沉默,等待着。这时,森林从特万方向闪烁起来,一道车灯把他们淹没在耀眼的光芒中。有一辆豪华轿车从他们身旁驶过,朝着拉姆波因方向驶去,然后消失在夜色里。

钱兹启动车。随后又有两辆车开过来,黑色豪华车,里面坐满人。钱兹尾随着它们。

森林到了尽头。他们驶过一家餐馆,一扇敞开的大门的光亮照耀着它的招牌;他们驶过一个个农舍。在他们前面,闪烁着最后一辆车的尾灯。

他们来到了特森贝格的广阔原野上。天空一片晴朗,沉降的织女星、升起的五车二、金牛座和木星的火焰无限地燃烧在天空上。

马路转向北方。在他们的前方,呈现出施皮茨和卡塞拉尔山隐隐约约的轮廓。山脚下,有几处灯火在闪耀,那就是拉姆波因村、迪赛村和诺兹村。

这时,他们前面的几辆车向左拐进一条田间小路。钱兹停下车。他把车窗玻璃摇下来,以便身子能够探出车外。在外面的田野上,他们隐隐约约地看到了一座房子,周围都是杨树,入口灯火通明,那几辆车就停在门口。对面传来了各种声音,随之一切都涌进房子里,四周变得一片寂静。入口上面的灯光熄灭了。"他们不会再等待任何人了。"钱兹说。

贝尔拉赫下了车,呼吸着冷冰冰的夜间空气。他觉得好惬意,他观望着钱兹沿着马路右边一侧、半是压着草地把车开出去,因为通往拉姆波因的路很狭窄。这时,钱兹也下了车,来到警长跟前。他们穿过田间小道,朝着旷野里那座房子走去。路面泥泞,到处是水洼,这里刚刚下过雨。

接着,他们来到一道低矮的围墙旁,然而,大门却紧关着,挡住了他们的去路。大门锈迹斑斑的铁栏杆高出了墙头。他们透过墙头望着那座房子。

花园里光秃秃的,那些豪华轿车停放在杨树之间,犹如巨大的动物。周围看不到任何光亮,一切都给人一种荒凉的感觉。

在黑暗中,他们好不容易才看到栅栏门的中央固定着一个牌子。这牌子必定在某个位置上脱落了;它斜挂在那儿。钱兹打开从车里带来的手电筒,牌子上写着一个好大的 G 字。

他们又站在黑暗里,"您瞧瞧,"钱兹说,"我的推测没有错。我这是歪打正着。"然后,他十分得意地恳求道:"现在请您也给我一支烟吧,警长。我理所当然可以抽一支了。"

贝尔拉赫递给他一支烟。"那么,我们现在还得弄清楚,这个 G 字到底意味着什么。"

"毫无问题:加斯特曼。"

"为什么?"

"我在电话本里查过了,在拉姆波因只有两个人的名字 G 字打头。"

贝尔拉赫吃惊地笑了,然而,他接着问道:

"这难道也不会是另一个 G 吗?"

"不会的,另一个是宪兵队。或者您认为,也许有一个宪兵和这凶杀案脱不了干系?"

"一切皆有可能,钱兹。"老人回答道。

于是,钱兹划了一根火柴,但是要费很大的劲才能点燃他的烟。此时此刻,强烈的风愤怒地摇动着那些杨树。

# 第 六 章

贝尔拉赫感到惊奇,他不理解,为什么拉姆波因、迪赛和里格尼雷的警察就没有想到这个加斯特曼。他的房子毕竟位于开阔的原野上,从拉姆波因可以一览无余。在这里,举行一个社交晚会,要想保密,无论如何是不可能的,尤其是在这样一个汝拉山脉的小村庄里,恰恰会更加引人注目。钱兹回答道,他为此还没有找到合理的解释。

于是他们决定,绕着这房子走一圈。他们分头走去,各自朝着另一侧。

钱兹消失在黑夜里,而贝尔拉赫独自一人。他向右走去。他翻起大衣领子,他感觉发冷。他又感到胃胀,阵阵剧烈的刺痛使他的额头直冒冷汗。他顺着围墙走去,然后又像围墙一样向左拐。这房子依然处在一片黑暗中。

他又停住脚步,身子靠在墙上。他看到森林尽头那儿,拉姆波因的灯光在闪烁。他继续往前走。围墙又改变了方向,现在朝西。这房子的后墙一片通明,从二楼的一排窗户里透射出明亮的灯光。他听到弹钢琴的声音,当他走到近前洗耳恭听时,他断定有人在弹奏巴赫的乐曲。

他继续往前走。按照他的估计,想必此刻就会碰上钱兹。他吃力地望着弥漫着灯光的原野,却发现一头野兽就站在他面前几步远的地方,为时已经太晚了。

贝尔拉赫是个出色的动物行家,但是这样一个庞然大物,他还从未看见过。他虽然辨不清具体的细节,只能看出那个与亮闪闪的地面形成反差的轮廓,但这头猛兽看样子让人感到毛骨悚然,贝尔拉赫简直不敢动一动。他看到,猛兽慢慢地、好像偶然地转过脑袋凝视着他,瞪着一对圆溜溜的眼睛,犹如两片明亮而空洞的平面。

这一意外的遭遇、这头猛兽的威慑力和这个奇怪的现象使他陷入瘫痪状态。尽管冷静的理智并没有离他而去,但他却忘记了必要的行动。他望着这头猛兽,毫不畏惧,却像着了魔似的。就这样,这个可恨的家伙一再让他着魔;这个巨大的谜团也一再诱惑着他去破解。

当这条狗猛然地跳起来时,一个巨大的黑影向他扑过来,一头肆无忌惮的庞然大物,力大无比,杀气腾腾,他被这个疯狂攻击的猛兽的力量冲倒在地,险些来不及举起自己的左臂,保护住自己的咽喉。老人并没出一声,也没有发出恐惧的叫喊;他似乎觉得一切是那样的自然,也合乎这个世界的规律。

然而,就在这头猛兽张着血盆大口要咬碎那条手臂时,他听到砰的一声枪响,那个压在他身上的躯体随之猛地抽搐了一下,热乎乎的血顿时喷溅在他的手上。这条狗当场死去了。

这时,这头猛兽沉重地压在他的身上。贝尔拉赫用手掠过它,掠过一种光滑的、汗渍渍的毛皮。他挣扎着爬起来,浑身颤抖,在稀疏的草丛里擦了擦手。这时,钱兹走过来,到他近前时才把手枪塞进大衣兜里。

"您受伤了吗,警长?"他一边问,一边满腹狐疑地望着那撕成碎片的右臂袖子。

"安然无恙。这个该死的东西是咬不透的。"

钱兹弯下身子,把这头猛兽的脑袋转向灯光。灯光折射在那死亡的眼睛里。

"牙齿像一头猛兽,"他边说边颤抖,"这个该死的东西险些咬伤了您,警长。"

"您救了我一命,钱兹。"

他还想知道:"难道您从来随身不带武器吗?"

贝尔拉赫用脚踢了踢这个躺在自己面前一动不动的躯体。"很少带,钱兹。"他回答道。接着,他们又沉默了。

死狗躺在光秃秃脏兮兮的地上。他们俯视着它。他们的脚前有一大片黑乎乎的东西蔓延开来:鲜血像黑乎乎的熔岩流那样从猛兽的嘴里汩汩地流出来。

当他们又抬头张望时,展现在他们眼前的是一幅变化了的情景。音乐停止了。灯火通明的窗户打开了。穿着夜礼服的人们把身子探出窗外。贝尔拉赫和钱兹面面相觑,他们好像站在审判席上,觉得很难堪,尤其是在这座被上帝遗弃的汝拉山脉的腹地,在一个野兔和狐狸互道晚安的地方,警长怒火中烧地这样想着。

在五扇窗户中间的一扇前,单独站着一个人,和其他人迥然不同;他拖着奇怪而清晰的声音大声问道,他们在那儿干什么呢。

"警察。"贝尔拉赫回答道,并且补充说,他们无论如何要见见加斯特曼。

这人回应道,他很惊讶,为了见加斯特曼先生,居然非得杀死一条狗不可;再说他现在只有兴致和时间聆听巴赫的乐曲,随之又关上窗户,然而动作自信,不慌不忙,就像他说话时的神气一样,没有动怒,而更多是一幅完全不关痛痒的神气。从其他窗户那里,传来了纷纷乱乱的声音。他们听到了"真是闻所未闻!""您有什么好说呢,局长先生?""太不像话!""令人难以置信,这帮警察,议员先生!"诸如此类的喊叫声。然后,那些人退了回去,窗户一个接一个关上了,又是一片寂静。

两个警察别无选择,只好又折回去。在花园围墙正面入口前,有人在等着他们。那是一个人影,他在那里激动地走来走去。

"赶快打开手电照照。"贝尔拉赫低声对钱兹说。在闪烁的手电光束里,呈现出一张虚胖臃肿、虽然并非没有特点,但也不够分明的脸庞,身着一套讲究的夜礼服。一只手上闪耀着一枚沉甸甸的戒指。随着贝尔拉赫一声低语,手电又熄灭了。

"你们是干什么的? 真见鬼,该死的!"胖家伙愤怒地问道。

"贝尔拉赫警长。——您是加斯特曼先生吗?"

"国会议员封·施文迪,该死的,封·施文迪上校。简直无法无天,胡作非为!你们在这里又是晃悠又是开枪,到底想干什么呢?"

"我们正在进行调查,必须见见加斯特曼,国会议员先生。"贝尔拉赫镇定自若地回答道。

然而,国会议员怒不可遏。他吼叫道:"嗨,准保是分裂主义者!"

贝尔拉赫决定换一个头衔来称呼他,小心翼翼地说,上校先生弄错了,他跟那个汝拉山区的问题毫不相干。

然而,贝尔拉赫还没有来得及接着说下去,这个上校就比那个国会议员变得更加气急败坏了。就是共产党人,他一口咬定说,一帮乌合之众,身为上校,他不会容许任何人在演奏音乐时随便放枪。他禁止任何反对西方文明的示威。不然的话,瑞士军队就要来维持秩序!

由于国会议员显然丧失了理智,贝尔拉赫不得不见机行事。

"钱兹,国会议员先生说的话,可别写入调查记录里。"他中肯地命令道。

国会议员突然清醒过来。

"写入什么调查报告呢,该死的?"

作为伯尔尼刑事警察局的警长,贝尔拉赫解释道,他必须对杀害警察少尉施密特的案件进行调查。各种各样的人对一些确切问题的所有回答都必须记录在案,这本来就是他的职责。但是由于——他迟疑了片刻,想一想他此刻该选择什么头衔——上校先生显然错误地估计了情况,因此,他不打算把国会议员的回答记录在案。

上校慌了神。

"你们是警察局的,"他说,"这可就不一样了。"

他们应该原谅他,他接着说下去,今天中午,他在土耳其大使馆有宴请;下午,他当选为上校联合会"瑞士卫士之家"的主席;接着,他又不得不在瑞士人定期聚会的固定餐桌上干了一杯"荣誉酒";上午还参加了议会党团一个特别会议,他是成员之一;现在又来到加斯特曼家里参加庆祝活动,这里还邀请了一位毕竟举世著名的钢琴家演奏。他简直快要累死了。

"有没有可能见见加斯特曼?"贝尔拉赫又一次问道。

"你们究竟要从加斯特曼那里了解什么呢?"封·施文迪回答道,"他跟被害的警察少尉有什么相干?"

"施密特上星期三来他家做客,回家的路上被人在特万杀害了。"

"这样说我们也惹了一身臊气,"国会议员说,"加斯特曼什么人都邀请,出了这样的倒霉事,真是自找烦恼啊。"

接着,他沉默不语了,好像若有所思的样子。

"我是加斯特曼的律师,"他终于接着说下去,"你们为什么偏偏要今天晚上来呢?你们起码可以先打个电话啊。"

贝尔拉赫解释道,我们刚刚才发现事情和加斯特曼有关。

上校依然不满意。

"那么狗是怎么回事呢?"

"他袭击了我,钱兹迫不得已才开了枪。"

"那就没有什么可说的,"封·施文迪并非不友好地说,"加斯特曼现在真的不能见你们;即便是警察,有时也必须尊重社交习惯。我明天去你们办公室,今天很快就会和加斯特曼说一说。你们也许带着施密特的照片吧?"

贝尔拉赫从皮夹里拿出一张照片递给他。

"谢谢。"国会议员说。

然后,他点点头就进屋了。

于是,贝尔拉赫和钱兹又孤零零地站在花园门口那锈迹斑斑的栏杆前。这房子又恢复了之前的样儿。

"对付一个国会议员,哪有什么办法呢,"贝尔拉赫说,"况且他还是上校和律师,那更是集三个魔鬼于一身。我们只能眼睁睁地看着这个美妙的谋杀案而一筹莫展寸步难行啊。"

钱兹沉默着,似乎若有所思的样子。最后他说:"现在九点了,警长,我觉得最好马上去找拉姆波因的警察,跟他谈谈加斯特曼的情况。"

"好吧,"贝尔拉赫回答道,"您可以去。您要设法弄清,为什么拉姆波因的人对于施密特拜访加斯特曼的情况一无所知。我自己去峡谷尽头的小餐馆。我要安慰一下我的胃。我在那里等您。"

他们顺着那条田间小道往回走,来到车旁。钱兹驾车出发,几分钟后就到了拉姆波因。

他在酒馆里找到了那个警察,这人正和从特万来的克莱宁坐在一张桌旁,远远躲开那些农民,他们显然在谈什么事。拉姆波因的警察又矮又胖,一头红发。他叫让·皮尔·夏内尔。

钱兹坐到他们中间,两个人对这位来自伯尔尼的同事心怀疑虑,但疑虑很快就消失了。只有夏内尔看上去不乐意,因为他现在不能讲法语了,而必须讲德语,一个他觉得难以运用自如的语言。他们喝着白葡萄酒,钱兹边喝边吃着面包和奶酪。不过,他闭口不谈他刚从加斯特曼家来,而更多询问的是他们是不是依然没有发现什么线索。

"Non,"夏内尔说,"没有 assassin 的线索。On a rien trouvé,压根儿什么也没发现。"①

他接着说,在这个地区,只有一个人令人怀疑,那就是住在罗利尔庄园的加斯特曼先生;他买下了这个庄园,经常有许多客人光顾,星期三也举行过一次盛大的聚会。但是,施密特没有去过那里,加斯特曼对此一无所知,甚至连这个名字都没听说过。"施密特 n´était pas chez 加斯特曼家,impossible。绝对不可能去过。"②

钱兹倾听着这杂七杂八的话,回应道,我们还要询问这一天同样在加斯特曼那里参加聚会的其他人。

这时,克莱宁插话说,他询问过了,在里格尔茨上方的舍奈尔茨,住着一个作家,他和加斯特曼是老相识,经常去他家做客,星期三也

---

① non:(法语)没有;assassin:(法语)凶犯;on a rien trouvé:(法语)什么也没发现。
② n´était pas chez:(法语)没有去过;impossible:(法语)不可能去过。

在场。他也对施密特一无所知,从来都没有听说过这个名字,而且不信,居然曾有一个警察去过加斯特曼那里。

"什么,一个作家?"钱兹说着皱了皱眉头,"我一定要把这家伙叫来当面好好地训斥一番。作家常常好可疑,可我要对付这些超级文人还是手到擒来呀。"

"加斯特曼到底是什么人,夏内尔?"他接着问道。

"Un monsieur trés riche,"拉姆波因警察兴奋地回答道,"腰缠万贯,而且 trés noble。他赏给我的 fiancée 很多小费——他自豪地指了指那个女服务员——comme un roi,但是对她不怀任何别的用意。从来都不会。"①

"他是干什么的?"

"哲学家。"

"你怎么看哲学家呢,夏内尔?"

"一个善于思考而什么都不干的人。"

"他必须去挣钱吧?"

夏内尔摇摇头。"他不用去挣钱,他有的是钱。他替整个拉姆波因村纳税。加斯特曼先生是全州最富同情心的人,我们都很知足。"

"尽管如此,"钱兹果断地说,"我们仍然有必要彻底调查加斯特曼。我明天就去找他。"

"但是要小心他的狗,"夏内尔提醒说,"Un chien trés dangereux。"②

钱兹站起身来,拍了拍拉姆波因警察的肩膀。"噢,我有办法对付它。"

---

① un monsieur trés riche:(法语)一个富翁;trés noble:(法语)十分高贵;fiancée:(法语)未婚妻;comme un roi:(法语)像一个国王。
② un chien trés dangereux:(法语)一条特别危险的狗。

# 第 七 章

　　十点时,钱兹离开克莱宁和夏内尔,驱车前往山谷尽头的小餐馆,贝尔拉赫在那里等着他。到了那条通往加斯特曼庄园的田间小路岔口,他再次停下车。他下了车,慢慢走向那花园门,然后绕着围墙走去。这房子还像方才一样,阴森森,孤零零,四周围着高大的、迎风弯曲的杨树。那些豪华轿车依然停在花园里。然而,钱兹并没有围着房子转一圈,而只走到一个拐角,他从这里可以一览灯火通明的后面。黄色的玻璃窗后,人影时隐时现。钱兹将身子紧紧地贴在墙上,以免被人发现。他望着原野。然而,那条狗不再躺在光秃秃的地上,肯定有人把它弄走了,只有那血迹在从窗户射出的灯光下依然闪现出黑乎乎的一片。钱兹又回到车前。

　　然而,在峡谷尽头的饭馆里,已经不见了贝尔拉赫的身影。女老板说,他半个钟头前就离开了饭馆,要去特万。他在饭馆里喝了一杯烧酒,停留了不到五分钟。

　　钱兹思索着这个老家伙葫芦里到底卖的是什么药。然而,他不能久久地思考下去;这条不太宽阔的马路要求他全神贯注。他驶过那座他们曾经在那里等待过的桥,然后顺着森林开下去。

　　这时,他有一种奇怪和毛骨悚然的感受,使他陷入沉思中。他开得很快,突然看到深处的湖水在闪闪发亮,一种夜光返照,闪耀在白色的山崖之间。想必他已经到了事发点。这时,一个黑乎乎的影子从岩壁处闪出来,清清楚楚地示意让车停下来。

　　钱兹不由自主地刹住车,打开右车门,尽管他立刻就后悔不该这样做,有一个念头掠过他的脑海,他现在所遭遇的,不就是施密特被枪杀前片刻间曾经遭遇的吗？他把手伸进大衣口袋,紧紧地握住手枪,冷冰冰的枪身使他镇静下来。那个身影走近了。这时,他一眼认出是贝尔拉赫,然而,他的紧张并没有退去。由于心怀恐惧,他的面色变得煞白,他无法解释恐惧的理由。贝尔拉赫弯下身子,他们面面相觑,尽管只有几秒钟之久,但仿佛数个钟头漫长。谁也不说话,他们的眼睛像石头一样。接着,贝尔拉赫坐到他身旁,钱兹的手才松开了那隐藏的武器。

"你继续开吧,钱兹。"贝尔拉赫说。他的声音听上去无关痛痒。

另一个则大吃一惊,他听到老人与他以"你"相称。然而,从此以后,警长就一直这样称呼他。

到了比尔后,贝尔拉赫才打破了沉默,询问钱兹在拉姆波因听到了什么,"我们最终不得不用法语来称呼这个小地方。"

听到夏内尔和克莱宁都认为被害的施密特不可能去过加斯特曼那里的消息后,他什么话都没说;而就克莱宁提及的那个住在舍奈尔茨的作家,他说道,他将会亲自与这人会面。

钱兹汇报着他所打听到的情况,比平日更有兴致。他们又说话了,终于可以喘口气,他要以此遮掩那不寻常的激动。然而,快要到达许普芬时,他们又沉默不语了。

刚过十一点,车子就停在位于阿尔滕贝格的贝尔拉赫的房门前,贝尔拉赫下了车。

"再次谢谢你,钱兹,"他边说边和他握手道别,"即使说这话有些难堪,但你确实救了我的命。"

他还站了一会儿,目送着快速驶去的汽车的尾灯消失在黑夜里。"他现在想怎样开就怎样开去吧。"

他走进自己从不上锁的房子,来到满是书籍的客厅,他把手伸进大衣口袋,从中掏出一把手枪,小心翼翼地放在书桌上的蛇旁边。这是一支又大又沉的手枪。

然后,他慢条斯理地脱去大衣。可是,当他脱掉大衣时,只见他的左臂上裹着厚厚的一层布条,这玩意儿在训练狗扑咬的人身上司空见惯了。

# 第 八 章

第二天早晨,老警长凭着一定的经验,等待着一些麻烦的降临,他是这样称道与鲁茨的摩擦的。"人人都知道过星期六,"当他穿过阿尔滕贝格桥时冲着自己说,"这时,官员们只是闷着良心龇牙咧嘴,他们整个星期都不干一点人事。"他当然身着一身黑装,施密特的葬礼定在十点举行。他不能逃避葬礼,这正是让他感到恼火的事。

封·施文迪刚过八点就来访,但不是造访贝尔拉赫,而是鲁茨,钱兹向他报告了昨天晚上发生的事。

封·施文迪和鲁茨一样,属于同一党派,也就是自由社会主义独立者联盟。他热忱地提携过鲁茨。他们参加过一次亲密的理事会,接着共同进餐,从此以后,他们就彼此以你相称,尽管鲁茨没有被选上议会议员。在伯尔尼,封·施文迪解释说,一个名叫卢修斯的人民代表绝对是不可能的事。

"真是岂有此理,"那肥胖的身体刚一出现在门口,就听到他开始叨叨起来,"你们这些伯尔尼警察干的什么好事啊,尊敬的鲁茨。开枪打死我的当事人加斯特曼的狗,一条稀有的南美种狗,还打断了文艺演出,安纳托尔·克劳斯哈尔-拉法里,举世闻名的钢琴家。瑞士人真没教养,闭关自守,没有一丝欧洲人的思想。要对付这一切,只有一个办法,那就是让他们当上三年兵。"

这位党内同志的出现让鲁茨顿感十分尴尬,他也害怕这家伙没完没了地喋喋不休,便立刻请封·施文迪坐下。

"我们陷入一个十分艰难的侦查案件中,"他胆怯地说道,"你自己也明明知道,以瑞士的标准来看,那个主要承担侦查工作的年轻警察完全可以被视为才华出众,而参与其中的老警长已经不中用了,我不瞒你说。我为这样一条稀有的南美种狗的死亡深表遗憾,我自己也养狗,也爱狗。我同样将会对此进行特别严厉的调查。恰恰在刑事犯罪方面,人们简直一无所知。"

他停顿了片刻,惊愕地发现,封·施文迪目不转睛地凝视着他,然后接着说,却一副完全神不守舍的样子,他要明白,这个被害的施密特星期三去过他的当事人加斯特曼那里,出于一些确切的理由,警察局一定会这样推测。

"亲爱的鲁茨,"上校回答道,"我们打开窗子说亮话,你们这些警察局的人简直是无所不知;我毕竟对我的兄弟们了如指掌。"

"您这样说是什么意思,国会议员先生?"鲁茨慌乱地问道,不由自主地又回到以您相称;他从来都没有觉得以你相称会舒服些。

封·施文迪将身子往后一靠,两手抱在胸前,咬牙切齿,摆出一副身兼上校和议员的人理所当然应有的架势。

"可爱的博士先生,"他说,"现在,我真的非要弄个一清二楚不可,你们为什么要把施密特被害案强加到安分守己的加斯特曼头上呢?在汝拉山区那边发生的事,到底管你们警察屁事呢?我们早就没有什么盖世太保了。"

鲁茨一头雾水,不知所措。"我们怎么会把施密特被害案强加在这个我们完全不了解的当事人的头上呢?"他无助地问道,"而一个凶杀案怎么会跟我们毫不相干呢?"

"施密特化名普兰特尔博士,以在慕尼黑教授美国文化史的编外讲师的身份参加了加斯特曼在他的拉姆波因家里举行的社交活动,如果你们对此一无所知的话,那么,整个警察局都必须由于在刑事侦查方面的一无所知而无条件地引咎辞职算了。"封·施文迪边说边用右手在鲁茨的办公桌上激动地敲着。

"对此我们确实一无所知,亲爱的奥斯卡,"鲁茨说,如释重负,因为他在这个时刻才想起了国会议员那个让他久久寻思的名字。"我刚刚得到了一个重要的新线索。"

"啊哈!"封·施文迪干巴巴地应了一声后就沉默了。这时,鲁茨越来越意识到自己处于下风,预感到,无论上校试图要在他这里得到什么,他只有步步退让的份儿。他无助地望着特拉弗莱特的绘画,望着行进的士兵,望着飘扬的瑞士国旗,望着骑在马上的将军。国会议员怀着某种胜利的喜悦看到了预审法官的狼狈相,并且给他的"啊哈"添加了一句,同时也要说明它的用意:

"如果说警察得到了一个重要的新线索,这也就是说,警察又是一无所知了。"

无论气氛多么难堪,无论封·施文迪肆无忌惮的行为使他的处境多么不可忍受,预审法官不得不承认,施密特去加斯特曼家,既不是公务,警察局也不知道他去拉姆波因造访。施密特这样做纯属个人行为,鲁茨这样结束了他尴尬的解释。当然,施密特为什么要化名,他当下觉得这还是个谜。

封·施文迪向前弯起身子,用一双布满血丝和红肿的眼睛注视着鲁茨。"这已经说明了一切,"他说道,"施密特在为外国势力充当间谍。"

"你说这话是什么意思?"鲁茨比之前更加无助地问道。

"我是说,"国会议员说,"警察局现在首先必须调查,施密特是出于什么原因去加斯特曼家的。"

"警察局首先要了解加斯特曼的情况,亲爱的奥斯卡。"鲁茨反驳说。

"加斯特曼对警察局毫无危险,"封·施文迪回应道,"我也不愿意看到你或者警察局任何人与他纠缠不休。这是他的愿望,他是我的当事人,而我来这里,就是为了让他的愿望得到满足。"

这种放肆的回敬令鲁茨如此沮丧,他一时压根儿不知道该怎样应对。他点起一根烟,慌乱中也没有递给封·施文迪一根。然后他才正襟危坐在座椅里回应道:

"很遗憾,施密特去过加斯特曼那里,这个事实必然会使警察局来调查你的当事人的情况,亲爱的奥斯卡。"

封·施文迪毫不退让。"这个事实首先迫使警察局来给我找事,因为我是加斯特曼的律师,"他说道,"鲁茨,你遇见了我,你应当感到高兴才是;我不仅要帮加斯特曼,也要帮你。当然,整个事件闹得我的当事人很不愉快。但是,这事让你感到更为尴尬,因为警察局迄今依然一无所获。其实我心存怀疑,你们什么时候才会把这事弄个水落石出呢?"

"警察局,"鲁茨回应道,"几乎把每个凶杀案都破了,这是有据可查的。我承认,在施密特案件中,我们陷入了某些困境,不过我们毕竟也已经——"他有点结结巴巴——"能够拿出一些客观的结果。因此,我们自然就考虑到加斯特曼,况且这毕竟也是加斯特曼派你来我们这里的原因。现在有麻烦的是加斯特曼,而不是我们;他必须就施密特案件表明态度,而不是我们。施密特去过他那里,哪怕化名也罢。恰恰这个事实才使得警察局揪住加斯特曼不放,因为被害人的反常行为的确首先让加斯特曼脱不了干系。我们必须审问加斯特曼;只有你能够完全确凿无疑地向我们说明,为什么施密特化名去你的当事人那里做客,况且我们断定不止一次,而是多次,这样我们才能予以排除。"

"那好吧,"封·施文迪说,"我们彼此开诚布公地说吧。你走着瞧,不是我要就加斯特曼的情况提供说明,而是你们必须向我们说明,施密特在拉姆波因要寻找什么呢。你们在这里是被告,而不是我们,亲爱的鲁茨。"

伴随着这番话,他掏出一张白纸,一大张纸,摊开后放在预审法官的办公桌上。

"这就是那些与好心的加斯特曼来往过的人员名单,"他说道,"这是全部名单。我把他们分为三类。第一类我们可以排除,你对这类人不会感兴趣,他们是些艺术家。当然,对克劳斯哈尔-拉斐尔里也无可指责,他是外国人。不,我说的是本国人,那些来自乌岑多夫和梅尔里根的人。他们要么写关于莫嘉顿战役以及尼克劳斯·马努埃尔的戏剧,要么尽画些山水风景。第二类是工业家。你看看这些名字吧,都是些有名望的人,我把他们看成是瑞士社会最优秀的精英。我直言不讳地这样讲,尽管我从外祖母那里继承了农民的血统。"

"那么拜访加斯特曼的第三类人呢?"鲁茨问道,因为国会议员突然沉默不语了,以他的镇定自若使得预审法官惶惶不安,这当然就是封·施文迪的用意所在。

"这第三类人嘛,"封·施文迪终于接着说下去,"我承认,他们让施密特事件变得令人不快,无论是对你,还是对那些工业家而言都是如此。我现在必须要说出一些事情,它们本来是要对警察局严格保密的。然而,由于你们这些来自伯尔尼警察局的警察不会放过追踪加斯特曼,又因为现在尴尬地表明,施密特去过拉姆波因,所以,那些工业家迫不得已地委托我向警察局说明情况,只要对施密特案件有必要。对我们来说,令人不快的东西在于我们必须披露一些意义十分重大的政治事件;可对你们而言,令人不快的东西则是,你们对生活在这个国家的瑞士人和非瑞士籍人所拥有的权力对第三类人使不上。"

"你说的话,我一句都听不懂。"鲁茨说。

"你恰恰向来对政治绝对一窍不通,亲爱的鲁茨,"封·施文迪回应道,"第三类人牵扯的是一个外国使团的成员,他们所看重的则是,无论如何都不能与某个工业家阶层相提并论。"

# 第 九 章

此时此刻,鲁茨明白了国会议员的话。沉默久久地笼罩在预审法官的办公室里。电话铃响了,然而,鲁茨只是拿起来朝里面吼了一声"正在开会",随之又沉默不语了。不过他终于说道:

"就我所知,依靠这个力量,如今正在就一个新的贸易协议进行正式谈判。"

"没错,正在谈判,"上校回应道,"在正式谈判,那些外交官毕竟也想有所作为。然而,更多的则是非正式谈判,而在拉姆波因,私下谈判如火如荼。说到底,在现代工业中有一些谈判,国家不需要参与其中,预审法官先生。"

"当然啰。"鲁茨怯生生地说。

"当然啰,"封·施文迪重复了一遍,"伯尔尼警察局这个可惜被枪杀的少尉乌尔利希·施密特化名秘密地参与了这些秘密谈判。"

封·施文迪看到,完全不出他的所料,预审法官再次吃惊地陷入沉默。鲁茨如此不知所措,国会议员现在可以随心所欲地摆布他了。就像在绝大多数偏听偏信的人那里发生的情况一样,乌尔利希·施密特谋杀案未曾预料到的进程让这位官员一筹莫展,从而使他受到影响,做出了必然会不利于对这个谋杀案进行客观侦查的表白。

他又一次竭力把自己的处境看得无关紧要。

"亲爱的奥斯卡,"他说,"我并没有把一切看得这么严重。当然,瑞士的工业家有权和那些对这样的谈判感兴趣的人私下进行谈判,而且那个势力也一样。这样做我并不反对,警察局也不会干预。我在这里重申,施密特私自去了加斯特曼那里,因此,我要正式向你表示歉意；他冒用假名和假职业，即使有时候作为警察身份会有一些妨碍，这样做显然也是错误的。但是，他可不是一个人去参加聚会，也有艺术家在场呀，亲爱的国会议员。"

"必要的装扮门面。我们生活在一个文化国度里，鲁茨，我们需要广告。那些谈判一定要保密，有艺术家陪伴，这样做再好不过。共同的盛会，有烤肉，有美酒，有好烟，有女人，海阔天空，艺术家们感到无聊了，便聚集在一起，喝得天昏地暗，并没有觉察到资本家们和那个势力的代表凑在一起了。他们也不想觉察到，他们对此毫无兴趣。艺术家只对艺术感兴趣。可是，一个袖手旁观的警察，他能够听到一切。不，鲁茨，施密特事件是很可疑的。"

"我只能遗憾地重申一遍，我们当下并不理解施密特为什么多次造访加斯特曼。"鲁茨回答道。

"如果他不是受警察局委托前去的，那他就是另有使命，"封·施文迪回应道，"有一些外国势力，亲爱的鲁茨，他们对发生在拉姆波因的事很感兴趣。这是世界政治。"

"施密特不是间谍。"

"我们完全有理由推测，他就是一个间谍。他是个间谍，而不是警察密探，对于瑞士的声誉来说，这样倒好些。"

"可他现在已经死了。"预审法官叹息着说，要是此时此刻能够亲自询问施密特的话，他宁愿不惜一切代价。

"这可不是我们的事，"上校果断地说，"我不想怀疑任何人，但是，为在拉姆波因举行的谈判保密，只有那个确切的大国会对此感兴趣。我们就是为了钱，而在他们那里，则涉及的是政党的政治原则。在这种情况下，我们毕竟要诚信。可话说回来，恰恰在这方面，警察局当然只能在困难的情况下采取行动。"

鲁茨起身走到窗前。"我始终还不完全明白，你的当事人加斯特曼在其中扮演了一个什么样的角色呢？"他慢慢地说道。

封·施文迪一边用那张白纸为自己扇风，一边回答道："加斯特曼为工业家和外国使节提供自己的房子，作为谈判场所。"

"为什么偏偏是加斯特曼呢？"

"再说，这个令人尊敬的当事人毕竟是个了不起的人物。"上校叽里咕噜地说。作为阿根廷多年常驻中国的使者，他享有这个大国的信任；作为当年一个铁皮托拉斯的执行主席，同样享有那伙工业家的信任。此外，他就住在拉姆波因。

"你说这些话是什么意思，奥斯卡？"

封·施文迪面带讽刺地微笑着说："在施密特遇害前，你听到过拉姆波因这个名字吗？"

"没有。"

"正因为如此，"国会议员果断地说，"没有人知道拉姆波因。我们聚会，需要一个为人不知的地方。也就是说，你别再打扰加斯特曼了。你要明白，他不屑于跟警察局打交道；他不喜欢你们审问，不喜欢你们侦探，也不喜欢你们没完没了地纠缠。不管怎么说，对我们的卢根比尔和封·贡登可以这样，如果他们又一次干了什么坏事的话，可是对一个当年拒绝被选进法国科学院的人则不行。而且你们伯尔尼警察局办事实在不高明。谁也不会在演奏巴赫时开枪打死一条狗的。不是加斯特曼蒙受了屈辱，更确切地说，他对什么都毫不在意；即使你们警察局把他的房子轰倒了，他也是不会动声色的。你们再去打搅加斯特曼，这还有什么意义呢。在这个谋杀案背后，的确有大国在操纵，这些国家无论和这些安分守己的瑞士工业家还是加斯特曼都毫不相干。"

预审法官在窗前踱来踱去。"我们一定将会把今后的调查特别转向施密特的活动，"他解释说，"至于那个大国，我们将会把情况报告给联邦检察官。他会在多大程度上承接这个案件，我还无从说起。但是，他会把主要工作委托给我们。别打扰加斯特曼，我愿意满足你这个要求；我们当然也排除搜查他的房子。尽管如此，还是有必要约他谈谈，请你安排我和他见面，也请你谈话时在场。这样一来，我自然就会与加斯特曼了结这个过场。这样做并非是侦查，而不过是整个侦查过程中的一个形式而已，因为整个侦查或许要求也要审问加斯特曼,即使这样做毫无意义。但是,一个侦查一定要完整无缺。我们会谈一谈艺术,为了尽可能地使侦查显得那样无关痛痒,我也不会提什么问题。假若我还会有必要提一个问题——那也是走走过场而已——,我事先也会把问题告诉你。"

这时,国会议员也站起身来,于是,两个人面对面站在那里。国会议员拍了拍预审法官的肩膀。

"这就是说,一言为定,"他说,"你不会再打扰加斯特曼了,可爱的鲁茨,我相信你的话。文件夹我留在这里;这个名单列得确切和完整。我整夜四处打过电话,人人都感到不安。他们恰好不知道这个外国使节获悉施密特事件后还会不会对谈判有兴趣。这关系到几百万生意的命运,可爱的博士,可是几百万呀!祝你调查走运。你将会需要幸运。"

说完这番话,封·施文迪踏着沉重的脚步走出去。

# 第 十 章

鲁茨恰恰还有时间浏览一下国会议员拿来的名单,然后一边叹息着这些显赫的名字,一边让名单掉下去——我卷进了一个多么不幸的事件中,他心想着。这时,贝尔拉赫走进来,当然没有敲门。老人打算动用法律手段,去拉姆波因造访加斯特曼。然而,鲁茨让他下午再说吧。现在去参加葬礼的时间到了,他边说边站起身来。

贝尔拉赫没有反对,和鲁茨一起离开办公室。鲁茨越来越觉得许诺不打扰加斯特曼欠考虑,担心贝尔拉赫严厉反对。他们站在街上,谁都不说话,两人都穿着黑大衣,把领子竖得高高的。天下着雨,但是在走向汽车的几步路上,他们并没有撑起伞。布拉特尔开车送他们去。这时,雨水倾泻而下,像真正的瀑布一样斜打在车窗上。两人一动不动地坐在各自的角落里。我现在必须告诉他,鲁茨一边心想着,一边望着贝尔拉赫平静的侧影。他为什么总是把手摁在胃部呢?

"您觉得难受吗?"鲁茨问道。

"总是很难受。"贝尔拉赫回答道。

然后,他们又沉默了。鲁茨心想着:这事我下午再告诉他吧。布拉特尔开得很慢。大雨倾盆,一切都沉陷在一片白茫茫的墙幕后面。电车、汽车不知漂浮在这阴森可怕从天而降的海洋的什么地方。鲁茨不知道他们到了哪儿,湿淋淋的车窗让人什么都看不见。车厢里变得越来越昏暗。鲁茨点燃一支烟,一边喷着烟雾,一边心想着,他不会就加斯特曼事件和这位老人展开争论的,然后说道:

"报纸将会报道这起凶杀案,看来不能再秘而不宣了。"

"这样做再也没有什么意义了,"贝尔拉赫回应道,"我们已经发现了一个线索。"

鲁茨又掐灭了烟说:"这本来也绝对没有什么意义。"

贝尔拉赫沉默不语,多么想与之争论的鲁茨再次透过车窗玻璃望去。雨稍稍变小了。他们已经到了林荫道上。舍斯哈尔登公墓显现在冒着水汽的树干之间,一道灰色的、被雨淋得不成样子的围墙。布拉特尔把车开进墓园里停下来。他们下了车,撑起雨伞,穿过一排排墓碑。他们不用找很久。那些墓碑和十字架退到了身后,他们好像走进了一个建筑工地,地上布满新挖的坟墓,上面盖着木板。湿草上的潮气侵入沾满黏土的鞋子。在广场中央,在所有尚未下葬的、雨水在它们的地面上汇集成脏兮兮的小水洼的坟墓之间,在堆满了很快就会腐烂的鲜花和花圈的临时木十字架和坟头之间,他们围站在一座坟墓旁。棺材尚未下葬,牧师在念圣经。在他身旁,掘墓人穿着一件可笑的燕尾服式的工作服,为他们高举着雨伞,冻得两只脚不停地跺来跺去。贝尔拉赫和鲁茨在坟墓不远处停住脚步。老人听到了哭泣声。那是舍恩勒尔夫人,在下个不停的雨里显得十分臃肿。钱兹站在她身边,没有打伞,穿着一件竖起领子的雨衣,腰带垂掉在两边,头上戴着一顶笔挺的黑礼帽。他旁边站着一个姑娘,脸色苍白,没有戴帽子,一头金发,被雨水淋成一束束耷拉下来,这就是安娜,贝尔拉赫不由自主地心想着。钱兹躬躬身,鲁茨点点头,警长毫无表情。他望着其他围站在坟墓旁的人,全是警察,全都穿着便衣,同样的雨衣,同样笔挺的黑礼帽,一把把雨伞像佩剑一样握在手里,一群神奇的守灵人,不知从哪儿被风吹过来,他们单纯得不像是真的。在他们后边,被匆匆召集在一起的市乐队排成梯形队列,穿着黑红相间的制服,乐手们徒劳地竭力要把那些金色的乐器保护在雨衣下面。就这样,大家都站在放在那里的棺材周围,一个木头盒子,没有鲜花,没有花圈,但尽管如此,在这下个不停、淅淅沥沥地落下来的雨幕里,那唯一温暖的东西,那唯一安全的东西越来越多,越来越无止境。牧师早就不再念经了。没有人注意到。这里只有下雨,也只能听到雨声。牧师咳嗽起来。一声。接着好几声。随之,吹奏乐器开始齐鸣,有长号、圆号、短号和巴松管,又宏伟又雄壮,在雨幕中闪着金光。然而,乐声接着也沉没了,消散了,停止了。大家都钻进雨伞下,钻进雨衣里。雨越下越大。鞋子陷入烂泥中。雨水像一条条小溪流入空空如也的墓坑里。鲁茨鞠了个躬,走向前去。他望着湿淋淋的棺材又鞠了一个躬。

"各位同仁,"他不知在雨中什么地方说道,透过雨幕,几乎就听不到,"各位同仁,我们的同事施密特永远离去了。"

这时,一阵狂放怪异的歌声打断了他的话:

"魔鬼到处出没,
魔鬼到处出没,
打得人一败涂地!"

两个穿着燕尾服的男子穿过教堂墓地,跟跟跄跄地走过来,没有打伞,没有穿雨衣,他们毫无遮挡地听任雨淋。衣服都贴在身上。每个人头上都戴着一顶大礼帽,雨水顺着帽子流到脸上。他们共同捧着一个巨大的绿色月桂花圈,飘带垂在地上,拖过地面。那是两个粗野巨大的家伙,穿着燕尾服的屠夫,喝的烂醉如泥,随时都会倒下去。然而,他们绝对没有同时跟跟跄跄,始终还把月桂花圈紧紧地捧在他们之间,花圈就像一条在海上遇难的船只上下晃来晃去。这时,他们又开始唱起一支新歌:

"磨坊主的老婆死了男人,
老板娘还活着,还活着,
她和雇工成了婚,
她还活着,还活着。"

他们奔向送葬的人群,冲到他们之中,冲到舍恩勒尔夫人和钱兹之间,没有人阻拦他们,大家都惊讶得呆若木鸡。一瞬间,他们又跟跟跄跄地穿过湿淋淋的草地,他们烂醉如泥,相互搀扶着,彼此搂抱着,倒在坟头上,撞翻了十字架。他们的歌声逐渐消失在雨里,一切又被淹没了。

"一切都会逝去的,
一切都会逝去的!"

这时,人们听到他们唱的最后一句。只有花圈还在这里,抛在了棺材上,而在脏兮兮的飘带上写着被雨水融化的黑字:"献给我们亲爱的普兰特尔博士。"然而,当站在墓坑周围的人从他们的震惊中醒过神来,为这场意外事件而愤愤不平时,当市乐队为了挽救隆重的葬礼气氛又开始徒劳地吹奏时,雨势继而升级为瓢泼大雨,鞭挞着杉树。于是,一切都逃离开墓坑,只剩下掘墓人,在狂风呼啸中,在噼噼啪啪的大暴雨中,活像一些稻草人,好不容易才把棺材放了下去。

# 第十一章

贝尔拉赫和鲁茨又坐到车里,布拉特尔开着车穿过溃散的警察和市乐队乐手,驶入林荫道。这时,这位博士终于气急败坏地爆发了:

"岂有此理,这个加斯特曼!"他大声喊道。

"我不明白怎么回事。"老人说。

"施密特来往于加斯特曼那里,用的是普兰特尔这个名字。"

"那么,这将会是一个警告呀。"贝尔拉赫回应道,但是却没有继续追问。他们朝着穆利斯塔尔登驶去,鲁茨就住在那里。现在本来是和老人谈论加斯特曼的合适时刻,但是有人一定不让打扰他,鲁茨心想着,随之又沉默了。到了布尔格茨尔,他下车了,只剩下贝尔拉赫一个人。

"我送您进城去,警长先生?"手握方向盘的警察问道。

"不,送我回家吧,布拉特尔。"

布拉特尔现在加快了速度。雨渐渐小了,是的,到了穆利斯塔尔登,贝尔拉赫片刻间突然沐浴在耀眼的阳光里:太阳穿破云层,又消失了,在雾霭和云山的追逐游戏中又露出脸儿,一群妖魔鬼怪,它们从西方云集过来,聚集在山前,在河畔的城市上方投下疯狂的阴影,一个没有意志的躯体,展现在森林与丘陵之间。贝尔拉赫疲倦的手抚摸着湿漉漉的大衣,那眯缝的眼睛闪闪发光,他贪婪地享受着眼前的奇观:大地多么美妙啊。布拉特尔停好车,贝尔拉赫向他道谢后下了公务车。雨停了,只是还在刮着风,湿漉漉冷冰冰的风。老人站在那里,直等到布拉特尔调转好笨重的车,当车又驶去时,他再次表示感谢。然后,他走到阿勒河边。河水上涨了,脏兮兮灰蒙蒙,一辆破旧生锈的童车漂过来,还有树枝、一棵小松树,随之,一只小小的纸船在水面上翩翩起舞。贝尔拉赫久久地观望着这条河,他爱阿勒河。然后,他穿过花园回到家里。

贝尔拉赫换上另一双鞋,然后才走进客厅,可是在门槛上停住脚步。有一个人坐在书桌前,正在翻阅施密特的文件夹。他的右手把玩着贝尔拉赫的土耳其刀。

"原来是你呀。"老人说。

"是的,是我。"另一个人回答道。

贝尔拉赫关上门,坐在书桌对面的沙发椅上。他一声不吭地瞧着面前这个继续镇定自若地翻阅着施密特的文件夹的人,一个近乎农民的人,平静而沉默寡言,清瘦而圆圆的脸上长着一对深陷的眼睛,留着短发。

"你现在自称是加斯特曼。"老人终于说道。

那人掏出一个烟斗,填好烟丝,始终目不转睛地盯着贝尔拉赫。他点上烟后,一边用食指敲着施密特的文件夹,一边回答道:

"这些日子以来,你对此一清二楚。你派那个小子来盯着我,这些报告都是你授意的杰作吧?"

然后,他又合上文件夹。贝尔拉赫望着书桌,他的手枪还放在那里,枪柄朝着他,他只需要伸出手。然后他说道:

"我从未停止追踪你,终有一天会如愿以偿地证明你的犯罪行为。"

"你必须快马加鞭,贝尔拉赫,"那人回答说,"你的时间屈指可数了。要是你现在动手术,医生说你还能活一年。"

"你说得对,"老人说,"还有一年。我现在还不能动手术,我一定要拿你归案。这是我最后的机会。"

"最后的机会。"那人确认说。接着,他们又沉默起来,无比漫长,坐在那里,一声不吭。

"四十多年过去了,"那人重新开口说,"我们第一次是在博斯普鲁斯海峡边上某一个破败不堪的犹太人酒吧见的面。当年邂逅时,月亮像一块黄色怪异的瑞士奶酪悬挂在云层之间,透过那朽腐的屋梁照耀在我们的头上,我对此记忆犹新。你呀,贝尔拉赫,你当时还是一个年轻的刑警专家,应邀从瑞士来到土耳其服务,为了进行某些改革。而我呢——我当时是一个四处流浪的冒险家,现在依然如故,渴望认识我这个唯一的生命,认识这个同样唯一而神秘的星球。我们第一眼彼此就情投意合。当时,我们面对面坐在身穿长袍的犹太人和脏兮兮的希腊人之中。我们当时畅饮的烧酒何等奇妙啊,那些用什么枣发酵成的白色饮料,那些用敖德萨周围生长的异国谷物酿成的燃烧的海洋,我们把它们灌进喉咙里,它们在我们的心里变得强大,使我们的眼睛就像炽热的火焰一样透过土耳其的夜空闪闪发光,使我们的谈话变得火热。噢,我多么喜欢怀念这个决定你我生命的时刻啊!"

他大笑起来。

老人坐在那里,不声不响地注视着他。

"你还能再活一年,"那人接着说,"而你跟踪了我四十年啊,穷追不舍。这就是报应。贝尔拉赫,你可记得,当年在托凡那城郊那个污浊的酒馆里,被笼罩在土耳其的烟雾中,我们谈论的是什么吗?你的看法是,人是有缺陷的,事实上,我们绝对不可能满有把握地预先判断别人的行为方式,我们也不可能考虑到渗透进一切的偶然情况,这就是绝大多数犯罪行为必然要被揭露出来的原因。你把犯罪行为称之为愚蠢行为,因为人不可能像棋子那样随意被摆布。而我则提出了与之相反的看法,更多是为了反驳,而不是信服,恰恰是错综复杂的人际关系才有可能导致犯罪,而它们是不可能被识破的。出于这个原因,绝大多数犯罪行为不仅没有得到惩罚,而且也意想不到,好像无影无踪地发生了。当时,我们继续争论不休,有那个犹太老板一再给我们斟上那地狱般燃烧的烧酒的诱惑,更多还有我们年轻气盛的诱惑,于是我们忘乎所以地打了赌,正好是月亮落在了不远的小亚细亚后面,一个我们无畏地打到天上的赌,我们简直无法遏制一个可怕的玩笑,即使这是一个亵渎上帝的行为,只有那出人意外的结局像神使鬼差一样刺激着我们。"

"你说的没错,"老人平静地说,"我们当年是彼此打了这个赌。"

"你就没有想过,我会信守约定的,"那人笑着说,"第二天一早,当我们在那个糟糕的酒店里昏昏沉沉地醒来时,你躺在一条朽腐的长凳上,而我则躺在一张被烧酒弄得湿乎乎的桌子下面。"

"我们可没有想过,"贝尔拉赫回答说,"一个人会有可能信守打赌的约定。"

他们沉默了。

"我们别兜圈子了,"那人再次开口说道,"你的忠诚绝对没有陷入受到诱惑的危险,但是你的忠诚却诱惑了我。我打了这个大胆的赌,当着你的面犯罪,而你似乎无能为力来证明我所犯的罪行。"

"三天后,"老人一边低声说道,一边沉浸在昔日的回忆中,"当我们和一个德国商人走过马穆德大桥时,你当着我的面把他推到水里了。"

"那个可怜的家伙不会游泳,而你在这方面也不过是半斤八两,在你不幸地试图救人后,人们却把淹得半死不活的你从金海角那浑浊的波浪中拉上了岸,"那人毫不动摇地回答道,"这个谋杀发生在一个阳光明媚的土耳其夏日,从海上吹来阵阵令人惬意的微风,在一座人来人往的桥上,在大庭广众之下,在这个欧洲殖民地的一对对情侣之中,在穆斯林教徒和乞丐之中,尽管如此,你无法提供我的任何犯罪证据。你让人拘捕了我,全然徒劳。几个钟头审讯,一无所获。法院相信了我立足于这个商人自杀的辩护。"

"你能证明那个商人面临破产,并想通过欺骗手段来徒劳地挽救自己。"老人苦涩地承认说,脸色显得比平时更加苍白。

"我会精心挑选我的牺牲品,我的朋友。"那人大笑着说。

"就这样,你成了一个罪犯。"警长回应道。

那人心不在焉地把玩着那把土耳其尖刀。

"我是有点儿像罪犯,我现在也不敢否认,"他终于漫不经心地说道,"我成了一个越来越高明的罪犯,而你也成了一个越来越高明的刑警:然而,我总是先你一步,你永远都不会赶上我。我一如既往地像个灰色的幽灵一样出现在你的人生轨迹上;我一如既往饶有兴致地在你的眼皮底下犯所谓越来越大胆、狂妄,乃至亵渎上帝的罪行,但是,你始终无法证明我的犯罪行为。你可以战胜那些傻瓜,但你却战胜不了我。"

然后,他一边说下去,一边专注和取笑似的观察着老人:"我们就这样活着。你活在你的上司的管制下,活在你的警察领域和污浊的衙门里,始终勤勤恳恳、一级接一级地攀爬在那微不足道的成就的梯子上,与盗窃犯和伪造者纠缠,与那些永远都过不上正常生活的可怜虫纠缠,与那些浮出水面的可怜巴巴的凶犯纠缠。我则截然相反,时而在黑暗中,在无望的大都市的丛林中;时而在地位辉煌的光环中,胸前戴满了勋章。如果有兴致,可以目空一切地做善事;一旦情绪发生了变化,则喜欢干坏事。一种多么冒险的游戏啊!你渴望摧毁我的生存,而我则奋不顾身地维护我的生存。说真的,一个黑夜把我们永远捆绑在一起了。"

这个坐在贝尔拉赫书桌前的人拍起手,这是一声独一无二的、冷酷无情的拍击:"现在,我们都到了人生的尽头,"他大声喊道,"你回到了你的伯尔尼,几乎一事无成,回到了这个萎靡不振庸俗不堪的城市里,谁也弄不清其中真的还有多少死气沉沉的阴暗,还有多少生气勃勃的阳光。而我则回到了拉姆波因,况且这样做只是出于一种情绪:人要活得有始有终,在这个被上帝遗弃的村子里,不知哪一个早就作古的女人曾经生了我,没有太多考虑,也纯粹毫无意义,就这样,在一个雨夜里,十三岁的我也偷偷地逃走了。这就是说,我们现在又回来了。放手吧,我的朋友,这样做没有任何意义了。死亡在等待着。"

就在这时,他的手以一种几乎难以觉察的动作抛出那把刀子,正好锋利地擦过贝尔拉赫的脸颊,深深地扎进沙发椅里。老人一动不动。那人大笑着说:

"这么看来,你以为我杀害了施密特?"

"我要调查这个案件。"警长回应道。

那人站起身来,拿起文件夹。

"这玩意儿我拿走了。"

"终有一天,我会如愿以偿地证明你的犯罪行为,"贝尔拉赫此刻第二次这样说道,"现在是你最后的机会了。"

"文件夹里是施密特为你搜集到的唯一的证据,即使微不足道也罢。没有这个文件夹,你输定了。你没有抄本或者照相副本,我了解你。"

"没有,"老人承认说,"我没有这样的东西。"

"难道你不想拿枪阻拦我吗?"那人嘲讽地问道。

"你把子弹都卸掉了。"贝尔拉赫一动不动地回应道。

"正是如此。"那人拍了拍他的肩膀。然后,他从老人身旁走过,门开了,又关上了,外面还有第二道门。贝尔拉赫依然坐在沙发椅上,脸颊贴在刀子冰冷的钢刃上。然而,他突然拿起枪往后一看,子弹已经上膛了。他跳起来,冲进前厅,随之来到门口,他拽开门,枪握在手里。

街上空空如也。

接着,疼痛发作了,巨大、猛烈、针刺般的疼痛,一轮红日在他的心里升起,将他抛到床上,使他蜷缩成一团,让他浑身冒火和颤抖。老人像动物一样手脚并用,爬来爬去,在地毯上打滚,然后又停歇下来,不知在房间什么地方,在椅子之间,浑身直冒冷汗。"你怎么啦?"他轻轻地叹息着,"你到底怎么啦?"

# 第十二章

然而,他又恢复过来了。病发作过后,他感觉好多了,好久没有了疼痛。他小口地啜饮着加热的葡萄酒,此外什么都不吃。可是,他并没有放弃沿着那条习以为常的路穿过城,走上联邦大厦的台阶,虽然昏昏沉沉,但在焕然一新的空气中,每迈出一步,他都感到很惬意。他很快就来到鲁茨的办公室,坐到他的对面。鲁茨一点儿都没有觉察到,也许他太多地受到良心的谴责,压根儿就无法觉察到什么。鲁茨下定决心,就在今天下午向贝尔拉赫汇报一下与封·施文迪谈话的情况,而不是到了傍晚才说。因此,他就像挂在自己上方特拉弗莱特那幅画上的将军一样,挺起胸膛,摆出一副冷静务实的架势,用一种果断的电报式风格向老人汇报情况。然而,让他无比惊讶的是,警长对此没有丝毫的异议;他对一切都表示赞同;他认为,耐心等待联邦委员会的决定,并把调查工作主要集中在施密特的活动上,这绝对是上策。鲁茨无比惊讶,老人居然放弃了自己的立场,变得和蔼可亲和健谈。

"我当然调查过加斯特曼的情况,"鲁茨说,"对他已有足够的了解,确信他无论如何都不可能是凶手。"

"当然。"老人说。

鲁茨午间得到了从比尔传来的一个消息,便扮出一副胸有成竹的样子说:

"出生在萨克森的伯考,一个大皮货商的儿子,先成了阿根廷人,曾任阿根廷驻中国使节——想必他在青年时期就移居到了南美洲——,后来成了法国人,大多情况下,他周游列国,拓展业务。他获得了荣誉军团十字勋章,因为发表了有关生物学问题的著作而出名。他拒绝成为法国科学院院士,这个事实就是对他性格的有力说明。这让我肃然起敬。"

"性格很有意思。"贝尔拉赫说。

"对他的两个仆人,还会进行调查。他们持有法国护照,但是好像却出生在瑞士的埃门塔尔。在葬礼上,加斯特曼让他们开了一个恶意的玩笑。"

"这好像就是加斯特曼开玩笑的风格。"老人说。

"他恰恰会为那条死去的狗而愤愤不平。对我们来说,首先是施密特案件让人头痛。我们的判断完全偏离了正轨。我们算是幸运,因为我和封·施文迪是好朋友。加斯特曼是一个举世瞩目的人,享有瑞士企业家的绝对信任。"

"这样说他当然就会一身清白了。"贝尔拉赫说。

"他的人格容不得任何怀疑。"

"的确如此。"老人点点头。

"可惜我们不再可能这样来说施密特了。"鲁茨这样结束了自己的话,然后让人把电话接到联邦议院。

然而,当他守候在电话机前时,正要出门的警长转过身来:"我必须向您请一个星期病假,博士先生。"

"好吧,"鲁茨一边回答,一边伸手去拿听筒,已经有人打电话来,"您星期一不用来了。"

钱兹正等候在贝尔拉赫的房间里,当老人进来时,他站了起来。他装着震惊的样子,然而警长感觉到这个警察慌慌张张的。

"我们开车去找加斯特曼吧,"钱兹说,"刻不容缓。"

"去找那个作家吧。"老人一边回应,一边穿上大衣。

"转弯抹角,全都转弯抹角。"钱兹愤愤不平地大声说,跟着贝尔拉赫走下楼梯。警长在大门口停住脚步:

"施密特那辆蓝色的梅赛德斯就停在这里。"

钱兹说,施密特买了这辆车,分期付款,车现在肯定不知道属于哪个人了,他们上了车。贝尔拉赫坐到他身旁,钱兹穿过车站广场朝着贝特莱姆方向驶去。贝尔拉赫叽里咕噜地说:

"你又走茵斯这条路。"

"我喜欢走这条路。"

贝尔拉赫望着清新如洗的田野。一切都沐浴在明亮而宁静的阳光里。一轮温暖而柔和的太阳挂在天空,夜幕即将降临。两个人都沉默不语。仅有一次,也就是在凯尔策和明特萨米尔之间,钱兹问道:

"舍恩勒尔太太告诉我,您从施密特的房间里拿走了一个文件夹。"

"没有公事,全是私事。"

钱兹不说什么,也不再问话,只是贝尔拉赫敲了敲速度表。它已经指向 125 公里了。

"别这么快,钱兹,别这么快,倒不是我害怕,而是我的胃受不了啊。我是个不中用的老人了。"

# 第十三章

作家在书房里接待他们。那是一间古老而低矮的房间,迫使他们两人在进门时就像卑躬屈膝似的弯下腰。屋外那只长着黑脑袋的小白狗依然在狂叫,屋内不知什么地方有一个小孩在哭喊。作家坐在那扇哥特式窗户前,穿着一条工装裤和一件棕色皮夹克。他坐在椅子里转向这两个进门的人,没有离开上面高高地堆满纸张的书桌。他没有站起来,几乎也不打招呼,只是问警察找他要干什么。这人好没礼貌,贝尔拉赫心想着,他不喜欢警察;作家从来都不喜欢警察。老人打定主意谨慎行事,钱兹也觉得整个事情有些不妙。无论如何不能让人看出什么,不然的话,我们就会被写进一本书里了,两人不约而同地心想着。然而,当他们遵从作家的一个手势坐在软乎乎的靠背椅上时,他们吃惊地发现自己处在那扇小窗户的光亮中,而他们在这低矮的绿色房间里,在堆积如山的书籍中几乎就看不到作家的脸面,这逆光是如此的奸诈诡异。

"我们是为施密特案子来的,"老人开口说道,"他开车路过特万时被人杀害了。"

"我知道,普兰特尔案件,他暗中监视加斯特曼,"窗户与他们之间那个黑乎乎的影子回答道,"加斯特曼已经给我说过了。"刹那间,那张脸闪亮了一下,他点燃了一支烟。他们还看到那张脸变成了一副狰狞的模样:"你们要我证明不在案发现场?"

"不。"贝尔拉赫说。

"你们不相信这事是我干的?"作家显然失望地问道。

"是的,"贝尔拉赫干巴巴地回答道,"不相信是您干的。"

作家叹息道:"果不其然,在瑞士,作家被可怜至极地低估了!"

老人笑起来:"如果您非得要知道的话:我们当然早就知道您当时不在场。夜里十二点半,在拉姆灵根和舍尔奈兹之间,您遇见了那个护林员,和他一起回家了。你们走同一条路。护林员说您很有趣。"

"我知道,特万的警察就我的情况已经询问过护林员两回了,还有这里所有其他人,甚至连我的岳母都不放过。这就是说,你们曾经怀疑这案子是我干的,"作家盛气凌人地断言道,"这也是一种创作的成果吧!"这时,贝尔拉赫心想着,这正是这位作家的虚荣所在,他要人家认真对待他。三人都沉默了。钱兹想方设法试图看看作家的神情。在这种光线中,什么都看不到。

"你们到底还想干什么呢?"作家终于气呼呼地说道。

"您与加斯特曼交往很多吧?"

"是审讯吗?"那个黑乎乎的影子一边问,一边把身子更近地挪到窗前,"我现在没有时间。"

"请您别这样无情,"警长说道,"我们只是想跟您随便聊聊。"作家嘟嘟哝哝,而贝尔拉赫又一次问道:"您与加斯特曼交往很多吗?"

"时有交往。"

"为什么?"

老人此刻期待着又一次生气的回答,但是作家只是笑了笑,朝两个人的脸上吹去一缕缕烟雾,并且说道:

"加斯特曼是一个有趣的人,警长,像这样一个人,会吸引一群像苍蝇似的作家。他会做一手好菜,有绝活,您听我说吧!"

于是,作家开始谈论起加斯特曼的烹饪艺术,描述着一道又一道菜肴。两个人洗耳恭听了五分钟,然后又是五分钟。然而,当作家已经谈论了一刻钟加斯特曼的烹饪艺术,除了谈论加斯特曼的烹饪艺术而不谈任何别的东西时,钱兹站起来说,只可惜他们不是为了听人谈论烹饪艺术而来的,但贝尔拉赫却变得兴致勃勃,并反驳说,他对此很感兴趣,于是他也开始讲起来。老人精神焕发,滔滔不绝地讲起土耳其、罗马尼亚、保加利亚、南斯拉夫、捷克的烹饪艺术,两人你来我往,菜来菜去,津津乐道。钱兹冒汗了,心里在抱怨。两人无休无止地谈论着烹饪艺术,简直没完没了。然而,过了三刻钟后,他们累得精疲力竭,就像享用了一次漫长的大餐后终于停下来了。作家点上一支烟。鸦雀无声。旁屋里,那个孩子又开始哭叫起来。楼下狗在狂叫。这时,钱兹十分突然地冲着房间里说道:

"是加斯特曼杀害了施密特吗?"

这个问题好幼稚,老人摇摇头,他们面前那个黑乎乎的影子说:"您真的一切都不顾了。"

"我要你回答。"钱兹一边果断地说,一边向前倾着身子,但是作家的脸面依然无法让人看清。

贝尔拉赫很好奇,要看看这个被问的人如何反应呢。

作家保持一副镇定自若的样子。

"那个警察到底是什么时候遇害的呢?"他问道。

"事情发生在午夜前。"钱兹回答道。

他当然不知道,逻辑法则是不是也适应于警察,作家回应道,而且他对此十分怀疑,正因为他——警察局似乎存心这样断定——夜里十二点半回舍尔奈兹的路上碰到了那个护林员,照这么说,他和加斯特曼告别一定还不到十分钟,所以,加斯特曼显然不可能是凶手。

钱兹还想知道,是否还有别的社交聚会成员这个时候去过加斯特曼那里。

作家否定了这个问题。

"施密特是和其他人一起告别的吗?"

"普兰特尔博士总是习惯于倒数第二个离去。"作家不无嘲讽地回答道。

"谁是最后一个?"

"我。"

钱兹穷追不舍:"两个仆人在场吗?"

"我不知道。"

钱兹执意要知道,为什么不能给一个明确的回答呢?

他认为,回答已经足够明确了,作家毫不客气地说道。他向来对这样的仆人不屑一顾。

那么加斯特曼是一个好人,还是一个坏人呢,钱兹带着一种绝望和无所顾忌的口气问道,使得警长感到如坐针毡。如果我们不被写进下一部小说里,那才叫怪呢,他心想着。

作家朝钱兹的脸上吹去了一股烟雾,呛得他不得不咳嗽起来。屋子里也久久地无声无息了,甚至也听不到那个孩子的哭喊了。

"加斯特曼是一个坏人。"作家终于说道。

"尽管如此,您经常登门拜访他,难道仅仅因为他做一手好菜吗?"钱兹再次咳嗽过后气愤地问道。

"仅此而已。"

"我弄不明白。"

作家大笑起来。他正好也是一种警察,他说,但是没有权力,没有国家,没有法律,也没有监狱做后盾。他的职业也是监视人。

钱兹不知所措地沉默了,而贝尔拉赫说道:"我明白。"过了一会儿他说:

"我的下属钱兹过分激动,现在使我们陷入了一个死胡同里,我从中再也不可能毫发无损地找到出路了。但是,年轻人也做了一些好事,一头公牛势不可挡地为我们开辟了这条路,我们从中受益匪浅(钱兹听到警长这番话时气得满脸通红)。既然现在都以上帝的名义把事情摆在桌面上了,那么我们该问就问,该答就答吧。我们抓住时机吧。您现在怎样看这事,我的先生?能不能怀疑加斯特曼是凶手呢?"

房间里变得阴暗了,然而作家并没有想起来打开灯。他此刻坐在窗台上,而两个警察则像囚犯一样坐在地狱里。

"我认为加斯特曼有可能犯任何罪行,"从窗前无情地传来这句话,拖着一种不无奸诈的声音,"但是,我深信,施密特不是他杀害的。"

"您了解加斯特曼。"贝尔拉赫说。

"我对他有所了解。"作家说。

"您对他有您的了解。"贝尔拉赫冷静地纠正了那个黑乎乎的影子,他就坐在面前的窗框里。

"他身上吸引我的东西,并非完全是他的烹饪艺术,尽管我更不会那样轻而易举地热衷于别的什么东西,而是一个人的可能性,他真的是一个虚无主义者,"作家说,"在现实中碰上一个虚无主义者,总是很惊人。"

"首先始终非常惊人的是,聆听一个作家说话。"贝尔拉赫干巴巴地说。

"也许加斯特曼做过的好事比我们坐在这歪斜的房间里的三个人做过的还要多,"作家接着说,"我之所以说他坏,因为他无论做好事还是做坏事都是凭一时的兴致,出于心血来潮,我对此深信不疑。他要干坏事,绝对不是为了达到什么目的,不像别的人那样,他们之所以犯罪,要么为了占有金钱,要么为了争霸女人,要么为了赢得权力;他要干坏事,即使没有意义,他也会干,也许吧,在他身上,好事也好,坏事也罢,二者始终都皆有可能,偶然决定一切。"

"您这样推断,仿佛这是数学逻辑。"老人应对说。

"这当然也是数学逻辑了,"作家回答道,"你可以在邪恶中构想出其反面,就像你把一个几何图像构想为另一个的镜像一样。我可以肯定,也存在着这样一个人——不管在什么地方——,您也许会碰到这样的人;只要你碰上一个,那你就会碰上另一个。"

"这话听起来像是一个纲领。"老人说。

"是啊,这也就是一个纲领,为什么不呢,"作家说,"所以,我就把一个人想象为加斯特曼的镜像,他似乎是罪犯,因为他把邪恶表现为他的道德,他的哲学,他会疯狂地作恶,同样就像另一个人出于明智而多多行善一样。"

警长认为,话题还是回到加斯特曼身上吧,他觉得加斯特曼更容易理解。

"随您便,"作家说,"我们把话题回到加斯特曼身上,说说邪恶这一端吧。在他身上,邪恶不是一种哲学或者本能,而是他的自由的表现:虚无的自由。"

"我认为这种自由一文不值。"老人回应道。

"您也可以认为它一文不值,"作家针锋相对地说,"但是,要研究这个人以及他的自由,你恐怕要付出毕生的努力。"

"付出毕生的努力。"老人说。

作家沉默了。他好像什么都不想再说了。

"我现在要过问的是一个实实在在的加斯特曼,"老人终于说道,"要过问的是一个人,他就住在泰森贝格平原的拉姆灵根附近,经常举办社交聚会,让一个警察少尉在那里丢了命。我要知道,您给我所描述的图像是加斯特曼的图像呢,还是您的梦幻图像?"

"我们的梦幻。"作家说。

警长沉默了。

"我就是弄不明白,"作家最后边说边走向这两个人,要跟他们道别。他只是向贝尔拉赫伸出手,冲着他说:"我从来都不关心这样的事。调查这个问题,毕竟是警察的事啊。"

## 第十四章

两个警察又回到车前,小白狗追着他们狂叫,钱兹坐到驾驶座上。

他说:"我讨厌这个作家。"贝尔拉赫上车前整了整大衣。小狗爬上了一道葡萄园围墙,继续叫个不停。

"现在去加斯特曼家。"钱兹边说边发动汽车。老人摇摇头。

"去伯尔尼。"

他们朝着里格尔茨向下驶去,进入一片无比神秘地展现在眼前的地带,远近遍布着石、土、水这些要素。他们行驶在背阴里,然而,已经落到泰森贝格山后的太阳还照耀着湖泊、岛屿、丘陵、前山、地平线上的冰川,以及漂浮在蔚蓝的天空上层层叠叠的云团。老人聚精会神地凝视着这种不断变幻的初冬的天气。总是这样的景象,他心想着,不管怎样变化,风光依然如故。然而,当马路突然转了弯,湖面如同一个拱形招牌垂直地悬挂在他们的下方时,钱兹停下车。

"我一定要和您谈谈,警长。"钱兹激动地说。

"你要谈什么?"贝尔拉赫边问边向下望着山崖。

"我们必须去找加斯特曼,没有别的路可走了,这也合乎逻辑呀。我们首先必须审讯仆人。"

贝尔拉赫身子向后一靠,坐在那里,一位头发花白衣冠楚楚的绅士,眯缝着那冷冰冰的眼睛,平静地注视着身旁这个年轻人:

"我的上帝,我们不可能总干合乎逻辑的事,钱兹。鲁茨不同意我们去拜访加斯特曼,这是可以理解的。他一定要把这个案件交给联邦检察官来办。我们就等着他的命令吧。我们恰好面对的是一些难以对付的外国人。"贝尔拉赫漫不经心的举动让钱兹火冒三丈。

"这简直是胡闹，"他大声喊道，"鲁茨拿政策上的考虑来破坏这个调查。封·施文迪是他的朋友，又是加斯特曼的律师，这样做必然有他的用意，可想而知呀。"

贝尔拉赫压根儿就不动声色："幸好我们单独在一起，钱兹。鲁茨的行动也许有点操之过急，但是出于良好的愿望。秘密在施密特身上，而不在加斯特曼身上。"

钱兹毫不动摇："我们不求别的，只要事实，"他绝望地朝着飘过来的云山喊去，"事实，只要事实，谁是杀害施密特的凶手！"

"你说得对，"贝尔拉赫重复道，但却不动声色，又冷冰冰的，"只要事实，谁是杀害施密特的凶手。"

这个年轻警察把手放在老人的左肩上，望着那张让人看不透的脸：

"正因为如此，我们必须想方设法采取行动，也就是盯住加斯特曼不放。调查必须完美无缺。我们不可能总干一切都合乎逻辑的事，这是您说的。但是，在这里，我们必须行动起来呀。我们不能让加斯特曼逍遥法外啊。"

"加斯特曼不是凶手。"贝尔拉赫干巴巴地说。

"有可能，加斯特曼操控了这场凶杀，我们必须审问他的仆人。"钱兹应答道。

"我看不到加斯特曼能够策划杀害施密特的理由，哪怕是一丝一毫，"老人说，"我们必须在实施犯罪行为似乎会有意义的地方去寻找凶犯，而这无非是联邦检察官要办的事。"他接着说道。

"作家也认为加斯特曼是凶犯呀。"钱兹大声说道。

"你不也这样认为吗？"贝尔拉赫不动声色地问道。

"是的，我也这样认为，警长。"

"这样说来，只有你一个人这样认为，"贝尔拉赫断言说，"作家只认为他有可能犯罪，这就是区别所在。关于加斯特曼犯罪的事，作家可什么都没说，而只是说他有潜在的可能。"

这时,对方失去了耐心,他抓住老人的肩膀。

"多年来,我一直活在别人的阴影下,警长,"他气喘吁吁地说,"大家始终冷遇我,蔑视我,把我视若粪土,仅仅当成一个好使唤的信差!"

"这我承认,钱兹,"贝尔拉赫说,无动于衷地凝视着这个年轻人那绝望的神色,"多年来,你一直活在那个现在被杀害的人的阴影里。"

"仅仅因为他受过较好的教育!仅仅因为他会拉丁语。"

"你这样说对他不公,"贝尔拉赫回应道,"施密特是我所见到的最优秀的刑警。"

"那么现在呢?"钱兹喊道,"我刚有了一次机会,一切又会化为乌有,难道我这仅有的一个升迁机会要在一场无聊的外交游戏中彻底泡汤吗!只有您能改变这种情况,警长,您和鲁茨谈谈吧,只有您能说动他,让我去见见加斯特曼。"

"不,钱兹,"贝尔拉赫说,"我不能这样做。"对方像学童一样摇动着他,用两个拳头紧紧地夹住他,喊道:

"您和鲁茨说说吧,您去说说吧!"

然而,老人寸步不让:"不行啊,钱兹,"他说,"我对这些事无能为力。我老了,又病魔缠身,需要安静,你只能自己去想办法。"

"好吧,"钱兹说,突然松开贝尔拉赫,又抓住方向盘,尽管面色十分苍白,浑身颤抖。"这么说无济于事。您帮不了我。"

他们又朝着里格尔茨向下驶去。

"你去格林德尔瓦尔德度假了?住在艾格尔客栈?"老人问道。

"是的,警长。"

"安静,也不贵吧?"

"您说的没错。"

"好吧,钱兹,我明天就开车去那里,好好休息一下。我必须到山上去。我请了一个星期病假。"

钱兹并没有立刻回答。当他们拐到比尔-诺伊堡公路上时,他才说道,而他的声音听起来又像平日一样:

"山上并非总是令人惬意,警长。"

# 第十五章

就在当天晚上,贝尔拉赫去大熊广场看医生,也就是塞缪尔·胡格托贝尔大夫。路灯已经亮起来,一个越来越昏暗的夜晚一刻又一刻地降临了。贝尔拉赫从胡格托贝尔的窗口向下望着广场,望着此起彼伏的人群。医生收拾好自己的器具。贝尔拉赫和胡格托贝尔已经认识好久了,他们曾经一起上过文理中学。

"心脏没问题,"胡格托贝尔说,"谢天谢地啊!"

"你有我的病情记录吗?"贝尔拉赫问他。

"满满一个文件夹,"医生一边回答,一边指着放在书桌上的一摞纸,"这些都是你的病例记录。"

"你没有对任何人说过我的病情吗,胡格托贝尔?"老人问道。

"你说什么呢,汉斯?"另一个老人说,"这可是医生的秘密啊。"

楼下广场上,有一辆梅赛德斯驶过,在路灯下闪耀着蓝色光芒,停在已经停在那里的别的车之间。贝尔拉赫更加仔细地看去。钱兹下了车,还有一个身着白色雨衣的姑娘,金黄的头发一缕缕地披在雨衣上。

"你这里曾经有人入室盗窃吗,萨穆埃尔?"警长问道。

"你怎么问到这事呢?"

"说说而已。"

"有一次,我的书桌被翻得乱七八糟,"胡格托贝尔坦言道,"而你的病例就放在书桌最上面。尽管书桌里有好多钱,却一分未少。"

"那你为什么不报案呢?"

医生挠挠头。"正如刚才所说,钱一分未少,尽管如此,我本来打算要报案,但后来却把这事给忘了。"

"原来如此,"贝尔拉赫说,"你忘了报案。在你这里,入室盗窃者至少可以安然无恙。"他心想着:也就是说,加斯特曼就是这样知道的。他又朝着下面的广场望去。这时,钱兹与那个姑娘进了那家意大利餐馆。在施密特下葬那天,贝尔拉赫一边想,一边完全从窗口转过身来。他注视着正在伏案写字的胡格托贝尔。

"我的病情现在怎样?"

"你疼吗?"

老人向他讲了病情发作的情况。

"情况不好,汉斯,"胡格托贝尔说,"我们必须在三天内给你动手术。没有任何别的办法。"

"我现在感觉比任何时候都好。"

"四天之内,将会再次发作,汉斯,"医生说,"到时你恐怕就再也挺不过去了。"

"这就是说,我还有两天时间。两天。而第三天一早,你就会给我动手术。星期二早上。"

"星期二早上。"胡格托贝尔说。

"然后我还能再活一年,不是吗,塞缪尔?"贝尔拉赫说。他一如既往地看不透这位当年的同学。这人跳起来,在房间里踱来踱去。

"你为什么要这样胡思乱想呢!"

"听那个看过我病例的人说的。"

"你就是那个入室盗窃者?"医生激动地喊道。

贝尔拉赫摇摇头:"不,不是我。尽管如此,情况就是这样,萨穆埃尔,我只有一年的命了。"

"只有一年了,"胡格托贝尔回应道,坐在诊室靠墙的椅子上,无可奈何地望着贝尔拉赫。老人站在房子中央,带着一种遥远冷漠的孤独感,一动不动,听天由命。面对这无望的目光,医生此刻垂下了眼睛。

# 第十六章

　　快到深夜两点时,贝尔拉赫突然醒来了。他很早就上了床,也遵照医嘱服用了一些药,这是第一次,因此,他把突然的苏醒首先归结为这些他尚不习惯的预防措施。可是他又觉得,不知被什么响动唤醒了。他——就像我们经常突然醒来一样——不可思议地目光明亮,脑袋清醒。尽管如此,他一定要先辨清情况,过了片刻——那么我们会觉得无比漫长——他辨清了一切。他没有像平日那样躺在卧室,而是在书房;他在等待着一个坏消息的同时,还想看看书,他记得是这样;想必他一下子陷入了沉睡之中。他双手掠过自己的身体,他依然穿着衣服,只是随手拉来一张毛毯盖在身上。他静听着。有什么东西掉在地上了,那是他看过的书。这个没有窗户的房间显得格外昏暗,但也不是伸手不见五指;透过卧室敞开的门,有微微的光亮照进来,从那里闪现着这个暴风雨之夜的亮光。他听到远处的风在呼啸。在黑暗中,他越来越看清了一个书架和一把椅子,还有那张桌子的棱边。他也费劲地看清了那把手枪依然放在书桌上。这时,他突然感到一阵穿堂风,随之,卧室里一扇窗户打开了,然后大门猛地关上了,紧接着,老人听到从走廊里传来了轻轻一撞的声音。他明白了,有人打开了房门,钻进走廊里,但是没有料到会弄起一股穿堂风。贝尔拉赫站起来,打开了落地灯。

　　他拿起手枪,拉上枪栓。这时,那人也在走廊里打开了灯。贝尔拉赫透过半开的房门看到亮着灯,感到非常惊讶。在他看来,这个陌生人的举动毫无意义。等他明白过来时,为时已晚。他看见一条胳膊和一只手伸向灯泡的侧影,随之闪现出一片蓝色的火花,屋子里顿时一片黑暗:陌生人拽出了灯泡,导致电线短了路。贝尔拉赫站在一片漆黑之中,那人已经准备好战斗,并且提出了条件:贝尔拉赫必须在黑暗中战斗。老人紧紧地握着手枪,小心翼翼地打开通往卧室的门。他走进卧室。微弱的光线透过窗户照进来,起初几乎难以感觉到,然而当眼睛慢慢习惯了时,光亮变强了。贝尔拉赫靠在床与朝着河的窗户间的墙上,另一扇窗户位于他的右边,冲着邻居家。他就这样站在看不透的阴暗里,虽然处于他无法避免的不利境地,但是他却希望,别人看不见他,能够抵消这种劣势。通往书房的门映照在窗户微弱的光亮里。当陌生人跨过门时,他一定会看见他的轮廓。这时,在书房里,一只手电筒奇妙的光束亮起来,划过一个个书籍封脊,然后落在地上,落在软椅上,最后落在书桌上。那把蛇形刀显现在光束里。贝尔拉赫又看见那只手摸过对面敞开的门,手上戴着一个棕色皮手套,在桌子上摸来摸去,然后握住那把蛇形刀把。贝尔拉赫拿起手枪瞄准陌生人。这时,手电筒熄灭了。老人又一无所获地收起手枪等待着。他从自己的位置望出窗外,想象着那永不停息地流动着的黑乎乎的河水、耸立在对岸的城市、那座像箭头一样直插云端的大教堂,上方飘动着云彩。他一动不动地站在那里,等待着这个前来杀他的对手。他的眼睛直盯着模糊不清的门口。他等待着。万籁俱寂,死气沉沉。然后,走廊里的时钟敲响了:三点钟。他静听着。他听到从远处传来时钟轻轻的滴答声。不知在哪儿响起了汽车的喇叭声,然后就驶过去了。一伙从酒吧出来的人。他突然觉得听到呼吸声,然而想必是他弄错了。他就这样站在那里,那人就站在他家里什么地方,夜晚横亘在他们之间,这个耐心而残忍的夜晚,在其黑魆魆的大衣下,暗藏着这条致命的蛇,这把寻找心脏的刀子。老人屏住呼吸。他站在那里,紧紧地握着枪,几乎感觉不到冰冷的汗珠从脖子上往下流。他什么都不再想了,不再想加斯特曼,不再想鲁茨,也不再想时时刻刻都在吞噬着他躯体、正在毁灭他生命的疾病。此时此刻,他全力以赴,多么渴望活着,只有活着。他仅仅是一只要穿透这黑夜的眼睛;仅仅是一只去判断哪怕再细小的声响的耳朵;仅仅是一只紧紧地握着这冰冷的手枪的手。然而,他终于对凶手的当下有了与他之前所认为的迥然不同的感知;他的脸颊上感受到一种莫名其妙的冰凉,一种微小的空气变化。他久久地弄不明白怎么回事,直到他猜出从卧室通往餐厅的门打开了。陌生人第二次挫败了他的考虑,绕道闯进卧室里,让人看不见,听不着,不可阻挡,手里攥着蛇形刀。贝尔拉赫此刻明白了,他必须开始战斗,他必须先下手为强,他,这个病入膏肓的老人,开始为一个只能再延续一年的生命战斗,只能再活一年,如果一切顺利,如果洪格尔托贝尔万无一失地实施手术。贝尔拉赫把手枪对准朝着阿勒河的窗口开了枪,又开了一枪,一共开了三枪,子弹迅速而稳准地穿过破碎的玻璃落入河里。然后他蹲下去。什么东西嗖地飞过他头顶,正是那把刀,此刻弹跳起来扎进墙里。可话说回来,老人已经达到了他想要达到的目的:另一个窗前亮起了灯光,那是邻居家的人,他们把身子探出打开的窗外;他们吓得要死,惶恐不安,凝视着黑夜。贝尔拉赫挺起身。邻居家的灯光照亮了卧室,他隐隐约约还看到一个人影出现在餐厅门口,接着房门就撞上了,一阵穿堂风吹来,通往书房和餐厅的门一个接一个关上了,一撞接一撞,窗户震得咔咔响,随之就无声无息了。邻居的人依然凝视向黑夜。老人靠在墙上一动不动,手枪依然攥在手里。他站在那里,一动不动,仿佛他再也感觉不到时间了。人们都缩了回去,灯光也熄灭了。贝尔拉赫站在墙边,又回到黑暗里,与之融为一体,孤零零地待在屋里。

## 第十七章

　　半个钟头后,他去走廊里寻找自己的手电筒。他给钱兹打电话叫他过来。然后,他换了被毁坏的保险丝,灯又亮了。贝尔拉赫坐到沙发椅里,倾听着黑夜里的动静。外面有一辆车开到门前,紧急刹住车。房门又开了,他又听到一个脚步声。钱兹走进房间。

　　"有人企图杀害我。"警长说。钱兹的脸色煞白。他没有戴帽子,头发乱蓬蓬地挂在额头,睡裤从棉大衣下露出来。他们一起走进卧室。钱兹将那把刀子从墙上拔出来,好费劲,刀子深深地扎进木头里。

　　"用这个?"他问道。

　　"是的,就是这个,钱兹。"

　　年轻警察查看了破碎的窗玻璃。"您从窗外向里开的枪,警长?"他惊讶地问道。

　　贝尔拉赫向他讲述了事情的全部经过。"这是您能够做的最佳选择。"对方含糊地说。他们走进过廊里,钱兹从地上捡起那只灯泡。

　　"好狡猾。"他不无敬佩地说,又把灯泡扔到一边。然后,他们回到书房里。老人伸展四肢躺在沙发上,拉起一条毯子盖在身上,躺在那里,无依无靠,突然间老态龙钟,就像垮掉了。钱兹始终将那把刀子拿在手里。他问道:

　　"那您就没有看清入室盗窃者吗?"

　　"没有。他小心翼翼,很快就溜掉了。我只有一次能看到他带着棕色手套。"

　　"这太少了。"

　　"这一文不值。即使我没有看清他,也几乎没有听到他的呼吸,但是,我知道这人是谁。我心知肚明,绝对不会弄错。"

老人说这番话时几乎让人听不见。钱兹一边把刀子在手里掂来掂去,一边望着这个躺在面前头发花白的老人,望着这个疲惫的老人,望着那双手,它们就放在那脆弱的躯体旁,就像凋谢的花朵落在一个死者的身旁。接着,他看到这个躺在那里的老人的目光。贝尔拉赫的眼睛平静、清流捉摸不透地盯着他。钱兹把刀子放在书桌上。

"您今天早上必须去格林德瓦尔德,您病了。或者您宁愿不去?对您来说,去山上也不太合适。那里现在已经是寒冬了。"

"不,我要去。"

"那您还得睡会儿。要我守在您这里吗?"

"不用了,你走吧,钱兹。"警长说。

"晚安。"钱兹说着走出房间。老人没有再答话,他好像已经睡着了。钱兹打开房门走出去,又关上门。他慢慢地走了几步,来到马路上,也关上了敞开着的花园门。然后,他又朝着这房子往回走。夜晚依然一片漆黑。一切东西都消失在黑暗里,也包括附近的房子。只有远远的高处亮着一盏路灯,一颗失落的星星,映照在一片阴森森的黑暗里,充满悲伤,充满河水潺潺流动的响声。钱兹站在那里,突然轻轻地诅咒了一声。他用脚又踢开花园门,坚定地穿过花园小路来到大门前,这条他走过的路又回头走了一遍。他抓住门把手向下压,可是大门已经锁上了。

贝尔拉赫六点起来了,他并没有睡觉。那是星期天,老人洗漱完毕后也换了装。然后,他打电话要了一辆出租车,他打算在火车餐车里吃饭。他穿上暖和的冬大衣离开了家,走进灰蒙蒙的清晨,但他随身没有带旅行箱。天空晴朗。一个吊儿郎当的大学生跟跟跄跄地走过,闻着一股啤酒味,学生和他打招呼。这个头戴运动帽的人,贝尔拉赫心想着,已经第二次没有通过预科考试了,这个可怜的家伙,从此就开始酗酒成性。出租车开过来,停住了。那是一辆美国大轿车,司机把衣领竖得高高的,贝尔拉赫几乎看不到他的眼睛。

"火车站。"贝尔拉赫说着上了车。车启动了。

"怎么样,"身旁一个声音说,"你好吗?你睡好觉了吗?"

贝尔拉赫扭过头去,车的另一角坐着加斯特曼。他穿着一件浅色雨衣,交叉着双臂,手上戴着一双棕色皮手套。他就这样坐在那里,像一个爱嘲笑人的老农民。前座的司机向后扭过头来,幸灾乐祸地冷笑着。此刻衣领不再高高翻起了。这是仆人之一。贝尔拉赫明白自己陷入了一个圈套。

"你想干什么?"老人问道。

"你依然还在追踪我。你去过作家那里。"坐在角落的人说,他的声音听起来咄咄逼人。

"这是我的职业。"

那人目不转睛地盯着他:"凡是跟我过不去的人,一个都不会有好下场,贝尔拉赫。"

前座的司机像魔鬼似的驶上阿勒高施塔尔登。

"只要我还活着,就一直和你过不去。"警长镇静自若地回答道。

两个人沉默了。

司机发疯似的快速驶向维多利亚广场。一个老人一瘸一拐地穿过马路,险些儿倒在车下。

"你们倒小心点。"贝尔拉赫生气地说。

"再快些,"加斯特曼一边刺耳地喊道,一边嘲讽地打量着老人,"我就喜欢速度。"

警长冷得发抖。他不喜欢缺少空气的空间。他们风驰电掣般地驶上那座桥,擦着一辆电车飞速而过,越过在他们深深的下方那条流动的银带,飞剑似的奔向那座向他们热心敞开大门的城市。街道上还空落落冷清清,城市上方的天空黯然无神。

"我奉劝你放弃这场游戏吧。现在恐怕是你看到败局已定的时刻了。"加斯特曼边说边给烟斗装烟丝。

老人望着那幽暗的、他们一闪而过的阔叶树形成的拱顶,望着两个站在朗格书店前的警察朦朦胧胧的身影。

是加斯布勒和楚姆施泰格,他心想着,接着:我终归还要买一套冯塔纳的作品。

"我们的游戏,"他终于回答道,"我们可不能放弃。那天晚上在土耳其,你已经欠下了债,你提出了打赌,而我呢,我答应了打赌。"

他们驶过联邦议会大厦。

"你还一直认为是我杀害了施密特吗?"对方问道。

"我从来都没有认为是这样。"老人回答道,然后一边无动于衷地观察着对方点燃烟斗,一边接着说下去:

"我没有如愿以偿地证明你所犯过的罪行,那么我现在同样要证明你没有犯过的罪行。"

加斯特曼用审视的目光打量着警长。

"我压根儿就没有想到这种可能性,"他说,"我必然会留神的。"

警长沉默了。

"你也许是一个比我所想象的更危险的家伙,老东西。"坐在角落里的加斯特曼若有所思地说。

车停下来。他们到了火车站。

"这是我最后一次和你交谈,贝尔拉赫,"加斯特曼说,"下一次我就会杀了你,倘若你能挺过手术这一关。"

"你弄错了,"贝尔拉赫说。这时,他站在晨曦照耀的广场上,老态龙钟,有点发冷。"你杀不了我。我是唯一对你了如指掌的人,自然也就是唯一能够让你绳之以法的人。我已经让你绳之以法了,加斯特曼,我已经判你死刑了。你不会再活过今天的。我所选定的刽子手今天就会登门造访你。他会杀了你,他现在必须这样做,正好以上帝的名义。"

加斯特曼吓了一跳,惊讶地凝视着老人。然而,老人走进车站,两手插在大衣兜里,头回也不回一下,径直进入那黑洞洞的、慢慢挤满人的候车大楼里。

"你这个白痴!"加斯特曼此刻突然朝着警长的背影喊道,如此大声,甚至有几个乘客也转过身来。"你这个白痴!"然而,他却再也看不到贝尔拉赫的身影了。

## 第十八章

这时,越来越明亮的白天晴朗而强大;太阳像一只完美无缺的圆球,投下了坚定和长长的影子,越升越高,只是影子稍稍变短了。这座城就在眼前,像一个白色的贝壳,吮吸着阳光,吞没在大街小巷里,为了夜晚让成千上万的灯光又吐出来,一个庞然大物,它不断地生育新人,又让他们堕落,把他们埋葬。清晨变得越来越光辉灿烂,一个闪耀的盾牌悬挂在回响的钟声上方。钱兹等了一个钟头之久,在从墙上反射的光线里,面色显得苍白。在大教堂前的阔叶树下,他忐忑不安地上上下下,也朝上望着那一个个滴水嘴,一些怪模怪样的脸,凝视着沐浴在阳光下的石板路面。教堂大门终于打开了。人流如潮,路德派教士在布道。但是,他立刻就看到那个穿着白雨衣的人。安娜朝他走过来。她说,她很高兴看到他,和他握握手。他们走上凯斯勒巷子,走在做礼拜的人流之中,男女老少,围得水泄不通,这儿是一个教授,那儿是一个盛装打扮的面包师太太;那里是两个大学生和一个姑娘,这儿是几十个官员和教师,人人都干干净净,个个都整整洁洁,大家都饥肠辘辘,期盼着一顿丰盛的美餐。他们来到卡西诺广场,穿过它,向下走进马奇里街。他们在桥上停住脚步。

"安娜小姐,"钱兹说,"我今天要去缉拿杀害乌尔利希的凶手。"

"难道您已经知道谁是凶手了?"她惊讶地问道。

他注视着她。她就站在他面前,苍白而瘦小。"我相信我知道是谁干的,"他说,"要是我缉拿了他,那您对我来说,"他问话时有点迟疑,"不就像您逝去的未婚夫心中的您一样吗?"

安娜没有立刻回答。她紧了紧自己的雨衣,仿佛她在发冷。一

阵微风吹过来,把那金黄的头发吹得乱蓬蓬的,但是她然后说道:

"我们就这样一言为定。"

他们相互握握手,安娜走向河对岸。他望着她的背影。那白色的雨衣闪耀在桦树之间,沉没在散步的人群里,时而又显现出来,最后消失了。然后,他步行去火车站,他把车停在那儿了。他开车去里格尔茨。当他抵达时已近正午;他开得很慢,时而还停一停,抽着烟走进田野里,又回到车前,继续行驶。他把车停在里格尔茨车站前,然后踏着台阶走上教堂。他变得平静了。湖水一片深蓝,葡萄藤已经落叶,它们之间的土地呈棕色,很松软。然而,钱兹什么也不看,什么也不关心。他马不停蹄不紧不慢地向上走去,既不转身,也不停息。道路陡直地向上而去,两边隔着白色的围墙,把葡萄园一个接一个甩在后面。钱兹越走越高,平静地,缓慢地,聚精会神地,右手插在大衣兜里。时而有蜥蜴挡在他的路上,鹰隼高高飞翔,大地在烈日炎炎下颤抖,仿佛像夏日一样。他不停地向上走去。后来,他离开了葡萄园,钻进树林里。凉快多了。汝拉山脉的山崖闪现在树干之间。他依然向上走去,始终迈着同样的步伐,始终保持同样的姿态向前走,走进田野里。这是耕地和牧场,向上的路也变得平缓了。他走过一座长方形公墓,四周是灰色的围墙,大门敞开着。身着黑装的女士们走在条条道上,一个弯腰驼背的老人站在那里,望着这个过路人的背影。他继续走去,右手插在大衣兜里。

他来到普莱雷斯,经过大熊宾馆,拐向拉姆波因。高原上的空气一动不动,也没有雾气。那一个个物体,哪怕是最遥远的,都十分清晰地展现在眼前。只有夏塞尔山的山脊上覆盖着皑皑白雪,除此之外,一切都闪现在淡淡的棕色中,其间点缀着白色围墙、红色屋顶、黑色田埂。钱兹迈着均匀的步伐继续走去。太阳照在他的背上,把他的阴影投在自己的面前。马路开始缓缓向下,他朝着那个锯木厂走去。这时,太阳照在一侧。他继续走去,什么也不想,什么也不看,只有一个意愿驱动着他,只有一种激情攫取了他。不知在什么地方,有一条狗在叫,然后跑过来,嗅了嗅这个不断逼上前的人,随之又跑掉了。钱兹继续朝着那座此刻出现在褐色的田野上、周围都是光秃秃的杨树的房子走去,始终沿着马路右边,一步接着一步,不急不慢。钱兹离开那条道,走进田野。他的鞋子陷入了一片尚未耕作的田地那暖融融的泥土里,他继续走去。接着,他来到大门前。大门敞开着,钱兹穿过去。院子里停着一辆美国车。钱兹并没有留意它。他走向房门。房门也敞开着。钱兹走进一个前厅,打开第二道门,进入一个周围都是花园的大厅。钱兹停住脚步。刺眼的阳光透过对面的窗户照进来。加斯特曼就站在他面前不到五步远的地方,旁边是巨人般的仆人,一动不动,咄咄逼人,两个杀手。三个人都穿着大衣,身旁堆着旅行箱,他们准备要出门了。

钱兹站着不动。

"好啊,你就是所说的那个人。"加斯特曼说,并且有点惊讶地看着这个警察那平静而苍白的脸和他身后依然敞开的大门。

然后,他开始大笑着说:"老家伙所说的原来如此! 好精明,真是老谋深算啊!"

加斯特曼的眼睛瞪得老大,闪现出一种幽灵似的喜悦。

两个杀手中的一个显得很平静,一句话都不说,几乎不慌不忙地从衣兜里掏出手枪开始射击了。钱兹觉得左肩上挨了一击,随之把右手抽出来,身子闪向一旁。然后,他朝着此刻就像在一个空荡荡的、无边无际的空间里回响的加斯特曼的笑声里接连开了三枪。

## 第十九章

接到钱兹电话告知后,夏内尔和克莱宁分别从拉姆波因和特万急忙赶过来,应急行动队也从比尔出动了。他们发现钱兹躺在三个尸体旁的血泊里,还有一枪打中了他的左下臂。搏斗肯定十分短促,但是,三个被打死的人个个都开了枪,他们发现每个人都持有一把手枪,其中一个仆人把枪紧紧地攥在手里。夏内尔赶到后还发生了什么,钱兹再也无法看清了。当诺菲韦勒来的医生给他包扎时,他两次陷入昏迷中,但是,伤口并无生命危险。后来,村子里的人都来了,有农民,有工人,还有女人。院子里挤满了人,警察不得不实行封锁。然而,有一个姑娘却硬是冲进大厅里,大声哭喊着扑倒在加斯特曼的身上。她就是那个女服务员,夏内尔的未婚妻。他站在一旁,气得满脸通红。接着,人们抬着钱兹穿过向后撤开的农民,把他抬到车里。

"他们三个都躺在这里。"鲁茨第二天一早说,并且指着这些死者,但是他的声音听起来毫无胜利的喜悦,却显得悲伤和疲惫。

封·施文迪惊愕地点点头。上校受到他的当事人的委托,和鲁茨一起来到比尔。他们走进躺着死人的房间。一道斜斜的光束透过一扇有护栏的小窗户,照射进来。两人穿着大衣站在那里,冻得发抖。鲁茨两眼布满血丝。他整整一个晚上都在忙着查看加斯特曼的日记,查看一些难以辨认的速记文献。

鲁茨把手更深地插进衣兜里。"我们人类出于彼此的恐惧建立国家,封·施文迪,"他又开始几乎低声地说,"包围着我们的是各种各样的守卫者、警察、士兵,还有公众舆论,但这一切对我们有什么用呢?"鲁茨的脸变形了,他的眼睛鼓出来,他朝着这个冰冷可怜地包围着他们的房间发出了一种空洞而牢骚满腹的大笑。"一个大笨蛋主宰着一个泱泱大国的命运,国会议员,我们已经被折腾得一败涂地,仅仅一个加斯特曼,我们的战线就已经被突破了,我们的前哨已经被绕开了。"

封·施文迪认识到,最好就是让预审法官能够采取实事求是的态度,但却不知道该怎么办。"所有可能的人正好都利用了我们圈里的人,简直无耻至极,"他终于说道,"难堪啊,实在太难堪了。"

"谁也没有料到。"鲁茨安慰他说。

"那么,施密特的情况呢?"国会议员问道,庆幸找到了一个话题。

"我们在加斯特曼那里发现了一个属于施密特的文件夹,其中包括加斯特曼的生平信息和对他犯罪的推测。施密特试图缉拿加斯特曼。他这样做完全是个人行为。一个他必然自食其果的错误。事实证明,是加斯特曼授意除掉了施密特:肯定是其中一个仆人用手枪杀死了施密特,就是钱兹射杀他时拿在手里的那把手枪。凶器检查结果立刻就证实了这一点。再说杀害他的原因也很清楚:加斯特曼担心施密特揭发他。施密特本该信任我们。可是他年轻,功名心切啊。"

贝尔拉赫走进停尸房。当鲁茨看见老人时,顿时变得忧郁,把两手又藏进衣兜里。"哦,警长,"他边说边换到另一条腿站着,"我们在这里碰面,太好了。您及时度假回来了,而我和国会议员赶过来也不太晚。死者已经安排妥当。我们有过很多争论,贝尔拉赫,我赞成一个想方设法要装备齐全的警察队伍,我恨不得也给他们配上原子弹,而您呢,警长,您更多赞成一些人性化的东西,赞成一种由一些老好人组成的乡村警察队伍。埋葬我们的争论吧。我们俩都错了。钱兹只是拿起手枪,完全采用不科学的方式驳斥了我们。我不想知道事情是怎样发生的。好吧,这是紧急自卫,我们必须相信他,我们也可以相信他。这个战利品是值得的,被枪杀的人罪该万死,正如这个美妙的成语所说的。要是按照科学方法行动,那我们现在就得围着那些外国的外交官嗅来嗅去了。我将来一定要提拔钱兹,但我们难以决断,我们两个人。施密特案件已经结案了。"

鲁茨低下头,对老人谜一般的沉默迷惑不解,垂头丧气,随之突然又变成了那个无可挑剔小心翼翼的官员,轻轻地咳了几声,当他发现依然显得尴尬的封·施文迪时,顿然满脸通红。然后,在上校陪同下,他慢慢地走出去,走进某一个过道的黑暗里,留下贝尔拉赫一个人。那些尸体躺在担架上,用黑布盖着。从光秃灰暗的四壁上,石膏一片一片地脱落下来。贝尔拉赫走到中间的担架前,揭开死者的盖布。这是加斯特曼。贝尔拉赫微微弯下身子,左手还拿着那黑布。他默默地俯视着死者蜡黄的面孔,俯视着嘴唇上那依然令人不快的特征,然而,眼窝却变得更深了,而在这深渊里,再也不会潜藏什么令人可怕的东西了。他们就这样最后一次碰面,猎人和这个现在终结了生命后躺在他脚前的野兽。贝尔拉赫意识到两个人的生命现在玩到尽头了,他的目光又一次掠过那些岁月,他的心灵又走了一遍穿越迷宫那条条神秘的通道的历程,这迷宫就是两个人的生命。现在,除了永恒的死亡之外,他们之间再也什么都不存在了,一个法官,他的判决就是沉默。贝尔拉赫依然还弯着身子站在那里,停尸间那暗淡的灯光照在他的脸上和手上,也围着这具尸体嬉戏,对两个人都恰如其分,为两个人创造的,使两个人达到和解。死亡的沉默降临在他的头上,钻进他的心里,然而,这并没有像给另一个人那样也给他带来平静。死人总是对的。贝尔拉赫又慢慢地盖上加斯特曼的脸。这是他见他的最后一面;他的敌人从此属于坟墓了。只有一个想法多年来一直占据了他:消灭这个人,他现在就躺在这光秃灰暗的空间里,躺在他的脚前,被脱落下来的石膏片像稀稀拉拉轻轻飞舞的雪花一样盖住了。此时此刻,老人再也没有什么可做了,只剩下疲惫地盖上他,只剩下恳求遗忘了,这是唯一的宽恕,它能够使一个被愤怒的火焰消耗殆尽的心灵获得平静。

# 第二十章

后来,就在同一天,八点钟时,钱兹走进老人在阿尔滕贝格的家里。老人迫切地要求他这个时刻来。令他惊讶的是,一个腰间系着白色围裙的女佣给他开了门。当他走进过廊时,听到厨房里传来做饭和水沸腾的声音,以及餐具叮叮当当的响声。女佣帮他脱下大衣。他右臂架在绷带里,尽管如此,他还是开着自己的车过来了。女佣给他打开通往餐厅的门,他目瞪口呆地站在那里:餐桌已经隆重地为两个人摆好了。烛台上点燃着蜡烛,在餐桌另一端,贝尔拉赫坐在靠背椅上,被静静的烛火映照得通红,一幅不可撼动的平静画面。

"请坐,钱兹。"老人迎着他的客人大声说道,并且指着挪到桌前的第二个靠背椅。钱兹木然地坐下来。

"我不知道是来吃饭的。"他终于说道。

"我们一定要庆祝你的胜利。"老人平静地回应道。他把烛台稍稍推到一旁,这样一来,他们彼此就完全可以看到对方的脸了。然后,他拍拍手。门开了,一个丰满肥胖的女人端来一个盘子,沙丁鱼、大虾、黄瓜沙拉、西红柿、豌豆直堆到了盘子边缘,上面还有蛋黄酱和鸡蛋,其间是凉火腿片、鸡肉片和鲑鱼片。老人每样都夹一些。钱兹看着这个身患胃病的人垒起高高的一大盘,惊奇地只要了一点土豆沙拉。

"我们喝什么酒呢?"贝尔拉赫问道,"里格尔茨?"

"好的,里格尔茨。"钱兹做梦似的应答道。女佣过来斟上酒。贝尔拉赫开始吃起来,就着面包,狼吞虎咽地吃着鲑鱼片、沙丁鱼、红虾肉、火腿片、各种沙拉、蛋黄酱和凉烤肉,拍了拍手,要求再来一盘。

钱兹惊呆了,他还没有吃完自己的土豆沙拉。贝尔拉赫第三次让给自己斟上酒。

"现在上酥皮馅饼和诺伊堡红酒。"他大声说道。盘子换过了。贝尔拉赫要了三块酥皮馅饼放在盘子里,还有鹅肝、猪肉和松露。

"您毕竟有病啊,警长。"钱兹终于迟疑地说。

"今天不管了,钱兹,今天哪管得了。我要庆祝终于抓到了杀害施密特的凶手!"

他喝干第二杯红酒,开始吃第三块酥皮馅饼,吃个没完没了,贪婪地要吞进这个世界的各种食物,在颌骨之间嚼来嚼去,一个永远都填不饱的魔鬼。他的身影映现在墙上,放大了两倍,疯狂的影子,手臂强有力的动作,埋着头,像一个欢庆胜利的黑人首领在舞蹈。钱兹十分惊恐地看着这个病入膏肓的人,展现在面前的是令人毛骨悚然的奇观。他一动不动地坐在那里,没有吃,哪怕是微不足道的一小口都没有咽进去,甚至连一口酒都没抿过。贝尔拉赫让人端来小牛排、米饭、炸土豆和绿菜沙拉,还要了香槟酒。钱兹浑身发抖。

"您装病,"他气喘吁吁地说,"您没有病!"

对方并没有立刻回答。他先是笑笑,然后又忙着吃起沙拉,一片一片地享用着。钱兹不敢再问这个可怕的老人。

"没错,钱兹,"贝尔拉赫终于说道,他的两眼闪现出愤怒的光芒,"我是装病了。我从来都没有病过。"他给嘴里塞进一块小牛排,继续吃下去,无休无止,不知饥饱。

这时,钱兹才明白过来,他陷入了一个狡猾的圈套,其大门已经在他身后砰的一声关上了。他浑身直冒冷汗。恐惧伸出越来越强大的手臂紧紧地抓住他。他对自己处境的认识来得太晚了,无可挽救了。

"您知道了,警长。"他轻声说道。

"是的,钱兹,我知道了,"贝尔拉赫坚定而平静地说,但是并没有抬高嗓门,仿佛他在说起一些无关痛痒的事。"你是杀害施密特的凶手。"接着,他抓起香槟酒杯一饮而尽。

"我一直感觉您知道。"对方叹息着说,几乎让人听不见。

老人不动声色,看样子,仿佛除了这顿饭,他对别的什么都不感兴趣。他无情地第二次堆了满满一盘米饭,浇上汁,上面又垒了一块小牛排。钱兹又一次企图拯救自己,对付这个魔鬼似的不知饥饱的人。

"子弹是从他们在仆人身上发现的那把手枪里射出的。"他执拗地断言说。但是他的声音听起来很沮丧。

贝尔拉赫眯起的眼睛里闪现出蔑视的目光。"胡说八道,钱兹。你心知肚明那是你的手枪,当他们发现这把手枪时,却被握在仆人手里。你自己把它塞到了死者手里。仅仅因为发现加斯特曼是一个罪犯,才妨碍了他们看穿你的鬼把戏。"

"您绝对不可能证明这是我干的。"钱兹绝望地拒不承认。

老人在椅子里挺直身子,此刻不再显得有病和憔悴,而是强大和冷静,一个无比强势的形象,一只把自己的牺牲品玩弄于股掌的猛虎。他喝干了剩下的香槟酒。然后,他吩咐不停地来来去去的女佣端上奶酪,还要配上小红萝卜、腌黄瓜和小葱。他不断地吃着一份份新端上来的食物,仿佛他只是再次、最后一次品尝大地提供给人们的一切。

"难道你还没有明白过来,钱兹,"他终于说道,"你早就向我证明了你的罪行吗?这把手枪出自于你,而你为了救我射杀了加斯特曼那条狗,那颗子弹就是证明,它无疑出自那把夺取施密特生命的手枪:你的手枪。你自己把我所需要的线索送上门了。当你救我的命时,你就暴露了自己。"

"当我救您命时!怪不得我再也没找到那个猛兽,"钱兹不由自主地回应道,"您早就知道加斯特曼养了一条猎狗?"

"是的。我左手臂缠上了厚厚的一层布。"

"那么您也在那里给我设了一个陷阱。"凶手几乎无声地说道。

"正是如此。然而,当你和我星期五一起驱车经过茵斯前往里格尔茨,要给我表演'蓝色卡隆'这出喜剧时,你就给我提供了第一个证据。施密特星期三开车经过措里考芬,这我知道,他那天夜里把车停在了吕斯的停车场里。"

"您怎么会知道这些呢?"钱兹问道。

"很简单,我打个电话就是了。谁那天晚上开车经过茵斯和埃尔拉赫,那他就是凶手:就是你,钱兹。你从格林德瓦尔德过来。艾格客栈同样有一辆蓝色梅赛德斯。几个星期以来,你一直都盯着施密特,监视他的每一步出行。你嫉妒他的才能、他的成就、他的教育,还有他的女朋友。你知道,他和加斯特曼有来往,你甚至知道,他什么时候拜访加斯特曼,但是你却不知道为什么。这时,由于偶然的机会,那个放在施密特桌上的文件夹落到你的手上,里面装着所有的文件。于是你决定接手这个案子,除掉施密特,以便有朝一日功成名就。你想的不错,你会轻而易举地把一桩凶案嫁祸于加斯特曼。当我在格林德瓦尔德看见了蓝色的梅赛德斯时,我顿时就明白了你是怎样行动的:你星期三晚上租来了那辆车。我已经调查过了。接下来的事便不言而喻:你开车经过里格尔茨前往舍奈尔兹,把车停在了特万巴赫树林里,你穿过树林,抄近道穿过山谷,你就这样来到了特万-拉姆波因公路上。你在山崖旁等待着施密特,他认出了你,吃惊地刹住车。他打开车门,你随后杀害了他。这可是你自己给我讲述的。你如愿以偿地得到了你想要的:他的成就,他的职位,他的汽车和他的女友。"

钱兹倾听着这个毫不留情的棋手,这人已经置他于死地了,现在也结束了他那可怕的盛宴。蜡烛的火苗摇来晃去,火光闪烁在这两个男人的脸上,影子凝缩了。在这个夜晚的地狱里,笼罩着死一般的寂静,女佣不再进来了。老人此刻一动不动地坐在那里,他好像不再呼吸了,那摇曳的烛光一波又一波地包围着他,一片红色的火光冲击着他的额头和心灵的冰。

"您戏弄了我。"钱兹慢慢地说。

"我是戏弄了你,"贝尔拉赫板着一副令人生畏的严肃面孔回答道,"我没有别的办法。你杀了我的施密特,我不得不揪住你不放。"

"为了除掉加斯特曼。"钱兹补充说,他一下子明白了事情的真相。

"你说对了,我付出了半辈子心血要缉拿加斯特曼,而施密特是我最后的希望。我让他去追踪这个披着人皮的魔鬼,一个高贵的动物追踪一个疯狂的猛兽。可是半路上杀出个你来,钱兹,抱着你那可笑的犯罪野心,毁掉了我唯一的机会。既然如此,那我就揪住你不放,你呀,这个凶手,我使你变成了最可怕的武器,因为绝望驱使你,这个凶手一定要找到另一个凶手当替罪羊。我把我的目的变成了你的目的。"

"这对我来说是地狱。"钱兹说。

"这对我们两个人来说是地狱,"老人以可怕的平静接着说,"封·施文迪插手其间把你逼向了极端,无论采用什么方式,你非得要把加斯特曼揭露为凶手不可,每每偏离指向加斯特曼的线索,都会引到你的身上。仅仅还剩下施密特的文件夹能够挽救你。你知道它在我手里,但是你却不知道,加斯特曼把它从我这里拿走了。因此,你星期六午夜时分袭击了我。我要去格林德瓦尔德,也让你惴惴不安。"

"您知道是我袭击了您?"钱兹无声地问道。

"从第一刻起,我就知道是你干的。我所做的一切无非为了一个目的,那就是把你逼到彻底绝望的境地。当你绝望至极时,你就去了拉姆波因,无论如何要寻找个了断。"

"加斯特曼的一个仆人先开了枪。"钱兹说。

"我星期天早上已经告诉了加斯特曼,我会派一个人去杀掉你他。"

钱兹晕头转向。他顿时浑身冰冷。"这样看来,您存心让我和加斯特曼像野兽一样彼此斗个你死我活了!"

"野兽对野兽。"从靠背椅里无情地传来了这样的声音。

"那么您就是法官,而我是刽子手了。"对方气喘吁吁地说。

"正是如此。"老人应答道。

"而我,我只是实施了您的意愿,不管我愿意还是不愿意,我现在成了罪犯,一个老鼠过街人人喊打的人!"

钱兹站起来,用无碍的右手把身子撑在桌面上。只剩下一支蜡烛还在燃烧。钱兹试图瞪着火辣辣的眼睛,在黑暗中看清老人的轮廓,可是看到的却是一个不真实的黑影子。他没有把握地试探地做出了把手伸进外衣口袋的动作。

"别这样了,"他听见老人说,"毫无意义,鲁茨知道,你在我这里,而且那几个女人还在家里。"

"是的,毫无意义。"钱兹低声回答道。

"施密特案件算了结了,"老人穿过房间的黑暗说道,"我不会告发你。但是你走开吧!无论去哪儿都行!我永远不想再看见你。我判决了一个人,这就够了。走吧!快走吧!"

钱兹低下头,慢慢地走出去,消失在黑夜里。门关上了,不一会儿,一辆车向外面驶去。这时,蜡烛熄灭了,这个合上眼的老人又一次显现在那刺眼的火苗的光亮中。

## 第二十一章

  贝尔拉赫整夜坐在靠背椅里,没有站起来,没有挺一挺身子。那巨大而贪婪的生命力又一次在他的心里猛烈地燃烧后就要崩溃了,快要熄灭了。他又一次十分大胆地演了一场戏,但是有一点,他欺骗了钱兹。清晨,天还蒙蒙亮,鲁茨冲进屋里,语无伦次地说,有人发现钱兹在里格尔茨和特万之间被压在他那辆与火车相撞的车底下,当场死亡了。这时,他看到病得气息奄奄的警长。老人十分困难地吩咐他,快快告知胡格托贝尔大夫,今天是星期二,他们可以给他做手术了。
  "只能再活一年。"鲁茨听到这个透过窗户凝望着明亮的晨曦的老人说,"只能再活一年了。"

# 嫌 疑

## 一部侦探小说

崔涛涛 译

# 第一部分

## 嫌　疑

　　1948年11月初,贝尔拉赫被送进萨雷姆医院接受手术,从那里能够眺望到伯尔尼老城和市政厅。原本急待进行的手术不得不因为老人突如其来的心肌梗塞而推迟两周。当这个十分困难的手术真开始进行时,进展令人欣慰,而病情诊断的结果却令人绝望,正如人们所预料的。老探长的情况很糟糕。他的上司,一位名叫鲁茨的预审法官,已两度接受了老探长行将辞世的事实,却又两度体验了绝望后的希望。在圣诞节即将来临之际,老探长的病情终于出现好转。在圣诞假期期间,老探长虽然还在昏睡,但是在12月27号,星期一,他清醒过来了,并翻看起1945年美国的旧《生活》杂志。

　　"这些禽兽,塞缪尔。"夜幕降临,当胡格托贝尔医生进入探长的病房探视时,探长递给他一本杂志并反复说:"这些禽兽。""你是医生,你能够想象当时的情况,仔细看看这张在施图特霍夫集中营拍摄的照片!集中营医生内勒在不用麻醉剂的情况下给一个囚犯进行腹部手术,整个过程被拍了下来。"

　　"纳粹分子有时会这么干。"医生一边回答道,一边注视着照片,可是脸色却变得煞白,仿佛要避开这份杂志。

　　"你怎么了?"病人见状,惊讶地问道。

　　胡格托贝尔没有立即回答。他把翻开的杂志放在贝尔拉赫的病床上,手伸进白大褂的右上方口袋,摸出笨重的黑框眼镜,用微微颤抖的手——老探长观察得很仔细——把它架在鼻梁上,然后再次仔细地观察着照片。

"他为什么如此紧张?"贝尔拉赫心里默默地思忖着。

"胡说八道,"胡格托贝尔终于做出了回应,他显得有些生气,把杂志放回桌上,同其他旧期刊放在一起。"来,手伸过来,我来摸一下脉搏。"

房间里沉默了片刻。然后,医生放开老探长朋友的胳膊,看着挂在床上的表格。

"汉斯,你的情况不错。"

"还能活一年吗?"贝尔拉赫问道。

胡格托贝尔变得有些尴尬。"我们现在不谈这个话题,"他说,"你一定要注意身体,按时来复查。"

病人嘟哝着说,他一直都很注意自己的身体。

这样就好,胡格托贝尔说着便离开了房间。

"还是把那本《生活》杂志给我吧。"病人似乎若无其事地说道。胡格托贝尔从床头柜上堆放着的一叠杂志中随意抽了一本递给病人。

"我不要这一本,"探长略带调侃地望着医生说,"我要你从我手里拿走的那本。我无法如此轻易地把注意力从集中营那里移开。"

胡格托贝尔迟疑了片刻,当他察觉到贝尔拉赫向他投来审视的目光时,不由得满脸通红。他拿起杂志递给探长,随即迅速地离开病房,仿佛这里让他感到有些不舒服。护士走了进来。探长吩咐护士把剩下的杂志统统搬出房间。

"不拿这一本吗?"护士指着放在贝尔拉赫被子上的杂志问到。

"不,这本留着。"老人回答说。

护士离开了,老人再次仔细打量着杂志上的照片。那个正在做残暴实验的医生神情显得泰然自若。他的脸绝大部分被口罩遮住了。

探长把杂志放进床头柜的抽屉里,双手交叉着枕在脑后。他睁大眼睛凝视着渐渐布满整个房间的黑夜。他并没有打算开灯。

后来,护士走进来,送来了晚餐,一如既往的病人食谱,分量很小:燕麦粥。菩提花茶他并不爱喝,于是被遗忘在了一边。用勺子喝完粥后,他熄灭灯,重新凝视着黑夜。夜愈加漆黑,视线越来越难以穿透黑影。

他喜欢透过窗户望着黑夜降临时这座城市逐一亮起的万家灯火。

当护士再次进来为探长安排休息时,他已经睡熟了。

早晨十点,胡格托贝尔来到病房里。

贝尔拉赫躺在床上,双手交叉着枕在脑后,那本翻开的杂志铺在被子上,他的目光留意着走进来的医生,胡格托贝尔却瞥见了摆在老人面前的那张拍摄于集中营的照片。

"你难道不想解释一下,当我昨天让你看《生活》杂志上的照片时,你的脸色为什么忽然变得和死人一样惨白吗?"病人问道。

胡格托贝尔走到床边,他取下表格,像往常一样仔细查看后又挂回原处。"汉斯,这是一个可笑的误会,"他说,"完全不值一提。"

"你认识这个名叫内勒的医生?"贝尔拉赫问道,声音里流露出不同寻常的激动。

"不,"胡格托贝尔回答道,"我并不认识他。他只是让我想起了另外一个人。"

"那他们两个人一定长得很像。"探长说。

的确很像,医生坦言道,他再次仔细地注视着照片,贝尔拉赫能够明显觉察到医生又一次忐忑不安。但是,照片上毕竟只能看到半张脸。所有医生在手术时看起来都一样,医生说。

"这个禽兽让你想起了谁?"老探长不太客气地追问。

"你这一切都毫无意义!"胡格托贝尔回答道,"我告诉过你,你一定弄错了。"

"但你还是愿意发誓说,正是他,我猜对了,塞缪尔,不是吗?"

算是吧,医生回答说,假如他能断定照片上的人正是他的嫌疑对象的话,那他当然愿意发誓。医生说,他现在最好别去理会诸如此类的不愉快事件。刚经历过一场生死攸关的手术,翻看一份旧《生活》杂志,对他并无好处。医生停顿片刻,然后不禁着魔似的又望着照片,再次断言照片上的人不可能是自己认识的那个人,因为后者在战争期间一直待在智利。这就是说,这样说全是胡说八道,谁都看得出来。

"在智利,在智利,"贝尔拉赫喃喃地说,"那个人究竟是什么时候回国的,你讲的那个人,你认为不可能是叫内勒的那个人?"

"1945 年。"

"在智利,在智利",贝尔拉赫再次重复道,"看起来你并不愿意告诉我,这张照片让你想起了谁?"

胡格托贝尔迟疑着没有回答。眼前的事让这位老医生感到尴尬。

"假如我讲出了他的名字,汉斯,"医生终于开口说,"你就会对这个人产生怀疑。"

"我已经对他产生了怀疑。"老探长回答。

胡格托贝尔叹了口气。"汉斯,你看见了吧,"他说,"这正是我所担心的。我不愿意这样的事情发生,你懂吗?我是一个老医生,不愿意伤害任何人。你的怀疑纯属妄想。怎么能够仅凭一张无谓的照片就轻易怀疑一个人,更何况照片上这个人的容貌也难以辨认,而且他当时身在智利。这是事实。"

这人究竟在智利都干了些什么,探长插嘴问道。胡格托贝尔回答说,这人在圣地亚哥经营一家诊所。

"在智利,在智利。"贝尔拉赫继续重复着。他暗自思忖着,如此偶然的同步双簧不仅可怕,而且难以被拆穿。塞缪尔说得对,嫌疑的确是个恐怖的东西,只源自魔鬼。

"没有什么能比嫌疑更能让人感到不适了,"他继续说,"这一点我很理解,也因此时常诅咒自己见人就怀疑的侦探职业。但如今嫌疑就摆在我们面前,并且是由你引出的。老朋友,你若能够将它重新收回,我自然很乐意,如果你真的能放下你的嫌疑的话。毕竟真正放不下嫌疑的人其实是你啊。"

胡格托贝尔坐在老探长床边,不知所措地看着探长。阳光透过窗帘斜射到房间里。外面的天气不错,温暖的冬日常有这样的好天气。

"我确实放不下,"医生终于打破了病房的寂静,"我确实放不下。但愿上帝帮帮我吧,我内心里真的无法对这样的嫌疑彻底释怀。我太熟悉这个人了,我们曾一起读书、共事,他还曾两度担任我的助手。照片上的人的确是他。他左边太阳穴上的手术疤痕还在。我认识他,还曾经亲手给埃门贝格尔动过手术。"

胡格托贝尔摘下架在鼻梁上的眼镜,放进白大褂右上方的口袋里。然后擦拭着额头上的汗珠。

"埃门贝格尔?"老探长稍待片刻后冷静地问道,"他叫埃门贝格尔?"

"现在我告诉你他的名字了,"胡格托贝尔不安地回答,"他叫弗里茨·埃门贝格尔。"

"他是医生?"

"是的,他是医生。"

"他如今生活在瑞士?"

"他在苏黎世的一座山上开了一家医院,名叫索纳施泰因,"胡格托贝尔回答道,"他在1932年离开德国移民到智利。1945年,他回到瑞士后就接手了这家医院,这是全瑞士最昂贵的医院之一。"他轻声补充道。

"只给富人看病?"

"只给超级富豪看病。"

"他能算是一个正派的科学家吗,塞缪尔?"老探长问道。

胡格托贝尔犹豫不决。他觉得这个问题难以回答,于是他说:"他曾经是个正派的科学家,可惜我们不清楚他如今是否依然如此。我们对他工作中采用的方法存有怀疑并难以认同。我们对他所精通的内分泌领域也知之甚少,和科学欲征服的所有领域没什么两样,该领域也同样荟萃着形形色色的人。神医科学家和江湖庸医,两种角色时常集于一身。这又能怎样呢,汉斯?埃门贝格尔深受病人喜爱,他们信任他就像信仰上帝似的。我觉得这才是最重要的,尤其对如此富有的病人来讲,疾病也应该是一种奢华。没有信仰根本不行。至少内分泌方面的疾病如此。他因此获得了成功,被人们供奉着,还发了财。我们因此冠以他遗产大叔的称号。"

胡格托贝尔突然停止说话,他似乎有些后悔刚才说出了埃门贝格尔这个绰号。

"遗产大叔。何来如此绰号?"贝尔拉赫问道。

听说这家医院继承了许多病人的遗产,那里比较流行这样做。胡格托贝尔显得有些内疚。

"于是就引起了你们这些医生的注意!"老探长说。

两人都沉默不语。沉默中隐藏着某些说不出的、令胡格托贝尔倍感恐惧的东西。

突然间,他惊恐地说:"不许你再想你正在想的事情了。"

"我只是在想你正在想的事情,"老探长平静地回答道,"我们必须尊重事实。假如我们的想法真的应验,真如我们所料,的确是一场犯罪活动的话,那我们也不该因此而害怕。我们只有在良心面前坦白自己的想法时,才有可能进一步去查证这些想法。如果之后被证实是我们错了的话,我们才有可能消除这些错误想法。塞缪尔,我们现在的想法是什么?我们在想:埃门贝格尔用他在施图特霍夫集中营掌握的手段来逼迫他的病人将自己的财产馈赠给他,然后再将他们杀掉。"

"不,"胡格托贝尔大声喊着,眼神激动地说,"不!"他不知所措地盯着探长。"我们绝对不能这样想!我们不是禽兽!"他再次大声喊叫着站起来,激动地在房间里踱来踱去,从墙边走到窗边,从窗边走到床边。

"上帝啊,"医生悲叹道,"再没有比此时此刻更可怕的时刻了。"

"嫌疑，"躺在床上的老探长说，然后再次用强硬的口吻重复道，"嫌疑。"

胡格托贝尔在贝尔拉赫的床前站定："让我们忘掉这场谈话吧，汉斯，"他说，"我们还是放过自己吧。是的，人有时喜欢玩弄可能性，但这从未有过好下场。我们就忘掉埃门贝格尔这个人吧。我越仔细地观察这张照片，就越觉得不是他。我这样说并不是在找借口。他当时在智利，并不在施图特霍夫，因此我们对他的怀疑纯属胡闹。"

"在智利，在智利。"贝尔拉赫喃喃不已，眼睛里闪烁出分明在盼望着一次新的冒险的目光。他舒展了一下身体，然后又再次放松地平躺下，一动不动，双手交叉枕在脑后。

"现在你得去看看你的病人了，塞缪尔，"探长在片刻后提醒道，"他们在等你呢。我不希望你在我这里耽搁太久。让我们忘掉这场谈话吧，这样才是最好的，你确实说得对。"

胡格托贝尔走出病房门。当他再次将信将疑地回头望着他的探长病人时，探长已经睡着了。

## 不在案发现场的证明

第二天清晨，老探长在早饭后阅读着一份当地的报纸，时间正好七点半，胡格托贝尔今天比平日更早地来到病房，他发觉探长有些不同寻常，以往探长早饭后会继续闭目小憩，或至少双手交叉枕在脑后打盹。不仅如此，他还发觉探长似乎比平日更加精神，他的双眸中闪烁着昔日活力的光芒。

感觉怎么样？胡格托贝尔问候他的病人。

病人答道，他正在呼吸着清晨的空气，这样的回答令人捉摸不透。

"我今天来你病房比平时早，也并非是例行公事来探视，"胡格托贝尔说着走到老人床边，"我只是给你送来一摞医学期刊：比如

《瑞士医学周刊》，一份法语期刊，还有很多——因为你还懂英语——旧《柳叶刀》杂志，这可是顶级的英语类医学杂志。"

"你这个人的确够意思，惦记着我也许会对类似东西感兴趣，"贝尔拉赫回应道，但目光并未从他的当地报纸上移开，"但我不确定，这些期刊是否真正适合我阅读。对于医学，我真算不上喜欢，这一点你是知道的。"

胡格托贝尔调侃道："我们给予帮助的这个人竟说出这样的话来。"

"可不是嘛，"贝尔拉赫笑着说，"但不能因此就强人所难嘛。"

"那么，这人究竟在当地报纸里看到了什么呢？"胡格托贝尔好奇地问道。

"邮票特惠海报。"老探长回应。

医生摇摇头："但无论如何，你都要认真读一读这些期刊，即使我们医生并不招你喜欢。这对我来说很重要，因为它能够证明我们昨天的谈话内容是多么的滑稽和愚蠢，汉斯。你是犯罪侦查学家，我相信凭你的实力能够凭空将有嫌疑的杀人医生和他的同伙一网打尽。我不知道自己怎样才能忘掉这一切。提供埃门贝格尔在圣地亚哥的证据并不难。他曾在那里向众多医学专业期刊投稿并发表，包括英国和美国的期刊，主要围绕着内分泌课题，并因此而声名大振。早在学生时代，他就显示出了文学才能，能够把批判性的评论文章写得幽默又有文采。你瞧，他曾是一个才华出众又十分严谨的科学家。令人惋惜的是，他后来变得喜欢追随时髦，如果我这么讲准确的话。因为他当时所从事的，在现在看来实在缺乏远见，反反复复就是现代医学。他最后一篇论文发表在《柳叶刀》上，发表时间是1945年1月，早在他回到瑞士前几个月。这可以算作一个证据，证明我们将嫌疑指向他是多么的愚蠢吧。我在你面前发誓，今后绝不再试图充当刑事警察了。照片上的人不可能是埃门贝格尔，或者这照片是伪造的。"

"这可以算作不在案发现场的证明，"贝尔拉赫边说边将看完的当地报纸折起来,"你可以把这些期刊放在这里。"

上午十点,当胡格托贝尔真正例行公事前来探视病人时,老探长正躺在床上,用心研读着那些期刊。

看来他对医学的兴趣还是能够一下子被激发的嘛,医生有些吃惊地说着,一边摸着老探长的脉搏。

胡格托贝尔说得没错,老探长说,这些论文看起来的确来自智利。

胡格托贝尔有些得意,也感到如释重负。"你瞧!我们可是把埃门贝格尔当成杀人魔王了。"

"人类如今在艺术领域的成就真是令人吃惊,"贝尔拉赫干巴巴地回应道,"注意时间,我的朋友,注意时间。这些英文期刊我不需要了,但是这些瑞士的期刊你给我留着。"

"埃门贝格尔发表在《柳叶刀》上的论文显然更有影响力啊,汉斯!"胡格托贝尔反驳道。他已经深信,这位探长朋友开始喜欢上了医学。"那些论文你必须读读。"

"但埃门贝格尔发表在医学周刊上的文章是用德语写的。"贝尔拉赫回答道,语气略带嘲讽。

"那又怎样?"医生追问,显然他并未理解探长的意思。

"塞缪尔,我认为,我该研究研究他的文风,这个医生曾经文采出众,但这里的文字却拙劣蹩脚。"老探长谨慎地说。

那又怎样呢,胡格托贝尔一边问,一边研究着挂在床上方的病历表,依然不知探长的葫芦里卖的什么药。

"如此轻而易举就能提供不在案发现场证明?真没这么简单!"探长说。

"这话是什么意思?"医生惊呼着追问,"你还没有放弃对他的怀疑?"

贝尔拉赫若有所思地望着这位不知所措的医生朋友的脸,望着这位布满皱纹的高尚的长者的脸。在毕生的行医生涯中,他对待病人从不马虎,只是对于江湖险恶却一直知之甚少。老探长接着说:

"你不是还继续吸你的'苏门答腊小玫瑰'嘛,塞缪尔?如果你现在愿意给我一支,那该多好啊。我想象着,在喝完无聊的燕麦粥后,能点燃一支这样的香烟,那该多惬意。"

## 解除公职

在午饭开始前,这位整个上午都在不厌其烦地反复研读埃门贝格尔同一篇有关胰腺论文的病人,迎来了他手术后的第一个访客。到访者是老探长的"上司",他十一点钟走进病房,在老人的病床边坐下,神情略显尴尬,并没脱掉风衣,一手还拿着帽子。对上司前来探访的用意,贝尔拉赫心知肚明。与此同时,上司也早已清楚探长的处境。

"怎么样啊,探长,"鲁茨先开口问道,"感觉还好吗?一段时间以来,我们都不得不担心最坏的情况发生。"

"已经逐渐好转。"贝尔拉赫回答着,又把双手交叉起来枕在脖子上。

"你在读什么书呢?"鲁茨寒暄着,并不愿意立即说明来意,便寻找着话题:"噢,贝尔拉赫,看看你,是些医学期刊!"

老探长并未因此而尴尬:"这些期刊读起来就像侦探小说,"他说,"在生病时借此开阔眼界,探索一些新的领域。"

鲁茨向贝尔拉赫打听,医生认为他究竟还要多久才能出院。

"两个月,"探长回答,"医生认为我还得躺两个月。"

这时上司不得不开门见山了,不管他愿意与否。"年龄到了,"这句话他说得有些吃力,"年龄到了,探长,你也明白,这一点我们可能真的绕不过去,我想,我们必须顾及法律规定。"

"我明白。"老探长回答,丝毫没有面露愠色。

"该来的都会来,"鲁茨说,"年龄不饶人,探长,你也要保重身体,这才是根本。"

"现代的、科学的犯罪侦查就是这样,寻找罪犯就好比寻找贴上标签的果酱瓶子,哪个也逃不掉。"老探长打趣地稍微纠正了一下鲁茨的话。"安排谁来接替我呢?"探长想知道。

"赫特里斯贝格尔,"上司回答,"他之前就已经是你的副手了。"

贝尔拉赫点点头。"嗯,赫特里斯贝格尔,他和他的五个孩子会因为这份高薪而兴高采烈,"探长说,"从新年开始接任吗?"

"是的,从新年开始。"鲁茨肯定地回答。

那就只剩几天了,探长说,星期五过后,他就成为探长了。他很高兴一生为国效力,如今站完了最后一班岗,无论先前为土耳其,还是后来为伯尔尼。他之所以高兴,不仅是因为他从此可能有更多的时间来阅读莫里哀和巴尔扎克,这毫无疑问很美妙,但主要原因毕竟是这个公民世界秩序早已今非昔比了。几十年职业生涯所经历的那一桩桩案件早已令他看透了世事。人一如既往,无论是星期天走进伊斯坦布尔圣索菲亚大教堂,还是走进伯尔尼明斯特大教堂。大恶棍逍遥法外,小流氓坐穿牢底。一桩桩堆积成山的无头悬案被束之高阁,仅仅因为它们高明且无从破解,而一起起暴露无疑、甚至登报广而告之的蹩脚谋杀案,却会被寻根问底。倘若悉心侦查、在侦破时发挥想象力,两类案件皆应水落石出,在结果上并不该有任何差别。想象力,正是想象力啊!一个有魄力而无谋略的商人趁午饭开胃酒和上菜间隙施以狡猾手段作案,就连此类案件都无人能破,就连这样的商人都无人能及,只是因为缺乏洞穿一切的想象力啊。这个世界由于疏忽而不断恶化,也由于疏忽而走向灭亡。这比整个斯大林以及其他所有的约瑟夫加起来还要危险。为国效力对他这样上了年纪的侦探犬来讲已无裨益。有太多的小人,有太多的密探。探长说,真正值得且本该遭到猎取的野兽,那才是真正的大猛兽,他们像在动物园里一样受到了国家的悉心保护。

卢修斯·鲁茨博士听着探长的这番长篇大论,不由自主地拉长了脸。与探长的谈话使他感到难堪,他本想回击这些言辞激烈的刻薄之语,以发泄内心的不快,但想到老探长卧病在床,并且谢天谢地总算要退休了。他强压住心中的怒火,推说自己不得不离开了,必须要赶在十一点半之前去贫民管理处参加会议。

贫民管理处同警察局打交道比同财政局打交道还要多,这其中必有问题,老探长议论道。鲁茨害怕探长又会恶语相加,让他难堪,幸而探长的话其实指的是某些别的东西,这才让他松了一口气:"你看我生病在床,无所指望,能否帮我个忙,就现在?"

"自然不在话下。"鲁茨满口答应。

"这可是你说的啊,博士先生。我想请你帮我打听一件事,我个人对这事有些好奇,躺在病床上思索刑事犯罪的逻辑推理来消磨时光。就算是老猫,也不想放弃抓老鼠。我在一本《生活》杂志上发现了一张党卫队施图特霍夫集中营医生的照片,他叫内勒。你帮我打听一下这医生的下落,看他后来是锒铛入狱了,还是究竟去了何处。这对我们来讲很容易,自从党卫队被宣布为犯罪组织之后,我们特设了国际专门司来调查此类案件。"

鲁茨记录下了这一切。

他承诺老探长会派人帮忙打听,同时也为老人的古怪行为感到吃惊。然后他便告辞了。

"祝你早日康复,"他说着与老探长握手告别,"今天晚上我就给你消息,然后你就可以尽心尽意地进行推理啦。布拉特也来了,人在外面,要来问候你。我在外面的车里等着。"

紧接着,身材魁梧的布拉特走了进来,鲁茨随即离开了。

"你好,布拉特,"贝尔拉赫冲着这位以前常常给他当司机的警察说,"能见到你真的很高兴。"

"我也很高兴。"布拉特说,"我们都很想念你,探长先生。我们太想念你了。"

"嗯,布拉特,赫特里斯贝格尔现在会接替我的位置,我想他会换个调子唱新歌了。"老探长回应道。

"太可惜了,"警察说道,"这可不是我想要说的。但愿你早日恢复健康,就连赫特里斯贝格尔肯定也会高兴的。"

贝尔拉赫询问布拉特,是否知道马特大街上的一家古玩店,主人是个白胡子犹太人,名叫菲特巴赫。"

  布拉特点点头:"就是橱窗上始终挂着众多清一色相同邮票的那家铺子。"

  "今天下午去一趟那里,告诉菲特巴赫,让他把《格利弗游记》给我送到萨雷姆医院来。这是我吩咐你去执行的最后一次公务。"

  "那本关于小人国和大人国的书?"警察惊讶地问道。

  贝尔拉赫笑着回答:"你也看出来了,布拉特,我喜欢童话。"

  警察在老人的笑声里感受到某种可怕的东西,却又不敢发问。

## 高 山 茅 舍

  就在当天傍晚,即周三的傍晚,鲁茨如约打来了电话。胡格托贝尔医生正坐在这位朋友的床边,他马上要进行一台手术,于是让人送来了一杯咖啡,他要稍稍利用这个机会,和病床上的贝尔拉赫"待在一起"。这时电话铃声响起,打断了两人的交谈。

  贝尔拉赫拿起电话,急切地倾听着另一端所带来的消息。片刻之后,他说道:"做得很好,法弗尔,还得请你把材料寄过来。"他挂掉电话。"内勒已经死了。"他说。

  "谢天谢地,"胡格托贝尔情不自禁地说道,"这个消息可喜可贺。"他边说边点燃了一支"苏门答腊小玫瑰"。"护士小姐应该不会恰巧在这时进来吧。"

  "中午我已经被她撞见了一次,她很生气,"贝尔拉赫肯定地说,"但是我推脱说是跟你学的,然后她说,这确实是你的做派。"

  "内勒究竟是什么时候死的?"医生问。

  "1945年8月10日。他在汉堡一家宾馆结束了自己的生命,服毒自杀,和调查显示的结果一样。"老探长回答说。

  "你瞧瞧,"胡格托贝尔点点头说,"这下你对他的嫌疑应该完全泡汤了吧。"

  胡格托贝尔沉浸在吞云吐雾的享受中,贝尔拉赫眨眨眼睛望着从他嘴里吐出的层层烟圈，终于说道，没有什么东西会像嫌疑一样如此难以被淹死，因为没有什么能像它一样又如此容易地反复浮出水面。

"探长真是无可救药了，胡格托贝尔一笑置之，这一切在他看来只是一场无伤大雅的玩笑。

这是刑事学家必备的首要品德，老探长针锋相对地回应道，然后问道："塞缪尔，你和埃门贝格尔曾经是不是朋友？"

"绝非朋友，"胡格托贝尔回答，"据我所知，我们之中所有与他同学的人，没有一个人与他为友。至于《生活》杂志上的照片，我也反复地思索琢磨。汉斯，我愿意向你坦诚地说，为什么我会把照片上这个集中营禽兽医生当作是埃门贝格尔。对此你自己也一定琢磨过。照片上能看到的信息并不多，两人也确实存在一些相似，但就算把两个人搞混，也不该因为他们的某些相似之处，而必须因为一些其他的因素。有件事我已经忘记了许久，不仅是因为它已经发生了太久，更是因为它实在不堪回首。忘记那些令人生厌的故事，这也是人之常情。汉斯，我曾亲眼目睹埃门贝格尔在不用麻醉的前提下给人进行手术。这在我看来犹如发生在地狱里一样，假如真有地狱的话。"

"真的有，"贝尔拉赫平静地回答，"如此说来，埃门贝格尔果真干过此等勾当？"

"你可以这么认为，"医生说，"当时也真的没有别的办法，那个可怜的家伙不得不这样忍受手术，可他如今依然健在。如果你真能见到他，他会对天发誓说埃门贝格尔是一个魔鬼。这样说很不公平，要是没有埃门贝格尔，那个家伙早就命归西天了。但尽管如此，坦白地讲，我也能理解这位伙计。那场面实在太恐怖了。"

"究竟是怎么一回事？"贝尔拉赫好奇地追问道。

胡格托贝尔喝光杯里最后一口咖啡，不得不又点燃一支"苏门答腊小玫瑰"。"老实说，手术并非魔术。与所有职业相同，我们这一行也没什么魔法。口袋里插把刀，加上胆量，当然解剖学的知识也必不可少,仅此而已。只是那时的我们还是一群年轻的学生,谁会有那样的胆量呢?"

记得我们大约一行五人,五个医学专业的学生,从吉尔塔谷地出发,向着布吕姆里萨普峰进发。我们的目的地是哪里,这个我已经记不清了,我一直都不是个优秀的登山爱好者,对地理方向的感觉就更差了。我估计大约是在1908年前后某个7月,一个极其炎热的夏天,这一点我记忆犹新。我们在阿尔卑斯山某个山峰的茅舍里过了一夜。奇怪的是,我对过夜的茅舍记忆尤深。没错,我经常还会梦到它,随即一身冷汗,从睡梦中惊醒,甚至还没来得及梦到茅舍里面发生的事情。梦中的茅舍与阿尔卑斯山里的其他茅舍一模一样,整个冬天都无人造访,但真正令人恐惧的东西就仅存于我的幻想中。我相信有一点能证明它,即梦中的茅舍从上至下都布满了潮湿的苔藓,而现实中阿尔卑斯山的茅舍却并非如此。人们时常能读到发生在屠夫茅舍的故事,但并不清楚这茅舍究竟是什么样的。如今,每每提起屠夫茅舍时,我就想起我们过夜的阿尔卑斯山茅舍。它周围长满了赤松,门口不远处还有一口水井。茅舍的木头并不是黑色,而是泛着白色,早已腐烂,一条条裂口上长满了蘑菇。但也不排除这是我事后所幻想出的样子。那次事件过后,至今已时隔多年,以至于梦境与现实已难解难分地纠缠在一起。但是,我对那种毫无缘由的恐惧却记忆犹新。我们穿过布满碎石的高山牧场朝茅舍走去。它建造在牧场的洼地上,整个夏天都无人问津,当时我感到一阵恐惧向我袭来。我深信,这种恐惧让当时在场的每个人都不寒而栗,但埃门贝格尔也许并没有这么觉得。大家不再说话,每个人都陷入了沉默。在我们抵达茅舍之前,夜幕已经降临,一束深红色的奇幻霞光笼罩着眼前由冰雪和石块所构成的渺无人烟的世界,它持续了许久,似乎是难以忍受之漫长,夜晚因此而显得更加可怕。如此绚烂的天外来光映染着我们每个人的面孔和双手,它仿佛并非来自太阳,而是来自比太阳更遥远的星球。我们慌忙地冲入茅舍,这自然也是轻而易举,因为屋门并未上锁。早在吉尔塔谷地,就有人说过,我们可以在这茅舍里过夜。

茅舍真可谓陋室,除了几张简易架子床外空空如也。借助微弱的光线,我们看到了屋顶下方的茅草,靠在墙上的黑色扶梯早已歪歪扭扭,上面沾满了前一年的尘垢脏污。埃门贝格尔去屋外的井里打水,行动异常匆忙,仿佛已经预料到将要发生的事情。这自然是不可能的。然后我们在地灶上生火,还找到一口锅架在上面,就在这时,在这被灰暗和疲惫所笼罩的奇特氛围中,我们中的一人遭遇不幸,生命垂危。他是个胖胖的卢塞恩人,一个店主的儿子,像我们一样学习医学——没人知道他为何要学医,一年后他放弃学医,还是选择了经商。这个手脚笨拙的小伙攀爬上梯子,本想取屋顶下方的茅草,无奈梯子断裂,致使他摔下,喉头很不幸地撞在一根突出墙来的梁木上,躺在地上呻吟不已。他当时摔得不轻,起初我们以为他身体什么地方骨折了,可片刻后他开始费劲地喘息。我们将他抬到屋外的一条长凳上,落日余晖的灵异霞光穿过重叠的云层照射下来,映在这位受难者的身体。他此刻的模样令人恐惧。已擦破并渗血的喉咙肿得很高,他向后仰着头,喉头剧烈地颤动着。更加恐怖的是,我们发觉他的脸色开始变暗,在天边魔鬼般霞光的照映下几乎变成黑色,一双睁大的双眼犹如两颗湿润的白色鹅卵石在脸庞上泛着光。在绝望中,我们努力地用湿布给他包扎伤口,可是无济于事。他喉咙内部越肿越高,面临窒息的危险。这位受难者起初还发疯似地挣扎乱动,可现在已明显丧失了活力,仿佛一切对他而言已经无所谓了。他的呼吸变得沉重,已经无法讲话。我们很清楚,他已经生命垂危,但我们却束手无策。我们缺乏经验,也缺少应对此类状况的相应知识。我们虽然知道,有一种紧急手术也许还能带来一线希望,但没人敢去行动。唯独埃门贝格尔与众不同,他不仅知道,而且敢做。他对这位卢塞恩受难者做了详细的检查,用炉灶锅里的沸水对他随身携带的小刀进行消毒,然后施行环甲膜切开手术,该措施偶尔在急救时会被采用,在喉头上部与甲状软骨和环状软骨间进行横行皮肤切口,以缓解呼吸困难。恐怖并不在于情急之下不得已而用随身小刀替代施行手术,汉斯。可怕的是某种别的东西,那种显现在两个人脸上的东西。

受难者可能因呼吸困难而失去了知觉,但他的双眼仍然睁着,睁得圆圆的,因此还看得清眼前发生的一切,即使这一切也许像梦境。当埃门贝格尔施行手术时,天哪,汉斯,他的双眼同样睁得圆圆的,面部已扭曲变形。似乎从这双眼睛中迸发出某种魔鬼般的东西,一种极度愉悦的表情,一种通过折磨别人或诸如此类的方式而获得愉悦的表情。顷刻间,我感觉到了害怕,即便非常短暂。然而我相信,在当时,这种害怕除了我之外,没有其他人还曾感受到,因为其他人根本连看都不敢看一眼。我同时相信,这大概多半是我的臆想。我经历的一切,当晚阴森的茅舍和灵异的霞光,这一切共同帮助构建了这种臆想。这场意外的奇特之处在于,那位后来被埃门贝格尔通过环甲膜切开手术救了性命的卢塞恩人,在此之后再也没有和埃门贝格尔讲过一句话,更别说特意为此而感谢埃门贝格尔了,以至于许多人都对这位卢塞恩人产生反感。与此相反,埃门贝格尔从此却愈发受人赞赏,人们称赞他才华出众、聪明过人。他的人生道路不同寻常。我们都认为他能成就一番大事业,但他对此并无兴趣。他研究的领域十分庞杂,物理,数学,似乎没有一样能满足他。甚至哲学和神学课程他也去听。在国家医学考试中他成绩出众,但他后来却并未开业行医,而是协助别人干,还曾当过我的手下。老实说,除少数几人不喜欢他之外,病人们都很赞赏他。他就这样度过了一段不平静而孤独的生活,直至最后选择远渡重洋、移居国外。他发表过一些稀奇古怪的论文,例如一篇为占星学辩护的论文,这是我所读过的最为强词夺理的论文。据我所知,没有人能同他聊得来,他后来变成了一个尖刻恶毒、无可信赖的异类。令我们惊讶的是,他在智利突然风格大变,在那里从事客观理性的科学研究工作。这绝对是跟气候是分不开的,或许与周围或身边所处的环境相关。但一回到瑞士,他又迅速变回了原样,显出他最初的面目。

胡格托贝尔讲完后,贝尔拉赫说,但愿埃门贝格尔还保存着那篇占星学论文。

医生表示,他明天就把那篇论文带给探长。

事情的经过就是这样,探长沉思着说。

"你瞧瞧,"胡格托贝尔说道,"生活中的我,也许做梦真的太多了。"

"梦境不会撒谎。"贝尔拉赫应答道。

"梦境尤其会撒谎,"胡格托贝尔说,"请原谅我不得不离开了,还有一台手术等我去做呢。"说着他从凳子上站了起来。

贝尔拉赫伸手与他道别,"我只希望不是你方才讲的环甲膜切开手术。"

胡格托贝尔笑着回答,"腹股沟疝气手术,汉斯。坦诚地说,我更愿意做这类手术,即使手术难度更大些。现在你必须静心修养。务必静心。对你来说,没有什么比睡足十二小时更为重要的了。"

## 格 利 弗

然而午夜时分,窗前传来异响,一阵凉风涌入病房,老探长醒了。

他没有立即开灯,而是思索着究竟发生了什么事。后来他终于察觉到窗户的百叶窗被人慢慢推了上去。将他团团包围的黑暗被照亮了,窗帘在模糊暗淡的光线中幽灵似的鼓胀起来,随后他听到百叶窗又被小心翼翼地推了下去。他再次被午夜难以穿透的黑暗包围。但他感到一个身影从窗口溜入房间。

"总算来了,"贝尔拉赫边说边顺手拧开床头柜上的夜灯,"果然是你,格利弗。"

房间里出现一位高大的犹太人,在灯光下泛着红光,身穿一件破破烂烂污迹斑斑的长袍。

老探长再次习惯性地背靠枕头,双手枕在脑后。他说:"我完全能够想象你飞檐走壁,只是没完全料到你会在今夜前来造访。"

"你是我的朋友,"闯入者回答说,"于是我就来了。"他的脑袋光秃,但十分巨大;双手很有型,但布满了恐怖的疤痕,这证明他曾遭受过非人的虐待。没有什么能摧残他面部乃至整个人所散发出的威严气概。这个巨人矗立在房间中央纹丝不动,背略微弯曲,双手垂搭在大腿面上。他的影子投射在墙和窗帘上,宛如幽灵,一双没有睫毛却钻石般闪亮的眼睛用刚毅的眼神望着老探长。

"你怎么会知道,我出于需要而逗留在伯尔尼呢?"从巨人那饱受摧残、几乎没有嘴唇的嘴里吐出一句问话,问得既费劲又谨慎,就像一个人掌握的语言太多,以至于一时无法迅速找到恰当的德语句子。尽管如此,他的发音纯正而无口音。"格利弗行事从不留痕迹,"他沉默片刻后继续说道,"我行动起来神不知鬼不觉。"

"每个人都会留下蛛丝马迹,"老探长针锋相对地说,"让我来告诉你的蛛丝马迹吧:我个人以为,只要你一到伯尔尼,那个窝藏你的菲特巴赫就会再次在报纸上刊登广告,出售他的旧书和邮票,这样他才能弄到一点点钱。"

犹太巨人笑着说:"贝尔拉赫探长的过人本领就在于能从错综复杂中发现简单的真实。"

"现在你认识到自己的蛛丝马迹啦。"老探长打趣地说道。对于刑事专家来讲,没有比泄露自己的秘密更糟糕的事情了。

"为了贝尔拉赫探长,我愿意留下自己的痕迹。菲特巴赫,这个犹太可怜鬼,他永远都弄不明白如何做生意。"

这个高大的鬼怪边说边在老探长的床边坐下,手伸进长袍里,取出一只布满尘土的大瓶子和两只小杯子。"伏特加酒,"巨人说,"一起喝两杯,探长,我们以前不是总在一起喝酒吗。"

贝尔拉赫嗅了嗅杯子里的酒,他喜欢偶尔喝点烈酒,但此刻心里却略有不安,他想象着这个场面万一被胡格托贝尔博士撞见的话,不知他会如何生气呢,又是烈酒,又是犹太酒友,而且还在人人都已入眠的深更半夜。多么优秀的病人,胡格托贝尔一定会讥讽他,并对他大发雷霆,兴起一场轩然大波。他了解胡格托贝尔的为人。

一杯酒下肚后,他问道:"伏特加酒是哪里弄来的?这酒真来劲。"

"从俄国,"格利弗笑着说,"从苏联人手里弄的。"

"你怎么又去俄国了？"

"做生意嘛，探长。"

"你发音不对，"贝尔拉赫纠正着他的发音，"伯尔尼方言只是这样叫。你在苏维埃天堂里难道也没有把这件不堪入目的长袍脱掉吗？"

"我是犹太人，理应穿着我的长袍，我曾经发过誓。我热爱我们这个可怜民族的服饰。"格利弗回答说。

"还是再给我来一杯伏特加吧。"贝尔拉赫要求道。

犹太人重新给两人的杯子倒满了酒。

"但愿飞檐走壁对你来说不是太难，"贝尔拉赫皱着眉头说，"你今晚又干了一件违法的事情。"

格利弗不许让人看见，犹太人简短地回答。

"晚上八点钟天早就黑了，萨雷姆医院自然会放你进来。这里又没有警察。"

"那正好适合我飞檐走壁，"巨人笑着回答说，"这易如反掌，探长。顺着通往屋顶的排水管爬上去，沿着挑檐向前走。"

"幸好我已经退休了，"贝尔拉赫摇摇头说，"你这样做，我问心无愧。我早就该把你关得严严实实。只要抓到你，整个欧洲恐怕都会对我赞赏不已。"

"你不会这样做的，因为你很清楚，我在为了什么而奋斗。"犹太人淡定地回答。

"你也许真该给自己搞个证件或者什么，"老探长建议道，"我虽然也很不看重这类东西，但总得以上帝的名义遵循某种秩序。"

"我早就死了，"犹太人说，"纳粹分子早把我枪决了。"

贝尔拉赫沉默了。他明白巨人想表达什么。灯光投射出的宁静光圈环绕着两个人。不知从远方何处传来午夜的钟声。犹太人斟满了伏特加酒。他的双眸中闪烁着一种极其不同寻常的喜悦。

"1945年5月的一天，天气十分令人惬意——我还清晰地记着天空上的一小朵白云——，我们的党卫军朋友在某个大石灰坑里枪杀了我们可怜民族的五十个男人,却由于疏忽大意放过了我。我在血泊中爬行了几个小时,然后躲藏在不远处的一棵丁香树下。鲜花盛开的丁香树枝繁叶茂,因此,挖土掩埋尸体的党卫军分队遗漏了我。那时我就立下誓言,既然上帝愿意让我们在本世纪像牲口一样生存,那我自此将永远坚持这种受屈辱、遭鞭打的牲口生活。从此之后,我始终生活在墓穴洞窟的黑暗中,藏在地窖或诸如此类的黑暗场所,只有黑夜才能看到我的面容,只有星星和月亮才能照射到我这件遭受千万次撕扯的长袍。本来就该这样。德国人已经处决了我,在我夫人那里——她现在已经死了,这反而对她很好——,我曾见过我的死亡证明,是帝国邮局寄给她的,上面填写得严谨详实,真为那些优良的教育机构增光添彩,它们肩负着德意志民族的文明大业。死了就是死了,对犹太人如此,对基督徒同样如此,请原谅我将犹太人排在了基督徒前面,探长。你得承认,证件是不会颁发给死人的。任何国家,只要犹太人仍然遭受迫害和折磨,就会有死人。干杯,探长,为我们彼此的健康干杯!"

两个男人喝光了杯中的酒。犹太人斟满伏特加,开口问道:"你要我帮你做什么,贝尔拉赫探长?"说话间一双眼睛眯成两条闪闪发亮的细缝。

"探长这个音发错了。"老探长纠正着他的口音。

"就这样吧。"犹太人坚持道。

"我想让你帮我打听一个消息。"探长说。

"打听消息,这很好,"巨人笑着说,"一条可靠的消息比金子还宝贵呢。格利弗知道的可要比警察局多得多。"

"那可不见得,我们走着瞧呗。你在所有的集中营里都待过,这是你亲口告诉我的。除此之外,你却很少对我提起你的过去。"贝尔拉赫说。

犹太人斟满了两个人的酒杯。"我这个人曾一度被过分重视,从一个地狱被拖到另一个地狱,待过的所有地狱加起来比但丁所唱的九个地狱还要多,而但丁本人却连一个地狱都未曾待过。每个地狱都给我增添数量可观的伤疤,我如今将它们带入我死后的生活中。"说着,他伸出了左手,整个手已经完全畸形。

"那你也许认识一个名叫内勒的党卫军医生?"老人急切地问道。

犹太人注视着老探长,沉思片刻后问道:"你是说施图特霍夫集中营那个内勒医生?"

"正是。"贝尔拉赫回答说。

巨人嘲讽地望着老探长。"他1945年8月10日已经在汉堡一家破烂的旅馆里自杀了。"他过了一会儿后回答说。

贝尔拉赫思忖着,有些失望:格利弗比警察知道的多个屁,他继续问:"在你的人生中——或者该怎么表述呢——有没有见过内勒?"

这位穿破长袍的犹太人再次用审视的目光望着探长,那伤痕累累的脸皱缩成一个鬼脸,然后他回答说:"你要打听有关这个离奇禽兽什么消息?"

贝尔拉赫思考着,他该多大程度上对这位犹太人敞开心扉,但他随即决定保守秘密,把对埃门贝格尔的怀疑继续留在心底。

因此,他说:"我看到过他的照片,很好奇这样的人后来变成了什么样。我是一个病人,格利弗,还要卧床许久,总读莫里哀的作品也不是那么回事,于是我常常沉思冥想,因而变得好奇,如此杀人如麻的凶手究竟是个什么样的人呢?"

"世界上所有的人都一样。内勒也是人。因此也和所有人一样。这是一个诡诈的三段论法,然而无人能与之抗衡。"巨人说着目不转睛地盯着贝尔拉赫。巨大的脸庞不漏声色,看不出他在想什么。

"我猜你是在《生活》杂志上看到了内勒的照片,探长,"犹太人继续说,"那是他唯一一张流传于世的照片。在这美丽的世界上,人们费尽心思寻找,但从未找到第二张。也正因为如此,才使得人们这样尴尬,毕竟在这张唯一现存的有名照片上,人们辨认不出太多关于这位传奇式杀人魔王的消息。"

"仅有的一张照片,"贝尔拉赫沉吟着,"这怎么可能呢?"

"魔鬼对于在自己势力范围内所选中的人,照顾得比老天爷还要周到,把一切都安排得天衣无缝,"犹太人挖苦地说,"在党卫军的档案名册中,那份用来研究纳粹罪行而存放于纽伦堡的名册上没有内勒的名字。其他的名册中也没有录入他的名字。他仿佛从未属于党卫军。施图特霍夫集中营呈送给党卫军总部的官方文件里从未提到内勒此人,就连随附的编内人员一览表中也跳过了他。在这个杀人如麻而面不改色的魔鬼躯干上附着某些传奇而非法的东西,就连纳粹分子都为他感到羞愧。但事实上内勒确有其人,对此并没有人怀疑,即便是最挑剔的无神论者,因为一个能策划最恶毒酷刑的上帝,很快就会被人相信。因此,那时在集中营里,在那些较之施图特霍夫集中营有过之而无不及的集中营里,我们常常谈论他,尽管在很大程度上像议论一件传闻,而不是把他当成在这个法官与刽子手为患的天堂中最恶毒和最残忍的一个天使来讨论。后来迷雾开始消散,但情况并未随之好转。集中营里能够接受审讯的人,一个都不在了。施图特霍夫靠近但泽。少数经受住了纳粹酷刑的囚犯,在俄国人到来之前已统统惨遭杀害。俄国人为给囚犯伸张正义,又将集中营的看守们统统吊死。然而内勒并不在其中,探长。他一定在之前早就离开了集中营。"

"可他毕竟会被通缉的。"贝尔拉赫说。

犹太人笑着说:"在当时,又有谁没有被通缉过呢,贝尔拉赫。整个德意志民族都牵连进了刑事犯罪中。但没有人再想起内勒,因为没有人再能回忆起他。倘若不是战争结束前《生活》杂志刊登的照片,他的罪行大概永远都不会被人知晓。你看到过的照片,拍摄的是一次技艺高超的外科手术,小小的美中不足是没有给病人打麻醉。人们从道义上十分愤怒,开始清查此事。不然的话,内勒恐怕早就会隐居起来,摇身变成一个平平常常的乡村医生,或者某家昂贵的疗养院的浴疗大夫。"

"《生活》杂志究竟是怎么搞到这照片的?"老探长不解地问道。

"这个世界上最简单的问题,"巨人从容地回答,"是我给的!"

贝尔拉赫猛然直起身,吃惊地盯着犹太人的脸。格利弗果然还是比警察知道得多,他震惊地心想着。这位衣衫褴褛的巨人拯救过无数犹太人的性命,他充满冒险地生活并行走于犯罪与骇人听闻的邪恶错综交织的地界。坐在贝尔拉赫面前的是一位有自我法规的法官,他特立独行,自由定罪判罚,无视地球上那些声势显赫的国家的民法典与刑法条款的约束。

"我们喝伏特加吧,"犹太人说,"这样的烈酒总是有益的,也是人们该坚守的。否则,生活在这个被上帝所遗弃的星球上的人们就丧失了一切甜蜜的幻想。"

随后他斟满酒杯并大声说:"人类万岁!"一口喝干杯中的酒后,他反问道:"但人类如何才能万岁呢?这总是很难实现。"

他不应该如此大叫,老探长提醒说,要是被值夜班的护士听到了,她们会进来查看。这是一家管理有素的正规医院。

"基督教,基督教,"犹太人叹息着,"它创造出优秀的护士,同样也创造出能干的杀人凶手。"

老探长暗自想了片刻,伏特加现在喝得差不多了,但随后还是放开继续喝。

房间似乎旋转了片刻,格利弗的身影让他回想起一只巨大的蝙蝠,随后房间又安定下来了,尽管仍然有点倾斜。但这似乎已是无法避免的事情了。

"你认识内勒。"贝尔拉赫说。

巨人回答说,他有时会和内勒打交道,说完后继续喝着他的伏特加,接着便开始了他的讲述,但声音不再像先前那般冰冷清晰,语调变得像唱歌那样奇怪。讲到讽刺挖苦之处,他的语调变得高昂,有时又低沉缓和。贝尔拉赫由此而体会到,他所讲述的一切,包括愤慨与讥讽,都只是对于一个由上帝创造的、曾经美丽的世界的无缘堕落所表达出的无尽悲哀。这个巨人般的阿赫斯维①如今在午夜时分坐在

---

① 阿赫斯维(Ahasver):《圣经》里的人物,因犯罪遭受天谴而被罚流浪世间不得归家。

老探长的病床边,病入膏肓的探长倾听着这个悲惨男人的讲述,我们时代的历史把他变成了一个阴郁的、令人恐怖的死神。

"那是1945年12月的事,"格利弗继续用他唱歌般的音调讲述着,半借着伏特加的酒劲,他的痛苦犹如一片黑暗的油面在酒的海洋里扩散开来,"接着又在来年1月,那时,冬日里希望的太阳正在斯大林格勒和非洲的地平线上冉冉升起。但那几个月却被诅咒了,探长,我生平第一次在我们可敬的犹太法典教士及他们灰白的胡子面前起誓,我快要熬不过那些时日了。但我后来却熬了过来,这多亏了内勒,他的生平正是你急切要了解的。有关这位年轻的医学家,我能够向你倾诉的是:通过把我打入地狱最底层后再抓着我的头发将我拽上来,他救了我的命。这样的方式,据我所知,仅有一人挺了过来,这人就是我,这样的我遭到了咒骂,咒骂我受得住一切。出于感恩戴德之心,我毫不犹豫地决定采用给他拍照片的方式来曝光他。这个黑白颠倒的世界里的善德,人们往往只能以怨相报。"

"我没有听懂你在讲什么。"探长回应道,心里拿不准犹太人是不是借着酒劲儿胡言乱语。

巨人笑了,从长袍里又拿出一瓶酒。"请原谅我,"他说,"我讲述所用的语句过长,但我所遭受的折磨远长于此。我要说的很简单:内勒曾给我动了手术。没有打麻醉。我获得了这一闻所未闻的殊荣。请再次原谅,探长,当我想起这一切时,我就不得不喝伏特加,像喝水一样,因为这一切真的不堪回首。"

"魔鬼,"贝尔拉赫不由自主地脱口而出,并朝着病房的寂静处再次重复着:"简直是魔鬼。"他从床上半直起身子,顺手把空酒杯递给坐在他床边的巨人。

"听我的故事,只需要些许心理耐受力才是。但要经历我的故事,心理则越麻木越好,"身着破烂发霉长袍的犹太人用唱歌般的音调继续讲述着,"有人说,你最终应该忘掉这一切,这样的事不仅发生在德国。如今在俄国也出现了同样的暴行,世界上哪里没有暴虐狂?但是我什么都不愿意忘记,这样做不仅仅因为我是犹太人——

德国人杀死了我的六百万同胞,可是六百万啊!——不,因为我仍然还是人,尽管我住在地窖里与老鼠为伴。我反对将不同的民族加以区分,划分为优等与劣等民族,但我执意将不同的人加以区别,这一点已经铭刻在我的心里。从我的肉体第一次经受折磨开始,我便将施虐者和受虐者区别开来。我并未将其他国家的看守们的新暴行从账单上抹去,我将此账单呈递给了纳粹分子,他们必须统统偿还,我要将它们一起算。我当然有不区别对待施虐者的自由,他们都有同样的嘴脸。倘若还有上帝,探长,我这颗备受损毁的心便别无所求,在上帝面前并没有种族之分,只有人之分,上帝将依照罪行对每个人进行判决,并依照他所秉持的公正给他自由。基督徒啊,基督徒,听听一个犹太人对你所讲述的,他的民族把你们的救世主钉上了十字架,而他如今连同他的民族被你们基督徒们钉在了十字架上:在施图特霍夫集中营,在一个人们称之为灭绝营的地方,在距离古老而受人敬重的城市但泽不远处,我的肉体和灵魂处在悲惨之中,正是为了这座城市而燃起了这场罪恶的战争,此后发生在这里的一切都残酷无情。耶和华身处遥远之地,忙于其他星球的事务,或者因忙于钻研某个神学问题而费尽了其崇高的精神。简而言之,他的子民们被肆无忌惮地驱向死亡,被毒气杀死,被击毙,任由党卫军肆无忌惮地处置,时而也视天气而定:刮东风时处以绞刑,刮南风时则放恶狗疯咬致死。内勒医生也参与其中,就是你急切想了解其命运的这位医生,一位世界道德秩序的参与者。他是一个集中营医生,这样的医生在每个集中营都多如牛毛。他们将各自的科学热情奉献于大屠杀事业,给成千上万的囚犯注射空气、石碳酸、苯酚及一切世间所能得到且有助于满足他们恶魔般屠杀欲望的物质,或者甚至有必要的话,用人体做实验,不用麻醉。他们声称这是情况所迫,因为肥头大耳的帝国元帅禁止在动物身上做活体解剖。就此而言,内勒并非唯一一位施行此类行径之人。——现在我有必要说说他了。在我从一个集中营到另一个的游走历程中,我悉心观察着这些恶魔般的施虐者,学习——正像人们所说的——去认识我的兄弟们。就其本行而言,内勒在很多方面都很出众。他不参与他人的暴行。我必须承认,但凡在集中营里尚有可能、且有一点意义,他就尽己所能去帮助囚犯,尽管是在以灭绝一切为目的的集中营里。探长,与别的医生相比,他的做法是另一种意义上的毛骨悚然。他的实验的出众之处不在于将人折磨得更痛苦。那些被以高超技艺捆绑起来的犹太人在别的医生的刀下同样是嚎叫着死去,但死因是痛苦所致的休克,而非高超的医学艺术。他的险恶之处在于,他对受虐者所做的一切都事先得到了他们的许可。不可思议的是,内勒只给那些自愿参加手术的犹太人施行手术,这些人要么已经清楚地知道将要面临什么,要么必须在做出自愿决定之前,甚至必须事先亲眼目睹此类手术的全部惨状,然后才要作出决定,愿意去忍受相同的折磨。"

"这怎么可能呢?"贝尔拉赫气喘吁吁地说。

"希望所在,"巨人笑着说,胸部上下起伏,"希望所在,基督徒。"他的一双眼睛在一种深不可测的兽性狂野中闪烁,脸上的伤疤清晰地凸显出来,两只手如同动物爪子一样摊放在贝尔拉赫的被子上,布满裂痕的嘴反复而贪婪地汲饮着伏特加,烈酒灌入他那伤痕累累的躯干里,他的嘴里发出好似来自远离尘世的哀叹:"信仰,希望,爱,这三者,《科林多前书》第13章讲得很好。其中希望是当中最坚韧的,它已被印刻在我——犹太人格利弗——的肉体上,成为红色的胎痣。爱和信仰,它们在施图特霍夫早已见鬼去了,唯独希望尚存,人们带着希望去见鬼。希望。是希望!内勒准备好了希望,并将它提供给每一个愿意拥有希望的人,而许许多多的人愿意抱着这样的希望。这听起来难以置信,探长,但是数以百计的囚犯主动找内勒做手术而不用麻醉,即使他们浑身颤抖、脸色苍白,眼睁睁地看着先于他们的人惨死在手术台上,也仍然丝毫不吐一个'不'字。这一切都源于所谓的希望,重获自由的希望,内勒许诺给他们的希望。自由!人类对它究竟要何等热爱,才会为了它而甘愿忍受一切,人类对它如此热爱,以至于当时在施图特霍夫自愿赴汤蹈火,只为拥抱这个别人许诺给他的悲悯的自由私生子。自由有时是娼妓,有时是圣贤,在每个人的眼中各不相同。在工人眼中,在神职人员眼中,在银行家眼中,自由的样子皆有不同,在身处奥斯维辛、卢布林、马伊达内克、纳兹瓦勒和施图特霍夫灭绝营的犹太人眼中,自由又完全是另一副样子:在那里,所有灭绝营外的一切都意味着自由,但并不奢求它包括上帝创造的美好世界。噢,绝不,人们仅仅无限卑微地奢望能够再次被送回到一个略微舒适一点点的地方,如布痕瓦尔德或达豪集中营。在那里,人们此刻就能看见金光灿灿的自由;在那里,人们不必担心被毒气杀死,而仅仅是被殴打致死;在那里,至少还残存千分之一的渺茫希望,遇到某种未必会有的偶然机会而获救,并保住性命。但是,在灭绝营里,死亡成为绝对的出路。上帝啊,探长,让我们为之奋斗吧,自由终究会对所有人来说是相同的东西,任何人都不要再为自己的自由而在他人面前感到羞愧。可笑的是,正是从一个集中营换到另一个的希望驱使人们成群结队地、或至少大量地涌向内勒的屠宰板;可笑的是,"(讲到此处,犹太人真的发出了一阵绝望而愤怒的讥笑声)"基督徒,而我也躺在了那张鲜血淋淋的屠宰板上,看着聚光灯下内勒的手术刀具和钳具在我上方模模糊糊地晃动着,然后沉入深不见底的痛苦深渊之中,痛苦地折磨着我们,将我们一层层地剥开!我也进去找他,抱着一丝再次逃命的希望,抱着再次逃离这个被上帝诅咒的灭绝营的希望。由于这位备受认可的心理学家内勒平常以乐于助人和为人可靠而积累下的好口碑,人们便会信任他,就像当你陷入无限困境而无法自拔时,始终会相信奇迹的出现一样。说真的,事实也如此,他没有食言!我作为唯一一个经受住了一次毫无意义的胃切除手术,被照料至康复,在2月初踏上了返回布痕瓦尔德集中营的路。然而在经历了没完没了的路途辗转之后,我绝对也不会到达那里,因为行至艾斯莱本城附近时,就是那个丁香花盛开的美丽5月的一天,我爬进树丛里躲藏起来了。——这是一个四处流浪的男人曾经历过的事情,探长,他就坐在你的床边,这就是他所遭遇的苦痛和他穿行于这个时代的荒诞血海中的全部旅程。我们时代的漩涡吞噬了千百万人,有罪的人,无罪的人,并还将继续卷走我身体与心灵的残骸。行啦,至此第二瓶伏特加也已经喝光啦,是亚哈随鲁沿着街道边墙和道边水渠返回菲特巴赫家那阴冷潮湿的地窖的时候啦。"

格利弗已经站了起来,他投射在墙上的影子遮住了半个房间,然而老探长仍然不让他走。

"那么,内勒究竟是一个什么样的人呢?"他问道,声音已不再像先前那般轻言细语。

"基督徒啊,"犹太人说着将喝光的酒瓶和酒杯又藏进那肮脏的长袍里,"谁能回答得了你这样的问题呢?内勒死了,他只是结束了自己的性命,把他的秘密交给了统管天堂和地狱的上帝,他不会再说出他的秘密,就连神学家也不告诉。探究那里只存在着死亡的东西的地方,是致命的。不知有多少次,我想试图去揭开这个医生的神秘面纱,可始终未能如愿。我根本无法与他取得交谈,他也不与党卫军乃至众多医生中的任何人保持来往,更别说与我这个集中营囚犯了!也不知有多少次,我试图搞清在他闪亮的眼镜片背后所隐藏的一切。像我这样一个可怜的犹太人又能真正做什么呢?因为他无非看到的是这个虐待自己的人穿着手术罩衫,戴着遮住了半个脸的口罩。就是这样,当我冒着生命危险拍照内勒时——没有什么比在集中营里拍照更加危险的事情了——,他始终就是这个样子:白罩衫裹着他瘦削的身躯,他微微驼背,在这些由悲惨、灾难和凄惨所充斥的营房里踱来转去,步态轻盈谨慎,仿佛生怕被传染上什么疾病似的。我想,他的举止定然出于小心谨慎。他或许早已料到,迟早有一天,在某个美好的日子里,集中营里这一切如同地狱般的魔鬼行径终将会消失——为了在别的什么地方像一个麻风病患者似的与别的施虐者以及别的政治体制一起再次从人性深处进出来。想必他从一开始就准备好隐居起来,仿佛他是临时被招聘到那个地狱里。此后我核算了我的出击所取得的成果,探长,我的出击收获颇丰:当照片刊登在《生活》杂志上时,内勒开枪自杀了。再说全世界都知道了他的名字,这就足够了,探长,因为谨慎的人都试图隐姓埋名不为人知(这便是老探长听到格利弗讲的最后一句话,沉闷如撞击生铁大钟所发出的声响,隆隆地回响于老探长的耳中,让他感到恐惧),隐姓埋名!"

这时,伏特加酒开始起作用了。这个病人虽然觉得,仿佛对面窗户上的帘子犹如一艘渐行渐远的帆船上的风帆鼓起来,仿佛听到远方有一个百叶窗升起时发出沙沙声;然后,变得更加模糊不清,仿佛一个巨人般的身躯坠入夜空的漆黑。后来,当一望无际的群星透过敞开的窗户那张开的伤口照射进来时,老探长的心中爆发出一种无法遏制的执拗,他要在这个世界上挺下去,为了另一个更加美好的世界而奋斗,凭借他这悲怜的、正在饱受癌症吞噬的身躯,贪婪地,不可阻挡地,这身躯还有一年时间,只有一年时间了。他开始怪声怪气地唱起歌来,仿佛伏特加火焰般地在他的胸中燃烧,唱着伯尔尼进行曲,唱进医院的寂静中,让医院里的病人们躁动不安。他想不到什么更有力量的东西了。然而,当惊慌失措的夜班护士们冲入病房时,老探长已经睡着了。

## 推 测

第二天是星期四,贝尔拉赫醒来时,时间已接近十二点,这是常有的事,此时午饭快要送来了。他感到脑袋有些沉重,但除此之外一切都久违的好,看来偶尔嘬上两口烈酒的效果还是不赖的,尤其是你卧病在床、禁止喝酒的时候,他暗暗地想。床头柜上放着一封信,是鲁茨派人送来的有关内勒的材料。对于警察局如今的组织管理,真的没有必要再妄加评论,毕竟是被行将退休的人了,谢天谢地,这将在后天变成现实。以前他在君士坦丁堡工作时,等一份收集整理的材料常常需要等好几个月。然而,当老探长还没来得及拆开信件翻阅时,护士就送来了午饭。那是莉娜护士,他最喜欢的护士,但今天她似乎是特地为他而指派的,对他的态度也截然不同于往日。老探长觉得有些吃惊。他猜测,大家一定想到了昨夜发生的事情。真是难以理解。他虽然感到,好像他在格利弗离开后唱了伯尔尼进行曲,但他想必这是个错觉,他压根儿就不是一个爱国主义者。

　　真可恶,他暗暗地想,要是能记清昨夜发生的事情就好了。在用调羹喝着麦片粥的时候,老探长疑虑重重地张望着病房四周。(总是麦片粥!)盥洗台上放着几只瓶子和一些药品,那里先前可是什么都没有。这又意味着什么呢?这一切都很可疑。此外,每隔十分钟就会有护士进来,不是取走什么,就是寻找什么,或者送来什么。有个护士在走廊里嗤嗤地笑,他听得很清楚。他不敢打探关于胡格托贝尔的消息,正常情况下他在傍晚时才出现,因为他一整天都要在市里的诊所出诊。贝尔拉赫沮丧地咽下苹果酱麦片粥(口味总是一成不变),然后,当他开始吃饭后甜点时,惊奇地发现甜点里竟然搭配了一杯加糖的浓咖啡——胡格托贝尔医生给你的特别关照,护士带着责备的口吻告诉他。这真是破了例。咖啡很合他的胃口,使他提起了精神。接着他便开始专心致志地研究起信件里的材料,这是最能使他振奋的事情了。然而,刚过中午十一点,胡格托贝尔就出其不意地走进了病房,心事重重的样子,老探长装作仍在潜心研究他的材料,偷偷地瞥了一眼便察觉到了。

　　"汉斯,"胡格托贝尔说着径直走到病床前,"究竟发生了什么事情?我敢发誓,所有的护士也会一起发誓,你喝得烂醉如泥!"

　　"噢,"老探长回应道,把目光从材料上移开,接着又说:"嗳!"

　　绝对没错,胡格托贝尔的语气斩钉截铁,一切迹象都已证实了这一点,他整个早晨都在试图将老探长唤醒,但没有成功。

　　"真是太抱歉了。"老探长遗憾地说。

　　"但事实上,你决不可能只是喝了酒,你肯定灌了一瓶子!"医生绝望地叫嚷着。

　　老人微笑着说,他也觉得是这样。

　　胡格托贝尔说,他遇到了一个难解之谜,说话的同时擦着眼镜,每当情绪激动时,他总会重复这个动作。

　　亲爱的塞缪尔,探长说,收留一个刑事专家并不总是一件容易的事,这点他承认。对于私下饮酒的嫌疑,他也确实无话可说。他只求医生给苏黎世的索纳施泰因医院打个电话,以布莱斯·克莱默的名字为贝尔拉赫挂号住院,说病人是个有钱人,刚做完手术需要卧床治疗。

"你要去找埃门贝格尔?"胡格托贝尔吃惊地问,随之坐在床边。

"当然。"贝尔拉赫回答。

"汉斯,"胡格托贝尔说,"你究竟怎么了,内勒已经死了。"

"内勒是死了,"老探长纠正说,"但我们现在要确定,死掉的是哪个。"

"天哪,"医生上气不接下气地问道,"难道有两个内勒吗?"

贝尔拉赫将材料拿在手里。"我们一起来分析一下案情吧,"他继续平静地说,"我们研究一下那些在我们看来引人注意的细节。你将会明白,我们这一行的魅力就在于数学与丰富的想象力天衣无缝的结合。"

他什么都弄不明白,胡格托贝尔叹息着说,整个早上他什么都没弄明白。

探长一边看着材料,一边接着说:"身材瘦高,头发灰白,以前是棕红色,眼睛绿灰色,招风耳,长脸,脸色苍白,眼下有泪囊,牙齿整齐健康。极其特殊的标记:右眉上有疤痕。"

确实是他,胡格托贝尔说。

谁? 贝尔拉赫问。

埃门贝格尔,医生回答。他从描述中可以判断是他。

然而,这只是对在汉堡发现死去的内勒的描述,贝尔拉赫回应道,这是警察局档案里的记录。

胡格托贝尔很满意地断言说,你把两个人搞混了,这就越发不言而喻了。"我们每个人都有可能跟某个杀人犯相像。我的混淆找到了对这个世界最简单的解释。你必须承认这一点。"

"这是一种结论,"探长说,"然而,还有很多别的结论都有可能成立,尽管它们第一眼看起来并不一定可靠,但它们值得被当作'也可能成立的结论'进一步加以证实。其中另外一种结论就是:在智利的人并不是埃门贝格尔,而是内勒用他的名字生活在智利。与此同时,埃门贝格尔以另一个人的名字生活在施图特霍夫。"

这是一种不大可信的结论,胡格托贝尔惊讶地说。的确,贝尔拉赫回答,但做出这样的结论也没什么不可以。你不得不将所有的可能性都考虑进去。

"天哪,如果这样的话,我们何去何从呢!"医生抗议道,"照此说法,在汉堡自杀的也可能是埃门贝格尔,而那位医生,那位掌管索纳施泰因医院的医生,也可能是内勒。"

"埃门贝格尔从智利回国后,你有没有再见过他?"老探长追问。

"只是匆匆见了一面。"胡格托贝尔畏惧地回答说,双手叉入头发里,有些抓狂。他终于又戴上了眼镜。

"你看看,这种可能是存在的!"探长继续往下说,"下面的方案似乎也可行:那个在汉堡自杀的人是从智利返回的内勒,而埃门贝格尔离开了他在那里自称为内勒的施图特霍夫,回到了瑞士。"

胡格托贝尔摇着头说,那他们一定得接受犯罪这个事实,才足以支撑这个奇怪的论点。

"说得没错,塞缪尔!"探长点头称许,"我们必须推测,内勒是被埃门贝格尔谋杀的。"

"我们也同样有权进行截然相反的假设:内勒杀死了埃门贝格尔。你的想象力显然太不着边际了。"

"这个论点也成立,"贝尔拉赫说,"我们也可以如此假设,至少在目前这个推理阶段。"

"完全是一派胡言。"老医生气急败坏地说。

"完全有可能。"贝尔拉赫不动声色地应答道。

胡格托贝尔据理力争。凭借如此低级的推理方式,正如探长在现实中所采用的,显然可以毫不费力地证明一切想证明的论点。采用这样的方式,所有的一切都会成为问题,医生说。

"一个刑事专家的职责就在于质疑现实,"老探长回应道,"事情就是这样。在这一点上,我们必须像哲学家们那样行事,在他们循着本行、绞尽脑汁思考由生至死的问题以揣测死的艺术之前,他们首先会质疑一切。就此而言,我们尚比不过他们。我们一起提出了各种可能的论点。一切皆有可能。这是第一步。下一步是,我们要对可能的论点和非常可能的论点加以区分,它们并不是一回事,可能并不一定需要成为非常可能。因此,我们必须研究我们各个论点的可能性程度。我们的对象是两个人,两个医生:一方面是内勒,也就是罪犯,另一方面是你的少年之交埃门贝格尔,苏黎世索纳施泰因医院的老板。从根本意义上说,我们有两个论点,两个都有可能。打眼看去,其可能程度并不相同。第一个论点主张,埃门贝格尔和内勒毫无关系,很有可能。第二个论点认为两者有关系,更有可能。"

没错,胡格托贝尔打断了老探长的话,他始终就是这样认为的。

"亲爱的塞缪尔,"贝尔拉赫回答说,"很遗憾,我是一名刑事专家,肩负着从人们的关系中发现其罪行的责任。我对第一个论点,即内勒和埃门贝格尔之间毫无关系,并不感兴趣。内勒已死,埃门贝格尔也不存在什么嫌疑。而相反,我的职业驱使我对第二个论点,对这个不太可能成立的论点,进一步深挖。该论点的可能之处何在?它表明,内勒和埃门贝格尔彼此互换了角色,即埃门贝格尔以内勒为名,在施图特霍夫在不用麻醉的情况下对囚犯进行手术。此外,内勒以埃门贝格尔为名在智利生活,并在那里向医学期刊投寄医学报告和论文。至于另一点,内勒在汉堡之死以及埃门贝格尔如今在苏黎世的生活,暂且撇开不谈。这个论点很奇妙,这点我们首先得坦然承认。至此我们已经搞定了第一点,搞定了我们所停留的点。它是第一个事实,第一个在我们的推测中、在我们的可能与极大可能的迷宫中所浮出水面的东西。两者的相似性何在?相似性我们常常能遇到,而极大的相似性则极少能遇到,最罕见的是,某些巧遇的东西能完全相同,其特征完全相同,这些特征并非自然生成,而是经由某个意外变故而生成。事情就是这样。两个人不仅头发和眼球颜色相同,脸部特征相似,体格相同等等,而且两人右眉上部都有独特的疤痕,就连这一点都相同。"

这些纯属巧合吧,医生说。

"或者也是人为的。"老探长补充说。胡格托贝尔曾经给埃门贝格尔在眉毛上动了手术。他的意图究竟是什么呢?

疤痕是一次手术后留下的,也是由于鼻窦炎浸润太深,不得不开刀治疗而已,胡格托贝尔回答说。

"在眉毛处开刀,其目的是为了让疤痕看起来不太明显。我当时为埃门贝格尔做的手术无疑不太成功。当然,拿起手术刀时偶尔也有运气差的时候,但我的手术技术一向都很精湛。手术留下的疤痕很明显,在外科医生的眼里甚至不堪入目,再说术后甚至连眉毛都缺了一部分。"医生说。

老探长又问,这样的手术多见吗,老探长想知道个究竟。

怎么说呢,胡格托贝尔回答,算不上多。鼻窦炎往往不至于拖延到不得不动手术的地步。

"你瞧瞧,"贝尔拉赫说,"这正是令人奇怪的东西所在:如此不多见的手术竟然也发生在内勒身上,而且他的眉毛同样也缺少一块,正如档案材料里记载的,就连缺的位置也相同:汉堡的尸体检验很细致。埃门贝格尔的左下臂有没有一块手掌大小的烧伤痕迹?"

为什么要对他产生怀疑,胡格托贝尔吃惊地问道。埃门贝格尔在一次化学实验时出过事故。

汉堡的尸体上同样有这样的疤痕,贝尔拉赫满意地回答说。埃门贝格尔如今是否依然拥有这些特征?搞清楚这一切恐怕很重要吧——胡格托贝尔匆匆地见过他一面。

那是去年夏天在阿斯科纳,医生回答说。当时埃门贝格尔身上依然有两个疤痕,他立刻就发现了。埃门贝格尔还不太显老,言语间少不了嘲讽和挖苦,再说也几乎没有认出他来。

"原来是这样,"探长说,"他是假装几乎不认识你。你瞧瞧,这两人如此的相似,甚至你无法区分他们谁是谁。我们要么必须相信这是罕见和奇怪的巧合,要么就是有意为之。或许这两个人其实并没有我们如今所认为的那样相像。如果两人在官方证件或者护照上看起来很像,当然不足以将二者随便混淆起来。然而,当这两人在诸多细节方面都如此偶然的相似,那用其中一人来替代另一人的可能性就更大。人为做假手术和刻意制造事故,这样一来,背后恐怕就隐藏着将相似性转变成一种身份认同的意图。但就目前的调查情况而言,我们只能说是推测。但是你必须承认,这种相似性使我们的第二个论点变得更可信。"

除《生活》杂志上那张照片外,难道再没有内勒的其他照片吗,胡格托贝尔问道。

"还有三张汉堡刑警拍摄的照片,"探长边回答边从档案材料中抽出照片并给他的朋友递过去,"照片上是一个死人。"

"从照片上已经看不出太多东西了,"胡格托贝尔看了半天后失望地回应道。他的声音在颤抖,"似乎存在着巨大的相似性,没错,我可以想象,埃门贝格尔死后也必然是这副模样。内勒究竟是如何自杀的?"

老探长若有所思地、几乎窥探似的望着医生,他身穿白大褂,坐在病床边,看起来相当无助,把一切都忘到九霄云外了,贝尔拉赫的醉酒和那些等待着的病人。"用氢氰酸,"探长最终告诉他说,"像大多数纳粹分子一样。"

"用什么样的方式?"

"他咬碎一颗胶囊吞了下去。"

"空腹吗?"

"是的,尸检报告断定如此。"

这样即刻就会毙命,胡格托贝尔说。从照片来看,内勒在死前看见了什么可怕的东西。两人沉默无语。

最终,探长打破了沉默:"我们继续探究吧,即使内勒的死疑点重重;我们还要调查其他许多疑点。"

"我不明白,你怎么能说还有其他许多疑点呢?"胡格托贝尔既惊讶又心情沉重地说,"这未免有些过分了。"

"噢,别这样,"贝尔拉赫说,"那是你大学时的经历。我不过简短地提一提而已。它赋予我一个心理依据,能帮助我探究埃门贝格尔为什么当他在施图特霍夫时有可能做出我们不得不推测会发生在他身上的那些事情。但是我要说说另一个更重要的事实:我手里有一份简历,是我们所知道的内勒的。他生于1890年,比埃门贝格尔小三岁,柏林人,其父不详,其母为仆女,将私生子丢给自己的父母,生活很不稳定,后来被送进了反省院,再后来就不知下落。他的祖父在伯尔希克工厂当工人,也是私生子,少年时从巴伐利亚来到了柏林。他的祖母是波兰人。内勒接受完义务教育后,十四岁参军,十五岁之前是步兵,后来在卫生院某官员的要求下进入了卫生院,对医学产生了不可抗拒的欲望,曾因成功为伤员进行应急手术而获得铁十字勋章。一战后,他曾在很多家疯人院和普通医院担任助理医生,利用业余时间准备高中毕业考试,为了进入大学学医,但却两度落榜。他的古德语和数学很差。这家伙好像只在医学方面颇有天赋。但他之后成为自然疗法医生和神医,社会各阶层的人都去找他治疗,随后他陷入法律纠纷,被处以数额不大的罚款,理由是,正如法庭所判定的,'他的医学知识惊人'。有人为他申诉,报纸也替他说话,但统统无济于事。后来事过境迁,这事逐渐平息下来。之后,他继续我行我素行医,人们也只好对他睁一只眼闭一只眼,在整个三十年代里,内勒在西里西亚、威斯特法伦、巴伐利亚和黑森一带行医。再后来,也就是二十多年以后,出现了一个大的转机:1938年,他通过了高中毕业考试。(1937年,埃门贝格尔从德国移民去了智利!)内勒的古德语和数学成绩光彩夺目。在大学里,因为一个法令,他得以豁免大学学习。在国家考试中,他凭借与高中入学考试同样优异的成绩,取得了国家颁发的医学文凭。但令所有人惊讶的是,他却作为医生而消失在集中营中。"

"天哪,"胡格托贝尔说,"你又想从中得出什么样的结论呢?"

"这很简单,"贝尔拉赫不无嘲讽地回答,"我们现在来看看手上的几篇论文,这些由埃门贝格尔从智利投寄过来并发表在《瑞士医学周刊》上的论文。它们也同样是我们无法否认的事实。这些论文的学术价值值得称赞,我也愿意相信这一点,但我无法相信的是,它们出自一个文采出众的人之手,一个独具文学才华的人,你说它们是埃门贝格尔的大作。在文笔方面,完全没有比它们更糟糕的论文了。"

"学术论文远远不是诗歌呀,"医生反驳道,"康德毕竟不也写得好复杂难懂吗?"

"可别糟蹋康德啦,"老探长不满地嘟哝说,"康德写得难懂,但写得不差。这几篇来自智利的论文,不仅文笔糟糕,而且通篇都是语法错误。这人似乎分不清第三格和第四格,就像人们口中的柏林人,他们永远都分不清德语中的第二人称什么时候用三格,什么时候用四格。同样奇怪的是,作者时常将希腊语说成是拉丁语,仿佛他对这些语言一窍不通,就以1942年第15期为例,他在论文里使用了Gastrolyse这个词。"

房间里变得一片死寂。

几分钟之久。

然后,胡格托贝尔点燃了一支"苏门答腊小玫瑰"。

也就是说,贝尔拉赫认为这些论文都出自内勒之手?他终于问道。

他认为这很有可能,探长镇定自若地回答道。

"我无法再反驳你了,"医生阴郁地说,"你向我证明了真相。"

"我们现在不能夸大其词,"老探长说着合上了放在被子上的文件夹,"我只是向你证明了我的论点的可能性。可能的东西还不等于真实的东西。假如我说,明天可能要下雨,那明天不一定就会下雨。在这个世界上,想法与真相是两码事,不然的话,我们在很多事情上就会过得轻松多了,塞缪尔。在想法与现实之间,始终还存在着这种生存冒险,我们现在必须以上帝的名义去经受这种冒险。"

"这样做的确毫无意义。"胡格托贝尔一边叹息着说,一边无助地望着他的朋友,而探长则一如既往地躺在床上一动不动,双手交叉枕在脑后。

"倘若你的推理是对的,那你会把自己置于可怕的危险之中,因为这样看来,埃门贝格尔就是魔鬼。"

"我明白。"探长点点头说。

"这样做毫无意义。"医生再一次重复着,声音很轻,几近耳语。

"公平正义永远都有意义,"贝尔拉赫坚持自己的行动,"请在埃门贝格尔的医院为我挂一个号,明天上午我就要去。"

"除夕之夜?"医生跳起来。

"是的,"老探长回答,"除夕之夜。"说着,他的双眼闪烁着嘲讽:"你把埃门贝格尔那篇关于占星学的论文带来没有?"

"当然带来了。"医生吞吞吐吐地回答。

贝尔拉赫笑着说:"那就让我看看吧,我的确很好奇,想看看里面是否谈到关于我的星相。或许我恰好走运呢。"

## 又有人造访

这个可怕的老人整个下午都在奋笔疾书,一整张纸写得满满的。除此之外,他又和州银行以及一个公证员通了电话。这个高深莫测又令人崇拜的病人,女护士们越来越不愿意走进他的病房,而他就像一只巨大的蜘蛛,镇定自若地织着自己的罗网,一条条、一层层,密密麻麻,坚定不移。傍晚时分,胡格托贝尔打来电话,通知老人除夕之夜就能如愿住进索纳施泰因医院。他还要接待一个客人。至于这人是主动来访,还是应探长之邀前来,则不得而知。来访者矮小瘦弱,脖颈很长。他的身子裹在一件敞开的雨衣里,雨衣的几个口袋都塞满报纸,里面穿着带有棕色条纹的灰色上装,破破烂烂的,口袋里同样塞满了报纸,脏兮兮的脖颈上围着一条污迹斑斑的柠檬黄围巾,头戴一顶巴斯克小帽。浓密的眉毛下,一双眼睛炯炯有神,高大的鹰钩鼻与他瘦小的体型很不相称。可能是牙齿脱落的原因所致,鼻子下的嘴巴深深塌陷。他大声地自言自语,听起来像在朗诵诗句,诗句中夹杂着很多零零散散的词语,如无轨电车,交通警察,犹如大海里的孤岛,不知什么原因,他似乎因这些东西而极其生气。他手中那根雅致但已过时的银柄黑手杖一定来自另外一个世纪,拄在手里随意挥舞,但却极其不愿与褴褛的衣衫为伍。早在进入大门时,他就撞在了一个女护士身上,对她弯腰鞠躬致歉后,又结结巴巴地啰嗦了一通道歉的话,随即又晕头转向地误入了妇产科,在即将突然闯进所有人都紧张忙碌着正在接生的产房时,被一个医生赶了出来。行进中,却被房门口插着石竹花的花瓶绊了一跤,这样的花瓶每个病房门口比比皆是。他总算被人带进了想要去的新楼(他被当成一头受到惊吓的动物而捕获)。然而,在他就要进入老探长病房时,又被手里的拐杖绊住了,甩出去的手杖滑出了半条走廊,重重地撞在一扇门上,而门后的房间里,正躺着一位重病患者。

"这些交通警察啊!"来访者大声喊道。这时,他终于来到贝尔拉赫病床前。(陪同他进来的女护士心里想,谢天谢地!)"他们无处不在,满城都是交通警察!"

"喂,"探长小心翼翼地招呼着这位情绪激动的来访者,"这样的交通警察局怎么说也是有必要的,傅驰希。交通一定要有秩序,否则死于交通事故的人数会比现在更多。"

"交通要有秩序!"傅驰希用他的尖嗓子喊着,"说得好。听起来很好。但为之不需要专门的警察局,为之首先需要对人的信任,相信他们安分守己。伯尔尼全城已经变成了一个名副其实的交警大本营,因此每个交通参与者变得野蛮粗暴就不足为奇了。但伯尔尼始终都是这样,一个毫无希望的警察窝,一种无可救药的专政长期以来盘踞在这座城市。当莱辛得知可怜的亨茨①死去的消息时,就想写一部有关伯尔尼的悲剧。多么惋惜,他后来竟然没写!我在一座首都的警窝里生活了五十年,我不愿意描写自己作为一个词句工匠(我不撰写文章,只是堆砌词句!)在这个昏昏沉沉的大城市是如何

---

① 亨茨(Samuel Henzi,1701—1749),瑞士作家、政治家和革命家,后被处死。

忍饥受寒、艰难度日(每周除了得到一份文学杂志《联邦》之外一无所获)的。多可怕啊,简直可怕透顶!五十年来,每当我穿行在伯尔尼大街上时,都紧闭眼睛;还躺在婴儿车里时,我就这样做了,因为我不愿意看见这个不幸的城市,这个我父亲曾在此担任什么副职而了其一生的城市。而现在,当我睁开眼时,我看到的是什么呢?交通警察,到处都是交通警察!"

"傅驰希,"老探长坚定地说,"我们现在不用谈论交通警察局了。"他严肃地朝着这个颓废而全身霉变的人望去,他已经坐在椅子上,可怜地晃动着衣衫褴褛的身躯,一双猫头鹰眼睛瞪得又圆又大,一副悲惨相。

"我丝毫不明白,你这是怎么了,"老探长接着说,"真是活见鬼,傅驰希,你有的是能力,你也是条汉子,你主编的《射击苹果报》是一份很好的报纸,哪怕是小报。但现在,在上面刊载的都是些什么玩意儿,交通警察、无轨电车、狗、集邮爱好者、圆珠笔、广播节目单、戏剧花絮、有轨电车票、电影广告、联邦议会、纸牌游戏如此等等。你的精力和激情,你用它们去抨击这些东西——你搞的永远只是席勒在《威廉·退尔》里写的那一套——,天晓得,应该用在其他事情上,那才值得。"

"探长,"来访者叹息着说,"探长啊!你不要怪罪一个诗人,一个以书写创作为生的人,他迫不得已生活在瑞士,这已经算是倒了大霉,但比这更糟糕的是,他还不得不依靠瑞士苟且偷生。"

"行了,行了。"贝尔拉赫试图平息他的情绪,但傅驰希却变得愈发狂躁。

"行了,行了,"傅驰希大喊着从椅子上蹦起来,冲到窗前,然后又冲到门口,如此往返不停,犹如一只钟摆,"行了,行了,说得很容易。简单说句'行了,行了'就原谅了?什么都原谅不了!就是到了上帝那里,什么也都原谅不了!我承认,我已经变成了一个可笑之人,几乎变成了诸如哈巴库克、特奥巴尔德、奥斯塔赫和穆斯塔赫的人物,或者不管他们声称叫什么,他们用他们的冒险故事填满了我们那些可爱而无聊的报纸专栏,他们要依靠一大堆领扣、太太和剃须刀经历这些冒险故事——蹩脚,不言而喻。然而,当整个世界到处分崩离析时,谁终究不会沉沦到蹩脚的境地呢!在这里,人们为灵魂的私语作诗吟唱。探长啊,探长,我什么没有尝试过呢,就是为了靠着我的打字机来为自己创造一种有尊严的生存?可到头来,我却连一个贫穷农民的普通收入都达不到,我不得不舍弃一个又一个计划,放弃一个又一个希望,还有那些最优秀的戏剧,那些热情似火的诗篇,那些崇高的小说!赌场,到处是赌场!瑞士把我变成了一个傻子,一个神经病,一个对抗风车和羊群的堂吉诃德。在这里,如果你献身于精神追求而不是获取金钱,那你就应该为自由与公正付出代价,为那些在祖国的市场上四处兜售的商品付出代价,并且应该维护一个迫使你过着懒汉和乞丐生活的社会。人们愿意享受生活,却不愿意舍弃哪怕是一丝一毫的享受,简直一毛不拔;就像曾经在一个千年帝国里只要一听到文化这个词,人们就会拉起枪栓,那么在这个国家,人们就是要守住钱包。"

"傅驰希,"贝尔拉赫严厉地说,"你谈到了堂吉诃德,这很好,这是我最喜欢的话题。但凡我们还有点正义感,脑子多少还正常的话,我们都应该成为堂吉诃德。但我们没必要像那个可怜的老骑士一样身披铠甲来对抗风车,我的朋友,如今我们对抗的是危险的巨人,时而对抗残忍狡猾的恶魔,时而对抗头脑始终仅有麻雀大小的真正的巨型爬虫:一切野兽,它们并非存在于童话里或者我们的想象中,而是现实中。如今我们的责任是,无论如何要与形形色色的非人性进行斗争。但现在恰恰重要的是,我们怎样斗争,在斗争中也要尽量聪明行事。与邪恶斗争可不是玩火游戏。然而,你呀,傅驰希,你在玩火,因为你采取不聪明的方式进行着一场有意义的斗争,如同一个用油而非水来灭火的消防员。翻一翻你出版的那个可怜的小报,人们立即就会产生一种印象,似乎整个瑞士都得从地球上灭掉。这个国家存在着很多——多得简直不可胜数!——的问题,讲起这个来,我也能给你讲一辈子,最后也会变得心情沮丧。但因此就将一切统统扔进火海,就像住在所多玛和蛾摩拉城①的人那样,则完全不恰当,也不大尽情理。你的所作所为,几乎就像是你羞于去热爱这个国家。这样做我很不喜欢,傅驰希。你不应该因为热爱而感到羞愧,对祖国的热爱无论什么时候都值得称赞,但这种爱必须严肃且具有批判性,否则便只是一种无原则的爱。因此,只要发现祖国的污点和肮脏之处,应该努力清扫洗涤,甚至就像赫剌克勒斯清扫奥吉亚斯牛圈那样——我认为这是赫剌克勒斯十大功绩中最讨人喜欢的一个——,但立刻就拆毁整栋房子,既无意义,也不明智。毕竟在这个贫困而伤痕累累的世界上,建造一栋新房子并不容易,需要几代人付出努力,就算房子费尽周折最终落成,它也不见得就一定比旧房子好到哪里去。重要的是,能说出真相,人们可以为之而奋斗,而不是立即进精神病院。这在瑞士是可能的,平心而论,我们得承认这一点,并为此心存感激,我们不需要惧怕任何政府或联邦议会,或者无论它们叫什么委员会也罢。诚然,在这里,有些人肯定还衣衫褴褛,因生活贫困而感到不愉快。我承认,这种情况的确很糟糕。但一个真正的堂吉诃德,即便面对自己那可怜的装备也仍然会感到自豪。自古以来,与人的愚蠢和自私作斗争都极其艰难,并且代价惨重,这与贫穷和屈辱息息相关。但这样的斗争是神圣的,不应当伴随着唉声叹气,而应当伴随着尊严。然而,你却狂风暴雨般地诅咒和谩骂我们善良的伯尔尼人民,诉说自己在他们中间忍受着多么不公正的命运,甚至希望有个扫帚星降临人间,将我们古老的城市夷为废墟。傅驰希呀,傅驰希,你作斗争的动机很渺小。把为公平正义而斗争挂在嘴边的人,最起码得摆脱别人的嫌疑,认为斗争的动机纯粹是为了面包篮子。请忘掉你的不幸,摆脱你不得不穿着的破烂裤子,放弃为了琐碎小事而进行的不值一提的争斗吧。天晓得,在这个世界上,还有许多比交通警察重要得多的事情呢。"

---

① 所多玛和蛾摩拉(Sadom und Gomorra):《圣经》里的两座巴勒斯坦城市,因罪孽深重而遭火焚。

傅驰希瘦小的身躯又蜷缩到靠背椅上,伸长细细的黄脖颈,两条细腿高高跷起。巴斯克小帽掉在了椅子下面,柠檬黄围巾忧伤地挂在他陷进靠背椅的胸前。

　　"探长,"他带着哭腔说,"你对我太严厉了,犹如摩西或以赛亚对待以色列人。我知道你说得有道理,但是四天了,我没吃一丁点儿热饭,就连抽一支烟的钱也没有。"

　　老探长忽然感到一丝尴尬,他皱着眉头问对方,难道他不再去莱博戈恩斯家吃饭了吗?

　　"我和莱博戈恩斯太太因为歌德的《浮士德》吵了一架。她认为第二部分好,而我持不同意见。从那之后,她就再也没邀请过我去她家吃饭。她的董事长丈夫后来写信给我解释说,对他太太来说,《浮士德》第二部分至高无上,十分神圣,因此很抱歉,实在无法帮我挽回局面。"作家傅驰希啜泣着说。

　　这个可怜虫使得贝尔拉赫倍感同情,他感到自己确实过分严厉了,最终他十分尴尬地安慰道,一个巧克力工厂董事长的太太对歌德能有多深刻的认识呢。"莱博戈恩斯太太如今邀请谁去她的饭局呢?"探长问,"又换成了那个网球教练啦?"

　　"勃金格。"傅驰希轻声回答。

　　"那他最近几个月至少每三天都能吃一顿好饭菜了,"老探长说,语气同时变得缓和,"他是个不错的音乐家,但他的作品我实在听不下去,尽管我早在君士坦丁堡就早已习惯了一切可怕的噪音。不过这是另一码事。凭我的感觉,勃金格和董事长太太要不了多久就会由于贝多芬的第九交响乐而不欢而散。到时候她会再次重新邀请那个网球教练。他们这种人在精神上比较容易被人左右。而你,傅驰希,我要把你介绍给戈赫尔巴赫一家,就是经营戈赫尔巴赫·柯内服装店的那家。他们家的饭菜虽然油水大点,但味道还是很好的。我确信,这一家要比莱博戈恩斯家更容易相处。戈赫尔巴赫不懂文学,对《浮士德》也好,对歌德也罢,他全然没有兴趣。"

　　"那他太太呢?"傅驰希腼腆地打听道。

"聋子,"探长安抚他说,"对你来说是好事,傅驰希。桌子上那小支棕色雪茄你拿去抽吧,是一支'小玫瑰',胡格托贝尔医生特意留给我的,你可以心安理得地在这里抽。"

傅驰希扭扭捏捏地点燃了"小玫瑰"。

"你去巴黎待十天,好吗?"老探长问道,显得十分随意。

"去巴黎?"这个干瘦的小男人惊呼着从椅子上跳起来,"如我所愿,倘若允许我有一个愿望的话,去巴黎?让我去?一个没有比我更热爱法国文学的人?哪有不愿去的!下一班火车,即刻就启程!"

突如其来的惊喜让傅驰希激动地喘息着。

"已经给你准备好了五百法郎和一张火车票,你去本德斯胡同大街找布尔茨公证员拿,"贝尔拉赫平静地说,"你会喜欢此行的,巴黎是一个美丽的城市,是我所见过的最美丽的城市,除了君士坦丁堡。至于法国人,我不知道说得对不对,傅驰希,法国人是最优秀、最有教养的家伙,就连地道的土耳其人都比不过他们。"

"去巴黎,去巴黎。"这个可怜虫结结巴巴地说。

"不过事先需要你在一件我觉得十分棘手的事上帮帮忙,"贝尔拉赫一边说,一边用锋利的目光注视着这个瘦小的男人,"这事一点儿救都没了。"

"一桩罪案?"对方颤抖着问。

"要揭开一个事件的真相。"探长回答。

傅驰希缓慢地把"小玫瑰"搁到身旁的烟灰缸里,"要我做的事危险吗?"他瞪大眼睛轻声问道。

"不危险,"老探长说,"没有什么危险。也正是为了消除所有的危险,我才送你去巴黎。但你必须按照我说的去做。下一期《射击苹果报》什么时候出?"

"我不知道,等我有了钱再出。"

"那你最快可以在什么时候发一期?"探长问。

"马上就可以。"傅驰希回答。

贝尔拉赫又问他,《射击苹果报》是否全部由他一手编辑和出版。

"就我一个人。有一台打字机和一台老式印刷机。"编辑兼出版人回答。

"每期印多少份?"

"四十五份,一份地地道道的小报,"从椅子那里传来轻微的回答声,"长期订阅的用户从未超过十五人。"

探长沉思片刻。

"下一期《射击苹果报》要大量出版。印三百份。出版费全由我来承担。我对你没有别的要求,只需要你在这一期撰写一篇特约文章即可。至于同期还刊登什么,那是你的事。在这篇文章(说着,他把那张写满字的纸递给他)里要写什么,我都已经写在这上面了。但我要看到的是用你的语言,傅驰希,用你最优美的语言,拿出你自己黄金时期的全部文采。除了我的信息之外,你什么都不需要知道,也包括这医生是谁,这篇文章就是针对他而发的。不要因为我的观点而使你感到迷茫,请你相信它们是真实的,对此我以人格担保。在这篇你会寄给一些医院的文章里,仅有一个不真实,这就是你,傅驰希,似乎手里掌握着你观点的证据,并且知道那个医生的名字。这正是危险所在。因此,《射击苹果报》一旦被送到邮局,你必须迅速动身去巴黎。连夜就得动身。"

"我会写的,我也会动身去巴黎。"作家保证说,手里捏着老探长递给他的那张纸。

这时,他简直判若两人,高兴得两腿舞来舞去。

"别跟任何人说你去巴黎的事。"贝尔拉赫用命令的口吻叮嘱他。

"不跟任何人说。绝对不跟任何人说!"傅驰希保证说。

"那么出版这期报纸一共要花费多少钱。"老探长问。

"四百法郎。"小矮子喜形于色地回答,引以为豪,总算有点名堂了。

探长点点头。"你可以去找我的公证人布尔茨拿这笔钱。如果你急需的话,他今天就能给你,我已经给他打过电话了。——报纸一出版,你务必动身去巴黎,好吗?"探长再一次试问他,心里有一丝无法抑制的疑惑。

"立即就走,"小矮子发誓说,朝天伸出三只手指,"当晚就动身,立即去巴黎。"

可是,傅驰希走后,老人的心仍然放不下来。他感到这作家比以往任何时候都靠不住了。他思索着,要不要请鲁茨派人去监视傅驰希。

"胡思乱想,"他然后告诫自己,"他们已经让我退休了。埃门贝格尔这个案件由我单独来解决。傅驰希将会撰写针对埃门贝格尔的文章,由于他随之远走高飞,那我就不必为之操心了。就连胡格托贝尔也没有必要知道这事。他现在就要来了,我多么想抽一支'小玫瑰'啊!"

# 第二部分

## 坠入深渊

于是,星期五夜幕降临时分——这年的最后一天——,探长高跷着双腿坐着车抵达了苏黎世。胡格托贝尔亲自开着车,出于对这位朋友的担心,他的车开得比以往更加小心。城市在万家灯火的照耀下一片通明。胡格托贝尔行驶在密集的车流潮水中,车辆从四面八方汇集成灯光的海洋,再分散开消失在城市的大街小巷里,打开它们的肚子,男男女女从中流淌出来,人人都渴望着这个夜晚,渴望着一年中最后的一天,准备着开始新的一年,继续生活下去。老探长一动不动地坐在后排,消失在那狭小的拱形空间的黑暗里。他叮嘱胡格托贝尔不要抄最近的路前往医院。他窥探似的观望着这永不停息的熙熙攘攘。他对苏黎世这座城市并没有好感,四十万瑞士人挤在一个角落,他觉得有些夸张。他们正行驶在他向来都讨厌的火车站大街上,但在这次通往一个未知而危险目标——(寻找现实的旅行,他是这么对胡格托贝尔讲的)——的神秘旅行中,这个城市却令他着迷。漆黑昏暗的天空开始飘起雨,随后变成雪花,最后又是雨,一条条白线闪烁在灯光里。人山人海!在雨和雪的帷幕后,街道两旁川流不息的人群滚滚而去。有轨电车里乘客们挤得水泄不通,人脸透过车窗玻璃若隐若现地闪烁着,一只只手上都拿着报纸,在银色光线下,一切都显得那么奇幻,一闪而过,从眼前消逝。自生病以来,贝尔拉赫第一次感到属于自己的时代已经过去了;在与死亡的较量中,在这场无以回避的较量中,他输了。驱动他前来苏黎世的原因,即凭借坚强的毅力在病魔折磨下偶然联想生成的嫌疑,对他而言已经一文不值、毫无意义了。为什么还要不辞劳苦呢,出于何种目的,为什么呢? 他渴望时光倒流,渴望回到无梦的、平静睡眠的日子。胡格托贝尔暗自咒骂,他感觉到身后这位老人的沮丧,责怪自己未能阻拦他的这场冒险。夜色中的湖面朦朦胧胧,湖水朝他们涌来,车子缓缓驶过桥面,一个交通警察出现在眼前,一个机器人,手臂和双腿机械地动来动去。贝尔拉赫瞬间想到了傅驰希(那个倒霉的傅驰希,此刻正在伯尔尼一间肮脏的阁楼里,用狂热的双手写着那篇文章),然后就连此思绪也失去了。他把身子靠在座椅靠背上,闭上双眼。困乏幽灵般地战胜了他。

"人总是要死的,"他思索着,"终有一天人会死去,某一年,就像城市、民族、大陆一样,终要死亡。苟延残喘,"他思索着,"就是这个词,苟延残喘——然而,地球却依然围绕着太阳转,始终沿着同一条不知不觉晃来晃去的轨道上,周而复始、坚定不移,悄然而飞速地转动,日复一日,年复一年,永不停息。这座城市会不会还存在于这里,或者这片灰蒙蒙的、毫无生机的湖面会不会淹没一切,房屋、塔楼、灯光和人群,这一切还有什么意义呢——当我们驶过那座桥时,我透过雨雪黑暗所看到所漂浮的东西不就是死海那铅灰色的波涛吗?"

他感到一丝寒意。宇宙的寒意,一种只是从远方能感受到的、巨大的、严酷的寒冷向他袭来,匆匆地追踪着他,片刻间,无限的永恒。

他睁开眼睛,再次凝视窗外。剧院在眼前一闪而过。老探长看着前座上的医生朋友;他的平静、如此亲切的平静令他感到惬意(探长没有察觉到医生心里的不平静)。被虚无的气息掠过以后,探长又变得清醒和勇敢。到了大学旁,他们右转,街道起伏着延伸向远处,黑暗越来越浓,弯道一个接一个,老探长坐在车里听任一切,清醒、警觉、不可动摇。

## 侏 儒

胡格托贝尔把车停在一个公园里。贝尔拉赫揣测,园里的松树一定延伸进了森林,因为他大致能看得到与地平线相接的森林的边缘。山上正下着大雪,大片的雪花洁白闪亮。老探长透过飞舞的雪花,隐约看见了医院那无比宽大的门面。车子停在正门附近,被照得通亮的大门正面凹进去,两侧各有一扇窗户,镶嵌在上面的铁栅栏很有艺术感,正好可以从那里来监视大门,探长心想着。胡格托贝尔默默点燃了一支"小玫瑰",下车走进了入口。老探长独自待在车里,他弯下腰,低头从车窗里向外张望,试图尽可能在黑暗中看到医院的全貌。"这就是索纳施泰因医院",他心想着,"果真是现实。"雪越下越大,医院的病房很多,但没有一扇窗户亮着灯。偶尔透过雪花闪现出一丝暗淡的光线。眼前这幢白色的现代化玻璃建筑物活像一具僵尸躺在他面前。老探长心里开始不安,仍然看不到胡格托贝尔回来的迹象。他看了看表,才过了不到一分钟。"是我心里太紧张了。"他心想着,把身子往后一靠,闭目养神。

这时,贝尔拉赫的目光穿过车窗玻璃。外侧的融雪贴着玻璃滑落,留下一道宽宽的印记。他看到一个怪异的躯体悬吊在医院大门左侧窗户的铁栏杆上。起初他以为那是一只猴子,随后令他吃惊的是,他认出那是一个侏儒,那种偶尔在马戏团能见到的用来娱乐观众的小矮人。侏儒赤着小手小脚,像猴子那样抓着铁栏杆,巨大的脑袋,面朝着探长的方向。他的脸皱缩而苍老,如怪兽般丑陋,布满深深的裂痕和皱纹,一副被剥夺尊严的面孔朝着老探长张望,一双漆黑的大眼睛盯着他,一动不动,仿佛是一块被风化侵蚀而长满苔藓的石头。探长弯下腰,将脸紧贴在湿漉漉的玻璃上要看个究竟,但侏儒敏捷如猫,轻轻向后一跃跳进房间,即刻便消失了。窗户恢复了之前的模样,漆黑昏暗。这时,胡格托贝尔走了过来,身后跟着两个护士,纷飞的大雪使她们的白大褂显得更加洁白。医生打开车门,当他看到贝尔拉赫苍白的面容时,吓了一跳。

他轻声问探长,他到底怎么啦。

没什么,老探长回答。他只有习惯眼前这座现代化建筑才是,现实总是和人们的想象略有不同。

胡格托贝尔感到老探长刻意隐瞒着什么,向他投去疑惑的目光。"好吧,"他像刚才那样轻松地说,"一切准备就绪。"

探长轻声问:"你见到埃门贝格尔了没有?"

"和他谈过了,"胡格托贝尔说,"毫无疑问,汉斯,正是他,我在阿斯科纳并没有认错人。"

两人都沉默了。车外等着的两个女护士已经有些不耐烦了。

"我们在追捕一个幽灵,"胡格托贝尔心想着,"埃门贝格尔是一个无可指摘的医生,而这家医院也和其他医院并无不同,除了收费较高之外。"

探长此刻坐在车后排,坐在那几乎无法穿透的黑暗中,他心里清清楚楚地知道胡格托贝尔此刻在想什么。

"他什么时候给我做检查?"探长问。

"马上就做。"胡格托贝尔回答。

医生察觉到老探长顿时变得精神抖擞。"那我们就在这里告别吧,塞缪尔,"贝尔拉赫说,"你这人不会装模作样,现在也不能让别人知道我们是朋友。诸多事情都取决于首次审讯。"

"审讯?"胡格托贝尔吃惊地问。

"要不说什么呢?"探长嘲弄地回答道,"埃门贝格尔对我进行检查,我对他进行审讯。"

他们相互握手告别。

护士们迎上前来。现在成了四个。老探长被抬上了一辆泛着金属亮光的滑轮病床,躺平后回望了一眼,他看到胡格托贝尔正把箱子递给别人。随后,老探长平躺着,仰望着一片乌黑空洞的苍穹,雪花从中飘浮飞舞着盘旋下来,好似在翩翩起舞,又好似在沉没消失,在灯光里闪闪烁烁,为了片刻间湿漉漉冷冰冰地落在老探长的脸上。

"这雪积不了太久。"他心想。护士们推着滑轮病床穿过大门,他听到胡格托贝尔开车驶离的声音。"他开车走了,他开车走了。"老探长轻轻地自言自语。他看到自己的头上是一片雪白而闪亮的天花板,由一块块巨大的镜子镶嵌而成,他从中看到了平躺着的自己,显得很无助。滑轮病床平缓而无声无息地穿过一个个充满神秘气息的走廊,连护士们的脚步声都听不到。走廊两边亮闪闪的墙面上贴着黑色的阿拉伯数字,所有的房门都嵌入白色墙面,与墙融为一体,壁龛里一尊实心裸体神像迷迷糊糊半睡半醒。贝尔拉赫再次领略到了这个医院温柔而残酷的氛围。

他身后是那个面色红润而胖乎乎的女护士,她推着滑轮病床。

老探长习惯性地把双手交叉着枕在脑后。

"这里是不是有一个侏儒?"他用标准德语问道,因为他挂号住院时的身份是外籍瑞士人。

女护士笑了。"克莱默先生,"她说,"你怎么会冒出这样一个念头呢?"

她的标准德语带有瑞士口音,探长从中断定她是伯尔尼人。她的回答虽然无法使他信服,但也算有所收获,至少他身处于伯尔尼人中间。

于是他又问:"你叫什么名字,护士小姐?"

"我是柯莱丽护士。"

"伯尔尼人,对吗?"

"来自毕格伦,克莱默先生。"

可以做做她的工作,探长心想。

## 审　讯

贝尔拉赫被女护士推进一间打眼看去完全镶满玻璃的房间里,房间在灯光的照耀下耀眼夺目。他看到两个人影:一个清瘦,背微驼,一个深谙世事的人,也穿着工作大褂,戴着一副厚厚的黑边框眼镜,但未能遮住右眉上的那块疤痕,这人就是弗里茨·埃门贝格尔博士。老探长的目光首先只是匆匆地瞟了他一眼。他更多关注的是那个站在他所怀疑的人身旁的女人。女人们让他感到好奇。他疑惑地观察着她。在他这个伯尔尼人眼里,"有学问的"女人都很可怕。这个女人很漂亮,这一点他必须承认,而作为老光棍,他对此有双重的弱点。他一眼就看出,她是一位女士,她身着白大褂站在埃门贝格尔(这个可能杀人如麻的嫌疑犯)旁边,显得高雅而矜持,但是他觉得她有点过于高贵。人们甚至可以直接把她供奉在神座上了,贝尔拉赫刻薄地心想着。

"你们好。"他说,没有用刚才同柯莱丽护士讲话时所用的标准德语,"很高兴,能够结识一位如此大名鼎鼎的医生。"

他讲伯尔尼德语,医生同样用方言向他打招呼。

老探长咕哝说,作为外籍伯尔尼人,他永远忘不了自己的方言土语。

的确如此,他也这样断言,埃门贝格尔笑着说。能否熟练读准典型的方言词语始终是辨别伯尔尼人的标记。

胡格托贝尔说的不错,贝尔拉赫心想着,这人一定不是内勒,柏林人永远都不可能说出这样的方言来。

他再次打量着那个女士。

"我的助手,玛洛克博士。"医生介绍道。

"噢,"老探长干巴巴地应了一声,认识玛洛克大夫,他同样很高兴。然后,他把脑袋略微转向埃门贝格尔,并出乎意料地问道:"你没有去过德国吗,埃门贝格尔大夫?"

"那是几年前的事了,"医生回答,"我去过一次,不过大多时候生活在智利的圣地亚哥。"他不动声色,看不出他心里在想什么,也看不出这样的问题是不是让他惴惴不安。

"在智利,在智利,"老探长说,然后又重复了一次:"在智利,在智利。"

埃门贝格尔点燃一支香烟,走到控制台旁,房间里顿时进入半明半暗状态,只有老探长头顶上一盏蓝色的小灯在亮着。此时只能看到手术台以及站在他面前的两个白色身影。老探长还发现,房间里仅有的一扇窗也被关上了,几束遥远的灯光透过玻璃窗射进来。埃门贝格尔那支香烟的红点正在上下移动着。

在这样的场所里,通常是不会有人抽烟的,这个念头掠过探长的脑海,我大概多少使他失去自制了。

"胡格托贝尔现在在哪?"医生问。

贝尔拉赫回答说:"已经让他回去了,我希望你给我做检查时他不在场。"

医生往上推了推眼镜说:"我想,我们无疑可以信任胡格托贝尔医生。"

"当然啦。"贝尔拉赫说。

"你生病了,"埃门贝格尔接着说,"手术存在风险,并不一定总能成功。胡格托贝尔告诉我,你也很了解这一点。这样很好。我们医生需要勇敢的病人,我们可以告诉他们实情。我多么欢迎胡格托贝尔大夫能在我给你做检查时在场。很遗憾,他遵照你的意愿离开了。我们医生彼此之间应该相互合作,这是科学研究的需要。"

作为同行,他非常理解这一点,探长回应道。

埃门贝格尔感到惊讶。他说这话是什么意思呢,他问道。据他所知,克莱默先生并不是医生。

"这很简单呀,"老探长笑着说,"你在探究疾病,而我在探究战犯。"

埃门贝格尔点燃了第二支香烟,"对个人而言,这并非是一个毫无危险的工作。"

"没错,"贝尔拉赫应答道,"正当我探寻得如火如荼之时,我却病倒了,因此前来找你。如今我正躺在索纳施泰因医院的病床上,我认为自己很倒霉。或者说很走运呢?"

对于病情发展,他还不能够做出预判,埃门贝格尔回答说,胡格托贝尔自己似乎也并没有多大把握。

"你还没有对我进行检查呢,"老探长说,"这也正是我为什么要将老实巴交的胡格托贝尔医生支开的原因。我们想要搞明白一件事,就必须做到事先摆脱先入为主的念头。去搞明白一件事,是你的、也正是我的目的,我认为。对某个罪犯或某种疾病预先设想与定论,并且在尚未摸清他(它)们所处的环境以及习性前就如此设想与定论,再没有比这更糟糕的事情了。"

说的没错,医生回应道。作为医生,他虽然对犯罪学一窍不通,但这些话却让他茅塞顿开。不过,他希望克莱默在索纳施泰因住院期间,暂且放下自己的工作。

说完,埃门贝格尔点燃了第三支香烟,说:"我想,战犯们会让你在这里静心修养的。"

埃门贝格尔的回答片刻间不禁让老探长觉得疑虑重重。到底是谁在审判谁呢?他一边心想着,一边望着埃门贝格尔的脸,望着这张在孤灯照射下戴着假面具似的、架着闪闪发光的眼镜片的面孔。在这镜片后面,一双硕大的眼睛露出讥讽的神色。

"亲爱的博士先生,"他说,"你也不会声称在某个国家里就不存在癌症吧?"

"这也不就会意味着,在瑞士同样存在着战犯吗!"埃门贝格尔自鸣得意地笑着说。

老探长用审视的目光注视着医生,"发生在德国的事情,同样也会发生在任何一个国家,只要出现一定的前提条件,这些前提条件有可能不同。没有任何人、任何民族例外。埃门贝格尔博士,听说有一个犹太人,有人在集中营里不用麻醉就给他做了手术。在这些人那里,只有一种区别:施虐者与受虐者的区别。然而我则认为,还存在着犯罪者与被宽恕者的区别。我们瑞士人,包括你和我在内,都属于被宽恕者之列,正如许多人所说,这是一种恩赐而非一种错误;因为我们也要祈祷:'主啊,请指引我们免受诱惑。'我因此来到瑞士,并不是为了寻找普遍意义上的战犯,而是为了猎取某一个战犯,虽然我对他知之甚少,仅有他一张模糊的图像。可是我现在病倒了,埃门贝格尔医生,猎取工作一夜之间崩溃了,因此,猎物压根儿就不知道,我对他穷追不舍。一出可怜的戏剧!"

那么他自然几乎再也没有可能捕获猎物了,医生漠然置之地回答,一边吐出烟雾。烟雾在老探长的脑袋上方形成了一个乳白色泛光的烟圈。贝尔拉赫瞧见他对旁边的女医生使了一个眼色,她随即递给他一支针管。埃门贝格尔在手术室的黑暗中消失了片刻,当他再次出现时,手里拿着一支药剂管。

"你的机会微乎其微。"他又说了一遍,说着将一种无色的液体汲入针管里。

但探长并不赞同。

"我还有一个武器,"他说,"我们就采用你的方法吧,博士先生。在年末的最后一天,在这阴沉的日子里,我冒着雨雪从伯尔尼来到你的医院,你选择在这间手术室里接待我,对我进行首次检查。你为什么要这样做呢?我刚刚到达,立即就被推进一间让病人感到恐怖的房间,这样做显然不同寻常。你之所以这样做,因为你要让我感到恐惧,因为你只有掌控了我,才能真正算作是我的医生,而我却是一个执拗的病人,胡格托贝尔或许告诉你了。因此,你才决定使用这一招。为了能治愈我,你要控制我,这正是你必须采用的恐惧手段之一。在我那令人憎恨的职业里同样如此。我们的方法相同。我只能用恐惧来对付我要寻找的人。"

埃门贝格尔手里的针管已经对准了老探长,"你不愧是一个老奸巨猾的心理学家,"医生笑着说,"说的没错,我是想通过这个手术室来稍稍触动你一下。恐惧是一种必要的手段。然而,我在采用我的手段之前,我们还是先见识一下你的手段吧。你要如何行动?我十分期待。被追踪的人不知道你在追踪他,至少你是这么说的。"

"他预感到了,但不十分明白,对他而言,这才是危险所在,"贝尔拉赫答道,"他知道我在瑞士,正在寻找一个战犯。他会消除对他的怀疑,会一再申明,我寻找的是另一个,而不是他。因为他通过极其高超的手段将自己保护起来了,使自己从无以复加的犯罪世界里脱身,逃到瑞士,隐姓埋名,拯救了自己。一个天大的秘密。但是,在他十分黑暗的内心深处,他预感到我在找他,不是别人,就是他,始终是他。于是他会感到恐惧,他的理智越告诉他我找的人不可能是他,他就越感到恐惧,而我,博士先生,却因身患重病躺在医院的病床上无能为力。"他沉默了。

埃门贝格尔用奇异的、几乎同情的目光注视着他,手里稳稳地握着针管。

"我怀疑你会成功,"他镇定地说,"但是,我祝你好运。"

"他会被恐惧折磨惨死。"老探长淡定地回答。

埃门贝格尔缓慢地将针管放在那张玻璃和金属做的小桌上,它就立在滑轮病床旁。针管躺在那里,一个邪恶的尖东西。埃门贝格尔微微弯腰前倾。"你认为是这样吗?"他终于开口了,"你相信是这样吗?"眼镜片后面的一双小眼睛几乎挤成了一条缝,"如今还能遇到如此信心满满的乐观主义者,真是令人惊讶。你的思想很大胆,但愿现实不要过分地愚弄你。假如到头来你白忙活了一场,那会多遗憾啊。"他轻声说着这些话,有点惊诧。然后他慢腾腾地回到房间的黑暗里,手术室再次亮起了刺眼的光线。埃门贝格尔站在控制台旁。

"我稍后再给你做检查,克莱默先生,"他微笑着说,"你病得不轻。这一点你也明白。病情将危及生命,这样的嫌疑尚不能排除。经过我们方才的交谈,很遗憾,我只能得出这样的印象。你很直率,我也就不拐弯抹角了。检查起来不会太容易,因为还要对你进行一个手术。我们最好推到年后再做吧,这样不好吗?如此美好的节日应该平平安安地过。当前的首要任务,就是我要将你保护起来。"

贝尔拉赫没有回应。

埃门贝格尔掐灭了烟。"真见鬼,博士,"他说,"我怎么会在手术室里抽烟呢。克莱默先生的到来令人激动。你尤其应当注意提醒他,更要提醒我。"

"这是什么东西?"当女医生递给他两粒红色药丸时,老探长问道。

"镇静剂而已。"她说。女医生把水递给他,他比刚才更加不情愿地喝了下去。

"叫护士过来。"埃门贝格尔站在控制台旁边命令道。

柯莱丽护士出现在门口。探长感觉她就像一个平易近人的刽子手。刽子手们总是很随和。他心想着。

"你把我们的克莱默先生安排在哪个病房?"医生问。

"72号病房,博士先生。"柯莱丽护士回答。

"我们让他住在15号病房吧,"埃门贝格尔说,"这样我们能够更好地照看他。"

倦意再一次向探长袭来,早在胡格托贝尔的车里时,他已经感受到了倦意。

护士把老探长推进走廊时,滑轮病床猛地拐了一个急弯。贝尔拉赫再一次忍着倦意清醒过来,他瞥见了埃门贝格尔的脸。

他看到,医生正在仔细地观察着他,满面笑容,神情爽朗。

他打了一个冷颤,昏睡过去。

## 病　房

当他醒来时(此刻还是黑夜,将近十点半钟。他想,他可能已经睡了三个小时),他发现自己躺在一间病房里,他有些惊奇,又有些担忧、但又还算满意地观察着房间:他一向讨厌病房,但这个房间看起来更像一个工作室,一个技术室,这令他感到满意。在他左手边的床头灯发出的蓝色灯光的照射下,房间显得冷冰冰的,没有生气。他所躺的床——如今他穿着睡衣,被盖得严严实实——依然是从外面推进来的滑轮病床。尽管床上的几个把手发生了变动,但他一眼就认出来了。"这里的人很讲求实际。"老探长冲着病房寂静的空间轻声说道。他转动着那盏能够扭动的床头灯朝房间四处照去,一副窗帘出现在眼前,帘后一定藏着窗户。窗帘上绣满了奇花异草和珍禽奇兽,在灯光照射下闪闪烁烁。"人们看得出来,我是在狩猎。"他自言自语说。

他又躺到床上,思考着现在已经完成的事情,还不足以令人满意。他已经开始实施他的计划。现在则意味着继续向前推进,要把罗网编织得更密。有必要开始行动了。然而,他该如何行动,可以从哪儿着手,他心里还没底。他按下桌上一个按钮,柯莱丽应声走了进来。

"瞧瞧,我们来自布尔格多夫—图恩铁路沿线小城毕格伦的护士小姐,"老探长欢迎柯莱丽的出现,"你瞧瞧,我一个年老的外籍瑞士人多么熟悉瑞士啊。"

"噢,克莱默先生,你有什么事,终于醒过来啦?"她说,两只圆滚滚的胳膊向后交叉贴在后臀上。

老探长又看了看他的手表,"现在才十点半。"

"你饿不饿?"她问。

"不饿。"探长回答,他感到很虚弱。

"你瞧瞧,先生你竟然感觉不到饥饿,我把女医生喊来,你也已经认识她了,她会再给你打一针。"护士说。

"瞎说,"探长咕哝说,"我什么针都没有打过呀。请你最好把顶灯打开,我要仔细看看这房间,我总该知道我躺在哪儿吧。"

他十分生气。

一束白色的、却不刺眼的灯光闪耀着,但不知道是从哪儿来的。这房间在新的光芒照耀下更加清楚地凸现出来。这时,老探长发现,在他的头顶上方,整个天花板是一面镜子,这令他很不高兴。因为始终看到自己悬浮在自己身体的上方,这必然够阴森可怕的。"到处都是镜子天花板,"他心想,"简直会让人发疯的。"当他望去时,便暗暗地害怕从头顶上方向下凝视着的那具骷髅,那正是他自己。"这镜子迷惑人,"他心想,"有这样一些镜子,它们把一切都照得变形了。我怎么可能瘦成那个样子呢。"他继续环顾房间,忘记了旁边一动不动等候着的护士小姐。左手边的墙是一面玻璃墙,玻璃覆盖在灰色墙体上,墙体上凿刻着许多赤身裸体的人像,有男有女,摆弄着舞姿,纯粹的线条画,但富有活力。右手边是一面灰绿色的墙,在门和窗帘之间挂着一幅伦勃朗的解剖图,形如门扇,打眼看去并无用意,实则却是经过精心设计的,目的是为了让整个房间显得轻佻,特别是在门的正上方,护士小姐正站在门框下,那里挂着一幅乌黑粗糙的木十字架。

"噢,护士小姐,"他说,依然感到惊恐,照亮的房间发生了如此的变化,因为他之前只注意到了窗帘,并没有看到那些翩翩起舞的裸男裸女、解剖图和十字架。然而,这个陌生的世界使他内心充满了忧虑:"噢,护士小姐,对一个医院来说,这可真是一个离奇的房间,医院的目的在于使人康复,而不是为了让人发疯啊。"

"我们这是在索纳施泰因医院,"柯莱丽护士回答,双手交叉在腹前,"我们要照顾到各种各样的愿望,"她夸夸其谈地说,满脸真诚,"照顾到那些最虔诚的病人,还有其他病人。说实话,如果你不喜欢这幅解剖图,也可以换成波提且利的《维纳斯的诞生》,或者一幅毕加索的画。"

"那还不如换成《骑士、死神与魔鬼》呢。"探长说。

柯莱丽拿出笔记本,记下了《骑士、死神与魔鬼》。"明天就会派人帮你把画挂上。一幅美妙的画挂在一个死亡之屋里。可喜可贺。这位先生很有品位。"

"我想,"老探长回答,为柯莱丽护士的出言不逊感到吃惊,"我想,我可能还没到这个地步吧。"

柯莱丽护士从容地摇着那红红的肥脑袋。"的确如此,"她强调说,"在这里就只能等死。毫无例外。我还没看见过谁能活着离开第三科室呢。而你恰好就在这里,无可救药了。人总难免有一死。你看看我就此所写的,是瓦克林根礼希蒂印书馆出版的。"

女护士从胸前掏出一本小册子,把它放在老探长的床上:"《柯莱丽·格劳贝尔:死亡即我们生命轮回之目的。实践入门》。"

她得意洋洋地问探长,现在要不要去请女医生过来。

"不需要,"探长回答,手里仍然拿着那本小册子,"我不需要女医生。倒是需要你帮忙把窗帘拉到一边,让窗户敞开着。"

窗帘被拉到了一边,灯熄灭了。老人也关掉了床头灯。

柯莱丽小姐肥胖的身躯消失在透着亮光的门框处,但当她就要关上房门时,他问道:

"护士小姐,再等一等!你对我所提出的一切都充分而具体地给予了回答,那就请你再告诉我一个真相:这房子里是不是有一个侏儒?"

"当然有,"从门框处传来了粗暴的答复,"你不是已经看见他了嘛。"

接着,房门关上了。

"岂有此理,"他心想着,"我要离开第三科室。这也根本不需要耍什么花招。我要给胡格托贝尔打电话。我病得太重,已经无法理智地对付埃门贝格尔了。明天我就返回萨雷姆医院。"

他感到恐惧,而且不再羞于承认这一事实。

外面是黑夜,房间的黑暗将他团团包围。老探长躺在床上,几乎屏住了呼吸。

"终归要听到钟声的,"他心想着,"苏黎世的钟声,迎接新年的钟声将要敲响了。"

不知从哪儿传来敲响十二点钟的钟声。

老探长等待着。

不知从哪儿又传来钟声,接着又敲了一次,始终都是十二点钟无情的钟声。一声接着一声,犹如铁锤敲击金属门的声响。

没有响动,绝对听不到任何响动,哪怕是远处人群聚在一起欢乐的喧哗声也没有。

新的一年就这样默默无声地来到了。

"世界死亡了。"探长心想着,脑海里不断重复着这样一个念头:"世界死亡了。世界死亡了。"

他感觉额头上冒出了冷汗,一滴滴顺着太阳穴慢慢地流下来。他瞪圆了双眼,一动不动地躺着。闷闷不乐。

远处再度传来了十二次钟声,消失在这荒凉的城市上空。然后他觉得,仿佛沉没在一片无边无涯的大海里,沉没在一片黑暗中。

天蒙蒙亮时,他醒了过来,正是一天的破晓时分。

"他们没敲新年钟。"他心里反复琢磨着。

这房间比以往任何时候都更加危险。

他凝视着越来越亮的晨曦,凝视着灰绿色阴影逐渐变得稀薄,直到他突然明白过来:

窗户上钉满了铁栏杆。

## 玛洛克博士

"现在他好像睡醒了。"探长听到门旁边传来一个声音,此时他依然凝视着钉着铁栏杆的窗户。朦胧的、幻影似的晨光笼罩着整个房间,一个穿白大褂的老妇人,看起来至少很老,面容憔悴而浮肿地走了进来,贝尔拉赫好不容易才认出了她,不免吃了一惊,这正是他在埃门贝格尔手术室里见过的女医生。他盯着她看着,一阵阵疲倦和恶心向他袭来。她根本不理睬探长,直接撩起裙子,隔着长筒袜朝自己的大腿上注射了一针。接着她站直身子,拿起一面镜子开始装扮自己。老探长紧张地注视着整个过程。在这个女人眼里,他似乎形若空气。她的面容褪去了苍老,重新变得清新而有光泽。这个一动不动倚着门框站立的女人,正是他刚抵达时见到的那个美女。

"我明白了,"老探长说着,逐渐从惊愕中清醒过来,但依旧感到疲倦而困惑,"是吗啡。"

"没错,"她说,"这个世界上有人需要这玩意儿——贝尔拉赫探长。"

老探长凝视着窗外逐渐变暗的晨色,外面这时下起了雨,雨水浇在积了一夜的雪地上。接着,他似乎漫不经心地轻声说:

"你知道我是谁了。"

说完他又凝视着窗外。

"我们知道你是谁。"女医生斩钉截铁地说,身子依然倚靠在门框边,双手插在白大褂的口袋里。

怎么知道的,他问,其实他一点儿也不好奇。

她把一份报纸扔到他床上。

这是一份《联邦报》。

老探长随即发现,报纸首页登着他的照片,他春天照的照片,那时他还抽着巴西的奥尔蒙牌香烟。照片下写着:伯尔尼警察局探长汉斯·贝尔拉赫正式退休了。

"这很正常。"探长嘟哝说。

然后,当他惊讶而气恼地又朝报纸瞥了一眼时,看到了出版日期。

他第一次感到自己丧失了理智。

"看看日期,"他声嘶力竭地叫道,"大夫,请注意日期,注意报纸的出版日期!"

"怎么了?"她全然不动声色地问。

"出版日期是1月5日。"探长绝望地喘息着说,他此刻明白了自己为何没有听到新年的钟声,也明白了昨夜为何寂静得可怕。

女医生嘲讽地问道,难道你所期待的是另外的日期,说话间她的眉毛微微上扬,显得做作而好奇。

探长大声喊道:"你究竟在我身上搞了什么花样?"他试图直起身子,却无力地倒在床上。

他的双臂在空中来回晃了几次,然后又一动不动地躺在床上。

女医生取出烟盒,抽出一支烟。

她似乎对这一切都无动于衷。

"我不希望有人在我的病房里抽烟。"贝尔拉赫低声说,语气却很坚决。

"窗户装上了铁栅栏。"女医生回应道,同时用头示意着窗户的方向,栅栏外雨水纷纷下落。

"我不认为你有什么决定权。"

接着,她转身朝老探长走去,站在他床前,双手仍然插在白大褂口袋里。

"胰岛素,"她一边说,一边俯视着他,"老板给你实施了胰岛素治疗法。这是他的拿手戏。"她笑着说:"难道你要逮捕这个人吗?"

"埃门贝格尔曾经对一个名叫内勒的德国医生不打麻醉开了刀,并将其杀害了。"贝尔拉赫冷漠地说。他觉得自己必须争取这个女医生。

他下定决心,不惜冒任何危险。

"他还干了更多的恶事,这位博士先生。"女医生回答说。

"你都知道啊!"

"当然。"

"你也承认,埃门贝格尔曾化名内勒在施图特霍夫集中营当医生?"他急切地问。

"是的。"

"你同样承认是他谋杀了内勒?"

"为什么不呢?"

贝尔拉赫精疲力竭地望着窗外。他一下子证实了他的怀疑,这个可怕且难以理解的怀疑,这是他从胡格托贝尔那苍白的脸色和一张旧照片中看出来的。在这些无比漫长的日子里,他抱着这个怀疑四处奔走,犹如背着一个沉重的负担。一滴滴泛着银光的雨珠顺着铁栏杆滴落下来。他曾如此渴望地期待着真相大白的时刻,就像期待着片刻的宁静一样。

"如果你知道一切真情,"他说,"那么,你就是同案犯了。"

他的声音听起来疲惫而悲伤。

女医生投去那样一种奇怪的目光俯视着他。她的沉默令他不安。她将右臂的衣袖高高撸起,小臂上烫着一个数字,就像牲口身上烫印的号码一样。"你还想看看背部吗?"她问。

"你在集中营里呆过?"探长吃惊地喊道,目光盯着她,吃力地半坐起来,用右臂支撑着身子。

"艾迪特·玛洛克,但泽施图特霍夫灭绝营第4466号囚犯。"她的声音冷酷而漠然。

老探长又倒在床上。他诅咒自己的病,自己的虚弱,自己的无能为力。

"我曾是共产主义者。"她说着把撸起的袖子放了下去。

"那你是怎样活着走出灭绝营的?"

"这很简单。"她回答说,漠然地忍受着他的目光,仿佛她对什么都无动于衷,无论是人类的情感,还是如此可怕的命运。

"我成了埃门贝格尔的情妇。"

"这怎么可能呢。"探长脱口而出。

她惊讶地望着他。

"一个残暴的折磨狂怜悯一条垂死的母狗,"她终于说道,"在施图特霍夫灭绝营,女囚犯找纳粹医生做情妇的机会很渺茫,幸运的女人并不多。每一条拯救自己的路都值得一走。为了离开索纳施泰因医院,你不是也使尽浑身解数吗?"

他颤抖着第三次尝试,渴望能挺起身子。

"你现在依然是他的情妇吗?"

"是啊,为什么不呢?"

她可不能再这样了,埃门贝格尔是一头可怕的野兽,贝尔拉赫大声喊道,"你曾是共产主义者,那你毕竟有自己的信仰啊!"

"是的,我曾经有过信仰,"她平静地说,"我曾深信,人们必须热爱这个由石头和泥土构成的、围绕着太阳旋转的不幸东西;以理性的名义,帮助人类摆脱贫困和剥削,是我们义不容辞的责任。我的信仰并不是空话。然而,那个留着可笑的小胡子和一撮庸俗的额头卷发的明信片画家接管了政权后,正如专业表述为他从此以后所犯下的罪行所称道的,我流亡到了那个国家,那个我以及所有共产党人全都信任的国家,投入了我们无比贤惠的母亲的怀抱,那个可敬的苏联。噢,我有过自己的信仰,并且以此来对付世界。我曾像你这样坚定,探长,要同邪恶战斗,直至生命的最后一息。"

"我们不应该放弃这个斗争。"贝尔拉赫轻声回应说,他此时已冷得浑身打颤,又躺到床上。

"那么,我想请你抬头看看你上方的镜子。"她用命令的口气说。

"我已经看过自己了。"他回答,恐惧地移开了向上看的目光。

她笑了。"一具美妙的骷髅,不是吗,正冲着你,伯尔尼警察局探长在狞笑呢。在同邪恶的战斗中,我们的原则是,永远不能放弃,无论在何种情况、何种条件下。在空荡荡的房间里,或者在写字台前,这也许适用。但在我们这个星球上,在这个我们像骑着扫帚的女巫一样飞转于宇宙间的星球上,它并不适用。我的信仰是伟大的,如此伟大,甚至当我走进俄国民众的困境,走进这片辽阔的、自称没有暴力而充满自由精神的国家一片无望的情景时,我也没有失望;当俄国人把我关进他们的监狱,没有审讯与判决,将我从一个集中营驱赶到另一个,而且并未告知我这样做的目的何在时,我也没有怀疑,这在历史的伟大安排中,也自有意义所在;当斯大林和希特勒签订了那个举世闻名的条约后,我认识到了条约的必要性,的确认为有必要维护这个伟大的共产主义祖国。然而,1940 年某个深冬的清晨,我走出一列从西伯利亚开出并走了几个星期的牲口车厢,被俄国兵押着和一大群衣衫褴褛的囚犯穿过一座破烂的小桥,桥下污秽的河水夹杂着冰块和木头缓缓流淌;我们抵达对岸,在晨雾中被身穿黑制服的党卫军接管。这时,我才醒悟过来这就是背叛,不仅是对我们这批被上帝遗弃而此刻正蹒跚走向施图特霍夫灭绝营的可怜穷鬼的背叛,而且也是对共产主义理念本身的背叛;共产主义只有同博爱及人性理念融为一体时,才会真正有意义。然而现在,探长,我已经越过了那座桥,永远越过了那座黑乎乎的、摇摇晃晃的、下面流淌着布克河水(与地狱里那条布克河同名)的小桥。现在我明白了,人的天性是什么,就是他可以被随心所欲地摆布,被任何一位当权者或任何一个埃门贝格尔出于愉悦或理论而肆意摆布;从人的嘴里,能够随意逼出任何供词,因为人的意志是有限的,而酷刑却是无边无尽的。让一切飘浮在我面前的希望都离我而远去吧!我要让一切希望都离我而远去。反抗,为了一个更好的世界而斗争,这毫无意义。人类自己向往走向地狱,在思想上为铸造地狱而准备,在行动上为走进地狱而前进。到处莫不如此,当年在施图特霍夫灭绝营如此,如今在索纳施泰因医院依然如此,同样可怕的旋律,以阴郁的和弦从人类的灵魂的深渊里升起。如果说但泽附近的灭绝营是犹太人、基督徒和共产党人的地狱,那么这个处于正直的苏黎世的医院便是富人们的地狱。"

"你这样说是什么意思?你所用的词语非同寻常。"贝尔拉赫问道,目光紧紧地追随着女医生。她让他着迷,同时又令他恐惧。

"你很好奇,"她说,"好像还引以为豪。你敢于深入虎穴,但这里却有来无回。你别指望我。人对我而言无所谓,也包括埃门贝格尔,即使他是我的情夫。"

## 富人的地狱

"为什么,"女医生又接着说,"为了这个被遗弃的世界?探长,难道你每天面对无数起盗窃案件还不感到满足吗?你到底为什么非要闯进索纳施泰因医院来寻找你无法找寻的东西呢?我心想,大概是由于一条业已退役的警犬还企图往高处爬吧。"

女医生笑着说。

"哪里有罪恶,就必须去哪里搜寻,"老探长回答,"法律就是法律。"

"我看你喜欢数学,"她回应道,又点燃了一支香烟。她依然站在他的病床前,不是犹犹豫豫,而是小心翼翼,不像人们接近一个病人的病床时那样,反倒像站在一个已经被五花大绑的死刑犯旁,人们已公认且期待着他的死,认为处死他犹如消灭一个无用的生命那样合理而自然。"我突然意识到,你属于一群只坚信数学的白痴。法律就是法律。$X=X$。这句令人难以置信的废话,它被捧过我们的头顶,捧上始终血红的夜空,"她笑着说,"仿佛真的存在某种关于人类的法令,仿佛其效力真的能够无视人类所拥有的权力大小而一视同仁。法律并非是法律，而是权力。这句格言铭刻在我们毁掉的塔勒银币上。这个世界上没有什么自在存在，一切皆是骗局。当嘴上说法律时，心里想的却是权力；当我们说出权力这个词时，脑子所想的却是财富；而当财富这个词出自我们的口时，心里却希望能践行人间的种种恶习。法律是恶习，是财富，是大炮，是垄断托拉斯，是各种党派。我们所说的一切绝对合乎逻辑，而唯独你说的法律就是法律纯属欺骗。数学是骗人的，什么理性、认知、艺术，统统都是骗人的。你究竟想干什么呢，探长？在这里，人家问都不问，我们就被置于随意一片腐朽的土地上，我们不明白为什么；在这里，我们睁大眼睛凝视向宇宙深处，只见空空如也，却又拥挤不堪，纯属毫无意义之举；在这里，我们迎着那些遥远的、终有一天必然会出现的激流漂去——这是我们唯一知晓的。我们就这样为了死去而活着，我们就这样呼吸和交流，我们就这样相爱，我们就这样有了后代和后代的后代，为了与我们挚爱的、用我们的血肉创造的他们，我们的挚爱、与我们一起变成僵尸，化解成构成我们生命本原的死亡元素。牌已经洗过了，玩完了，又洗好了。没错，就是这样。由于我们没有别的，只有这片由泥污与冰雪所构成的熙熙攘攘的、我们赖以为生的大地，因此我们期望这种我们唯一的生活——这个面对横跨在烟雾弥漫的深渊上空的彩虹而转瞬即逝的时刻——是一种幸福的生活，希望赐予我们充裕的尘世时光，那短暂的时光，因为它能承载着我们，它是赐予我们唯一的、即便是可怜的仁慈。可惜事实并非如此，而且永远也不会如此，探长。犯罪并不在于现实存在不是这样，也不在于存在着贫困与不幸，而是在于存在着穷人和富人，在于这条承载着我们大家激流直下、我们与之一起沉没的船只不仅拥有穷人栖居的统舱，而且还有权贵们栖居的豪华客舱。人们都说，这没有关系，因为人人都难免一死。死亡就是死亡，没人能逃掉。噢，这滑稽可笑的数学！一种死是穷人的死，另一种死是权贵们的死，而在他们之间存在着一个世界，一个那样的世界，其中上演着弱者与强者之间血淋淋的悲喜剧。不管穷人怎样活的，他也以死而告终，死在地下室的麻布袋上，更体面些的,死在破破烂烂的床垫上,再体面的,就是光荣地流血牺牲在战场上。而富人们的死法则不同。他们活得奢侈,死得也要奢侈,他们有修养,在死亡的时候也要双手鼓掌:鼓掌吧,朋友们,人生大戏的演出到此结束!活着就是装腔作势,死亡就是废话,葬礼是广告,整个人生就是买卖。没错,就是这样。探长,我可以领着你看一看这医院,看一看索纳施泰因医院,它把我变成了如今这副模样,非女非男,仅仅是一具行尸走肉,依赖越来越大剂量的吗啡,要来嘲讽这个世界,这个理应遭到讽刺的世界。这样一来,我会让你,一个已经退休而精疲力竭的警察看看,有钱人是怎么死的。我会向你敞开那一个个离奇古怪的病房,那一个个时而庸俗、时而狡诈的病房,他们在那里腐烂,那一个个闪闪发光、充满兴致和痛苦、专断与罪行的小屋。"

贝尔拉赫没有回应。他躺在病床上,有气无力,一动不动,脸转向了一边。

女医生弯下腰去看他。

"我会告诉你,"她毫无悲悯地继续说,"那些在这里过去走向灭亡和现在正在走向灭亡的人的名字,其中有政治家、银行家、工业家、情妇和寡妇,还有一些名声显赫的人和那些见不得光的、不费吹灰之力就会赚取数以百万、而让我们变得一无所有的投机商人。他们终归也死在这家医院里。他们时而用亵渎的笑话评论自己肉体的灭亡;时而猛然直起身来,粗暴地诅咒让他们占有一切、却又不得不死去的命运;时而在他们富丽堂皇的房间里大声哭喊着十分令人讨厌的祷告,为了不要让尘世的极乐被天堂的极乐所替代。埃门贝格尔满足他们的一切,他们永无餍足地接受埃门贝格尔所提供的一切。可他们还贪图更多,他们贪图希望:而埃门贝格尔连希望也能够提供给他们。然而,他们给予埃门贝格尔的信任,是对魔鬼的信任。而埃门贝格尔给予他们的希望,则是地狱。他们离开了上帝,找到了一个新的上帝。病人们心甘情愿地忍受折磨,寄希望于这位医生,仅仅为了能多活几天,多活几分钟(他们是如此希望的),因为不想与一种东西诀别,他们热爱这种东西胜过热爱天堂与地狱,也胜过热爱幸福与诅咒,这种东西就是权力和地球,地球所赋予他们的权力。在这里,我们的老大给病人开刀也不用麻醉。他在施图特霍夫,在但泽平原灰暗而望不到边际的贫民窟所做的一切,都原封不动地照搬到这里来,在瑞士的中心,苏黎世的中心,丝毫不受警察局和这个国家法律的干扰。不仅如此,甚至还打着科学和人道的旗号。他坚定不移地给予人们一切,人们向他期求的一切:折磨,无穷无尽的折磨。"

"不,"贝尔拉赫尖叫道,"不,一定要将这个恶魔除掉!"

"那你得先将人类消灭干净。"女医生回答说。

他再次大喊出他那嘶哑而绝望的"不",并吃力地直起了上身。

"不,不!"他嘴里还在喊,声音却已经低的近乎耳语了。

这时,女医生随意推了一下他的右肩,他无力地倒在了床上。

"不,不!"躺在枕头上的他仍然吃力地咕噜着。

"你这个傻瓜!"女医生笑着说,"你喊来喊去不,不! 这有什么用呢! 在我出身那里的乌黑的煤矿区,我也曾对着这个充满苦难与剥削的世界说出了我的不、不,并且开始为之努力:在党内,在夜校,后来在大学里,再后来又回到党内,越来越坚定,越来越顽强。我学习,我工作,就是为了我说出的不、不。但现在,探长,现在,在这个雨雪交加、烟雾弥漫的清晨,我穿着白大褂站在你的病床前,现在我明白,这个不、不,变得毫无意义了,因为地球已经太衰老了,再也变不成一个是,是了。在那个被上帝所遗弃的天堂与地狱相结合的、并且诞生了这个人类的新婚之夜,善与恶已经紧紧地交织在一起,谁也无法再将它们彼此区分开来。可以说:善者为善,恶者为恶;善者从善,恶者从恶。太晚了! 我们已经无从知晓,我们在做什么,我们的顺从或抗拒将招致什么后果,我们所吃的一切,我们给孩子们的面包与牛奶,上面粘着怎样的剥削,粘着什么样的罪恶。我们杀害,既看不到也不了解被害者;我们被杀害,但杀害我们的凶手却毫不知情。太晚了! 生存的诱惑太大,而在慈悲面前,面对生存且避免一事无成的慈悲,人却太渺小。如今,我们病入膏肓,受到自己罪恶癌症的吞噬,探长,这个世界已经腐烂,就像一只未妥当存放而腐烂的水果。

我们还想干什么呢！地球已经不再可能被塑造成天堂,那魔鬼般的熔岩,在我们获得胜利、荣誉和财富的邪恶日子里,我们招致了它的喷发,它如今照亮着我们的黑夜,却再也不可能回到它喷发而来的火口里。我们只能在我们的梦幻,只能在我们借助吗啡而产生的闪亮的思念图景中重新夺回我们业已失去的东西。我,艾迪特·玛洛克,一位三十四岁的女人,每天给自己注射无色液体,它白天赋予我玩世不恭的勇气,夜晚赋予我色彩斑斓的梦境,我的罪行就是这样犯下的,遵照人们的愿望所犯下的罪行,它们使我在转瞬即逝的幻觉中以为,尚且还拥有那些不复存在的东西:拥有这个世界,这个上帝最初创造好的世界。没错,就是这样。埃门贝格尔,你的同乡,这个伯尔尼人,他了解人类,明白该如何利用人类。他无情地在人类最软弱的地方下手:人人都恐惧永恒的失去。"

"你现在走吧,"探长低声说,"你现在走吧。"

女医生笑了,然后站起身来,美丽、傲慢、不可接近。

"你决心要战胜邪恶,却害怕我所讲的一切事实,"她边说,边倚靠在门框上继续梳妆打扮,上方挂着的古老的木质十字架孤独而无用,"面对一个渺小的、受尽欺凌与折磨的女仆你都感到害怕,那你还怎能对付得了埃门贝格尔,这个地狱魔王呢？"

说着,她把一份报纸和一只棕色信封扔到老探长床上。

"你读一读这封信吧,先生。我想,当你看到自己出于好心而惹来的麻烦时,定会大吃一惊的。"

## 骑士、死神与魔鬼

女医生离开后,老探长久久地躺在床上一动不动。他的怀疑已经得到了证实,这件本该令他感到满意的事,却只让他感到一阵阵恐惧。正如他所预料到的,他预想的确实没错,但他的行动却有误。他感到自己的身体极度的虚弱无力。他失去了整整六天,可怕的六天,其间他全然失去了知觉,而埃门贝格尔却已经搞清了是谁在追捕他,并抢先下了手。

当柯莱丽护士端来咖啡和小面包时,他总算在她的帮助下坐直了身子,坚持吃完了送来的食物。虽然仍信心不足,但他已下定决心战胜自己的虚弱,从此开始发起反攻。

"柯莱丽护士,"他说,"我是警察局的人,我们开诚布公地谈谈,也许会更好一些。"

"我知道,贝尔拉赫探长。"护士回答,她站在他床边,咄咄逼人。

"你知道我的名字,可想而知,你也了解一切,"贝尔拉赫接着说,并开始对她起了疑心,"那你也应该知道,我到访这里的目的何在了吧?"

"你想逮捕我们老板。"她说,低下头望着老探长。

"是老板,"探长点头肯定道,"你可知道你老板曾在德国施图特霍夫集中营屠杀了不计其数的人吗?"

"我老板早已洗心革面,"来自毕格伦的柯莱丽·格劳贝尔自豪地回答说,"他的罪孽已经得到了宽恕。"

"怎么可能呢?"贝尔拉赫吃惊地问,凝视着站在自己病床前这位幼稚的胖女人,她双手交叠着放在腹前,红光满面,信念坚定。

"因为他读了我写的小册子。"护士小姐说。

"就是那本《死亡即我们生命轮回之目的》吗?"

"正是。"

"这简直是胡闹啊!"病人生气地喊道,"埃门贝格尔依然我行我素,杀人成性。"

"以前他出于仇恨而杀人,如今则出于爱,"女护士高兴地回答,"他以医生的身份杀人,是因为病人私下向他提出了这样的请求。你真该读一读我的小册子。人类唯有通过死亡,才能达到一个可能的新高度。"

"埃门贝格尔是一个罪犯,"探长气喘吁吁地说,面对如此多假仁假义的言辞而有气无力,"爱蒙塔尔人始终还是一帮该死的宗派主义者。"他满怀绝望地心想着。

"我们生命轮回的意义和目的绝不会是犯罪。"柯莱丽皱着眉头摇头说,顺便将吃剩的东西收拾干净。

"我要把你当同案犯交给警察局。"探长威胁道,他心里可能也清楚,这一招是最不奏效的。

"你可是在第三科室啊。"柯莱丽·格劳贝尔护士回答,为这个倔强的病人感到难过,随即走出了病房。

老探长怒气冲冲地拿起信。这个信封他好熟悉,正是傅驰希邮寄《射击苹果报》常用的信封。他拆开信封,一份报纸掉了出来。二十五年来,这报纸一如既往地出自一台可能已经锈迹斑斑的破旧打字机,字母 L 和 R 已经缺损。"《射击苹果报》,瑞士抵抗报,面向国内及周边。主编乌里希·弗里德里希·傅驰希",这是铅印的刊头,以下便是打字机打的:

## 党卫军折磨狂竟然成了首席医师

倘若不是因为我掌握了证据(傅驰希写道),那些可怕的、明确的、无可辩驳的证据,无论是刑事专家还是作家都不可能提供,而只有现实可以做到,那我恐怕会迫不得已地称之为病态想象力诞生的怪物,而真相迫使我把这一切写下来。真相这个词,即使它会让我们的脸色变得苍白,即使它会撼动我们———一如既往和不顾一切地——寄予人类的信任。有一个人,一个伯尔尼人,顶着别人的名字在但泽附近的灭绝营干了血淋淋的勾当——我没有勇气细致描述他的禽兽暴行——令我们感到震惊,他居然可以在瑞士掌管一家医院,这是莫大的耻辱,无法通过言语描述的耻辱,这也是一种征兆,说明我们如今真的到了完蛋的境地了。但愿这番话能够促成对他的审判,这么做纵然很可怕,会让我们的祖国很难堪,但我们必须有勇气这样做,毕竟这已危及到了我们的声望,这个不怀恶意的流言,我们已走出了这个时代阴森的雨林,相当诚实地脱胎换骨——(尽管有时依靠钟表、奶酪和一些无足轻重的武器挣得更多的钱)。因此,我开始行动起来。如果我们视这种不容遭受玩弄的公平正义为儿戏的话,我们将失去一切,即使我们不得不使裴斯泰洛齐蒙羞。然而这个罪犯,苏黎世的一个医生,这个不可饶恕的人,我们要迫使他自首,因为他也曾逼迫过别人。我们最后要杀死他,因为他也杀害过无数人——我们清楚,我们写下来的是一份死刑判决书——(这句话贝尔拉赫一连读了两遍。)一个私人诊所的主任医生——直截了当地说吧——,我们要求他前往苏黎世刑事警察局自首。人类,无所不能的人类,对杀人比其他任何艺术都越来越在行的人类,这个我们在瑞士毕竟也参与其中的人类,因为在我们身上也萌发着同样的不幸的萌芽,视道德为无利可图,视有利可图为道德。这个人类终将从这个被口诛笔伐的杀人狂魔身上明白,精神,被人类蔑视的精神也能撬开沉默的嘴,迫使沉默的人走向灭亡。

这篇极其夸张的文章越是符合贝尔拉赫原本的计划,其意图简单而直接,就是要震慑埃门贝格尔——其他一切就会迎刃而解,他凭自己老刑事专家不以为然的自信心想着——,他现在就越确切无疑地意识到自己错了。埃门贝格尔远远不是一个会被吓倒的人。探长觉得,傅驰希已经面临着生命危险,然而他期盼着这位作家已经抵达巴黎,从而会安然无恙。

这时,贝尔拉赫出乎意料地觉得有了一个和外界取得联系的机会。

一个工人走进他的病房,胳膊下夹着丢勒的《骑士、死神与魔鬼》画作的放大复制品。老探长仔细打量着这个人,他不到五十岁年纪,看起来心地善良,但略显颓废堕落。他身穿蓝色工作服,一进门就立即动手开始卸下那副《解剖图》画作。

"喂,"探长呼叫他,"你过来一下好吗?"

这工人继续忙着手里的活儿。时不时有钳子、螺丝刀等工具掉在地上,他费劲地弯腰去捡拾。

"叫你呢!"贝尔拉赫见工人不理睬他,便不耐烦地冲他喊:"我是警察局的贝尔拉赫探长,你知道吗?我遇到了生命危险,你干完活后,立即离开这里去找施图茨侦探,这里的老老少少没有不认识他的。你也可以随便去某个警察岗亭,让那里的人联系施图茨。你听到了吗？我需要这个人。他会帮我忙。"

这工人依然没有理会老探长,躺在床上的探长吃力地说着这些话——他感到说话很困难,越来越困难了。《解剖图》被卸下来了,工人检查着丢勒的画作,细细端详着它,伸长胳膊双手扶着它,时而远看,时而近观,时而变换角度。乳白色的灯光透过窗户照射进房间,老探长察觉到一道道白茫茫的雾气后有个暗淡无光的圆球在那里游动了片刻。这工人的头发和胡子被光线照得发亮。外面雨停了。工人连连地摇着头,这幅画让他感到恐惧。他转过身子朝贝尔拉赫看了一眼,用一种奇怪的、含混不清的语言慢吞吞地摇头晃脑地说：

"没有鬼。"

"有的,"贝尔拉赫嘶哑地说,"告诉你,真有鬼！它就在这医院里。嗨,你这会听着！可能有人告诉过你,说我是一个疯子,说话胡言乱语,但我现在有生命危险,你明白吗,生命危险！真的,我给你说,千真万确,地地道道的事实！"

工人已经装好了丢勒的画作,朝贝尔拉赫转过身来,指着骑在马上一动不动的骑士冷笑着,嘴里说出一些叽叽咕咕、含混不清的话,贝尔拉赫一下子没听懂,但最终还是明白了他的意思：

"骑士完蛋了,"从这个身穿蓝色工作服的工人嘴里慢慢地、清晰地吐出这么一句话："骑士完蛋了,骑士完蛋了！"

这工人走出病房、动作笨拙地带上房门后,老探长才明白过来,他方才是在和一个聋哑人对话。

他伸手去拿报纸,翻开的是一份《伯尔尼联邦报》。

最先映入他眼帘的是傅驰希的照片,照片下面写着：乌里希·弗里德里希·傅驰希,名字旁边是一个十字架。

## 傅驰希之死

"本周二深夜至周三凌晨,伯尔尼市著名作家傅驰希,或许称他为声名狼藉更恰当,结束了他不幸的生命,具体死因尚待进一步调查。"——看到这个消息,贝尔拉赫感到如鲠在喉。"这个人,"《伯尔尼联邦报》故作庄重的记者继续叙述道,"上天赋予这位作家美丽的才华,但他却不懂得去使用。他以创作表现主义戏剧起家(报导继续说),受到一批街头文学家的追捧,但他的文学创作才华却接近枯竭(至少是真正的文学创作才华,老探长痛苦地心想着),于是他突发奇想地独自创办了《射击苹果报》,这份依靠打字机打印出版的报纸每期印五十份左右,不定期出版。读过这份以报道丑闻为宗旨的报纸的人都知道,它充满了攻击,不仅攻击我们大家所尊重并视为神圣的一切,而且攻击那些声誉卓著、德高望重的社会名流。他越来越堕落,人们见他经常喝得酩酊大醉,脖子上围着那条全城闻名的黄围巾——城市下层社会的人送给他一个绰号叫柠檬——,从一家酒馆游荡到另一家,一些大学生追随着他,称他为天才,愿他常存于世。关于这位作家之死,目前的调查结果如下:进入新年以来,傅驰希每天或多或少喝得醉醺醺的。他——受到某位好心肠人的资助——最近又出版了一期《射击苹果报》,毫无疑问是极其不幸的一期,因为他攻击一个无人知晓、也许是自己胡诌出来的医生,医生圈认为这篇文章荒唐无稽,他这样不顾一切制造丑闻,为了沽名钓誉。后来事实也表明,报纸里发表的攻击是臆造的无稽之谈,因为作家本人,他慷慨激昂地督促那位没有被点名的医生亲自前往伯尔尼警察局自首,到处宣扬自己将赴巴黎休假十天,但事实上却并没有行动。他将赴巴黎日期推后了一天,他于周二夜里在凯斯勒胡同大街他那寒碜的家里举办了一个告别晚餐,到场的有音乐家勃金格及大学生佛利德林和施图尔勒。周三凌晨四点,傅驰希——此时已喝得烂醉——前往房间正对面隔着一条走廊的厕所方便。为了稍微散一散呛人的烟味,他工作室的房门敞开着,三位客人依然围着餐桌喝酒,因此他们都能够清楚地看见厕所的门,他们也没有发现任何特别的异常。由于半小时后傅驰希仍然未从厕所出来,他们便开始有点担心。当傅驰希连他们的呼喊与敲门声都不回应时,他们便使劲摇晃着厕所门,但门怎么都打不开。勃金格跑到街上喊来警察格尔贝和门卫布寒尔艾森,他们用暴力破开了门:人们发现这个倒霉鬼蜷缩着躺在地上,已经死了。死亡的原因尚不清楚,但可以排除是谋杀,并非是预审法官鲁茨在今天发布会上所断定的谋杀。调查虽然显示傅驰希是被某种硬物自上方击中而致死的,但从出事现场的实际情况看,并不存在这种可能性。厕所位于四楼,一扇小小的窗户恰好对着采光井,采光井的通风道很狭窄,人从中爬上爬下的可能性不存在。警察局所做的实验也明确地证明了这一事实。同时,厕所门也肯定是从里面闩上的,因此,门上惯用的塑料把手案发后被换掉的可能性也可排除在外。厕所门没有锁芯,锁闭靠沉重的门栓。除了认为作家自己不慎摔死之外,尤其是他,正如戴特林教授所分析的那样,当时已经醉得一塌糊涂,别无其他合理的解释……"

老探长还未读完全文,就已任凭报纸滑落在地上。他用手紧紧地抓着床单。

"那个侏儒,就是那个侏儒!"他冲着房间喊道,瞬间就明白了傅驰希是如何死的。

"是的,就是那个侏儒。"门不知不觉地被打开了,一个平静而自信的声音从门边传来。

"你会向我承认,探长先生,我手下有一个绝非能轻易发现的刽子手。"

门框里站着的人,正是埃门贝格尔。

## 挂　钟

医生关上房门。

老探长首先看见他没有穿工作服,而是穿了一件深色格子衣服,银灰色的衬衫上系着白色领带,一副经过精心打扮的派头,几乎是捯饬过了头,更夸张的是,他的手上还戴着一副黄色的真皮手套,好像怕弄脏了自己似的。

"我们伯尔尼人总算可以聚聚了。"埃门贝格尔说,朝着面前这个一筹莫展、骨瘦如柴的病人微微躬了躬身,礼貌且不乏讥讽。随后他抓来一把原先放在拉开的窗帘后面的椅子,贝尔拉赫一直没看见它。医生在老探长的床边坐下,将椅背转向探长,这样他就能将胸脯紧贴着靠背,胳膊交叉着放在椅背上。老探长再次控制住自己的情绪。他小心翼翼地拿起折好放在床头上的报纸,然后按照老习惯双手交叉枕在脑后。

"你派人杀了可怜的傅驰希。"贝尔拉赫说。

"倘若一个人用如此慷慨激昂的笔锋写下一个死刑判决,我认为理应受到惩罚,"另一个人用同样实事求是的口吻回应道,"如今甚至连写作都再次成为危险品,那么如此应对当然无可挑剔。"

"你想把我怎么样?"探长问。

埃门贝格尔笑起来,"这个问题应该首先由我来问:你想把我怎么样?"

"你心里很清楚。"探长回应道。

"当然,"医生答,"这一点我心里很清楚。所以你也应该同样清楚,我想把你怎么样。"

埃门贝格尔站起身,走到墙边,面对墙凝视了片刻,背向着探长。他一定是按了某处的按钮或者拉杆;因为那面画着翩翩起舞的男男女女的墙壁无声无息地向两边滑开了,像一个双扇门。墙后面显露出一个放着玻璃柜的宽敞大厅,柜子里放着外科手术器械,金属托盘里放着明晃晃的手术刀和剪子,还有止血棉球,注射器里注满了乳白色的液体,几只瓶子,还有一个薄薄的红色皮制口罩,一切用品都干干净净,排列得整整齐齐。在这间目前已然变大的病房的正中央放着一张手术台。与此同时,从房间上面缓缓降下一张沉重的金属屏障,落在窗户上方。房间内突然亮得耀眼,老探长直到此刻才发觉,那是因为天花板上的镜子缝隙间都装有氖灯管,柜子上方挂着一只巨大的、圆形的、闪着绿光的圆盘,映衬在蓝色的灯光中,那是一个挂钟。

"你打算不用麻醉药给我开刀。"老探长嘟哝着。

埃门贝格尔没有回答。

"我是一个虚弱的老人,所以我怕自己会叫喊起来,"探长继续往下说,"我不认为你会在我身上找到一个勇敢的牺牲者。"

医生仍然不予回答。"你看见那个挂钟了吗?"他反问道。

"我看见了。"贝尔拉赫说。

"现在十点半,"对方说,同时对了对自己的手表,"七点我会给你动手术。"

"八个半小时后。"

"八个半小时后。"医生确认说。

"我想,我们现在还要彼此谈谈,先生。我们不该回避这次谈话,在此之后我就不会再打扰你了。常言道,人在生命的最后几个小时里都愿意独自一人呆着。就这样吧。只是你别给我增添不必要的麻烦。"

他又坐到椅子上,胸脯抵着靠背。

"我想,你对这一切早已习以为常了。"老探长反驳道。

埃门贝格尔不禁愣了片刻。"我很高兴,"他终于说,一边连连摇头,"你还没有失去幽默感。要是傅驰希还活着的话该多好。——他已被判处死刑并被处决了。我的那个侏儒干得不错。他先吃力地翻过湿淋淋的瓦片屋顶,一群猫围着他,然后从凯斯勒胡同大街的房屋的采光井通道爬下去,接着爬进厕所的小窗户,用我那把汽车扳手对准坐在马桶上正在出神的伟大作家的脑袋狠狠地一击。这对一个小矮子来说真不容易。当我坐在车里,在犹太人公墓旁边等待小猴子时,我紧张极了,不知道他会不会成功。但是就这样一个身高不到八十厘米的小鬼却搞成了这事,关键是神不知鬼不觉的搞定了。两个小时后,他就蹦蹦跳跳地回到了树荫下。你呀,探长先生,将由我负责搞定。这不会很困难的,我们可以避免让你听到难堪的言语。但是,上帝啊,我们该拿我们两个人的共同熟人、我们亲爱的老朋友贝尔仁广场的塞缪尔·胡格托贝尔医生怎么办呢?"

"你怎么会提到他?"老人窥探着说。

"是他送你来这里的。"

"我和他毫不相干。"探长立即说道。

"他每天打两次电话,询问他的老朋友克莱默的身体状况,还要求和你通话。"埃门贝格尔确认道,忧心忡忡地皱了皱眉头。

贝尔拉赫不自觉地朝玻璃柜上方的挂钟看了一眼。

"没错,现在是 10 点 45 分,"医生说道,若有所思地看着老探长,并无敌意,"我们还是回过头谈谈胡格托贝尔吧。"

"他很关心我,为我的病情而忙碌着,但他与我们俩的事情毫无关系。"探长固执地反驳道。

"你看过《联邦报》上刊登在你照片下方的那篇报道吗?"

贝尔拉赫沉默了一会儿,暗暗思忖着埃门贝格尔的提问有何用意。

"我不看报纸。"

"那里面提到你这个本市知名人士业已退休,"埃门贝格尔说,"然而胡格托贝尔却假用布莱斯·克莱默这个名字将你送到我们这里。"

探长毫不授之以隙,他说自己在胡格托贝尔的医院里挂号用的名字就是克莱默。

"就算他曾见过我一面,也完全认不出我了,因为这病已经让我变了样。"

医生笑起来,"你声称自己病了,目的就是为了来索纳施泰因医院寻找我吧?"

贝尔拉赫没有回答。

埃门贝格尔忧伤地望着这个老人。"亲爱的探长,"他继续说道,声音中略带责备的语气,"你在我们这场审讯中丝毫也不迁就我。"

"是我要审讯你,而不是你审讯我。"探长倔强地反驳道。

"你呼吸困难了。"埃门贝格尔关切地说。

贝尔拉赫不再回答。他只听见挂钟发出的嗒嗒声。老探长还是第一次听到这种声音。现在我要一直聆听这声音了,他心想着。

"难道现在还不是你承认自己失败的时候吗?"医生友好地问。

"我也许已经别无选择了,"贝尔拉赫精疲力竭地回答,把双手从脑袋后面抽出来搁在被子上,"挂钟啊,倘若没有你该多好。"

"挂钟啊,倘若没有你该多好。"医生重复着老探长的话,"我们俩还绕什么圈子呢?七点我就会杀了你。倘若你能同我客观地看待埃门贝格尔——贝尔拉赫案件,事情做起来就会对你轻松些。我们是两个拥有不同目标的背道而驰的科学家,是坐在一张棋盘前的两个棋手。你那步棋已经落定,现在该我走了。但是我们的比赛有一个特殊之处:要么一个人输,要么两个人都输。你已经输了比赛,现在我很好奇自己是不是也得输。"

"你会输的。"贝尔拉赫轻声说道。

埃门贝格尔笑起来。"这有可能。如果我没有预测到这种可能的话,那我就是个糟糕的棋手。但是,我们再仔细地看一看吧。你已经没有机会了,七点我就会带着我的手术刀前来,就算来不成(如果出现什么意外),一年后你也会死于疾病。至于我的机会,它会怎么样呢?我承认它糟透了:你们已经发现了我的踪迹!"

医生再次笑了起来。

老探长惊讶地断定,埃门贝格尔似乎在和他开玩笑,他感到医生的行为越来越古怪。

"我承认,看见自己像一只苍蝇似的在你们的网里挣扎,这让我觉得很有趣,比看见你同时落在我的网里更加有趣。我们接着看吧:是谁让你追踪我的?"

我自行其是,老人声称说。

埃门贝格尔摇了摇头,"我们还是谈谈更可信的事情吧,"他说,"要说我的犯罪行为——暂且使用这个通俗的措辞——,没有人会自行其是,这样的事情怎么会凭空而来呢。尤其还由一位伯尔尼警察局的探长来查,那一定更不可能,好像我偷了自行车或给人打了胎似的。我们再来仔细看看我的案子吧——你,现在已经没有任何机会了,允许你知道事实真相,这是失败者的特权。我是一个小心谨慎、细致周密的人——从这一点上讲,我干这一行干净利索——,但是不论怎样谨慎周密,当然总会有针对我的线索。一个没有线索的犯罪行为在这个充满偶发事件的世界里是不可能的。让我们来梳理一下:汉斯·贝尔拉赫探长会从哪里着手调查呢?这里是《生活》杂志上的照片。我并不清楚是谁那样胆大妄为,在那些日子里拍下了这张照片。有这么一张照片存在,这对我来说就够了。够糟糕的了。但我们并不想让事情扩大化。有上百万人看过这张远近闻名的照片,其中一定有很多认识我的人:但迄今为止还没有人认出我来,照片只拍到了我的一点点脸。究竟谁会认出我呢?要么是一个曾在施图特霍夫见过我,并且在这里认识我的人——可能性很小,因为我从施图特霍夫带出来的那些人,都掌握在我的手里。可话说回来,就如同每个偶然一样,也保不准会这样——,要么是一个对我三十二年前在瑞士生活时期有类似记忆的人。那时发生过一次意外事件,是我还在读大学时在一个高山茅舍里所经历的——哦,我至今还记忆犹新——,它发生在一个满天晚霞的傍晚:胡格托贝尔是当时在场的五个人之一。因此可以认定,是胡格托贝尔认出了我。"

"胡扯。"老探长坚定地反驳道。这只是毫无道理的想法,只是凭空而来的臆断,除此之外一无是处。他预感到朋友受到威胁,是的,他会陷入极端的危险之中,要是他不能转移埃门贝格尔对此事的怀疑的话,虽然他并不能准确地想象出危险究竟在什么地方。

"我们不要过于匆忙地对那个可怜的老医生下死刑判决。我们先看看其他一些可能针对我的线索,我们设法替他开脱罪名吧,"埃门贝格尔继续说道,下巴压在交叉着搭在椅子靠背上的胳膊上,"那件与内勒有关的事情。你们也把它查出来了,探长先生,我恭喜你,真是让人震惊,玛洛克向我报告了这事。坦诚地说吧:是我本人亲自给内勒的右眉上开了一刀留下疤痕,他的左前臂上那个跟我一模一样的烧伤伤口也是我搞的,目的是为了让我们两个人变得完全一样,合二为一。我让他使用我的名字,将他送到了智利,并且逼迫他——一个天真朴实的小伙子,从未学过拉丁语和希腊语,在博大精深的医学领域里有着惊人的天赋,按照我们的约定返回祖国——在汉堡港一家破旧的旅馆客房里吞下了一颗氢氰酸胶囊。生活就是这样,我那个漂亮的情人要在场的话就会这样说。内勒是个正人君子。他听任于命运的摆布——我不愿意透露自己曾果断对他采取的一些手段——,伪装成人们能够想象到的最高明的自杀现场。我们不要再谈这幕发生在妓女与水兵之间的情景了,它发生在一个散发着腐臭味的、半烧焦的废墟状的城市一个雾蒙蒙的清晨,不时忧伤地传来迷失船只那沉闷的汽笛声。这个故事可算是一场冒险游戏,它一直会深深地捉弄着我。因为我怎会知道呢,这位天才的医学家在圣地亚哥都干了些什么,在那里结交了哪些朋友,有谁会突然出现在苏黎世来拜访内勒。但我们坚持用事实说话吧。如果有人发现了这个线索,又能把我怎样呢?首当其冲的就是内勒虚荣心,他要在《柳叶刀》和《瑞士医学周刊》发文章。如果有人突然想起拿它和我以前发表过的文章在文体风格上作比对,那可能就会成为一个致命的证据。内勒写文章用的是地道的柏林话。识破这一点就必须先读一读这些文章,于是便又牵扯到了一个医生身上。你瞧,我们的朋友处境不妙。尽管他毫无恶意,我们得承认这一点对他很有利,但如果还有一个侦探和他结交的话,我不得不做这种假设,那么我就不能再帮老头子的忙了。"

"我是受警方委托来这里的,"探长平静地说,"德国警方对你有所怀疑,于是委托伯尔尼警方调查你的案件。你今天不会给我动手术,因为我的死将会使你曝光。你也不会去打扰胡格托贝尔。"

"11点2分。"医生说。

"我看见了。"贝尔拉赫回答。

"警方,警方,"埃门贝格尔接着说,若有所思地看着自己的病人,"当然会料到警方也会对我的生平进行调查,但我觉得在这里调查不太可能,因为这种情况对你来说才是最有利的。德国警方会委托伯尔尼警方去搜寻一个在苏黎世的罪犯!不可能,在我看来这不合逻辑。如果你没有生病,如果这件事不是和你的生死相关,我也许还会相信它;作为一名医生,我确定你的手术和你的疾病并非是假装的。报纸上说你已被免职,也不会是假消息。你究竟是一个什么样的人?首先是个固执倔强的老头子,不愿意认输,当然也不愿意离职。存在这样一种可能,你是单枪匹马,没有任何人或警方撑腰,就来和我较量,一定程度上还得加上你的病床,在一次和胡格托贝尔的谈话中你捕捉到一种模模糊糊的猜疑,并无真凭实据。也许你还是太自负了,除了胡格托贝尔之外,并未向其他任何人透漏消息。而他呢,看来对这件事也似乎没有把握。对你而言,只是为了证明,即使作为一个病人,你知道的事情也比那些解雇你的人还要多得多。凡此种种使我相信,这种可能较之警方决定派一名重病人来处理一件如此棘手的案件更接近真实。另外,警方迄今为止还没有找到傅驰希死亡案件的真正线索,如果他们已经对我有所怀疑的话,那么早该发现线索了。你是孤身一人和我较量,探长先生。我想连那个堕落的作家也对此一无所知。"

"你为什么要杀了他?"老探长大声问道。

"出于谨慎,"医生轻描淡写地说,"11点10分。时间过得真快,先生,时间过得真快。为了谨慎行事,我也必须杀掉胡格托贝尔。"

"你想杀了他?"探长大叫着,竭力想直起身子。

"躺好!"埃门贝格尔不容置疑地命令道,病人只有服从。"今天周四,"他说,"我们医生下午休息,是不是。于是我想让胡格托贝尔、你和我都高兴一下,邀请他来拜访我们。他会开车从伯尔尼过来。"

"你想干什么?"

"我的小矮人就坐在他的汽车后面。"埃门贝格尔回答。

"那个侏儒!"探长大喊道。

"那个侏儒,"医生确认道,"又是那个侏儒。一个我从斯图霍夫带回来的实用工具。以前我动手术时,这个可笑的小家伙就在我的大腿间钻来钻去,按照海因里希·希姆莱先生的帝国法律,我本该杀死这个没有生存价值的小矮子,似乎任何一个体格高大的雅利安人都比他更具生存价值!为什么要这么做?我一向喜欢稀奇古怪的东西,而一个受屈辱的人往往是一个可以信赖的工具。因为那只小猴子感激我的救命之恩,于是让自己训练出了最有用的本领。"

时钟已指向 11 点 14 分。

探长疲惫至极,不时地闭目养神。每当他睁开眼睛,总会看到那个挂钟,那个巨大的、圆圆的、悬着的挂钟。他现在明白自己再也没有获救的机会了。埃门贝格尔已经看穿了他。他完蛋了,胡格托贝尔也完蛋了。

"你是个虚无主义者。"他轻声说,几乎是冲着寂静无声的房间耳语。房间里只传来挂钟的嘀嗒声。无休无止。

"你是想说我毫无信仰吗?"埃门贝格尔问道,从他的声音里听不出丝毫的辛酸。

"我想象不出我的话里还可能有任何其他意思。"躺在床上的老探长回答,双手无助地搭在被子上。

"那么你信仰什么,探长先生?"医生问道,没有改变他的坐姿,好奇又急切地看着老探长。

贝尔拉赫沉默不语。

后面墙上的挂钟嘀嗒响,无休无止,钟面上无情的指针始终如一,不知不觉又显而易见地朝着它的目标移动着。

"你沉默不语,"埃门贝格尔断言道,他的声音现在不再文雅幽默,而是响亮清晰:"你不说话。如今的人都不愿意回答这个问题:你信仰什么?这样的提问不合时宜。人们谦虚地说,他们不喜欢说大话,至少不愿意给出一个明确的答案,比如说:'我信仰圣父、圣子和圣灵。'如同以前的基督徒们那样回答,并为之而自豪。当如今的人们被问及这问题时,他们宁愿沉默,就像一个少女被人问到了一个尴尬的问题那样。人们的确也不是十分清楚自己到底信仰什么,也许并不是不信仰任何东西,这个上帝也不清楚,但人们至少还是有信仰——即使十分朦胧,仿佛一片捉摸不定的云雾——,比如信仰像人道、基督教、宽容、公正、社会主义和博爱等,一些听起来有点空泛的东西,人们也承认如此,然而人们总是在想:关键不在于说什么,最重要的是,人们要安分守己心安理得地活着。人们的确也试图这样做,有些人努力奋斗,有些人随波逐流。人们所做的一切,无论是善事还是恶事,都是为了追求幸福,无论对谁来说,是好是坏就像买彩票一样,全凭机遇而定。好与坏全凭运气。碰得巧则走运,碰不巧则倒霉。然而,人们立刻就会拿起虚无主义者这个大帽子装腔作势,以坚定的信念扣在别的任何一个会让他们察觉到危险的人头上。我了解他们,了解这些人,他们坚信自己有权主张一加一等于三,等于四,或者等于九十九。倘若要求他们回答一加一等于二,反倒变成错误的了。他们认为一切明确无误的事物皆属于顽固不化,因为明确无误首先需要性格鲜明。这些人不明白,一个意志坚定的共产主义者——举一个略微离奇的例子,因为大多数共产主义者之所以成为共产主义者,就像大多数基督徒之所以成为基督徒一样,全都出于误会——,这些人不明白,这样一个人,一个全心全意相信革命有必要的人,坚信只有这条哪怕不得不踏着千千万万尸体而走的路,才能引导你从善,才能引导你到达一个更美好的世界——虚无主义者远远比不上他们,比不上某个既不信仰上帝、也不信仰某个人,既不相信地狱、也不相信天堂,而只相信有权做生意的张三或李四——他们太怯懦,根本就没有胆量将信仰奉为自己行动的信条。因此,他们在世界上活着,就像活在粥里的蠕虫那样丧失了判断力;倘若一锅粥真有好坏真假的话,那他们对一切的判断都是雾蒙蒙,不清晰,对好坏的判断如此,对真假的判断亦如此。"

"我没想到一个刽子手讲话居然能如此滔滔不绝,"贝尔拉赫说道,"我以为像你这类人都是沉默寡言的。"

"说得好,"埃门贝格尔笑着说,"你看起来又恢复了勇气。好极了!我需要勇敢的人在我的实验室里来当试验品。可惜的是,我的实践教学课总是以学生的死亡而告终。好吧,我们走着瞧吧,我有什么样的信仰,我把它放在天平的一边,另一边放上你的信仰,我们看一看,我们谁的信仰更伟大,是虚无主义者——你是这样称呼我的——,还是基督徒。你是打着人道主义的名义,或者谁知道是什么样的信仰的名义来找我,为了置我于死地。我想你不会拒绝我的这种好奇心吧?"

"我明白。"探长一边回答,一边竭力遏制内心的恐惧,伴随着挂钟指针的前进,这种恐惧在他心中愈来愈强烈,愈来愈危险,"你现在就是想诉说一下自己的信仰,真是稀罕,一个杀人如麻的凶手也会有信仰。"

"现在是 11 点 25 分。"埃门贝格尔说。

"谢谢你提醒我。"老探长呻吟着,由于愤怒和无力而颤抖不已。

"人啊,人是什么?"医生笑着说,"我并不因为有一种信仰而感到羞愧,我不沉默,不像你一直保持沉默。正如基督徒信仰圣父、圣子、圣灵三者一样,其实只是一种东西,即信仰三位一体,我也信仰两样东西,其实也就是一个,是同一个东西。我信仰物质,它同时是力量和质量,是一个无法想象的整体,是令人大声疾呼仓皇躲避的子弹,像一个可以触摸的儿童皮球,我们就生活在它的上面,穿越过冒险的空间空虚。我信仰一种物质(说'我信仰上帝',是多么粗俗而浅薄),它唾手可得,像动物,像植物,或者像煤炭;也不可企及,像原子。它不需要上帝,或者无论人们为之虚构的什么东西,其独一无二、捉摸不透的神秘就是它的存在。我相信,我存在,是这种物质的一部分,和你一样是原子、力量、质量和分子。我坚信,我的存在赋予我权利,想干什么就干什么。作为组成部分,我的存在只是瞬间,只是偶然,如同在这广阔的世界里,生命也仅仅是其无限可能之一而已,同样像你一样是偶然——倘若地球距离太阳再近一些,生命则不会存在——，我存在的意义就在于只是一个瞬间。噢，巨大的黑夜啊，因为我弄明白了这一切。没有什么是神圣的，只有物质：人类，动物，植物，月亮，银河，我所看到的一切，皆是偶然的集群，偶然的无意义存在，就像泡沫或水波一样毫无意义：这些东西存在不存在，都无所谓；它们是可以被替代的。如果它们不存在，就会存在某些别的东西。如果生命在这个星球上消失了，它会在宇宙的某个地方、在某个别的星球诞生出来：就像头奖总会降落在某人身上，偶然的，依照多数的规律。赐予人类持续性是可笑的，因为创造出能够持续居于统治地位的政权体制、使某个政府或教皇在统治位置上多待几年，本身始终就是一种幻觉。世界在结构上就是一场博彩，因此人类追求幸福是毫无意义的，除非在每次的抽奖中，人人都能够赢得一个瑞士生丁，而不是大多数人都一无所获，即在人们心中产生一种非同以往的信念，而不是像以往那样大家都渴望成为那唯一的、独一无二的赢得大奖的人。一个人既信仰物质，又同时信仰人道主义，这是没有意义的。人们只能信仰物质，并相信自己。公平正义并不存在——物质怎么能公平呢？——，存在的只有自由，自由无法通过赚取的方式获得——否则就必然有公平正义了——，自由也无法通过赠予的方式获得——谁有能力赐予它呢——，自由必须靠人们主动去争取。自由是敢于去犯罪的勇气，因为自由本身就是一种犯罪。"

"我明白，"探长大声说，蜷缩着身体，好似一头已经死亡的野兽，躺在白色的尸布上，卧在一条望不见尽头的冷漠的街道边缘，"你信仰的只有一点，就是你有迫害人的权利。"

"说得好，"医生回应道，并鼓起了掌。"太好了！那个敢于对我据以生存的信仰做出结论的人，我称之为一名好学生。好极了！好极了！"（他不断地鼓着掌。）"我敢于保持自我，什么也不隐瞒。我致力于使我获得自由的谋杀和迫害。因为当我杀了另一个人时——我今天七点还会再干一次——，当我置身于令人软弱的任何人类法规之外时，我便会获得自由，我便成了某个瞬间，是怎样的一个瞬间啊！它在强度上和物质一样巨大，和它一样坚强有力，和它一样无法估量,我从那些我弯下身子所见到的张开大嘴发出的呼喊声中,从那些泪汪汪瞧着我的眼睛所流露出的痛苦神情中,从我的手术刀下的颤抖不已、软弱无力的白色皮肉上,映衬出的只有我的胜利与我的自由,除此之外别无他物。"

医生不再言语。他缓缓地站起身,坐在手术台上。

他头顶的挂钟指着11点57分,11点58分,12点。

"还有七个小时。"从病床那边传来了耳语般的、几乎听不见的低语。

"给我讲讲你的信仰吧。"埃门贝格尔说道。他的声音重归平静与客观,不再是刚才的激昂与生硬。

贝尔拉赫一言不发。

"你保持沉默,"医生忧伤地说,"总是一言不发。"

病人不予回答。

"你沉默,永远沉默,"医生断言道,双手撑在手术台上,"我现在无条件地把一切都压在一张彩票上。我很强大,因为我从不畏惧,因为我对自己是否会被揭穿无所谓。我现在已经做好了准备,把一切都押在一张彩票上,就像押注硬币那样。如果你,探长,能够向我证明,你拥有像我同样强大、同样无条件的信仰,那我就承认我失败了。"

老探长沉默着。

"你就说点什么吧,"埃门贝格尔在停顿片刻后继续说道,其间他急切而又渴望地望着病人,"你就给我一个回答吧。你是一个基督徒。你受过洗礼。你说吧,我十分确信这种力量,它一定会超过一个有罪的杀人凶手对物质的信仰,就像太阳的光芒远远超过冬月那可怜的光一样,或者:这种力量至少和信仰基督和圣子差不多。"

后面墙上的挂钟嘀嗒响。

"也许这种信仰太沉重了,"埃门贝格尔说,因为贝尔拉赫始终一言不发,接着他走到病人床前,"也许你有一种更轻松、更普通的信仰。你说吧:我信仰正义,信仰人道,正义应该服务于人道。出于这种信念,仅仅出于这种信念,我这个身患疾病的老人就冒险来到了索纳施泰因医院,没有考虑别的事情,比如自己的声誉,也没有想过要战胜任何人。你说出这一点吧,这是一种更轻松、更正派的信仰。还可以要求如今的人们要有这种信仰。你说说吧,然后你就自由了。你的信仰会让我满足的,我会去想,你拥有一个同我一样伟大的信仰,如果你说出来的话。"

老探长沉默。

"你大概不相信我会放了你?"埃门贝格尔问道。

没有回应。

"为了碰碰运气,你也说点什么吧,"医生催促着探长,"就算你不相信我说的话,那就坦诚地说出你的信仰吧。如果你有信仰的话,那它也许还能挽救你。这也许现在是你最后的机会了,不仅是挽救你自己,同时也是挽救胡格托贝尔的机会。现在还有时间给他打电话。你找到了我,我也找到了你。我的戏总有一天会演完,我的算计总有露出破绽的时候。为什么我不会输呢?我可以杀死你,我也可以释放你,这当然意味着我会死。我已经到达了一种境界,能像对待一个陌生人似的对待自己。我毁灭自己,也保护自己。"

他停下来,紧张地注视着探长。"已经无所谓了,"他说,"我做什么都无所谓了,更高的位置已无法再达到:去征服阿基米德点,已经是人类所能达到的最高点了,是人类在这个没有意义的世界中,在这个由死亡的物质所构成的玄妙中,唯一能做的有意义的事。业已死亡的物质犹如一具巨大的腐尸,从中反复生发出生命与死亡。但是,我仍然——这是我的恶意所在——要将你的自由与一个下流的玩笑、一个傻瓜条件联系起来:你得说出你的信仰,同我的信仰一样伟大的信仰。说出来听听吧!在人们心中,对善良的信仰至少和对邪恶的信仰是同样坚定的!说出来听听吧!没有什么比我亲眼目睹自己走入地狱更令人开心了。"

只听见挂钟的嘀嗒声。

"那么你就就事论事说说吧,"埃门贝格尔等待了片刻后继续说道,"就说对圣子的信仰,就说对正义的信仰。"

挂钟,只有挂钟发出响声。

"你的信仰,"医生大声喊道,"让我听听你的信仰!"

老探长躺在那里,双手紧紧抓着被子。

"你的信仰,你的信仰!"

埃门贝格尔的声音犹如从铁矿中传出,像长号奏响的声音,打破了无边无际的灰暗的苍穹。

老探长沉默不语。

于是,埃门贝格尔那张渴望得到回答的脸变得冷酷与漠然。只有右眼上方的伤疤还依然通红。当他疲惫而冷漠地从病人面前转过身子走出门时,他似乎感到一阵恶心。门轻轻地关上了,探长被一片耀眼的蓝光所环绕,蓝光中只有圆圆的表盘不停地嘀嗒着,仿佛是老人的心脏在跳动。

# 一首儿歌

就这样,贝尔拉赫躺在那里,等待着死亡。时间不停流逝,指针一圈又一圈地走着,相互重叠,彼此分开,又相互重叠,又重新分开。12点30分,1点,1点5分,1点40分,2点,2点10分,2点30分。房间就在这里,一动不动,它是无影蓝光下一个死亡空间,玻璃柜里满满摆放着各种稀奇古怪的医疗器械,玻璃上模模糊糊地映出贝尔拉赫的脸庞与双手。一切都一动不动,白色的手术台,丢勒那幅上面画着强壮却僵直的马儿的画作,窗户上的金属挂帘,椅背冲着老探长的空椅子,除了挂钟那机械的嘀嗒声外,一切都死一般沉寂。3点了,4点了。没有噪音,没有呻吟,没有说话声,没有叫喊声,也没有脚步声传入老探长耳中。他躺在一张金属床上,一动不动,身体几乎没有起伏。外部世界消失了,没有旋转的地球,没有太阳,没有城市。只有绿色的圆形表盘,指针在上面移动着,相互变换位置,相互赶上,重叠,又分开了。4点30分,4点35分,4点47分,5点,5点零1分,

5点零2分,5点零3分,5点零4分,5点零6分。贝尔拉赫费尽力气直起上身。他按下床铃,一次,两次,许多次。他等待着。也许他还能和柯莱丽护士小姐说几句话。也许会出现一个拯救他的机会。5点30分了。他用力地翻转身体。于是他摔到地上。他在床前的红地毯上躺了许久。在他上方,在玻璃柜上方的某个地方,钟表的嘀嗒声阵阵传来,指针一圈圈旋转着,5点30分,5点48分,5点49分。于是他慢慢地爬向门口,他用前臂向前爬行,来到门口,试图站直身子,打开门锁,他跌倒了,躺了一会儿,再次尝试,第三次尝试,第五次尝试。都失败了。他用指甲划挠着房门,因为他已经没有力气用拳头敲门了。真像一只老鼠,他默默地想着。随后他又一动不动地躺下,最终仍然爬回房间里,他抬起头去望挂钟。6点10分。"还有50分钟。"他大声说,清晰的声音打破了寂静,把自己吓了一跳。"50分钟。"他想爬回床上,却感觉力不从心。于是他躺在那里,躺在手术台前,默默地等待着。房间,玻璃柜,手术刀,床铺,椅子环绕着他,还有挂钟,依旧是挂钟,是蓝色、腐朽的世界大楼里的一个烧焦的太阳,是一座嘀嗒作响的神像,是一张没有嘴,没有眼睛,没有鼻子,却会发出响声的脸,脸上有两道皱纹,它们相互拉扯着,现在又合到了一起——6点35分,6点38分——这两条皱纹看似不会相互分开,现在却又分开了……6点39分,6点40分,6点41分。时间向前推移,不停推移,伴着挂钟那坚定不移的节拍的轻微振动,那个本身一动也不动的挂钟,它好似一块静止的磁铁。6点50分。贝尔拉赫半直起身子,上身倚靠着手术台,一个坐在地上、病入膏肓的老人,孤独无依,束手无策。他已经变得平静。他的身后是挂钟,面前是房门,那扇他正盯着的房门,束手无策,这个长方形的框框,他定会穿过它走进来,他,那个他正等待着的人,他,那个将要杀死他的人,他会像挂钟一样,缓慢而又精准地,用闪闪发光的手术刀一刀刀将他杀死。他一动不动地坐在那儿。时间现在已在他心中,嘀嗒声已在他心中,他不再需要抬头看钟,他知道现在自己只剩下4分钟的等待时间,还有3分钟,2分钟:他计算着秒数,秒针和他的心脏在同步跳动着,还有

100秒,60秒,30秒。他吧嗒着苍白而毫无血色的嘴唇计算着,像一只活着的时钟盯着房门。它打开了,就在现在,在钟敲响七点之时:仿佛一个漆黑的洞穴出现在他的面前,好似一只张得巨大的复仇大口,在它的中央站着一个模模糊糊、幽灵般的、巨大的黑色身躯,老探长相信自己看到的绝不是埃门贝格尔,因为从那张开的幽深洞口处,有一阵沙哑又带着嘲讽意味的儿歌传进了老探长的耳中:

"小小汉斯,

独自行走,

走进大森林里。"

吹着口哨哼着歌,在门框中站着一个魁梧巨大的身影,穿着一件破破烂烂的黑色长袍,正是犹太人格利弗。

"你好,探长,"巨人说着关上了房门,"我终于又找到了你,你这个无所畏惧、无可指责的悲情骑士,你就这样单枪匹马地用自己的精神力量同坏人进行斗争,坐在一台尸架前,就像从前我在但泽附近美丽的施图特霍夫村庄里躺过的台子一样。"他把老探长抱起来,老人就像一个孩童似的躺在犹太人的怀里。他把老人放在床上躺好。

他看见探长始终一声不吭,只是脸色惨白地躺着,于是便从破破烂烂的长衫里掏出一个酒瓶和两只玻璃杯,笑着说:"我带来的。"

"我没有伏特加了,"犹太人一边说,一边倒满两只酒杯,坐到老探长床边。"可在爱蒙塔尔一家破败的农舍里,在一个阴暗又堆满积雪的地方,我偷了几瓶布满灰尘的烈性土豆烧酒。味道也很棒。人们可以宽恕一个死人如此行事,是不是,探长。像我这样一具尸体——一定程度上可以说是靠烧酒支撑的尸体——在黑夜和浓雾中拿取活人供给的贡品,作为重新爬进苏维埃人附近坟墓去的途中给养,这是无何厚非的。来吧,探长,喝吧。"

他把杯子送到探长嘴边,贝尔拉赫喝了一口。烧酒让他感觉舒服多了,即便他暗暗思忖着,又干了违反医院规定的事。

"格利弗,"他喃喃地说,摸索着他的手,"你是怎么知道我在这个该死的老鼠笼里？"

巨人笑了。"基督徒啊，"他回答道，一双坚毅的眼睛在布满伤疤、没有睫毛和眉毛的脸上闪闪发光（其间他已经喝下好几杯烧酒）。"那时你究竟为什么叫我去萨雷姆医院？我立即明白你一定掌握了什么值得怀疑的证据，也许真的很有可能在活人中间找到了内勒。我压根儿不会相信，你询问关于内勒的情况只是出于一种心理学上的兴趣罢了，正如你本人在那个痛饮伏特加的夜晚所声称的那样。我要不要让你孤身一人去战斗呢？人们如今不再像以前的骑士孤军大战毒龙那样，不需要单枪匹马上战场与罪恶战斗了。那样的时代已经过去了，那时只要目光锐利，总是可以逮住那些像我们今天与之打交道的罪犯的。你是一个笨蛋侦探。时间证明你是何等的荒谬。我从来没有让你离开过我的视线，昨天夜里我还亲自出现在勇敢的胡格托贝尔医生面前。我必须得尽心展开工作，直至带他走出自己的软弱无能，于是他才会感到恐惧。然后我就知道了我想知道的一切，于是现在我来了，要让事情恢复本来面目。你关注你伯尔尼的老鼠，我关注我施图特霍夫的耗子。这便是世界的划分。"

"你是怎样进来的？"贝尔拉赫轻声问道。

巨人的脸上露出一丝狞笑。"并非如你所想，躲藏在瑞士铁路某列火车的座位底下，"他回答道，"而是坐着胡格托贝尔的车来的。"

"他还活着？"老探长问道，终于又控制住自己，屏住呼吸盯着犹太人。

"几分钟后他就会带你回到熟悉的萨雷姆医院去，"犹太人说，一边大口喝着土豆烧酒，"他现在坐在索纳施泰因医院门口的车里等着你呢。"

"那个侏儒，"贝尔拉赫脸色惨白地大叫起来，突然意识到犹太人对这一危险还毫不知情。"那个侏儒！那个侏儒会杀死他的！"

"没错，那个侏儒，"巨人喝着酒大笑起来，衣衫褴褛的模样令人恐怖。他把右手手指放进嘴里，吹出一阵尖锐刺耳的口哨声，就像人们召唤狗儿似的。这时窗户上面的金属帘子被猛地推起,一个小小的黑影像猴子般灵巧地一个筋斗跳进房间里,嘴里叽里咕噜地发出人们听不懂的声音。他嗖地一下窜到格利弗面前,一跃跳入他的怀中,一张十分丑陋老态龙钟的侏儒脸贴在犹太人伤痕累累的胸膛上,一双畸形的小胳膊搂住巨人光秃秃的大脑袋。

"你来了,我的小猴子,我的小动物,我的小小的地狱怪胎,"犹太人用一种歌唱般的声音拥抱着侏儒,"我可怜的弥诺陶洛斯①,我受到侮辱的小海因策尔曼②,在施图特霍夫那些血色的夜里,你常常哭泣着、呜咽着在我的怀抱里入睡,你是我这个可怜的犹太人心灵的唯一伴侣!你是我的小儿子,你是我的曼德拉草。哭喊吧,我的畸形的阿尔戈斯③,奥德赛从迷失方向的长途漂泊中来到了你身边。哦,我想到了是你把酩酊大醉的可怜虫傅驰希送去了另一个世界,是你爬进了采光天井,我的大水螅,你这套本领不就是当时在我们那个屠宰城里由那个名叫内勒,或者埃门贝格尔,或者米诺斯,或者任何其他名字的大恶魔训练成的吗。这里,咬我的手指吧,我的小狗儿!当我坐在胡格托贝尔的车里,坐在他身边时,我听到身后传来一阵喜悦的呜呜声,好似长满疥癣的猫儿发出的叫声。原来是我这个可怜的小朋友,探长,我用拳头把他从座位后面拖了出来。我们现在要怎么处理这个小动物呢。他可是个人啊,一个被折磨成纯野兽的小人儿,一个只有我们认为无罪的小小杀人犯。他那双望着我们的悲哀的棕色眼睛,不是流露出一切生物的悲苦吗?"

老探长在床上挺直身子,望着这如同鬼怪似的两个人,看了看受尽折磨的犹太人,又看了看在巨人腿上犹如孩子般手舞足蹈的侏儒。

"埃门贝格尔呢,"他问,"他怎么样了?"

巨人的脸蓦地变了色,好似一块灰色的史前化石,脸上的伤疤就像用一把凿子刻成。他举起强有力的臂膀,拿起刚刚喝光的空酒瓶

---

① 弥诺陶洛斯(Minotaurus),古希腊神话中半人半牛的怪物。
② 小海因策尔曼(Heinzelmännchen),德国民间传说中夜间干活助人的小矮人。
③ 阿尔戈斯(Argos),希腊神话中的巨眼神。

使劲朝玻璃柜砸去,柜上的玻璃被砸得粉碎,侏儒被吓得如老鼠般尖声大叫,猛地一跳,躲藏在手术台下面。

"你问他干什么,探长?"犹太人愤愤地说,又迅速控制住自己的情绪——只有双眼那可怕的缝隙里还闪烁着危险的光芒。他慢慢地从长衫里又掏出了一瓶酒,再次大口地喝起来。"在地狱中生活总让人口渴。像爱你们自己一样去爱你们的敌人吧,圣人在各各他石山上如是说,他任由别人把自己钉在十字架上,挂在那根半腐朽的可怜木头上,只有腰间缠着一块飘飘欲坠的破布。为埃门贝格尔那可怜的灵魂祈祷吧,基督徒,只有勇敢的祈祷还能获得耶和华的欢心。祈祷吧!他已经不在了,你问起的那个人。我的手艺是血淋淋的,探长,当我必须去做这件事时,我不能去想神学课堂里学过的东西。按照摩西的法则我是正义的,按照上帝的旨意我是正义的,基督徒。我杀死了他,和当年内勒在汉堡一家长年阴湿的客房里被杀的情景一模一样,警察也会同样正确无误地判定为自杀,就像他们曾经判定的那样。我该告诉你什么呢?我的手控制了他的手,我用胳膊卡住了他的脖子,把一颗致命的胶囊塞进了他的牙缝。阿赫斯维的嘴是很严的,他毫无血色的嘴唇也会紧闭。至于我们之间发生的事情,一个犹太人和他的虐待者,以及两人的角色如何根据正义的法则必然转换,我变成虐待者而他变成受害者,这一切除了我们俩人之外,只允许这一切发生的上帝知道。我们要相互道别了,探长。"

巨人站起身来。

"还会发生什么呢?"贝尔拉赫低声问道。

"什么也不会发生,"犹太人回应道,他抓着老探长的肩膀,凑到他的面前,让他们的脸几乎贴在一起,眼睛对望着。"什么也不会发生,什么事也没有,"巨人又小声说了一遍,"除了你和胡格托贝尔,没有人知道我来过这里。我无声无息地溜进来,像影子一样穿过走廊,找过埃门贝格尔,又来找你,没有人知道我的存在,只有那些被我救过的可怜鬼们才晓得,少数几个犹太人,少数几个基督徒。让我们去埋葬埃门贝格尔的世界,让新闻界发表祭文去悼念这位死者吧。

纳粹分子们想要施图特霍夫,百万富翁们想要这所医院,其他人想要其他的东西。我们作为个体无法挽救这个世界,这会像可怜的西西弗斯推石上山一样,是一项毫无希望的工作。它不掌握在我们手里,也不掌握在某个大人物、某个民族或者最强大的魔鬼手里,它掌握在上帝手里,只有他才能决定一切。我们只能帮助某个人,而非所有人,这是可怜的犹太人格利弗的局限性,也是所有人类的局限性。因此,我们不该试图去拯救世界,而应该试图伫立于世,这是末世留给我们的唯一真正的冒险体验。"巨人小心翼翼地把老探长放回到床上,犹如父亲对待孩子那样。

"来吧,我的小猴子。"他呼唤着,吹了声口哨。侏儒猛然一蹦,含糊不清地咕噜着,一下子跳上了犹太人的左肩。

"这就对了,我的小杀人犯,"巨人夸奖着他,"我们两个待在一起。我们是两个被人类社会抛弃的人,你是天生被抛弃,我是属于死人之列。再见了,探长,我们将踏上通往俄罗斯平原的夜间旅途,重要的是,我们将敢于潜入这个世界阴森的地下墓穴,进入那些遭到强者迫害而死的人们业已被遗忘了的栖息地。"

犹太人再次向老探长挥了挥手,然后把两只手伸进窗户栅栏,掰开铁条跳了出去。

"再见了,探长。"他再一次用那特别的、歌唱般的声音笑着说。老探长只看到他的肩膀和光秃秃的大脑袋,还有贴着他左脸的那张侏儒的老头子般的脸。这时,一轮几乎正圆的月亮正照着他的大脑袋的另外半边,看上去仿佛犹太人的肩上正扛着全世界,全部的大地和人类。"再见了,我这毫无畏惧又无可指责的骑士,我的贝尔拉赫,"他说,"格利弗又要到巨人国和小人国去游历了,又要去别的国家,别的世界,勇往直前,马不停蹄。再见了,探长,再见。"在最后一声道别中,他已消失了踪影。

老探长闭上眼睛。笼罩在他上方的和平使他感到愉快。更令他高兴的是,他知道正在轻轻开启的房门后站着胡格托贝尔,正准备接他回伯尔尼去。

# 承 诺

## 侦探小说安魂曲

张培 译

1

今年三月,我在库尔市安得利亚斯-达亨顿协会作了一个关于艺术和侦探小说写作的报告。我乘火车抵达库尔市时天已渐黑,当时乌云低垂,天色阴沉,下着大雪,天寒地冻。活动在商人协会的大厅里举行。报告会的听众不多,因为埃米尔·施塔格尔此刻正在文理中学礼堂朗诵歌德的后期作品。在场的人都没什么心情,一些本地人在我报告结束前就离开了大厅。我之后和董事会的几位成员简单交流了一下,也和几位文理中学的老师寒暄了几句,他们显然也更愿意去参加歌德后期作品的朗诵活动。我还与一位做慈善的女士聊了会儿天,她是东瑞士家庭佣人协会的名誉会长。领了报酬和旅费后,我就回到邻近火车站的斯泰因布克旅馆,我被安排住在这里。不过在这儿我也是百无聊赖。除了一份德语经济报和一本旧《世界周刊》,几乎找不到别的读物。旅馆里静得都没了人味,我不敢睡觉,因为害怕一觉睡去再也醒不过来。长夜漫漫,阴森恐怖。外面不再下雪,一切都纹丝不动,路灯不再摇晃,阵风也停了,街上空荡荡的,没有行人,没有动物,只有从火车站那边传来的悠远的回响。我走进酒吧,想喝杯威士忌。那儿除了一个上了年纪的酒吧女招待,还有一位先生,我刚坐下,他就向我打招呼并开始自我介绍。他是 H 博士,曾任苏黎世州警察局局长,他高大壮实,穿着老派,一条金色怀表链横挂在西服坎肩上,如今已经很少有这样的打扮。尽管年事已高,他蓬乱的头发却依旧乌黑,小胡子也很浓密。他坐在吧台一个高脚椅上,一边喝着红酒,一边抽着雪茄,聊天时直呼女招待的大名。他声音洪亮,说话时表情和手势很丰富,是个不拘小节的人。他既吸引着我的注意力,也让我心生恐惧。快到凌晨三点时,他开始喝第五杯尊尼获加威士忌,并邀请我第二天早上搭乘他的欧宝车去苏黎世。由于我对库尔周边,甚至对瑞士这一带了解不多,所以便接受了他的邀请。H博士此次以联邦委员会成员的身份来格劳宾登出差,因为天气的原因未能返程,他也听了我的报告,却没有对此加以过多的评论,只提了句:"你讲得相当蹩脚。"

第二天早上,我们启程出发。为了还能再睡会儿,天蒙蒙亮时我吃了两片安眠药,这会儿在车里只觉得浑身疲软。虽然早已是白天,可是天却一直没有完全透亮。天空只有一隅投出了亮光。乌云密布,黑压压一片,还下着雪;冬天似乎并不愿意离开这里。城市被群山环绕,不过这些山峦丝毫没有巍然感,更像是挖了一个巨大的墓穴后堆起的土包。库尔市里有不少高层行政办公大楼,整个城市呈现出一派冷峻灰色的景象。难以想象这里竟然产葡萄酒。我们试图穿过老城,这辆笨重的汽车却迷了路,在死胡同和单行道上绕来绕去,为了走出这个房子迷宫,司机必须要进行高难度的倒车。另外,石子路上都结了冰。所以,当车子终于驶出库尔城时,我们感到非常开心,虽然我连老主教府是什么样都没有看到。这像是一次逃亡。我打着盹儿,疲惫不堪。云层低垂,隐隐约约中一个被白雪覆盖的山谷从我们身旁一闪而过。由于寒气逼人,山谷看起来毫无生气。不知开了多长时间。随后我们朝着一个比较大的村庄行驶,或许是一个小城,我们小心翼翼地开着车,阳光普照大地,光线强烈又刺眼,层层积雪开始融化。奇怪的是,雪白的田野上升起白色的低雾,我的视线又被挡住了,无法再远眺山谷。一切如同一场噩梦,仿佛被施了魔法,我好像从未见过这片土地、这些山峦。疲惫再次向我袭来,车子行驶在石子路上,发出噼里啪啦的声响,让人觉得很不舒服。驶上桥时,车子还有点打滑。有部队的运输车辆从旁驶过,我们车的挡风玻璃被溅得脏兮兮的,雨刷都刷不干净。H博士坐在我旁边,专心致志地握着方向盘,对付那条难走的路。我后悔自己接受了邀请,咒骂着威士忌和安眠药。幸而情况逐渐开始好转。山谷又显现出来了,也变得更亲切。到处都是农舍,还有一些小工厂,一切既干净又朴素。现在路上没了积雪,冰也化了,潮湿的路面闪着光,所以车子可以以正常的速度安全行驶了。群山不再挡住去路,道路不再狭窄难行,我们在一家加油站前停了下来。

映入眼帘的房子即刻给人一种特别的印象,也许是因为它与周围整洁有序的环境格格不入。房子简陋,由于受潮还滴着水,小溪从上游潺潺流过这里。房屋一半由石块砌成,另一半是木头谷仓,临街的木头墙上贴满了宣传画,显然它们已经在这里张贴好久了,因为墙上密密麻麻地贴了不少层:标语有"新式烟斗也用布罗斯牌烟草""请品尝加拿大苏打汽水",还有给运动牌薄荷糖、维生素、瑞士莲牛奶巧克力及其他产品做的广告。墙上写着一行大字:倍耐力轮胎。石房坐落在坑洼不平的石头地面上,前面是两个加油机。眼前的一切都给人一种衰败的印象,尽管这时太阳已经亮得刺眼,亮得近乎恶毒。

"我们下车吧。"前警察局长说。我听从他的建议下了车,并不明白他有什么打算。不过,高兴的是终于可以透口气了。

敞开的房门旁边,一个老人坐在一条石凳上。他没有刮胡子,看起来脏兮兮的,穿着一件浅色的褂子,上面沾满了油垢和污渍,还有一条深色冒着油光的裤子,大概是以前黑礼服的旧裤子。脚上趿拉着一双旧拖鞋。他眼睛直勾勾地望着前方,神情呆滞,我老远就闻到了他身上的酒味。苦艾酒的味道。石凳周围的石板上,烟头扔了一地,浸泡在融化的雪水里。

"你好,"警察局长说,我觉得他突然显得尴尬,"把油箱加满,要最好的油。把车窗也擦擦。"然后他转身对我说:"我们进去吧。"

这时我才注意到,在那扇唯一能看到的窗户上挂着酒馆的招牌,是一块红色的铁板,大门上方写着:玫瑰园。我们踏进一条肮脏的走廊,到处是烈酒和啤酒的味道。警察局长走在前面,打开一扇木门,显然他对这里很熟悉。饭厅光线昏暗,条件简陋,几个桌子和长椅做工粗糙,墙上贴着从画报上剪下来的电影明星。奥地利广播电台正在播报蒂罗尔州的市场动态,吧台后面站着一个瘦小的女人,很难看清她长什么样子。她穿着一件晨袍,一边抽烟,一边洗着杯子。

"要两杯奶油咖啡。"警察局长点些喝的。

那女人开始做咖啡。这时,一个衣衫不整的女服务员从旁边的房间里走了进来,我估计她有三十岁左右。

"十六岁。"警察局长小声说。

女孩给我们端上咖啡。她身穿一个黑色短裙和一件半敞开的白色衬衣,衬衣里面什么都没穿,身上脏兮兮的。她没有梳理的头发呈金黄色,可能与吧台后面那个女人是同一个发色。

"谢谢,安妮玛丽。"警察局长说完把钱放在桌子上。女孩没有应答,也没有道谢。我们默默地喝着咖啡,味道真是糟透了。警察局长点着一支雪茄。奥地利广播电台正在播报水位新闻,女孩趿拉着鞋走进隔壁房间,我们看见里面有一团白乎乎、亮闪闪的东西,显然是还没整理的床。

"我们走吧。"警察局长提议说。

到了外面,他看了一眼加油机上的数字,付了钱。老头儿已经把油加满,车窗也擦干净了。

"下次见。"警察局长告别时说,他无奈的神情再次引起我的注意。可是老头这次还是没有回应,他又坐到长椅上,眼睛直勾勾地望着前方,神情呆滞,黯然神伤。当我们走到欧宝车旁,再次转过身时,看见老头握紧了拳头,他一边晃着拳头,一边低声说着什么,因为心中怀有某种强大的信念,他的脸上闪耀着神圣的光辉。他说着:"我等着,我等着,他会来的,他会来的。"


2


我们开车驶过凯棱茨山口时,H博士打开了话匣子:"说真的,"——路面又结冰了,我们下面是瓦伦湖,天气寒冷,湖面闪着光,拒人于千里之外。安眠药又开始发挥作用,我感到异常疲惫,脑子里有种威士忌引起的腾云驾雾般的感觉,仿佛自己正在梦境里无止境地、没有意义地滑行——"说真的,我一向对侦探小说评价不高,很遗憾,你也在写侦探小说。这简直就是浪费时间。不过你昨天的报告内容值得一听,因为政治家们无能透顶,他们真应受到惩罚——这种事我最清楚了,我自己就是国会议员,你可能知道我的身份(我对此并不知情,我只听到他的声音仿佛从远处传来,尽管疲惫不堪,却还专心地听着他说话——),人们希望,至少警察知道如何维持这个世界的秩序,而我想不出有比这更糟糕的希望了。可惜的是,所有的侦探小说都有不同的骗人把戏。我不是指小说里的罪犯都得到了应有的惩罚。这种美丽童话的存在大概是出于道德上的需要。维持国家秩序需要谎言,童话就在谎言之列,就像那句充满宗教色彩的格言,说什么恶有恶报——只要好好观察一下我们的人类社会,便知道这句格言有没有道理了——,不过即使仅仅出于商业原则,我也不愿意去刨根问底,因为每一个公众、每一个纳税人都有权利要求英雄和美满结局的出现,我们警察和你们这些搞文学创作的人都有义务去满足这个需求。不,我更恼火的是你们小说的情节。小说里的骗局太完美,也太无耻。你们设计的情节富有逻辑性,仿佛在下一盘棋,这是罪犯,这是受害者,这是同谋,这是受益者。只要侦探熟悉这些规则,并按棋谱下棋,他就能抓到罪犯,就能让正义大获全胜。这种瞎编的玩意儿让我愤怒。依靠逻辑的话,我们只能获得部分真相。就这点来说,不得不承认,恰恰是我们警察不得不依据逻辑、采用科学的方法工作。然而,在侦破案件的过程中经常会出现干扰因素,很多时候,只是纯粹的职业运气和偶然事件决定了我们办案的成功或失败。可是,偶然在你们的小说中无足轻重,就算一些案件看起来好像是偶然事件,那也是命运和缘分使然。一直以来,为了遵守戏剧创作规则,你们作家们把真相搁置一边。让那些规则见鬼去吧。一个案件本身不可能是计算好了才发生,因为我们从来不知道其发生所必需的所有因素,而知道的只是少量的,往往还是些次要的因素。这些偶然的、无法预测的、无法比较的因素也发挥着重要作用。我们的法则不是建立在因果关系上，而是以真相和统计学为基础，这些法则仅适用于一般情况，而不适用于特殊情况。特殊情况恰恰在我们的掌控范围之外。我们的侦查手段还不齐全，而且我们越是完善它们，它们越发变得不够用。你们搞文学创作的可不管这些。你们不会写那些我们总也破不了、最后只能放手的案子，而是去构想一个可以战胜的世界。这个世界也许是完美的，或许吧，但这样一个完美的世界本身就是一个谎言。如果你们想在写作上有所进展，想探究问题的本质，想贴近现实，那就像真正的男子汉一样，让这种完美滚蛋吧，不然你们就枯坐在那里，忙着做那些无用的作品风格练习吧。不过，现在我要言归正传了。

"今天早上你可能对发生的很多事情感到惊讶。我想，你最先感到惊讶的应该是我的长篇大论。一个曾担任苏黎世州警察局局长的人，讲话本应稳妥，但我岁数大了，不想再自欺欺人。我知道，我们所有人的存在都如此可疑，我们的能力如此有限，我们如此容易犯错误。可我也知道，尽管面临犯错误的危险，我们还是要有所作为。

"另外，你肯定也感到奇怪，为什么我之前把车停到了一个简陋的加油站前，我现在就告诉你事情的来由：那个一脸颓丧、喝得醉醺醺、给我们车加油的废物，曾经是我最得力的一个下属。众所周知，我破案还是有两把刷子的，可马泰依是个天才，他的才能远远超出了你们小说中的任何一个侦探。"

"故事发生在九年前，"H博士超过了一辆壳牌卡车后，接着说道，"马泰依是我的一个探长，确切地说，我的一个中尉，因为我们在州警察局都使用部队的军衔。我们都是学法律的。他是巴塞尔人，在那里获得博士学位。他生性孤僻，不苟言笑，不爱交际，穿着整洁，既不抽烟也不喝酒，工作起来却非常卖力且不讲情面。虽然工作出色，但他却并不受欢迎。刚开始是一些在工作上跟他有交集的人叫他'最后的马泰依'，后来我们也这么叫他。我一直都不知道他到底是什么样的人。而我可能是唯一喜欢他的人——因为我喜欢单纯的人，可是他一点幽默感都没有，这一点经常让我抓狂。他有着超凡的理解力,不过由于我们国家的组织机构过于呆板,使得他变得麻木无情。他是个对组织忠诚的人,把警察局这个大机器当作计算尺一样来操作。他没有成家,从来不谈自己的私生活,大概也没有什么私生活。他脑子里除了工作还是工作,他成了一名优秀的犯罪学家,工作起来却没有激情。尽管他不知疲倦地拼命工作,可是工作却使他感到厌烦,直到有一天,他卷入了一个案子,这案子突然让他迸发出激情。

"那时,马泰依正处于事业的巅峰期。他和他部门的人之间有些矛盾。当时,州政府正考虑我退休的事,所以他们也在物色我的继任者。其实马泰依是唯一合适的人选。不过,确定继任者人选的问题面临着不可忽视的阻力。不仅仅因为马泰依是无党派人士,而且部门其他人也有可能出面阻挠。上级部门却不愿意就此埋没一个能干的人才。正在这当儿,约旦王国向瑞士联邦政府发出请求,希望派一个专家去安曼整肃那里的警察秩序,苏黎世当局就推荐了马泰依,伯尔尼和安曼当局也都批准了此次任命。所有的人都如释重负。马泰依也为这次任命感到高兴,不仅仅是工作方面的原因。他当时已经五十岁了——晒晒沙漠上的太阳或许对他的身体有好处。他期待着启程,期待着坐飞机越过阿尔卑斯山和地中海,也许还想过永远离开瑞士,他透露出以后想去丹麦和他寡居的姐姐生活在一起——电话打过来时,他正在卡塞尔纳街的州警察局大楼收拾他的办公桌。"

## 3

"打电话的人说话语无伦次,马泰依费了很大劲儿才知道发生了什么事,"警察局长继续着他的故事,"电话是他的一个老'顾客'从麦根村打过来的。麦根村是苏黎世附近的一个小村子。打电话的人是一个叫封·贡腾的小贩。马泰依根本没兴趣再接手这个案子,那是他最后一个下午在卡塞尔纳街办公,他的机票已经订好了,三天后飞往约旦。可是当时我不在办公室,正在参加一个警察局长会议,晚上才能返回伯尔尼。案件需要采取合理的行动,初出茅庐的警察会把一切都搞砸。马泰依让人接通了麦根村派出所的电话。当时正逢四月末,外面下着倾盆大雨,从阿尔卑斯山刮来的热风也包围了这座城市,天气闷热得近乎邪门,让人感到很不舒服,热气不见减退,几乎让人无法呼吸。

"麦根村派出所的里森警官接了电话。

"'麦根村也在下雨吗?'马泰依先是气恼地问道,即使能猜到对方怎么说。他的脸色愈来愈阴沉。随即他下达命令,派人在小鹿酒馆里秘密监视那个小贩。

"马泰依挂断了电话。

"'出了什么事?'费勒好奇地问,他正在帮头儿收拾东西。马泰依的书越攒越多,把这些书打包带走,好像要搬空整个图书馆。

"'麦根村也在下雨,'马泰依回答说,'你立即通知刑警队。'

"'谋杀案吗?'

"'下雨真烦人。'马泰依喃喃自语,没有回答问题,无视被冷落的费勒。

"检察官和亨齐少尉也要一同前往麦根村,他们在汽车里已经等得不耐烦了。马泰依在出发前还翻了翻封·贡腾的档案,这人有前科,因为猥亵一个十四岁少女被判过刑。"

# 4

命令监视小贩实属错误的决定,当时却无法预测到这一点。麦根村是个小村子。绝大部分人是农民,也有一些人在下面山谷里的工厂或附近的砖窑里干活。虽然有两三个建筑师和一个古典派雕刻家等城里人住在村外,但是他们在村里无足轻重。村民们相互认识,大部分人还沾亲带故。村子和城市之间有冲突,虽然冲突没有公开化,私底下却从未停歇过。因为环绕麦根村的森林被划归为城市管辖,这一事实是每一个真正的麦根村人所不能接受的,也曾给森林管理局带来了不少麻烦。几年前,森林管理局要求在麦根村设立派出所。而派出所设立后却出现了另一个问题,一到星期天,城里人就像潮水一般涌进村子,小鹿酒馆夜里也迎来许多顾客。考虑到种种情况,村子里的警察必须要懂行,另外也要懂得人情世故,知道如何与村民打交道。派来的驻村警官韦格米勒也很快碰到了这些难题。他出生农家,经常喝得烂醉,不过总算搞得定麦根村村民。当然,他做了很多让步。我本来应该有所干涉,但由于人员紧缺,只能让他接着干,毕竟他只是有些小毛病。我图个清静,也不想搅和韦格米勒的小日子。可是如果他休假的话,临时接他班的人就没那么走运了。在麦根村人的眼中,警察做什么都是错的。虽然经济腾飞以来,在市属森林区域发生的偷盗木头和偷猎事件以及村子里发生的打架斗殴事件早已成为乡间逸闻,但村子里依然延续着反抗国家暴力的传统。里森这次真的碰到了棘手事。这家伙头脑简单,脾气暴躁,毫无幽默感,受不了麦根村村民对他接二连三的嘲讽。可话说回来,即使他呆在一个正常一些的地方,他的性格也过于敏感。由于害怕当地村民,只要他完成了日常工作和例行检查,自己就找个地方躲起来。在这种情况下,他根本做不到不动声色地监视这个小贩。里森警官在他平时避之犹恐不及的小鹿酒馆里出现便意味着要执行公务了。他煞有介事地在小贩对面坐了下来。农民们感到好奇,瞬时闭了嘴,不再说话。

"来杯咖啡?"酒馆老板问。

"什么都不要,"里森警官说,"我在这办公事。"

农民们好奇地盯着小贩。

"他到底干啥了?"一个老人问。

"这跟你没关系。"

酒馆很矮,里面烟雾缭绕,热气逼人,如同木头搭建的洞穴,老板没有开灯。农民们坐在一个长条桌子旁,面前放着白葡萄酒或啤酒,银色的玻璃窗映照着人的身影,雨水顺着窗户流了下来。里面时不时传来桌面足球的啪嗒声,还有美国投币游戏机发出的叮当和滚动声。

封·贡腾喝的是樱桃酒。他害怕极了。他坐在一个角落里,整个人蜷缩成一团,右胳膊放在他箩筐的弯柄上,等着被审问。看样子他已经在这里坐了好几个小时了。酒馆里鸦雀无声,空气沉闷,给人一种威胁感。窗户外面越来越亮,雨越来越小,太阳突然又冒出来。只有风还在怒吼,呼呼地刮在凋敝的墙上。终于外面有车子开过来,封·贡腾如释重负。

"请跟我来。"里森说着站了起来。他们两个走了出去。酒馆前停着一辆深色轿车和一辆刑警队的大车,救护车紧随其后。刺眼的阳光照着村庄的广场。水井边站着两个五六岁的孩子,一个女孩和一个男孩,女孩抱着一个布娃娃。男孩手里拿着一根小鞭子。

"封·贡腾,你坐到司机旁边!"马泰依隔着轿车的车窗喊。小贩舒了一口气,似乎他现在终于安全了。里森上了另外一辆车,小贩坐到副驾上。这时马泰依说:"好吧,现在你带我们去看看你在树林里发现的东西。"

## 5

他们穿行于潮湿的草地,因为通往树林的唯一小径已变成一个泥泞不堪的小水塘。在离树林边不远的灌木丛的树叶堆里,他们发现了一具小尸体。他们围住尸体一言不发。不断有大颗的银色雨滴从呼呼作响的树上落下来,像钻石一样闪烁。检察官扔掉手中的雪茄,窘迫地把烟头踩灭。亨齐不敢往尸体那里看。马泰依说:"亨齐,作为一名警官不能把头转向一边。"

警察们支起他们的照相机。

"雨停后很难找到作案线索。"马泰依说。

突然,那个男孩和女孩站在了男人们中间,他们朝着尸体方向看,女孩还抱着布娃娃,男孩还拿着他的鞭子。

"把这俩孩子带走。"

有一个警察牵着两个孩子的手,把他们领到马路上。两个孩子就站在那儿。

从村庄方向走来第一批村民,老远就看到了一个白色的围裙,那是小鹿酒馆的老板。

"封锁现场。"探长命令道。有几个警察留在那里站岗,其他警察搜索现场周边区域。这时,有几道闪电划过天际。

"里森,你认识这女孩吗?"

"探长先生,我不认识她。"

"你在村庄里见过她吗?"

"应该见过,探长先生。"

"给这个女孩拍完照片了吗?"

"我们还要拍两张俯视照。"

马泰依等着。

"现场有线索吗?"

"什么都没有。到处是淤泥。"

"检查纽扣了吗?发现指纹了吗?"

"暴雨过后,找不到任何痕迹。"

马泰依小心地蹲下来。"用一个刮胡刀杀的。"他断言,同时把散落一地的面包收拾好,小心地放回篮子里。

"这些是8字形面包。"

有警察过来报告说,村里有人想跟他们说几句话。马泰依站起身来。检察官向树林边望去,那里站着一个白发苍苍的男人,左下臂上挂着一把雨伞。亨齐靠在一棵山毛榉上,脸色苍白。小贩坐在他的箩筐上,一直在轻声强调:"我只是偶然经过这儿,纯属偶然。"

"把那个人带过来。"

白发老人穿过灌木丛,然后愣在那儿。

"上帝啊,"他一个劲地咕哝着,"上帝啊。"

"你叫什么名?"马泰依问。

"我是小学教师卢京比尔。"白发老人轻声回答,眼睛看着别处。

"你认识这女孩吗?"

"这是格里特丽·莫泽。"

"她的父母住哪?"

"住在莫斯巴赫。"

"离村子远吗?"

"十五分钟路程。"

马泰依瞥了一眼被害的女孩。他是唯一敢看尸体的人。大家都沉默着。

"这是怎么回事啊?"老师问道。

"这是桩性犯罪事件。"马泰依回答。

"这孩子是你班的学生吗?"

"她是克鲁姆小姐班上的。她上三年级。"

"莫泽家还有别的孩子吗?"

"只有格里特丽一个孩子。"

"必须有人去告诉她父母。"

又是一片沉默。

"你呢,教师先生?"马泰依问。

卢京比尔沉默了很长时间。"你不要以为我是个懦夫,"他终于迟疑地开了口,"可是我不愿意这么做。我不能这样做。"他低声地补充道。

"我能理解,"马泰依说,"牧师先生呢?"

"他在城里。"

"好吧,"马泰依镇定地说,"你可以走了,卢京比尔先生。"

老先生回到大路上。那里聚集了越来越多的麦根村村民。

马泰依看了看亨齐,他还靠在那棵山毛榉上。"别派我去好吧,探长。"亨齐小声说。检察官也摇了摇头。马泰依又朝尸体那里看了一眼,还有灌木丛中那条已经被撕烂的红裙子。裙子被血和雨水浸透了。

"那我去吧。"马泰依说,他把装有8字形面包的篮子提了起来。

## 6

莫斯巴赫位于麦根村附近一片小沼泽低地上。马泰依把警车停在村子里,步行前往那里。他想赢得时间。他老远就看到了那个房子。他听到有脚步声,便停住了,转过身去。男孩和女孩又跟来了,跑得小脸红彤彤的。他们肯定是抄近路来的,否则无法解释他们为什么又出现在这里。

马泰依接着往前走。房子低矮,白墙上是深色的房梁,上面是木板屋顶。房子后面是果树,花园里的土黑乎乎的。有个男人正在房前劈柴。他抬起头,看到探长走过来。

"你有什么事吗?"男人问。

马泰依犹豫了一下,不知道该怎么办,他开始自我介绍,然后问道:"你是莫泽先生?"这样只是为了赢得时间。

"是的,你要干什么?"男人又问道。他凑到马泰依面前,手里拿着一把斧子。他看着有四十岁左右,骨瘦如柴,脸上布满皱纹,一双灰色的眼睛用审视的目光打量着探长。一个女人出现在门口,她也穿着一条红裙子。马泰依琢磨着该怎么说。他已经想了很久,可还是不知道该怎么开口。这时,莫泽帮他解了围。他看到马泰依手里提着篮子。

"格里特丽出事了?"他问道,又用审视的目光注视着马泰依。

"你让格里特丽出门了?"探长问。

"她去费伦村她的祖母那里。"农民回答道。

马泰依思忖着,费伦村是附近一个村子。"格里特丽经常走这条路吗?"他问。

"每个周三和周六下午,"农民说,他的声音里突然充满了恐惧,"你为啥想知道这些?你为啥把篮子带回来了?"

马泰依把篮子放到莫泽刚才劈柴的树桩上。

"有人在麦根村附近的树林里发现了格里特丽的尸体。"他说。

莫泽怔在那里。穿红裙子的女人一直站在门口，一动不动。马泰依看到汗珠汇成一道道小溪顺着男人惨白的脸流下来。马泰依想把目光挪开，但他被这张脸和脸上的汗珠震慑住了，于是他们两个就站在那儿，面面相觑。

"格里特丽被杀害了。"马泰依听到自己这么说，这个声音听起来好像没有任何感情，这让他感到愤怒。

"这不可能，"莫泽喃喃自语说，"世间不会有这样的魔鬼。"他握着斧头的拳头在发抖。

"有这样的魔鬼，莫泽先生。"马泰依说。

这人直愣愣地盯着他。

"我想去看我的孩子。"他的声音小得几乎听不见。

探长摇了摇头，"我劝你不要去看，莫泽先生。我知道，我现在说的话很残忍，但是你最好不要去看你的格里特丽。"

莫泽靠近探长，他们离得那么近，只能面对面站着，直视着对方的眼睛。

"为什么不去看更好呢？"他喊道。

探长沉默不语。

过了一会儿，莫泽开始晃动自己手中的斧子，仿佛要去劈砍什么。然后，他转过身，朝那个女人走去。她站在门口，还是一动不动，一声不吭。马泰依待着。他把一切都看在眼里，刹那间他意识到，他再也不会忘掉这一幕。莫泽抱住妻子。他无声地抽泣着，颤抖着。他把脸伏在妻子的肩上，而她则眼神呆滞地望着前方。

"明天晚上你可以见你的格里特丽，"探长无助地说，"孩子那时候看起来就像睡着了一样。"

女人突然开口说话了。

"谁是杀人犯？"她的声音如此冷静，不夹杂任何感情，马泰依感到非常震惊。

"我会找到杀人犯的，莫泽太太。"

女人看着她，眼神里透着威胁和命令，"你向我承诺会找到这个人,是吗?"

"我向你承诺,莫泽太太。"探长说,他的心里此时只有一个愿望,就是赶紧离开这里。

"你敢发誓?"

探长愣了一下,"我敢发誓。"最终他说道。他别无选择。

"好,你走吧,"女人命令道,"你已经发誓了。"

马泰依还想说些安慰的话,却不知道说什么好。

"很抱歉。"他小声说,随之转身离去。他从来时的那条路上慢慢腾腾地走回去。他的前方是麦根村,村后是那片树林。头顶的天空没有一片云彩。他又看到那两个孩子,他们蹲在路边。他疲惫地从孩子身边走过去,他们一路小跑跟着他。然后,他突然听到从房子那边传来一声嘶叫,就在他的身后,像是动物的哀嚎。他加快了脚步,不知道如此恸哭的是那个男人还是那个女人。

# 7

回到麦根村后,马泰依意识到自己面临的第一个困难。刑警队的大车已经开到村子里,在等着他。警察仔细地检查并封锁了作案现场和周围区域。三个便衣警察隐蔽在树林里,他们的任务是监督行人,这样有可能找到凶手的线索。警队剩下的人按命令必须回城。此时,雨后的天空像水洗过一般清澈,可是这场雨并没有让人的心情有所放松。阿尔卑斯的热风绵绵地刮着,一直盘旋在村子和树林的上空。异常的闷热让人变得易怒易燥,没有耐心。尽管还是白天,街灯已经亮了。农民们蜂拥而来。他们知道封·贡腾在这里。他们咬定他就是凶手:小贩们一直都形迹可疑。他们以为他已经被抓了起来,于是把刑警队的车团团围住。小贩待在车里,蜷缩在两个直挺挺坐着的警察中间。他浑身发抖,连大气都不敢出。麦根村人离警车越来越近,把脸都贴在车玻璃上。警察们束手无策。检察官的车在刑警车的后面,也被堵住了。法医从苏黎世赶过来,他的车被村民们围得水泄不通,还有那辆有红十字标志、装着小尸体的小白车也遭到了围堵。男人们站在那里,摆出威胁的架势,却一声不吭;女人们紧紧地靠着院墙,也不吱声。孩子们则爬到村井的围栏上。他们不知如何排解内心积压的愤怒,于是就聚众闹事。他们要报仇,要讨个公道。马泰依试图穿过人群去找刑警队,不过这根本不可能。现在最好去找村长。他问村民村长在哪儿。没人搭理他。只听见有人小声说着威胁的话。探长想了一下,去了酒馆。他没猜错,村长在小鹿酒馆里坐着呢。他个子矮小,身材肥胖,一副病怏怏的样子。他一杯接一杯地喝着威林葡萄酒,时不时透过低矮的窗户往外张望。

"我该怎么办,探长先生?"他问道,"这帮人很固执。他们觉得警察没用,一定要自己来伸张正义。"说完,他叹了口气:"格里特丽是个好孩子。我们都喜欢她。"

村长的眼里含着泪水。

"小贩是无辜的。"马泰依说。

"他无辜的话,你们就不会逮捕他了。"

"我们没有逮捕他。我们需要他当证人。"

村长板着脸,打量着马泰依。"你们只是在搪塞,"他说,"我们知道该怎么办。"

"你是村长,你首先要负责我们能离开这地方。"

村长自顾自地喝着酒,第三杯红酒已下肚,他依然什么话都不说。

"现在怎么办?"马泰依生气地问。

村长还是很固执。

"要惩罚小贩。"村长吼道。

探长把话挑明:"看来事先就要来硬的了,村长先生。"

"难道你们为了一个强奸杀人犯要来硬的?"

"不管他有没有罪,做事都要守规矩。"

村长在低矮的酒馆里愤怒地走来走去。因为没有人上酒,所以他在吧台给自己倒了杯酒。他喝得急急匆匆,洒出的酒顺着他的衬衫流下来。外面的人群依然很安静。然而当司机试图发动警车时,一排排的人围得更紧了。

这时,检察官也走进酒馆。他费了很大的劲儿才从人群中挤出来。他的衣服凌乱不整。村长吓了一跳。检察官的出现让他不安;要是作为一个普通人,就不会觉得检察官这个职业可怕了。

"村长先生,"检察官说,"麦根村人看来要动用私刑了。除了派警察过来增援,我找不到别的解决办法。这样或许会让你们恢复理性吧。"

"我们再试试跟这帮人谈谈。"马泰依建议说。

检察官用右手食指点着村长的胸脯。

"如果你不能立刻劝说这些人听从我们的安排,"他吼着,"那我就让你吃不了兜着走。"

外面,教堂的钟声敲响了。麦根村人从四面八方赶来支援。村里的救火队也来了。他们也准备与警察对着干。人群中开始冒出了脏话。刺耳,零零星星。

"猪猡!蛆虫!"

警察严阵以待。他们等待着越来越躁动的村民们发起攻击,可是他们其实跟麦根村人一样无助。他们的工作是维护社会秩序和抓捕罪犯。他们还没经过这样的场景。然而,农民们这会儿又愣在那里,变得平静一些。这时,检察官、村长和马泰依从小鹿酒馆走出来,酒馆门口是一个围着铁栏杆的石头台阶,他们站到台阶上。"乡亲们,"村长呼吁道,"请大伙听布克哈特检察官讲几句。"

看不到村民们有任何反应。农民和工人又像先前一样站在那儿,一言不发,咄咄逼人,一点动静都没有。天空抹上了第一缕晚霞,街灯像苍白的月亮一样照着广场。麦根村人决定用武力惩罚他们认定的凶手。几辆警车仿佛是庞大的黑色怪兽,盘踞在人群里。警察有好几次想开车冲出人群,发动机响了,但最后又无可奈何地熄了火。一切努力都徒劳。村庄的一切——黯淡的山墙、广场、聚集的人群——都不知道如何面对今天这个局面,仿佛这个凶杀案给这个世界下了毒。

"乡亲们,"检察官开始不安地低声讲话,不过能听清他说的每一句话,"麦根村的村民们,我们对这残暴的罪行感到震惊。格里特丽·莫泽被害了。我们不知道凶手是谁……"

检察官的讲话被打断了。

"你们把他交出来!"

村民们举起拳头,口哨满天响。

马泰依密切关注着人群的一举一动。

"快,马泰依,"检察官命令道,"快去打电话,让警局派增援来。"

"封·贡腾是杀人凶手!"一个又瘦又高的农民大声嚷嚷着,他的脸晒得黝黑,看上去已经很多天没刮胡子了。"我看到他了,除了他之外没人在山谷里!"他就是当时正在田里干活的农民。

马泰依走上前去。

"乡亲们,"他大声说,"我是探长马泰依。我们准备把小贩交给你们!"

大家都惊呆了,顿时,全场鸦雀无声。

"你疯了吗?"检察官激动地对探长嘘了一声。

"自古以来,在我们国家里,罪犯有没有罪,由法庭判决或无罪释放,"马泰依接着说,"现在你们已经决定自己组成法庭了。我们在此暂不追究你们是否有这样的权利,你们赋予了自己这样的权利。"

马泰依说得清清楚楚。那些农民和工人仔细地听着。对他们来说,每句话都很关键。因为马泰依把他们当回事,他们也就把马泰依当回事。

"但是我必须对你们提点要求,就像对别的法庭也一样,"马泰依接着说,"这就是公正。因为不言而喻,如果我们确信你们的要求是公正的,那我们就可以把小贩交给你们处置。"

"我们要的就是公道!"有人喊道。

"你们的法庭如果想要成为一个公正的法庭,必须满足一个条件。这个条件就是:必须避免不公正的事情发生。你们也必须服从于这个条件。"

"同意!"砖窑厂的一个工头喊道。

"因此,如果指控封·贡腾犯了杀人罪,你们必须调查清楚这个指控是不是公正。"

"这家伙以前坐过牢。"一个农民喊道。

"这确实增加了对他的嫌疑,封·贡腾有可能是杀人凶手,"马泰依解释道,"但是现在还没有证据证明他真的就是凶手。"

"我在山谷里见过他。"那个脸上黝黑、胡子拉碴的农民又一次高声说道。

"你到上边来。"探长命令他。

农民犹豫不决。

"上去啊,海力,"有人喊道,"别当胆小鬼。"

农民走上前来。他显得局促不安。村长和检察官往后退到"小鹿酒馆"的门口,只有马泰依和那个农民站在台阶上。

"你叫我上来干啥?"农民问,"我叫海力·本茨。"

麦根村人紧张地盯着这俩人。警察把橡皮警棍重新别在腰带上。他们也屏住呼吸,静观其变。村里的孩子们纷纷爬到了消防车伸到半空的云梯上。

"你在山谷里看到了封·贡腾小贩? 本茨先生? 他是一个人在山谷里吗?"

"一个人。"

"你当时在干什么? 本茨先生。"

"我正在跟家人一起种土豆。"

"你们从什么时候开始干活的?"

"从十点开始的。我们还在田头吃了午饭。"农民说。

"除了小贩以外,你没有看到其他人?"

"没有,我可以对天发誓。"农民保证。

"你瞎说,本茨!"一个工人喊道,"两点钟时我还从你家土豆地经过了!"

还有两个工人说话了。下午两点时,他们也骑着自行车穿过了山谷。

"我也赶着我的马车经过了山谷,你这个笨蛋,"一个农民朝他嚷道,"你这个吝啬鬼,干起活来不要命,还让全家老小跟着你累死累活地干,累得所有人都驼背了。上百个光着身子的女人从你身边走过,你都不会抬头看一眼的。"

一片哄堂大笑。

"如此说来,小贩并不是一个人在山谷里,"马泰依断言道,"我们要继续找线索。树林旁边有条路通往城里。有人走过这条路吗?"

"弗里茨·盖尔博走过。"有人喊道。

"我走过这条路。"一个坐在消防车上、体型笨重的农民坦白说。

"赶着马车。"

"什么时候?"

"两点钟。"

"这条路旁有一条林间小道通往案发现场,"马泰依肯定地说,"你有没有注意到路上有其他人,盖尔博先生?"

"没有。"农民咕哝着。

"或者有没有看到一辆停在路上的小汽车?"

农民愣住了。"觉得看到过。"他犹犹豫豫地说。

"你敢肯定吗?"

"反正路上有什么东西。"

"是一辆红色的梅赛德斯跑车?"

"有可能。"

"或者是一辆灰色的大众?"

"也有可能。"

"你的回答非常不确定。"马泰依说。

"我毕竟躺在马车上半睡半醒的,"农民坦诚地说,"天这么热,谁都会这样。"

"这样的话,我可要提醒你,大马路上是不能在车上睡觉的。"马泰依厉言厉色地说。

"马会看路的。"农民说。

大家笑起来。

"你们现在可明白了,如果你们当法官,这些困难明摆在你们面前。"马泰依语重心长地说。这桩杀人案并不是发生在荒郊野外。作案现场离当时正在地里干活的人家只有五十米。要是他们有警觉的话,悲剧就不会发生了。可是他们无忧无虑,因为他们压根儿就没料到还会发生这样的犯罪。他们既没有看到那女孩儿走过来,也没有看到其他过路人。他们只注意到了小贩,这就是一切。盖尔博先生坐在他的马车上打盹儿,到现在为止,他也没说出一句对破案有用的、有十足把握的话。目前的情况就是这样。"凭这些就能证明小贩有罪吗?你们也要扪心自问一下。他报了警,这点对他有利。我不知道你们作为法官会怎么处理。不过我想告诉你们,我们警察是怎样行事的。"

探长停顿了片刻。他又一次独自站到麦根村村民的面前。本茨尴尬地回到人群中。

"不管嫌疑人社会地位如何,警察都要对他进行极其详细的调查,只要是能想到的线索都会被一一追查。不仅如此,必要的话也会调动别的国家的警察。你们看,为了找出真相,我们有'巨型机器'可供使用,可是你们法庭的调查手段却少之甚少。现在你们自己决定,下一步该怎么办。"

一片沉默。麦根村人变得若有所思的样子。

"你们真会把小贩交出来吗?"那个工头问。

"说话算数,"马泰依回答,"如果你们坚持让我们交人的话。"

麦根村人犹豫不决。探长的话产生了影响。检察官有些紧张。他觉得这事情令人怀疑。但他最终松了口气。

"你们把他带走吧。"有个农民喊道。

麦根村人默默地让出一条路。检察官如释重负地点燃了一支布利撒果雪茄。

"你刚才的所作所为是冒险啊,"他说,"你必须说到做到。"

"我知道事情不会到这一步。"探长平静地应答道。

"但愿你永远别给予你必须要兑现的承诺。"检察官说,并再次划火柴点他的雪茄。他向村长打了个招呼,然后朝那辆被解围的车走去。

## 8

马泰依没有跟检察官一起坐车回去。他上了里面押着小贩的警车。警察们给他让开座。大车里面很热。他们还始终不敢开窗。麦根村人虽然给他们让开了路,但依然站在那儿。封·贡腾蜷缩在司机后面,马泰依在他身旁坐下。

"我是无辜的。"封·贡腾轻声为自己辩解。

"当然。"马泰依说。

"没人相信我,"封·贡腾轻声低语地说,"警察们也不相信我。"

探长摇了摇头,"你这是在瞎想。"

小贩的心情依然不平静,"连你也不相信我,博士先生。"

车子启动了。警察们坐在车里一声不吭。现在外面已是深夜。街灯金色的光芒扫过那一张张呆滞的脸。马泰依感觉到其他人都不相信小贩,他们对他的怀疑有增无减。他为小贩感到难过。

"我相信你,封·贡腾,"他说,尽管他也不是那么确定,"我知道,你是无辜的。"

城里的房子越来越近了。

"我们还要带你去见局长,封·贡腾,"探长说,"你是我们最重要的证人。"

"我明白,"小贩喃喃地说。过了一会儿,他又轻声低语地说:"你也不相信我。"

"胡扯。"

小贩很固执,"我知道怎么回事。"他的声音低,几乎听不见,他直直地盯着马路上红色和绿色的灯光广告牌,它们像怪异的星星似的闪着光,照在匀速行驶的车子上。

## 9

我乘坐7点半的快车从伯尔尼赶回来,然后在卡塞尔纳街听别人向我报告了事情的经过。这是第三起作案手段相同的儿童谋杀案。两年前,有人在施维茨州用刮胡刀杀害了一个女孩;五年前,在圣高卢也发生过类似的案件,可是一直找不到罪犯的任何线索。我让人把小贩带过来。他四十八岁,个子不高,满脸油光,看起来不太健康,平时可能夸夸其谈,行为放肆,但现在却是一副战战兢兢的模样。他的说法开始挺清楚的。他当时躺在树林边上,脱了鞋子,货筐放在草丛里。他本来打算去麦根村卖刷子、裤子背带、剃须刀片、鞋带等小商品,可是半路上却听邮递员说韦格米勒在休假,里森在替班。他犹豫着还要不要去麦根村,然后就在草丛里躺下了。他知道我们的年轻警察总是充满干劲,他了解这帮人。他打了会儿盹。树林的阴影笼罩着小山谷,有条公路从山谷中间穿过。在离他不太远的地方,有家农民正在田里干活,一条狗在他们身边跑来跑去。他刚刚在费伦村的大熊饭店吃了午饭,饭菜实在太丰盛了,有伯尔尼肉盘和特万名菜。他喜欢一次吃个够,也有钱吃,虽然他外表寒酸,不刮胡子,不修边幅,邋里邋遢,在乡下到处游荡,十足一副穷光蛋的模样,其实他挣了点儿银子,也有些积蓄。饭后他又喝了不少啤酒,躺在草丛里时还吃了两板瑞士莲巧克力。大雨将至,阵阵热风吹得他睡着了。过了一会儿,一声尖叫把他惊醒了,那是一个小女孩尖厉的喊叫声,昏昏沉沉中他往山谷那边看了一眼,感觉在田里干活的人家也在惊讶地倾听着四周的动静,但随即又弯下腰继续劳作,那只狗围着他们撒着欢儿。刚才准是小鸟在叫,他脑袋里冒出这样的念头,又或许是只小猫头鹰,他也只能这样推测了。这么一想,他又恢复了平静。他接着打瞌睡,然而四周突然而来的死寂使他心里蓦地一惊,他这才发觉快要变天了。他穿上鞋,拿起筐,心里充满郁闷和不解,因为他又想起了刚才那声神秘的鸟叫。他决定不去麦根村了,最好别招惹里森,无论如何不去麦根村了。反正那是个挣不到钱的地儿。他随之打算回城里,抄了树林里那条近道径直往火车站赶,于是就看到了被害女孩的尸体。他一溜烟似的跑到麦根村的小鹿酒馆,打电话向马泰依报案。他什么都没有跟村里的人说,他害怕他们怀疑他。

这就是他的陈词。我让人把他带走,但不许他离开。这样做可能不完全合适。检察官没有下令羁押他,可是我们已经没有时间再拘泥于这些小节了。我觉得他的讲述虽然听起来真实可信,但还要再仔细核查,毕竟封·贡腾有过前科。我心情糟透了。这个案件令人匪夷所思,一切反正都不对劲,我不知道怎么回事,我只是隐隐有这样的感觉。我躲到我所的"密室"里,一个总是烟雾缭绕、就在我办公室旁边的房间里。我让人在希尔桥附近的餐馆要了瓶教皇新堡红酒,喝了几杯。我也不想隐瞒,这房间一直都乱七八糟的,书籍和文件放得到处都是。我当然坚持我的原则,因为在我看来,在这个一切都井然有序的国家里,每个人都有权利建立一个无序的小岛,哪怕只是暗地里也罢。我让人把照片送过来。那些照片惨不忍睹。接着,我开始研究地图。没有比这更隐蔽的作案现场了。理论上来说,无法推断凶手是从麦根村来的,还是从周围的村庄或城里来的,也无法断定他是走来的,还是坐火车来的。一切皆有可能。

马泰依进来了。

"你在我们这儿工作的最后一天还要处理一个如此让人难过的案件,我真是深表遗憾。"我对他说。

"我们的职业就是如此,局长先生。"

"我刚才看了女孩被害的照片,凶手真该下地狱。"我说着,把照片放到信封里。

我非常恼火,也可能是无法完全控制自己的感情。马泰依是我最好的探长——你看,我喜欢这个并不恰当、但让人觉得亲切的等级称呼——,他的调职目前对我来说非常不利。

他好像猜出了我的心思。

"我认为你最好把这个案子交给亨齐吧。"他说。

我拿不定主意。如果不是强奸杀人案,我可能会听取他的建议。但是这个案子比其他任何一个都难办。在别的案件侦查中,我们只需找出凶手的作案动机,缺钱、嫉妒,如此一来,嫌疑人的排查范围就会缩小。可是这方法对强奸杀人案没有用。一个出公差的人看到了一个女孩或男孩,他下了车——没有目击证人,没有人留意他,晚上他又待在家里了,他家可能在洛桑或者在巴塞尔,任何一个地方都有可能,而我们站在事发现场,找不到任何线索。我不是小看亨齐,他是一个能干的警官,不过我觉得他经验不足。

马泰依对我的顾虑不以为然。

"他已经在我手下干了三年,"他说,"跟着我学会了办案,我想不出有谁能比他更好地接手我的工作。他会像我一样调查这个案件。况且,我明天还在呢。"他又补充道。

我把亨齐叫来,命令他与特罗勒中士成立一个办案小组。他喜出望外,这是他第一次"独立办案"。

"你要谢谢马泰依。"我小声说,接着问他警队的士气如何。我们什么都确定不了,既没有线索也没有结果。但决不能让这帮警员们感觉到我们心里并没有把握。

"他们认为我们已经找到了杀人犯。"亨齐说。

"那个小贩?"

"对他的怀疑不是没有根据的。毕竟封·贡腾因为猥亵罪被判过刑。"

"那是对一个十四岁的女孩,"马泰依插嘴道,"那是另一回事。"

"我们应该对他严加审问。"亨齐建议道。

"我们还有时间,"我坚定地说,"我认为这人与谋杀案没有关系。他只是不招人待见,这样的人容易引起别人怀疑。可这只是主观推断,先生们,不是刑事犯罪的证据,我们不能被直觉牵着鼻子走。"

说完,我跟警员们告辞,心情仍然没有好转。

## 10

我们动用了整个警队。在案发当晚和第二天早上,我们就派了警员去车行盘问是否有带血迹的车辆,也派人去了洗衣店。之后,我们派人去查那些有犯罪记录的人是否有不在现场证明。在麦根村附近,我们的人牵着警犬,甚至还带着一个探雷器到发生谋杀案的树林里搜查,希望先找到作案凶器。他们把灌木丛搜了个遍,甚至爬到山涧里,淌入小溪里,从树林里一直搜寻到费伦村,找到的每一样东西都被保存起来了。

我也参加了在麦根村展开的大搜查,虽然这并不是我的常规做法。马泰依的心情也不平静。这是一个怡人的春日,轻风拂面,没有热风,但我们的情绪却很低落。亨齐在小鹿酒馆里问讯那些农民和工人,我和马泰依则出发去学校。我们抄了近路,半路上穿过一个草坪。上面有几棵果树已经开满了花。从校舍里传来阵阵歌声:"你牵着我的手,引领我的方向。"校舍前的运动场上空无一人。我敲了敲教室门,里面传来赞美诗的歌声,我们走了进去。

唱歌的是一群六岁到八岁的男孩女孩。他们来自三个最低的班级。这时,正在指挥的老师把手放了下来,一脸疑惑地看着我们。孩子们不再唱了。

"你是克鲁姆女士吗?"

"有什么事?"

"你是格里特丽的老师吗?"

克鲁姆女士快四十岁了,她身材修长,长着一双忧郁的大眼睛。我说明自己的身份,然后面向孩子们。

"孩子们,你们好!"

孩子们好奇地看着我。

"你们好。"他们说。

"你们刚才唱的歌真好听。"

"我们正在练习格里特丽葬礼上要唱的赞美诗。"老师解释说。

教室的沙箱里堆的是鲁宾逊小岛。墙上挂着孩子们画的画。

"格里特丽是个什么样的孩子?"我有点迟疑地问。

"我们都喜欢她。"老师说。

"她的智力怎么样?"

"她是一个特别爱幻想的孩子。"

我又犹豫了。

"我要问孩子们几个问题。"

"你问吧。"

我走到孩子们面前。大多数女孩还梳着辫子,穿着颜色亮丽的裙子。

"你们已经听说了,"我说,"格里特丽出事了。我是警察局的局长,局长好比是军队里的上尉,我的任务是找到杀害格里特丽的凶手。我现在不把你们当作孩子,而是当作大人来谈话。我们要找的那个男人是有病的。所有干出这种事的男人都有病。正是因为他们有病,所以他们想方设法把女孩诱骗到一个隐蔽的地方,比如小树林和地下室,目的就是要伤害她们。这种事情时常发生,我们这个州每年要发生两百多起这样的案件。有时候,那些人把孩子们伤得太重了,以至于孩子们最后都没能活下来,格里特丽就是这样。所以我们必须把这些人关起来。他们太危险了,不能让他们胡作非为。现在你们要问,在发生类似格里特丽这样的悲剧之前,我们为什么不把有病的坏人关起来呢? 那是因为我们没有办法认出那些有病的人。他们是心理有病,不是身体有病。"

孩子们全神贯注地听着。

"你们一定要帮助我们,"我接着说,"我们必须找到那个杀害格里特丽·莫泽的人,否则他还会杀害别的女孩。"

我站到孩子们中间。

"格里特丽提到过有陌生男子跟她说话吗?"

孩子们沉默着。

"你们觉得格里特丽最近有什么不对劲吗?"

孩子们什么都不知道。

"格里特丽最近有没有得到什么她以前没有的东西呢?"

孩子们没有回答。

"谁是格里特丽最好的朋友?"

"我是。"一个女孩小声说。

女孩个子不高,长着棕色头发和棕色眼睛。

"你叫什么名?"我问。

"乌苏拉·费尔曼。"

"你是格里特丽的朋友,乌苏拉?"

"我们坐在一起。"

女孩的声音太小了,我必须弯下腰来听她说话。

"你也没觉得她有什么不对劲儿吗?"

"没有。"

"格里特丽没有见过什么人吗?"

"见过一个。"女孩回答说。

"谁啊?"

"不是人。"女孩说。

我对她的回答感到吃惊。

"你到底想说什么,乌苏拉?"

"她见过一个巨人。"女孩轻声说。

"一个巨人?"

"是的。"女孩说。

"你是想说,她碰见过一个高个子男人?"

"是的,我爸爸个子很高,可他不是巨人。"

"巨人究竟有多高呢?"我问。

"一座山那么高,"女孩回答,"他长得很黑。"

"巨人送过格里特丽什么东西吗?"我问。

"送过。"女孩说。

"什么呢?"

"小刺猬。"

"刺猬?你现在又是什么意思呢,乌苏拉?"我茫然地问。

"整个巨人身上都是小刺猬。"女孩声称说。

"这么说不对啊,乌苏拉,"我反驳道,"巨人身上是没有小刺猬的!"

"他就是一个刺猬巨人。"

女孩坚持着。我回到女老师的讲台上。

"你说得有道理,"我说,"格里特丽看起来真是有很多奇思妙想,克鲁姆小姐。"

"她是一个充满幻想的孩子。"女老师说,忧郁的眼睛望着别处,"现在我要继续为明天的葬礼排练赞美诗了。孩子们练得还不够。"

她起了一个调子。

"你拉着我的手,引领我的方向。"孩子们又唱起来。

## 11

我们在小鹿酒馆与亨齐换班,他们在这里对麦根村村民进行了盘问,也毫无进展。傍晚时分,我们同样毫无结果地开车回苏黎世,像我们来时一样,沉默不语。我抽了很多烟,也喝了不少本地产的红酒。你是知道这些稀奇古怪的酒的。马泰依阴沉着脸坐在后座我身旁,车子朝罗密霍夫方向往下行驶时,他开口说话了:

"我不认为,"他说,"凶手是麦根村人。这个凶手应该跟圣加仑和施维茨州案的凶手是同一个人,作案手段完全一样。这个作案的人很有可能是从苏黎世来的。"

"有可能。"我应答道。

"这人可能是个汽车司机,也可能是游客。那个叫盖尔博的农民看到有辆车停在树林里。"

"我今天亲自审问了盖尔博,"我解释说,"他说他其实睡得很死,什么都没注意到。"

我们又沉默起来。

"很抱歉,案件还没有头绪,我就得离开你们,"他然后开始说,声音有点不确定,"但是我必须遵守与约旦政府签订的合同。"

"明天的飞机吗?"我问。

"下午3点,"他回答,"途经雅典。"

"我很羡慕你,马泰依,"我说,这是心里话。"我也宁可去当阿拉伯人的警察局长,也不愿待在苏黎世。"

后来,我让他在乌尔班宾馆前下了车。他这么多年一直住在这里。然后我去了皇冠餐厅,坐在一幅米罗的画下面。这是我的老位子。我一直坐在那里享用小推车推来的佳肴。

## 12

大约10点时,我又回到卡赛尔纳街上的警察局里,在走廊上经过马泰依的办公室时,我碰到了亨齐。令人吃惊的是,他中午就已经离开了麦根村,可话说回来,既然我已经把这次谋杀案交给他办,便会按我的原则不对他吹毛求疵。亨齐是伯尔尼人,他野心勃勃,却很受其他警员喜欢。他娶了一个霍蒂格家族的女子,从社会主义党党员摇身一变成为自由党党员,目前正脚踩祥云,等着飞黄腾达呢。我只是这么一说,如今他跟无党派人士混一块儿了。

"这家伙一直都不承认。"他说。

"谁呀?"我惊奇地问,愣在了那儿,"谁不想承认?"

"封·贡腾。"

我愣住了,"持续审讯?"

"整整一个下午,"亨齐说,"必要的话,今天夜里我们将通宵审讯。现在是特罗勒在审他。我出来只是想透透气。"

"我倒是想看看。"我满心好奇地进了马泰依以前的办公室。

## 13

小贩坐在办公室一个没有靠背的办公椅上,特罗勒把自己的椅子挪到马泰依的办公桌旁,左胳膊撑在桌上,跷着二郎腿,左手支着头。他抽着烟。费勒在记录。亨齐和我在门口站着,小贩背对着我们,不知道我们也在场。

"这不是我干的,警官先生。"小贩含糊不清地说。

"我也没说是你干的。我只不过说这可能是你干的。"特罗勒说。"至于我说得对不对,我们自会查明真相。现在我们从头再来。你是在树林边舒舒服服地躺了下来,是吗?"

"是的,警官先生。"

"然后你睡着了?"

"是的,警官先生。"

"为什么?你不是要去麦根村吗?"

"我累了,警官先生。"

"你为什么跟邮递员打听麦根村警察的情况?"

"为了了解一些事情,警官先生。"

"你想知道什么?"

"我的营业执照还没有延期。所以我想打听一下麦根村是哪位警察在值班。"

"谁在值班呢?"

"我打听到那天值勤的是个代理警察。当时我很害怕。"

"我也是个代理警察",特罗勒干巴巴地说,"你也害怕我吗?"

"是的,警官先生。"

"是这个原因让你改变主意,不去麦根村吗?"

"是的,警官先生。"

"这个故事编得也不赖,"特罗勒赞许地说,"但可能还有另一个更接近真相的版本吧。"

"我说的就是真相,警官先生。"

"你难道不想从邮递员那里多打听些情况吗,比如有没有警察在附近?"

小贩一脸不解地看着特罗勒,"你到底想说什么呢,警官先生?"

"哼,"特罗勒有板有眼地说,"你想通过邮递员确定警察不在罗特凯勒山谷里,因为你在等着那个女孩的出现,我想是这样吧。"

小贩一脸恐惧,目不转睛地盯着特罗勒,"我不认识那个女孩,警官先生,"他绝望地喊道,"就算我认识她,我也不可能做这种事。再说不是我一个人在山谷里。那家农民正在地里干活。我不是杀人凶手。请你相信我!"

"我相信你,"特罗勒安抚他,"但是我必须核查你讲的故事,这一点你必须清楚。你刚才说你休息后去了小树林,打算回苏黎世?"

"当时下着暴雨,"小贩解释说,"所以我就走了近路,警官先生。"

"然后你就看到尸体了?"

"是的。"

"没有碰尸体?"

"没有,警官先生。"

特罗勒不再说话。尽管我看不见小贩的脸,但是我能感觉到他的恐惧。我很同情他。不过我逐渐相信他有罪,也许只是因为我希望尽快找到凶手。

"我们把你的衣服拿走了,给了你别的衣服。你能猜出是为什么吗?"特罗勒问。

"我不知道,警官先生。"

"为了进行联苯胺检测。你知道什么是联苯胺检测吗?"

"不知道,警官先生。"小贩无助地回答。

"这是一个用来化验血迹的化学实验,"特罗勒慢悠悠地解释着,语气令人害怕,"我们在你的裤子上发现了血迹,封·贡腾,是那个女孩的血。"

"因为……因为我被尸体绊了一下,警官先生,"封·贡腾痛苦地说,"简直太可怕了。"

他用手捂住脸。

"你仅仅是因为害怕而向我们隐瞒了这一点?"

"是的,警官先生。"

"现在我们还应该相信你吗?"

"我不是凶手,警官先生,"小贩绝望地哀求道,"你要相信我。你把马泰依先生叫来,他知道我说的是实话。我求你了。"

"马泰依博士从此以后跟这个案子没有关系了,"特罗勒说。"他明天早上飞往约旦。"

"飞往约旦。"封·贡腾小声说,"这我倒是不知道。"

他的眼睛盯着地板,不再吱声。屋里一片死寂,只听见钟表嘀嗒嘀嗒地响,偶尔从街上传来汽车驶过的声音。

这时,亨齐开始介入审问。他先关上窗户,接着坐到马泰依办公桌前。他的态度友好亲切,不过他转了一下台灯,灯光一下子打到小贩的脸上。

"你不要激动,封·贡腾先生,"亨齐上尉说,语气客气地过了头,"我们一点儿都不想折磨你,我们只是在努力了解真相。因此,我们必须向你求助。你是最重要的证人。你必须帮助我们。"

"是的,博士先生。"小贩回答,看起来又有了些勇气。

亨齐叼着一个烟斗,"你抽什么烟,封·贡腾?"

"香烟,博士先生。"

"你给他一支,特罗勒。"

小贩摇了摇头。他盯着地板,光线令他一阵阵眩晕。

"灯光让你不舒服?"亨齐友好地问。

"灯光直刺我的眼。"

亨齐把台灯的灯罩拨向一边。"这样好点儿了吧?"

"好多了。"封·贡腾小声说。他的声音听起来充满了感激。

"你说说看,封·贡腾,你都卖些什么东西?清洁布?"亨齐开始审问。

"是的,有清洁布。"小贩迟疑地说。

他搞不懂为什么会问这个问题。

"还有别的吗?"

"还有鞋带,博士先生。牙刷、牙膏、肥皂。剃须膏。"

"有剃须刀片吗?"

"有,博士先生。"

"哪个牌子的?"

"吉利牌。"

"就这些吗,封·贡腾?"

"我想是的,博士先生。"

"好的。可是我觉得,你忘了一些东西,"亨齐说,手来回摸着他的烟斗。"那些东西是不会跑的,"他强调,接着又好似漫不经心地说:"你好好把你刚才没说的那些小玩意儿说出来吧,冯·贡腾。我们已经仔细检查过你的货筐了。"

小贩沉默不语。

"现在你有什么想说的吗?"

"厨房用的刀具,博士先生。"小贩喃喃地说,万分沮丧。汗珠在他的脖子上闪着光。亨齐吐出一个又一个烟圈,他的态度淡定,举止从容,是一个非常友善的年轻人。

"接着说,封·贡腾,除了厨房用的刀具,你还卖什么?"

"剃须刀。"

"你为什么迟迟不肯承认这个呢?"

小贩不说话。亨齐似乎心不在焉地伸出手,仿佛又要转动灯罩。然而,当封·贡腾吓得缩成一团时,他便把手拿开了。中士死死地盯着小贩,一支接一支地抽着烟。另外,亨齐的烟斗里也冒着烟。房间里的空气令人窒息。我很想把窗户打开。但关上窗户也是审讯方法之一。

"女孩是被一个剃须刀杀死的。"亨齐看似不经意地说,语气婉转。沉默。小贩面如死灰,瘫坐在椅子上。

"亲爱的封·贡腾,"亨齐身子一边向后靠,一边接着说,"我们打开天窗说亮话吧。我们不需要再遮遮掩掩了。我知道你杀了人。但我也知道,你跟我,跟我们所有人一样,对这一罪行感到震惊。但你就这样做了。你突然变得像一只野兽,你袭击了那女孩并杀死了她。你不想那样,可是你没有别的选择。有某种力量比你本人更强大。当你恢复理智时,封·贡腾,你感到前所未有的恐惧。你一路狂奔到麦根村,想投案自首,不过你现在却又失去了承认罪行的勇气。你一定要再次鼓起勇气,封·贡腾。我们会帮助你的。"

亨齐不再说话。小贩坐在办公椅上,身体有些摇晃。看样子,仿佛他随时都会崩溃。

"我是你的朋友,封·贡腾,"亨齐声称说,"你要利用这个机会。"

"我累了。"小贩唉声叹气地说。

"我们都累了,"亨齐回答,"特罗勒警官,给我们弄些咖啡来,然后再拿些啤酒。给我们的客人封·贡腾也准备一份,在州警察局,我们做事讲规矩。"

"我是无辜的,警官,"小贩嘶哑地低声说,"我是无辜的。"

电话铃响了。亨齐拿起话筒,他认真地听着,挂断后,脸上露出了微笑。

"封·贡腾,那天中午你到底吃了些什么?"他缓缓地问道。

"伯尔尼肉盘。"

"嗯,还有别的吗?"

"饭后甜点是奶酪。"

"艾门塔尔奶酪还是格吕耶尔奶酪?"

"提尔斯特和戈尔贡佐奶酪。"封·贡腾一边回答,一边擦着顺着眼角流下的汗珠。

"小贩们吃得不错啊,"亨齐说,"之后你什么都没吃吗?"

"什么都没吃。"

"要是我,我会再好好想一想。"亨齐提醒他。

"巧克力。"封·贡腾想起来了。

"你看,你还是吃了别的东西。"亨齐向他鼓励地点了点头,"你在哪儿吃的巧克力?"

"在树林边上。"小贩说,他不解地看着亨齐,一脸疲惫。

上尉把台灯关掉了。房子里烟雾缭绕,只有天花板上的灯投射出微弱的光。

"我刚才得到了法医研究所的检查报告,封·贡腾,"他遗憾地说,"女孩被解剖了。法医在她的胃里发现了巧克力。"

现在我也确信小贩是凶手。他认罪只是一个时间问题。我向亨齐点了点头,离开了房间。

## 14

我并没有弄错。第二天早上,也就是周六,亨齐7点钟给我打电话。小贩认罪了。我8点钟到了办公室。亨齐依然还在马泰依以前的办公室里。他正透过打开的窗户向外眺望,听到我进来,转过身子向我打招呼,一脸疲惫。地板上到处是啤酒瓶和堆满烟头的烟灰缸。只有亨齐一个人在房间里。

"他的供词详细吗?"我问。

"他还要接着供呢。"亨齐回答。

"重要的是他承认犯了强奸杀人罪。"

"我只是希望我们的审讯中规中矩。"我嘟囔着。审讯已经持续了二十多个小时,这显然是不合规矩的。不过我们警察也不能老拘泥于规章制度。

"再说我们也没有使用违反规定的审讯手段,局长先生。"亨齐声明。

我去了"密室",让人把小贩带进来。他几乎站不稳了,还得由警察扶着。我让他坐下,他也不坐。

"封·贡腾,"我刻意让我的声音听起来友好些,"我听说你已经承认杀害了小格里特丽·莫泽。"

"是我杀了这女孩,"小贩回答的声音太小了,我几乎听不清他在说什么,他的眼睛死死地盯着地板,"现在让我独自待一会儿吧。"

"你先去睡一觉吧,封·贡腾,"我说,"我们以后再继续谈。"

警察把他带了出去。他在门口碰到了马泰依。小贩站住不走了。他的呼吸变得急促。他张着嘴,似乎想说什么,却欲言又止。他只是看着马泰依,马泰依有些尴尬地给他们让开路。

"走。"警察说着把小贩带走了。

马泰依走进"密室",关上身后的门。我点上了一支巴伊亚诺牌雪茄。

"既然如此,马泰依,你对此有何高见?"

"这个可怜的家伙被审了二十多个小时?"

"这一招还是亨齐跟你学的,你审讯时不也是不依不饶吗,"我回应道,"这是他第一次独立负责一个案子,干得很出色,你不觉得吗?"

马泰依没有回答。

我让人端两杯奶油咖啡过来,还有牛角面包。

我和马泰依良心上都有所不安。热咖啡并没有让我们的心情好起来。

"我有种感觉,"马泰依终于说道,"封·贡腾会翻供的。"

"有可能,"我沮丧地说,"这样的话,我们还要重新审问他。"

"你认为他有罪吗?"他问。

"你不这样认为?"我反问他。

马泰依迟疑了一下:"其实我也认为他有罪。"他不确定地说。

清晨的阳光透过窗户洒了进来。房间里充满暗淡的银灰色。从舍尔奎依传来大街上的嘈杂声,士兵们齐步从兵营里走了出来。

这时,亨齐出现了。他没有敲门就走了进来。

"封·贡腾上吊死了。"他报告说。

## 15

拘留室在幽长的走廊尽头。我们跑过去。有两个人在对小贩实施急救。他躺在地板上。人们撕开了他的衬衣,长满了胸毛的胸脯一动不动。他的裤子背带还在窗户上摇晃着。

"一切都无济于事,"一个警察说,"人已经死了。"

我又一次点燃已经熄灭的巴伊亚诺牌雪茄烟,亨齐也拿出一根烟。

"格里特丽·莫泽案件结案了。"我宣布说,拖着疲惫的身体穿过长得似乎没有尽头的走廊回到办公室,"马泰依,祝你飞往约旦的旅途愉快。"

## 16

下午将近两点钟,费勒最后一次开着公车去城市宾馆,准备送马泰依去机场。行李已经放到车上,可马泰依却说他们还有时间,让费勒先绕道去一下麦根村。费勒遵照他的吩咐,驾车绕道穿过树林。他们到达村广场时,遇到了给死者送葬的队伍,长长的队伍里没有人说话。赶来参加葬礼的人很多是周围村子的,也有从城里来的。报纸已经报道了封·贡腾自杀的消息。人们都松了一口气。公正终于取得了胜利。马泰依下了车,他和费勒站在孩子们中间,正对着教堂。棺材放在一辆由两匹马拉的马车上,被白色的玫瑰花簇拥着。棺材后面是村里的孩子们,两个一排,一起捧着花环,由克鲁姆小姐、一位男老师,还有牧师带领着。女孩们都穿着白裙子。格里特丽·莫泽的父母跟在后面,他们一身黑衣,面无表情,眼神空洞。

"你遵守了你的承诺,"她声音很小,不过每一个字都说得很清晰,探长听得一清二楚。"谢谢你。"说完,她继续往前走。她的表情坚毅,凛然不可侵犯,而她身边的男人精神却已经垮掉了,一夜之间变成了老态龙钟的模样。

送葬队伍从探长身边走了过去,有村长、政府代表、农民、工人、家庭主妇、年轻姑娘,所有的人都穿着自己最好最隆重的衣服。下午的阳光照耀着大地,一切都悄无声息,围观的人也没有一点儿动静,只能听到从远处传来的教堂钟声、马车辘轳声以及人们踩在坚硬的石子路上数不清的脚步声。

"我们去克罗腾机场。"马泰依说,他们又一次上了警车。

## 17

马泰依与费勒告别,护照通过检查后,他在候机大厅买了一张《新苏黎世报》。上面登着封·贡腾的照片,写着他是杀害格里特丽·莫泽的凶手,但还登着探长的照片,说他被光荣地委以重任。一个如今已经达到他职业生涯顶点的人。马泰依把雨衣搭在胳膊上,步入飞机滑行道。这时,他看到机场大楼的露天平台上有很多孩子。他们是前来参观机场的一个班学生。他们中有女孩,也有男孩,都穿着鲜艳的夏季衣服。当他们看到那些银色的大飞机起飞和降落时,就会挥着小旗和手绢,发出惊异的欢呼声。探长愣了一下,然后朝着停靠的瑞士航空飞机走过去。他走到机舱口时,别的乘客都已经登机了。带领乘客登机的空姐伸出了手,想检查一下马泰依的机票,但他却把身子转了过去。马泰依望着那些幸福的孩子们,他们正羡慕地朝着这架即将起飞的飞机招手。

"女士,"他说,"我不搭这班飞机了。"随之他返回机场大楼,从挤满孩子的平台底下穿过,朝出口走去。

## 18

星期天早上,我才约见了马泰依,见面地点不是"密室",而是我的办公室。从这里也能清楚地看到希尔盖伊的街景。墙上悬挂着盖伯勒、摩根塔勒、亨泽克等瑞士知名画家的画像。马泰依捅的娄子让我大为恼火。政治部某位坚持只说法语的先生因此事打来电话;约旦使馆已经提出抗议;联邦委员会则要求我们作出解释。对此我却无可奉告,因为我搞不懂这位老部下为什么这样做。

"请坐,马泰依先生。"我生硬的语气难免会让他有些郁闷。我们坐下来。我没有抽烟,也没有要抽的意思。这使他有些不安。"瑞士联邦,"我接着说,"与约旦签订了一个关于借调一名警察专家的协议。马泰依博士,你也与约旦签了协议。你没去约旦就是违约。你我都是学法者,我没必要再多作解释吧。"

"不用了。"马泰依说。

"所以请你尽快赶往约旦。"我向他建议道。

"我不会去的。"马泰依说。

"为什么?"

"杀害小格里特丽·莫泽的凶手还没有找到。"

"你认为小贩是无罪的?"

"是的。"

"不管怎样,我们有他的供词。"

"他肯定是失控了。长时间的审讯、绝望、被遗弃的感觉。对此我也有责任,"他接着说,"小贩曾向我求救,我没有帮他。那时我只想着去约旦。"

当时的情形很怪异。就在前一天,我们的交往还毫无隔阂。而现在,我们穿着星期天便服,正襟危坐,身子挺得笔直。

"我请求你把这个案子再交给我来办,局长。"马泰依说。

"我不能这样做,"我说,"绝对不能。你已经不是我们的人了,马泰依博士。"

探长诧异地瞪着我。

"我被解雇了?"

"你已经从州警察局离职了,因为你要在约旦任职。"我心平气和地解释道,"你违约是你自己的事。可是如果我们现在接着聘用你,就意味着我们支持你违约。你知道这是不可能的。"

"确实如此,"马泰依回答说,"我明白了。"

"很遗憾,木已成舟。"我断然地说。

我们沉默了好一阵子。

"我去机场时绕路去了麦根村,村里有不少孩子。"

"你想说什么?"

"出殡的队伍里有不少孩子。"

"这很正常。"

"机场附近也有孩子,整整一个班学生。"

"那又怎么样?"我惊诧地看着马泰依。

"假如我说得对,假如杀害格里特丽·莫泽的凶手还活着,那其他孩子的处境岂不是很危险吗?"马泰依反问道。

"当然。"我冷静地说。

"如果存在这种潜在的危险,"马泰依恳切地说,"警察就有义务保护孩子,防止犯罪行为再次发生。"

"所以你没有飞往约旦,"我不紧不慢地问道,"为了保护孩子们?"

"的确如此。"马泰依镇静自若地回答。

我沉默了一会儿。"我现在更加看清了这案子,并开始理解马泰依的做法。我然后说,必须接受孩子们正面临危险的可能。假如马泰依的推测是对的,也只能寄希望于真正的凶手有朝一日会暴露自己,或者,最糟的是,他下次作案时会留下蛛丝马迹。我的话听起来有玩世不恭的味道,但其实并非如此。只是好可怕。警察的力量是有限的,也必定有限。虽然一切皆有可能,哪怕是最匪夷所思的事情,但是我们必须从可能出发。我们不能说封·贡腾肯定有罪,我们永远不能这么说。然而我们可以说,他可能有罪。如果我们不愿意揪出一个子虚乌有的人出来,小贩就是唯一的嫌疑犯。他犯过猥亵罪,又随身带着剃须刀和巧克力,衣服上还有血迹。另外,他也在施维茨和圣加伦卖过东西,而这两个地方发生过其他两起谋杀案。其次,他对他的罪行供认不讳,并且自杀了:现在怀疑他到底有没有罪,实在是外行了。健全的理智告诉我们,封·贡腾就是杀人犯。诚然,我们要承担风险,因为我们只是凡人,我们的判断也会出错。况且,很遗憾,格里特丽·莫泽谋杀案并不是我们要侦破的唯一案件。紧急行动小组刚被派往施力恩,昨天夜里那里发生了四起严重的入室抢劫案,而且我们也无力承担再次调查过程中技术层面所需的花费。我们只能尽力而为,而我们也正在这样做。不只是现在,孩子们一直都有危险。仅仅在一个州每年就发生两百多起性侵犯案件。关于这一点,我们可以告诫父母,也可以警告孩子,这些我们都已经做了,但是法网恢恢,也有漏网之鱼。犯罪行为屡禁不止,不是因为警察太少,而恰恰是因为有警察的存在。如果我们没有存在的必要了,也就没有犯罪行为了。我们必须清楚这一点。我们必须履行我们的义务。在这一点上,马泰依是对的。可话说回来,我们首要的任务则是把执法的权力限定在一定的范围内,否则我们只能建立一个警察国家。"

说完这段话,我又沉默不语了。

外面响起教堂的钟声。

"我能理解你个人的处境变得很棘手。你现在是进退两难。"我客气地结束了我的话。

"谢谢你,博士先生,"马泰依说,"我会先以我个人的名义调查格里特丽·莫泽谋杀案。"

"我劝你最好放弃这个案子。"我建议道。

"我不会放弃的。"他回答道。

我掩饰着内心的不满。

"我能请你不要因为此案再给我们添麻烦吗?"我站起身来,问道。

"如果你希望这样的话。"马泰依说,我们连手都没握,他就起身告辞了。

## 19

马泰依离开空荡荡的警察局大楼时,必须经过他以前的办公室,他的心情非常沉重。办公室门上的牌子已经换了名字,他碰到了周日也在这里荡来荡去的费勒。费勒显得尴尬,嘴里嘟囔着什么,连个招呼都没打。马泰依觉得自己像个孤魂野鬼,但最让他烦心的是他现在没有警车可用了。他决定尽快回到麦根村,然而无法马上拔腿就走,因为到那里的路程虽然不远,却相当麻烦。他要先坐八路电车,然后换乘公交车。在电车上,他碰到了带老婆去看望岳父母的特罗勒。他吃惊地看着马泰依,却什么也没问。事实上,马泰依一路上碰到了不少熟人,有联邦技术学院一名教授,还有一位艺术画家。他只是含糊地说说为什么没去约旦。只要遇到熟人,场面就很尴尬,毕竟大家都已经庆祝过他的"升职"和出国了。他觉得自己像一个死而复生的幽灵。

麦根村教堂的钟声不再响了。农民们穿着周日的衣服站在村里的广场上,或是结伴去小鹿酒馆。天气比前几天清爽了不少,巨大的云团从西边飘了过来。在莫斯巴赫附近,年轻人已经踢起了足球,哪儿都看不出前几天在离村子不远的地方发生过一起谋杀案。到处都洋溢着欢乐的气息,不知什么地方有人在唱"门前井边"。在一间有横梁墙和大屋顶的农舍前,孩子们在玩捉迷藏。一个小孩大声地数着数,数到十时,其他孩子一哄而散。马泰依看着这些孩子们。

"先生。"他耳边传来一个弱小的声音。他四处张望。

在一个柴火堆和一面花园墙的中间,站着一个穿蓝裙子的小女孩。她的眼睛和头发都是棕色的。她是乌苏拉·费尔曼。

"你叫我干什么?"探长问。

"你要站到我前面,"女孩小声说,"这样他们就找不到我了。"

探长照做了。

"乌苏拉。"他说。

"你不要这么大声,"女孩悄声说,"否则他们会听见你在跟谁说话呢。"

"乌苏拉,"探长也压低了声音说,"我不相信你说的关于巨人的事。"

"你不相信什么?"

"我不相信格里特丽·莫泽碰到了一个巨人,一个有山那么高的巨人。"

"可是巨人确实是有的啊。"

"你见到过么?"

"我没见过,不过格里特丽见过。现在别说话了。"

一个红头发、脸上长着雀斑的男孩从农舍方向走过来。这就是要寻找藏身女孩的小伙伴。他在探长面前停住了,然后蹑手蹑脚地朝农舍另一边走去。女孩躲在后面偷笑。

"他没发现我。"

"格里特丽给你讲了一个童话。"探长压低声音说。

"不是。"女孩说,"巨人每周都会等着格里特丽,还给她刺猬。"

"在哪儿?"

"在罗特凯勒山谷,"乌苏拉回答说,"她还给他画过像呢。所以肯定有巨人。还有小刺猬。"

马泰依愣住了。

"她把巨人画下来了?"

"画就挂在教室里,"女孩说,"让我过去。"女孩从柴火堆和马泰依中间挤了出去,撒开腿往农舍跑,赶在男孩从屋子后面跑来抓她之前,摸了一下门框,发出胜利的欢呼。

## 20

我周一早上接到的消息实在闻所未闻、令人不安。先是麦根村的村长在电话里向我抱怨,马泰依闯到学校教室里,偷走了格里特丽·莫泽的画。村长严令禁止州警察局的警察再到他们村里进行调查,经历了那些可怕的事情之后,他们现在需要过平静的日子。接着,他毫不客气地对我说,如果马泰依再在他们村里出现,他就带着村里的看家狗把他撵走。然后,亨齐向我抱怨说他和马泰依之间发生了争执。令他难堪的是,他们的龃龉居然发生在皇冠餐厅。他的老上司显然喝醉了,他先是把一升窖藏红葡萄酒灌下了肚,然后又要了瓶白兰地,之后称亨齐是判错案的刽子手。亨齐出身名门的太太对马泰依的行为深恶痛绝。马泰依干的好事还在后面呢。刚听完早上的汇报,费勒又告诉我,从市警察局那儿传来消息,说马泰依时常穿梭于不同的酒吧,现在住在瑞克斯宾馆。另外还有人报告,马泰依现在也抽起了烟,帕利希纳这种劣等烟。这个人完全变了,仿佛一夜之间判若两人,性情品行跟以往大相径庭。我想他可能快要精神崩溃,于是给一个精神科医生打电话,他经常为我们办理的案件做司法精神鉴定。

但我万万没想到,医生说马泰依已经约了当天下午与他见面,于是我跟他讲了一些相关的情况。

接着,我给约旦使馆写了一封信。我说马泰依病了,希望能让他休假,两个月后马泰依会赴安曼就职。

## 21

私人诊所离城很远,在罗腾村附近。马泰依是坐火车去的,火车站离诊所还有很长一段路。他没有耐心等公交车,便走路过去。可是没过多久,后面的公交车就超过了他,他气得够呛。他穿过几个小村落。孩子们在路边玩耍,农民们在地里干活。天幕低垂,洒下一片银辉。天又变冷了,气温骤然下降,直逼零度,好在还没到这地步。马泰依沿着山丘往前走,过了罗腾村后,拐到一条马路上。这条路穿过一块平地通向疗养院。首先映入他眼帘的是一座有高烟囱的黄色建筑物,可能是一个废弃的厂房。不过没过多久,景色就美多了。山毛榉和杨树依然遮住了疗养院的主楼。他还看到了雪松和一棵冲天高的巨杉。他走进一个公园。路在这里分了岔。马泰依沿着一个写着"住院部"的指示牌方向继续往前走。在树木和灌木丛之间,有一汪湖水闪着粼粼波光,或许也只是一团缭绕的雾气。周围一片死寂。马泰依只听见石子路上自己嚓嚓的脚步声。后来,他听到耙子铲地的声音。有个小伙子正在铺石子路。他缓慢地、有节奏地干着活儿。马泰依迟疑地停住了脚步。他没有见到新的指示牌,不知道接下来该往哪个方向走。

"你能告诉我去住院部怎么走吗?"他问年轻人。没有应答。他静静地、有节奏地耙着地,宛如一台机器,仿佛没有人跟他搭话,仿佛他的旁边没有人。他面无表情,平缓的动作与蛮荒的体力形成鲜明的对比,探长感到某种危险正逼近自己,仿佛这家伙会突然抡起耙子袭击他。他觉得站在这儿不安全。他犹犹豫豫地往前走,走进一个院子里。院子后面又是一个更大的院子。两边的柱廊使人恍如置身于一个修道院里。第二个院子的尽头是一个楼房,好似一间乡间别墅。这里也空无一人,只听见远处传来一个哀怨、尖厉和央求的声音,反反复复只有一个词,一遍又一遍,没有间断。马泰依惊恐未定,又停住脚步。他感到一阵莫名的悲伤,他从来没有像现在这样胆怯过。他看到一扇古老的、布满裂纹的大门,门上有很多雕饰,他摁了一下门把手,门却没有开。他的耳边依然萦绕着那个声音,挥之不去。他梦游似地穿过柱廊走道。几个大石头花瓶里插着红色和黄色的郁金香。终于,他听到了脚步声;一个身材高大的老先生正庄严地穿过院子,难掩脸上的茫然与无措。一个女护士给他领路。

"你好,"马泰依说,"我想见洛赫尔教授。"

"你预约了吗?"护士问。

"医生在等着我呢。"

"你直接去大厅吧,"护士指着一个双扇门说,"有人会带你过去。"说完,她继续往前走,胳膊挽着那位神情恍惚的老人。护士用钥匙打开了门,与老人一起消失了。依然能听到不知从哪儿传来的一个声音。马泰依走进客厅。这是一间大屋子,里面摆放着古典家具,有一张靠背椅和一个大沙发,沙发上面挂着一幅镶着金框的肖像画,准是这家3医院创办人的肖像画。墙上其他几幅画上都是热带风光,大概是巴西风景,马泰依猜想画的是里约热内卢的内地风光。他朝通往露台的双扇门走了过去。石头栏杆上放着几棵大仙人掌,因为雾气已经越来越浓,他无法看清公园全貌。马泰依隐约看到一片宽阔的空地,那里竖立着一座纪念碑,或许也是一块墓碑,朦朦胧胧中还有一棵银白杨巍然耸立着。探长开始变得不耐烦。他点了一支烟,这个新的爱好能让他平静下来。他回到屋子里,坐到沙发上,沙发前的圆桌上放满了旧书籍,他看到古斯塔夫·博尼尔写的《法国、瑞士与比利时植物志大全》。他随手翻了翻,书里有不少工笔绘制的精美的花草插图,当然既好看也能抚慰人心。可是探长对这些书没什么兴趣,他开始抽第二支烟。终于,有个护士进来了,她个子不高,带着无框眼镜,精神十足。

"你是马泰依先生吗?"她问。

"是的。"

护士看了看四周,"你没有带行李?"

马泰依摇了摇头,对这个问题感到奇怪。

"我只是有几个问题想请教一下教授先生。"他回答说。

"请跟我来。"护士说。她领着探长穿过一个小门。

## 22

他走进一间很小且简陋得令他吃惊的房间。完全看不出这是一个医生的办公室。墙上挂着画和照片，画与大厅里的相似，照片上是些带着无框眼镜、蓄着胡子、神情严肃、相貌古怪的男士。显然他们是医院的历届院长。写字台和椅子上摆满了书，只有一个旧皮沙发椅上没放什么东西。医生穿着白大褂，坐在一大堆卷宗后面。他又瘦又小，像一只鸟，也戴一副无框眼镜，跟女护士和墙上留胡子的男人们没什么两样。看来无框眼镜在这里是必须的，也可能是一个秘密修会的标志或象征，就像僧侣的光头一样，探长不禁揣测道。

护士离开了房间。洛赫尔站起身，向马泰依问好。

"欢迎你的到来，"他略显尴尬地说，"请随便坐，这里的一切都很简陋。我们全靠别人捐助，资金上很拮据。"

马泰依坐到皮沙发椅上。医生打开台灯，房间里实在太暗了。

"我可以抽烟吗？"马泰依问。

洛赫尔愣了一下。"可以，"他透过脏兮兮的镜片仔细打量着马泰依，"你以前可不抽烟呀？"他说。

"以前从来不抽。"

医生拿出一张纸，开始在上面密密麻麻地写起来，显然在记录。马泰依等着。

"你生于1903年11月11日，是吗？"医生一边写，一边问。

"是的。"

"你还住在乌尔本宾馆吗？"

"现在住在瑞克斯宾馆。"

"嗯，现在住在瑞克斯宾馆，在葡萄园街。你一直住在宾馆里，亲爱的马泰依？"

"你觉得这很奇怪？"

医生从他的文件后面抬起了头。

"兄弟，"他说，"你已经在苏黎世居住了三十年。这么长的光景，别人都已经成了家，生儿育女，为将来在打拼。你压根儿就没有私人生活？很抱歉我这样问你。"

"我理解，"马泰依回答说，他一下子恍然大悟，也明白了护士为什么问到他的行李,"局长跟你说过了吧?"

医生小心地把钢笔搁在一边。"你这是什么意思,尊敬的马泰依先生?"

"你受人委托来了解我的情况,"马泰依肯定地说,掐灭了烟头,"因为州警察局认为我的行为不太正常。"

两个男人沉默着。窗外又升起一层雾,雾气朦胧中,苍然暮色凄凉地渗进这间摆满了书籍和文件的小房间。天气阴冷,空气中弥漫着一股霉味,夹杂着某种药物的气味。

马泰依站起来,走到门口,打开门。两个穿白大褂的男士叉着胳膊站在外面。马泰依把门关上了。

"两个护工。怕我闹事派来的吧。"

洛赫尔依然泰然自若。

"你听着,马泰依,"他说,"我现在是以医生的身份和你说话。"

"随你便。"马泰依说完,坐了下来。

洛赫尔又拿起钢笔,接着说,有人给我说,马泰依最近这段时间的行为无法再用"正常"来形容,所以现在要开诚布公地跟他谈一谈。马泰依的职业不好干,对待工作上遇到的人,他不得不铁面无私。正因为如此,假如洛赫尔说话太直接,马泰伊也要原谅他,因为医生这个职业也把他变成了硬心肠。而且令人疑惑。他认为马泰依突然放弃去约旦这么好的机会实在令人匪夷所思,完全出乎所有人的意料。另外马泰伊还一心想找出凶手,而凶手事实上早已找到了,还有他突然开始抽烟,又莫名其妙地开始酗酒,喝了一升窖藏红酒后,又喝了四大杯白兰地。天哪,这像是人格突然分裂的表现,是一种精神病的早期症状。解决问题的关键在于马泰依要愿意接受全面检查,只有这样才能了解他的真实情况,找出他生理和心理方面的病因。因此,他建议马泰依在罗腾住几日。

医生不再说话,又一次蜷缩在他的案宗后面,继续在纸上写来写去,"你经常发烧吗?"

"不发烧。"

"说话有障碍吗?"

"也没有。"

"声音有问题吗?"

"这是什么鬼问题。"

"冒汗吗?"

马泰依摇了摇头。昏暗的灯光以及医生的连篇废话让他感到烦躁。他摸索着去找烟,终于找到了。医生递给他一根划着的火柴,他用手颤巍巍地接住了。他的手在发抖。怒火中烧。这情景简直太可笑了,他早该想到这一点,他应该去找别的心理医生。可是他喜欢这个医生。在卡塞尔纳街时,他们更多是出于好心才请他过来当医学顾问,他信任这个医生,因为别的医生会看不起他,把他看成一个怪物,一个爱胡思乱想的人。

"情绪激动,"医生断言说,近乎兴冲冲的样子,"现在我可以叫护士进来吗?如果你现在就想去你的病房……"

"我没有这个想法,"马泰依回答说,"你有白兰地吗?"

"我给你服用镇静剂。"医生建议道,同时站了起来。

"我不需要镇静剂,我需要白兰地。"探长粗暴地说。

医生刚才肯定摁了一个隐蔽的按钮。这时一个男护工出现在门口。

"到我房间里拿一瓶白兰地和两个酒杯,"医生命令道。他搓了搓手,可能觉得冷,"快点儿。"

男护工出去了。

"真的,马泰依,"医生说,"我觉得你住院治疗迫在眉睫。不然的话,你的精神和身体会彻底崩溃。我们不想事情发展到这一步,不是吗?只需要一些勇气,我们就会成功。"

马泰依一声不吭。医生也开始沉默。突然,电话铃响了,洛赫尔拿起听筒,说:"现在忙着呢。"窗外几乎漆黑一片,这个夜晚一下子这么漆黑。

"要不要我打开顶灯?"医生问,纯粹是没话找话说。

"不用。"

马泰依现在又恢复了平静。当护工拿来白兰地时,他给自己倒了一杯,一饮而尽,又倒了一杯。

"洛赫尔,"他说,"你现在把你跟病人打交道的那套东西都丢到一边。你是医生,在你的职业生涯中,你也有过你解决不了的心理案件吗?"

医生惊愕地看着马泰依。这个问题触动了他,他慌了神,不知道马泰伊有何用意。

"我的病例大多数是无法解决的。"他坦诚地回答,尽管此刻他意识到,面对马泰依这么一个病人,他绝对不应该给出这样一个答案。

"我能想到干你们这一行会是这样的。"马泰依的回答不无讥讽,这让医生有些伤心。

"你来这里就是为了问我这个问题吗?"

"也是。"

"天哪,你到底怎么了? 你平日不是最有理智的人吗?"医生不知所措地问。

"我不知道,"马泰依迟疑地回答道——"那个被杀害的女孩。"

"格里特丽·莫泽?"

"这女孩在我脑海里挥之不去。"

"她让你不得安宁?"

"你有孩子吗?"马泰依问。

"我也没成家。"医生小声说,又一次显得难为情。

"原来如此,你也没成家。"马泰依闷闷不乐,沉默了一会儿。"你看,洛赫尔,"他解释道,"在案发现场我就看着那尸体,没往别处瞧,而我的接班人亨齐却把头扭到了一边,他是人们眼中的正常人:一个残缺不全的尸体躺在草丛里,只有脸上没有伤痕,那是一张孩子的脸。我一直看着那尸体,灌木丛里还有一个红裙子和一些面包。但可怕的却不是这些。"

马泰依又一次陷入了沉默。像是感到震惊。他从来没有向别人说过自己的事情,但现在他不得不这么做,因为他需要这个戴着一副滑稽眼镜、像鸟一样的小个子医生,只有他能给予自己更多的帮助,但他为之必须信任他。

"你之前有理由感到奇怪,"他终于又接着说,"我为什么一直还住在宾馆里。我不愿意与这个世界发生冲突。虽然我希望自己像一个墨守成规的人那样克服它,却不愿意和它一起受苦受难。我想超然于这个世界,保持理性,像一个技术员那样控制它。忍受得了目睹女孩的尸体,然而,当我站在她的父母面前时,却突然乱了方寸,我恨不得马上离开莫斯巴赫那个可恶的房子,于是我发誓要找到凶手,仅仅为了千万别再继续看到女孩父母那痛苦万分的样子,即便不能兑现承诺,对我来说也无所谓,因为我马上就要飞往约旦了。之后,我又让冷漠在我心里占了上风,洛赫尔。这种行径真令人憎恶。我没有为小贩抗争。我对一切都听之任之。我又变成了之前那个没有人情的人,变成了'死心眼的马泰依',尼德村的人就这么叫我。我再次逃到平静、超然、布满条条框框、又不近人情的圈子里,直到我在机场看见了那些孩子。"

医生把他的记录推到一边。

"我扭头而归,"马泰依说,"接下来的事情你已经知道了。"

"你现在有什么打算?"医生问。

"现在我来到你这里,因为我认为小贩没罪,现在我必须兑现诺言,找到真正的凶手。"

医生站起身,走到窗户旁。

护工出现了,身后还有一个护工。

"你们去科室吧,"医生说,"这里不需要你们了。"

马泰依给自己倒上一杯白兰地,他笑着说:"不错啊,人头马。"

医生依然站在窗前,望着窗外。

"我该怎么帮你呢?"他茫然地问,"我不是侦探。"然后他转身对马泰依说:"你为什么觉得小贩无辜呢?"

"答案在这儿。"

马泰依把一张折叠纸放在桌上,小心地摊开。那是一幅小孩画的画。画的右下角用稚嫩的字体写着"格里特丽·莫泽"。她用彩笔画了一个男人,他个子很高,比周围的冷杉还高,那些冷杉看起来像是一堆稀奇古怪的草,一看就是小孩的画风:这边一个点,那边一个点,点个逗号,画条横线,再画个圆,脸就画好了。画上的男人戴一顶黑礼帽,穿一身黑衣服,右手是一个圆盘,盘上伸出五根线,从手上落下来一些小圆圈,上面有许多星星状的小茸毛。小圆圈落到一个小女孩的身上,女孩比冷杉还要小。画的最上面,其实就是天空,那里停着一辆黑汽车,旁边是一个长着奇特犄角的怪异动物。

"这画是格里特丽·莫泽画的,"马泰依解释说,"是我从教室里拿来的。"

"画想表达什么啊?"医生问,他不解地看着画。

"刺猬巨人。"

"这是什么意思?"

"格里特丽说过,有个巨人在树林里送给她一只刺猬。她把他们的见面场景画下来了。"马泰依说,他指着那些小圆盘。

"那么你认为……"

"我的怀疑并非完全没有道理,格里特丽·莫泽画的刺猬巨人就是杀害她的凶手。"

"一派胡言,马泰依,"医生不满地反驳道,"这画纯粹是想象出来的,你别再指望从画里获得什么线索了。"

"也许吧,"马泰依答道,"可是汽车画得很清楚。我敢说这是一辆老式美国车,而且巨人也画得很形象。"

"哪有什么巨人,"医生不耐烦地说,"别给我讲什么童话了。"

"一个身材魁梧的高大男子在一个小女孩的眼里很有可能就是一个巨人。"

医生惊愕地注视着马泰依。

"你觉得凶手是一个又高又壮的男子?"

"当然,这只是一个不确定的猜测。"马泰依没有正面回答,"如果我的推断没错的话,那么凶手一定是开着一辆黑色的老式美国车来的。"

洛赫尔把眼镜推到了额头上。他拿起了画,仔细地端详着。

"你到底想让我做什么?"他迷惑不解地问道。

"假定说,我掌握的凶手的线索只有这张画,"马泰依解释道,"我唯一能做的,就是顺着这个线索走。可是我看这张画,就像一个外行人看一张 X 光片一样,我不知道怎么解释这张画。"

医生摇了摇头。

"从这幅画里看不出凶手的任何端倪,"他说着把画放到写字台上,"只能说画画的女孩肯定是一个聪明的、有灵气的、快乐的孩子。孩子们不仅画他们看到的东西,也画他们的感受。幻想和现实交织在一起。画上有些内容是真实的,比如高个男子、汽车、女孩。但其他的就让人摸不着头脑了,像那些刺猬,那个带着犄角的动物,简直就是个谜。谜底跟着格里特丽一起进了坟墓。我是医生,不是召唤鬼魂的巫师。你把画收起来吧。再在画上花心思就是瞎折腾了。"

"你只是不敢这么做。"

"我憎恨纯粹浪费时间的事情。"

"你觉得是浪费时间的事情,也极有可能是一个传统的解谜方法。"马泰依解释道。

"你是学者,你知道什么是研究过程中的假设,比方说,假设凶手就在这画上,你顺着这个思路走,我们探讨一下,看看会有什么发现。"

洛赫尔若有所思地打量了探长好久,接着再次看了看那幅画。

"小贩到底长什么样?"他问。

"模样不起眼。"

"聪明吗?"

"不笨,但很懒。"

"他是不是因为猥亵罪被判过刑?"

"他猥亵过一个十四岁的小姑娘。"

"与别的女人的关系呢?"

"有点复杂,他是个小贩。他在这一带到处跑,生活自由放荡。"马泰依说。

"可惜啊,这个唐璜认了罪,还上吊了。"他嘴里嘀咕着,"我觉得他倒像强奸杀人犯。不过,现在我们来研究一下你的假设。从相貌上看,画上的刺猬巨人倒有可能是强奸杀人犯。他个子高,身子壮。一般情况下,对孩子犯这种罪的人大多没受过教育,多少有些弱智,用我们医生的话说,他们患有低能症或是半痴呆症,他们言行粗鲁,有暴力倾向,面对女性有自卑情结或性无能。"他沉默了一会儿,好像有了什么发现。

"好奇怪。"他说。

"怎么啦?"

"作画的日期。"

"怎么回事?"

"画是在事发一个多星期前完成的。马泰依,要是你的假设成立,格里特丽·莫泽被害前一定见过凶手。奇特的是,她竟然用童话的形式讲述了见面的情形。"

"这是小孩的表达方式。"

洛赫尔摇了摇头。"小孩也从来不会无缘无故地做事情,"他说,"也许那个高个黑衣男人不让格里特丽跟别人说他们秘密见面的事。这个可怜的小家伙听了他的话,什么都没跟别人讲,没有直接说出真相,而是讲了一个童话。不然的话,人们就会产生怀疑,她也许就得救了。我承认,照这样看,这个故事会变得很残忍。女孩被强暴了吗?"他冷不丁问了这么一句。

"没有。"马泰依说。

"被害的情形与几年前发生在圣高伦和施维茨的案件一模一样吗?"

"完全一样。"

"也是用剃须刀？"

"是的。"

医生也给自己倒了杯白兰地。

"这不是性谋杀，"他说，"而是报复行为，凶手想通过这些谋杀案来报复女人，不管凶手是小贩，还是可怜的格里特丽眼里的刺猬巨人。"

"小女孩毕竟不是女人。"

洛赫尔不受迷惑。"可是对心理有问题的人来说，女孩可以替代女人，"他解释道，"因为凶手不敢对成年女性动手，所以他就去找小姑娘。他杀死她们以代替他心中的女人。因此，他总是设法接近同一种类型的女孩。你再确认一下，受害者的模样可能都差不多。别忘了，这是一个蒙昧的人，不管他的低能是天生的还是疾病所致，这样的人都控制不了自己的冲动。他们抵御冲动的能力极其微弱，只要有一丁点该死的变化，比如新陈代谢稍微有些不正常，或者有些细胞出现退化，人瞬间就会变成一头野兽。"

"他报复的原因是什么呢？"

医生思索了片刻。"可能是性冲突，"他解释道，"这个人有可能受到一个女人的压迫或利用。他的太太也许很有钱，他却是个穷光蛋。她的社会地位大概比他高。"

"这些都跟小贩对不上号。"马泰依断言。

医生耸了耸肩。

"也许小贩是出于别的什么原因杀人呢。世上最荒诞的事莫过于男女之间的纠葛。"

"还会发生新的谋杀吗？"马泰依问，"假如小贩不是凶手。"

"圣高伦的谋杀案是什么时候发生的？"

"五年前。"

"施维茨的呢？"

"两年前。"

"作案间隔时间越来越短，"医生断定，"这可能说明他的病情加重了,而抵抗冲动的能力愈来愈弱。那么,只要这个病人有机会,几个月后乃至几周后,他很有可能再次作案。"

"这段时间他的行为有何表现呢?"

"刚开始病人会觉得如释重负,"医生略为迟疑地说,"可是过不了多久,新的仇恨又开始滋长,内心又有了报复的念头。最初,他或许只是在孩子活动范围周边溜达。比方说,在学校门口,或在露天广场。接着,他会开着车到处转悠,寻找一个新的目标,找到目标后,他会跟她交朋友,直到惨剧再次发生。"

洛赫尔沉默起来。

马泰依拿起画,把它折起来,塞进胸前的口袋。他凝视着窗外,夜幕已经降临。

"但愿你祝我交上好运找到刺猬巨人吧,洛赫尔。"他说。

医生一脸震惊地瞅着他,一下子明白过来了。"对你来说,刺猬巨人不仅仅是一个暂定的假设,是不是这样,马泰依?"

马泰依承认。"对我来说,他是真实的存在。他就是凶手,对此我从未怀疑过。"

医生忙不迭地解释,他刚才说的只是自己的猜想,纯粹是没有科学价值的联想。医生生气自己被蒙在了鼓里,没有看出马泰依的用意。他只是指出了上千种可能性中的一种。用同样的方法,可以证明任何一个人都有可能是凶犯。为什么不呢,每件荒唐事都超不出人类的想象力,都能以某种逻辑去解释,马泰依非常清楚这一点。他,洛赫尔,只是出于好心才与他一起异想天开。不过,马泰依现在应当抛开自己的假设,正视现实,也应当鼓起勇气接受那些清清楚楚证明小贩是凶手的证据。那张儿童画纯粹是想象的产物,画的或许是她和另一个人见面的场景,那个人不是凶手,也不可能是凶手。

"让我来判断你的一番讲述有几分可能吧。"马泰依答道,把杯子里的白兰地一饮而尽。

医生没有马上回答,又坐到那张破旧的写字台前。上面到处是书籍和卷宗。他又变成了医院的院长。由于缺少经费和基础设备,医院早就衰败不堪,他无望地维持着医院的运转,为之殚精竭虑。"马泰依,"他终于不再长篇大论,声音里透着疲惫和苦涩,"你努力做的事是不可能实现的。我不想再慷慨陈词。一个人总有他的意志、抱负和尊严,不会轻言放弃。这一点我也理解,我自己就是这样的一个人。可是,如果你想找一个很可能根本就不存在的凶手,而且就算他存在,你永远也找不到他,这样的话,你的做法就令人费解了。因为这样的人太多了,他们只是由于偶然的原因才没有杀人。你想靠自己的满腔热忱去破案,哪怕这种热忱已经到了痴癫的地步,这也许称得上勇敢,我向你的勇敢致敬,如今这种极端的态度让人敬佩。可话说回来,如果这个法子行不通,我怕最后就只有痴癫陪伴你了。"

"再见吧,洛赫尔医生。"马泰依说。

## 23

洛赫尔向我报告了这次谈话。他的字还是那么小,像镌刻的德语字体一样难以辨认。我叫亨齐来办公室,他也是研究了半天才看懂了这个材料。他认为医生自己也说是些无根无据的假设。我没有如此确信,觉得医生为自己的勇气感到害怕。我开始对案件起疑。毕竟我们手上没有小贩详细的供词,因为他的说法太模糊,所以无法去证实。况且,凶器也没有找到,篮子里的剃须刀上没有血迹。这件事我也感到可疑。虽然这并不能在封·贡腾死后证明他无罪,他的嫌疑因素仍然存在,不过我还是感到不安。不得不承认,马泰依的调查给了我一些启发。我甚至派人到麦根村附近的树林里又彻底搜查了一遍,这让检察官大为恼火,最后的调查结果也是竹篮打水一场空。没有找到作案凶器。亨齐认为,凶器被扔到山涧里去了。

"现在,"他边说边从烟盒里拿出一支散发着香气的令人讨厌的香烟,"我们真的不能再盯着这个案子不放了。不然的话,要么是马泰依疯了,要么是我们疯了。我们必须当机立断。"

我指了指那些让人拿过来的照片。三个被害的女孩样子很相像。

"这再次说明的确有刺猬巨人存在。"

"为什么?"亨齐冷冷地问。"这些小姑娘也是小贩想找的类型。"说完他笑了,"我只是搞不懂马泰依到底想干什么。我可不想跟他同流合污。"

"你不要低估他,"我压低了声音说,"他的本事大着呢。"

"他甚至会找到一个根本不存在的谋杀犯,是吗,局长先生?"

"有可能。"我回答说,并把三张照片放到案宗里。

"我只知道,马泰依是不会放弃的。"

我说的没错。会议结束后,市警察局局长带来了关于马泰依的第一条消息。我们当时先处理了职权移交的事,而这个家伙等到要走时,才开始向我汇报马泰依的情况。没准儿他就是想气气我吧。我得知马泰依经常在动物园里来回溜达,他在艾舍吕斯广场的一个车库附近买了一辆老纳什车。没过多久,又有人跟我汇报马泰依的近况。这次我被彻底搞糊涂了。我还清楚地记得,那是一个周六,地点是皇冠餐厅。我周围坐的都是苏黎世有头有脸的美食家,服务员忙碌地穿梭在客人之间,从街上传来车水马龙声。我坐在米罗那幅画下面,喝着肝泥丸子汤,心里也没想什么烦心事,直到一家规模很大的发动机燃料公司的商业代理人过来跟我搭讪。他一屁股坐到我的桌子旁边。他喝得醉醺醺的,举止轻佻,要了一杯马克酒,嬉皮笑脸地对我说,我曾经的中尉换了工作,现在在库尔附近格劳宾登的加油站做事。而公司本来已经打算放弃这个根本不盈利的加油站了。

一开始,我压根儿不相信他的话,这也未免太荒唐,太愚蠢,毫无意义。

代理人坚持他的说法。他对马泰依赞不绝口,这位前探长在新岗位上干得很出色。加油站的生意非常好,很多顾客都是冲着马泰依去的。他们以前大都跟他打过交道,只不过打交道的方式不同而已。马泰依的事肯定已经传开了。大家都说"死心眼的马泰依"现在"晋升"为加油站职工了,于是那些"老熟人"纷纷开着各式各样的车子从四面八方涌过来,既有老古董车,也有昂贵的梅赛德斯。马泰依的加油站一跃成为东瑞士底层人的朝圣地。汽油销量直线上升。公司刚给他装了第二个高级加油机。他们还说要把他住的旧房子给拆了,建一个新式的房子。不过马泰依谢绝了他们的好意,也拒绝雇用助手。汽车和摩托车经常要在加油站门口排长队,可是并没有人不耐烦。显然,能享受到州警察局前中尉服务是件光荣的事。

  我不知如何作答。代理人起身告辞。当服务员推着热气腾腾的小推车走过来时,我已经没了胃口,我吃了点儿东西,又要了啤酒。过了一会儿,亨齐一如既往地来了,身边是他的贵太太。他板着脸,因为这次投票表决的结果并不合他的心意。听到马泰依的近况后,他觉得马泰依已经丧失理智,他早知道会有这一天。他突然来了兴致,吃了两个牛排,而他的贵太太则喋喋不休地讲着剧院的事情。她有几个熟人在剧院里工作。

  几天后,我正在开会,在座的还是市警察局的人。开会期间,电话铃响了,是一家孤儿院院长打来的。这个老女人激动地告诉我,马泰依去她的孤儿院了,他穿一身正式的黑衣服,显然是为了给别人留一个严肃的印象。他问能不能从她看护的孩子中领养一个女孩,他只考虑由他来挑选,她就是这样说的。他说他一直都想要个孩子,现在他在格劳宾登管理一个加油站,具备领养的资格了。当然她拒绝了他的无理要求,她客气地告诉他,孤儿院有自己的规章制度。然而,我的前部下给她留下了非同寻常的印象,所以她觉得有义务向我报告这件事。说完,她挂了电话。当然,事情发展到现在实在令人不解。我大口地抽着我的巴西阿诺斯雪茄,也想不出该怎么办。另外,还有一件丑闻令我们凯塞尔纳街的人觉得马泰依的行为简直是闻所未闻。当时我们传唤了一个行为可疑的人。他公开的身份是女士专用理发师,私底下是个拉皮条的,他住在湖中村一座豪华的大别墅里,很多诗人对这村子赞不绝口。不管怎么说,去村子里的出租车和私家车一直都络绎不绝。我还没开始审讯,他就开始嘟囔。因为能亲口告诉我们马泰依的消息,他高兴得整个人都容光焕发。他说马泰依在他的加油站跟一个叫海勒的女人同居了。我马上给楚尔的警察局打电话,继而联系了负责加油站的派出所。这个消息准确无误。我惊愕得说不出话。理发师趾高气扬地坐在我的办公桌前,嘴里嚼着口香糖。我投降了,下令以上帝的名义放走老油条。他刚才出了一张王牌,我们奈何不了他。

这事惊动了不少人。我的反应是惊讶,亨齐感到气愤,检察官感到憎恶,州政府也对马泰依的事有所耳闻,他们说这简直是奇耻大辱。那个叫海勒的女人曾经是我们凯塞尔纳街的常客。她的一个姐妹——也是一个臭名昭著的女人——被杀害了,我们曾怀疑是海勒干的,我们对案件的了解远远超过她透露的内幕。后来她直接被驱逐出了苏黎世州。尽管除了她干的行当之外,她并没有做什么违法的事。不过,管理部门总有那么一拨心存偏见的人。我决定开车去找马泰依,我不能坐视不管。我隐隐觉得马泰依的行为与格里特丽·莫泽有关,却说不清道不明。我对真相一无所知,这让我感到愤怒,也让我感到不安,同时也吊起了我破案的好奇心。我一向重视秩序,所以想弄清事情的来龙去脉。

## 24

我出发了。独自一人开着我的车。那又是一个周日,我有一种感觉——现在回头看时——仿佛历史上很多重要的事情都发生在周日。到处都回荡着教堂的钟声,似乎整个国家都充斥着叮叮当当和轰轰隆隆的声音。再说我在施维茨州某个地方还碰到了游行。街上的车一辆接一辆,收音机里播放着一个又一个布道。后来,在每个村子附近的靶场上射击声不绝于耳,噼噼啪啪,塔塔哒哒,哗哗剥剥,没完没了。一切都陷入到一场诡异的、无意义的骚乱中,整个东瑞士好像都动起来了。不知什么地方在举行赛车比赛,不少人开着车从西瑞士赶了过来,一家老小都来了,所有的亲戚都来了。当我终于到达加油站——你也熟悉这个加油站——时,我已经被这喧闹的太平盛世景象搞得筋疲力尽。我环顾了一下四周。我觉得加油站当时还没有像现在这样不景气。它看着很亲切,一切干干净净的,窗户上放着天竺葵。那会儿加油站里还没有小酒馆。一切都有某些安稳和小市民的生活气息。另外,沿街的设施表明这里住着一个孩子,加油站旁边有个秋千,长椅上有一个很大的玩具屋,地上有一辆玩具小车和一个转动木马。马泰依刚给顾客的一辆大众车加过油,我从欧宝车上下来时,大众车主正急匆匆地驾车离开。马泰依的旁边站着一个七、八岁的小姑娘,胳膊上抱着一个布娃娃。她头发金黄,扎着小辫,穿一条红短裙。我觉得女孩很面熟,却想不出在哪儿见过她,因为她长得一点儿都不像海勒。

"那是红头迈耶尔,"我指着那辆渐渐远去的大众车说,"他一年前才被放出来。"

"加汽油吗?"马泰依无动于衷。他穿一身蓝色工装。

"加高级汽油。"

马泰依把油箱加满后,开始擦玻璃。

"十四块三。"

我给了他十五块。他想找我钱,我对他说:"不用找了。"说完,我立刻涨红了脸。"很抱歉,马泰依,我习惯这么说了。"

"没关系,"他把钱放进衣服口袋里,"我习惯了。"

我还是觉得难为情,又开始打量那个女孩。

"一个可爱的小家伙。"我说。

马泰依打开我的车门,"旅途愉快。"

"行吧,"我嘴里咕哝着,"其实我想跟你谈谈。该死的,马泰依,这到底怎么回事?"

"我向你保证过,不再因为格里特丽·莫泽的事麻烦你,局长先生。你也一样,请不要插手我的事。"说完,他转过身去。

"马泰依,"我说,"不要再做傻事了。"

他开始沉默。此时,外面又响起了哨子声和噼里啪啦的声音。

离这儿不远什么地方肯定有个靶场。快 11 点了。我看着他给一辆阿尔法·罗密欧车加油。

"刚才那个车主也蹲过三年半监狱，"车子开远时，我对马泰依说，"我们可以进屋吗？我讨厌射击声。我受不了这闹腾。"

他带我进了屋子。在走廊上，我们碰到了海勒，她刚从地下室取来土豆。她风韵犹存。看到她，身为警察的我有些不自在，也隐隐觉得良心不安。她好奇地看着我们，似乎有点不知所措，不过很快就开始友好地跟我打招呼。我对她的印象还不错。

"孩子是她的吗？"海勒消失在厨房后，我问马泰依。

马泰依点了点头。

"你从哪儿把海勒弄到这儿来的？"我问道。

"从附近。她之前在砖厂工作。"

"她为什么会在这里？"

"这个嘛，"马泰依回答，"毕竟我需要有人做家务。"

我摇了摇头。

"我想跟你聊聊，就我们两个人。"我说。

"安妮玛丽，你去厨房吧。"马泰依命令女孩。

女孩出去了。

房间很简陋，但很整洁。我们坐到靠窗的桌子旁。外面礼炮齐发，噼啪作响，震耳欲聋。

"马泰依，"我又问道，"这到底怎么回事？"

"非常简单，局长先生，"我的老部下回答说，"我在钓鱼。"

"你这是什么意思？"

"犯罪侦查工作，局长先生。"

我气冲冲地点起一只巴西阿诺斯雪茄烟。

"我不是新手，可是我真的不知道你在说什么。"

"也给我一支。"

"请。"我说着把烟盒推给他。

马泰依把樱桃酒放到桌上。阳光照在我们身上。窗户半开着，外面是天竺葵,六月的天气那么温柔,射击的哒哒声回荡在耳边。因为已经快到中午,所以很少有车停下加油。海勒负责给停下的车子加油。

"洛赫尔向你汇报了我们的谈话内容。"马泰依小心翼翼地点起雪茄说道。

"你们的谈话对我们没有帮助。"

"对我却有帮助。"

"从何说起?"我问。

"女孩的画说出了真相。"

"嗯。这个刺猬是什么意思?"

"我还不知道,"马泰依回答说,"不过我已经知道有奇特犄角的动物是什么意思了。"

"什么意思呢?"

"它是一只山羊。"马泰依缓缓地说出答案,他狠狠地抽了一口雪茄,吐出一个又一个烟圈。

"所以你就在动物园里晃悠?"

"我在那儿待了好几天呢。"他回答说,"我也让孩子们画山羊。他们画的跟格里特丽·莫泽画的很像。"

我明白了。"格劳宾登州的州徽是山羊,"我说,"这个地区的徽章。"

马泰依点了点头。"车牌上的徽章引起了格里特丽的注意。"

答案竟这么简单。

"我们本该马上想到这一点的。"我咕哝着。

马泰依凝神地看着他的雪茄,烟灰越来越多,烟雾袅袅升起。

他平静地说:"我们——你,亨齐和我——犯了一个错误,我们以为杀人犯从苏黎世来。事实上,他从格劳宾登来。我去过不同的作案现场,它们都在格劳宾登到苏黎世的路上。"

我思索着他说的话。

"马泰依,你说的有道理。"我不得不承认这一点。

"不过我的话还没说完。"

"还有什么?"

"我碰到了渔童。"

"渔童?"

"是的,渔童,确切地说,钓鱼的男孩。"

我惊讶地看着他。

"你听听,"他讲述道,"有了发现后,我先开车去了格劳宾登州。逻辑上如此。可是没过多久,我意识到我的冒险是多么愚蠢。格劳宾登州太大了,你只知道要找的这人个子很高,开一辆老式美国车,除此之外,对他一无所知,要找到他,太难了。七千多平方公里,十三万多人分散居住在无数个山谷里——一个绝对不可能的事情。在一个寒冷的日子里,我茫然若失地坐在恩噶丁的因河旁,看着在河边玩耍的一群男孩子。我正想转身,发现这些孩子已经注意到我了。他们尴尬地站在那儿,一脸惊恐。有一个男孩带着一个自制的鱼竿。'接着钓啊。'我说。孩子们满腹狐疑地看着我。'你是警察吗?'一个十二岁左右、脸上长着雀斑的红头发男孩问我。'我看着像警察吗?'我反问道,'我也不知道,'男孩回答说。'我不是警察。'我解释说。然后,我看着他们如何把诱饵扔到水里。五个孩子都沉浸在自己的小世界里。'没有鱼会上钩的。'过了一会儿,那个长着小雀斑的男孩绝望地说。他爬到岸上,朝我走过来。'你有烟吗?'他问。'你真是个棒小子,'我说,'我指的是在你这个年纪。''看你的样子就知道你会给我一支烟。'男孩解释说。'你这么说我肯定得给你一支了。'我把一盒帕里斯尼烟递给他。'谢谢,'雀斑男孩说,'我自己有火。'然后他的鼻孔里吐出来两股烟。'钓不上鱼时,抽支烟简直赛过活神仙。'他大言不惭地说。'咳,'我说,'你的同伴看起来可比你有耐心。他们还在钓呢,过不了多久,鱼就上钩了。''他们不会钓到鱼的,'他断言,'最多钓到一条茴鱼。''你是不是想钓一条梭子鱼?'我打趣地说。'我对梭子鱼没兴趣。'男孩回答说。'我想钓鳟鱼。不过这可是钱说了算。''为什么?'我惊讶地问。'我小时候用手抓过鳟鱼。'他一脸不屑地摇摇头。'你抓到的都是小鱼。有本事你抓一条大食肉鱼试试。鳟鱼与梭子鱼一样,都是食肉鱼,但鳟鱼难钓多了。钓鳟鱼要有许可证,办许可证要花钱的。''哼,你们可是没花钱就在这钓鱼了。'我笑着说。'问题在于,'男孩解释说,'我们没来对地方。有许可证的人在那边钓鱼。''什么叫来对地方呀?'我问他。'看来你对钓鱼一窍不通。'男孩确定地说。'我也这么认为。'我说。我们两个坐到岸边的斜坡上。'你以为钓鱼就是把鱼竿随手扔到水里吗?'他说。我感到有点惊讶,于是就问他错在哪儿呢。'地地道道的新手,'雀斑男孩又从鼻孔里吐出两缕烟。他说:'钓鱼的话,首先要知道两件事:地点和鱼饵。'我专心致志地听着。'比方说,你想钓一条鳟鱼,'男孩接着说,'一条长成大鱼的鳟鱼。你得先想想这种鱼最喜欢待在什么地方。当然是在一个它们不会被巨大的水流冲走的地方。其次是哪儿有激流,那儿就会有很多小鱼顺着水流经过这里,所以你最好是在下游一块大石头的后面,要是在桥墩后面就更好了。可惜这些地方自然被那些有许可证的钓鱼人占满了。''必须要截住急流。'我说。'你总算明白了。'他自豪地点点头。'鱼饵呢?'我问他。'这要看你是想钓食肉鱼,还是茴鱼、鲑鱼这些素食鱼了。'他娓娓道来。'钓鲑鱼得用樱桃。像鳟鱼或鲈鱼这样的食肉鱼,你得用活诱饵。用苍蝇、蠕虫或小鱼。''用活物。'我若有所思地说,站起身来。'这个给你。'我把一整包帕里斯尼烟都给了这男孩。'这是你应得的。现在我知道怎么钓我的鱼了。首先要找到那个地方,然后要找到鱼饵。'"

马泰依沉默了许久。我也半天没说话,只是喝着樱桃酒,望着窗外怡人的初夏风景。外面,枪声砰砰响个不停,我点上已经熄灭的雪茄。

"马泰依,"我终于开口了,"现在我明白你之前说的'钓鱼'是什么意思了。加油站位置便利,这条公路就相当那条河,对吗?"

马泰依面无表情。

"从格劳宾登开车到苏黎世,只要不想绕路经过阿尔卑斯山口,就必须在这个加油站加油。"他平静地说。

"那个女孩是你的诱饵。"话一出口,我自己也吓了一跳。

"她叫安妮玛丽。"马泰依说。

"现在我知道她长得像谁了。"我确定地说,"她像被害的格里特丽·莫泽。"

我们两个人又一次沉默起来。外面的天气暖和了一些,群山在氤氲中闪着光,射击还在继续,也许附近在举行射击比赛。"你不觉得这样做很残忍吗?"我犹豫地问。

"可能吧。"他如此回答。

我担心地问:"你打算在这里等着,直到凶手经过这里,看到安妮玛丽,然后掉进你给他设下的陷阱里?"

"凶手肯定会经过这里。"他说。

我想了一下。"好吧,"我说,"假设你是对的,假设这个凶手是存在的,不排除这种可能性。干我们这行,什么没见过。不过,你不觉得你的计划太冒险了吗?"

"没有别的办法。"他说着把烟头扔向窗外,"对凶手我一无所知。我无法去找他。我只能找他的下一个对象,一个女孩儿,用她做诱饵引他上钩。"

"很好,"我说,"不过这个方法你是从钓鱼那一套学来的。这是两回事。你不能把女孩一直当作钓饵放在马路旁边,她也要上学,她也会离开那条该死的州公路。"

"暑假马上就要开始了。"马泰依执拗地说。

我摇了摇头。

"我担心你已经走火入魔了,"我反驳说,"你不可能永远待在这里,等着可能不会发生的事发生。就算凶手从这儿经过,也不一定会咬你的诱饵,就用这个比方吧。这样的话,你会一直等,一直等……"

"钓鱼时不也必须等着吗?"马泰依固执地说。

我望向窗外,海勒在给奥博赫尔泽的汽车加油。这人总共在雷根斯多夫坐了六年牢。

"海勒知道你在这儿的原因吗,马泰依?"

"不知道。"他回答说,"我跟她说的是我只想找一个料理家务的人。"

当时,我的心情低落到极点。这男人确实让我感动,他的方法非同一般,有过人之处。我开始敬佩他,希望他成功,哪怕我的动机只是想借他打击一下令人讨厌的亨齐。然而,我认为他的行动没有成功的希望,风险太大,胜算太小。

"马泰依,"我竭力想让他恢复理智,"你现在还有时间去约旦入职,否则,伯尔尼那边就要派沙弗洛特去了。"

"他尽管去吧。"

我仍然没有放弃,"你难道不愿意在我们这儿继续工作吗?"

"不愿意。"

"我们先聘用你在内务部门工作,还是原来的薪水待遇。"

"我没兴趣。"

"你也可以先到市警察局工作。仅仅从经济角度出发,你也应该考虑一下。"

"我当加油站老板挣的钱比在政府机关还要多一些。"马泰依说,"那边来了个顾客。海勒太太现在正忙着烤猪肘呢。"

他站起身走出去。他还要伺候另一个主顾,那是美男子莱奥。他干完活儿时,我已经坐在我的车里了。

"马泰依,"我告别时说,"你真是无可救药了。"

"的确如此。"他向我打了个手势,示意前面的路可以走了。他身边站着那个穿红裙子的小女孩,海勒系着围裙站在门口。她的目光里充满了怀疑。我驱车回苏黎世了。

# 25

他就这样等着。执着、倔强、狂热地等着。他服务顾客,干他的活,加油,检查油量,给水箱加水,擦车玻璃,每日重复着一样的机械动作。孩子放学后,要么待在他身边,要么在玩具房旁边玩耍,她一路小跑,蹦蹦跳跳,自言自语,对什么都感到好奇。她坐在秋千架上唱歌,红裙子和辫子在空中荡来荡去。他一如既往地等着。不同颜色、不同牌子、有新有旧的汽车从他身边经过。他把所有格劳宾登牌照的车号都抄了下来,从人名录里寻找车主的名字,打电话给乡镇办公室打听车主的情况。海勒在山对面的村子附近一家小工厂里上班。傍晚时分,她翻过房子后面的山坡走回来,手里提着购物袋和装满面包的网兜。半夜,有人绕着房子走来走去,小声吹着口哨,但她不给开门。

夏天来了,烈日当空,暑气蒸人,太阳把大地照得明晃晃的,阵阵热浪袭来,暑假开始了。马泰依的机会来了。安妮玛丽如今在他身边寸步不离,他们待在路边,每个开车经过的人都能看到她。他等啊,等啊。他和小姑娘一起玩,给她讲童话故事,把所有的格林童话和安徒生童话都讲完了,还讲了《一千零一夜》。他自己也编了一些故事,为了把女孩留在身边,为了让她能待在公路旁,待在他想让她待的地方,他竭尽所能,但绝望却时不时地向他袭来。女孩很喜欢听他讲故事和童话,所以总是黏在他身边。汽车司机要么惊讶地看着他们,要么为这父女情深的画面感动。他们送给小姑娘巧克力,和她聊天,马泰依在旁边偷听着。这个高大笨重的男子是强奸杀人犯吗?他的汽车是格劳宾登的牌照。会不会是这个正在跟小姑娘讲话的瘦高男子呢?他是迪森斯甜品店的老板,他早就查清楚了。"油量可以吗?好的。再加半升。二十三法郎十生丁。祝你旅途愉快,先生。"他等啊,等啊。安妮玛丽爱他,有他在身边,她感到心满意足。然而,他的脑子里只有一件事,就是凶手的出现。他的心里只有一个信念:凶手一定会出现。除了这个希望与渴念,他的生活中什么都不存在了,只有凶手的出现才能让他感到满足。他想象着这个家伙到来时的情景,壮硕、笨拙、像个孩子、态度谦卑,杀人成性;想象着他是个退休的铁路工人或海关人员,穿戴整齐,一脸冷笑,一次又一次来到加油站；想象着他逐渐把女孩引诱到加油站后面的树林里，而他弓着身子，轻手轻脚地跟着两个人，千钧一发之际，他一跃而起，与那个家伙展开一场殊死搏斗。抉择的时刻到了，解脱的时刻到了，他想象着凶手如何在他的面前倒下，啜泣着向他求饶，低头认罪。可是他马上又会对自己说，这一切都不可能发生，因为他把孩子看得太紧了，要想有个结果，必须给孩子更多的自由。想好之后，他允许安妮玛丽离开大路随便去哪儿玩，而他则悄悄地跟在她后面。加油站他也不管了，车主在加油站愤怒地按着喇叭。女孩一路上蹦蹦跳跳，走到村里需要半个小时，她和别的孩子在农舍旁或树林边上一起玩，不过总是过不多会儿又回到加油站来。她习惯了孤独，胆子很小。别人家的孩子也躲着她，不愿意跟她玩。接着，马泰依改变了策略，他想出了新游戏和新童话，再次吸引安妮玛丽到他的身边。他等啊，等啊，坚定不移、毫不动摇。他从不解释自己为什么这么做。海勒早就注意到他对孩子的关注。她不相信马泰依纯粹是出于好心让自己给他当管家。她看出他有自己的小算盘，可是她跟他在一起觉得安全，这大概是她这辈子第一次有安全感，所以她就没再多想。也许她心里还有别的念想，谁知道一个可怜的女人心里会有什么小九九呢。她把马泰依对孩子的兴趣解释为相处过程中产生的真感情，虽然有时候，那根深蒂固的戒备心和现实观念也会从她的脑海里浮现出来。

"马泰依先生，"有一次她说，"虽然这件事与我无关，不过州警察局局长来这儿是因为我吗？"

"当然不是，"马泰依回答说，"他为什么会因为你来这儿呢？"

"村里的人都在说我们的闲话。"

"不用搭理他们。"

"马泰依先生，"她又说，"你之所以待在这里，是不是与安妮玛丽有关呢？"

"这是什么话呀，"他笑了，"我就是喜欢这孩子，没有别的原因，海勒太太。"

"你对我和安妮玛丽挺好的，"她说，"如果我知道原因就好了。"

长假结束了。转眼到了秋天,层峦叠嶂,林木红黄相间,层次如此分明,像是被放大镜放大了一样。马泰依深感自己错过了一个大好机会。孩子步行去上学,中午和晚上他开着车把她接回家。他的计划愈发显得荒唐,遥不可及,获胜的可能越来越小,他自己也清楚这一点。他想,凶手肯定经常开车经过他的加油站,或许每天都经过,至少是一周一次,然而还是什么都没有发生,他仍然在黑暗中摸索,一条线索都没有找到,甚至没有任何值得怀疑的迹象。只有汽车司机来来往往,偶尔跟女孩闲聊几句,说些无关紧要的话,他猜不透他们话里的玄机。他们当中,谁是他要找的那个人呢,他究竟在不在他们当中啊?他之所以没有成功,大概是因为很多人都知道他以前的职业。他一开始确实没有想到这个因素,但也无法避免。可是他继续坚持着,等啊,等啊。他无法回头,等待是唯一的出路,虽然这让他不耐烦,好几次他恨不得收拾行李,像逃兵一样离开这地方,去哪儿都行,因为我的劝说他甚至想去约旦。尽管他经常害怕自己会精神失常,但他还是挺过来了。常常是好几个小时、甚至好几天,他觉得什么都无所谓,他麻木不仁、玩世不恭,对一切都不管不问。他坐在加油站门前的长椅上,一杯接一杯地喝着酒,眼睛盯着前方,烟头扔了一地。然后,他又重振旗鼓,不过更多时候,他心灰意冷,一天又一天,一周又一周,日子在荒诞、残酷的等待中荒芜了。他迷失了方向,痛苦万分,失去希望,可又满怀着希望。有一次,他坐在那儿,倦容满面、胡子拉碴、满身油渍,心里蓦然一惊,这才想起,安妮玛丽还没有从学校回来。他步行去接她。屋子后面那条尘土飞扬、没铺柏油的马路先是上坡,然后逐渐变成下坡,它穿过一片干枯的平地,通向一片树林,在树林边缘远远就能看见村庄。村庄里教堂周围的老房子稍微矮一些,烟囱里升起了袅袅的青烟。安妮玛丽的必经之路在这里可以尽收眼底,可是连她的影子都不见。马泰依又一次面向树林站着,他突然有些紧张,整个人都清醒了,四周是低矮的冷杉和灌木丛,地上是踩上去沙沙作响的红色、棕色的树叶。一只啄木鸟在树林深处不停地叩击,高大的冷杉树直参云天,太阳穿过冷杉斜斜地照了进来。马泰依离开小路,穿过荆棘丛和矮林,树枝打在他脸上。他走到一片林中空地上,诧异地环视了一下四周,还是没有看到她。树林另一边有一条蜿蜒曲折的大道,村民准是走这条路来倒垃圾的,因为被焚烧的垃圾在空地上堆成了一座山。垃圾山的旁边是罐头盒、生锈的金属丝和别的一些破烂玩意儿。垃圾山下,一条小溪潺潺流过空地的中心。这时,马泰依才看见了女孩。她坐在银光闪闪的小溪边上,身边放着布娃娃和书包。

"安妮玛丽。"马泰依喊道。

"我来啦。"女孩应着,却一动不动。

马泰依小心翼翼地爬过垃圾堆,站在孩子身边。

"你在这干吗呢?"他问。

"等人。"

"等谁呢?"

"魔法师。"

女孩儿脑子里只有童话,有时在等仙女,有时在等魔法师。她的等待像是对他等待的嘲讽。绝望又一次涌上他的心头,他意识到自己的行动是枉费心血。即便如此,他也确信,他必须等待,因为除了等待,等待,还是等待,他别无选择。

"走吧。"他冷淡地说,牵着女孩的手和她一起穿过树林回家。到家后,他又坐到长椅上,又开始呆呆地望着前方。夜幕降临,黑夜来了。他不关心任何事情。他坐在那儿,抽着烟,等啊,等啊,机械地、执拗地、决绝地等着,只不过有时喃喃自语,连他自己都没有意识到他的恳求:"来吧,来吧,来吧,来吧。"白色的月光下,他一动不动,突然之间沉入了梦乡。拂晓时分,他浑身都冻僵了,醒了后,爬到床上。

第二天早上,安妮玛丽从学校回来的时间比以往早一些。马泰依刚从长椅上站起来,打算去接她,她就一蹦一跳地回来了,背着书包,轻声地哼着歌。手里的布娃娃垂了下来,小脚拖在地上发出啪啪的声音。

"有作业吗?"马泰依问。

安妮玛丽摇摇头,接着唱歌:"玛丽亚坐在一块石头上。"她进了屋。他让她走了,他太绝望,太无助,太累了,没心情再给她讲新童话,也没有什么新游戏去吸引她的注意力。

海勒回来后,问道:"安妮玛丽今天听话吗?"

"她今天去上学了。"马泰依说。

海勒惊愕地瞪着他:"上学? 安妮玛丽今天没课呀,老师要开会,或者学校有别的安排。"

马泰依的精神为之一振。几周以来的失望心情一扫而光。他有种预感,他的希望、他狂热的期盼很快就要实现了。他竭力保持镇静。他没再追问海勒,也没再问孩子的具体情况。可是第二天下午,他开车去村子,把车停在一个小巷子里。他要监视这女孩。快四点钟时,学校的窗户里传来歌声,接着是喧闹声,学生们出来了,蹦来跳去,男孩们打闹着,石头扔得满天飞,女孩们挎着胳膊,但安妮玛丽不在里面。女老师朝马泰依走了过来,她态度冷淡,严厉地打量着马泰依。他听女老师说,安妮玛丽没有来学校,前天下午就没有来,也没带假条,女老师问她是不是病了。马泰依说,孩子确实病了,他向老师表示了歉意,说完便发疯似的向树林里驶去。他冲到空地上,却什么都没有找到。他筋疲力尽,气喘吁吁,身上被荆棘条刮出好几道血印。他回到车上,驱车赶回加油站,还没到加油站,就看见小姑娘在路边蹦蹦跳跳地走着。他停了下来。

"上车吧,安妮玛丽。"他和蔼可亲地说,打开了车门。

马泰依伸手去拉孩子,她爬进了车子。这时,他吃了一惊。孩子的小手黏糊糊的。他瞅了一眼自己的手,上面蹭了一些巧克力。

"谁给你的巧克力?"他问道。

"一个女孩给我的。"安妮玛丽回答说。

"在学校里给你的吗?"

安妮玛丽点点头。马泰依不再吱声。他把车开到房子前面。安妮玛丽下了车,坐到加油站旁边的长椅上。马泰依悄悄地观察着她的一举一动。孩子把什么东西塞到了嘴里,开始嚼着吃。他慢慢地朝孩子走过去。

"拿出来。"他说,小心翼翼地掰开女孩轻轻攥住的小手。手心上是一个咬过的、带着刺的巧克力球。夹心巧克力球。

"你还有吗?"马泰依问。

女孩摇摇头。

探长把手伸进她裙子的口袋里,从里面抽出手绢,打开一看,还有两颗夹心巧克力球。

女孩沉默着。

探长也没再说话。突然间,他的心里涌起一阵强烈的幸福感。他坐到长椅上,坐在孩子身边。

"安妮玛丽,"他终于开口问道,声音颤抖着,手里小心翼翼地握着那两颗带刺的巧克力球。

"巧克力球是魔法师给你的吗?"

女孩不语。

"他不让你说出你们见面的事?"马泰依问。

女孩还是不语。

"你也不该说。"马泰依和颜悦色地说,"他是一位可爱的魔法师。你明天还去找他吧。"

女孩儿立刻变得喜出望外。她抱住马泰依,幸福得热血沸腾,然后一溜烟地跑回自己房间里。

## 26

第二天早上8点,我刚到办公室,马泰依就来了,他把夹心巧克力球放到我的办公桌上,激动得连招呼都没打。他穿着以前的西装,却没扎领带,也没刮胡子。我把烟盒往他面前一推,他拿出一支,使劲地抽起来。

"你给我巧克力干什么?"我无奈地问道。

"那个刺猬。"马泰依回答说。

我愕然地看着他,把小巧克力球在手里转来转去。"你这是什么意思?"

"十分简单,"他解释说,"凶手给格里特丽·莫泽夹心巧克力球,莫泽把巧克力球变成了刺猬。孩子的那幅画有了谜底。"

我笑着说:"你怎么证明这一点呢?"

"现在,同样的事情在安妮玛丽身上发生了。"马泰依回答说,然后把事情的来龙去脉告诉了我。

我立即就相信了。我让人把亨齐、费勒和四个警察叫过来,向他们下达了指示,通知了检察官。接着,我们出发了。加油站里一个人都没有。海勒太太把孩子送到学校后自己去上班了。

"海勒知道发生什么事了吗?"我问道。

马泰依摇摇头。"她什么都不知道。"

我们到了空地,里里外外搜查了一遍,却一无所获。接着,我们分头行动。快到中午时,为了不引起怀疑,马泰依回加油站去了。那天是周四,时间对我们有利,孩子下午不上学。我突然想起格里特丽·莫泽也是在周四被害的。这是一个晴朗的秋日,天气炎热,空气干燥,到处有蜜蜂、马蜂和别的虫子嗡嗡叫,还有鸟儿尖锐刺耳的叫声,从远处传来了斧子砍伐的声音。两点了,村庄教堂的钟声响了。这时,女孩出现了,就在我的对面,带着她的布娃娃穿过灌木丛,不知疲倦地跳着,蹦着,跑到小溪旁,坐了下来。她目不转睛地盯着树林,很专注,也很期待,眼睛里闪着光,好像在等什么人。不过她看不到我们。我们躲在树丛和灌木丛后面。这时,马泰依回来了,悄悄地靠在我旁边的一棵树干上,和我一样。

"我猜他半小时以后会来。"他小声地说。

我点了点头。

一切都安排得很周密。林中小路与外面公路的交叉口被严密监视,现场甚至还有一台无线电设备。我们全都配有武器。孩子坐在小溪旁,几乎一动不动。她好奇、不安、激动地等待着。她身后是垃圾堆。她一会儿沐浴在阳光里，一会儿笼罩在高大阴森的冷杉的阴影中。只听见虫子的嗡嗡声和鸟儿的啁啾声。每隔一会儿，女孩就用又细又尖的嗓音唱"玛丽亚坐在一块石头上"。她反复地唱着，重复着不变的歌词。在她坐着的那块石头的四周是生锈的罐头盒、破桶和金属线堆成的小山。偶尔有一阵风刮到空地上来，树叶在空中摇曳，簌簌作响，然后，一切又归于沉寂。我们等待着。对我们来说，除了这片被秋天施了魔法的树林和坐在空地上的红裙子女孩，这个世界上已别无他物。我们坚定地等待着凶手的出现，希望伸张正义，清算罪行，严惩坏人。半个小时早就过去了，事实上已经过去了两个小时。我们等啊，等啊，我们的等待如同马泰依数周、数月以来的等待。五点钟了，天空浮现出阴影，天色渐暗，所有明艳的色彩都隐去了。女孩一蹦一跳地离开了。我们没有一个人说什么，连亨齐也一样。

"我们明天再来，"我下令，"我们在库尔过夜，住在施泰因博克宾馆。"

就这样，周五和周六我们也在那里等着。其实我本该调用格劳宾登的警察。可这是我们自己的事。我不想向别人解释，不想让别人干涉我们的事。周四晚上，检察官就已经打电话过来，他对我们的行动提出抗议，其中不乏威胁之辞。他说这简直是胡闹，他暴跳如雷，要求我们回去。我不为所动，坚持待在原地，只派了一名警察先回去。我们等啊，等啊。如今，我们已经不再惦念那个孩子，也不再关心谁是凶手，只有马泰依牵动着我们的心，这个男子汉的观点一定要被证明是对的，他一定要达到自己的目的。否则的话，就会发生不幸。我们所有的人都感觉到了这一点，包括亨齐在内，周五晚上他坚定地说，这个神秘的杀人犯周六肯定会来，我们有确凿的证据——刺猬，另外，女孩也频频到空地上来，她一动不动地坐在那里，看得出她在等人。就这样，我们站在隐蔽的地方，藏在树丛和灌木丛后面，一等就是几个小时，死死地盯着那孩子，盯着罐头盒、金属线团和垃圾山，一声不吭地抽着烟，彼此也不交谈，听着她没完没了地唱"玛丽亚坐在一块石头上"。

到了星期天,我们面临的情况更复杂了。由于接连几天都是好天气,树林里突然挤满了郊游的人。有一支杂牌合唱队和一名指挥闯入了空地,他们叽叽喳喳说个不停,热得满头大汗,撸起衬衣袖子站在空地上。树林里弥漫着喧闹的歌声:"磨坊主喜欢流浪,流浪。"幸亏我们不是穿着警服躲在灌木丛和树干的后面。"上天颂扬这永恒的荣耀……""然而我们度日如年啊,日子过得越过越糟糕。"不久,一对情侣来到空地上,虽然有孩子在场,他们还是旁若无人地亲热起来。孩子就坐在那儿,她的耐心不可理喻,她的期待令人不解。她已经等了四个下午了。我们等啊,等啊。后来,那三个警察也带着无线电设备回去了,我们只有四个人了,除了马泰依和我,还有亨齐和费勒,尽管真的再也没有必要这样做了。可是仔细算来,我们等的这几个下午,只有三个下午是值得的,正如亨齐所说的,凶手不会选择周日作案,因为这里太不安全了。因此,我们星期一也在那儿等着。星期二早上,亨齐也回去了。毕竟在凯赛尔纳街必须有人看守。亨齐出发时,仍然坚信我们的行动会成功。我们等啊,等啊,等啊,潜伏着,暗守着,每个人都有自己的专门任务,因为我们的人手太少了,无法建立一个真正的行动小组。费勒在林间小路附近的灌木丛后面放哨,他躺在阴凉处,在秋天夏日般的炎热中打盹儿,有一次甚至鼾声如雷,随风传到了空地上。这是星期三的事。马泰依站在空地上,正对着加油站,我面朝他在空地的另一边盯着。我们就这样潜伏着,等待着,等待凶手,等待刺猬巨人。每听到有车经过州公路,我们的心就随之一颤,那个孩子就在我们两个人之间。每天下午她都到空地上来,坐在小溪旁唱"玛丽亚坐在一块石头上"。她的行为固执、怪诞、令人费解。我们开始厌恶她,甚至开始憎恨她。当然,有时她很长时间都不来,她抱着布娃娃在村子附近转悠,但又不敢离村子太近,毕竟她在逃学。为了避免学校调查此事,我私下里跟老师谈了一次话,这可没那么容易。我亮明了我的身份,隐晦地道出了事情的真实情况,老师的态度很犹豫,最终同意孩子不去上课。

孩子绕着树林走来走去,我们用望远镜观察着她的一举一动,不过最终她还是回到林中空地上——除了星期四,我们绝望了,因为那天她待在加油站附近。我们无计可施,只能希望周五了。现在我必须做出决定了;马泰依还在那棵树后面站着,接连几天都一言不发。第二天女孩又蹦蹦跳跳地来了,穿着红裙子,抱着布娃娃,像几天前那样又在老地方坐下来。天气还是那么好,秋意正浓,五彩斑斓,无比亲近,万物在凋零之前展现出勃勃生机。可是,检察官连半个小时也不能忍了。下午将近五点钟时,他与亨齐一起开车来了,没有人想到他会来。他突然出现了,走到我面前。从一点钟起我就站在那儿,来回倒腾着两只脚休息。他瞪着那个女孩,气得满脸通红,"玛丽亚坐在一块石头上"。尖细的声音飘了过来。我早就不想听这首歌了,再也不想看到这孩子了,再也不想看到她那张豁了牙的丑陋的嘴,那细细的辫子,那条俗气的红裙子,此时此刻,我觉得这女孩可憎、可恶、庸俗、愚蠢。我简直想掐死她,杀死她,把她撕个粉碎,只是为了不再听她唱"玛丽亚坐在一块石头上"。简直要把人逼疯了。一切都是老样子,一切都没有变化,愚蠢至极,毫无意义,令人绝望,只有树叶越堆越多,风力越来越猛,金黄色的太阳照着这该死的垃圾堆,光线变得更黄了。这真叫人忍无可忍。突然,检察官迈着重重的步伐,穿过茂密的灌木丛,径直朝孩子走去。这简直是莫大的解脱。他面无表情,脚踩在垃圾堆里也不管,看到他走上前去,我们也都赶了过去。现在一切该结束了。

"你在等谁?"检察官朝孩子大声吼道。孩子坐在石头上,惊恐地看着他,抱着布娃娃。

"你到底在等谁呢?你这个该死的东西,你怎么不说话呀?"

这时,我们所有人都来到女孩身边,把她团团围住。她瞪着我们,脸上满是恐惧和疑惑。

"安妮玛丽,"我的声音因为愤怒而发抖,"一个星期前,有人给你巧克力。你好好想想,小刺猬一样的巧克力。是不是一个穿黑衣服的男人送你巧克力了?"

女孩不吱声,只是看着我,眼里噙着泪水。

这时,马泰依在孩子面前跪了下来,抓住了她的肩膀。"听着,安妮玛丽,"他向她解释道,"你必须告诉我们谁给了你巧克力。你必须跟我们说清楚这人长什么样。我以前认识一个小姑娘,"他急促地说,现在是关键时刻,"她也穿着你这样的红裙子,一个穿黑衣服的高个男子也给了她巧克力,就是你吃的带刺的小巧克力球。后来,这小姑娘跟着高个男子进了树林,高个男子用一把小刀杀死了她。"

他沉默着。女孩还是不说话。她瞪着他,一声不吭,眼睛瞪得大大的。

"安妮玛丽,"马泰依扯着嗓子喊道,"你得告诉我怎么回事。我只是不愿意你有什么不测。"

"你撒谎,"女孩轻声说,"你撒谎。"

这时,检察官又一次失去了耐心。"你这个蠢货,"他喊了起来,抓住女孩的胳膊,来回摇晃她,"现在就把你知道的都说出来!"我们跟着检察官冲着她乱嚷乱叫,我们已经失去了理智,也开始摇晃女孩,并且开始打她,对着她小小的身子骨一顿暴打,她倒在垃圾堆里的罐头盒和红色叶子之间,我们按捺不住心中的怒火,一边狠狠地揍她,一边歇斯底里地咆哮着。

女孩一声不吭,任由我们发泄心中的怒火,好像过了很长时间,其实最多过了几秒钟,女孩突然尖叫起来,她的声音太可怕了,简直不是人类发出的声音,我们吓呆了。"你撒谎,你撒谎,你撒谎!"我们害怕极了,放她走了,她的尖叫让我们清醒过来,我们对自己的行为感到害怕和羞愧。

"我们是畜生,我们是畜生。"我喘息着说。

孩子穿过空地朝树林边缘跑去。"你撒谎,你撒谎,你撒谎。"她又开始叫起来,她的声音太恐怖了,我们都以为她发疯了。万分不幸的是,海勒这时正好出现在空地上,孩子一头扑到她的怀里。我们把海勒给忘了。她什么都知道了;她路过学校时,女老师跟她讲了实情。我不用问也知道是这么一回事。此时此刻,那个苦命的女人站在那里,抽泣的孩子紧紧地贴在她的身上。她凝视着我们,她的眼神和她女儿刚才看我们的一模一样。她自然认得我们中的每一个人,费勒、亨齐,可惜还有检察官。这情形真是又可笑又可悲。我们所有人都感到无地自容,觉得自己滑天下之大稽。整个事情就是一出搞砸了的喜剧。"你们撒谎,你们撒谎,你们撒谎,"女孩还在愤怒地喊着,"你们撒谎,你们撒谎,你们撒谎。"这时,马泰依耷拉着脑袋,惴惴不安地向娘俩儿走去。

"海勒太太,"他说,语气与其说是客气,倒不如说是谦恭,但是这样做也于事无补,因为现在只有一条路,就是让整个案子一了百了,一笔勾销,永不再提,撇清所有的纠结瓜葛,不管那个凶手是不是存在。"海勒太太,我发现有个陌生人送巧克力给安妮玛丽吃。我怀疑这个人就是几星期前用巧克力引诱女孩并把她杀害的那个人。"

他煞有介事地打着官腔,用词精准,我差点笑出了声。海勒很平静,直视着他的眼睛,然后她开口了,也和马泰依一样客客气气、拘谨有礼。"马泰依博士,"她低声问,"你收留安妮玛丽和我只是为了找到这个人吗?"

"我别无选择,海勒太太。"探长答道。

"你是一头猪。"这女人平静地说,脸上的表情没有丝毫变化。她牵着孩子的手,穿过树林朝加油站走去。

## 27

我们站在林中空地上,已经半遮在树荫里,周围是破罐头盒和金属线团,我们的脚踩在垃圾和树叶里。一切都过去了,整个行动变得徒劳无益、荒唐可笑。这是一场惨败,一场灾难。只有马泰依一个人镇定下来了。他穿着他的蓝色工装,直挺挺地站着,一脸威严。我简直不相信我的眼睛和耳朵,他走到检察官近前,对他深深地鞠了一躬,说:"布克哈特博士,现在唯一能做的就是接着等待,没有别的办法。等待,等待,还是等待。如果你再派六个警察给我,再加一台无线电设备,这就够用了。"

检察官震惊地瞪着我的老部下。他万万没想到马泰依会来这么一手。他刚才还打算把他的意见告诉我们所有的人。此刻,他咽了几口唾沫,把要说的话生生地咽下去了。他用手抹了一下脑门,然后猛地一下转过身,和亨齐一起,拖着重重的步子踩着树叶往树林深处走去。他们消失在树丛中。我向费勒打了一个手势,他也走了。

只剩下我和马泰依两个人。

"你现在给我听着,"我喊道,下决心要让这个人恢复理智,我为自己支持并促成了这件荒唐事感到愤怒,"我们必须承认,这次行动失败了,我们已经等了一个多星期,然而没有人来。"

马泰依默不吱声。他只是环顾一下四周,专注地窥探着身边的动静。然后,他走到树林边缘,绕着空地走了一圈,又走回来。我仍然站在垃圾堆上,两只脚深深地陷在垃圾中。

"孩子等的就是他。"他说。

我摇了摇头,予以反驳。"孩子来到这里,就是想一个人待着,坐在小溪旁,抱着布娃娃一起做梦,并且唱着'玛丽亚坐在一块石头上'。我们非要说她在等某个人到来。"

马泰依认真地听着我说话。

"安妮玛丽拿到刺猬了。"他固执地说,依然深信不疑。

"有人给安妮玛丽巧克力,"我说,"这没错。谁都可以送孩子巧克力啊!夹心巧克力球是孩子画里的刺猬,这只不过是你的阐释,马泰依,没有什么能证明事实确实也如此啊。"

马泰依再次一句话都不说。他又走到树林边缘,又绕着空地走了一圈,在树叶堆积的地方找什么东西,又放弃了,回到我跟前。

"这是一个杀人的地方,"他说,"我感觉是这样,我会继续等。"

"这简直是胡闹。"突然,我的心中充满了恐惧和厌恶,我打了个冷战,我太累了。

"他会来这里的。"马泰依说。

我无法控制自己,朝他大吼道:"胡扯,瞎说,笨蛋!"

他好像根本听不进去我的话。"我们回加油站吧。"他说。

我很高兴终于能离开这个令人诅咒的不幸之地了。太阳已经西下,阴影越来越长,辽阔的山谷闪着一片金光,天空一片湛蓝。然而,我却极其憎恶这里的一切,觉得自己仿佛被驱赶到了一张俗不可耐的巨大明信片上。然后,我们来到州公路上,车辆川流不息,人们穿着五彩缤纷的衣服坐在敞篷车里。荣华富贵从我们身边一呼而过。一切都那样荒诞离奇。我们到了加油站。我的车在加油机旁边停着,费勒在车里等我,他又在打盹儿。秋千上坐着安妮玛丽,又在唱"玛丽亚坐在一块石头上"。她的声音细弱无力,带着哭腔。一个男人靠在门柱上,十有八九是砖厂里的工人。他敞着衬衣,露出胸毛,嘴里叼着一根烟,一脸狞笑。马泰依当他不存在。他走进一个小房间,径直走到我们以前坐过的桌子旁,我慢腾腾地跟在他身后。他把烧酒往桌子上一放,一杯接一杯地喝起来。我什么都喝不下去,一切都令我作呕。不见海勒的影子。

"我要做的事更不好办了,"马泰依说,"不过那片空地并不远,或者你觉得我在这里的加油站等更好?"

我不置一词。马泰依来回踱着步,无视我的沉默。

"麻烦的是,现在海勒和安妮玛丽知道这事了,"他说,"但我会平息这一切的。"

从外面传来马路上的嘈杂声和女孩带着抽噎的歌声,她还在唱"玛丽亚坐在一块石头上"。

"我走了,马泰依。"我说。

他继续喝着他的酒,看都没看我一眼。

"以后我会时而在这儿等,时而在空地上等。"他坚定地说。

"再见了。"说完,我离开了房间,来到外面,从那个男人和那个女孩身边走过,向从瞌睡中惊醒的费勒招了招手。他把车子开了过来,给我打开了车门。

"去凯赛尔纳大街。"我命令道。

## 28

"这就是可怜的马泰依主要出现在其中的故事,"州警察局前任局长在他的讲述中接着说道。(说到这里,一方面有必要提一下,这位老人和我早就结束了从库尔到苏黎世的行程,现在坐在他在报告里经常提到并赞不绝口的皇冠餐厅里,当然还是艾玛给我们上菜,不过坐在了古勃勒的画下面——米罗的那张画被换掉了——,这一切毕竟符合老人的习惯。接下来,再说我们已经吃完饭了——小推车推来的米兰炖肉,众所周知,这也是他的老规矩,为什么不跟着他一起享用呢?是的,时间将近四点了,局长说他最喜欢一边喝意式浓咖啡,一边抽哈瓦那雪茄,他把这一喜好称作"咖啡雪茄"。他要了一杯窖藏好酒,又给我要了一份冷盘。另一方面,恐怕还要补充一点,纯粹是技巧问题,出于对创作真实性和作家这个职业的喜爱,我当然没有把这位健谈的老人所讲述的内容原原本本地写下来,正如我所讲述的。在这个过程中,我并不考虑我们说的是瑞士德语,而是考虑到老人的故事中的一部分,因为他不是从他的立场和亲身经历出发去讲述它们的,而是好像作为情节本身客观地叙述的,比如马泰依做出承诺的情节。在这样的地方,就要干预、构思,重新组织,即使我尽最大的努力不歪曲事件,而是把老人提供给我的素材按照一定的写作规则进行加工,达到出版水平。)

"当然,"他接着继续讲道,"我后来又几次去看马泰依,越来越相信他怀疑小贩无罪的想法站不住脚,因为在以后几个月乃至几年时间里,没有再发生新的谋杀案。现在,我也不必再细说了,这人颓废潦倒,喝酒买醉,浑浑噩噩。他无药可救了,也无可改变了。那些家伙深更半夜绕着加油站鬼鬼祟祟地走来走去,吹着口哨,不再徒劳。情况越来越糟,格劳宾登的警察去加油站搜查了好几回。我不得不请库尔的同事喝纯酿葡萄酒,请他们睁一只眼,闭一只眼。那里的警察一向比我们识时务。一切都朝着最坏的方向发展了,故事的结局你在我们旅行途中也亲眼看到了。造化弄人啊,特别是安妮玛丽姑娘,她的情况也没什么好转。也许正是因为有几个救济团体总想把她从堕落的深渊中拯救出来。有人收养了她,但她总是逃走,回到加油站。两年前,海勒在加油站里开了一家简陋的小酒馆,鬼才知道她是怎么把执照骗到手的,这可真给那姑娘种下了祸根。她帮着一起干,什么事都干。坦白说吧,她刚在欣德尔班克的女子监狱坐了一年牢,四个月前才被放出来,可她并没有从中吸取教训。你都亲眼看到了,我们就不提这档子事了。不过,你大概早就开始犯嘀咕,我的故事与我对你报告的批评有什么关系呢,我又为什么把马泰依称作天才呢。可以理解。你会提出异议,一个异想天开的想法必然还久久不会是正确的,甚或一个天才的想法也如此。这么说也对。我甚至想象得出,在你们作家的脑子里,会想象出什么花样来。你兴许会耍小聪明告诉自己,只要承认马泰依做得对,并让他抓到凶手就万事大吉了。这样一来,最美好的小说或电影素材就产生了。作家的任务毕竟就是通过反转剧情使真相大白于天下。这样,故事的背后就闪耀着崇高理想的光芒,变得可以感受到。是的,通过这样一种反转,通过马泰依的成功,我这个落魄的侦探不仅会变得有趣,而且也简直会变成一个'圣经'式的人物,一个怀揣着希望和信仰的现代亚伯拉罕。于是,这个毫无意义的故事,也就是一个人,因为他相信一个罪犯是无辜的,所以他苦苦追寻一个根本就不存在的凶手的下落,从而演绎成一个意义深刻的故事;在文学的圣殿里,这个有罪的小贩变成无罪之人,那个不存在的凶手也会出现,一个原本趋于嘲讽人的信仰的力量和人的理智的故事变成一个讴歌这些力量的故事。事实究竟怎样,这并不重要。重要的是,故事好像也有可能是这样。我就是这样想象你的思路的,我甚至可以预言,我的故事版本如此崇高、如此积极向上,所以过不了多久,不管是作为小说还是电影都必然会与公众见面的。你大体会像我尝试过的那样进行叙述,当然只会更好,你毕竟是干这行的人。只是在小说结尾,凶手果真出现了,希望实现了,信仰胜利了。因此,对基督教世界来说,这个故事还是可以被接受的。再说,可以想象,还有其他一些温情脉脉的版本。比如,我建议,对马泰依来说,一旦他发现了夹心巧克力球,认识到安妮玛丽面临着危险后,就不可能继续执行他把孩子当成诱饵的计划,不管是人性使然还是出于父爱,他随之会把安妮玛丽和她的母亲安置到一个安全的地方,然后在小溪旁竖起了一个很大的布娃娃。夕阳西下,凶手,也就是安妮玛丽的魔法师,从树林里走出来,他身材高大,衣着体面,一步步靠近那个假女孩,剃须刀终于又派上用场了,他高兴得简直要发狂。然而,当他发现自己落入一个精心布置的圈套时,他气疯了,他与马泰依和警察们展开了一场恶斗,最后——你一定要原谅我天马行空的想象力——受伤的探长与孩子之间有一段感人的对话,时间不长,语不成句,这又未尝不可呢。为了见亲爱的魔法师,为了得到那虚幻的幸福,女孩从母亲身边逃走了。在经历了这一切骇人听闻的恐怖之后,希望之光在最后的时刻并未泯灭,温柔的人性并未丧失,圣洁的诗意境界出现了。或者更有可能,你会构想出某些迥然不同的东西,我了解你,但说实话,即使我更喜欢马克斯·弗里施。恰恰是这个毫无意义的故事会刺激你,因为事实是,这里有一个人相信一个有罪的人无罪,他要寻找一个根本不可能存在的凶手,我们已经把整个事件描述得够准确了:可是你的构想将会比现实更残酷,出于纯粹取乐,也为了出我们警察的洋相:马泰依会真的找到一个凶手,你笔下任意一个可笑的圣徒,比如一个心地善良的教派牧师,他实际上当然是无辜的,压根儿就不会干坏事,而且正因为一个邪恶的念头,会招来所有的嫌疑。马泰依会杀死这个地地道道的傻瓜,所有的证据都确凿无误,随之,这个幸运的侦探就会被奉为天才,受到赞扬,重新回到我们队伍里。这也是可以想象的。你瞧瞧,我识破了你的伎俩。你可别把我的胡言乱语归咎于那瓶窑藏老酒——坦白地说,我们现在已经在喝第二瓶了——,而你大概也会感受到,我还要讲故事的结局呢,虽然不情愿,因为这个故事只可惜还有一个出人意外的结局,我不必向你隐瞒,你可能也猜得到,这是一个可怜可鄙的结局,如此可悲,它简直是无法写进去的,登不上正派小说或电影的大堂。这个结局如此可笑,如此愚蠢,如此平庸,如果你真要把这个故事写下来,它是绝对不能采用的。坦诚地说,这个结局完全有利于马泰依,突出了他的形象,使他变成了一个天才,变成了一个如此远见地感受到我们发现不了的现实某些因素的人,以至于他捅开了那些包围着我们的假设和猜想,接近了那些我们平时绝对不可企及的、让这个世界欣欣向荣的法则。当然只是接近而已。恰恰因为,只可惜确实存在着这样一个可怕的结局,作为难以预测的东西,作为偶然的东西,你怎么说都行,所以,他的天才、他的谋略和他的行动比之前更令人扼腕地被置于荒诞的境地;警察局的人都认为他做错了:没有什么比一个天才跌跌撞撞地办蠢事更残酷了。不过,发生了这样的事,一切都取决于这个天才怎样将自己置于可笑的境地,倒在了他能不能接受的东西之上。马泰依是不会接受的。他希望他的一片苦心不被现实辜负。因此,他必然否认现实,坠入幻想中。就这样,我的故事以特别黯淡的方式结束了,这其实简直是所有可能的'解决办法'中最为平淡无奇的一种。哎,有时候事情就是这样。最糟糕的结局有时候也是正确的。我们是男子汉,我们要预想到这样的结局,要武装自己来应对这样的结局,并且首先要心里清楚,如果我们把这荒谬的东西纳入我们的思维中,我们将来别败在它上面,而是在这个地球上使自己某种程度上活得舒服些,因为这荒谬的东西必然显得越来越清晰、越来越强大。我们的理智只能勉强地照亮这个世界。在其边缘的双重光里,滋生着一切背谬的东西。我们要提防着接受这些幽灵本身,仿佛它们盘踞在人类的精神领域之外,或者,更糟的是:我们可别犯错误,把它们看成一个可以避免的错误,因为它会诱导我们以一种执拗的道德原则给这个世界处以极刑。倘若我们试图实现一个完美的理性图景,恰恰这种彻头彻尾的完美恐怕是其致命的谎言和极端盲目的征兆。请原谅我在讲述这个美妙的故事时穿插进这样的议论。从逻辑上来说,它们是站不住脚的,我心知肚明,但你得允许像我这样一个老人对自己的经历抒发一些感慨,虽然也许不是什么真知灼见,即使我是警察出身,但我还是想努力要做一个人,而不是一头牛。"

## 29

嗯,就在去年,当然又是一个星期天,我接到一位天主教教士打来的电话,必须去州医院探视一个病人。我再干几天就要退休了,其实我的继任者已经在逐渐接管工作,不是亨齐,尽管他有出身名门的太太,幸亏还是没能如愿以偿,而是一个做事有板有眼、认真负责的人,随和的个性很适合于这个职位。我在家里接到了这个电话。我只能接受这个请求,因为一个临死的女人有要紧的事希望告诉我,这已经习以为常了。那天是12月的一天,阳光明媚,却异常寒冷。一切都光秃秃的,悲哀,忧伤。每逢这样的时节,我们的城市几乎要发出哀号。所以,去看一个濒临死亡的女人简直是双重的折磨。于是我绕着花园里的骨灰干燥架走了好几圈,心情烦躁,最后还是迈着沉重的步子走进医院大楼。施罗德太太住在内科单人病房里。房间对着花园,里面摆满鲜花,有玫瑰,还有剑兰。窗帘半掩着,阳光斜照在地板上。窗户旁边坐着一位身材高大的牧师,粗糙的脸庞泛着红光,灰胡子乱蓬蓬的。床上躺着一个小老太太,满脸皱纹,稀疏的头发雪白,举止温文尔雅,一看就知道是个富婆,这从她住的病房里的豪华设备上就看得出来。在她的床边立着一台复杂的仪器,不知是什么医疗器械,毯子下面伸出各种橡皮管,插到仪器上面。护士必须时不时地检查一下仪器。每隔一会儿,护士就走进来,静静地、专心地检查仪器,谈话也因此被短暂地打断了——我想一开始就把情况交代清楚。

我打声招呼。老太太专注且异常平静地打量着我。她的脸色苍白,看着很不真实,但依然很有活力。那双蜡黄的皱巴巴的手里拿着一本镶着金边的黑色小册子,显然是一本祈祷书。但几乎难以相信,这个老太太很快就要离开人世了,尽管从她的被子下面伸出了许多橡皮管,但从她的身上弥漫出的力量好像那样有生机、那样百折不挠。牧师坐在那里一动不动。他打了一个既庄严也有些笨拙的手势,让我在床边的一把椅子上坐下来。

"请坐。"他说。我坐下后,从窗户那边再次传来了那深沉的声音,他的身影在窗前显得特别庞大。"你有什么话要说,告诉局长先生吧,施罗德太太。11点我们必须做临终涂油礼了。"

施罗德太太微笑着。很抱歉她给我添麻烦了,她说起话来很有魅力,声音虽小,却吐字清楚,简直是兴致勃勃。

我撒谎说,一点儿都不麻烦,坚信老太太接下来便会告诉我,她要捐钱给穷苦的警察或诸如此类的事情。

老太太接着说,她要告诉我的是一件不足挂齿的小事,说不定家家都会发生这样的事,一次或好多次,所以她把这事给忘了。可是就在今天,她必须把这事说出来,因为她马上要去天国了,她在做最后忏悔时提起了这事,这也纯属偶然,因为她唯一的教子的一个小孙女方才带着花来看她,女孩穿着红裙子,这使她想起了那件往事。贝克神父听了她的忏悔后非常激动,说她应该把这事告诉我,她真的不明白为什么要这样做,一切都过去了,但是如果神父这么认为的话……

"言归正传吧,施罗德太太,"那个深沉的声音从窗前传了过来,"言归正传吧。"这时,从城里的教堂传来悠远、低沉的钟声,布道结束了。

"好吧,我试试看吧。"老太太又开始了,又开始喋喋不休、絮叨个没完没了。她说她已经很久没讲过故事了,以前只给埃米尔讲过,那是她与第一个丈夫的儿子。可是后来埃米尔死于肺痨,当时也是无力回天啊。他现在应该跟我一般大了,或者更接近贝克神父的年龄。不过她现在打算把我和贝克神父想象成她的儿子,因为埃米尔死后没多久,马库斯就出生了,可是他只活了三天,他是个早产儿,六个月就出生了,郝普勒医生说,这个小家伙还是早早离开这个世界为好。

"言归正传吧,施罗德女士,言归正传吧。"神父用男低音敦促道。他一动不动地坐在窗前,除了时不时像摩西似的用右手捋一捋蓬乱的灰胡子,同时嘴里喷出一股浓浓的大蒜味。"我们马上要进行临终涂圣油仪式了。"

这时,她的神情突然高傲起来,一派贵族气质,甚至稍稍抬起她的小脑袋,一双小眼睛炯炯有神。她是斯丹齐利家族人,她说,她祖父是斯丹齐利上校,在特别联邦战役中率领部队撤退到艾希霍兹马特。她姐姐嫁给了斯多西上校,第一次世界大战时苏黎世的总参谋长,是乌尔里希·维勒将军的好朋友,并且与威廉皇帝有私交。这些情况你肯定是知道的。

"当然,"我百无聊赖地说,"不言而喻。"老维勒和威廉皇帝跟我有何相干,我心想着。赶紧说捐款的事吧,老太太。要是能抽口烟就好了,最好来一支小雪茄,可以给医院的药水味,还有这大蒜味,带来一缕原始森林的气息。神父执拗地、不知疲倦地用低沉的声音提醒着:"言归正传吧,施罗德太太,言归正传吧。"

我必须知道,老太太接着说,脸上露出了少有的愠怒甚至仇恨之情。她姐姐和斯多西上校是罪魁祸首。她姐姐比她大十岁,今年九十九岁了,已经守寡四十多年。姐姐在苏黎世山上有座别墅,拥有不少布朗勃-法瑞公司的股票,半个巴恩霍夫街上都有她的房产。接着,从这垂死的老太太嘴里冒出了一连串刻薄话,不,是一连串污言秽语,我根本不敢在这里再现她的话。说话时,她身体挺直了一些,白发苍苍的脑袋生气勃勃地晃来晃去,看来是发泄了心中的怒火,心里畅快得忘乎所以。过了不久,她又恢复了平静,因为幸好护士进来了,"施罗德太太,别激动,安静一点儿。"老太太听从了她的话。房间里只剩下我们三个人时,她有气无力地挥了挥手。所有这些花,她说,都是她姐姐送来的,就是为了气她;她姐姐明明知道她不喜欢花,她憎恨把钱花在没有用的东西上。可是她们从来没吵过架,正如我现在心想的,她们彼此一直都客客气气,当然是因为厌恶对方的缘故。所有斯丹齐利家族的人都是一副彬彬有礼的样子,尽管他们相互水火不容,他们的客气只不过是相互折磨,直至把对方折磨死的一种手段,还好是这样。倘若他们的家族不是这么克制隐忍,一切就都闹翻天了。

"转入正题吧,施罗德太太。"神父为了转移话题,再次提醒她,"临终涂圣油仪式等着呢。"我现在已经不想再抽小雪茄了,只想来根粗的巴西雪茄。

老太太一旦打开了话匣子就再也合不上了。她1895年嫁给了在库尔当医生的亲爱的加卢泽,他现在已经不在人世了。她姐姐和上校认为这门婚事门不当户不对,不够体面,她太清楚他们心里是怎么想的了。第一次世界大战刚结束,上校就因为流感去世了,姐姐变得愈发不可理喻,她为她的军人丈夫设了一个祭坛。

"说正事吧,施罗德太太,说正事吧。"神父又开始提醒她,语气里却没有一丁点儿不耐烦,顶多能感觉到他有点儿沮丧,因为老太太的叙述实在是杂乱无章。我打着盹儿,冷不丁从瞌睡中惊醒,只听见神父在说:"别忘了临终涂油礼,说正事吧,说正事吧。"

一切都是徒劳。小老太太躺在她的临终床上没完没了地唠叨着,她的声音又细又尖。毯子底下伸出了不少橡皮管子,她还是不停地说呀说呀,东拉西扯。我也只能猜测,她或许要讲某位热心警察乐于助人的陈芝麻烂谷子之事,然后宣布捐款几千法郎,以激怒她九十九岁的姐姐。为了不让自己彻底绝望,我强忍住来得不是时候的烟瘾,酝酿着热诚的感谢之辞。我盼着在皇冠餐厅喝一杯熟悉的开胃酒,与太太和女儿一起享用传统的周日晚餐。

老太太继续说,她的丈夫加卢泽死后,她嫁给了如今也已过世的施罗德,他是他们家的司机兼花匠,古老的大宅子里那些最好由男人干的活,比如烧锅炉、修百叶窗,等等,都由他一个人包揽了。虽然她姐姐对这门婚事没说什么,甚至还到库尔参加了她的婚礼,但她心明如镜,这门亲事让姐姐大为不悦。这么做正是为了激怒她。就这样,她成了施罗德太太。

她叹了口气。外面走廊上,不知在哪儿,护士们唱起了圣诞歌。"是啊,我与亲爱的第二任亡夫的婚姻很美满,"老太太听了几句圣诞歌后,又接上了话茬:"虽然对他来说,当一个好丈夫比我所想的要难得多。我们结婚时,已故的小阿尔伯特二十三岁——他正好是1900年出生——我当时已经五十五岁了。不过我们的婚事对他来说是最好的选择。他是个孤儿。我根本不愿意提他母亲是干什么的,也没人认识他父亲,连他叫什么都不知道。我的第一任丈夫在他十六岁时收养了他。他在学校里学得很吃力,写作和阅读一直都不行。结婚是最好的出路,寡妇门前是非多,虽然我跟阿尔伯特的关系清白得很,哪怕是婚后我们俩之间也没有肌肤之亲,因为两人年龄过于悬殊,这也是可以理解的。可是我的财产并不多,不得不精打细算地过日子,才能靠着苏黎世和库尔的房子利息把这个家维系下去。已故的小阿尔伯特头脑简单,外面世道那么残酷,他能有什么作为呢。他会摸不着头脑的。作为一个基督徒,我有义务帮他,所以我们光明正大地在一起了。他是个魁梧的男人,在宅子和花园里忙前忙后,我忍不住想在这里夸他几句,他又高又壮,总是穿得像模像样。他没有什么让我觉得不光彩的地方,虽然他除了说'好的,妈咪,当然可以,妈咪'之外,几乎没有讲过别的话。不过他听话呀,饮酒从不贪杯,只是贪吃,尤其喜欢吃面条。事实上,他喜欢吃所有的面食,还有巧克力。他对巧克力简直到了狂热的地步。除了嘴馋,他算得上是一个忠诚老实的人。他一辈子都是那样,他比我姐姐四年后嫁的那个司机和气、乖巧多了。她的前夫是个上校又有什么了不起呢,她嫁的司机当年也才三十岁。"

"说正事吧,施罗德太太。"神父冷漠、坚定的声音从窗户那里飘了过来。老太太沉默了一会儿,估计是有些体力不支了。我还在巴望着她捐给穷苦警察的善款。

施罗德夫人点了点头。"你瞧,局长先生,"她娓娓道来,"到了四十年代,我的亡夫小阿尔伯特的情形每况愈下,我真不明白他到底怎么啦,准是脑子里有什么东西出了问题;他变得越来越迟钝,也越来越沉默了。他眼睛直愣愣地瞪着前方,有时好几天也不讲一句话,只是埋头干他该干的活,我也找不出理由去责怪他。不过他常常骑着自行车出去逛，一出去就是好几个小时，可能是战争把他弄得神魂颠倒了，也可能是因为部队没招他入伍，他变得疯疯癫癫。我们这样的人怎么知道男人在想什么呢！还有，他越来越贪嘴了，幸亏我们养了鸡，还有兔子。战争快结束时，我的亡夫小阿尔伯特第一次出事，这正是我要告诉你的。"

她的话打住了，因为护士和一个大夫进了病房。他们一会儿走到仪器后面，一会儿走到老太太后面，忙个不停。大夫是德国人，头发金黄，仿佛是从画册里走出来的。他神情愉悦，看上去很有魄力，正在做星期天的病房例行检查。"你觉得怎么样，施罗德太太，勇敢一点，我们的治疗效果非常好，好极了，好极了，不要没精打采的。"然后他离开了病房，护士紧随其后。神父又催促道："说正事吧，施罗德太太，说正事吧，11点举行临终涂油礼。"即将到来的临终涂油礼看起来也丝毫不能平复老太太的心情。

"他每周都要去苏黎世给我的军国主义姐姐送鸡蛋，"老太太又开始讲了，"我可怜的亡夫小阿尔伯特把小筐绑到自行车后座上，傍晚时分就赶回来了，因为他一大早不到五、六点就出发了。他总是穿着体面的黑衣服，戴一个圆顶礼帽，见到他的人都亲热地跟他打招呼。他骑着车，穿过库尔往城里赶，一路上用口哨吹着他最爱的小曲儿《我是一个瑞士小伙儿，我爱我的祖国》。那天酷暑难耐，烈日炎炎，瑞士国庆日刚过去两天，他回来时已经是后半夜了。我听到他在卫生间窸窸窣窣地忙活了很长一阵子后才开始洗澡。我走进去一看，亲爱的阿尔伯特身上沾满了血，衣服上也都是血。'天哪，小阿尔伯特，'我问道，'你这是怎么啦？'他愣愣地看着我，憋了半天才说，'一个小意外，妈咪，你出去吧，去睡觉吧，妈咪。'于是我就去睡了。可是我感到很诧异，因为我根本没看到他受伤。第二天早上，我们坐在桌旁吃饭，他吃着鸡蛋和涂了果酱的切片面包，他每次都要吃四个鸡蛋。我看着报纸，报上说有人在圣高卢杀死了一个小女孩，作案凶器极有可能是一把剃须刀。我突然想起昨天夜里他在卫生间里洗他的剃须刀，虽然他总是在早上刮胡子。刹那间，犹如灵光一闪，我恍然大悟,我异常严肃地对我的亡夫小阿尔伯特说,'小阿尔伯特,你杀死了圣高卢州的那个女孩,是不是?'他停止吃鸡蛋、果酱切片面包和咸黄瓜,'是的,妈咪,我必须那样做,那是上天的旨意。'说完,他又吃了起来。我心乱如麻,他病得可真不轻。我为那女孩感到难过,我也想过给西希勒大夫打电话,不是老西希勒,而是他的儿子,年轻的西希勒大夫也非常能干,还有同情心。但我随即想到了姐姐,她听到这事一定会高兴坏了,那将是她这辈子最美好的一天。所以我只是对已故的小阿尔伯特板起了脸,态度坚决地说:'这种事再也不许发生了,绝对不许。'他说:'遵命,妈咪。''为什么会发生这种事?'我问道。'妈咪,'他说,'我骑车从瓦特维尔到苏黎世时,经常碰到一个穿红裙子扎金色麻花辫的小姑娘。如果我从瓦特维尔走的话,要绕一大段路,可是自从我在一个小树林附近见到这小姑娘后,我就必须一直绕路走了,这是上天的旨意,妈咪,上天传来旨意命令我跟这小姑娘一起玩,上天传来旨意命令我把自己的巧克力给她吃,接下来我必须把这女孩杀了,这些都是上天的旨意,妈咪。杀了她后,我躺在另一片树林的灌木丛里,等夜深了才回到你身边来,妈咪。''小阿尔伯特,从现在起,你不许再骑自行车去我姐姐那儿了,我们以后把鸡蛋邮寄给她。''遵命,妈咪。'说完,他拿出一片面包,在上面涂满了果酱,接着便到院子里去了。现在我必须到贝克神父那里去一趟,我想,让神父好好管教一下小阿尔伯特。可当我朝窗外看时,阳光正照着已故的小阿尔伯特,他的神情有些忧伤,正在默默地修补着兔笼子,他忠心耿耿地干着自己的活,院子打扫得干干净净。我转而一想:过去的就过去了,小阿尔伯特是个老实人,心眼儿其实还是不坏的,这种事以后也不会再发生了。"

这时,护士又进来了,她检查了一下仪器,把管子插好,老太太靠着身后的垫子,又没了力气。我大气也不敢出,汗珠从脸上流下来,我也顾不上了。突然,我打了个哆嗦,想起刚才还在可怜巴巴地等着老太太捐款,不免觉得自己可笑至极。还有那么多花,有红玫瑰、白玫瑰、火一般的剑兰、紫苑、百日草、丁香花,都不知道是从哪儿弄来的,还有一个花瓶里插满了兰花。举目望去,一切都是那么华而不实,荒诞不经。阳光躲在窗帘后面,神父高大的身躯一动不动,空气里弥漫着一股大蒜味。有那么一瞬间,我想大吼几声,想把这女人抓起来,但是现在这么做已经毫无意义了。临终涂油礼快开始了,我坐在那儿,穿着周日才穿的衣服,庄严而无用。

"往下说吧,施罗德太太,"神父不耐烦地劝告着,"往下说吧。"于是她便接着往下说。她的声音平静、温和,真像是在给两个小孩子讲童话故事。童话里有善有恶,有神奇也有美好。"从那以后,已故的小阿尔伯特的情况好多了,他不再骑车去苏黎世。可是第二次世界大战结束时,我们又能开我们的车了,是我1938年买的一辆车,因为我亡夫加卢泽的那辆车已经不时兴了。已故的小阿尔伯特开着别克带着我四处兜风。有一次,我们还去了塔玛洛山上的阿斯科纳。当时我想,既然他那么喜欢开车,就让他开车去苏黎世吧,坐在别克车里是不会出事的,因为他要专心开车,就听不到上天的旨意了。于是,他就开车给姐姐送鸡蛋了,他尽职尽责,老实听话,与以前没什么分别,有时候也带一只兔子过去。可是不幸的事情发生了,有一次,他又突然后半夜才回家。我马上赶到车库,一下子什么都明白了,最近他又开始不断地从糖果盒子里拿夹心巧克力球。果不其然,我发现已故的小阿尔伯特正在清洗车子,到处都是血。'你又杀死了一个女孩,小阿尔伯特。'我的语气非常严肃。'妈咪,'他说,'你别激动,不是在圣加仑州,而是在施维茨州,这是上天的旨意,这女孩也穿着红裙子,也梳着金色的麻花辫。'我不由自主地激动起来,我对他比上一次更严厉了,我几乎都发火了。整整一星期他不许再开别克,我也想去找贝克神父,我主意已定。可是那样的话,我姐姐该多高兴呀,我不能这样做,因此我把已故的小阿尔伯特看得更紧了。两年过去了,一切都风平浪静,直到他又一次杀了人,因为他必须听从上天的旨意。已故的小阿尔伯特失魂落魄,哭个不停,我一眼就看出他不对劲,因为糖罐子里的夹心巧克力又少了。这回是苏黎世州的一个女孩,也是穿一条红裙子,梳着金色的麻花辫。母亲给孩子穿衣服时为什么那样不小心呢,这真令人难以相信。"

"那女孩是不是叫格里特丽·莫泽?"我问。

"她叫格里特丽,另外两个叫索尼亚和艾菲丽,"老太太答道,"我把她们的名字都记住了。可是已故的小阿尔伯特的状况越来越糟,他开始精神恍惚,大小事我都要吩咐十来遍,一天到晚不得不骂他像骂愣头小子一样。1949年,或者1950年,我记不清到底是哪年了,格里特丽的事过去几个月后,他又变得心神不宁、心不在焉了,连鸡圈都变得乱七八糟,母鸡咯咯叫个不停,因为他也不按时喂它们了。他又开始开着我们的别克车到处跑,接连好几个下午都不在家,他只是说出去兜兜风。突然,我发现糖罐子里的夹心巧克力球又少了。我暗中监视着他的一举一动,看到已故的小阿尔伯特悄悄地溜到客厅里,像插钢笔一样把剃须刀插到衣服口袋里,我连忙走到他的面前对他说:'小阿尔伯特,你是不是又找到了一个女孩?''上天的旨意,妈咪,'他说,'就这一次了,你不要管我,上天下的命令就是命令,这女孩也穿着红裙子,梳着金色麻花辫。''小阿尔伯特,'我严厉地说,'我不允许你这么做,那姑娘在哪儿?''离这儿不远,在一个加油站旁边,'已故的小阿尔伯特说,"求求你了,妈咪,求求你了,让我听从上天的旨意吧。'我的主意已定,'这绝不可能,小阿尔伯特,'我说,'你向我保证过要在家里好好清理鸡圈,好好给鸡喂食。'已故的小阿尔伯特勃然大怒,我们的婚姻一直很和睦,这是他第一次大动肝火,他声嘶力竭地喊:'我只是你的佣人。'他已经病入膏肓了,稍后他拿着夹心巧克力球和剃须刀冲了出去,跳上车就走了。一刻钟后,我接到电话,他的车和一辆卡车相撞,他死了。贝克神父和比勒警官都来了,比勒警官做事有分寸且周到,所以我在遗嘱里说要捐赠五千法郎给库尔警察局,另外还有五千法郎给苏黎世警察局,因为我在弗莱尔街有房产。当然,我姐姐带着她的司机也来了,就是想刺激我,她把我操办的整个葬礼都毁了。"

我定睛看着老婆婆。谢天谢地,等了半天,捐款的事终于也说出来了。似乎我受的嘲弄还不够,还要再好好地被讽刺一番。

可就在这时,教授带着一个医生和两个护士进来了。他们请我们出去一下。我与施罗德太太道别。

"多保重。"我难堪地说,脑子里一片空白,唯一的念头就是尽快离开这个地方,她却呵呵笑了起来。教授用古怪的眼神打量着我,场面很尴尬,我很高兴终于摆脱了老太太、神父和那一帮人,一个人走到医院的走廊上。

到处都是带着礼物和鲜花的探视者,空气里弥漫着医院的药水味。我逃了出来。出口很近,我以为已经来到花园里。一个身材高大、穿一身深色正装的男人推着轮椅从走廊那头走过来,他长着一张圆乎乎的娃娃脸,头戴一顶礼帽,轮椅上坐着一个满脸皱纹、身子抖个不停的老太太,她穿着貂皮大衣,抱着一大束鲜花。他们或许就是那个九十九岁的姐姐和她的司机吧,我怎么会知道?我惊恐地望着他们,直到他们渐行渐远,消失在私人病房那边。然后,我几乎跑了起来,冲了出去,穿过花园,经过坐轮椅的病人、正在康复的人和来访者的身边。直到我在皇冠餐厅里坐下来,开始喝上肝泥丸子汤时,心情才稍稍平静了一些。

## 30

我从皇冠餐厅直接去了库尔。遗憾的是,我要带着太太和女儿。那天是周日,我答应下午陪她们,可我不想向她们这一切。一路上我一句话也没说,飞快地开着车,兴许还能挽回残局。我把车停在加油站前面,不能让我的家人在车里等太久。小酒馆里乌烟瘴气,安妮玛丽刚从欣德尔班克的女子监狱放出来,酒馆里挤满了一帮粗鲁无礼的家伙。尽管天很冷,马泰依依然穿着工装,坐在外面的长椅上,抽着一支方头雪茄,一身苦艾酒味。我在他身旁坐下,简短地告诉他事情的来龙去脉。不过,一切都无济于事。他好像并没有听我说话。我迟疑了一下,然后坐上我的欧宝车,朝库尔驶去了。家人等得不耐烦了,她们饿了。

"那不是马泰依吗?"我太太问道,她一如既往地搞不清楚怎么回事。

"是他。"

"我以为他在约旦呢。"她说。

"他没有去,亲爱的。"

到了库尔,我们好不容易才找到车位。甜品店里到处是人,全都是苏黎世人,他们在这里填饱肚子,热得直冒汗,还有不少高声喧哗的孩子们,但我们还是找到了一个座位,要了茶和甜点。我太太把年轻的女服务员又叫了回来。

"小姐,请再给我来二百克夹心巧克力球。"

她略微有些惊奇,因为我一点都不想吃夹心巧克力球。我绝对不会吃的。

现在,先生,你可以开始写这个故事了,至于怎么写,悉听尊便。艾玛,买单。

# 司  法

巩婕 译

本小说无事实依据。所有姓名、人物、地名和情节皆为作者虚构。凡与现实事件、地名、人名（无论在世与否）相似者，皆纯属巧合。

一

　　的确,我写下这篇记录是出于对秩序的偏爱,出于某种迂腐的念头,好让它入档归宗。我要强迫自己重新审视这些导致杀人犯无罪开释,又使无辜者平白丧生的事件。重温那些我被人引诱着一步步走过的路,重温我曾采取过的措施,还有那些被排除的可能性。我还要再一次凭良心去探究,法制到底还有多少机会能伸张正义。不过我之所以写下这篇记录,主要还是因为有时间,有很多时间,至少两个月。我刚刚从机场回来(回来后去找酒吧了,这无关紧要,现在的状态也不是我的本色。我烂醉如泥,不过明天就会清醒的),巨大的飞机载着名誉博士伊萨克·柯勒升上夜空,呼啸着,怒吼着,向澳大利亚飞去。当时,我正带着打开保险的手枪从自己的大众汽车里跳下来。他居然给我打电话,又是一次大手笔。可能这老家伙知道我的打算,而且谁都知道我没钱去追赶他。

　　所以我只能等他回来了,没别的办法。他回来可能是6月,也没准儿是7月。我等啊等啊,时而酗酒或经常酗酒,取决于财政状况。同时我写东西,一个律师,被人按部就班地搞垮了,这也就成了唯一适合他干的事。不过有一点,那位州议员先生搞错了:时间不能救赎他的罪行,我的等待也不会减轻它,我虽喝醉了,但不会忘却它,我的记录更不可能原谅它。我通过描述真相,使之深深地刻在了心底,也使我有朝一日有能力自觉地行动,不管6月或7月或随便什么时候回到这里(他总得回来的),那时不论我是醉是醒,我都会主动自觉地去做那个事,那个现在只能在感情冲动中想想的事。这篇记录不单单是为一桩谋杀所做的辩护,而且还是为谋杀所做的准备。一次正义的谋杀。

我又清醒了,坐在办公室里,写道:正义只能通过一次犯罪得以伸张。不可避免的是,之后我也会自行了断。我不想以此来逃避责任,恰恰相反,这是我负起责任的唯一方式,虽然不是法律上的责任,却是道义上的。我拥有真相,却不能证明它。关键时刻我缺少证人。通过自杀会让世人在没有证人的情况下更容易相信我。我像一个为了知识而用自己来做实验的科学家,愿意赴死,因为我彻底想通了自己的案件。

案发现场:它一开始就意义非凡。"剧院酒店"有洛可可式的外墙,在我们这座建设得一塌糊涂无可救药的城市里,这家酒店可算得上屈指可数的地标建筑之一。它有三层,但大多数人不知道,都以为只有两层。在漫长的上午——我们这儿人人都起得早——,酒店一层的客人主要是些没睡够的大学生,还有生意人,一直坐到中午。上过樱桃酒咖啡之后,店里才会安静下来,女招待也不见人了。直到四点才会有人来:精疲力竭的教师、累了一天的公务员。晚餐自然是客流高峰,一直持续到晚上十点半以后,来的有政客、经理人、搞金融的、自由职业或更自由的职业者,此外还有些略感惊讶的外国人,我们城市爱显示自己有国际风范。酒店二层,风格就变得精致造作了。这个词用在这儿恰如其分:两间装修成红色的低矮屋子,温度就像在热带,但人们强打精神忍着。女士们穿晚礼服,男人们大多穿着黑礼服。空气里充斥着汗味儿香水味儿,最浓烈的还是饭菜味儿:本地特色牛肉丝配土豆饼什么的。客人们(其实跟楼下的人没什么两样,只是穿得更正式些)看完了首演或做完了大生意后到这儿来,不是为了谋划大事,而是为了庆祝所干过的事。"剧院酒店"三层的特色又是一变。人们会惊讶地发现这儿有一丝随便的气氛,弥漫着轻松适意的感觉。这儿的房间又高又亮,很像那种廉价的酒店大厅,寻常的木质椅子,桌上铺着格子布,到处是酒杯垫,紧挨楼梯有个半空的舞台,表演平庸乏味的魔术,还有更加平庸乏味的脱衣舞。大厅里有人打台球,有人玩牌。客人有我们城里的蔬菜水果商、建筑商和商场主、汽车行老板、拆迁专家。他们常常一坐就是好几个小时,赌注大得离谱,身边围着一堆人,七嘴八舌地吵嚷,都是些奇怪可疑的人物。还有几个妓女,三四个吧,都坐在窗前一张桌子上等客。她们不仅仅是被勉强容留的,而且算得上这儿的标准配置,物美价廉。相对来说还算物美价廉吧。真正富人花起钱来其实很在意。

我初次遇见州议员柯勒,是我刚刚通过国家考试的时候。我的论文通过了,又获得了博士学位和律师证,同时仍在史提西-卢平那里干高级一点的跑腿活儿,跟读大学时一样。史提西-卢平因为曾在艾蒂兄弟、罗莎·皮克、都贝尔贝斯和阿姆斯勒那几桩谋杀案里,为疑凶争取到了无罪开释,还成功地调解了特鲁格医疗公司与美国的纠纷(为特鲁格争取到了很大的好处),所以名扬国内外。当时,我按史提西-卢平的要求,为他送一桩疑案的报告文件到"剧院酒店"去,他最喜欢的就是疑案。在三楼一张台球桌边,我找到了这位大律师,他刚与州议员打完一局台球。另一张桌上,贝诺博士和温特教授正在对垒。这会儿,随着我把这一切写下来,我才发现后来情节中的关键人物都聚齐了:简直就像序幕。天气已经冷了,是11月或12月的样子吧——具体日子我记不太清——我冻得透心凉,因为我不习惯穿大衣,而且我的大众汽车也不得不停在离"剧院酒店"几条街远的地方。

"你给自己点杯格罗格酒吧,年轻人。"州议员对我说。他谨慎地打量着我,招手叫侍者过来。我不由自主地听从了,因为我还要等史提西-卢平的安排,他拿着报告一个人走开,坐到一张桌子旁去翻看。大厅前面蔬菜商人正在赌博,窗户衬出他们的黑色剪影。街上电车车轮闷声滚过。州议员继续打量着我,直勾勾的,一点也不掩饰自己的目光。他大概快七十岁了。只有他一个人没脱外套,却一点汗也没出。我最终还是介绍了自己,感觉自己面对的是一个居高临下的人,虽然不知道他姓甚名谁。

"施派特上校的亲戚?"他问道,还是没说自己的名字。可能他觉得没必要,或者他以为我知道他的姓名。(施派特上校:好战的农场主出身,现在是联邦议员,核武器支持者。)

"算不上。"我答道。(先说清楚:我是1930年出生的。我没见过我的母亲安娜·施派特,也不知道父亲是谁。我在一家孤儿院里长大,很喜欢回忆那里的时光——特别是它边上那片广袤的森林。孤儿院的院长和教师都很好,我度过了快乐的童年。父母双全也不见得总是好事吧。我的不幸是从认识名誉博士伊萨克·柯勒开始的,在此之前,我虽然生活困窘,却并非毫无希望。)

"你要成为史提西-卢平的合伙人?"他问。

我吃惊地看着他:"我可没那么想。"

"他很看重你。"

"这个他可从没让我瞧出来。"

"史提西-卢平从不让人瞧出什么。"老头儿干巴巴地说。

"他错了,"我满不在乎地说,"我想自己干。"

"这会很难的。"

"也许吧。"

老头儿笑了:"你还要经历些奇事呢。在我们国家要白手起家干出点儿名堂可不容易。——你玩台球吗?"他突然问道。

我说不会。

"你错了。"他说,再次若有所思地打量着我,灰色的眼睛里充满惊讶,没有一点儿开玩笑的意思,看上去全无幽默感,很严厉。他把我领到第二张台球桌边,贝诺博士和温特教授正在打球。他们俩我都认识。我上大学时就认识教授了,我入学时他还是讲师。贝诺博士是我在夜生活中认识的,我们的城市夜生活很普遍,那时还只持续到午夜,但正因为如此,也并非不热烈。贝诺博士职业不定。他曾是奥林匹克击剑冠军——因此人们称他为奥林匹亚海因茨——,又曾是瑞士射击冠军,还是知名的高尔夫球手。他曾经营过一家画廊,可是生意不好。据说他主要做些资产管理的业务。

我向他们问好,他们点头。

"温特永远是新手。"名誉博士伊萨克·柯勒说。

我笑了。"你大概是位高手吧?"

"那当然,"他平静地答道,"台球是我的挚爱。你把球杆递过来,教授,这个球你打不中的。"

阿道夫·温特教授把球杆递过来。他六十来岁,身材笨重矮小,头顶秃得发亮,戴一副金质无框眼镜,留一嘴保养得当的黑色络腮胡子,里面夹杂着几绺白须。他不时庄严地在胡子上撸一撸。他向来注意穿着,装扮风格保守,颇有心思。我们大学里有一撮人爱对人道主义夸夸其谈,他就是其中之一。他还是国际笔会和乌斯特里基金会成员,写过一部两卷本的地摊书《卡尔·施皮特勒和赫西奥德或瑞士与希腊——对比研究》,阿尔泰弥斯出版社 1940 年出版(我这个学法律的从来就受不了哲学)。

州议员小心地用壳粉擦好球杆皮头,动作平静又镇定。不管话说得多么唐突,他本人却不显得狂妄,而是显得自觉又随意,一举一动都体现出权威与明察。他微微低头,观察台球桌,然后果断迅速一击。

我目光追随着白球,看着它在滚动,撞到桌边又弹回来。

"这叫台边球。就得这么打,贝诺,"州议员说着,把球杆还给温特教授,"懂了吗,年轻人?"

"我对这些一点儿也不懂。"我回答道,转身去拿侍者放在小桌上的格罗格酒。

"总有一天你会明白的。"名誉博士伊萨克·柯勒笑道。他从墙边拿起一卷报纸,走开了。

谋杀:三年之后发生的事,人人都知道,可以很快地被讲述(讲的时候我也不必十分清醒)。名誉博士伊萨克·柯勒放弃了自己的议席,尽管他所在的党派想提名他为州政府议员(不是联邦议员,几家外国报纸报道说是联邦议员,弄错了),他却完全退出了政坛(他退出代理业务要更早),转而去领导一家制造砖瓦的托拉斯,把这家企业的跨国规模越做越大。他顺便担任多个管理委员会的主任,同时还在联合国教科文组织下属的一个委员会任职,有时候好几个月在城里都见不着他。1955年一个春意盎然的3月天,人们看见他陪着一位英国的部长B先生坐车穿城而过。部长此行是私人出访,在一家私人医院里治了胃溃疡,那时他坐在这位前议员的劳斯莱斯车里,不太情愿地在飞回英国之前再被领着参观一次城市。四个星期来他一直拒绝参观,现在还是不得不从命。他坐在车里看着那一个个景点,哈欠连连。景点一个接一个,科技大学、综合大学、大教堂,罗曼式的(议员在旁边提示参观要点),河水在温和的空气中波光粼粼(太阳正要落下),河边大道上人头攒动。部长打起了瞌睡,嘴唇上还残留着土豆泥和瑞士麦片的味道——那家私人医院里让病人没完没了只吃这玩意儿——,他在梦里喝着纯威士忌,议员的声音仿佛从遥远的地方传来,车流的声音像更加遥远的呼啸;他感觉到铅一样沉重的疲倦,也许还已经意识到,这次胃溃疡带来的麻烦不会小。

"请稍等。"名誉博士伊萨克·柯勒用英语说着,让司机弗朗茨在"剧院酒店"前停了车。他从车上下来,示意司机等一会儿,还不由自主地用雨伞把指了指酒店外墙,用英语说"十八世纪建的",然而B部长却毫无反应,继续打着盹,做着梦。议员进了酒店,穿过旋转门,进到大餐厅里,领班谦卑地向他问好。快七点了,桌旁已经坐满了人。人们在吃晚餐,屋里一片嘈杂,满是咀嚼和餐具碰撞的声音。前议员环顾四周,走向餐厅中间。温特教授正好坐在一张小桌子旁专心地吃着罗西尼牛排,就着一瓶香贝坦葡萄酒。议员掏出一把手枪,把这位笔会成员打倒。他事前并未说什么友好的问候语(但一切都做得极为体面),然后就轻轻松松地走了。领班呆若木鸡地看着他,一句话也说不出来。女招待们都被死人吓傻了。议员从他们身边走过,穿过旋转门,走进温和的三月夜晚,重新上了劳斯莱斯,在打盹的部长身边坐下。部长什么也没察觉,连停了车都不知道,像刚才一样,他兀自打着瞌睡做着梦,可能梦见了威士忌,也可能梦见了政治上的事(后来在苏伊士危机中他也失势了),或者是关于胃溃疡的某种预感(上周我看见报上登了他的死讯,仅仅附有简短的评论,大多数报道都不肯认真负责地写对他的名字)。

"去机场,弗朗茨。"伊萨克·柯勒博士命令道。

他被捕的插曲:讲述这段插曲的时候不能不带点幸灾乐祸的心情。离受害者几张桌子远的地方,我们州警察局的警长正在与他的老朋友欢宴,朋友叫莫克,是位雕塑家,因为他耳聋而且一直在想自己的心思,所以整个过程发生的前前后后,他都完全没意识到。他们俩在吃一份炖菜,莫克很满意,警长却颇为懊恼,他不喜欢"剧院酒店",所以不常来。什么都不对他的胃口:肉汤太凉,肉煮得太柴,蔓越莓太甜。当枪声响起的时候,警长没有抬头。这有可能,反正他是这么说的,他说自己正想着怎么巧妙地从骨头里吸出骨髓来。但他还是立刻站起身,碰倒了一张椅子,这个秩序的守护者随即将椅子扶了起来。他来到温特身边时,发现他倒在了罗西尼牛排上,一杯香贝坦葡萄酒还握在手里。

"刚才不是柯勒来过吗?"警长问领班。领班依旧六神无主,茫然而又面如土色地瞪着他。

"是的,真的。"他嗫嚅着说。

警长仔细审视被谋杀的日耳曼学家,目光阴沉地落在盛着土豆饼和豆子的餐盘上,又掠过一碗拌有西红柿和小胡萝卜的细嫩沙拉。

"没救了。"他说。

"是的,真的。"

客人们一时像中了邪似的,都跳了起来。柜台后面,厨子和帮工们都向这边看。只有莫克继续平静地吃着饭。一位高瘦的男子挤上前来。

"我是医生。"

"你别碰他,"警长冷静地命令道,"我们得先给他拍照。"

医生向教授弯下身子,却仍听从了命令。

"确实,"他肯定地说,"死了。"

"不错,"警长平静地回答,"你回自己的桌子去吧。"

然后他从桌上拿起那瓶香贝坦葡萄酒。

"这个被没收了。"他说着把瓶子递给领班。

"好的,真的。"领班嗫嚅着。

紧接着警长去打电话。

他回来的时候,检察官叶梅林已经站在尸身旁边。他穿着一身庄重的深色西装,本来正要去音乐厅听一场交响音乐会,刚在二层的法国餐厅吃了一份火焰蛋卷作甜点。那时他听见了枪声。叶梅林不招人喜欢。人人都盼着他早点退休,妓女们和其他妓院的竞争者,小偷和入室窃贼,不忠实的代理商,处于困境中的生意人,还有司法机关,从警察局到律师,所有人都烦他,甚至同事们都不搭理他。人人都讲他的笑话:别问这城里的日子为什么过得越来越悲凉,因为有个叶阎王的!法律界就过得不能再惨了,一言难尽啊。检察官坚守在业已失去的阵地上,他的威望早已被损害,陪审员越来越频繁地反对他的提案,法官也一样。警长尤其让他备感折磨,人们都说警长总是把我们这座城市里所谓作奸犯科的人当作更宝贵的。不过,叶梅林是位出色的法学家,他并不总是失败。他的提案和答辩让人害怕,他不依不饶的作风引人憎恨,但也让人印象深刻。他是那种老式学院派检察官,每次有人被宣布无罪他就真心感到痛苦,不论贫富,他对谁都一样不公平。他独身,从不受任何诱惑,从来没碰过一个女人。从职业角度来说,这些都是他最大的缺点。罪犯在他眼里是一种无法理解的存在,简直就是撒旦,他们使他心里燃起《旧约》中所说的那种怒火,他这个人,是那种宁折不弯、不讲情理的品德的孑遗,在"宽恕一切的法制泥沼"中,他是一块漂砾,这话是他自己狂热又凶狠地说出来的。这时,他也怒不可遏,更何况他既认识凶手,也认识被害人。

"警长,"他愤怒地叫道,手里还抓着餐巾,"有人说,伊萨克·柯勒博士实施了这次谋杀!"

"是的。"警长恼火地回答。

"可这简直不可思议啊!"

"柯勒一定是疯了。"警长答道,坐在死者旁边一把椅子上,点上一支永不离手的巴伊亚诺雪茄。检察官用餐巾擦干额头的汗珠,从邻桌拽过一把椅子,也坐下了。死者肥硕的身躯趴在餐盘上,两位身材高大而心情沉重的官员分坐两边。他们等着。饭店里一片死寂。没有人继续吃饭,大家全都瞪着这阴森恐怖的几个人。直到一群大学生社团成员走进饭店之后,才又出现了一阵混乱。学生们唱着歌纷纷落座,一开始还不知道发生了什么事。他们尽力欢唱,过会儿又尴尬地不吱声了。赫伦上尉总算来了,带来了重案组的一帮人马。一名警员负责照相,法医不知所措地站在一边,一位同来的州检察官向叶梅林道歉,请他原谅自己来晚了。一个个低声的命令,一个个安排。然后,死者被扶了起来,脸上挂着汤汁,络腮胡子沾满鹅肝和绿豆,他被放在担架上,抬进救护车。女招待艾拉获准打扫现场时,在土豆饼中发现了那副金质无框眼镜。紧接着,州检察官对第一批目击者进行了问讯。

可能的谈话一:这会儿,吓得魂不附体的女招待们才又平静下来,客人们也迟疑地回到桌前,有几个已经又开始用餐,第一批记者也赶到了现场。检察官叫人把自己和警长领到厨房旁边的储藏室去商量。他想与警长单独待一小会儿,不要别人在场。必须组织和举行一次末日审判。这场谈话是在摆满面包、罐头、油瓶子和面粉袋的架子旁边进行的,谈得并不顺利。根据警长后来向议会报告说,检察官当时要求投入大量警力。

"为什么?"警长不同意,"像柯勒这样作案的人,就没打算逃跑。我们可以毫不费力地在家里抓捕他。"

叶梅林来劲了,"我至少可以指望你对柯勒和其他罪犯都一视同仁吧。"

警长不做声。

"这人是本城最富有最知名的市民之一,"叶梅林继续说,"秉承最严格的态度行事,是我们神圣的职责(他的口头禅)。必须避免一切嫌疑,别让人觉得我们对他有所偏袒。"

"我们的神圣职责,是节省不必要的费用。"警长平静地解释道。

"不用大动干戈?"

"我没这打算。"

检察官盯着身边的面包切片机。"你和柯勒是朋友,"他最后说道,一点也没有恶意,只是用公事公办的口气冷冰冰地说出来的,"你认为有没有可能,自己的客观性在这种条件下会受影响呢?"

寂静。"警官赫伦中尉,"警长冷静自若地说,"会接手柯勒的案子。"

就这样,一桩丑闻发生了。

赫伦是个善于行动的人,雄心勃勃,处事鲁莽。他如愿以偿地在七点半广播新闻时段插播了一条特别报道,就这样没用几分钟时间,不仅所有的警察,还包括全体市民都得知了这个消息。整个警察全力以赴行动起来。人们发现柯勒的别墅空无一人(他是鳏夫,女儿在瑞士航空公司当空姐,正在飞机上值勤。厨娘看电影去了)。人们推测他有潜逃的企图。无线电通讯车暗暗在街道上巡逻,已向边防警察通报了消息,外国刑警都通知到了。从纯技术的角度来说这一切都值得夸奖,只不过警长意识到的可能性被人们排除在外了:大家正在找的是一个根本不想逃跑的人。8点刚过的时候就从机场传来消息,说柯勒将一位英国部长送上飞机之后,就坐着自己的劳斯莱斯从容不迫地回到城里。此时,不幸的丑闻就已经发生了。对检察官来说,这是一个特别沉重的打击。国家机器开动时所表现出的威力让他安心,他也为胜过可恨的警长而沾沾自喜。他已准备好欣赏莫扎特的《后宫诱逃序曲》,美滋滋地向后靠着,捋着修剪过的灰白胡须。蒙德申已经将指挥棒举了起来。就在此刻,那个被寻找的人,那个正在被各种最先进的侦察手段追踪的名誉博士伊萨克·柯勒出现了,走在本城最富有最无知的一位寡妇身边,穿过音乐大厅的中间过道,经过一排排坐满人的观众席向前走去,平静、镇定一如往常,带着一副极其无辜的表情,就像什么都没发生过似的。他在叶梅林身边坐下,还与不知所措的他握了握手。纷扰,窃窃私语,更不幸的是还有阵阵偷笑,都听得很清楚。序曲演奏明显地出了错,因为连乐队都注意到了这一切。一位双簧管乐师甚至好奇地站了起来,蒙德申不得不两度重启演奏。检察官如此吃惊,以至于在整个《后宫诱逃序曲》连同后面的勃拉姆斯第二钢琴协奏曲演奏期间,他都僵直地坐着没动。虽然当钢琴曲响起来的时候,他终于明白了目前的境况,但此时他又不敢打断勃拉姆斯作品的演奏。他对文化太崇敬了。他感到痛楚,知道早该有所动作,但为时已晚。他坐着,直到中场休息。然后他行动了。他挤开好奇地围着议员的一群人,跑到电话间,却不得不立刻回来,去衣帽间女招待那儿取了点零钱,然后把电话打到警察局,找到了赫伦,大队人马随即呼啸而至。柯勒继续装出茫然无知的样子,在吧台请寡妇喝香槟酒。这家伙还真走邪运,音乐会的下半场在警察即将抵达之际开始了。于是叶梅林与赫伦只得在上了锁的门外等候,里面在演奏布鲁克纳的第七交响乐,无比漫长。检察官气愤地跺着脚踱来踱去,领位员好几次警告他要保持安静,就当他是个野蛮人似的。他诅咒整个浪漫派,诅咒布鲁克纳,里面却还在奏着柔板。当第四乐章结束,掌声终于响起来时——掌声也没完没了——观众们从拥上前来的警察们组成的夹道中走出去,名誉博士伊萨克·柯勒却没有出现。他消失了。原来警长通过演员专用通道把他请上警车,带到了警察局。

可能的谈话二:警察局里,警长把名誉博士伊萨克·柯勒带进了自己的办公室。在去警察局的路上,他们都一声不吭。警长在前面带路,走过空旷幽暗的过道。到了办公室,他无声地指了指一张舒服的皮椅,别上门,脱下外套。

"你怎么舒服怎么来。"他说。

"谢谢,我很舒服。"议员回答道,坐了下来。

警长在两张椅子间的桌上放上两只酒杯,从柜子里取出一瓶红葡萄酒,"温特的香贝坦。"他边说边给两人斟上酒,坐下之后,兀自瞪着眼看了一会儿。然后他拿出手帕,仔细地拭去额头和脖颈上的汗珠。

"亲爱的伊萨克,"他终于开口了,"看在老天的份上告诉我,你为什么要打死那头老驴。"

"你是指——"议员迟疑地回应。

"你到底清不清楚自己干了些什么?"警长打断他的话头。

这一位则慢悠悠地品着杯里的酒,并不急着回话。他打量警长时的眼光更多带着轻微的惊愕,还带着一丝嘲讽。

"当然了,"他说,"我当然清楚。"

"那么,你为什么要枪杀温特?"

"哦,这个啊,"议员回答,一副若有所思的样子,紧接着他笑了起来,"哦,是这事儿。不赖。"

"什么不赖?"

"整个事情。"

警长不知该说些什么,他给弄糊涂了,惹恼了。凶犯却快活起来,不时低声发笑,仿佛被什么事逗得直乐。

"这么说吧。你为什么要谋杀教授?"警长再次执着地发问,咄咄逼人,同时又一次擦去额头和脖颈上的汗珠。

"我没有原因。"议员招认道。

警长吃惊地看着他,不相信自己确实听到了这样的话。他一口喝光了自己那杯香贝坦,添酒的时候洒了些出来。

"没有原因?"

"没有。"

"简直荒唐至极,你肯定得有个原因呀,"警长不耐烦地叫起来,"荒唐透顶!"

"我请你履行自己的义务。"柯勒说着,慢慢悠悠地喝完了酒。

"我的义务就是逮捕你。"警长声称。

"正是。"

警长绝望了。他喜欢把所有事情都弄个一清二楚。他是个清醒的人。对他来说,一桩谋杀是个不幸的事件,他对此不做道义上的评判。但作为秩序的守护者,他必须知道原因是什么。在他看来,一桩谋杀如果没有任何原因,与其说是对伦理的侵犯,倒不如说是对逻辑的侵犯。这可不行。

"我最好把你关到疯人院去观察观察,"他怒冲冲地说,"你没有原因去杀人,哪会有这样的事呢?"

"我完全正常。"柯勒平静地回应。

"想让我给史提西-卢平打电话吗?"警长提议。

"为什么?"

"你需要一个辩护律师,我的老天。我们最好的辩护律师,史提西-卢平就是最好的。"

"官方指派的就够了。"

警长放弃了。他扯开衣领,大口吸气。

"你一定发疯了,"他喘着气说,"把枪交出来。"

"什么枪?"

"你用来打死教授的那把枪。"

"我没有。"名誉博士伊萨克·柯勒说着站了起来。

"伊萨克,"警长乞求道,"我希望你至少不想让我们搜你的身吧!"

他又想给自己倒酒,可瓶子已经空了。

"该死的温特,喝得太多了。"警长喃喃地说。

"该把我带走了吧。"凶犯建议道。

"请吧,"警长答道,"那么该例行的程序就一样也不会少。"他也站了起来,拔开插销,按了按铃。

"请把这个人带走,"他对进来的警员说,"他被捕了。"

迟来的怀疑:当我努力想再现这些谈话场景的时候——"可能

301

的",因为我没有亲身经历它们——,并不是打算去写长篇小说。我写这些,是因为必须把发生的事尽可能忠实地记录下来,但这并不是困难所在。司法程序虽然主要远在幕后展开的,然而即使在幕后,原本外面看起来清晰明了的力量对比也都变得模糊不清了,角色被重新置换或分配,在公众面前作为势不两立的敌人出现的双方却在幕后对谈,完全是另一种调子。不是所有的东西都记录归档了。信息要么被继续转达,要么被隐瞒了。比如说,面对我的时候,警长总是开诚布公的样子,乐于交谈,自愿告诉我一切,让我看到重要的文件,甚至多次超出了他的职权范围。直到今天,我都觉得他很亲切。是的,就连史提西-卢平对我也挺热心,即使我早就站在另外的阵营里。现在,风向才变了,但这无疑出于完全另外的原因。所以我不需要虚构这些谈话,而只需重构。最坏的情况下,它们必然是猜想出来的。

不,我"创作的"困难在别的地方。尽管我也明白,我计划中的谋杀和随后的自杀并不能切实保证让人们相信我,但当我写下那些事情的时候,一种疯狂的希望却一再袭击着我,希望能多提供这样一个证据:比如说,要是我能发现柯勒的枪是怎么处理掉的。凶器一直没有找到。一开始人们没在意这个环节,它对整个案件的进程没有影响。凶手确定无疑,有足够的目击证人,"剧院酒店"的员工和顾客都是。尽管警长在调查之初就全力以赴寻找那支枪,但那也不是为了更有力地指控柯勒——其实根本没有必要——,而只是出于对规章制度的尊重,这是那种所谓犯罪专家的作风。可是警长一无所获。真难以解释。名誉博士伊萨克·柯勒从"剧院酒店"到音乐厅的路径尽人皆知,每一个细节都有证据。他开枪打倒了正在狼吞虎咽地吃着罗西尼牛排的教授之后,就径直上了自己的劳斯莱斯坐下,旁边的部长还在梦里喝着威士忌,这些我们都知道。到了机场,凶手和部长下了车,司机(他不知道发生了凶案)没看到有什么手枪。瑞士航空公司的主管急忙前来欢迎客人时,也没有看见手枪。几个人在大厅里聊了一阵,客套地把机场大楼夸了一番,准确地说是夸内部装修好。然后就溜溜达达走到飞机旁边,柯勒轻轻地扶着部长。他与部长隆重地道过别,就同主管一起回到候机厅,还看了一眼已经在滑行的飞机。之后他在报亭买了《新苏黎世报》和《民族报》,穿过大厅,主管一直跟他在一起,但他这次没注意大厅的装修。车一直在等着,他上了车,从机场开到佐立克街,在那个毫不知情的寡妇房子前鸣了两声笛,她立刻出来(一行人当时在赶时间),从佐立克街径直开到了音乐厅,丝毫没有凶器的痕迹,寡妇也没发现什么。手枪消失得无影无踪。警长让人对劳斯莱斯进行了最细致的搜查,然后是柯勒走过的整条路径,再就是他的别墅、花园、厨娘的房间、弗莱尔街上司机的住宅。一无所获。警长又提审过柯勒几次,甚至对他爆过粗口,差点变成疲劳审讯。全都白费。名誉博士以极佳的状态经受住了这一切,倒是再次前来提审的调查法官霍恩努瑟尔彻底崩溃了。于是检察官提出抗议,他认为警方和调查法官不必太死板,别拿手枪来做文章,反正它不是那么重要,继续找下去只是浪费纳税人的钱,警长和调查法官必须放弃寻找。直到后来,那件消失的凶器才通过史提西-卢平获得了重要性。近日,我心中又注入了新的希望,但这是另一个故事,是我伟大壮举中的一个困难。我作为正义拯救者的角色是渺小可怜的,除了写我什么也做不了,所以我只要远远看到一个新契机,采取行动的一种新方式,就会立刻丢下自己的赫尔墨斯宝贝牌打字机,跑到车子前(又成了那辆大众),发动车子,一溜烟开走。前天我就这样一溜烟开到了瑞士航空公司人事部主任那儿。我心里冒出一个想法,一个强大的答案。我痴狂地开着车,奇迹般安全抵达了机场,也没伤着人。但人事部主任对我无可奉告,根本不想接见我。回去的路就开得慢了,我路过一个十字路口时,交通警察向我吼着,问我是不是想推着车走过全城。我再次感觉自己被耍了。再找私人侦探林恩哈德重新调查是不可能的,他要价太高,而且据当时的情况看,他可能对这案子也没兴趣了。谁会搬起石头砸自己的脚呢。所以没别的法子,只有试着去找海伦娜本人问问。我打了电话。她不在家,"在城里。"我再次出发去碰碰运气,这次是步行。去过几家餐馆书店都没找到,后来就忽然遇到了她,迎面遇上了,只不过她正与史提西-卢平一起坐在"选择"咖啡馆外,面前放着一杯卡布奇诺。我到了跟前才看见他们,有些发蒙,因为我只想找她,也有些发怒,因为史提西-卢平坐在她身边。可这又有什么关系,这俩人没准儿早就同床共枕了,杀人犯的女儿和她父亲的救星。她曾是我爱过的人,而他曾是我的老板。

"请原谅,柯勒小姐,"我说,"我想占用你一点时间,单独谈谈。"

史提西-卢平递给她一支香烟,自己也叼上一支,点上火。

"你觉得方便吗,海伦娜?"他问她。我本可以把这位大律师一拳打倒。

"不方便,"她说,看都没看我,只是把烟放下,"但他想说什么就说吧。"

"好,"我说,拉过一把椅子来,点了杯浓缩咖啡。

"你想说什么,我尊敬的法律天才?"史提西-卢平懒洋洋地问。

"柯勒小姐,"我说着,几乎难以压抑自己的激动,"我要问你个问题。"

"请吧。"她又抽起烟。

"问吧。"史提西-卢平说。

"你父亲送那位英国部长到机场的时候,你是瑞士航空公司的空姐吧?"

"没错。"

"也在送部长回英国的那架飞机上值勤吗?"

她掐灭烟。

"有可能。"她说。

"谢谢,柯勒小姐。"我说着站起身,向两人道了别,把那杯浓缩咖啡留在桌上离开了。那时我才知道凶器是怎么消失的。原来一切都这么简单,简单得让人发笑。在劳斯莱斯车里,老家伙把手枪塞进了部长的大衣口袋。他的女儿海伦娜又在飞机上把手枪从衣兜里掏了出来。作为空姐,她干这事轻而易举。我知道了,却又觉得空虚疲倦,沿着河边大道信步乱走,走了很久,右边就是那蠢兮兮的湖,湖上有天鹅和帆船。如果我的想法是对的——一定是对的——,那么海伦娜也是知情人。跟她父亲一样有罪。所以她才对我不理不睬,她肯定早就知道我是对的,那么她父亲早就已经赢了。他一直比我强大。与海伦娜斗争是没有意义的,因为她早已打定了主意,斗争的结局也早已确定。我不能强迫她出卖自己的父亲。我要唤起她做什么呢?唤起理想?什么理想呢?唤起她说出真相?她隐瞒了真相。唤起爱情?可她背叛了我。唤起正义?那么她会问我:为了谁呢?为了一个地方有才智的人?尸骨化为灰烬了。为了一个软心肠的、虚伪的好色之徒?他都化为灰烬了。为了我?不值得费那个劲。正义又不是个人私事。她还会问我:要正义做什么呢?为了我们的社会?充其量是一桩丑闻罢了,只是茶余饭后的笑料,转过天就会换成别的话题。我思来想去后得出结论:在海伦娜看来,正义的价值抵不上她爸爸重要。对一个法律人来说,这是个让人丧气的领悟。难道我还要把亲爱的上帝也拉进这场游戏吗?他准是个和善却又陌生的先生,谁知道他到底存不存在。转念想想,男人就是不容易啊!(德西特算出的宇宙直径——过时了,算得太保守——精确到厘米,得出的数字是一个一后面二十八个零),但关键是要坚忍不拔,重振旗鼓,扼死哲理玄思,继续与社会、与柯勒、与史提西-卢平做斗争,向海伦娜开战。思考是一个虚无主义过程,怀疑一切价值,于是我又转向积极面向尘世的生活,精神抖擞地掉头向内城走去,左边是湖、天鹅和帆船,我从一对对情侣和一个个退休老人身边走过,落日的万丈光芒照得我无比舒畅。之后我喝了一晚上克莱维内葡萄酒(我根本受不了这种酒)。将近半夜一点,我跟着一位名声不好然而身材特别的女士钻进她的公寓。这时,风纪警察史图伯正站在大门口,登记来往人员的地址,他彬彬有礼地鞠鞠躬,这种举动是要羞一羞我这个不成器的律师。倒霉的经历。可能也不全是倒霉(但那个女士很仗义,她说她很荣幸,账我可以下次再付她。但我怀疑自己还会不会付这笔账。我向她坦白,说下次我还是不太会有这个能力。我把自己的职业告诉了她,她随即邀约了我)。

国家和人民:几点说明是必须的。一桩谋杀案的范围也包括小环境和大环境,不高不低的气温,不多不少的地震发生率以及人为的氛围。一切相互都交织在一起:那个我们时而称之为国家时而称之为祖国的组织机构,粗略地算来始于二十多代以前。地点:最初的一切都发生在石灰岩、花岗岩和磨岩层中,后来第三纪地层也加入其中。气候:不好不坏。时代:起初平平淡淡,哈布斯堡强权家族崛起,依靠武力强大起来。那时讲究拳头里出政权,他们家族打拼出来了,粉碎了骑士阶层,还有保险柜般坚实的修道院和城堡,血腥斗殴,获取猎物,从不抓俘虏,战斗之前先祷告,大屠杀之后就狂欢豪饮。打仗是有利可图的好事。可惜后来发明了火药,强权政治遭到越来越顽强的抵抗,长柄斧和狼牙棒的威力也没那么大了,白刃战战士老远就会被轰得稀巴烂。哈布斯堡家族还没传到八代,就发生了那次著名的撤退。从那时起七代人又经过了相当野蛮的岁月,人们一边自相残杀,奴役农民(他们一直没能弄明白自由是怎么回事),为了宗教打来斗去,一边又大批地去当雇佣军,谁出价最高就给谁卖命,他们保卫贵族免遭市民的反抗,保卫整个欧洲免遭自由的危险。后来法国大革命终于爆发了,万恶的皇家卫队在巴黎被击溃,他们勇敢地站在业已失去的阵地上,效忠那个上帝保佑的腐朽体制。与此同时,他们队伍中有一位贵族军官却躲在阁楼上安全地做诗:"层林尽染,收割后的田野一片金黄,秋天来了。"①不久之后,拿破仑将贵族老爷们连同从属国的残渣余孽一扫而光:战败对这个国家是有利的。出现了民主的萌芽和新思想:贫穷、衣衫褴褛、激情四射的裴斯泰洛齐走遍全国,经历了一难又一难。国家开始骤然转向商业和制造业。工业普遍发展,各种新的理想装点其间。到处建起了铁路。虽然地

---

① 指瑞士诗人约翰·高登兹·封·萨利斯-赛维斯(Johann Gaudenz von Salis-Seewis)的诗《秋歌》(*Herbstlied*)。此人曾任法国波旁王室瑞士近卫军军官。

下矿藏贫乏,煤炭和矿石不得不依靠进口加工,但人们个个都吃苦耐劳,于是财富不断增加。不过人们并不浪费,可惜也就不那么耀眼。节俭被树立为最高美德,各地都开起了银行,一开始人们还犹犹豫豫的,觉得借债不是什么光彩的事。要说以前我们出口的是农奴,那么这时我们出口的就是破产者:谁在国内破产了,到大洋彼岸去就会有机会①。一切都得有利可图,而且也确实带来了利润:就连那些数不尽的方石头堆圆石头堆、冰川、悬崖也都能拿来挣钱,因为自从人们发现了大自然,自从每个傻瓜蛋在孤寂的深山老林里都可以觉得自己很崇高,就一直有外国人的生意可以做:这个国家的理想总是那么现实。再说,人们坚决地选定了这样的生活态度,以至于息事宁人对任何一个可能的敌人都有更多的好处,这是一种自身不够道德但却有益的生存态度,它虽然证明不了什么伟大,却有相当高的政治智慧。通过两次世界大战,我们国家出落得更有出息,跳梁于猛兽之间,却总能脱身。我们这一代出现了。

当代(公元1957年):大部分民众过着近乎无忧无虑的生活,有保障有保险,教会、学校和医院花费都不高,紧急情况下火葬还是免费的。生活运行在平稳的轨道上,但往事却时时晃动着这座大厦,动摇着它的根基。拥有的多就害怕失去的多,人们在度过危险之后会倒霉,就像骑手跨过博登湖后反而会落马;人们太难理解自己的机智是必不可少的,他们受不了自己不是英雄,只是理智的普通人。人们把自己排进胜利者的队伍,关于战斗的先辈们的传说重新被追捧,神话已经快要让人们脑子短路了。他们梦想着那些远古的战役,写诗做文把自己美化成反抗斗士,总参谋长们甚至已经在想着要变出一个尼伯龙根世界,他们梦想着核武器,梦想在受到侵犯时与敌人进行英勇的灭绝战,军队的终结会导致民族的灭亡,彻底、干脆、最终的灭

---

① 19世纪下半期,瑞士约有三十万贫困人口移居美国。瑞士一些地方政府甚至为其中最贫穷的人提供旅费。此举曾在美国引起抗议。文中即指此段历史。

亡,而四周其他受压迫的民族却早就知道如何勇敢机智地逃脱这种命运了。然而,可能的灭亡却开辟了另外的道路,更加可笑。外国人买光了人们一心想要保卫的国土,经济在外国人的股掌之中腾飞起来,只是由国人来管理,而几乎不由他们掌控。国家公民形成了上层社会,在他们之下,意大利人、希腊人、西班牙人、葡萄牙人和土耳其人紧紧地挤在贵得离谱的住宅里,节衣缩食,穷困潦倒,有些被人瞧不起,还有不少文盲、农工杂役,在很多雇主眼里,他们压根儿就是下等人。一旦这些人变成了有觉悟的无产阶级,意识到这个半被外国资本买走的国家其实完全是依赖他们的,就会因为本阶级容易焕发的生机而强势起来,要求得到权益。我们这个小小的国家——人们明白这点时难以置信地擦着眼睛——在走进这个大交易世界的时候,真的脱离了历史。

公众的反应:名誉博士杀人案就突显在这样的背景上。这件案子的影响得从长计议:由于我们国家把政治非政治化了——在这一点上我们是引领未来的,只有在这一点上我们步入了现代化,真的具有开创性。世界将来要么灭亡,要么全面瑞士化——;由于对政治再也没什么可期待的,奇迹也好,新生活也罢,也许只有慢慢还会变好的马路;由于这个国家本身在生物学方面沾沾自喜,并且在生育孩子方面保持克制(我们人口不多,这正是我们的一大优点;而我们的种族幸亏有了外来工人才慢慢得到了优化,是更大的一个优点),所以,每每打破千篇一律的老一套,人们都会很感激,他们欢迎每个变化,更为甚之,每年行会举行的庆典游行呆板严肃,带来的乐趣远远不能填补缺少的狂欢节所造成的空白①。在这种背景下,名誉博士伊萨克·柯勒的行为方式简直就是一种解放,人们公开表示愤怒的事情,可以私下拿来开心。就在事情发生的当晚就有传言,即使不是出自市长之口,也是由一位市级高官说出来的,说柯勒为自己又赢得

---

① 苏黎世城里没有举行狂欢节的传统。

了一个名誉博士头衔,因为他阻止了温特8月1日要做的演讲。警方的愚蠢举动也让人们无法表示更多的愤慨,幸灾乐祸简直铺天盖地:民众与警察的关系很紧张,我们的城市的确早就名不符实了。它意外地变成了大都市,它要保持那安逸的东西,它要保持市民勤勉的东西,它要保持那道德的东西,因为无论是过去还是现在,它始终赋予自己这样的品格;它也要在非个性中始终保持个性,坚守传统,即使传统早已见鬼去了:不管这座城市怎么努力,时代变得更强大,它可以随心所欲地摆布这座城市。于是,我们既不再是我们曾经的样子,也不是我们现在必须成为的样子。我们与当下对抗,不想做我们非做不可的事,我们从不甘心把必要的事做彻底,而顶多只做一半,就连这一半也做得勉勉强强。警察职能的不断膨胀就是这万般苦难的体现:因为谁在与当下对抗,谁就会受到限制。我们的公共体制早就成了个警察国家,它什么都要管,要管风纪,也要管交通(二者都混乱不堪)。于是警察并非是保护的象征,而更是刁难的象征。写完了。醉得厉害。再说上次那位公寓女士正好到我办公室来了(又是镜街那阁楼),寻求司法保护。我会建议她给自己弄条狗来,夜里可以连人带狗一起出去遛两次①(这可是动物保护协会的建议,叶梅林咬着牙接受了)。

检察官叶梅林:他恨那个州议员。他满不在乎的态度让他愤懑。他不能原谅柯勒,因为这人在音乐厅里,居然握了叶梅林的手。他这样恨他,恨得自己都分裂了。仇恨和公正感之间的张力到了让他无法承受的地步。他考虑要不要声明自己抱有成见,然后又希望议员会拒绝由他担当本案的检察官。在一筹莫展之中,他向州最高法院的法官耶格雷纳吐露了心声。这位法官从调查法官那儿打听情况,调查法官又从警长那儿打听情况,得知警长唉声叹气地让人把议员

---

① 嫖娼是非法而受到禁止的,作者在此隐晦地描述主人公招妓并为之提供借口的经过。

从州监狱带到办公室,好让谈话进行得舒服些。名誉博士伊萨克·柯勒的情绪非常好,还夸白马庄园葡萄酒棒极了。警长又提起史提西-卢平,因为法庭指定的辩护律师是个臭名昭著的窝囊废。柯勒回答说这无关紧要。警长最后不太情愿地把叶梅林的疑虑搬了出来。州议员却肯定地说,他再也想不出比叶梅林更合适的公诉人了。这个回答传到叶梅林耳朵里,气得他暴跳如雷,他说这回要让这州议员瞧瞧厉害,让他永世不得翻身。这话差点使最高法庭的法官撤消了他的公诉人身份,但后来还是没这么做,因为他担心叶梅林会气得中风,他的健康状况一直不太好。

审判:在州最高法院,当着五位法官进行了审判。对我们这里的状况来说够早的,可谓是风驰电掣,谋杀案才过去了一年,又是3月。谋杀发生在众目睽睽之下,不需要证据来证明谁是凶手。唯一搞不明白的是谋杀的动机。仿佛根本不存在什么动机。从议员嘴里什么也掏不出来,成了一个谜。即便法官对被告进行了详细的讯问也没能问出任何蛛丝马迹。凶手与被害人之间的关系是人们可以想到的最正当的关系。他们没有生意往来,嫉妒吃醋之类的事也完全可以排除,甚至没有任何猜测能沾上边。对这样罕见的事实有两种解释:要么名誉博士伊萨克·柯勒有精神病,要么他就是个反道德的怪物,是个以杀人为乐的凶手。前者来自官方指定的辩护律师吕蒂,后者是公诉人叶梅林提出来的。从外表上看,第一种解释站不住脚,柯勒给人的印象完全正常;第二种也因柯勒的光鲜历史而难以让人信服:能做政客和商界老板的人,本身就德行高尚。此外,他的社会(不是社会主义)倾向而受到赞誉。但这场官司是叶梅林最看重的一桩。仇恨,羞辱,笑话,都在激励着这位年老的司法人,他不可抗拒的斗志让法官无力招架,而平平庸庸的吕蒂从头到尾都全无用处。叶梅林指控柯勒是个没人性的家伙,虽然让所有人都很吃惊,但还是被接受了。五位法官认为必须树立一个典型,就连耶格雷纳也让步了。法庭又一次做出了努力,想要挽救道德的脸面。判决书中说,人民不仅必须有权要求经济和社会的较高阶层在生活作风上无可指摘,而且还要能看到他们的生活已经做出了表率。议员被判处二十年监禁。不是终身监禁,不过是事实上的终身监禁。

柯勒的表现:凶手出庭时所表现出的尊严引人瞩目。他走进审判庭时泰然自若。案件调查期间,他的拘禁主要是在博登湖边一家精神专科医院度过的,虽然警方多少有些松散的拘禁条例要遵守,但密友哈伯萨克教授仍然能陪伴在他左右。他可以走动,医院所在村庄的警员为他充当高尔夫球童。当终于站在州最高法院法庭上时,柯勒拒绝接受任何照顾,要求"得到一介平民的对待"。庭审一开始就很精彩。名誉博士正在生病,病毒性感冒,体温一度升到了39度。但他还是拒绝延期审理,坚决不肯坐人家给他安排的病人座椅。面对五位法官,他宣称(庭审记录):"我站在这里,是为了让你们本着良心、依据法律对我做出公正的判决。你们知道我是因为什么而被指控的。很好。现在,就看你们如何判决,而我如何接受判决了。我会承认判决是公正的,不论判决结果如何。"判决结果宣布后,他深受触动地表达了感激之情,特别感谢自己所受到的人道待遇,还对叶梅林表示了感谢。听众听着他这番表白,与其说受了感动,还不如说被逗乐了。人们普遍觉得,伊萨克·柯勒博士是司法遇上的一个特例。随着他被带出法庭,一桩既晦暗不明又确凿无疑的事件仿佛终于落下了帷幕。

我当时和现在的情况:上面平铺直叙的是前奏,让人失望。我知道,这天提供的一个事件只会让局中人和知情人感到惊奇,是他们闲聊、或多或少地谈笑风生以及对西方和民主危机一些道义上的观察的一个契机。一桩刑事案件,有法治记者尽责尽职报道,有法制新闻公事公办地进行了报道,有我们这家享誉世界的报纸的主编(柯勒的朋友)采用习以为常的庄严态度点评。一个持续几天的话题,几乎都传不出我们这座城市。是一桩地方丑闻,理所当然很快就会被人遗忘,要是在它的背后没有隐藏一个计划的话。我要在这个计划中扮演一个关键角色,是我个人的不幸,尽管我承认一开始就预感到某些不祥的东西。但是在这儿,我也必须先说说柯勒案审判之后我自己的情况。当时情况已经不妙了。我确实努力想要自己单独干,在镜街租了间办公室,楼下是乌特里圣徒会的活动小厅,一个虔诚的小教派。我的办公室是一间斜顶房间,对着三面窗户。一张飘菲牌办公桌,四周摆着几把椅子。墙上贴着《观察者》杂志彩页,墙纸还是不说为好。有部尚未开通的电话。房主拆掉了两个复式屋顶之间的墙,又把两扇门中的一扇用墙给砌堵上了。那个牧师,也就是乌特里教派创始人的家就安在第三个复式屋顶下面。他叫西蒙·伯格,长得像弗吕厄的圣尼古拉,我与他共用楼道上的厕所。虽然我的办公室环境特别浪漫,布希纳和列宁都在附近住过,望出去是老城区上方的烟囱和电视天线,这景象会令人惊叹,让人觉得熟悉,唤起家乡小斗室的感觉,勾起养育仙人掌的兴致。但可想而知,这景象不适合于一个律师,小窝棚不仅交通不便,而且还很难找:没有电梯,陡直的楼梯摇摇晃晃,楼道绕来绕去。(还要补充一下:当时这个办公室的位置不怎么便利,但我有抱负,想自己创业,干出点名堂,成为一名优秀的公民。可眼下,对这个堕落成妓女专职律师来说,窝棚倒是理想的地方。这里添了一张沙发床之后,地方就更挤得吓人了,我在这儿睡觉、跟女人睡觉,甚至连做饭都在这儿。夜里,我浸泡在乌特圣徒会高唱《诗篇》的歌声中,"沉思吧,人与基督,拯救你的灵魂,拯救一切可拯救的,没有缺憾。"鲁奇,就是那位身材惹眼、行当特殊的女士的保护人,时不时来找我,有时是因为好奇,有时出于对生意的担忧,顺带探听消息。他对这办公室挺满意,平易近人地说,在这儿可以安心松口气了。)就这样,当时基本上没有顾客来,我没什么业务可做,接的小案子无非是些商店失窃、追讨债务之类,还要为一个犯人体育协会起草规章(这可是司法部委托的)。我去河边大道的绿色长椅上闲坐,或在"选择"咖啡馆进进出出,跟莱瑟尔下棋(我们每次都固定走西班牙式开局,最后差不多总是以和棋收场),然后在妇女协会餐厅①吃点儿索然无味但并非不健康的饭菜。在这种境况下，我收到柯勒的邀请信，让我去监狱里拜访他，我怎么能回绝呢。这个邀请把我吓得不轻，因为我想不出这老家伙要在一个名不见经传的年轻律师身上打什么主意，而且我也害怕他的强势；但我还是驱散了害怕和担忧。必须驱散。这才得体嘛。这才是我们的职业道德该有的嘛。不入虎穴焉得虎子。于是我开车前去赴约（当时还是那辆大众）。

我们的监狱：开车二十分钟就可以到达那里。平坦的山谷，城乡接合处的村庄，无聊的景色，很多水泥建筑，几座工厂，远处地平线上的森林。其实也不能说我们这座城市人人都知道这监狱。关在这儿的四百个犯人还不到全城人口的千分之一。但周日散步的市民应该很熟悉这地方，尽管他们常常以为这儿是啤酒厂或疯人院。然而，一旦你穿过大门，站在主楼跟前，你就会感觉自己面前的红砖楼是一座建得很糟的教堂或礼拜堂。这种隐约的宗教印象到了门卫那儿还一直持续着：友好温和的面孔如同救世军②，到处是一派虔诚的宁静，让人精神放松，你会在寒冷半黑的天色中不由自主地打起哈欠来，尽管多少还是有点压抑。司法机构在这儿蒙上了一副睡眼惺忪的样子。毫不奇怪，反正那个女士总是蒙着眼睛的③。此外就是种种积德行善和灵魂关怀的迹象：出来了一位大胡子神甫，一副孜孜不倦精力旺盛的样子；后面跟着监狱牧师，过会儿又来了个戴眼镜的女心理治疗师，你能感觉到想要拯救灵魂、强化灵魂、树立灵魂的意图。只有在那冰冷、无望的过道尽头才隐约闪现着一个危险的世界，然而带栅栏的玻璃门让你什么也看不清楚。两个身穿便服的男人坐在监狱长房门外一条长凳上，顺从而阴郁地等待着，这情景让人产生一丝疑

---

① 妇女协会餐厅属于 ZFV 企业集团，1894 年由苏黎世女性市民创办，1934 年已有十八家餐厅，以提供无酒精的餐饮为目标。ZFV 至今仍是瑞士著名企业。
② 救世军，国际性宗教及慈善公益组织。
③ 指法律女神，其形象蒙着双眼。

虑,一丝难以言状的不快。然而,一旦玻璃门打开了,你就会跨过那神秘的门槛,深入到最里面,不论你是略感尴尬的某委员会官员,还是被司法机构送来的囚犯,都会惊讶地看见一个秩序极其严格而又不失仁爱的父权王国,也就是说站在三条五层高的回廊前,从任何一个地方看去都一览无余,一点也不阴暗,而是被顶上的光线照得通亮;你会站在一个牢笼和栅栏世界前,毫无疑问,的确不是没有友爱和个性。在这里,通过半开的牢门,可以窥见一片画成天蓝色的天花板和一棵椴树的嫩绿,那儿有几个友好满足、身穿褐色囚服的身影。犯人们健康状况无可挑剔,过着修道院一般有规律的生活,晚上早早就熄灯,简单的食物产生了真正的奇迹。除了游记、传记、两个教派的发展史之外,图书馆虽然不见得总能提供最新的图书,却也提供各种经典。管理部门每周放一次电影,这周放的是《我们是神奇的孩子》。牧师的布道比外面的好得多,生活节奏缓慢而规律,人们得到了适宜的照料和娱乐,有各种评分,表现好就会得到回报,能减刑期,当然只对那些刑期短的,十年或十年以下的,对他们来说管教是值得的。对那些不可救药、终身监禁的犯人,得到缓解并不能保证带来改善。然而他们却代表了监狱的傲气,有些凶犯的名字听上去温良平和,却因他们的罪行让市民惊惶恐惧,看守对他们抱着一种羞怯的景仰。他们是犯人里的明星,也以明星自居。也不得不承认,确实有些一般的犯人对他们心生嫉妒,一心想着等到下一次也干一票更大的。我们这座监狱的奖牌再灿烂,也总有它的背面,但总的来说,谁在这儿能不变得积极向善呢:高官从以前的职位上跌下后精神颓废,一落千丈,现在又重新燃起了生活的希望;抢劫杀人犯开始研究人智学;强奸犯和乱伦犯也有了精神上的追求,他们粘纸袋,编篮子,装订书籍,印刷小手册。政府议员甚至将定制西装交给监狱成衣厂缝制,整个监狱弥漫着温暖的烤面包香气,这里的烘焙房是出了名的,做的香肠小面包味道惊人(香肠是配送的),勤奋工作、举止有礼就能得到虎皮鹦鹉、鸽子或收音机。监狱办夜校满足更多的学习需求。外面来的人会不由自主地心生嫉妒,突然意识到原来这个世界才是井然有序的,而不是我们那个。

与监狱长的谈话:出乎意料,我被请到了狱长泽勒先生那儿。他在办公室接待我。办公室里摆放着一张威严的谈判桌,还有电话、文件等。墙上挂着图表,几块黑板上贴满纸条,很多纸条上都是一笔好字。可惜,犯人中间也有很多是教师,像在这个国家其他地方一样。窗户上没有栅栏,看出去是监狱的围墙和一片草地,这儿的景象也像学校,所不同的只是这里绝对安静。听不见汽车喇叭声,就像一座敬老院。

监狱长矜持冷静地问候我,我们坐下来。

"施派特先生,"他开口说道,"你是犯人伊萨克·柯勒请来的。我允许你们会面,你将在看守在场的情况下与柯勒会谈。"

"可我从史提西-卢平那儿听说过,即便没有第三者在场,他也可以会见委托人。"

"史提西-卢平是我们信任的人,"狱长对我的问题应答道,"我们不是不相信你,我不是这个意思。但我们确实还不了解你。"

"我明白。"

"还有,施派特先生,"狱长接着说,口气变得友好了,"在你与柯勒会面之前,我想跟你说说我对这个犯人的看法。也许这对你很重要。请别多心。我不关心我看管的人是怎么到这儿来的。这与我无关。我要做的只是施行看管,仅此而已。出于这个原因,我也不想对柯勒的罪行说三道四,但我要向你承认,这个人让我有些困惑。"

"为什么这样说?"我问道。

狱长踌躇了片刻后回答道:"这个人看上去开心极了。"他说道。

"这可是好事儿啊。"我说。

"唔——我不明白。"狱长回答。

"你这儿不愧是模范监狱。"我说。

"我尽力而为,"他叹息着说,"可尽管如此,一个亿万富豪,高高兴兴地坐着牢,这听上去不对头。"

监狱围墙上,一只胖乎乎的大乌鸦在踱来踱去。也许它指望能待在这儿,那些精心饲养的笼中鸟儿啾啁婉转地歌唱着,过于热闹的叫声透过铁窗栅栏传来,吸引着它。天很热,夏天的热劲儿好像又回来了,远处森林上空,云朵正在聚集,从村子里传来教堂的钟声。九点了。

我点上一支巴黎女人雪茄。他推给我一只烟灰缸。

"施派特先生,"他继续说,"你想想,有这么一个犯人,他敢毫不遮掩地对你说,这座监狱棒极了,看守多么能干,他在这儿感觉很开心,什么都不缺。莫名其妙。这话我听了反感。"

"为什么呢?"我问,"你这儿的看守难道不能干吗?"

"他们当然很能干,"狱长答道,"但这话得我说,而不该是一个犯人说的。谁也不会在地狱里欢呼吧?"

"这倒是。"我同意。

"我发火了,命令所有人都要严格遵守规章制度,尽管司法部跟我打过招呼,管理要尽可能地宽容。再说世上也没有哪一条监狱规章禁止犯人感觉快活。可我就是在感情上觉得很困惑。施派特先生,你一定要理解这一点。柯勒被关过更严厉的单独禁闭,关押在黑屋里——有什么办法呢,本来是禁止这么做的——,但几天之后我就发现,看守喜欢柯勒,简直有些崇拜他。"

"那现在呢?"我问。

"现在我也拿他没办法了。"监狱长低沉地说。

"莫非你也崇拜他?"

狱长若有所思地看着我。"你瞧,施派特先生,"他说,"要是我坐在他的牢房里听他说话——鬼知道,他身上就会散发出一种力量,一种信念,让人又相信起仁爱来,相信一切美好善良的东西。就连我们的牧师都被吸引住了,简直就像瘟疫。可话说回来,谢天谢地,我又成了健全的现实主义者,不相信世上真有绝对幸福的人。至少不相信监狱里有这样的人,不管我们花多大力气想让监狱生活好过一点——我们毕竟不是残酷不仁的人,但罪犯就是罪犯。因此我还是对自己说:这个人可能很危险,他一定很危险。你才刚刚开始自己的职业生涯,所以请你当心,别让他给你下了什么圈套。你最好放手,别管这事。当然这不过是个建议,你是律师,自己会拿主意。人要是不用左右为难该多好啊。这个人要么是圣人,要么是个魔鬼,我认为自己有义务提醒你,现在我也这么做了。"

"非常感谢,狱长先生。"我说。

"我让人把柯勒给你带来。"监狱长松了口气说。

委托:在旁边的房间,我与快乐的囚犯见了面。陈设和屋外的景色与刚才那间相同。当看守把名誉博士伊萨克·柯勒带进来的时候,我站起身来。老人穿着褐色囚服,看守身着黑色制服,看上去却像个邮差。

"快请坐,施派特。"名誉博士伊萨克·柯勒说,完全是一副主人的气派,大方和蔼,平易近人。我敬畏地道谢坐下。然后我递给这囚犯一支巴黎女人雪茄,柯勒拒绝了。

"我戒烟了,"他说,"我利用坐牢的机会,将享受和有益的事情联系起来。"

"你在监狱里觉得特别享受,是吗,柯勒先生?"我问。

他惊讶地看着我:"你不觉得吗?"

"我没在这儿待过。"我答道。

他嫣然一笑。"这儿棒极了。这般安宁!这般寂静!以前我过得太累了,经营托拉斯。"

"我能想象得来。"我附和着。

"而且还没有电话,"他说,"我也变得健康了。你瞧瞧,"他把膝盖弯了几下,"一个月前我还做不到呢,"他得意地说,"我们这儿还有个体育协会。"

"我知道。"我说。

那只胖乎乎的乌鸦还在外面满怀希望地踱来踱去,也没准儿是另一只。这个快乐无忧的人兴致勃勃地打量着我。"我们见过面。"

他说。

"我知道。"

"在'剧院酒店',那可是影响我人生的地方。你当时在看我打台球。"

"我对台球一窍不通。"

"到现在还是一窍不通?"

"到现在还是,柯勒先生。"

犯人笑起来,转身对看守说:"莫瑟尔,帮忙给我们的客人点上火好吗?"

看守跳起来,跑去找来一个打火机。

"那当然,议员先生,不言而喻。"他也笑得很灿烂。

然后看守又坐了回去。我开始抽烟。两人的殷勤让我精疲力竭。我真想打开那扇没有栅栏的大窗户,可监狱里大概不让这么做。

"你瞧瞧,施派特,"他说,"我只是个犯人,没别的,莫瑟尔是我的看守。他是个了不起的人,他引领我探究蜂巢的秘密。我觉得自己简直成了养蜂能手。而另一个看守布鲁纳——你也该认识认识他——教我世界语。我们只用世界语交谈。你自己也会发现:这儿到处都快活、舒畅、真诚,这儿多么宁静。我成了真正幸福的人。从前的日子?我的天!……我研读柏拉图的原文著作,编篮子——你要篮子吗,施派特?"

"可惜用不着。"

"议员先生编的篮子可是大师之作,"角落里的看守自豪地说,"编篮子是我教他的,可现在他编得比我们谁都好。真的,我没夸张。"

我再次婉谢:"太感谢了,我不需要。"

"可惜啊,我本想送你一个。"柯勒说。

"多谢了。"

"留个纪念嘛。"

"不必了。"

"可惜,真可惜啊。"

我变得不耐烦了,"我可不可以知道你为什么叫我来?"我问道。

"当然,"他回答,"当然了。我完全忘了,你是从外面来的,还有很多事要奔波忙碌。说正事吧:你当初在'剧院酒店'告诉过我——可能你还想得起来——你打算自食其力。"

"我是在自己干。"

"我听说了。生意怎样?"

"柯勒先生,"我说,"在这儿没人会对这个感兴趣吧。"

"也就是说不好,"他点点头,"我早想到了。你的办公室位于镜街一间阁楼上,对吗? 不好,很不好。"

我受够了,站起身来,"要么你现在就告诉我为什么叫我来,柯勒先生,要么我马上走人。"我唐突地说。

这位真正幸福的人也站了起来,突然变得威严强大,不可抗拒。他把我摁回椅子上,他搭在我肩上的双手沉甸甸的。

"待在这儿。"他咄咄逼人地命令道,几乎气势汹汹的样子。

我没别的办法,只好顺从。"请讲。"我说,静静地听着。看守也和我一样。

柯勒也坐了回去:"你需要钱。"他断言说。

"这里不是谈这事的地方。"我回答。

"我准备给你一份委托。"

"我在听。"

"我希望,你能重新调查我的案子。"

我愣住了:"就是说,你希望案件再审,柯勒先生?"

他摇摇头,"要是我寻求再审的话,那必然会是量刑有误,但量刑没问题。我的人生已经终结了,归入了档案。我知道,狱长一直觉得我是个伪君子,而你,施派特,你可能也是这么想的。可以理解。可我既不是圣人也不是魔鬼,我就是一个人,忽然有一天,我觉得人生不需要更多的东西,只需要一间牢房,到死几乎不需要更多的东西,只要一张床,日后再来一副棺材,这就够了。因为人的天职在于思考，而不在于行动。随便哪个蠢蛋都会行动。"

"说得好，"我说，"值得赞扬的人生准则。可现在你想让我为你行动，让我重新调查你的案子。那么我这个蠢蛋能不能问一问，你的葫芦里到底卖的是什么药？"

"我的葫芦里什么药都没有，"名誉博士伊萨克·柯勒干脆地答道，"我只是在思索。思索世界、思索人，也许还思索上帝。不过为此我需要材料，不然我的思想就只能活动在空虚中。我想从你那儿得到的，无非是给我的研究提供一些小小帮助，你完全可以把这看作一位百万富翁的癖好。再说你也不是我唯一求助的人。认识老克努珀吗？"

"那个教授？"

"就是他。"

"我听过他的课。"

"你瞧瞧。他现在已经退休了，为了不让他闲死，我也委托了他办一件事。他在从事一项研究：凶杀案的后果。他要确定他那位同事惨烈的死在当时和之后造成了哪些影响。非常有趣。这让他感到其乐无穷。要的就是找出事实，精确测量一个案件的影响。说到给你的委托，亲爱的，将是另一回事。在一定意义上与老克努珀的工作相反。"

"怎么个相反法？"

"你先要假定我不是凶手，在这个前提下重新调查。"

"我不明白。"

"你只要提出一个假设，没别的。"

"可是你就是凶手，这个假设毫无意义呀。"我声称。

"只有这样，它才是有意义的，"柯勒回答，"你不用去调查事实，这事由老实的克努珀去干。你要调查的是事实背后多种可能性中的一个。你瞧瞧，亲爱的施派特，事实我们都了解，我也为此在这儿坐牢，编篮子。但对可能的东西我们却几乎不了解。明白吧。可能的东西几乎是无穷无尽的，而真实的东西是非常有限的，因为在所有的可能性中,只有一种会成为事实。真实的东西不过是可能的东西的一个特例,因此也可以有另外的想象。由此可以得出,我们必须换位思考那真实的东西,以便挺进到那可能的东西之中去。"

我笑着说:"真是个奇怪的思路,柯勒先生。"

"在这个地方,苦思冥想总能想出些东西来,"他说,"你看,施派特先生,常常在夜里,当我透过栅栏看星星的时候,我就在想,如果凶手不是我而是别的什么人,事实会是什么样。谁会是这另一个人呢?这个问题我想让你来解答。作为酬劳,我会付你三万元,一万五预付。"

我保持沉默。

"怎么样?"他问。

"听起来像个魔鬼契约。"我答道。

"我可不要你的灵魂。"

"没准儿会的。"

"你不会冒任何风险。"

"也许吧。不过我看不出这事有什么意义。"

他摇摇头,笑了。

"只要我能看到意义就足够了。其他就不用你操心了。我所要求你的,无非是接受一个建议,这丝毫不会触犯法律,我需要它只是为了研究那可能的东西。一切费用当然由我来承担。你去联系一个私人侦探,最好找林恩哈德,雇他来,他要多少钱都行,钱有的是。你想怎么干就怎么干。"

我又把这个奇特的建议考虑了一番。我不怎么喜欢这样做,隐隐觉得他给我设了个陷阱,却发现不了陷阱在哪儿。

"可你为什么偏偏找到了我呢?"我问。

"因为你对台球一窍不通啊。"他轻松地说。

于是我打定了主意。

"柯勒先生。"我答道,"我认为这委托太不透明了。"

"你去告诉我女儿吧。"柯勒边说边站起身来。

"没什么可考虑的,我拒绝这委托。"我说着也站了起来。

柯勒平静地看着我,笑意盈盈,轻松愉悦,满面红光。

"你会接受的,年轻的朋友,"他说,"我比你更了解你:机会总归是机会,而你正需要它。我要跟你说的就这些。现在,莫瑟尔,我们回去接着编篮子吧。"

两人走了,竟然还互相拐着胳膊,千真万确。我很高兴能离开这个真正幸福的地方。我要尽快从这事中脱身。我决定不插手这事,永远不再见柯勒这个人。

后来我毕竟答应了。也就是说,第二天一早我就想反悔。尽管还没什么名气,可我感觉这是拿我当律师的声誉在冒险。而柯勒的建议毫无意义,是一场游戏,有辱我的职业尊严,为了挣点儿钱就去干这样的蠢事,会伤害我的自尊。那个时候,我还一心想着清清白白闯天下,一心想接些真正的案子,寻找机会帮助人。我给州议员写了一封信,再次通知他我的决定。在我看来事情已经了结了。我把信放在包里,离开弗莱尔街的住处。像每天早晨一样,我九点整出门,习以为常地打算先去"选择"咖啡馆,然后去我的办公室(镜街的阁楼),之后再去河边大道。我在房门口和女房东打招呼,在阳光中眯起眼望着消费合作社旁边的黄色邮筒。几步之遥,滑稽可笑。然而,生活经常就像蹩脚的小说家写作一样,于是在这个燥热压抑、我们城里再普通不过的工作日上午,九点到十点之间,我接连遇到了1)老克努珀,2)建筑师弗里德里,3)私人侦探林恩哈德。

1)老克努珀:我在邮筒旁边遇上了他。我正要把回绝信扔进去时,他抢在了前面,拿着一大叠信件,小心地往邮筒里塞,一封接着一封。老人的妻子总是跟他在一起。卡尔·克努珀教授差不多有两米高,又干又瘦,一副皮包骨的样子,酷似神甫西蒙·伯格和弗吕厄的尼古拉,只是没有大胡子,邋邋遢遢,不论春夏秋冬总披着一件短披肩,戴着顶贝雷帽。他的夫人跟他一样高,同样干瘦,同样不修边幅,一年到头同样披短披肩戴贝雷帽。很多人都不知道那是他夫人,还以为是他的孪生兄弟。两人在各自的专业领域都有名气,都是社会学家。他们在生活中从不分离,在学术上却是死对头,经常在媒体上恶语相加。他是个坚定的自由主义者(代表作《资本主义是精神上的历险》,弗兰克出版社,1938年),她却是狂热的马克思主义者,以笔名摩斯·斯太林而闻名(代表作《此岸的马克思人道主义》,欧罗巴出版社,1939年)。两人在政治风云变幻中同被记录在案:卡尔·克努珀不许拥有美国签证,摩斯·斯太林被禁止进入苏联,因为他尖锐批评美国"本能的马克思主义倾向",而她则更加毫不留情地抨击苏联"小资产阶级的叛变"。可惜现在说起这些都得用过去时了:两周前,"冲击拆迁公司"的一辆载重汽车将二人碾得粉身碎骨,他被土葬,而她则被火化。这是他们早在遗嘱里写好的,让处理后事的人好生为难了一阵。

"你好。"我招呼道,手上还拿着给柯勒的信。卡尔·克努珀教授没有回应,只是隔着蒙尘的无框眼镜不信任地向下看看我。他的夫人(戴着同样的眼镜)也没吭声。

"不知道你是否还记得我,教授先生。"我有点沮丧地说。

"记得记得,"克努珀说,"我记得你,法律专业的学生,在我的社会学课上混过。你看上去有点像个毕不了业的。考试都通过了?"

"早就通过了,教授先生。"

"当上律师了?"

"是的,教授先生。"

"真能干,真能干。你八成是个社民党人吧?"

"算半个吧,教授先生。"

"是个资本的忠实奴仆,嗯?"克努珀夫人问。

"算半个吧,教授。"

"你大概有什么心事。"卡尔·克努珀断言。

"是的,教授先生。"

"跟我们来吧。"夫人说,我跟在他们身边,向着"孔雀"饭店方向走去。我一时没想起来寄信,反正邮筒还有很多。

"什么心事?"他问。

"我去看了伊萨克·柯勒博士,教授先生。去监狱看他了。"

"是这样啊。你去看了我们这个快活的杀人犯。嘿,嘿,他也把你叫去啦?"

"是啊。"

两人你一言我一语地问起来。

"他还是那么高兴?"

"是的!"

"还是那么乐呵呵的?"

"可不!"

我们又走过了一个邮筒。我本想停下,把回信投进去,可克努珀夫妇一直不管不顾地走着,迈着急匆匆的大步。我得跑着才跟得上。

"柯勒告诉我说,你从他那儿接受了一个特别委托,教授先生。"我说。

"特别?为什么特别?"

"教授先生!我说句老实话:柯勒让人调查他杀人的后果,这简直太疯狂了。这家伙光天化日之下杀了人,平白无故地杀了人。现在他却让人进行社会学调查,还借口说是为了探查真相。"

"当然会彻底调查的,年轻人。要刨根问底。"

"可这背后一定有别的企图!他肯定在打什么鬼主意!"我叫道。

克努珀夫妇站住了。我喘着气。他擦擦无框眼镜,走到我面前,于是我不得不仰头看他,他也低头看我。他重新戴上眼镜,眼睛闪闪发亮。他妻子也怒冲冲地瞪着我,走上来紧挨着丈夫,逼近我。

"这背后是科学,年轻人,只有科学。这还是第一次,用科学方法研究市民社会中凶杀案的后果,并对此进行详尽的描述!多亏我们这位阔绰的凶手。多难得的机会啊!各种关系都浮出了水面!血缘关系、职业关系、政治关系、经济关系、文化关系。没什么奇怪的。

这世上一切都是互相关联的,我们这可爱的城市里,一切也是互相关联的。这一个依存于另一个,这一个提携另一个;要是一个倒下了,许多人都会跟着栽跟头。许多人就是这样倒下的。我现在正忙于研究这桩凶案在我们可敬的系里产生了什么后果。这仅仅是个开头。"

"抱歉,有车。"

我把两人拉到安全地带,克努珀夫妇刚才太激动,从人行道走到马路上去了,一辆出租车不得不急刹车。车里坐满了人,有位帽子上插满假花的老妇人撞上了挡风玻璃,司机冲着外面大声嚷嚷,话说得非常难听。克努珀夫妇却脸不变色心不跳。

"全然无所谓,"他说,"不管我们会不会被撞,在统计学上都无关紧要。只有那委托才是正事,只有科学才是正事。"

但克努珀教授夫人不同意:"要是真撞了我那就太可惜了。"她说。

出租车开走了。克努珀又谈起他的社会学研究来。

"谋杀就是谋杀,毫无疑问,但对科学家来说它是一种现象,跟其他现象一样,应该进行研究。到目前为止,人们只关心原因、动机、过程、环境,而我则要一心扑到对后果的研究上去。我敢说:这项研究是我们系的福音,亦是整个大学的福音,这个谋杀案。可以说有人本身就是想杀人。是呀,当然了,事情本身是可悲的,这样一种恶行。但通过温特留下的这个意外的空缺,会流进来新鲜的空气,新的思想。多棒啊,一切都在这里暴露在光天化日之下,可爱的逝者温特是麻烦制造者,一个落后分子,就像莎士比亚说的:'我们愤怒的严冬'①,不过我既不想背后议论也不想说三道四,我只是描述,提供事实,年轻人,就是事实,没别的。"

我们到"孔雀"饭店了。

---

① Winter 这个姓氏在德语和英语中都表示"冬天",此处为双关语,引自莎士比亚的戏剧《理查三世》。

"上帝保佑,律师先生,"克努珀夫妇边说边告别,"我还要跟科技大学的人见面,谈点儿重要的事,"他补充说,"我会在这个领域继续研究。温特之死对教育委员会的影响已经自成一章,我预感会出现一些引起轰动的东西,好戏还在后面呢。"在饭店入口他们又一次停下来转向我,竖起一根手指:"科学思维,年轻人,科学思维。这你还得学一学。律师也一样。亲爱的。"克努珀教授夫人摩斯·斯太林说。

他们走了,我的信还一直没寄出去。

2)建筑师弗里德里:之后不久,我坐在"选择"咖啡馆里,那封信仍在包里。"选择":咖啡馆,人们坐在那里,始终坐在那里,从来都是这样,永远都是这样,或者几百万年都是如此;当雷龙蹚过下面的河时,就有人坐在这儿了。弗里德里是我为史提西-卢平工作的时候认识的,他的地产投机生意时而遇到困难,不过没什么事情会难倒他,他是一个肥得流油的大亨,过去是,现在依然是;他势如破竹地横扫我们这座城市,以至于在那一条条林间通道上,商场、公寓、出租房拔地而起,一次比一次贵,价格相应无比肥厚。仔细看看这个自然祸害吧:五十来岁,一大堆汗渍渍的肉团,小眼睛,炯炯有神,不知深藏在什么地方,鼻子很小,耳朵也一样,其他一切都无比硕大。他白手起家,在长街上长大(亲爱的施派特,我的老妈跟陌生人跑了,我老爸喝酒喝死了,埋他的时候我还亲手给他坟里倒了一瓶啤酒),他赞助自行车赛,要不是他提供特别奖,六天的赛程根本不可想象。比赛期间,他在体育场中央正襟危坐,吞下了不计其数的圣加仑烤肠和维也纳小香肠。他还赞助音乐活动,多亏有他的扶持,我们的乐团和歌剧院才没有彻底沦为二流水平,吸引了像克伦佩勒、布鲁诺·瓦尔特甚至卡拉扬这样的指挥家。近来他又在提拔蒙德申。就这样,他虽然用新楼房和改建的楼房把我们的城市彻底糟蹋掉了,但至少又让它弥漫出一些音乐气息。

他立刻就认出了我。那个早上刮着热风,好暖和,人们感觉就像在家里一样,在这令人疲惫的天气里,大家都像麻木或中邪似的,挤成一堆坐着。我挨到了黏糊糊的弗里德里。他情绪很好,把一块又一块的羊角面包蘸进一杯又一杯的奶咖里,毫无节制,叭唧叭唧地嚼,吸溜吸溜地喝,咖啡在他的丝质领带和白衬衫上留下褐色的印道儿。

他高兴的原因是看到了我们这个举世闻名的地方报纸上登的一则讣告。讣告说,出于上帝的意志,在一次不幸的事故中,"我们永远不可忘怀的丈夫、父亲、儿子、兄弟、叔叔、女婿以及姐夫奥托·艾里希·库格勒被召到天上去了。他的一生充满了爱。"

"你的敌人?"我问。

"我的朋友。"

我表示哀悼。

"他准是飞车去卡姆时撞上了一棵树,这个勇敢、善良、亲爱的库格勒,"弗里德里解释着,神采奕奕,一边还吸溜着咖啡,把羊角面包泡泡咖啡再吃掉,"骨碌碌滚入了永生。"

"我很难过。"我说。

"你真该看看他的菲亚特,简直成了一堆废铁。"

"可怕。"

"命运啊。人总有一死。"

"显然如此。"我说。

"天哪,"他说,"你压根儿就不知道这个厄运对鄙人来说意味着什么。"

"我不知道。"肥硕的鄙人友好地盯着我。

"库格勒留下一个寡妇,"他解释道,"一个绝代佳人。"

我豁然开朗:"你想娶这位绝代佳人。"

建筑商弗里德里摇动着那一堆你会猜测是脑袋的肉团:"不,年轻人,我不想娶寡妇,我要娶的是她的情人的妻子。也是一个绝代佳人。懂吗?事情很简单:如果那个情人娶寡妇,那他得先离婚。然后我就可以娶他妻子了。"

"真是神机妙算啊。"我说。

"你懂了。"

"但你也得先离婚才行。"我提醒说,模模糊糊地盼着来桩生意。

"我已经离了。一周以前。第五次离婚。"

又落空了。

侍者又送来些羊角面包。一群学生穿过广场,都是女孩,有几个还扎着马尾辫,另有几个看上去都像成年女子了。她们停住脚步,站在电影院外面看海报。弗里德里朝着女孩群张望。

"你是个好笑的律师,居然把办公室安排在镜街的阁楼上?"他问,仍然盯着女孩们。

我不得不承认。

"九点半了,"他说,冷笑着又转向我,"我无意冒犯,因为我是个彬彬有礼的人,施派特。但我有个强烈的感觉,你今天还没去过办公室。"

"猜对了,"我说,"你这强烈的感觉没错。我想大概一个小时之后或者今天下午会去那儿。"

"哦,也许今天下午,"他仔细地打量着我,"亲爱的施派特,"他说,"你这名字叫得有点道理①。今天早上我从七点到九点差十分一直都在工地上忙活,"他毫不张扬地说,"我挣几百万。对。我盖楼挣钱,投资挣钱。正儿八经。但那都意味着工作、纪律,该死的。我喝起酒来像个无底洞,坦诚地说,我可是每天早上都得打起精神才能爬起来。"

这个肥头大耳的家伙慈父般地把胳膊搭在我的肩上:"亲爱的施派特,"他亲切地说下去,一派完全肥得流油的巨人感觉,面对冒着热气的咖啡喜上眉梢,脸上手上都沾着面包渣,"亲爱的施派特,我想说句不好听的话:你明明启动有困难,你也用不着跟我装模作样。结果呢,对于认真的人来说你就不存在。一个律师,九点半了还

---

① 德语中的 spät(施派特),是"晚、迟"的意思。

没有坐到办公桌前去工作,这样的律师对严谨的生意人来说什么都不是。我这会儿不想太逼你,虽然我看你也不是个懒汉,可迄今为止你还没准备好奋力拼搏去过上体面人的生活。你知道为什么吗?因为你不懂什么是做派,既没架势,也不是大腹便便。上过大学当然是好事,但除了学校老师,谁也不会在乎你的好成绩。仅有一张办公桌是不够的,不管你在这桌子后面端坐多久,客人也不会纷至沓来。对啊,他们干吗要来。不,我的小朋友,你的失望是错误的,开着大众轿车,在阁楼里办公,这不单说明你社会地位低,也多少能证明你精神上的贫穷。你别嫌我说话不好听,我毫不反对正直和谦虚,但律师嘛,一出场就要惊天动地的架势。你首先需要的,是真正的办公场所,待在鸽子棚里是没有出头之日的,没人爬到那么高去找你,人家要的是打官司,不是高难度体育。简而言之,你这样下去是不行的,我想给你个机会。明天早上七点到我办公室来,给我带四千大钞,我们会在帐篷街给你搞几间像样的办公室。"

(接下来是久久地详谈了炒地皮的事,又吃了很多羊角面包,喝了很多奶咖,他说话尖酸刻薄。在他的意识里,这里最恶劣的勾当只能以合法的途径去搞,而且搞得成。然后他又把话头转到了斯特拉文斯基音乐节和霍尼格作品巡演上。当我站起来要走的时候,他还在说我们城市之所以交通拥堵,就是因为市长只步行不开车。)


3)私人侦探弗雷迪·林恩哈德:与我同年出生。细瘦,黑发,引人注意地寡言少语。父母离异,他是独子。上中学的时候,他就被怀疑杀了自己的母亲和她的情人,两人被发现全身赤裸地躺在他妈妈的卧室里,尸体干净平展,女的躺在床上,男的横躺在她前面,如同一条床前小地毯。他是她的心理治疗师,来自屈斯纳赫特。林恩哈德被从毕业考试考场上叫了出去,他正要翻译一段塔西佗的文章时,警察抓住了他,他的情绪看上去很绝望。只有他有作案可能,案发当晚只有他在家里。尽管他声称一直待在自己的阁楼房间里,埋头苦读经典名著和动物学书籍。再说他也倒霉,当时正好满十八岁,所以他不能由青少年专职检察官来接管,而是落到了铁石心肠的叶梅林手中。拘留期间和陪审法庭的讯问都够严酷的,叶梅林对这位中学生千方百计进行逼供,但林恩哈德出色地挺住了,竟然占了上风,原本严密的证据突然出现了严重的矛盾,最终不得不宣布他无罪;法律能做到的甚至都不够判他行动管制。叶梅林暴跳如雷,遭受了第一次精神错乱。他多次想提请联邦法院重审此案,但都无济于事。后来当林恩哈德开始报复的时候,他就催促得更频繁了。这位嫌疑犯发了大财,数目大得惊人。他离异的父亲非常富有,把全部财产留给了儿子,他又继承了富婆母亲的遗产,财产从四面八方源源不断地向他滚来,涌来,飞来,积累,成倍地增长,无限地增长,遗产一笔又一笔收入他的囊中。在很短的时间内,他的祖父祖母、姑母姨妈、叔叔舅舅都迫不及待地、可以说一批又一批地与世长辞,可能都给他留下了遗产。那时候,宛若天堂地狱都接连不断地贡献出自古以来储备的各种死法,好把最大的幸福赐予林恩哈德,他确实得到了无与伦比的恩惠。他刚一从气得发疯的叶梅林的管辖区被释放出来,还不到二十岁,摇身一变成为超级富翁。这是传奇,靠的是运气而不是聪明才智,当然他的头脑也不可小觑。他对付检察官的手段也是步步为营简单明了:他始终跟着叶梅林。不论叶梅林在哪儿,林恩哈德都如影相随。每次叶梅林在法庭上公诉,林恩哈德的脸总在某个地方冲着他冷笑。他在餐馆吃饭,林恩哈德就坐在旁边桌上。他总在叶梅林近旁。叶梅林住哪儿,他就挨着他住。要是叶梅林气恼地另租一个地方住,林恩哈德就会忽然出现在他楼上。叶梅林不知如何是好。他只要一看见林恩哈德就气急败坏,有好多次他都想冲上去把林恩哈德暴打一顿,教训他一下,有一次甚至买了把手枪。他不断地从一条街搬到另一条街,从一个城区搬到另一个城区。他从后山街搬到了C.F.迈耶尔街,又从沃利斯霍芬搬到施瓦门丁根,最后他远离闹市,让人在维蒂康边上的猫尾街给自己造了一间木屋,与此同时旁边也动工盖起房子来。叶梅林感觉情况不妙。打听出旁边屋主是个银行代理之后,他只是暂且放下心来。不言而喻,到了春天,当他穿着衬衣撸起袖子给新草坪喷水的时候，忽然看见花园新漆的篱笆后面，林恩哈德向他热情地招手示意，行为举止就像老熟人（他们毕竟也是这样）自报家门，是他的新邻居。那个银行代理不过是个花招。叶梅林跟跟跄跄回屋，还能挣扎到阳台上。他再次精神崩溃了，还并发心肌梗塞。医生犹豫不决，不知该将他送到疯人院还是门诊部。叶梅林躺在家里，一动不动，面如土色，人家以为他完蛋了。然而他好坚韧，重新站了起来，虽然精神上被整垮了。面对林恩哈德，他无声无息地投降了。两人比邻而居。在森林边上。远眺着维蒂康。叶梅林再也不敢轻举妄动，而他对林恩哈德的另一种活动也更加无能为力。林恩哈德当上了私人侦探，生意做得很大。他在塔拉克区富丽堂皇的商务楼里租了办公室，一出手就租下了一整层，房间一个套一个。时髦的办公桌后面坐着几个彪形大汉，都是退役运动员，只是有点啤酒肚，抽着雪茄，一副心满意足的样子，头发剪得短短的。还有退役的警员，是他花钱买来的。林恩哈德出的价钱远远胜过我们这座城市所能提供的。但让叶梅林气愤的不是出手阔绰，生意就是生意，可惜谁对此都没什么可指责的。让他痛苦的是林恩哈德完全另外一些做法。他无法视而不见，塔拉克那些富丽堂皇的房间里经常活跃着经他之手被判过刑的人。有当年的囚徒，也有重罪的年轻人，如今都变得老实了，被聘为专业人员。林恩哈德的"刑侦处"在我们市里做得有声有色，尽管他要价很高，还要算上昂贵的手续费。因为"林恩哈德私家调查所"（正式名称）提供各种证据。他们证明被怀疑的配偶是忠是奸，为变了心又不想便宜了老婆的男人想办法，他们提供有关个人或工业界的各种消息，派人监视、跟踪、侦查，签订秘密协议，辩护律师利用他们挫败叶梅林的打算，提供相反证据，又抛出些全新的东西。在很多案件中，全靠林恩哈德的调查所才为被告扳回了想都没想到的有利局面。律师们也在塔拉克秘密会面，林恩哈德是个出色的东道主，甚至政敌们都在他那里交换底牌。

先交待这些。那天上午我们正好在"选择"咖啡馆前邂逅。十点刚过，弗里德里终于走了，我也站了起来，想把给柯勒的信寄走。

但我可能已经不那么坚决了。就在这当儿,林恩哈德出现了,准确地说是开车过来的,一辆保时捷。他把车停下。上大学时他就认识我,他也学过法律,只学了一学期。以前也向我提出过到他那儿去干,但我回绝了。

"律师,"他坐在敞篷保时捷的方向盘后,说话时并没有看我,"有生意给我吗?"

"可能有。"我答道。

"上车吧。"他邀请我。

我顺从了。

"这车跑得快。"我说。

"五千。"林恩哈德说,他的意思是他愿意以五千元出让这车。他有好多辆车,有时候让人感觉他每天都开一辆不同的车。

我将自己与老柯勒的会面经过告诉了他。林恩哈德沿着湖开,这是他的习惯,重要的生意都在车里做。"没有目击证人。"他开口道。他开得很平稳,一丝不苟,同时仔细地听我说。我说完的时候,他停下车。那是在乌特里康,一个电话亭前。

"有好处,"他认为,"做调查?"

我点点头,"要是我接受的话。"

他走进电话亭。出来的时候说:"他女儿在家。"

于是我们开到葡萄园路,停在柯勒的别墅前。

"进去。"他要求我。

我愣住了,"这么说我该接受委托?"

"当然。"

"太不透明了。"我装作迟疑的样子。

他点上一支香烟。"你要是不接受的话,会有人接的。"他说。这么长的句子对他来说算一篇演讲了。

我下了车。大门旁边,铸铁的栅栏里头安着一个公共信箱,亮黄色,好扎眼。一个警示。回信依旧在我包里。我知道自己应该干什么。可是我凭什么要回绝柯勒的委托,装作满有个性的样子?我急需用钱,就这样决定了。钱又不是满街等人去捡,总得有个机会,现在机会来了。想当个成功的律师就得有派头。建筑商弗里德里说得对,我是想成功。再说吧:柯勒的委托说到底是没有什么不好,不过是科学研究,反正他挥霍得起。

"你想五千块卖掉这辆保时捷?"

"四千。"林恩哈德答道。

"真大方。"

"取决于生意。"

"可你又不需要这笔生意。"

"说着玩吧。"

"我得先跟柯勒的女儿谈谈。"我说。

"我等着。"林恩哈德答道。


致检察官:再也不可回避了。我必须描述我与海伦娜第一次会面的情景。这个令人痛苦的行动,虽然可以小心迂回,却不能避而不谈,即使要谈到某些隐私。终于非写不可了,因为你会怀着兴趣阅读和做标记。你:一点不错,你指的就是检察官约阿西姆·弗伊瑟尔先生。你只会平平安安地吓一跳。干吗不直呼姓名呢,作为叶梅林的继任者,你将会在警长之后第二个读到这些话,正如你现在正在做的。在这个时刻,我感到一种地狱般的乐趣——这话一语双关——仿佛我从彼岸问候你。说真的:你是同类中一个迂腐的典型,尽管与已故的叶梅林相比,你已经进步了,会跑去聆听每一场心理学会议。你喜欢证据。刚才,你为了维护秩序在停尸间看过了我的尸体,你身穿浅色雨衣,规规矩矩地把帽子拿在手里,神情显得公事公办的沉重。自杀干得干净利落,这你得承认。而且在柯勒身上,我也干得妙不可言。我们俩现在这样并排躺着,看着多么庄严啊。不过,现在还是走出你的现实回到对你而言业已逝去的现实吧。对我来说,你的现实寓于未来。时间就是这样交错。你明白吗?我相信没有。至多不过气坏了。我是经过精心准备的。

首先,要从历史、建筑学和哲学上说一说:对内心生活重要的东西需要一个确切的框架。在历史方面也是如此。就这样,我对柯勒的别墅进行了一番了解,甚至还在中央图书馆查找过。这房子原来是尼科德穆斯·莫尔奇的官邸。尼科德穆斯·莫尔奇,二十世纪初一位思想家,一个长着摩西式大胡子的欧洲人,出身和国籍不详(一些人认为他是亚历山大三世与一位澳大利亚歌女的合法儿子;另一些人认为,他是曾因与儿童乱伦而被判过刑的伯格多夫中学教师雅克布·海格),他曾经营一家由一些富有的寡妇和爱好文艺的上校所赞助的独立研究院,与晚年的托尔斯泰、中年拉宾德拉纳特·泰戈尔和青年克拉格斯都有过书信往来。他规划过一个可笑的革新运动,号召组建一个素食者世界政府,可惜颁布的政令没人遵从(一战、希特勒——虽然是个素食者——二战,以及之后发生的全部战乱恐怕会避免的!)。他出版刊物,要么宣扬神秘主义,要么描写色情。他还写神秘剧剧本,后来皈依佛教,因为卷入了无数贪赃枉法和玩弄妇女的事上被通缉,最终做了一个和尚的秘书并死在这个位置上。不过这也只是一种说法,还有些参加电影剧组的市民说好像三十年代在上海一个酒吧认出了他,当时他在酒吧做钢琴手。

别墅的情况:一文不名,出身低微,想要奋力一搏(弗里德里说的),过上体面的生活,对这样一个律师状况来说,从林恩哈德的保时捷到名誉博士伊萨克·柯勒的豪宅大门这条路是励志之旅。这条路穿过一个公园。自然风景弥漫着财富。茂盛的植物独有特色。那一棵棵树木壮丽辉煌,依然一幅夏天的景象。热风在这里也感觉不到了。甚至在这里想必与有关部门签署了什么协议吧,有钱人能办很多事。(对陌生人而言:热风在我们这里理解为一种天气状况,会促使头痛、自杀、婚姻破裂、交通事故和暴力案件发生。)你穿过一条精心养护的石子路。其实这并不是一个现代化的公园,而更多是老式风格,得到了精心的维护。有精心修剪的树篱和灌木丛。有长满青苔的雕像。一个个赤裸裸的大胡子神祇,屁股和腿肚子像年轻人一样结实。一个个静谧的池塘。一对气派十足的孔雀。此外,这公园位于市中心,这地方可是寸土寸金,价值连城啊。电车喇叭围着它轰鸣,汽车从它四周隆隆穿过,交通的嘈杂像汹涌澎湃的大洋一样冲击着威严的镀金顶铸铁栅栏,轰隆声、铃声、喇叭声响彻天空,而柯勒的公园里却一片寂静。也许这嘈杂的波浪声被禁止穿透吧。只能听见一些鸟鸣。

房子本身:事实上,它的样子曾经好吓人,简直是建筑艺术上的一桩罪恶,这是那位西方思想家设计的。议员柯勒究竟怎么才把这里弄得可以居住,并有点人味的,这是他的诸多秘密之一。显然有不少的穹顶、塔楼、凸窗、裸体天使和星相动物(尼科德穆斯·莫尔奇也搞星相学)被砸掉了,直到从一片杂乱无章中冒出了这幢被野葡萄、常春藤和玫瑰丛缠绕着的别墅,尽管仍保留了很多三角墙,却因而显得更加舒适,又大又宽敞。我看了那辆看上去变成了一个小红点的保时捷最后一眼后便走进别墅里,它从里面看上去也是这个样子。建筑师们干得好出色,凿开墙壁,挂上墙毯,一切都舒服且轻盈。古董家具,都是值钱货,墙上挂着印象派名画,后来是荷兰古画(一位女佣领着我观看)。我要在议员的书房等着。房间很宽敞,被阳光照得金碧辉煌。穿过对开门就能到达公园里。门两边的两扇大窗户几乎接近地面。名贵的木地板,一张巨大的办公桌,深深的皮椅,墙上没挂画,只有一排排书,直顶到天花板,全都是数学和自然科学著作。台球桌与可观的藏书形成了奇异的反差。它放在远处一个宽敞的角落里,绿色台面上还有三只球。角落靠墙是一排台球杆,其中不少是古董,上面刻着铭文。有奥诺雷·巴尔扎克的,有戈特弗里德·凯勒的,有来自杜富尔将军和俾斯麦的,甚至有一根据说是拿破仑用过的。我环顾四周,有些窘迫。到处都能感觉到名誉博士伊萨克·柯勒的气息,我觉得他随时都可能从公园走进来,仿佛听到了他的笑声,感觉到那警惕的目光在扫视着我。

想象:这时,某些奇怪的事发生了,其实是某些幽灵似的东西。我一下子理解了这议员。突如其来。这种领悟简直袭击了我。我猛然猜到了他行动的动机。我从那些珍贵的家具里、从那些书堆里、从台球桌上闻到了它。我从十分严密的逻辑与游戏的关联中发现了它,这房间刻上了关联的印记。我闯入了他的房子里,现在看清楚了。柯勒之所以杀人,因为他是个玩家。他不是赌徒,赌注吸引不了他,吸引他的是游戏本身。那一个个球的滚动、谋划和实施、球局的走向。幸福对他来说什么都不是(所以他会把自己看作完全幸福的人,一点也没胡说)。他只是感到骄傲,因为选择游戏条件的权力掌握在他的手中。他喜欢看着自己亲手创造的必然性如何一贯到底——这就是他的幽默所在。当然这样做也有理由。也许是精深无比的权力欲望,一种不仅玩球,而且也玩人的渴望,一种想把自己与上帝相提并论的诱惑。有可能。但并不重要。作为律师,我要停留在事情表面,不要沉溺于心理探秘,更不去钻哲学或神学的牛角尖。随着这桩谋杀案,他又开始了新的球局,事情就是这样。一切都在照着他的计划进行。我无非就是他的一只台球,他出杆让我开始运动起来。他的行动完全符合逻辑。在法庭上,他没有说出杀人原因,因为这是不可说的。

凶手杀人一般都出于确切的动机,因为饥饿或爱情。精神动机很少见,即使有,也会因一些政治操作而变形走样。宗教动机几乎已经没有了,否则会直接把凶手送进疯人院。而州议员却是为了科学精神而作的案。这看上去很奇怪。但他是个思想家。他的动机不是具体的,而是抽象的,人们必须这样来认识他。他喜欢台球,并非作为游戏本身,而是因为台球在他看来是现实的一种模式。是一种简化了的可能的现实(现实的模式,这个词是我从雕塑家莫克那里借来的,是他最爱用的词之一。他对物理学颇有研究,用在雕塑上的心思反倒不多。他爱胡思乱想,让人困惑,最近我经常去他工作室——在这里,午夜以后要喝酒还能上哪儿去呢——他耳聋,难得跟他进行什么交谈,他却给了我很多启发)。出于同样的原因,柯勒也钻研自然科学和数学,同样认为它们是"现实的模式"。不过这些模式不再能满足他了,他必然会走上谋杀的道路,为了创造一个新的"模式"。

他拿犯罪做实验，谋杀仅仅变成了一种方法。所以他才会委托克努珀去弄清谋杀的后果，所以也就有了这个"离奇"的委托，去找出另一个"可能的"凶犯。现在，只有在他的书房里，单独与老家伙平时探讨的东西为伍，我才弄明白了我在监狱里与他的谈话。"有必要弄清事实，精确测量一桩罪案的影响。"还有，"我们必须换位思考那真实的东西，为了深入到那可能的东西中去。"名誉博士伊萨克·柯勒打的是明牌，我却没有弄明白他的游戏。只有认真对待他的游戏，动机才会浮现：他杀了人，为了进行观察；他行了凶，为了研究人类社会法则的基础。然而，要是他在法庭上说出这个动机，恐怕只会被看作借口。这样的动机对司法来说太抽象了。但这就是科学思维的本质。思维的抽象性就是它的护身符。可话说回来，思维有可能从护身符中突然冒出来，变得很危险。这样一来，我们则无能为力去对抗它。柯勒做的实验就引起了这样的后果，这一点无可争辩：科学精神导致了谋杀。由此议员既没有变得无罪，科学也没有受到玷辱。一种暴力行为的动机越有精神意义，罪行就越恶劣；越自觉，就越不可饶恕。这样的动机是不人性的。一种亵渎。就这点而言，我当时没看错，我的想象在这方面得到了肯定，从而保证我不会去仰慕柯勒，认为他是无罪的。这个想象促使我会鄙视他。从这一刻起，确信"他就是杀人凶手"的念头就再也没离开过我。遗憾的莫过是，我当时没能看清柯勒在我的协助下继续玩的这一局球有多危险。我以为，共同参与游戏不过是一个无害的技术问题，不会有什么后果。我想象着，这一局恐怕会在空无一人的球场进行，只是发生在一个渎神者的头脑中。他的游戏始于一桩谋杀案。我当时为什么就没看出来这场游戏必然会导致第二次谋杀呢？导致一个凶手不再是名誉博士伊萨克·柯勒，而必然是我们实施的谋杀，我们这些司法机构的代表，老家伙在玩弄司法机构。

其次是心理层面：伟大的相遇不仅要求一个确切的框架，它也要求在一个与之相应的心境下进行描述。所以我把自己灌得烂醉，又跟妓女鬼混。我先是喝了几升苹果酒,我知道,这不是我的风格(只是价格问题),可我喝这种酒,只是为了进入状态。那姑娘来了之后,我们便改喝白兰地。别担心,我的胃是喝不坏的。那姑娘不是吉赛勒(她的身材值得注意),而是莫妮卡(或玛丽,或玛丽安娜,反正她的名字是玛字打头),她很棒,事后给我唱了好多德国电影里的民歌。我睡着了,再后来她就拿着我的钱消失了。这期间,我又改喝梨子烧酒,后来,我在贝尔维尤附近一家无酒精咖啡屋里找到了她,发现吉赛勒又和她的保护人在一起(之前提到过的鲁奇),事实证明,他确实是她的保护神。我跟她理论,他则很讲理地把账算清,玛莱娜(或者莫妮卡,或者玛格达莱娜)不得不把钱交出来。其实这事从头到尾很有人情味,甚至很高尚。女招待没发现我偷偷带来了威廉梨酒,我们四个人一起喝。然后海伦娜就来了,完全没想到,我根本没料到她会来,她就像从另一个世界冒出来的幽灵。来自一个更坏的世界。自从我看见她跟史提西-卢平在一起以后——那是什么时候,两个月、三个月还是半年以前？——我就没再想过她。顶多也就是在一个夜深人静的时候想过,那时天快亮了,赤裸裸的吉赛勒骑在我身上像尊菩萨似的晃来晃去。之后就再没想过了,肯定没有了——只是瞬间还想起过一下,那时我正走过贝尔维尤雨后的街道。但那次不算,只是天气突变引起的情绪波动。而她此刻却站在这儿,肯定是径直到咖啡店来找我的。我强笑起来,所有人都跟着笑。海伦娜还是那么平静、友好、强势、清白,统统都是你想要的、无可挑剔的举止。这才是让人绝望的地方,她总是那样有自制力,那样宁静,那样友好,那样强势,那样清白。我恨不得杀了她,弄死她,掐死她,强奸她,把她也糟蹋成一个娼妓,这才是我最想要做的。

"我要跟你谈谈,施派特先生。"她边说边企求地看着我。

"这是一个什么样的姑娘呢?"吉赛勒问。

"是个好姑娘,"我说,"一个好人家的姑娘,杀人犯的女儿。"

"她到底跟谁睡?"玛丽安娜(或玛格达莱娜,或玛德莱娜)问。

"跟一位出色的律师,"我说,"跟那个法律明星中的明星,一个训练有素的浪荡子,跟那个伟大的、无所不能的律师史提西-卢平,每次做爱都是一个司法活动。"

"施派特先生。"海伦娜说。

"你坐吧,"我应道,"你想坐在这位顶呱呱的鲁奇先生怀里吗?他保护这两位女士,而我则有幸做他的代理律师。还是你希望来把椅子?"

"椅子。"海伦娜轻声回答。

鲁奇推给她一把椅子,彬彬有礼,温文尔雅,正是这个善于处世、蓄着黑色络腮胡子、长着一张棕色面庞和圣徒般的褐色眼睛的鲁奇甚至还躬了躬身,呛人的香水味和骆驼烟味几里外都能闻得到。她迟疑地坐下。"我本想与你单独谈谈。"她说。

"用不着,"我笑道,"我们这儿没有什么秘密。我跟吉赛勒小姐已经睡过好几星期了,今天晚上跟能干的莫妮卡睡,要不就是玛丽安娜,鬼知道她叫什么。你瞧瞧,一切都光明正大。你有话就快说吧。"

海伦娜眼里噙着泪水。

"有件事你曾问过我。"

"知道。"

"当时我跟史提西-卢平先生喝咖啡……"

"我完全清楚你想说什么,"我打断她,"只是你不必在这个流氓名字后面加上先生二字。"

"我当时没弄懂你问的意思。"她轻声说。

突然静了下来。吉赛勒从我怀里溜走化妆去了。我怒不可遏,咕咚咕咚地灌起酒来。我突然发现自己头发黏糊糊的,满脸是汗,两眼通红,胡子拉碴,浑身发臭。姑娘们突然的尴尬让我暴怒,看样子,仿佛她们在海伦娜面前自惭形秽,仿佛一种救世军般的气氛在蔓延开来。我恨不得打碎一切,世界简直颠倒了。海伦娜本该在这些姑娘面前抬不起头才是,她也会抬不起头来。我越喝越多,一句话也不说,只是瞪着面前那双深色的眼睛。

"海伦娜·柯勒小姐，"我笑着，吃力地站起来，摇摇晃晃的，"我现在要给你有一个交代，一个地地道道的交代——是的，交代，正是这个词。我碰到你和那个睡了你的男人——安静，女士们——我碰到了你，海伦娜·柯勒，和那个睡了你的男人，也就是史提西-卢平在一起。没错吧？我问你，谋杀发生那天你是不是在飞机上值勤，是不是正在英国部长坐的飞机上，那架飞往他的可怜的小岛的飞机。没错，没错，一点没错。你肯定地回答了这个问题。那么我现在要把最关键的一点直言不讳地告诉你——是的，直言不讳，海伦娜·柯勒：部长的大衣兜里有把手枪。你把手枪拿走了，你是空姐，这样干易如反掌。而这把手枪就是你尊贵的爸爸用过的凶器，一直没被找着的凶器，这你心知肚明。你是共犯，海伦娜·柯勒，你不光是杀人犯的女儿，你自己就是杀人犯。你真可憎，海伦娜·柯勒，我简直受不了你的气味，因为你浑身发臭，跟你的狗父亲一样散发着凶手的臭气。不像我，我只有酗酒和鬼混的臭气。你应该活生生地烂掉，我希望你那尊贵的子宫里长癌，因为你要是生下一个小史提西-卢平来，我们这个世界就完蛋了，世界似乎太脆弱了，哪儿能承受这样一个怪胎呢。然而，尽管她们有罪孽，我还是觉得这个世界因此太可惜了，为了这些美丽的妓女，她们跟你不是一路人，尊贵的女士，她们老实本分地干一门儿营生，不干谋财害命的勾当。无比亲爱的，你现在最好还是快溜走吧，走得远远的。躺到你的大律师身下……"

她走了。后来发生了什么，我再也记不清了。我想我倒了下去，无论如何趴在地上，可能还弄倒了一张小桌子，那瓶酒流光了（这点确信无疑）。有个长着思想家额头、戴着眼镜的客人抱怨起来，女招待一阵风赶到，一个敬业的老鸨，还有高尚的鲁奇把我带到了厕所，我忽然对他的络腮胡子恼怒起来，就动手打他。他以前当过业余拳击手，于是我流了血，躺倒在小便池里。很难受，这一切有着浓墨重彩的象征意味，就像一部糟糕的电影。警察来了，值班干警史图伯带着两个人。他们拘留了我几小时，做了问讯和笔录等等。

补记：可以断定，纯粹从技术上说，我试图去讲述与海伦娜初次会面的情景,失败了。我讲述了我的最后一次会面。因此将来必须采取防范措施。醉酒时写东西需要小心谨慎。要写短句子,长句子太危险。句法会造成混乱。好了,有个续篇要记下来(刚刚又收到柯勒的明信片,这次是从里约热内卢寄来的。诚挚的问候,他要从里约飞往旧金山,然后去夏威夷,再就是去萨摩阿。我时间充足),也就是州警察局的警长来找我了。这次拜访很重要,这一点我很清楚。也许正因为这样,我现在神智才完全清醒。现在还没有得到任何证据,但我猜想警长预感到我打算干什么。这样一来,事情就糟糕了。可也不对啊,他把手枪留给我了。他来得十分突然。咖啡屋里那不愉快的一幕过去两天之后,快十点的时候他来了。街道上还残留着雪泥。他忽然站在阁楼门口。楼下,那个教派还在欢唱:"准备好吧,基督徒,最后审判到来之日,让你的灵魂得救,他秉着风雷而至。"警长显得有些不自然。他有点难为情地看看我的桌子,上面摊着写得乱七八糟的纸张。

"你不会还想当作家吧。"他喃喃地说。

"干吗不,警长先生。要是有故事可讲。"我回答。

"听上去像是威胁。"

"随你怎么想吧。"

他环顾四周,胳膊下夹着一瓶酒。可惜沙发上还躺着个姑娘,我不认识她,她自己跟我来的。也许是鲁奇送的礼物。显然她已经脱了衣服躺着等我了,带着被她曲解的敬业精神(我们国家的工作氛围到处都显而易见)。我根本不在乎,打算开始工作,把纸拿了出来。

"穿上衣服,"他命令道,"不然你会感冒的。我要跟律师谈谈。"

他把酒瓶放在桌上。

"白兰地,"他说,"爱德诗的,一个少见的牌子。西部一个朋友送的。我们尝尝吧。你拿两个杯子来,施派特。她今天不能再喝了。"

"好的,警长先生。"姑娘说。

"你回家去吧。工作结束了。"

"好的,警长先生。"姑娘说。

她差不多已经穿好了衣服。他看着她,泰然自若。

"晚安。"

"晚安,警长先生。"

姑娘走了。我们听见她急急下楼的声音。

"你认识她?"我问警长。

"认识。"警长答道。

楼下那教派还在唱着世界毁灭赞美诗:"太阳愤怒地爆裂,大地消失。谁要拯救灵魂,就站在基督面前。"

警长倒上酒,"祝你健康。"

"祝你健康。"

"你有枪吗?"他问。

否认是没有意义的。我从抽屉里取出枪来。他看了看枪,又还给我:"你依然认为柯勒有罪?"

"难道你不认为?"

"也许吧。"他说着,坐在沙发上。

"那你为什么不接着玩了?"我问他。

他注视着我。

"你还想赢吗?"

"我有我的赢法。"

他看看手枪。我把枪收起来。

"这是你的事,"他说,又倒上一杯,"怎么样,喜欢爱德诗吗?"

"棒极了。"

"我给你留在这儿。"

"太好了。"

从楼下传来布道或祈祷的声音。"你瞧瞧,施派特,"警长说,"你陷入了不妙的境况里。我不愿意说可敬的鲁奇先生什么不好,更不想说刚才那个可怜的家伙有什么不好。有人干这样的事,其实也不能怪这两个人。可是你作为妓女的代理律师能走多远,就另当别论了。监督委员会很快就会找你的麻烦,这你应该清楚吧。他们不反对以此为生的妓女律师,但他们完全反对这样一个分文不取的律师。这有损律师阶层的荣誉。"

"那又怎么样?"

"你刚才问我为什么不接着玩下去,施派特,"警长接着说,点上一支粗壮的巴伊亚诺雪茄,点得很小心,手一点都不抖,"我可以坦诚地告诉你,我也觉得柯勒是有罪的,我觉得发生的一切都是闹剧,我本来可以防止它发生。但我没有证据。你有什么进展吗?"

"没有。"我说。

"真没有?"他追问。

我再次否认。

"你不相信我?"他问。

"我谁都不信。"

"好吧,"他说,"随你便。对我来说,柯勒的案子已经结束了,以我的失败告终。很多案子对我来说都是这样告终的。遗憾啊,但是,在我的职业中,你必须能够承受失败。我想,对你的职业来说也一样。你得打起精神来,施派特,重新开始。"

"这不可能了。"我回答。

楼下又欢呼起来:"关上地狱的报复之门吧,地狱之烟如果还在升腾,迟了,哦,渺小的人类啊,世界将要崩溃。"

我忽然起了疑心:"你是不是对我隐瞒了什么,警长?"

他一边抽烟,一边看着我,又抽抽烟,站了起来。

"可惜呀,"他说着跟我握了握手,"祝你顺利。也许我会为了工作传唤你。"

"祝你顺利,警长先生。"我说。


一场恋爱的开端:我又卡住了。我知道,再也不可能有什么借口了。我要说说我与海伦娜初次见面的情景。我必须承认,我爱海伦娜。还要补充说,是一见钟情。因此,自打第一次见面就这样。承认这个很难,所以我拖到现在才说。然而这场恋爱没有可能了。所以我现在要写的这场恋爱,是我不曾承认的,也许我有可能使之变成现实,但我没有做到。写它不容易啊。现在我当然明白了,海伦娜不是我所看到的那样。到现在我才看到她是个什么样的人。她是共谋。当然我理解她。她包庇自己不仁的父亲,是仁义之举。要求她出卖自己的父亲是不可想象的。只有她的供词能毁掉这州议员。然而,她绝对不会提供这样的供词。而我毕竟是个法学家,不能向她提出这样一个要求。我要走我的路,而她要走她的。但我不能否认她曾经留在我心里的图像。她不符合这个图像,从来都没有符合过,这不是她的错。我为自己激烈的言辞而悔恨。我知道自己在她面前的种种表演是幼稚可笑的。还有我嫖娼、酗酒。她有权是什么样就是什么样,而我则赋予自己杀死她父亲的权力。要是我当时在机场追上了她父亲,他和我这会儿可能早就死了。事情就圆满了结了,世界也早就恢复了秩序。我的人生只剩下一个意义:跟柯勒算总账。这账算起来很容易,一枪就够。但我现在必须等待,这个我没计算在内。也没想到会耗费精力。匡扶正义是另一回事,不同于必须在盼望实施的过程中度日。我觉得自己像个疯子。我喝了这么多酒,只是我荒谬生活的表现:我就像被正义感弄得醉醺醺的。伸张正义的感觉在毁灭我。没有什么比这种感觉更可怕了。我置自己于死地,因为我弄不死柯勒这个老家伙。我看到自己和海伦娜处在这种暴怒中,回首我们的初次相遇。我知道自己已经失去了一切。幸福是不可替代的,即使那幸福其实是疯狂,而我今日的疯狂其实是清醒。如此认识现实是残酷的。于是我悲伤地回首往事。我想忘都忘不了。一切都清清楚楚地固定在我记忆里,就像刚刚发生过的一样。我还能听见她的声音,看见她的目光,她的动作,她的衣着。也看见了我自己。我们都年轻,少不更事。那是不到一年半前的事。现在我已经老了,腐朽不堪了。那时,我们彼此信任。要是她不信任我,也是很自然的事。她无非把我看成了一个想要挣钱的律师。可她从一开始就信任我。我当时就感觉到了,而且我也信任她,准备去帮助她。多美好啊。尽管我们不过是相对而坐,彼此有事说事。当然我心里明白,事实不是这样的,一切不过是表象、梦幻、错觉,不,比这些还糟,只是卑鄙的阴谋,是海伦娜对我、专门对我耍的阴谋。但那时,那时,当我还不知道的时候,我还浑然不觉的时候,我是幸福的。

"请坐吧,施派特先生。"她说,我谢了她。她在一张深深的皮椅里坐下,我坐在她对面,也是一张深深的皮椅。一切都有些奇特:那姑娘,大概二十二岁吧,棕色的头发,面带微笑,轻松随意,过会儿有些怯生生的;那许多书,沉重的写字台,后面的台球桌,桌上有球,照进来的阳光,半开的玻璃门后的大花园,她就是从那扇门进来的。有一位年长的先生同来,名叫费德尔,穿着整洁,说他是柯勒先生的私人秘书。他沉默不语地打量了我,甚至有点咄咄逼人。然后,他又走了,没有打招呼,甚至连一句话都没说。于是就剩下了我们两人了,她有些尴尬,我也一样。对她父亲的想象让我为难,让我无法开口。我同情她。我忽然想到,她永远无法理解自己的父亲,他那无法理解的行为让她受痛苦。

"施派特先生,"她说,"我父亲总是跟我说起你。"

这让我很意外。我吃惊地看着她:"总是?"

"自从你们在'剧院酒店'见面以后。"

"他都对你说些什么?"我问。

"他对你的事务所感到忧虑。"她回答。

"那时我还没有事务所呢。"我说。

"现在有了。"她说。

"但却不怎么成功。"我坦诚地说。

"他把委托的事告诉我了,他给你的委托。"海伦娜接着说道。

"我知道。"我答道。

"你接受吗?"

"我决定接受。"

"我知道其中的条件,"她说,"这张支票是预付金。一万五。另有一万五是手续费。"

海伦娜把支票递给我。我接过支票,把它折好。

"你父亲很大方。"我说。

"他很关心你如何执行委托。"她说。

"我会尽力的。"

我把支票塞进钱夹。我们沉默着。她不再微笑了。我感觉她在寻思着该说的话。

"施派特先生,"最后她结结巴巴地开口了,"我很清楚,你方才接受的委托很特别。"

"相当特别。"

"费德尔先生也这么认为。"

"我相信是这样。"

"但它必须付诸实施。"她坚决地要求道,态度近乎激烈。

"为什么?"我问。

她恳切地注视着我,"施派特先生,我一个月只能见到爸爸一次。他一一地吩咐我。他的生意很棘手,但他却了如指掌,让人吃惊。他让我做什么,我就去做。他是父亲,我是女儿。你知道,我必须服从他。"

"当然。"

海伦娜变得激烈。她的怒气是真诚的,"那个私人秘书和律师们想要剥夺他的行为能力,"她坦诚地说,"他们说是为我好。可我很清楚,父亲没有精神错乱。后来就有了给你的委托。对私人秘书来说这是个新证据,证明我父亲有精神病。他说这委托毫无意义。但我坚信这委托不是没有意义的。"

我们又沉默了片刻。

"尽管我弄不明白他的意思。"她轻声补充道。

"对一个律师来说,柯勒小姐,"我回答道,"调查温特教授之死的委托,只有假设你父亲不是凶手,才有法律意义,因为你父亲不是凶手。然而这种假设是不可能的。所以委托是毫无意义的。在法律上没有意义,但在科学上并非必然没有意义。"

她吃惊地看着我,"这怎么理解,施派特先生?"她问。

"我仔细地看过这屋子,柯勒小姐。你父亲热爱台球,也爱读自然科学类书籍……"

"这就是他所爱。"她肯定地说。

"正是……"

"正因为如此,他才没有能力去杀人,"她打断我,"他一定被人采用什么可怕的方式逼到了这样的地步。"

我沉默了。要是无所顾忌地把真相一股脑说出来,我觉得有失公允。她父亲之所以杀人,是因为他一味热爱台球和自然科学,这样一种奇谈怪论式的真相是无法跟她讲明白的。跟她说我的想象,毫无用处,因为那只是我的直觉,不是可以证明的事实。

"柯勒小姐,你父亲为什么被判刑的原因,没有人告诉过我,"于是我小心翼翼地说,"我想说的是别的事,这事不能解释他的行为,却能解释他交待给我的委托。你父亲想通过委托,让我来调查一下那可能的东西。这是他科学研究的目标,他是这么说的。我必须严格遵守这个原则。"

"没有人会相信是这样!"海伦娜激动地喊道。

我不同意。

"我要相信它,"我说,"因为我接受了委托。对我来说这是一场游戏,你父亲有财力玩这个,其他人就效犬马之劳好了。作为律师,我觉得你父亲的游戏非常刺激。"

她思索着。

"我确信,"她终于迟疑地说,"你将会找到真正的凶手,一定是他逼得爸爸去杀了人。我相信爸爸。"

她的绝望让我同情。我很想帮助她,但无能为力。

"柯勒小姐,"我说,"我要开诚布公地告诉你。我不相信能找到这样一个人,原因很简单,因为根本没有这样一个人。你父亲可不会任人强迫。"

"你开诚布公地告诉我。"她轻声说。

"我希望你能信任我。"

她直盯着我的脸,专注而阴郁。我没有躲开她的目光。

"我信任你。"她说。

"只有你放弃所有希望,我才能帮你,"我说,"你父亲是凶手。你只有不走偏路的时候,才能真正理解他。必须在你父亲自己身上去找他杀人的原因,不能到别人身上去找。你别再为这委托费心了。那是我的事。"

我站起来,她也站起来。

"你为什么接受委托?"海伦娜问。

"因为我需要钱,柯勒小姐。请别错看了我。就算你父亲认为委托有科学上的价值,对我来说也只不过是一次机会,好让我的事务所走上正轨。但它不该在你心里唤起任何错误的期望。"

"我明白。"她说。

"我没有能力用另一种方式行事,只能按现在这样的方式。我必须遵从你父亲的愿望。但你要知道自己该信任谁。"

"只有你能帮我,"海伦娜边说边和我握了握手,"认识你我很高兴。"

在公园前面,林恩哈德依然待在保时捷里等着,只是换到了副驾驶的位子上,抽着烟,心不在焉地想着什么。

"办好了,"我说,"我接受了委托。"

"支票拿到了?"他问。

"拿到了。"

"很好。"林恩哈德说。

我坐到方向盘后面。林恩哈德递给我一支烟,点上火。我吸着烟,把双手搭在方向盘上,想着海伦娜,心里乐滋滋的。我为未来感到高兴。

"怎么回事?"林恩哈德问。

我思量着,还没发动车子。"只有一个可能,"我答道,"对我们来说,柯勒不再是凶手了。我们得跟着玩。"

"同意。"

"你把那些证人再询问一轮吧,"我接着说,"调查一下温特的过去,有哪些朋友,哪些敌人。"

"我们调查贝诺博士吧。"他答道。

"调查奥林匹亚-海因茨?"我吃惊地问。

"温特的朋友,"林恩哈德解释道,"还有莫妮卡·施台尔曼。"

莫妮卡·施台尔曼是特鲁格医疗辅具股份公司的唯一继承人。

"为什么?"我问。

"贝诺的女友。"

"最好别把她牵进来吧。"我思索着说。

"好吧。"林恩哈德答道。有什么东西不对劲儿。

"奇怪。"我说。

"什么?"林恩哈德问。

"是柯勒向我推荐你的。"

"巧合。"林恩哈德说。

我发动车子,小心地开起来。我还从没摸过保时捷的方向盘。到了火车站桥上,林恩哈德问道:"你认识莫妮卡·施台尔曼吗,施派特?"

"我只见过她一次。"

"奇怪。"林恩哈德说。

到了塔拉克,我把他放下,然后开出城去。不知道去哪儿,随意开进了秋色之中。莫妮卡·施台尔曼的形象浮现在海伦娜·柯勒形象的前面,一个我怎么都挥之不去的形象。

349

## 二

　　开始调查:我更美好的生活很有干劲地开始了。就在第二天,我彻底拥有了新办公室和保时捷,尽管这辆车显然比我预想的要旧,而且车况也不怎么样,林恩哈德所要的价钱也不那么厚道。办公室是当年的奥林匹克击剑冠军、全国射击冠军贝诺博士的。好久以来,他每况愈下。这位英俊的奥林匹亚-海因茨并未讨价还价。建筑商弗里德里一大清早就把我领过去,说贝诺愿意把办公室让给我,月租两千,首付四千。这笔钱我不知道流到谁的口袋里去了,不过我可以立即搬进这办公室,并且不仅可以接手贝诺的全套家具,还有他的女秘书,一个有点萎靡不振的内瑞士女人,却有个外瑞士的名字①:伊尔瑟·弗洛伊德,外表犹如法国酒吧女郎。她的头发总是染成不同颜色,人却出乎意料地能干。反正这是一桩肮脏交易,我可看不透。现在帐篷街的前厅和办公室与身份相称了,能看到总也少不了的交通堵塞,办公桌给人信任感,配着整齐的椅子,冲着后院有一间厨房和一间卧房,我把弗莱尔街的沙发床搬到这儿了;我离不开自己的老家当。生意好像一下子兴旺起来了。一桩有利可图的离婚案指日可待,受一个大企业家委托,有望前往加拉加斯(柯勒举荐了我),有几桩遗产纷争要调解,要为一位家具商出庭辩护,还有几项有赚头的纳税申报。我的情绪过于疏忽,过于兴奋,甚至连我已经启动的私家侦探所行动都忘得一干二净。在继续追踪柯勒案子之前,我还想着他

---

① 瑞士有内瑞士(Innerschweiz)之说,指的是以卢采恩为中心的七个州,它们在历史上、文化上、政治上甚至宗教信仰上都有一些独特之处。

们的报告。此间我似乎要比以前更加戒备林恩哈德才对:这人有背景,意图让人捉摸不透,他是柯勒推荐给我的,又过于迫切地想要一起干。他细致入微地进行工作。在"剧院酒店",他安插了肖恩贝希勒,他最能干的人之一。此人在诺伊马克拥有一幢虽然老旧却很舒适的房子。他让人把屋顶扩建成居室,在那里安置了大功率音响,到处都装着音箱。肖恩贝希勒热爱交响乐。他的理论是(他说什么都一套一套的):相比其他音乐,交响乐最不强迫人跟着听。放着交响乐,人可以打盹、吃饭、读书、睡觉、谈话等等。音乐在交响乐中自我升华,变得像天神的音乐一样听不着了。他认为音乐厅是个野蛮的地方而拒绝前去,说它把音乐变成了一种崇拜。交响乐只有作背景音乐才是合理的,只有当它是一种"底色"时才是人性的,才不是一种强制性的东西。于是他吃炖菜时,才理解了贝多芬的第九交响曲;播放勃拉姆斯的音乐时,他则推荐填字游戏,也可以吃维也纳牛排;伴随着布鲁克纳的音乐,则适合打雅斯牌或玩扑克。最好两部交响乐同时播放,他也声称就是这么干的。他知道自己放出的狂响是多么可怕,所以按照一套煞费苦心计算出的体系为房子的另外三家住户确定了租金。音乐房下面的那家最低,住客不需要付钱,只需跟着忍受音乐,几小时布鲁克纳,几小时马勒,几小时肖斯塔科维奇。中间住户房租是普通水平,最底层的那家租金则高得快要负担不起了。肖恩贝希勒是个敏感的人。他的外表并不特别,相反,在外地人眼里,他简直就是模范市民的化身。他穿着讲究,香水洒得合适,从不酗酒,善待世上的一切。至于他的国籍,他自称是列支敦士登人。他总说,他承认这没什么大不了,但他至少用不着羞涩:列支敦士登在如今的世界格局中没什么过错,不过是印了太多邮票,人们疏忽了它在财政上无伤大雅的过失。在大手大脚过日子的国家中,它是最小的一个。而且一个列支敦士登人也不容易患上自大狂,仅仅因为他是列支敦士登人这个事实就赋予他特殊的价值,如同美国人、俄国人、德国人或法国人那样;他们先验地以为,德国人或法国人是一种更高级的人,属于大国的一员——对一个列支敦士登人来说,差不多其他所有国家都是大国,就连瑞士也是——会给这些国家的人民心理上带来一个令人担忧的坏处,也就是患上某种关联痴呆症的危险。这种危险随着一个国家的规模而增大。他习惯以老鼠为例来解释这个观点:一只老鼠,当它独自待着时,它只会当自己是老鼠。一旦它知道自己身处百万只老鼠中间,就会觉得自己是只猫,而身处亿万只老鼠中间,它就会把自己当成大象。最危险的是五千万只老鼠民族(五千万是一个数量级)。老鼠民族虽然都认为自己是猫,但它们更乐意当大象。这种过度的自大狂不仅对直接相关的老鼠们来说是危险的,而且对整个老鼠世界都是危险的。然而,他将"老鼠数量"与由此造成的自大狂之间的关系称之为"肖恩贝希勒定律"。他自称职业是作家,这之所以让人吃惊,因为他既没有发表过任何作品,也从未写过什么东西。他对此并不否认,干脆将自己称为"潜在的作家"。他从不羞于解释自己为什么不写东西。他时而会声称,写作始于"名称的意义",这是写作最基础的诗学条件,此外还有一个同样重要的条件就是道德,道德立足于对真实的热爱中。如果你仔细考虑一下这两个基本条件,那你就会明白,比如说一个标题,"拉奥尔·肖恩贝希勒诗歌",恐怕会仅仅因为想象这种诗歌必须像美丽的小溪①一样潺潺流动而变得不可能。当然,人们可以反驳说,肖恩贝希勒这个名字必须更改,可这样一来就与热爱真实的原则发生冲突。肖恩贝希勒出现在哪儿,哪儿就会令人发笑。他是个了不起的家伙,在那一个个饭馆里,有许多人靠他过活。他让人记账,饭馆每个月给他寄一次账单,加起来的数目一定很可观。他的收入状况谁也弄不清楚。他声称享有列支敦士登国家高额奖学金,这当然不可能是真的。有人说他是某些橡胶制品的总代理。此外不可忽视的是,他知识渊博,他的判断既犀利又缜密。(也许他不写作并不像看上去那样,仅仅出于懒惰,也许这背后隐藏着这样的见解:与那些写作的人不同,最好是什么都不写。)他最出名的本事就是跟谁都能说

---

① "肖恩贝希勒"在德语中为 Schönbächler,意为"美丽的小溪"。

上话,更何况我们的民众缺少这种艺术天赋,而肖恩贝希勒则出类拔萃。逸闻趣事比比皆是,传说一个接一个。据说在一次打赌中(警长也严肃认真地说过),他跟旁边桌上正与几位州政府成员共进下午茶的一位联邦议员搭上了话,无休无止地谈论起我国与列支敦士登的关系,结果让这位高级官员错过了开往伯尔尼的快车。有可能。可话说回来,那些州议员通常也不是那样可以令人信赖的。再说,人们并不认为肖恩贝希勒人不好,可大家做梦都没想到,他竟然是林恩哈德的特工。这事传开以后,引起了很大的震惊,肖恩贝希勒就离开了我们的城市,带着他的唱片收藏跑到法国南部去了,这让我们的市民感到惋惜。就在不久前还有人挥着拳头威胁我,幸亏我当时跟鲁奇在一起。如今,这个独一无二的人物,肖恩贝希勒,有一天出现在了"剧院酒店",出乎所有人的意料,因为他平时很少在那儿露面。他坐在一张桌边,在那儿待了一整天。第二天上午他又来了,就这样过了一周,与所有的人都攀谈,跟领班和女招待成了朋友。然后他就消失了,又只在那些大众小酒馆里露面。这似乎只是一段插曲。其实肖恩贝希勒对重要证人都重新进行了审问。有关后续的调查,林恩哈德用了弗西廷,这人是林恩哈德在塔拉克的侦探所里雇佣的臭名昭著的家伙之一,当时我还不认识他——,现在才认识了(在"摩纳哥酒吧")。弗西廷是个不可信的、惹人讨厌的家伙,谁都不会否认,连林恩哈德也一样。警察同样如此,他们已经逮捕过弗西廷好几次了(因为贩卖毒品),但又在调查一些案子时需要他。弗西廷是个密探,精通本行,熟悉环境。有可能,他有过一些好日子;有可能,他甚至上过大学,可在后来的人生中坑蒙拐骗,好卑劣。谈起这个话题,他一边阴郁地瞪着杯中的茴香酒,一边说(在"摩洛哥酒吧"),他之所以倒霉,就是因为他不是俄国人,而是德国人。德国人在这个国家不入流,在埃及或沙特阿拉伯有可能。在这儿,只有俄国人才入流。如果他是俄国人,他的存在就不会引起不满。相反,作为俄国人,他恰恰要义不容辞地成为他现在的样子:烂醉如泥,潦倒不堪。但在这儿,他压根儿连假装俄国人都不可能,因为他看上去就像法国二战电影里的德国人。在这一点上,他破天荒地说了实话。他看上去就是那样儿。他黑白两道通吃,无人可及。所有的饭馆酒吧他都轻车熟路。他能从任何一个常客那儿打听到任何消息。然而就在林恩哈德把肖恩贝希勒和弗西廷探听到的结果交给我之前,我第二次见到了莫妮卡·施台尔曼。所发生的事我不知是害怕还是盼望。要是没有见过面多好啊(无论是第一次还是第二次)。

在中央图书馆里的工作:为什么不讲讲施台尔曼的家族史呢?刚才我又收到一张柯勒新近寄来的明信片——上一张是四星期之前了,猫鼠游戏仍在继续,他想以后去萨摩阿,他从夏威夷前往日本,乘坐一艘豪华游轮。在这里,我则面对的是监督委员会,是其主席欧根·劳平格教授。他是著名的刑事法官,脸上有疤痕,诗人气质,脑袋光秃秃的。他在办公室接待我,副主席史托斯也在场,运动员体格,好精神,很虔诚,乐呵呵,自由自在。两位先生很有人情味。虽然被解雇无法避免,不然的话,州议会恐怕还会请求解雇的,所以抢在之前行动比较明智。但是,人们感到遗憾,心情忧郁,慈父一般,可以说完完全全理解,感同身受,一点责备的话都没说。尽管如此,男人之间说话,说句掏心窝子的话,我自己必须坦诚地这样说,恰恰对一个律师来说,正式表明了在一定的环境中生活发生了一定的变化。是的,可以这么说,环境越可疑,这种变化就必然越发无可指摘。这个世界现在成了一个可怕的市侩窝,尤其是我们这个亲爱的城市,除非你逃之夭夭。要是劳平格能在这儿甩手不干,然后走人去南方就好了。然而,这并非是事情的关键。妓女当然也是人,甚至是很有价值的人、可怜的人。他当着我和同事史托斯的面坦然承认,他对这些人心存感激。温暖、同情、理解。不言而喻,说得难听些,法律同样也是为娼妓们存在的,但绝对不能说是鼓励。作为律师,我必须认识到,我给下层社会和风尘男女出的一些主意,正因为它们钻了法律的漏洞,所以会导致可怕的后果。运用法律的认识在一些人的手里会是灾难性的。警察简直也绝望了。也就是说,监督委员会并未作出任何规定,不实行思想暴政,完全自由,就是这样,我心知肚明,规定就是规定,哪怕是不成文的规定。后来,当史托斯必须出去时,劳平格这个老当益壮的家伙还问我,我能不能给他一个确切的电话号码,好让某个人去进一步结识一个风流女子(吉赛勒)。曾经的体操名将史托斯后来不得不出去时也这么问。两周后我就失去了营业执照。就这样,我一贫如洗地时而泡在无酒精饭馆里,时而泡在"摩纳哥酒吧"里,多多少少是靠鲁奇和吉赛勒的施舍过活。而且我有的是时间,没完没了的时间,对我来说这是最糟的事。正因为如此:为什么不书写施台尔曼的家族史呢,所以我才坐在中央图书馆——自然而然,当我带着一瓶杜松子酒进来时,顿时变得精神抖擞。为什么不彻彻底底、仔仔细细地写一写呢,为什么不揭开老底呢。总而言之,施台尔曼要是没有家族历史和家族故事背景算什么呢。这个姓氏就迷惑人。施台尔曼家族的先祖虽然跟许多工业家族一样,是从北方迁来我国的,然而却是在1191年前后。当时南部德国一位公爵忽然想出了个馊主意:建立我们现在的邦联首府。众所周知,这主意成功了,施台尔曼就是瑞士的先民。再说这个部落的创始人雅克布·施台尔曼,他混迹在绿河岩岸边(离我们足足有四天路程)安营扎寨打家劫舍的流浪者堆里,曾是从阿尔萨斯逃跑的罪犯,就这样逃脱了施特拉斯堡的断头台,保全了性命,在新建立的城市里先是靠当农奴为生,后来竟学会了打造兵器的手艺,是个举止粗鲁满脸煤烟的伙计。几百年来,施台尔曼家族与这座城市的血腥历史紧密地联结在一起。作为武器匠,他们制造了本地的长柄斧,在劳庞和圣雅各布战场上派上了用场,而且是照亚德里安·施台尔曼(1212—1255)定下的标准型号生产的。这个家族拥有正式认可的特权,为整个南德意志的主教管区制造月牙斧和刑具。家族事业蒸蒸日上,铸锅街上的铁匠铺成了响当当的招牌。亚德里安的儿子,光头贝尔托德·施台尔曼一世(莫非就是传说中的贝尔托德·施瓦茨①?)就已着手生产火药武器。贝尔托德的曾孙雅克布三世(1470—1517)更出名,几种著名的火炮,例如"四福音书""大诗篇"以及"黄魔鬼",都出自他手。从他开始,火炮铸造便作为家族的传统代代相传,虽然在其子贝尔托德四世手中突然中断,因为他是个再洗礼派信徒②,只肯生产铁犁,但贝尔托德四世的儿子雅克布四世又重新开始铸造火炮,并亲手设计了最早的榴弹,点火时他本人和发射炮都被炸得粉碎。这就是这个家族的发迹史。生动形象,相当可敬。这个家族在政治上也取得了成功,出了一位乡长,两位出纳,还有一位地方总督。在后来几个世纪里,从武器铸造作坊渐渐发展成一家现代工业企业。家族的历史变得更加错综复杂,那一个个动机开始隐藏起来,那一条条线索被看不见地错综交织,国内视野和关系提升为国际的。家族虽然失去了色彩,但却赢得了组织,尤其到了19世纪前半期,当施台尔曼先祖的一位后裔搬到我国东部后,更是如此。海因里希·施台尔曼(1799—1877)因此也可以被视为特鲁格机械和武器制造厂的创始人,在大孙子詹姆斯(1869—1909),特别是二孙子加布里埃尔(1871—1949)的掌管下,这个厂子日益繁荣昌盛。当然不再是那个特鲁格机械和武器制造厂,而是特鲁格医疗辅助器械股份公司。1891年,二十二岁的詹姆斯·施台尔曼结识了七十一岁的英国护士弗洛伦斯·南丁格尔,在她的影响下,他把这个武器厂改造成了生产假肢的"医疗辅助器械厂"。他英年早逝,弟弟加布里埃尔接任继续扩大规模,凡是能想到的假体他们都造,有假手、假臂、假脚和假腿,如今这家公司在向世界市场提供各种植入性假体(人造股骨、人造关节等等)和外置假体(人造肾脏、人造肺叶)。世界市场:这话并不夸张。他们之所以取得成功,靠的是坚持不懈的努力,靠的是质量,

---

① 贝尔托德·施瓦茨是欧洲9世纪时一位炼金的修道士,有一种说法认为火药是他发明的。
② 再洗礼派是欧洲16世纪宗教改革时期的一个教派,认为人成年之后应该再次接受洗礼。

但首先靠的是审时度势当机立断,因为他们无所顾忌地并购了所有的外国假肢制造企业(多半是小企业)。这一代新人把我们这个中立国能为一家假肢企业提供的可能性理解为向交战的任何一方出售假肢的自由:两次大战的胜利者和失败者、如今的政府军、游击队、造反派。他们家的格言是:"施台尔曼为了牺牲者"。尽管假肢厂的产品如今在吕德维茨手中又有些近似早期产品的特色,但假肢这个概念是可以延展的。人在挨打时会不由自主地用手保护自己,所以盾牌就可以说是手的假肢,扔出的石块就是握起来的手,即拳头的假肢。一旦理解了这种辩证关系,那么这家辅助器械厂重新开始的武器制造业务就完全属于假肢的范畴:坦克、机枪和火炮可以看作手臂假肢的延伸。人们看到的是一个成功的家族。施台尔曼家族的男人简单、粗鲁、心地单纯,忠于婚姻,辛苦劳作,常常容易变得吝啬,他们有时候对精神世界有一种新奇、独特的鄙薄,致使他们在艺术上的理解力顶多只够懵懵懂懂地欣赏《死人岛》①,在体育上只支持足球(这种支持也是有限的,特鲁格足球俱乐部在甲级联赛中的困难状况说明了这一点)。而这个家族的女人们则是另一路货,要么放荡成性,要么洁身自好,泾渭分明,互不相干;荡妇们都长得丑,高颧骨大鼻子,又宽又薄的大嘴,而洁身自好的都是出色的美女。要说在柯勒案中会意外地扮演主要角色甚至双重角色的莫妮卡·施台尔曼,从外表上看,她可以算作洁身自好型,而按照她的生活态度则属于荡妇一类:她父母(1920年,加布里埃尔·施台尔曼娶了斯蒂芬妮·吕德维茨)乘坐私人飞机在飞往伦敦的途中坠毁(准确地说是失踪,因为父母和飞机都没有找到),而她哥哥弗里茨在科达祖尔潜水时又一去不回,这两次不幸发生之后,1930年出生的她继承了全国最大一笔财产,而假肢企业则由她舅舅掌控。当然,要掌控莫妮卡的生活态度远远困难得多。关于这姑娘,到处流传着粗俗不堪的流言蜚语,常常也可笑之极,越传越神,直到几乎变成让人确信无疑的事实,又

---

① 《死人岛》是瑞士画家阿诺德·伯克林的作品。

化为乌有,被正式辟谣——出面的总是她的舅舅吕德维茨——而正因为如此,人们就又相信流言蜚语是真的,直到下一个更加轰动的丑闻超越了之前所发生的一切,于是游戏又从头开始。人们虽然用不屑的眼光看待这位继承了数百万家产的伤风败俗的女子,但却暗暗地感到骄傲、嫉妒——她无所不能——毕竟心存感激,因为人们最终过得快活。施台尔曼女士成了一座城市公认的"世界级蛇蝎美人",其声誉一方面靠着政府部门、教会和公益协会绝望地苦苦维护,另一方面又因为她的男妓而饱受质疑:靠着这个女人和它的银行,而不是靠着它的妓女,我们的城市才在国际上有了名声。人们几乎要松口气了。既性冷淡又爱搞同性恋,这样的双重名声靠着施台尔曼女士得以纠正,使得习以为常的恶习有所收敛。这姑娘名气越来越大,尤其当我们的市长开始把她编写进他那臭名远扬的即兴演讲和诗作中后更为甚之。市长常常值正式庆祝活动之际,趁之前的时刻要这样表演一番,比如无论是文学奖颁奖仪式上,还是某家私人银行的周年庆典上。然而,我之所以害怕第二次见到莫妮卡·施台尔曼,因为有一个确切的原因。我在莫克家认识了她。那时我在史提西-卢平那里干事。莫克的工作室在沙夫豪森广场附近,冬天屋里过于暖和,铁炉子烧得通红,烟斗、雪茄和香烟的浊气混在一起成了毒雾,整个屋子脏得超乎想象,永远有未完成的雕像,永远围着湿布,周围是成堆的书本、报纸、未拆封的信、葡萄酒、威士忌、草稿、照片、牛肉干。我去是为了看他给施台尔曼塑的雕像。我很好奇,因为莫克告诉我他要给雕像涂上彩绘。雕像立在一片狼藉中间,惊人的自然主义风格,但很逼真,跟真人一样高。它是用石膏做成的,涂成肉色,莫克解释说。雕像一丝不挂,摆出明显的暧昧姿势。我长久地注视着雕像,感到惊讶——莫克也会雕塑。他平时可是个勾画大师:他在室外工作,只需雕凿几下,巨石常常就会变成他想要的东西。他雕出一只眼睛,一张嘴,也许是胸部,一条阴道,剩下的他就不用再雕了,观赏者可以从勾画中时而想象出一个独眼巨人的脑袋,时而想象出一只小动物,时而又想象出一个女人。制作模型必须像勾勒草图一样,他常常这样说。所以他现在采用的手法就更让人惊奇了。石膏像仿佛在呼吸,首先因为它描绘得独有风格。我退后和走近观察,想必他把人的毛发当头发和阴毛用,就为了达到彻底以假乱真的效果:然而雕像并不像一个木偶,它散发着一种令人惊异的活力。它突然动了起来。它从底座上站起,瞅也不瞅我一眼,就走到工作室后面去了,在那里找来找去,找到半瓶威士忌喝了起来。原来那不是石膏像,莫克骗了我。那是真真正正的莫妮卡·施台尔曼。

"你是第四个上当的,"莫克说,"你的神气刚才看上去可蠢了。而且你也根本不懂艺术。"

我走了。那个立在工作室另一个角落的彩绘石膏像第二天被取走了。是被吕德维茨男爵的一个全权代表取走的,也就是她的舅舅,特鲁格医疗辅助器械公司的掌门人。

莫妮卡·施台尔曼一:我的报告越深入,它就变得越难以讲述。不光报告本身变得错综复杂,我的角色也变得模棱两可。我再也无法说明是不是我在行动,或者是不是通过我在行动,甚或是不是有人和我一起在行动。首先我越来越怀疑林恩哈德把莫妮卡·施台尔曼牵扯进来,这是不是巧合。办理那个家具商案子,我运气不好,他通过一个由他杜撰的罗马专家的鉴定,声称那些在加格耐克生产的文艺复兴风格的柜子是真品,是我忽视了这一点,而不是叶梅林。可我马上得去加拉加斯,但正在临行准备时,伊尔瑟·弗洛伊德报告凡特先生来访,他是林恩哈德的一个人。令我吃惊的是,肥胖的凡特抽着布里萨戈雪茄,穿着一身警服,他曾经当了二十多年警察。

"你疯了,凡特,穿着这身衣服出来。"我说。

"这样会有好处,施派特先生,"他叹息着说,"这样会有好处。莫妮卡·施台尔曼打电话来了。她要找个律师。"

"为什么?"我问。

"她被人打了。"

"被谁？"

"贝诺博士。"凡特答道。

"为什么？"

"他跟另一个女人被她捉奸在床。"

"那他就该自作自受。可笑。不是吗？我干吗要管施台尔曼的事？"

"林恩哈德又不是律师。"凡特答道。

"她到底在哪儿？"

"就在贝诺博士那儿。"

"天哪，凡特，别这么拐弯抹角。贝诺在哪儿？"

"你拐弯抹角问来问去，"凡特说，"贝诺在'布莱廷酒店'打了施台尔曼。库萨文王子也在那儿。"

"那个赛车手？"

"正是。"

我打电话到"布莱廷酒店"，要贝诺博士听电话。接电话的是酒店经理佩德罗里。他问我是谁。

"施派特，律师。"

"他又在打施台尔曼，"佩德罗里笑着说，"你走到窗前就能听见。"

"我在帐篷街。"

"没人管。全城一片哗然，"佩德罗里说，"客人们都逃难似地离开了我的五星级酒店。"

我的保时捷停在发言人街。凡特坐在我身边，我们开车前往。

"从黑吉巴赫街穿过去。"凡特说。

"这样绕路。"我提醒说。

"无所谓。施台尔曼还撑得住。"

到了克鲁斯街附近一个停车标志线，凡特下了车。

"你回来时再经过这儿。"他说。

10月底。树叶红黄相间，街道上落叶飘零。我到达酒店时，施台尔曼已经等在门前。她只穿着一件黑色男式睡袍,左边袖子没了。高个子。红头发。玩世不恭的样子。妩媚。挨着冻。她的左眼青肿。嘴唇翻了起来。光着的一条胳膊上满是抓痕。她向我招手,远远地吐了口血水。贝诺在酒店大堂十分愤怒,也被打得伤痕累累,被两个行李员扶着。酒店窗户上趴满了人。施台尔曼周围都是围观者,十分好奇,幸灾乐祸。一个警察在疏导交通。一辆白色跑车里,隐隐约约地坐着一个金发青年,显然是库萨文,小西格弗里德,看样子正要发动车子。矮小灵敏的经理佩德罗里从酒店出来,给施台尔曼披上一件裘皮大衣,肯定很昂贵吧。我对裘皮大衣一窍不通。"你会冻着的,莫妮卡,你会冻着的。"

"我讨厌裘皮大衣,你这个混蛋。"她说着把大衣扔到他脑袋上。

我停在她身边,"是林恩哈德让我来的,"我说,"施派特,律师施派特。"

她疲惫地上了保时捷。

"被打得遍体鳞伤。"我断言道。

她点点头。然后她看着我。我本想发动车子,可她的目光让我惴惴不安。

"我们不是在哪儿见过面吧?"她问道,说起话来很吃力。

"没有。"我一边撒谎,一边发动了车。

"库萨文跟着我们。"她说。

"跟就跟着吧。"

"他是赛车手。"

"一级方程式。"

"我们甩不掉他。"

"这还用说!去哪儿?"

"去林恩哈德那儿,"她说,"去他家。"

"库萨文知道林恩哈德住哪儿吗?"我问。

"他根本不知道有林恩哈德这个人。"

到了黑吉巴赫街停车标志线前,我规规矩矩停了车。凡特穿着警服站在人行道上，走到保时捷跟前，要我出示证件。我拿给他，他仔细检查，礼貌地点点头。然后他转向不得不停在我身后的库萨文，为了仔细地检查他的证件。他接着绕着他的车转了一圈，慢慢腾腾，磨磨蹭蹭，把证件看了又看。我从后视镜里看见库萨文咒骂起来。我还看见他不得不下车，凡特从兜里摸出个小笔记本。于是我穿过克鲁斯街向着湖边开去，又从高架车道开进比伯林街，转向阿德里斯山方向，途中还谨慎地绕了点弯路，然后就从猫尾街一路飞驰到了林恩哈德的别墅前。

我在花园门前停下车。旁边的小别墅一定是叶梅林的。我从报纸上得知，那天是他六十岁生日，所以这条一向冷清的街道上停了特别多的车。他在举办花园聚会。史提西-卢平刚刚开车到门前。施台尔曼裹着黑睡袍，在我后面一瘸一拐骂骂咧咧地爬上陡直的台阶。史提西-卢平下了车，向我们这边张望，显然被逗乐了。叶梅林不快地从树篱上露出头来。

"是这儿。"施台尔曼说着，递给我一把钥匙。我打开房门，让她先进去。一进门就是一个大客厅。很现代，却配着老式家具。穿过敞开的门能看见一间卧室，里面有张舒服的床。她坐在一张长沙发上，看着挂在一个柜子上方的毕加索的画。"他画的是我。"

"我知道。"我说。

她乐呵呵地看着我。"现在我想起来在哪儿见过你了，"她说，"在莫克家。我在你面前装作一尊雕像。"

"可能吧。"我答道。

"你当时吓了一大跳，"她回忆着，然后问我："你当时一点也不喜欢我，把我忘得一干二净？"

"喜欢，喜欢，"我坦诚地说，"我挺喜欢你的。"

"那就是说你没忘记我。"她说。

"没全忘。"我坦诚地说。

她笑起来。"好吧，既然你想起来了。"她站起来，脱掉睡袍，一丝不挂地站着，表情狂傲，让人想入非非，根本不在乎自己被贝诺打得遍体鳞伤的样子让人一览无余。她走到大窗户前,从那里可以看到叶梅林的房子。客人们聚集在那里盯着这边,叶梅林举着一个望远镜,旁边是史提西-卢平,正在挥手。莫妮卡摆出莫克为她设计的那尊雕像的姿势,史提西-卢平鼓起掌来,叶梅林则咄咄逼人地挥着拳头。

"非常感谢你救了我。"施台尔曼说着朝我转过身来,依然端着那副她的观察者观察着她的姿势。

"偶然而已,"我答道,"受林恩哈德之托。"

"我总是受人欺负,"她若有所思地说,"先是贝诺,后来是库萨文。其他人也总是打我。"她又朝我转过身来。

"这又会使你与一个人重归于好,"我说,"现在你右眼也肿起来了。"

"有什么办法呢?"

"我去找块湿布好吗?"我问。

"扯淡,"她说,"你倒可以在柜子里找到白兰地和杯子。"

我打开一个老式恩加丁柜子,找到了她想要的东西,斟上酒。

"你经常来这儿?"我问。

"有时候。我也许真是个婊子。"她有些苦涩和愕然,而又毫不掩饰地说。

我笑了,"那些人受到了更好的对待。"

她喝光杯里的白兰地,说道:"现在我要泡个热水澡。"

她一瘸一拐地走进卧室。消失了。我听见她放水,骂人。接着她转回来,又要一杯白兰地。

我给她斟上酒,"这样不会伤身体吗,莫妮卡?"

"废话,"她答道,"我壮得像匹马。"她又一瘸一拐地回到浴室里。

我走进浴室时,她正躺在浴缸里打香皂。"蜇得要命。"她说。

我坐在浴缸边上。她沉下脸来。

"你知道我现在在干什么吗?"她问,我没回答,她接着说,"结束了,我不干了。"

我没反应。

"我不是莫妮卡·施台尔曼。"她满不在乎地说。我惊愕地看着她。

"我不是莫妮卡·施台尔曼,"她重复道,然后平静地说,"我只是过着莫妮卡·施台尔曼的生活。我父亲是温特教授。"

沉默。我不知道对此该说什么。

"你母亲呢?"我问道,立刻明白这是个傻问题。她母亲关我什么事。

她毫不在乎。"教师,"她答道,"在埃文达。温特抛弃了她。他总是抛弃女教师。"

她毫无仇恨地说着。

"我叫达芙妮,达芙妮·米勒,"然后她笑着说,"真不该叫这样的名字。"

"如果你不是莫妮卡·施台尔曼,那谁是莫妮卡·施台尔曼?"我迷惑地问,"到底有没有这个人?"

"你去问吕德维茨吧。"她答道。

忽然她起了疑心:"这是审问吗?"她问。

"你需要一个律师。我就是律师。"

"需要你时我会说的。"她突然若有所思地答道,甚至变得有点敌意。

林恩哈德出现了。我没听见他进来。他突然出现在那儿,正在给登喜路烟斗里填烟丝。"满意吗,施派特?"他问。

"不知道。"我答道。

"满意吗,达芙妮?"他又问。

"马马虎虎。"她说。

"我给你带来了几件衣服。"他说。

"我有贝诺的睡袍。"她答道。

外面传来救护车的呼啸声。

"叶梅林又要犯心脏病了,"林恩哈德干巴巴地说,"我给他送了六十朵玫瑰。"

"他还看见我光着身子。"她笑着说。

"你可没少光身子。"他说。

"你到底怎么知道达芙妮是什么人的呢,林恩哈德?"我问。

"反正就是知道了。偶然知道的,"他边回答边点着登喜路,"我该把你送到哪儿去呢,米勒小姐?"

"去阿斯科纳。"

"我开车送你去。"

"真会做生意。"她赞许地说。

"有报酬,"林恩哈德说,"他来付。"他指着我,"他获得了无价的情报。"

"我还有事要拜托他。"达芙妮说。

"什么事?"林恩哈德问。

她尚未完全肿起的右眼闪闪发光,左手捋着自己的红长发。

"他应该告诉真正的莫妮卡·施台尔曼,告诉那个老处女,我不想再见她了。这话由一位律师通知她,就是算正式的。"

林恩哈德笑起来,"姑娘,那可要惹起一场你无法想象的丑闻啦。"

"我不在乎。"她说。

林恩哈德的登喜路在浴室的水汽中燃不起来。他又点了一次。

"施派特,"他说,"你别掺和这事。这是个建议。"

"你已经让我掺和进来了。"我说。

"你又说对了,"林恩哈德边说边笑,他然后转向达芙妮说,"出来吧。"

"你忽然变成了一个演说家。"我冲着林恩哈德说完就走了。

后来回到帐篷街,我给吕德维茨打了个电话。他暴跳如雷。我知道的事太多了。他说话的声音变低了。就这样,我成功地拜访了真正的莫妮卡·施台尔曼。

365

第二次致检察官的话:我写得越多,我的报告结果就越变得不可思议。我不遗余力地像作家似的潜心写作,甚至努力追求诗意。我描写天气状况,竭力在地理方面达到确切无疑,查阅城市地图。之所以做这一切,只是因为您,检察官约阿西姆·弗伊瑟尔先生(请原谅,停尸间的尸体又指名道姓地对您说话了)欣赏文学的东西,甚或诗意的东西,一直把自己看成一个音乐人,就像您在所有合适和不合适的场合——甚至在刑事法庭上——喜欢提及的,因此,如果不添加上我的文学色彩,您恐怕会把我的手稿怒冲冲地丢到墙角去。然而,我的报告却是老一套,尽管诗情画意。我感到遗憾。我觉得自己就像个通俗小说作者:我是正义的斗士,林恩哈德是利马特河边的歇洛克·福尔摩斯,而达芙妮·米勒则是被称之为黄金岸边,也就是我们的湖右岸的梅萨林纳①。那个挺着乳房、放荡不羁的雕像,我在莫克家仔细地看了它,而我则把活生生的达芙妮当成雕像惊叹,这个用彩绘石膏制作的放荡的女人形象(就别提真人了)后来在我记忆里比出现在我报告里这个姑娘更生动。当然,她有没有跟林恩哈德睡过,如果睡过,那么睡过多少次——她跟谁没睡过呢?——本身都无所谓。但对我的报告来说,内在的动因和过程现在至关重要,我要弄清楚这个一团乱麻的世界上发生了什么,为什么会发生。如果外在现象没错,那么内在动机即使没有完全的把握猜出来,但也可以感觉到;如果外在的事实不对,发生了一次没有被记录在册的男欢女爱,或者又误报了一次没有发生过的男欢女爱,那么你就会摇摆在空虚和不确定中。这里的情况也一样。林恩哈德是怎样发现了"假"莫妮卡·施台尔曼的秘密的?因为他跟她睡过?恐怕很多人都会心知肚明。她爱他?她不会把秘密告诉他。她害怕?有可能。那么贝诺呢,林恩哈德一开始就要怀疑他?因为达芙妮?我提出这些问题,因为人们把达芙妮的死归咎于我。我真不该去拜访真正的莫妮卡·施

---

① 梅萨林纳,古罗马皇帝克劳迪乌斯的妻子,以放荡著称。

台尔曼。但是达芙妮恳求我这样做。我必须探索一种可能性,我接受了委托,还收下了一万五千法郎预付款,尽管我过去和现在都深信这种可能压根儿就不可能:名誉博士伊萨克·柯勒是杀害温特教授的凶手,这一点无可质疑。要说凶手也可能是别人,只是一种可能性,什么也说明不了。在追寻这种可能性的过程中,有一些被忽略的事实浮出水面,关键在于柯勒不是凶手这个假想,这就是我为了追根问底而必须做的。再说吧,我要把真相写下来,坚守真相,但是:真相后面的真相是什么?我面对种种猜测,来回摸索。什么是对的?什么被夸大了?什么被歪曲了?什么被隐瞒了?我该怀疑什么?相信什么?在这些事件背后,在柯勒、施台尔曼、史提西-卢平、林恩哈德、海伦娜、贝诺等等这些我所遭逢的人物所发生的事件背后,到底有没有某些真实、确切和无疑的东西呢?在我们的城市背后,在我们的国家背后到底有没有某些真实、确切、无疑和现实的东西?难道不是一切都不可救药地被隔绝了,毫无希望地被排除在世界其他地方赖以蓬勃发展的法则和动机之外吗?难道不是一切都是乡巴佬式的、中欧的、小家子气、不现实吗?这里的生活、爱情、吃喝、交易、苦思冥想和钻牛角尖、传宗接代和扩大组织?我们还能表现什么?我们还能代表什么?我所描述的这一帮混蛋还有一点意义,还有一点作用吗?可话说回来,也许对这些问题的答案就潜藏在林林总总的背后,也许答案会出其不意地从一切可以想象的人为的情境中冒出来,猝不及防,就像从藏匿的地方钻出来一样。这个答案将会是对我们的判决,执行判决就是真相。我愿意相信这样,狂热而执着。不是为了这个我在其中苟且求生、精美造作的社会,不是为了那些包围着我的、令人难以忍受的残渣余孽,而是为了正义;为了正义我行动,为了正义我必须行动;我要拯救最后残余的人性(我写下来的东西富有激情、庄严、高尚,有管风琴伴奏的神圣严肃,但我不会删去所书写的东西,也不会修改它。为什么要修改呢,为什么追求风格呢,指引我的不是文学上的野心,而是杀人的意图。再说吧:我没醉,检察官先生,您弄错了,我没醉,很清醒,十分清醒,清醒得要命)。因此,我别无选择(祝您健康,检察官先生!),只有酗酒,嫖娼,讲述,说出我的顾虑,画上我的问号,等待再等待,等到真相大白的那一天,等到那残酷的女神①摘下面纱(又变成了文学描述,真恶心)的那一天。这不会发生在纸面上,真相不是可以画出来的公式,它存在于任何语言上的努力之外,存在于一切诗情画意之外,只存在于审判降临之时;在正义永恒的自我伸张中,它才会产生作用,才能感觉得到。有朝一日,当我站在名誉博士柯勒面前和他面面相觑时,当我要实现正义并执行判决时,真相就会有的。那时,就那么一瞬间,眨眼的工夫,心跳的片刻,刹那的永恒,子弹嗖地划过的瞬间,真相就会闪闪发光。现在,我低头沉思时,真相就溜掉了,不比一个古怪邪恶的童话更真实多少。我造访真正的莫妮卡·施台尔曼时的印象也是这样:更像幻梦而不像真事,更像传奇而不像事实。

莫妮卡·施台尔曼二:"蒙利普斯"②公馆位于我们城市边上一座巨大而荒芜的花园内,长久以来别墅都快要看不见了。只有在冬天,透过纵横交错的老树枝丫向着瓦格纳直坡方向看,间或可以勉强地辨出里面的几堵墙和一道三角山墙的轮廓。只有为数不多的人还能回想起蒙利普斯公馆招待客人的情形。"真"莫妮卡·施台尔曼的父亲和祖父都只在楚格湖或日内瓦湖畔的乡间别墅举办庆典或周年纪念。他们待在城里只是为了工作(他们代表的还是重体力劳动者),只在城外举行庆祝活动。而家族的女士们只要进城,就住在"多尔德"酒店、"巴尔拉克"酒店或"布莱廷"酒店。"蒙利普斯"渐渐成了一个传说,尤其是发生了那个事件以后:一天早晨,有三个从德国来的盗贼被打得可怜巴巴地躺在施台尔曼别墅花园大门外。警察对此没有发表评论。吕德维茨介入了此事。除了被人们当成莫妮卡·施台尔曼的达芙妮之外,好像这房子里再也没有任何人。送货

---

① 指真理女神,其形象戴着面纱。
② 蒙利普斯(Mon Repos)在法语中意为"我的栖息地"。

商必须把货物放在大门旁边一个空车库里,然而每天送来的食品数量却很可观。达芙妮自己从不邀请任何人来别墅,她在奥罗拉街还有一套公寓。我开车去瓦格纳直坡时,已经吃了两片解热镇痛药。天气变化无常,又发生突变,那个湖看上去像一条小溪,对岸显得那么近。下午四点。我停在花园大门外,将车子半停在人行道上。大门没上锁,我走进花园,昏昏沉沉,止痛药还在作怪。一条石子路向上通去,时而会有木台阶,但这路完全不像我想得那么陡,可直坡则意味着陡峭啊。花园几乎无人维护,路边荒草丛生,喷泉上长满青苔,中间有些部分跟原始森林一样,到处都是数不清的花园侏儒。它们不是零零散散地立着,而是成群结队,一堆又一堆,莫名其妙;它们长着白胡子,呈玫瑰色,微笑着,傻乎乎的,甚至还坐在树上,像被固定在树枝间的鸟儿似的。然后又有更大的侏儒,更加怒气冲冲,甚或更加邪恶,是些女侏儒,比男的高大,一些脑袋硕大、令人毛骨悚然的女侏儒。我感觉他们跟踪我,包围我,我越跑越快,在一棵巨大的老白蜡树旁猛地转弯后出乎意料地被人抓住了:仿佛狠狠地撞上了一堆铁,我都没看清是谁撞了我,把我翻了个个,显然是个保镖。接下来,在走进别墅的路上,我与其说被领着,倒不如说被拖着。房门口站着第二个保镖,如此魁梧,好像堵住了整个大门。他接待了我,把我推进别墅里,先是穿过一个前厅,然后走过一个壁炉正在噼噼啪啪燃烧的大厅,好像整个一根树干在其中燃烧,最后来到一个客厅,或者也可以说一个小房间。他们让我乖乖地坐在一张皮椅上。我昏昏沉沉地抬头望去。手臂和脊背隐隐作痛。两位保镖坐在我对面笨重的皮椅上,都是光头。他们的脸就像泥塑的一样,眯缝眼,颌骨犹如拳头。衣着讲究,深蓝色真丝西装,就像盛夏时节的打扮,白色真丝领带,而脚上的鞋却像举重运动员穿的。他们看上去块头很大,其实个子并不特别高。我向他们点点头,他们脸上依旧毫无表情。我环顾四周。护墙板上全是照片,有的挂着,有的贴着,那么多,深棕色的墙板就像被照片壁纸盖住了。每个发现都伴随着一种奇怪的惊恐,我弄明白了,墙上的照片全都是同一个人:贝诺博士。然后我才看见铁窗对面墙上有一个壁龛,里面放着莫克那个放荡不羁的雕塑杰作,那个一丝不挂的"假"施台尔曼,达芙妮,只不过现在是青铜的,她双手像举杠铃一样托着自己的乳房。当我感受着这雕像时,对面的双开门打开了,里面走出第三个光头保镖来,比皮椅上那两个更加强壮,也穿得更考究。他抱来一个满脸皱纹身子蜷曲的怪物,像四岁孩子那么大。怪物穿一件怪异的、领口很低的黑色连衣裙,缀着一颗蓝宝石,在矮小佝偻的身体上闪闪发光。

"我是莫妮卡·施台尔曼。"怪物说。

我站起来,"施派特,律师。"

"哦,哦,一个律师,"大脑袋的小怪物说。声音好恐怖,听起来仿佛是另一个人从这怪物身体里说出来的。那是一个女人的声音:"你来我这儿干什么?"

保镖抱着怪物一动不动。

"莫妮卡……"

"施台尔曼女士,"怪物更正道,然后拽拽自己的裙子:"迪奥,很时髦,不是吗?"这声音里有一丝冷静而优越的嘲讽。

"施台尔曼女士,达芙妮不想再回到你身边了。"

"是她让你告诉我的?"怪物问。

"她让我转告你。"我答道。

难以猜得出来,怪物听到这消息时是怎样的心情。

"威士忌呢?"她问。

"遵命。"

似乎还没等到怪物发出信号,我身后的双扇门就开了,第四个光头保镖端来苏格兰威士忌和冰块。

"纯的?"她问。

"加冰。"

第四个保镖斟上酒,站在一边。先前那两个也站起来。

"你觉得我的仆人怎么样,律师?"怪物问道,那个抱着她的保镖把酒送到她嘴边。

"令人敬佩,"我说,"我以为他们是您的保镖。"

"令人敬佩,但很愚蠢,"她答道,"乌兹别克人。俄罗斯人在中亚什么地方捡到了他们,安插进了红军队伍,后来他们成了德国人的俘虏。由于纳粹人类学家们确定不了他们属于哪个种族,他们才幸存下来。我父亲在一家种族研究所里把他们买来了,当初这样的苦工还是很便宜的,被当作人类无用的尾货。我觉得他们是乌兹别克人,因为我喜欢这个词。你看见了那些花园侏儒吗,律师?"

我脸上冒出汗来。房间里太热了。

"像一支大军,施台尔曼女士。"

"有时候,我也站到那些女侏儒中,"怪物笑着说,"虽然我动来动去,但却没人发现我。干杯。"

那个抱着她的乌兹别克人又把威士忌送到她嘴边。她喝着酒。

"祝您健康,施台尔曼女士。"我边说边喝酒。

"你坐下,施派特律师。"她命令道。我坐到皮椅上。那个乌兹别克人站在我面前一动不动,怀里抱着怪物。

"达芙妮不想再回我身边,"她说,"我早知道,她总有一天不会再回来的。"在那硕大的、几乎没有头发的脑门下,布满皱纹的小脸上有一双大眼睛,里面噙着泪水。

还没等到我能说什么,乌兹别克人忽然把怪物放到我怀里,把她的威士忌塞到我空着的手中,与其他三个一起向着窗户跪拜。他们额头触地,无比肥大的屁股高高地撅起。怪物紧紧地抠住我,我手拿两只酒杯有些不知所措。

"他们又在祷告。每天五次。这时,他们大多时候都把我放在一个柜子上。"她说。

怪物然后命令道:"喝。"

我把酒杯送到她嘴边。

"难道奥林匹亚-海因茨不是美丽过人吗?"她突兀地问道,然后才一口气把威士忌喝干了。

"确实美丽过人。"我一边回答,一边把空杯放在皮椅旁边的地毯上。怪物险些从我怀里掉下去。

"无聊，"她阴沉地说，口气里满是自卑，"贝诺是一个荒淫堕落俗不可耐的纨绔子弟，我爱上了他。我总是爱上俗气的男人，因为达芙妮总是爱上俗气的男人。"

我抱在怀里的怪物摸上去像一副微小的骨架。

"我把自己的名字给了达芙妮，好让她去过上我想过的生活，她也这么过了，"她说，"我恐怕也会和任何人上床。你跟她睡过吗？"怪物突然干巴巴地问。

"没有，施台尔曼女士。"

"停止祷告！"她命令道。

乌兹别克人都站了起来。那个把怪物抱进来的又把她接了过去。我同样不由自主地站起来，手里还一直端着那杯加冰的威士忌。我已经完成了使命，打算告辞了。

"你坐回去，律师。"她命令道。我服从了。她从乌兹别克人的手臂中俯视着我。她的眼睛里此刻放射出某些咄咄逼人的东西。被禁锢在这样一具瘦小蜷曲的躯壳里，她只能通过眼睛和声音来表达自己。

"拿把刀来。"她说。

一个乌兹别克人打开一把折刀，递给她。

"到贝诺的照片那儿。"怪物说。

乌兹别克人把她抱到墙上的照片前，她开始不慌不忙地划着照片，就像做手术似的，划破了微笑的贝诺博士，划破了用餐和坐着的贝诺博士，划破了沉思、睡觉、神采奕奕、喝酒的贝诺博士，划破了身着燕尾服、黑礼服、定制西装和骑马装的贝诺博士，划破了射击手枪的贝诺博士，划破了化装舞会上扮成海盗、身着泳装和不穿泳装的贝诺博士，划破了奥运会赛场身穿击剑服的贝诺博士、划破了穿网球服的贝诺博士，划破了身着睡衣的贝诺博士，划破了打猎的贝诺博士。我们让开地方，乌兹别克人站在我周围，那个抱着小怪物的人在这地狱般酷热的小房间里一圈圈地绕着我们走，地板渐渐地铺满了划碎的照片。所有的照片都划碎之后,我们各就各位,就像什么都没发生过。怪物又被放回我怀里。我像一个抱着怪胎孩子的父亲坐在那里。

"这下让我舒心了,"她平静地说,"现在我撒手不管达芙妮了。我会让她变成她曾经的样子。"

她向上看着我。皱巴巴的面孔看上去衰老不堪,仿佛怪物早在人类出现之前就来到了这世上。

"代我向老柯勒问个好。"她说,"他常来看我。要是他一意孤行惹我生气,我就在书架上爬来爬去,拿书扔他。可他总能按自己的意志行事。现在他还掌管着我的生意。从监狱里。我们没有进入光学和电子领域,而是生产装甲武器、空中防御武器、迫击炮和榴弹炮,这都是柯勒的功绩。你想想,是吕德维茨有这样的本事,还是我?你瞧瞧我这样子。"

怪物沉默了。

"我脑子里除了淫乱没别的。"她然后说道,这个畸形的怪物又让人感受到了她面对自己所表现出的那般嘲讽和鄙视。

"抱走吧。"她命令道。

乌兹别克人又抱起她。

"再见,施派特律师。"她说,而她的声音里又带有那冷静而优越的嘲讽之意。双扇门打开了,乌兹别克人抱着莫妮卡·施台尔曼走出去。门又合上了。我独自与那两个带我进来的人为伍。他们走到我的皮椅前,其中一个拿走我的酒杯,我想站起来,另一个却把我按了下去。随后那杯威士忌泼在了我脸上,冰已经化掉了。两人把我提起来,抬出小房间,穿过大厅,出了大门,走下花园,经过花园侏儒,打开花园大门,把我扔在我的保时捷车前。一对老夫妇正沿着人行道散步,吃惊地瞪着我和那两个乌兹别克人。那两人消失在花园里。

"外籍工人。"我边说边取下警察夹在雨刷上的罚款单。出口不许停车。

报道关于报道的报道:在我拜访瓦格纳直坡三天之后,那篇公报就刊登在了我们那个世界知名的地方报纸上,是由某个名叫艾希斯伯格的国会议员撰写的,这人是特鲁格医疗辅具股份公司的代理律师。公报内容是,那个十年前离开法国科达祖尔一所寄宿学校后就混迹于社会、以各种丑闻让我们的城市不得安宁的人并不是莫妮卡·施台尔曼,她冒充其人,声称有特鲁格医疗辅具股份公司罹患严重残疾的女继承人好心的许可,她叫达芙妮·米勒,生于1930年9月9日,是伯尔尼州尚瑙市女教师欧内斯蒂娜·米勒(死于1942年12月2日)与阿道夫·温特,本地大学副教授(1955年3月25日死于谋杀)的非婚女。这篇符合国会议员性格的粗暴报道引起了艾希斯伯格企图得到的轰动,之前考虑周到的媒体变得无所顾忌,就连"布莱廷酒店"的斗殴都被详加报道。佩德罗里公开说,贝诺欠了他三个月的房钱和饭钱。他本以为施台尔曼女士最终会付账,可现在此女非彼女,达芙妮和贝诺也不知去向。那帮暴徒又向我冲来,艾希斯伯格暗示过,说我去看过真正的施台尔曼。伊尔瑟·弗洛伊德像头母狮似地反抗,几个记者还是挤到我跟前,我说得模棱两可,含含糊糊,这样应付过去,让他们去问林恩哈德,草率地说出了佩德罗里对此只字未提的库萨文。暴徒们又拥到莱姆斯去,太晚了,库萨文的新玛莎拉蒂车在试驾时爆炸,库萨文和王子都被炸得粉身碎骨。记者们又在我们这座城里包围了"蒙利普斯"公馆,在瓦格纳直坡那儿排起长长的车队。不让任何人进入花园,更不用说进别墅了。一个不要命的记者带着全套技术装备半夜翻墙爬了进去。第二天早上,他发现自己赤条条地躺在花园大门外的烂泥里,衣服和几架相机都不翼而飞,根本不知道发生了什么。伴随着这篇公报,秋天也在一夜之间彻底崩溃了,狂风把树上的铁锈色和土黄色一扫而光,人们在残枝败叶中艰难跋涉。接着开始下起雨,后来又是雪,然后又是雨,城市泡在脏兮兮的烂泥里,而那位记者就这样站在烂泥里挨冻。然而,丑闻不仅搅动了媒体,也点燃了想象。在我们这座城里,到处都在酝酿着一些极其无聊的、我却久久没有感知到的流言蜚语。我一心忙着自己的事情。我的客户开始流失,加拉加斯出差告吹了,那桩十分看好的离婚案泡了汤,税务局也没人肯相信我。充满希望的开端忽然显得没有希望了。我已经花光了柯勒的预付款。我觉得自己仿佛在一场马拉松时以百米冲刺的速度开始了,然而,要等到事务所盈利,我面前还有无尽的路程。伊尔瑟·弗洛伊德已经在找新工作了。我找她谈话。

她坐在接待室的办公桌前,把一面小镜子竖在打字机键盘上,把嘴唇涂成火红色。她的头发昨天还是麦秸黄,现在又成了夹着蓝条的黑色,看上去绿幽幽的。当时是六点过五分。

"你在窥伺我,博士先生!"伊尔瑟·弗洛伊德一边抗议,一边继续化着妆。

"谁让你这么毫不遮掩地跟职业中介所打电话。"我自我辩解道。

"打听消息总是可以的吧,"她化好妆后说道,"但我现在不会遗弃你的,因为我们有大活要干。"

"什么大活?"我吃惊地问。

伊尔瑟·弗洛伊德并不急于回答,而是先把豪华挎包放在桌上,把镜子和化妆笔一股脑丢进去。

"博士先生,"她说,"你虽然看样子心地好,可对律师而言过于善良,律师们必须是另一副模样。我所认识的律师要么让人看着放心,要么有艺术家风范,像钢琴家,只是没穿燕尾服,可是你,博士先生……"

"你到底想说什么?"我不耐烦地打断她。

"我想说,你是个人精,博士先生。你看上去不像律师,而却是律师。你想把那个无罪的议员从监狱里解救出来。"

"你胡说些什么,伊尔瑟?"我吃惊地问。

"要不然你怎么会从柯勒那里获得一万五千法郎支票呢?"

我惊得不知所措,"你是怎么知道这事的?"我严厉地训斥道。

"我毕竟时不时清理一下你的办公桌,"她吼叫着回敬道,"你搞得乱七八糟。你现在还会变得无礼。"

她擦擦眼睛,"可是你会成功的。你会把那位善良的议员救出来。我会留在你身边!像一根藤!我们俩会成功的,博士先生!"

"你相信老柯勒是无辜的?"我震惊地问道。

伊尔瑟·弗洛伊德妩媚地站起身,挎上包,尽管令人钦佩的肥胖。

"全城都知道怎么回事,"她说,"也知道凶手是谁。"

"这样说我可是满怀期待啊。"我说着突然打起了冷颤。

"是贝诺博士,"伊尔瑟解释说,"他曾是瑞士射击冠军。现在所有的报纸都这样说。"

后来我跟莫克一起在"剧院酒店"吃饭。是他请我去的,对老吝啬鬼来说可是少有的事。我接受了邀请,虽然我知道莫克只有肯定对方会回绝时才会发出邀请。然而我还是好奇,想知道莫克是不是人们说的那样,自温特死后就总在那张桌子上用餐。确实如此。出乎我的意料,莫克高兴地跟我打招呼。可我还没坐下,警长就坐在了我们身边。这是我初次认识他,事实也表明,他来就是为了结识我。这次会面本来就是警长安排的,他做东,最后也全是他付的账。莫克不过是个幌子。警长点了肝丸汤、罗西尼牛排配土豆饼和豆子,还有一瓶香贝坦葡萄酒。他说这是为了向温特致敬,虽然温特是个夸夸其谈的人,令人害怕,但却是个出色的吃货。看着他吃饭总是一种享受。我点了同样的菜。莫克从送菜小车上选了烤牛肉配土豆泥。这顿饭吃得有些沉闷。我们沉默地吃着,莫克其实根本用不着把助听器取下来放在盘子旁边。他这么做本来是为了不受打扰地用餐。后来警长点了份巧克力慕斯,我向他讲述了我与伊尔瑟·弗洛伊德的谈话。

"你不知道,施派特,你那独一无二的女秘书说得多好啊。这个流言出自监狱。监狱长和看守发誓说柯勒绝不可能是凶手。鬼知道,老滑头是怎么办到的。一旦有人开始相信无稽之谈,别人也会相信。就像雪崩,人云亦云,越滚越多。警察局专案组的人自己最先相信了。就是这样,这事其实跟你施派特毫不相干,可是大家讨厌赫伦中尉。如果逮捕柯勒证明是个错误的话,他手下的人就会喜出望外。要说警察局其他人,他们一直嫉妒专案组的人,而消防队和公交职员又觉得自己低警察一等。这样一来,雪崩就不可阻挡了,传到了老百姓那里。他们本来就乐于看见我们工作不顺。尤其对我。如此这般,凶手就已经变成了无辜的羔羊。再说这是一桩尽人皆知的谋杀案,正中某些人的下怀。而且那些行会以及柯勒圈子中的人,议员们、国会议员们、政府议员、州议员、市议员等等,谁知道还有哪些人掺和进来了,所有的总经理和经理,还有老板和上司们,都为叶梅林的强硬做法和法官的倒戈感到气恼。他们不反对判决,但他们指望的是能判成缓刑,或者宣布凶手无责任能力而释放,这些都不会让一个政客失去行为能力。柯勒的无罪恐怕是许多伤口上的一贴狗皮膏药,施派特。"

莫克推开盘子,把助听器塞进耳朵里。

"你从老柯勒那儿接受了一项十分奇特的委托,现在又有了无聊透顶的流言蜚语,说柯勒是无辜的,凶手是贝诺这个轻浮的家伙。因为他曾是射击冠军,所以这个国家里每个人就都想象着他是凶手。可这个蠢蛋为什么非要躲起来不可呢,"警长说着边说边吃着面前的巧克力慕斯。"不好吃。柯勒的委托、传言、贝诺的失踪,这一切都息息相关。"

"施派特落入一个陷阱里。"莫克边说边开始用碳笔在桌布上画,画的是一只老鼠,已经夹在捕鼠器里了,可仍在啃着肥肉。

帐篷街上,林恩哈德坐在我办公室里。

"你是怎么进来的?"我气愤地问。

"这不重要,"林恩哈德答道,指着办公桌说:"这些报告。"

"你也认为柯勒无罪吗?"我满怀疑虑地问。

"不。"

"莫克说,我落入了陷阱。"我气恼地说。

"看你自己了。"林恩哈德答道。

一百五十页，写得密密麻麻，电报风格。我所期待的是一份推论报告，模模糊糊的关联，而面前的都是事实。一个陌生人被一个名字取而代之。这些报告本身会得到各种各样的评价，总体上会被小心地接受。肖恩贝希勒对证人进行问询：证人相互矛盾，但矛盾的程度令人吃惊。比如：一位女招待声称说，她听见柯勒叫了声"猪狗"，而正在旁边桌上吃饭的一个女式内衣店经理（"我身上还溅到了一点汤汁"）陈述说，柯勒说了"你好，老朋友"。第三个证人说，他看见议员还和教授握了握手。又有人说柯勒打倒温特以后撞到了林恩哈德。林恩哈德打了问号，并给予说明："我没在那儿。"另一些矛盾的证词达五十多页。现在并不存在一个客观的证人。每个证人都倾向于为所经历的东西不知不觉地掺进一些想象的东西。一个有证人的事件不仅发生在证人之外，也发生在证人的心里。人人以自己的方式感知事件，把它印在自己的记忆里，记忆又重塑了事件：每种记忆都还原出一个不同的事件。矛盾成堆，因为与警察相反，肖恩贝希勒问询了所有的证人。证人越多，证词就越矛盾。五十多页证词矛盾重重。说到底也有时间上的差异：案子发生在大半年之前。想象力有时间去重塑记忆，再加上想象思维，自以为是，凡此种种。另外五十页似乎都是那样一些人的证词；他们自以为曾在谋杀现场，其实并不在场。然而，肖恩贝希勒毕竟仔细地进行了调查。弗西廷的报告：他的方法最简单明了。他直接询问，之所以能做到，因为他从来都是直接询问。他进行调查时，一点不引人注意。他什么都不放过，连没用的细节或者看似没用的细节都要问个明白。最终，他的一个个小石子组合在一起，足够艰辛地、靠着无数的马提尼酒粘合起来，拼贴成一幅马赛克图像，这图像令人可疑地证实了出现在肖恩贝希勒报告中不同证人的证词。有几个人声称说，当时贝诺博士也在"剧院酒店"；而另有一些人则说，贝诺在柯勒之前接近过教授；又有人说，他就坐在同一张桌上；甚至有一个证人说，他紧随议员之后离开了酒店；一位酒吧侍女陈述说，温特被杀害后不久，贝诺就冲进了她的酒吧，高兴地跳起舞，打碎了好多酒杯，并大喊"那个吸血鬼死啦，那个吸血鬼死啦"。他故意碰碰在场的每一个人,并且说他这下要娶她了。人们以为他说的就是施台尔曼女士,祝他幸福,要他请大家喝喜酒。这一切都发生在"升天酒吧",如同一个强盗窟,位于大教堂附近,因其辛辣的烧酒而得名。前些日子,人们常在这家店里见到贝诺。所谓"前些日子",在贝诺那里长达两年多。他出身名门,享受过良好的教育,学业有成,运动生涯斐然,社会成就辉煌,还与该城首富施台尔曼家订了婚。贝诺忽然沉沦了,变了样,谁都躲着他。大家都以为施台尔曼撤销了婚约。他经常出国旅行,传言说他赌博。起先他还能勉强维持与一些对他有利的豪门的关系,后来渐渐就没人请他了,最后被拒之门外。他还是大手大脚过日子,后来变卖了以前光鲜时仅剩下的几样东西:版画、家具、几箱陈年波尔多酒。他变卖了各种不属于他的东西,比如首饰之类,同时在打两场官司(我就不详述这位奥林匹亚-海因茨的债务了,那是灾难性的,简直是离奇,两千多万)。奇怪的是,弗西廷关于贝诺的报告在很多方面也与被杀的温特如出一辙(除了债务):出国参加了几届压根儿就没有举办过的国际笔会大会,他却一谈就是好几个星期;传言去赌场。温特离开"剧院酒店"三楼的文学圈聚会后,也始终把歌德的名言四处挂在嘴上。在那里,他跟我们这座城市的出版商、编辑、戏剧评论员和圣徒传记的权威作者们坐在一起,好让文化的统治力量不要从自己身边溜走。那个尊贵的圈子虽然容忍了他,但总笑话他,要是他到下村那边去看印度舞伎的表演,他们称他为"印度的大地之神"。林恩哈德得出了结论:毫无疑问,如果排除柯勒是凶手,那么只有贝诺可能是凶手。他以为达芙妮就是莫妮卡·施台尔曼。后来,他与温特之间出现了一些纷争。达芙妮跟贝诺分手,就是这个纷争造成的后果,因此也毁了贝诺。作为施台尔曼的未婚夫,他恐怕会左右逢源;没有施台尔曼,他就寸步难行。我满腹狐疑。林恩哈德的说法与事实不符。达芙妮是被贝诺殴打之后才与他分的手;莫妮卡·施台尔曼也是在达芙妮与她分道扬镳之后才放弃了贝诺。温特和吕德维茨早就知道达芙妮并不是莫妮卡·施台尔曼,但知道此事的还大有人在。

有人冒充别人的身份,让自己销声匿迹,这不是一件轻而易举的事,肯定还有其他知情人。想必主管当局里也有人心知肚明。后来,柯勒也知道了。施台尔曼告诉过我。也许还有很多人知道。莫克说我落入的陷阱只能存在于我煽动人们相信柯勒无罪之中,不管我愿意不愿意,尽管我自己并不相信他无罪。我参与制造了这种看法,因为我接受了柯勒的委托。如果我屈从于柯勒不是凶手的假设,那我注定会拿另一个开刀;如果不是布鲁图斯刺杀了凯撒,那就是卡修斯;不是卡修斯,就是加斯卡。也许吧。也许监狱长和看守并不是说柯勒无罪的始作俑者,而是我自己。警长怎么会知道我的委托呢?商量委托时看守莫瑟尔在场,克努珀夫妇、海伦娜、柯勒的私人秘书费德尔,肯定还有不同的律师,他们都知道,然后是林恩哈德,是他手下的人?伊尔瑟·弗洛伊德知道这事,她会守口如瓶吗?也许柯勒的委托已经全城皆知了,尽管我坚信他杀人是出于科学上的好奇,然而因为委托,我的调查将人们的视线从柯勒身上引开了,而不是集中在他身上。难道这就是委托的意义所在?难道我是一个看不透的阴谋的始作俑者?难道我把那些调查报告交给了雇主?但是我陷入了窘迫之中。林恩哈德很快就会开出账单。我需要钱,唯一的资金来源就是柯勒。我必须干下去,无所顾忌。或者还有出路?我突然想到去找我的老东家史提西-卢平谈谈。我依然犹豫不决。后来我还是决定不去找他,也不提交调查结果,不管会发生什么。可是后来我不再犹豫了。1956年11月30日到12月1日那天夜里,也就是周五深夜到周六凌晨,贝诺博士来找我了。将近半夜时分。我记得清清楚楚。因为在这个夜晚,他的命运和我的命运已成定局。我正在第三次研读报告,他拉开了办公室的门。这办公室原本属于他,我坐在他的办公桌前。他又高又壮,一绺长长的黑发梳到了后面,遮住了秃顶。他跟跟跄跄地向我的办公桌走来,看上去仿佛骨架都撑不住身体了。与肥胖的身躯相比,他的双手小得简直像孩子的。他把双手撑在桌面上,瞪着我,半被台灯光照亮。他不再是个清醒的人,一副绝望的样子,无助得令人同情。我向后一靠。他黑西装上有油污在闪亮。

"贝诺博士,"我说,"你去哪儿了?媒体到处找你。"

"别管我去哪儿了,"他喘息着说,"施派特,别起诉了。我求你。"

"起诉什么呢,贝诺博士?"我问。

"你在起诉我。"他沙哑地说。

我摇摇头。"没有人起诉你,贝诺博士。"我解释道。

"你撒谎,"他叫道,"你撒谎!你派了林恩哈德来对付我,派了凡特、肖恩贝希勒,还有弗西廷。你也唆使媒体跟踪我。你知道,我有杀死温特的动机。"

"那是柯勒干的。"我答道。

"连你自己都不相信是这样。"他浑身发抖。

"没有任何人怀疑这一点。"我试图安抚他。

贝诺瞪着我,用一块肮脏的手帕擦擦额头,"你会起诉我的,"他低声说,"我完了,我知道,我完了。"

"你说什么呢,贝诺博士。"我答道。

他踉跄地走到门口,慢慢打开门走了,没有再理睬我。

不在现场证明:又被中断了。命运的打击。这次是因为鲁奇。在他的陪同下,出现了一个家伙,鲁奇向我介绍他是"侯爵"。(由于我作为书写者跳出了这个不祥的事件,但也作为行动者纠缠在其中,那我就必须公开表明我的观点:在一个罪恶的世界里,我自己变成了罪人:我确信,检察官先生,你一定会赞同这话。当然我还要有限定,我也把你连同你因为公职而代表的社会算作这个罪恶世界的一部分,不仅仅只有鲁奇、侯爵和我。)要说这个类似人的家伙,他是从纳沙泰尔流窜到此的。开着一辆敞篷美洲豹。一张带着微笑的嘴脸,仿佛他是来自科镇的①,神气就像是兜售高级香皂的。当时是星期

---

① 科镇(*Caux*)是瑞士的度假胜地,吸引了很多名流。

天晚上快十点（这篇报告写于1958年7月底，小小的尝试，想让我的稿子有个头绪）。外面下着暴雨，电闪雷鸣，十分吓人，雨哗啦啦地下个不停，可是一点也不凉快，天气还是那么闷热。楼下传来颂歌："沉没吧，世界，沉没在基督怀中，快乐地沉没吧。"还有："神圣的主啊，让电光和霹雳落到我们这些罪孽者身上吧。"鲁奇有点不自然地来回捋着他的络腮胡子，我觉得他有点紧张。他那双圣徒似的眼睛也闪现出苦思冥想的光芒，我之前从来没有过这样的感受：鲁奇显然在沉思。两人都身穿雨衣，却基本上是干的。

"我们需要一个不在场证明，"鲁奇低声低气地说，"侯爵和我，需要刚才两小时的。"

侯爵装模作样地微笑着。

"那么两小时之前呢？"我问。

"我们不在场可有铁证啊，"鲁奇边说边试探地看着我，"我们跟吉赛勒和玛德莱娜在'摩纳哥'酒吧。"

侯爵点头证实。

我想知道他们是不是神不知鬼不觉地来找我。鲁奇一如既往总那么乐观。"没有任何人认出我们，"他说，"现在伞还是很有用的。"

我思忖着。"你们把伞放哪儿了？"然后我边问边从椅子上站起来，把纸收好。

"放楼下了。放在了地下室门背后。"

"那是你们的伞？"

"我们找来的。"

"哪儿找的？"

"也是从'摩纳哥'。"

"就是说两小时前你们是带着伞出来的？"

"下雨了嘛。"

鲁奇感到惴惴不安，因为我对他的回答不以为然。于是他满怀希望地从雨衣里掏出一瓶拿破仑白兰地来，侯爵也变戏法似地掏出一瓶同样的酒放在办公桌上。

"太好了,"我点点头,"这才有点人情味儿。"

接着,两人各放下一张千元大钞。

"我们可是大方的生意人。"鲁奇肯定地说。

我摇摇头,"亲爱的鲁奇,"我遗憾地说,"原则上我不会为假话陪你坐着。"

"明白。"鲁奇说。

两人又各拿出一张千元大钞。

我不会为之所动,"伞的故事太蠢啦。"我说。

"可警察又不会因为伞来找我们。"鲁奇反驳道,可是他显然觉得事情不妙。

"但他们会因为伞而怀疑你们。"我警告他们。

"懂了。"鲁奇说。

两人又各献出一张千元大钞。

我愣住了,"你们准成富翁啦?"

"人各有生财之道,"鲁奇说,"只要我们一得到余款,就会远走高飞。去国外。"

"什么余款?"

"剩下的酬金。"侯爵解释说。

"什么酬金?"我满腹狐疑地问。

"为一个我们已经完成的使命,"鲁奇明确地说,"我们一到尼斯,就把吉赛勒和玛德莱娜让给你。"

"我也把我的姑娘让给你,"侯爵说,"纳沙泰尔人很实际。"

我仔细检查了钞票,折好塞进裤子后兜。鲁奇还想再说些什么,被我拦住了:"下不为例。你们为什么需要不在场证明,我也不想知道。"

"劳驾了。"鲁奇谦恭地说。

"把你们的香烟都拿出来。"我命令道。

鲁奇口袋里塞满了烟:骆驼、登喜路、黑与白、超级皇帝、皮卡迪利。桌上堆了一大堆烟盒。

"我有个女朋友开了间报亭。"他解释说。

"侯爵先生抽什么?"

"很少抽。"他尴尬地嗫嚅着。

"你没带烟?"

侯爵摇摇头。

我又坐到办公桌前。我们必须行动了。

"现在我们抽半小时烟,"我命令说,"尽量快抽多抽。我抽骆驼,鲁奇抽加长版超级皇帝,侯爵,看在老天的份上你就抽登喜路吧。把烟抽到还能看得出商标,然后就掐灭在同一个烟灰缸里。最后每人都带一盒打开的烟走。"

我们没死没活地吞云吐雾。我们很快就把四支烟并在一起抽,然后它们自行烧尽。外面又下起了雷雨,楼下在吼叫着颂歌:"上帝啊,粉碎我们这些奸人吧;耶稣啊,灭掉我们的财产吧,因为我们杀死了你,我们亵渎了神圣的主。"

"其实我平常绝对不抽烟。"侯爵呻吟着说。他特别难受,简直变得有点人样了。

半小时后,烟灰缸里堆满了烟蒂。空气简直呛死人,因为我们关着窗子。我们离开房间,刚下了一层楼,就迎面撞上一队警察。但他们不是来找我们的,而是来找乌特里圣徒的。邻居们提出了抗议,因为他们宁可入地狱,也不愿意听颂歌。肥胖的风纪警察史图伯推了推门,两个同来的巡逻警满腹狐疑地看着我们,因为我们三个可是有名的人物。

"嗨,史图伯,"我说,"你是风纪警察,圣人们与你不相干啊。"

"你还是看好你的圣人们吧。"史图伯低声说着,让我们过去。

"妓女律师!"其中一个巡逻警在我背后喊道。

"我们最好还是马上去警察局。"鲁奇叹息着说。警察让他颜面扫尽。侯爵好像吓得在祷告。我感觉自己可能卷入了某些可疑的事情里。

"胡说八道,"我给两人打气说,"我们恐怕遇不上比警察更好的事了。"

"那伞……"

"回头我来处理吧。"

新鲜空气让我们感到惬意。雨停了,街道上热闹起来,到了下村街,我们走进"摩纳哥酒吧"。吉赛勒还在那儿,玛德莱娜已经不见影了(现在我知道她的名字),不过有科琳娜和宝莱特,她们是鲁奇的新人,刚从日内瓦弄来的,三个都打扮得很漂亮,货真价实,也都接过几次客了。

"侯爵看上去脸色发绿,"吉赛勒边喊边招手示意,"你们虐待他了?"

"我们打了两小时扑克,"我解释说,"侯爵也得陪着吸烟。活该,谁让他想把你从鲁奇手中夺走呢。"

"我怎么不知道这事呢?"宝莱特用法语说。

"生意是在无声无息中做成的。"

"结果呢?"

"现在我是你的律师。"我说。宝莱特愣住了。我转向阿尔方斯。这位侍者生就一张兔唇,正在柜台后面洗酒杯。我要威士忌。他端来三杯69威士忌放在我们面前。我一口气干了一杯,告诉侍者"这两位付账。"然后离开了"摩纳哥酒吧"。我还没走出门十步远,就听见有车停下来。我仔细看去,发现警长带着专案组三个警探进了酒吧。我溜过一个街角,躲进下一个酒吧里。后来我也挺走运(起码有一次):一个小时后,当我返回镜街时,史图伯和两个巡警已经走开了。一片寂静,乌特里的信徒们一定也已经散去了。在地下室门背后,我找到了那两把伞。我本想把它们拿到地下室里藏起来。这时,我忽然有了别的想法。我走上楼,教派会所前一片寂静。门没上锁,即使上了锁,我也能用这把门钥匙打开它,因为很多老房子都有一把通用的钥匙。

我走进前厅,只有楼梯间的灯光微弱地照进来。门旁有一个伞架,上面插着几把伞。我把这两把湿伞插到其中,小心翼翼地关上门,上楼到了我的房间。我打开灯。窗子大开着。警长坐在扶手椅上。

"这儿抽过很多烟,"他边说边望着堆满烟蒂的烟灰缸,"是我把窗户打开的。"

"鲁奇和侯爵来过我这里。"我解释道。

"侯爵?"

"这样一个来自纳沙泰尔的怪人。"

"他叫什么?"

"我不想知道。"

"亨利·祖佩,"警长说,"他们是什么时候来你这儿的?"

"从七点到九点。"

"他们来时已经下雨了吗?"警长问。

"他们下雨之前来的,"我答道,"不然就全淋湿了。为什么问这个?"

警长打量着烟灰缸。"风纪警察史图伯看见你九点离开房间时,与鲁奇和侯爵在一起。你们后来去哪儿了?"

"我?"

"你。"

"去'霍克酒吧'了,我喝了两杯威士忌。鲁奇和侯爵去了'摩纳哥酒吧'。"

"这我知道,"警长说,"我在那儿逮捕了他们。可是现在我不得不放了他们。他们有不在场证明。他们在你这儿抽过烟。两个钟头之久。"他再次注视着烟灰缸,"我必然会相信你,施派特。一个在乎正义的人是不会为杀人犯提供不在场证明的,不然就太奇怪了。"

"谁被杀了?"我问。

"达芙妮,"警长答道,"那个冒称莫妮卡·施台尔曼的姑娘。"

我坐在办公桌前。

"我知道,你心里清楚,"警长说,"你拜访过真正的莫妮卡·施台尔曼,她放任了那个假的。于是达芙妮·米勒就去当了街头妓女。

没有跟鲁奇和祖佩说好。在希尔申广场旁边的停车场,有人发现她死在自己的梅赛德斯车里。快八点半时。她七点钟就到了那儿,却一直待在车里。那时雨大得要死。哼,现在鲁奇和祖佩有不在场证明,而且身上没有武器,他们的雨衣也是干的。我只好放他们走。"他不说了。"一个美丽绝顶的姑娘,"他过了一会儿说,"你跟她睡过吗?"

我没有回答。

"这也没有什么大不了。"警长说着点起一支巴伊亚诺雪茄,咳嗽起来。

"你抽得太多了,警长。"

"我知道,施派特,"警长答道,"我们都抽得太多了。"他又望着烟灰缸,"但我发现你挺关注我。那么,我对你也要有所关注:像你这样一个令人捉摸不透的人,我还从来没遇到过。你真的没有朋友吗?"

"我也不想跟人结仇,"我答道,"你要审问我,警长?"

"只是好奇,施派特,"警长把话绕开,"你还不到三十岁。"

"我可没钱荒废我的学业。"我答道。

"你曾是我们最年轻的律师,"警长说,"可现在你不再是律师了。"

"监督委员会不过是照章办事。"我说。

"我要是能对你有所了解的话,"警长说,"就会更容易地明白你在想什么了。但我却一点也不了解。我刚认识你时,你为正义的斗争让我眼前一亮,我自惭形秽。现在,我眼前亮不起来了。我依然相信你的不在场证明,但我再也不相信你所做的一切都是为了正义。"

警长站起身来。"你让我感到遗憾,施派特。你卷入了一桩荒谬的事件,我一清二楚,你自己在这个过程中也变得很古怪,这恐怕难以改变了。我想你就是因此才自暴自弃吧。柯勒又写信了吗?"

"从牙买加。"我答道。

"他走了多久了?"

"一年多,"我说,"快一年半了。"

"这人在地球上穿来穿去,"警长说,"不过也许过不了多久,他就会回来的。"

说完他就走了。

补记。又过了三天:我跟达芙妮睡过,没有告诉警长。他也不再追问,这事他觉得并不重要。我想了很久要不要把这事写下来。不过警长是对的,一切都变得这么毫无意义,再隐瞒什么也根本没意思:现实包括一些无比无耻下贱的事,我在达芙妮的毁灭中所扮演的角色属于无耻下贱之行,尽管她的死因是"真"莫妮卡·施台尔曼报复行动所致。这个丑闻爆出以后,达芙妮一年多不知去向。没有人知道她在哪儿,林恩哈德也不知道。她在奥罗拉街上的公寓空着,房租一直有人支付。谁付的,不得而知。后来她又出现了。还是那么光鲜,就像什么都没有发生过,只是有了新的追随者。以前她生活奢靡,现在她以此为业。朋友们不再理睬她,她开着她的白色梅赛德斯到处跑,要价高得吓人,又财源滚滚,交过地方税、国税、国防税、养老和伤残保险等税后依然如此。能跟她睡被视为幸事。好了,闲话少说,我不想隐瞒,她只来过我这儿一次:快半夜两点时,她来镜街敲响了我的房门。我从沙发铺上爬起来,心想可能是鲁奇。我打开灯,开了门,她走了进来,环顾四周。窗户半开着,房间冰冷(当时是二月中)。俗气的墙纸上贴着《观察者报》的彩图,我的衣服在办公椅上,大衣搭在扶手椅上。她穿着一件灰鼠皮大衣——肯定货真价实,要不就是"真"施台尔曼还在为她付账——她脱光衣服,全扔到扶手椅上,然后躺在沙发上。我躺在她身边。她很美,屋里又很冷。她没待多久。她又穿上衣服,拿起皮衣,把一张千元钞票放在我的写字台上。当我抗议时,她就挥起右手狠狠地扇了我一耳光。这样的事谁愿意去说呢,我也没跟任何人说过。我之所以现在又肯写出来,也是因为一切都破灭了。今天早上快六点时,风纪警察史图伯老兄来告诉我说,鲁奇和侯爵在措利孔附近被人从湖里捞了上来(案发地点不远就是施台尔曼的一所别墅)。史图伯高兴地走了,我感觉有些受辱:他连问都不问,警长怎么也能派个专案组的人来找我吧。鲁奇和侯爵没有能够迅速逃往国外。就这样,1958年8月1日,我们的国庆节就十分沉闷地开始了。再说还是个周五,也是达芙妮下葬的日子,法医允许将她下葬。上午10点。8月1日只是上午工作,掘墓人也一样。对一个小国家来说,国庆节放一整天假太多了,它知道自己的大小。我刚离开房间,外面就打起雷来,这个夏天雷雨多得成了家常便饭。我的大众车还在修理厂。(有一天,我不知在湖上什么地方吃过饭,在野外的夜空下开着我的保时捷——就这样,检察官先生,这事我也得忏悔。忽然我连人带车还有玛德莱娜[是玛德莱娜吧?]从蒂夫路上什么地方滑到了一片树丛中。鲁奇料理了一切,小姑娘在医院躺了两个月,我又开上了老大众。曾经。我早就可以把它取出来,可我在修车行不能赊账了。我害怕账单。)于是我只能搭乘有轨电车去参加达芙妮的葬礼。可我为什么要按下乌特里圣徒会的门把手,门开了之后,为什么要将六天前放在那儿的伞拿一把,再也说不清楚了。这么做是出于心不在焉,还是出于一种阴郁的幽默,我再也弄不明白了。才九点半,天空却已经变得乌黑,我穿过老城向贝尔维尤方向奔去,拿伞当手杖用。所有人都行色匆匆,我也走得很急,像每次暴雨来临之前一样。这场即将来临的暴雨一定很特别,因为现在才是上午。天公也不忘达芙妮,我心想着。我在贝尔维尤上了电车。其实这种天去参加葬礼很傻,可我还是不由自主地上了挤满人的车厢。太阳不时穿过黑色的云墙,像探照灯一般忽明忽暗。十字广场站上来一个笨重的黑衣男子,小个子,光秃秃的脑袋闪闪发光,留着整齐的黑色络腮胡,里面夹杂着几绺白须,戴一副金质无框眼镜。我一时不由得相信他就是被杀的温特,他作为幽灵回来参加女儿葬礼。这人跟死去的那个多么相像,他手里还拿着一个花环,不过我看不清挽联上的字。墓地已经来了很多人,名流悉数到场,人人都难免怀旧伤感。她的新客人一个都没有来。可达芙妮·米勒并不是人们来到这漂亮整洁的墓园的唯一原因。她旁边的坟墓里,也要让检察官叶梅林安息。他的逝世也引起了普遍的哀悼,没有比再也无法怨恨更悲伤的事了。幸好悲伤中掺进了幸灾乐祸,他的结局不无滑稽。他每周都去洗桑拿浴,赤条条地坐在赤条条的林恩哈德身边。这次惊吓他没能挺过去。人们咬牙切齿地致哀。同时下葬也有好处。人们可以共同参加两个葬礼。我思量着谁是来参加哪场葬礼的,有市长,有检察官弗伊瑟尔是来送别叶梅林的,还有几个无罪释放的乱伦犯,人都死了他们还要来气气他。林恩哈德、劳平格、史托斯和史提西-卢平两个都参加。弗里德里、吕德维茨、蒙德申可能只是来参加达芙妮葬礼的。每个人都拿着一把伞。森恩牧师站在达芙妮墓前,瓦滕维尔牧师站在叶梅林墓前,两人都已准备就绪。我不耐烦地等着,重心在两条腿上换来换去。天上打起了雷,森恩牧师和瓦滕维尔牧师却都没有开始祷告。我在电车上见过的那个老男人放下了花环(除此之外棺木上没有别的花环),上面写着献给同父异母妹妹达芙妮,胡格·温特。这一定是小学教师温特吧。雷声又响起来,这次震耳欲聋。刮起一阵风。所有人都等啊等啊,旁边墓上的人都朝这边看,人们在等着什么。我一直不知道他们在等什么,后来终于明白了:"真"莫妮卡·施台尔曼坐在轮椅上,一位瘦高的护士迈着大步把她从墓园大门口一直推到棺材前。矮人化着浓妆,头戴一顶朱红色假发,与达芙妮的发色相仿,假发让小矮人的脑袋看起来更大。她身穿一条小裙子,像童装似的,一条珍珠项链穿过两条小弯腿垂在轮椅上。她怀里抱着一个用黑布包起来的东西。一个穿深色西装的矮壮男人——西装太短太紧——走在她身边,正是那位非常富有的大傻瓜,国会议员艾希斯伯格,他身后也拖着一个花环。甚至连市长和弗伊瑟尔,还有掘墓人都离开了叶梅林的墓,走到达芙妮·米勒的墓前,只剩下瓦滕维尔牧师孤零零地站着。他也恨不得走过来。雷声又一次震耳欲聋,狂风大作。

"见鬼。"我旁边有人说。是警长。

护士把施台尔曼推到敞开的墓前,艾希斯伯格把花环扔到棺木上,挽联上写着献给我永远热爱的莫妮卡,你的莫妮卡。

森恩牧师走上前来,被突然响起的雷声惊得缩成一团,所有在场的人也都走上前来。我不情愿地被挤到了施台尔曼身后,站在护士和警长之间,警长前面是艾希斯伯格,护士前面是史提西-卢平。棺材被放进墓室里。旁边墓地上,叶梅林的棺材却没人放,瓦滕维尔牧师还在向这边张望。森恩牧师安详地打开圣经,宣布将朗读约翰福音第8章第5至11行,却没读成。莫妮卡·施台尔曼将怀里的东西高高举起,用令人难以置信的力量掷进墓里,那东西扑通一声重重地砸在达芙妮棺材上,喀啦裂开了:原来是莫克为"假"莫妮卡·施台尔曼塑的青铜头像。瓦滕维尔牧师向这边奔来,森恩牧师惊得不知所措,不由自主地说道:"让我们祈祷吧。"

可就在这时,沉甸甸的雨点已经开始掉下来,阵风凝成了暴风,雨伞纷纷张开。我站在施台尔曼后面,想护住她,所以也打开了我的伞。我一按手柄近旁的按钮,伞盖忽然飞了,吓了我一跳。它高高飞起,在哀悼的人群头顶打旋。这时大风忽然停止,伞盖像只大黑鸟落进了达芙妮的坟里。很多人都在忍着笑声。我盯着手里的伞柄:这一把三棱刀。我觉得,仿佛我手持杀人凶器站在被害人墓前守墓,而牧师则在祷告上帝。然后,掘墓人开始抡起铲子干活,叶梅林的棺材也终于放了下去。护士把施台尔曼推走,我必须给她让路,却还一直举着三棱刀站着,而其他伞都已收了起来;雷雨虔敬地绕过了墓园,跑到市中心上空倾泻而下。直到晚上还有人从被淹的地下室往外抽水。不知从哪儿传来几声爆竹,有人已经开始庆祝。阳光炽烈地泼洒在涌向墓园出口的人群和抡着铲子的掘墓人身上。森恩牧师也急着尽早离开,瓦滕维尔牧师糊里糊涂地站着,市长和弗伊瑟尔也都已经走了。只有林恩哈德站在叶梅林墓前,看着坟墓被一点点填满。从我身边走过时他在哭泣。他失去了一个敌手。我再次盯着手中的三棱刀。刀尖呈深褐色,刀锋旁边的凹槽也是。

"你的伞不能用了,施派特。"警长在旁边说,随后从我手中拿走与伞柄相连的三棱刀,转身向墓园出口走去。

出售:柯勒从广岛发来的明信片让我平静下来,他要去新加坡。

终于到了报告这关键的事的时候,尽管这关键的事原本就是件蠢事,任何经济上的困境也不能为之开脱。我把那些报告寄给了史提西-卢平。两天后,他在城郊家里的客厅接待了我。客厅这个词太保守了,应该叫没住人的大厅才对。这房间是正方形,我估计有40平米见方,三面都是玻璃墙,一扇门都看不到。透过一面墙能俯瞰下面一座小古城。老城幸好免遭了高速公路之害,无尽的车流穿梭而过,赋予暮色中的城市风景某些生机勃勃幽灵似的东西,一串串灯光穿过古老墙垣的血管。透过另两面玻璃墙,可以看到一些打着背光的石块,沉重的巨石无规律地摆放着。莫克雕琢粗犷,一些用花岗岩雕成的、在人类出现之前就统治着地球的神祇。高山从深谷里拔起,将一个个大陆拆开。整块的巨石犹如巨型生殖器,将它们的影子投入当时空荡荡的大厅。大厅里除了一架三角钢琴之外,就只有对角线上的两张安乐椅。三角钢琴摆得离门口很近,可想而知,放的不是地方,就在一个通向楼上的木楼梯旁边。楼上肯定还有很多不太大的房间。然而,当我开着保时捷抵达时,这房子看上去只有一层,以前从城里看去,留在我记忆中的是一座平顶洋房。我当年的老板坐在其中一张安乐椅上,裹着睡袍,一动不动,只有椅子之间的落地灯照着他。我轻轻咳嗽一声,他一动不动,我走过大厅地上色彩各异、精心铺设的大理石地板,史提西-卢平依然一动不动。我坐在另一张安乐椅上,陷入了一片皮革的海洋。我发现椅子旁边的地板上放着一只小篮子,里面有一瓶开了塞的红葡萄酒,一只小小的郁金香形水晶玻璃杯,还有一碗核桃。大约四米开外,史提西-卢平坐的椅子旁边也放着同样的东西,只是面前地上多了一部电话。我看看史提西-卢平。他睡着了。我想起瓦尔兰画的肖像,以前我总觉得画得夸张,现在才发现画家看这位律师时独到的天才眼光:一团雪白的乱发之下,是宽大的四方额头,刻画得粗犷而恰如其分。鼻子如同植物的块根,深深的皱纹,向着如同凿出来似的下巴延伸。难以名状的固执而又柔和的嘴巴。我端详着这张脸,就像一片熟悉而神秘的风景,因为我对史提西-卢平知之甚少,虽然他当过几年我的上司,私下里从没与我说过一句话,也许这就是我没有留在他事务所的原因。

我等着。突然,那孩童般好奇的眼睛透过无框眼镜直盯着我。

"你怎么不喝,施派特,"他说,清醒得就像根本没有睡过似的(也许他没有睡),"你给你斟上酒,我也给我斟上。"

我们喝着酒。他观察着我,沉默着,观察着。

在我们开始谈论困难之前,他开口说道,一边望着眼前,他可以想象困难在哪儿,个人的看法,与目前纠缠着我的种种麻烦息息相关,因此我才心急火燎地跑来找他——不就这样吗?也不全对,我是开着保时捷来的,高级、高级啊。

他笑了起来,不知什么东西让他觉得特别惬意。他一边喝酒,一边接着说,他有没有给我讲过他的人生。没有?也是的,讲它干吗。好吧。他是一个山民之子,他的家族自称为史提西-卢平,为了不跟史提西-比尔林混淆。他们两家自人类有思想起,就在为一块土豆地争斗不休。那块田如此陡峭,每年都得辛辛苦苦地重新平整,而且常常不止一次。要是运气好,这块地长出的土豆能做三四块土豆饼。可两家就为此官司不断,又斗殴,又互相谋害。现在依然如此。简而言之,年轻的同行,他大学一毕业就回到家乡当了律师,就在史提西村,它就叫这名字。村里不光史提西-卢平和史提西-比尔林是对头,还有史提西-莫西和史提西-苏特林这一对仇家,所有的史提西家族彼此都结了怨。但那只是村子刚刚落成的时候,如果它有个开端的话。如今每一个史提西家都与其他家打得不可开交。就在这么一个小山沟里,施派特,这么个小村里,在一团乱麻般的邻里纠纷、谋杀、乱伦、伪证、盗窃、侵占和诽谤中,他作为乡村律师度过了自己的学习时代。那里的人们管他叫说情人。他不是为了将法制引入了这山沟,而是为了让法制远离它。制造假象说老娘出了事故,又娶女佣为妻的农夫,用砒霜把老爹送进坟墓后又嫁给男佣①的农妇,这样的

---

① 从19世纪到20世纪上半期,瑞士存在一种童工现象。即贫穷父母将无力抚养的孩子送给别的家庭做佣工,大部分被送给了农户。这里所说的"女佣""男佣"即指这样的佣工。

男女在山村里比在监狱里有用得多。监狱空着会为国家节省更多钱,农舍空着,草场就会荒芜,家乡的土地会滑落山谷。

他独自笑起来。

"天哪,那可是一段难以忘怀的岁月啊!"他惊讶地说,"后来,我一定是鬼迷心窍了,娶了个梅尔奇奥家的女人,来到我们这座狗屎城市,成了大名鼎鼎的律师。天气怎么样?"

"有热风。对12月而言太热了,"我答道,"就像春天。"

"我们到外面去?"

"很乐意。"我回答。

"到外面去可能不是确切的说法。"他边说边按下安乐椅扶手上一个按钮,巨大的玻璃墙随之沉到地下去了,巨大的石像背后的灯光也熄灭了。我们坐在活动地板上,就像在露天一样,只有落地灯还照着。

夸张卖弄的设计,他说,眼睛盯着前方。他觉得自己就像帝国政府元首。可是,施派特,你想说什么呢,作为大律师,他必须请得起范德豪森这样的人来设计,尽管他更喜欢弗里德里的小市民风格。命运让你变得时尚。而现在,他孤零零地坐在这里。在这大厅里,曾经举办过一次又一次狂欢,小城圈子里的人抱怨了,还有那些狗屁小民,直到——好啦,这一切于事无补。之后,他让人把家具都弄走了。全都是时尚家具。

然后,他一边给自己斟酒一边说:"我们言归正传吧,施派特。"

我讲述了名誉博士柯勒给我的委托。

我知道,史提西-卢平打断我的讲述,喝着酒。克努珀夫妇也来过他那儿。海伦娜,柯勒的女儿把我的委托跟他说了,林恩哈德及其同党的调查他也仔细看过。

我讲述了我关于柯勒作案动机的想法,讲述了海伦娜怀疑她父亲是被迫杀人的,还有我与达芙妮的邂逅、拜访真莫妮卡·施台尔曼家、贝诺出现在我办公室,我都一一讲给他听。

"年轻人,你有机会了。"史提西-卢平惊讶地说,又给自己斟上酒。

"我不明白你要说什么。"我不安地回答。

"你当然明白,"史提西-卢平反驳道,"不然的话,你就不会来找我了。我们一起来玩柯勒的游戏吧。假设他不是凶手,另一个凶手便可以轻而易举地找到。那只能是贝诺,所以他才吓成那样。他从那个冒充的施台尔曼手里挥霍了两千多万,温特把这事跟真施台尔曼讲明了,婚约破裂,贝诺毁了。在'剧院酒店'的人堆里枪杀了温特。就这样。这正是你的委托人需要的说法,也将是你需要的说法。"

史提西-卢平举起酒杯对着落地灯的灯光。小古城里传来一阵汽车喇叭声,响了好几分钟之久,根据一直亮着不动的前灯推断,车流拥挤成一堆。

史提西-卢平笑着说:"本世纪最美妙的再审案件恰恰必然会落在像你这样一个青瓜蛋子头上。"

"没人委托我进行再审。"我说。

"你所接受的委托就会导致再审。"

"柯勒杀了温特。"我肯定地说。

史提西-卢平感到惊讶,"那又怎么样?"他说,"难道你在现场?"

在这房间后面,有一个黑影走下木楼梯,一瘸一拐地向我们走来。他走近时我看清了,是个牧师,拎着一只小黑包。他停在史提西-卢平面前三米远的地方咳嗽起来,玻璃墙升起,背光灯随之闪亮,花岗岩神像的身影投入又封闭起来的室内。牧师年迈,歪歪斜斜,满面皱纹,跛着一只脚。

"你夫人已经行过涂油礼了。"他说。

"好的。"史提西-卢平说。

"我会为她祈祷。"牧师许诺说。

"为谁?"史提西-卢平问。

"为你夫人。"牧师明确地说。

"那是你的本分。"史提西-卢平漫不经心地答道,看也不看他一眼。牧师咕哝着一瘸一拐地向门口走去。先前领我进来的女仆为他打开门。

"我妻子快要死了。"史提西-卢平漫不经心地说,并喝干了杯中酒。

"这样的话……"我一边结结巴巴地说,一边站了起来。

"上帝啊,施派特,瞧你拘谨的样子,"史提西-卢平说,"还是坐下吧!"

我坐下来,他又给自己斟上酒。玻璃墙再次消失于地下,射灯熄灭,我们又坐在露天里。

史提西-卢平盯着前方。

"我妻子的伟大就在于让我免受亲眼看着她死去的痛苦,"他说,这话听上去无动于衷,"牧师曾守在她身旁,现在她身边还有一位医生和一位护士。我妻子,施派特,不光死爱享乐,而且富得要命,虔诚得要命,她也美得要命。我们的瑞士德语好可笑。她骗了我一生。坐在她身边的医生就是她的最后一个情人。不过我理解她。像我这样的男人是女人的毒药。"

他兀自笑起来,然后突然换了话题。

他说我是个傻瓜,我认为伊萨克·柯勒博士有罪。他,史提西-卢平也一样。虽然所有证人都互相矛盾,虽然凶器一直没找到,虽然缺少杀人动机。尽管如此,我们认为他有罪。为什么?因为谋杀发生在一个人满为患的饭馆里。那些在场的人会以某种方式有所察觉,即使他们的话自相矛盾。也就是说,我们不是非得知道是怎么回事,但我们绝对相信是怎么回事。这让他在庭审时就感到惊讶。既没有追问手枪,也没有审问证人,甚至法官也对警长的陈述表示了满意。虽然警长当时就坐在凶杀现场近旁,但他既没有说自己是否亲眼目击了凶杀过程,也没说是否审问过证人。再说辩护律师是草包一个,叶梅林则处于亢奋状态。我们要把我们可爱的努力、我们知道柯勒有罪与我们相信柯勒有罪平衡起来。我们所知道的跟跟跄跄地尾随着我们所相信的。一个精明的辩护律师单凭这个矛盾就能判定无罪开释。可我们毕竟还会给我们善良的叶梅林一个寻找动机的机会。柯勒把这个有利可图的委托送给了我,因为我对台球一窍不通。我从中得出结论——他洗耳恭听了我的话——,柯勒之所以杀人,只是为了进行观察;之所以谋杀,只是为了研究社会法则。因此,他没有说出他的动机,因为法庭上不会有人相信这种说法。亲爱的朋友,他只能就此说,这样一个动机太有想象力了,只有文学家才会构思出这样的动机。尽管他也相信,像柯勒这样的人一定有非同寻常的动机。但到底是什么呢?

史提西-卢平思索着。

"你得出了错误的结论,"他然后说,"因为你对台球一窍不通。柯勒打的是台边球。"

"台边球,"我想起来了,"柯勒这么说过。在'剧院酒店'打台球时。'台边球,就得这么打贝诺。'"

"他是怎么打的?"史提西-卢平问。

"我记得不太清了,"我回忆着,"柯勒把球打到台边,球撞到台边后滚回来,撞到了贝诺的球。"

史提西-卢平给自己斟上酒。

"柯勒枪杀了温特,是为了除掉贝诺。"

"到底为什么?"我不解地问。

"施派特,你简直太幼稚了,"史提西-卢平吃惊地说,"再说施台尔曼已经提示过你。柯勒掌管着她的生意,坐牢也不耽误。他不只是在那儿编篮子。施台尔曼需要柯勒,柯勒也需要施台尔曼,吕德维茨是个傀儡。但谁是主子,谁是奴才? 不管怎么说,柯勒的女儿说得有理。谋杀是为了帮人忙。为什么不是呢? 也是一种敲诈。亿万家财是施台尔曼的,那两千万是她的两千万,所以柯勒不得不服从,于是他就通过温特除掉了贝诺,按照施台尔曼的意愿。也许她压根儿就不用把这个意愿说出来。也许只是他自己猜到的。"

"一个比真相更疯狂的推论,"我说,"施台尔曼爱过贝诺,因为达芙妮爱过他。达芙妮离开了他,施台尔曼也就放弃了他。"

"一个比真相更现实的推论。真相往往是难以置信的。"他反驳道。

"没有人会接受你的推论。"我说。

"真相是不会有人接受的，"他答道，"法官不会，陪审员不会，就连叶梅林也不会。真相发生在司法高不可及的地方。如果案子再审，唯一能让司法部门信服的推论，就是贝诺博士是谋杀者。只有他有确凿的动机。即便他是无辜的。"

"即便他是无辜的？"我问。

"这碍你什么事？"他答道，"他的无辜也是一个推论。他是唯一能让手枪消失的人。亲爱的，只要你完成了这再审，过不了几年，你就会跟我一样了。"

电话响了起来，他拿起听筒又放下。

"我妻子死了。"他说。

"深表哀悼。"我结结巴巴地说。

"不值一提。"他说。

他又想给自己斟上酒，可是瓶子已经空了。我站起来，把我的酒给他斟上，又把酒瓶放在他的酒瓶旁边。

"我还得开车。"我说。

"明白，"他答道，"保时捷也值不少钱。"

我没有再坐下，"我不接手再审案子，史提西-卢平先生，也不想再跟那委托有什么关系。我要毁掉这些调查结果。"我声明说。

他举起酒杯对着落地灯。

"预付了多少？"他问。

"一万五，还有一万手续费。"

楼梯上走下来一个拎包的男人，显然是那个医生，犹犹豫豫，思量着要不要过来。接着女仆走来，把他领出去了。

"你要挣到这些钱得费些力气，"史提西-卢平说，"总共是多少？"

"三万，外加手续费。"我答道。

"我给你四万,你把调查的结果都交给我。"

我犹豫着。

"你打算进行再审。"

他仍在端详着自己那杯太保红酒。"那是我的事。你把这些材料卖给我好吗?"

"我大概只能这么做。"我答道。

他喝干杯中酒,"你不是必须这么做,你想这么做。"他又斟满一杯,对着灯光看。

"史提西-卢平,"我说,感觉自己与他不相上下,"要是打官司,我就是贝诺的辩护律师。"

我走了。当我走到一尊花岗岩雕像影子前时,他还在说:"你不在现场,你可想好了,施派特,你不在现场,我也不在现场。"

说完,他把酒一口喝干,又睡着了。

……名誉博士伊萨克·柯勒发电报告诉我他抵达的时间:他将于后天从新加坡飞回来,22点15分降落。我会枪杀他,然后自杀。这样一来,我还有两夜时间来写完这份报告。他的通知出乎我的意料,也许是因为我不相信他还会回来吧。坦诚地说,我喝醉了。我去过"霍克酒吧",最近一段时间总泡在"霍克酒吧"里,坐在长木桌旁,周围都是醉汉。我靠着吉赛勒和另外几个姑娘过活,她们是在侯爵死后被弄到这儿来的,不是从纳沙泰尔,而是从日内瓦和伯尔尼。而这里有好多姑娘又去了日内瓦和伯尔尼,一场大规模重组开始了,但与我毫不相干。公开吧,我什么事都不许做,而私下里,我没有什么事可做,只有等待着后天22点15分这个时刻。鲁奇的职位由兰花-诺尔蒂接手,据说他来自索洛图恩,在法兰克福飞黄腾达。他很有气派,他的姑娘们现在都戴着兰花。警察很愤怒,因为不能禁止人戴兰花。有一个巴塞尔的女法学家凌晨一点走在贝尔维尤附近的街上,衬衫上别着一朵兰花——她刚参加完电视台一场关于妇女选举权的讨论——,被逮捕了,当时身上没带证明身份的东西。这事成了爆炸性丑闻,警方和警察局长——他因为笨拙的辟谣——落得贻笑大方。兰花-诺尔蒂拥有无限的统治力,他现在聘用了律师维切尔滕,我们最有名望的律师之一。出于社会原因,维切尔滕愿意为某些毕竟也纳税的女士争取权益,并赞成引入按摩院。而我呢,兰花-诺尔蒂暗示我说,就我的"生活态度"而言,他的生意可负担不了,但他不会不管我,因为他不能对不起鲁奇。他说他跟自己的"员工"商量过,允许我暂且在"霍克酒吧"容身。警长也没再找过我麻烦,鲁奇和侯爵是怎么丧命的,好像没有人对此感兴趣,就连达芙妮不明不白的死也被遗忘了。就这样,我虽然不是皮条客,却也在这一行混饭吃。在"霍克酒吧",碰上有人问我要姑娘的地址——老年男士居多——,我常常随手撂给他们几个,也不跟他们要钱,这些人随后请我喝威士忌,不过是大方而已,其实也是理所当然。这就是我醉酒状态、自作自受和急急慌慌的理由。老实说,当我看到柯勒的电报时,我就先沿路喝个不停,稀里糊涂回到镜街,二十个小时后坐在我的写字台前。幸好我还有一瓶尊尼获嘉,感觉挺奇怪。但我现在想起了那个来自图恩的牙医,他在"霍克酒吧"找过我,我在"摩纳哥酒吧"把他介绍给了吉赛勒——我是从"摩纳哥酒吧"回来的,不是从"霍克",我可能就是这样说的——,书写时这样急急慌慌,不仅使所书写的东西难以辨认,而且也使之离题太远——那瓶尊尼获嘉是应得的。吉赛勒对牙医不感兴趣,嫌他恶心,他喝凯歌香槟时——已经是第二瓶——把假牙取出来,先取出上牙,又取出下牙,假牙都是他自己做的,指着上牙左智齿上他的姓名缩写C. V.让我们看。他还把假牙拿在手里,一张一合试图要去咬吉赛勒的乳房。坐在旁桌上的辛德尔曼笑得眼泪都流到肚子上了,特别当牙医的假牙掉到桌子底下时,不仅掉到我们的桌下,而且也掉到辛德尔曼的桌下,这家伙和玛丽莲坐在一起,一个从奥尔滕新来的女子,兰花-诺尔蒂也来自那里——不,来自索洛图恩——,或者就是奥尔滕。牙医随之不得不趴在地上找来找去,没人肯帮他捡起假牙,他们只是用鞋把它从一张桌下踢到另一张桌下。最后吉赛勒打算帮一帮,大家笑着闹到很晚,而我得到了我的尊尼获嘉。辛德尔曼的狂笑让我生气,因为审判柯勒案子时,他是起诉方一个极其糟糕的代表。是审判,不是再审。所有人都期待着史提西-卢平会盯着再审,但他提交给司法部的申诉出人意料。名誉博士伊萨克·柯勒从来都没有承认过在"剧院酒店"枪杀了日耳曼学教授阿道夫·温特。如果嫌疑人不承认犯罪,仅凭目击证人的证词不足以定罪,证人也会搞错。因此,柯勒的案子应由陪审法院来审理,而不是州最高法院。正因为如此,必须采取一切可能的法律手段,宣布原判决无效,将柯勒的案子移交给适用他的陪审法院。史提西-卢平的申诉引起了人们热火朝天地翻阅所有的档案和记录,令司法部长莫泽·施普伦林感到震惊的是,这些材料证实了有罪供述的缺陷——人们把柯勒思辨般的套话当成了认罪——,其导致的结果是,司法部长责令首席法官耶格雷纳提前退休,训斥了四位陪审法官以及检察官叶梅林,将柯勒的案子指派给了陪审法院——一个在法律上有点仓促的过程。叶梅林的疯狂发作无济于事,他提交给联邦法院的申诉被以惊人的速度拒绝了,可以说迅雷不及掩耳,对这个因为工作负担沉重、拖拖拉拉运转的当局来说绝无仅有。简而言之,柯勒的案子于1957年4月重新立案。叶梅林不肯让步,他执意要再次作为公诉人出庭,但他被史提西-卢平以抱有成见为由拒绝了。他像撒旦似地抗拒,直到听说史提西-卢平也要请林恩哈德出庭,这才退却下来。当然,弗伊瑟尔也不是史提西-卢平的对手。这时,我发现还没有描述案件本身以及警长在其中扮演的可悲角色。他供述说,他没有看见柯勒开枪,他只是这么推测。其实史提西-卢平使出了浑身解数,他确实出类拔萃,我承认。出庭的证人说辞如此矛盾不堪,以至于陪审员总得强忍住笑,听众则被逗得咯咯直乐。一直没有找到凶器这个事实,史提西-卢平打出了事先策划好的牌,这个情况在第一次审判时被忽略了,所以案件缺少物证,本来已经可以单凭证据不足这一个理由将柯勒无罪释放。然而,史提西-卢平却渐渐地将嫌疑引到了贝诺身上,他案发时在"剧院酒店",毕竟是瑞士射击冠军,大批枪支收藏者。据林恩哈德说,贝诺出于经济上的需要,打算变卖这些收藏——大厅里响起一阵嗡嗡声。接着,他暗示贝诺博士与温特教授不和,于是传唤贝诺刻不容缓。所有人都急切地等待着传唤,可贝诺博士却没有到庭。我已经找了他好几天。我下定决心要为他辩护,就像我对史提西-卢平宣布过的那样,所以急需从贝诺那儿得到足够的信息,好对柯勒进行调查。可是在"升天酒吧"也没有人知道他在哪儿。弗西廷猜他可能藏在达芙妮家,她是个善良的女人,不会对老情人撒手不管。一个名叫艾米尔·E的人,一个除草剂代理商最后给住在奥罗拉街的达芙妮那里留下了一个月的工资,他有印象,她公寓里还有个人。但他始终不见踪影。人们怀疑他逃跑了。警察局全力以赴,国际刑警也介入其中,差不多就是当初逮捕伊萨克·柯勒时的阵势。达芙妮故意阻挠,要求出示合法手续才能搜查她的房子。第二天早晨,当伊尔瑟·弗洛伊德走进帐篷街我的办公室时,发现那位潇洒的击剑手兼射击冠军吊在吊灯上被穿堂风吹得晃来晃去,因为窗户大开着,她又开了门。贝诺一直留着自己以前办公室的钥匙。当我在达芙妮那儿寻找他的下落时,他爬上了我的办公桌,也就是他以前的办公桌。而我还在达芙妮那儿,想要找到贝诺的下落——接连好几天,我身上都散发着那个代理商艾米尔·E留下的各种化学药剂味……我之所以不愿意多说这个案子,原因也许在于:这样一来,我与达芙妮的新关系也可能会被说出来,而且是当着海伦娜的面。要是史提西-卢平审问达芙妮的话,他肯定会这样做的,那么贝诺恐怕不会抢先于他自杀的;他这样做,人们就会以为他认罪了:名誉博士伊萨克·柯勒风风光光地被释放了。他离开审判大厅经过我身边时,他停了下来,用那冷淡、缺乏感情的眼睛看着我说,现在所发生的一切,是我陷入财政危机后最糟糕的解决办法,上帝啊,这是可以理解的,我为什么没去找他呢,而是把那些调查文件都交给了史提西-卢平,他一手导演了这场丑恶的司法闹剧。无罪释放,呸,见鬼去,不得不像无辜羔羊似地站在那儿令人尴尬,谁是这样一个无辜羔羊呢。然后他说了一句话,气得我七窍生烟,也让我明白,杀死柯勒是我的义务,因为总得有人伸张,免得它会彻底沦为笑话:因为他说,要是我把那些调查文件交给他,而不是卖给史提西-卢平,那么就算没有再审,贝诺也会挂在吊灯上晃荡的。他说着推了我一把,仿佛我是一只癞皮狗。我跟跟跄跄地撞到了身后的莫克,他正把助听器放进背心口袋里,还说了声"也是的"。柯勒离开了审判庭。"蚂蚁餐厅"行会举行了胜利庆典。市长用六音步诗致贺词。然后就飞往澳大利亚。我带着手枪去追,但没追上。人们熟悉这个故事。现在已经过去一年半了,又到了秋天。总是秋天。上帝啊,又醉了,我担心自己的字迹无法辨认。时间是中午11点——还有35个小时15分钟——我继续酗酒,管它发生什么灾难。可怕啊,如果海伦娜还爱着我的话,那会是我的死刑判决。我只能确信我爱过她,也许依然爱着,虽然她上了史提西-卢平老骨头的床。最近我看见她跟弗里德里在一起,他用右手搂着她的肩膀,仿佛她早就是他的财产。可这真的也没什么大不了。没有必要写我们的爱情,也没必要写刚才我与伯格,那个教派牧师在楼梯上的谈话——刚才我又去过"霍克酒吧",但一无所获,没喝到威士忌,客人们在看足球赛,心情不好,因为瑞士队踢得很差。那些平日总跟我要地址的家伙也心情不好。"摩纳哥"关门了。我身上没钱,忘了带钱包。可我必须有威士忌,我摇摇晃晃地走到"剧院酒店"。那儿也空空如也,阿尔弗雷多——是阿尔弗雷多吧——奇怪地看着我,艾拉和克拉拉果断地从后面走出来。有人叫我的名字。史提西-卢平坐在詹姆斯·乔伊斯常坐的桌边,招手请我过去。艾拉和克拉拉见了有点不高兴,但史提西-卢平就是史提西-卢平。他让我扣上裤子扣,等我坐下后,他说我过得太不像样了,同时给自己的咖啡里倒樱桃酒。我要一瓶威士忌,我神思恍惚地说,我的处境无望了,我知道,没有威士忌我就活不下去了,我被恐惧攫住了,恐惧自己搞不到威士忌。我身体里的一切都反对我改喝别的,比如葡萄酒或啤酒、烧酒甚至流浪汉喝的酸苹果酒(这就是为什么他们有酒精肝,却不得风湿病)。我心里最后一丝人的尊严要求我,只喝威士忌,为了正义,为了毁掉我的正义。这时,艾拉已经把一杯酒放在我面前。史提西-山谷又需要一个律师,史提西-卢平干巴巴地说。他的继任者,说情人史提西-苏特林在打猎时中枪而亡了,有人把他当成了一只岩羊,不是史提西-比尔林,就是史提西-弗西,或者史提西-莫西成了怀疑对象。弗洛廷根的调查法官把这个案子搁置起来了,要查清真相毫无希望。这个职位也许适合我,我似乎是第一个不姓史提西的说情人。我重新获得律师从业许可证,这是可以办到的。你只对我一人提出这个建议吗,我回应道,把威士忌一口干了。只对你,他说。明白吗,施派特,他接着说,该是我从这一切中得出结论的时候了,如果他史提西-卢平热衷于从司法的血盆大口中也把有机会可以逃脱的罪人救出来的话,只是打个比方而已,那也并不是为了愚弄法律。律师不是法官,不论他是否相信正义,是否相信从这种理念中推导出来的法律条文,都是他的事,这终究是个形而上的问题,就像询问数字的本质一样。但作为律师,他必须研究,一个被诉诸法律的人到底该不该被法律看作有罪或无罪,不管是有罪还是无罪。海伦娜跟他说过我的怀疑,但我的调查不够充分。海伦娜当时是空姐——天哪,那时人们还觉得这份工作有点了不起——,但她不在英国部长回国乘坐的那架飞机上。部长是乘坐一架英国军用飞机返回的,恐怕不需要瑞士航空的空姐吧。当初海伦娜回答我的问题时有些含含糊糊,这是可以理解的,因为她没有立刻弄明白这个问题的重要性。相反,要说他从莫克那儿听到了柯勒针对我所说的一些话,他就觉得不可理喻了。柯勒打算重新打官司,为了不是作为无辜的天使站在法庭上,那他就得声明他确实崩掉了笔会成员温特,他是怎么让枪消失的,见鬼去吧。他,史提西-卢平有种特别不好的感觉。为老家伙争取到无罪释放,这本来是他的司法职责,可现在他担心自己放出了一头猛兽,一个独来独往的家伙,总是那么凶险莫测。柯勒行为的背后隐藏着一个动机,可他难以说得清楚。他先是相信施台尔曼利用了柯勒,现在觉得柯勒利用了施台尔曼。温特、贝诺、达芙妮、两个皮条客,已经死了很多人了,要是我不见好就收的话,也会突然被人从希尔河里捞上来。好啦,然后我还是得到了一瓶,怎么来到了镜街,我也弄不明白。在史提西-卢平跟我大谈他的聪明智慧时,艾拉又给我端来一杯威士忌。我真的还能把他的话写下来,这是一个奇迹,现在是夜里一点半,这期间我一定睡着了——还有二十多个小时——十九个,我看错了,现在是两点半——柯勒就要——名誉博士伊萨克·柯勒——与西蒙·伯格的谈话一定是在楼梯上进行的。当时,我带着史提西-卢平给的威士忌回到镜街。自从乌特里剩徒①们沉寂以来,想必已经过去了好几个星期,他们突然停止嚎叫了——风纪警察史图伯来找过我,毫不含糊地暗示说,警方正式怀疑我与组织卖淫有牵连,当时那个教派正唱到"耶稣基督,在你的伤口上",却戛然而止,继之一阵大喊大叫、抗议、哭嚎,无与伦比的吵闹,接着是楼梯上许多叮叮咣咣的脚步声,然后就是一片死寂。史图伯又接着讲述他的推测:因此,我在楼下会所门前遇到教派的牧师时,本应该感到吃惊才是。他背靠门,一动不动。我想从他身边过去,他跌跌撞撞倒向我;要是我不扶住他,那他准会倒地的。当我把他从我身上推开时,发现他的脸烧毁了,而且没有了眼睛。我吓得要走,上楼去,进我房间。但他不放开我,抱着我大叫道,他凝视着太阳,为了看看上帝,他一看见上帝,就能看见一切,之前他是个瞎子,但他现在看见了,看见了,他大喊大叫,把我也拽倒了,我们随之一起倒在通向我的房间的楼梯上。我记不清他给讲述的一切,我酩酊大醉,什么也听不明白,也许他胡说八道,说他看到了太阳的里面,看到了笼罩在那里的绝对黑暗,它与隐身的上帝融为一体;只有让太阳烧掉眼睛后,你才能看得出那隐身的上帝,然后才会感受到上帝是太阳里面完美的黑暗中一个无边无际的点,不断地深入,以无尽的渴望将太阳吸进去、大声地喝进去,而没有变得更大,仿佛它是一个无底洞,是深渊的深渊,太阳向内越来越虚化,也越来越扩大,人们什么都发现不了,但到了明天夜里10点半,就会到如此地步,太阳仅仅变成光,就会光芒四射,不断膨胀,以光的速度,烤焦一切,地球将在无比强烈的光芒中蒸发,大

---

① 主人公将"圣徒"(Heilige)写成了"剩徒"(Letzte),暗指这个教派已作鸟兽散。

概这样说道。他像喝醉似的冲着当时醉醺醺的我说。我现在更加醉醺醺的,不知道为什么要写这牧师。他蒙着面走到信徒面前,向他们宣告世界将要毁灭,并且要求他的信徒要像他一样让太阳烧毁眼睛,从头上撕下头布:我听到了叫喊声、抗议声、嚎叫声、无与伦比的吵闹声,那些丁丁哐哐跑下楼梯的信徒就是答案。我又把所写的东西读了一遍。大约三个小时后,我就得出发去机场。警长早上七点半已经来过了,或者更早些,他坐在我的沙发前,我醒来时看见他坐在那儿,感到吃惊。也就是说,我呕吐完后,从厕所回来要往沙发上躺时,才发现他坐在那儿。警长问要不要他来煮点咖啡,没等我回答,就向小灶房走去。我又睡了过去。等我再次醒来时,咖啡已经备好,我们沉默地喝着。警长然后问我知不知道,我是每十个人中的一个。我问他,这个奇怪的问题是什么意思,他回答说,每十个人中他会放过一个,而我就是其中之一。不然的话,他必定会在达芙妮的墓前逮捕我。他像我一样当过律师,像我一样一事无成,只是偶尔作为法庭指定的辩护律师出庭。于是他落脚到警察局。党派的朋友们给他这个社会主义者在市警察局刑侦处谋了个法律顾问的差使,虽然他们为私事需要律师时,恐怕做梦也不会想到要去找他。他步步高升,最终当上了警长,这并非是因为做出了什么了不起的成就,而是被政治上的勾心斗角推上去的。司法机器的其他部门同样如此。并非他要谈腐败,然而司法对于某些客观的东西的要求,一个彻底远离任何社会顾虑和偏见的机制,距离现实存在如此遥远,以至于他无法像我一样悲观地看待柯勒的案子。毫无疑问,从我这方面来说,接受委托并把资料卖给史提西-卢平,这是个错误。史提西-卢平因此才会逼得贝诺上吊,并赢得官司。但是——关于柯勒是否有罪说来说去——,其实每个人都心知肚明,州议员打死了教授,连警长对此也毫不怀疑——如果他现在一边看着我,一边心里想着,我对抗一种从法律角度来看超乎寻常、但却无懈可击、因此也合乎法理的无罪释放,这已经把我带到了什么样的境地——尽管正义因此已经被置于死地——那么,倘若我还要在这件事上匡扶正义,我就别无选择,只能判处柯勒和我自己死刑,对两个人执行死刑判决,拿起藏在沙发后面的手枪,把柯勒和我自己都送上西天。但他,警长,虽然认为这么做是合乎逻辑的,却也毫无意义。因为,在正义面前,如果绝对把它当作理念来看的话,我的境况并不比柯勒好,他只需想想我在达芙妮之死上所扮演的角色就够了。在正义面前,我与柯勒同样是杀人犯。相反,法官在履行着一种值得讨论的职责。他要让一个不完美的机构运行起来,司法机关现在就是这样,其作用就是负责让人类的游戏规则在尘世上得到一定程度的遵守。就个人而言,法官不必秉持多少公正,就像教皇不必秉持多少虔诚一样。然而,如果一个人想要独当一面履行正义,这样做是极不人道的。这样的人没有注意到,坑蒙拐骗时而会比正确无误更人道,因为世界的运转时不时需要润滑,这是一种我们这个国家特别擅长的运转方式。这样一个正义狂自己必须是正义的,而我是不是这样,答案就在我身上。你瞧瞧,警长,我能把我们的交谈——或者更确切地说是你的报告,因为我一句话都没说,一直躺着,吐得一塌糊涂,只能洗耳恭听——按照它的意思原原本本地复述出来。我也感到奇怪,你猜到了,我从一开始就决定要做什么,也许正因如此,我自暴自弃;有可能正因如此,我帮鲁奇和纳沙泰尔的侯爵伪造了不在场证明;大概正因为如此,我才变成了现在这副样子,就是为了以我的方式让我像名誉博士伊萨克·柯勒一样变成罪人。这种模样甚至对一个兰花-诺尔蒂来说也太可鄙,而且不及他所代表的女人尊严。然而,这样一来,我的判决以及由我来执行这个判决就成了世界上最公正的事,因为正义只能在同样有罪的人之中实现。就像只有钉在十字架上一样,也就是画在伊森海姆祭坛画上的样子,一个被钉在十字架上的巨人挂在上面,一具丑恶的尸体,在其重压下,他被钉在上面的横杆弯曲了,一个基督,比那些麻风病人还要可怕,祭坛画就是为他们而作的。当他们看见上帝这样挂着时,在他们与这个神之间就产生了一种公正,因为按照他们的信仰,毕竟是上帝把麻风病带给了他们;对他们来说,上帝被公正地钉在了十字架上。我在清醒地书写,检察官弗伊瑟尔先生,我在清醒地书写,正因为如此,我求你别责怪警长,他本该收走我的枪。警长这番谈话,或者更确切地说,他这番诚实正派的演说并非出于慈父心肠,所谓每十个人中他会放走一个的故事,谁爱信就信吧。要是每十个罪犯中他会抓到一个的话,那他可能也会高兴。这一切不过是挑衅:他事后将会感到懊恼,当时没有在葬礼上逮捕我;在下葬时,我的伞盖飞掉后,他从我手里夺走了三棱刀。但我了解他,他思维敏捷,心里明白,这样一来,不仅必然会重新提出是谁杀害了可怜的达芙妮的问题,而且还要追问凶手之凶手,这样他就会陷入莫妮卡·施台尔曼的势力范围里。有谁愿意跟一个正打算重新进入武器产业的假肢帝国过不去呢。可是,如果我在两小时以后——更确切地说是两小时十三分钟以后——向名誉博士伊萨克·柯勒开枪,警长就会动手,即使子弹不起作用。检察官先生,我们毕竟要朝着这个方向达成共识:一方面,警长竭尽全力要以那番感人肺腑的演说阻止,要是我开了枪的话,会造成危险;警长先生,你真的不会想到,我早已用真子弹替换了空弹(我又跟你说话了)。因此,我在此之前从没有仔细说过楼下旧货商的事。出于本能,好让你别对他了解太多。那个独眼龙可是个怪物,在他那儿,不曾有过办不到的事。绝对不曾有过。因为这现在已经是往事了,旧货商三个星期前搬走了,楼下的商店和二楼的居室都空着。乌特里圣徒会那里也变得寂静和空空如也。此外,我昨天(或前天或大前天)发现有封挂号信,已经来了好几个月,但我一直没看,内容是镜街那所房子属于文物保护建筑,因年久失修而急需修缮,由弗里德里承办,他要改建内部,将老房子变成豪华住宅,这是他新揽的活儿,于是我必须于10月1日前搬离我的住处。由于10月1日早就过了,我不得不在全城东游西荡,只为找到最后一瓶威士忌,不知什么时候,昨天吧,我在"剧院酒店"从史提西-卢平那儿得到了一瓶。不然的话,我在独眼龙的住处就算弄不到威士忌,也能弄到一瓶格拉巴酒。就这样,我在他的旧货店里一只长号喇叭口中找到了真子弹,警长先生,你之前装在我枪里的空弹倒了进去,装上了真子弹。名誉博士伊萨克·柯勒和我将会在民歌声中死去。然而,在我——即使我的清醒越来越咄咄逼人,如此咄咄逼人,以至于我感觉眼前出现了一个太阳,我不由自主地要像那个疯牧师一样盯着它——还有不到一小时驱车去机场(开着我的大众,它只是马马虎虎地修了,也就是说,我不让再修了,缺钱)前,还有一句话对你说,警长先生:我收回我的怀疑。你的行动是正当的。你想把选择的自由留给我,不想触犯我的尊严。我感到遗憾,我做出了另外的决定,不是你所希望的。现在是最后的坦白:在这场关于正义的游戏中,我不仅输掉了自己,也输掉了海伦娜,那个被我杀的人和杀了我的人的女儿。我将先打死了他,接着将不得不开枪自杀。第二将来时。我又想起了拉丁文课,是孤儿院一位老牧师教给我的,为了备考本城的文理高中。我常常喜欢说起孤儿院,甚至在莫克那儿也说起过,尽管跟他聊天很难。当时有个作家在讲自己母亲的死,显然他对母亲的感情非常深。而我则大谈起孤儿院的好处,说家庭是罪恶的孳生地,人们永远颂扬的家庭之爱实则令人作呕,这些话显然让作家十分恼怒。莫克笑了起来。人们从来不知道莫克听见了什么,没听见什么——他又把助听器放得找不着了,他能从你的嘴唇上看到你说什么。我猜是这样的,但他不承认(又是他的一个花招)。当我吹嘘的时候,他说,在他看来,没有父母的成长是可怕的。庆幸的是,他绕着圈子说——作家早就走了——我成了律师,没想过从政,虽然从政总有可能。然而,一个热衷于孤儿院的人要比一个年轻时与父亲或母亲,或与双亲都斗得不可开交的人更糟糕。就像他,莫克。他就像憎恨瘟疫一样憎恨那两个老家伙,他这样说,尽管他们都是心地善良的基督徒,但他憎恨他们,因为他们生了八个孩子之后居然还生了他,却从来没有问过这群非同寻常的孩子中的任何一个,到底他们愿不愿意来到世上。造孩子是一种无可比拟的罪行。当他如今在一个切姆普(他这样称呼一块石头)上狂怒地凿来凿去时,虽然他幻想着这就是他的父亲或母亲,自己在向他或她复仇,但对于我他就得问问了,像我这个向往孤儿院的人到底是怎么样的人。是的,他,莫克,肚子里有一股仇恨,仇恨怀了他、生了他而又没把他就近扔进垃圾箱的人,他把这仇恨从石头里雕出来,雕出一个形象,他爱这个形象,因为他创造了它,而这个形象如果有感情的话,也会反过来憎恨他,就像他憎恨父母一样,他们则爱着他这个不肖之子,这一切都是人之常情,是创造者与被创造者之间爱与恨的循环。然而,他反过来想想我这样的人,我并不恨是谁生了我,也不恨活在世上,而是爱一个造就并调教了我的机构,我命中注定会对某种不合人情的东西产生热情,对一种意识形态、或只是对一种原则,比如对正义。如果他再想想的话,像我这样一个人,要是人家不符合他的原则,就说正义原则吧(可是哪里会有人符合这个原则呢),那他会怎么与人相处呢;谁要是符合这原则,那他就会吓得直冒汗。他的仇恨是建设性的,我的仇恨却是破坏性的,是杀人犯的仇恨。"天哪,施派特,"他结束了他那难以理解的思绪,"你让我感到遗憾。你彻底走上了邪道。"之后我就再没去过他的工作室。我为什么要讲述这次谈话呢,警长先生:因为这个雕塑家说得好极了,他刚在威尼斯受到热烈欢迎。我是个试管人,在一家重点实验室被培育出来,按教育学家和心理学家的原则接受了引导,教育学家和心理学家是我们这个国家除了高级钟表、精神药物、银行机密和永远中立之外所造就的。我恐怕是这家试验机构的模范产品,只是其中少了一样东西:台球桌。于是,我被置于这个世界上,而看不透它,因为我从来就没有研究过它,因为我想象着,我在其中成长起来的世界里,肯定存在着孤儿院秩序。我毫无准备地被扔进了人类的丛林秩序中;我毫无准备地要面对成就了这秩序的种种欲望:贪婪、仇恨、恐惧、狡诈、权力;但我最终同样无助地遭受着那些使丛林秩序变得人道的情感的磨难:尊严、准则、理性、爱情等。我被人类的现实所驱赶,就像一个不会游泳的人挣扎在激流中,与自己的灭亡作斗争,在灭亡中自己也变成了野兽,我与史提西-卢平那夜谈话之后变成了野兽。在那里,我将资料卖给了他,它要用于释放杀人犯。他女儿来了:海伦娜在帐篷街我的事务所里等着我,在我从贝诺手里接过来的豪华的三居室里。现在我才想起来,她并没有在房子前面而是在里面等我,坐在我写字台前的椅子上。她对这房子了如指掌。但是贝诺——谁能不受他的引诱呢。就这样,她来了,因为她信任我;就这样,她献出了自己,因为我渴望得到她。然而,我没有勇气也把自己托付给她;也不再相信她因为爱我也渴望得到我。我们就这样错过了爱情。我没告诉她,她父亲不是被迫杀人的(尽管那个恶魔般的女侏儒希望如此);她父亲只喜欢在这渺小可怜的星球上扮演上帝的角色;我被人收买过两次,被他和一位大律师,他乐于把司法游戏玩到头,像一个大师,他豪爽地接过了一个新手开启的棋局。就这样,我们睡在了一起,没有彼此交流,不知道世上并不存在无言的幸福。也许只存在片刻的幸福,我在那个夜晚所感受到的幸福。当时,我就预感到我将会成为一个什么样的人。一种难以置信的可能,就存在于我的内心,但我却没有使之变成现实。因为那时我是幸福的,一夜之久,我深信自己会成为我没能成为的人。当我们第二天早晨面面相觑时,我们都心里明白,一切都结束了。现在我必须去机场了。

# 三

　　出版人后记:我非常奇特地、其实也是偶然地认识了几个人,后来我才从他们那儿知道,他们不仅卷入了这错综复杂的情节,而且也是其中的主要角色。

　　想必是发生在1984年前后的事了。在慕尼黑。我不写日记。我的时间从来都不特别确切。我想是5月末,当时我以为这个故事是杜撰的。一座舒适的别墅。一个惬意的花园掩映在参天大树里。花园里,沿着别墅摆放着一张张桌子。一个好客的女主人。出版商、记者,电影和戏剧界人士,精心安排的文化活动。我一如既往不是混淆这个就是那个。我没把握,这一个是不是我以为的那一个,最终还是另一个。另一个也完全是别的什么人。我吃惊地吓了一位剧院经理一跳,我当年认识那里所有的人,现在却一个也不认识了。我心想着,他以为我要给他看一部剧本;他心想着,我要给他看一部剧本。有一个演员像忘了台词的李尔王似的跑来跑去,失魂落魄:"戏演完了。没有新戏了。"另有一位演员我在电视上常常看到,我以为他是个老相识,而他感到愕然,因为我们是第一次见面。一个女士推着一个坐轮椅的老者走进来。优雅,优越,美丽。五十岁左右。我认识她,可记不起她的名字了。她矜持地向我问好,用"你"相称,叫我"马克斯"。她认错人了。大笑。她向我致歉。我受宠若惊。她改用"您"与我说话。我问老者是谁?她父亲。一定高寿了吧。快一百岁了。弱不禁风。极其富有活力。面色红润。稀疏的白发,修剪过的髭须,保养得当的胡子,半是络腮胡,半是山羊胡。他刚会见过巴伐利亚州州长。谈论了政治?不,谈的是实用科学基金会。不懂。

现在没用的科学太多了。明白。她依然在心想着,我认识她,我不认识她。女主人正在与老者说话。与他聊来聊去。笑声不断。老者一定很风趣。我坐在这个似曾相识的熟人与一个意大利出版商的德籍遗孀之间。我曾在米兰待了一天,认识了这位出版商。那位熟人的名字我想不起来了,她看我不认识她,就不说话了。遗孀对我说起一位我恋爱过的女演员。她跟一个消防员跑了。饭后去了会客厅。电影戏剧界人士都聚集在剧院老板周围。他们的兴趣是艺术。其他人围着轮椅上的老者。他们对现实感兴趣。有位艺术评论家发表了几分钟的致辞,向女主人致谢,将两拨人聚在一起几分钟。他太懂艺术了,无法不贬低现实;也太懂现实,不能不抬高艺术。之后两圈人又分开了。一个圈在谈论博托·施特劳斯①,另一个圈在谈论弗朗茨·约瑟夫·施特劳斯②。老者对后者有何看法呢。历史学家,不是气象学家。此言何意? 历史学家话说得长远。他是形而上哲学家。幻想着能把握住世界的精神。气象学家只敢预言眼前的事。他是科学家,不会幻想着能把握住大气层。这个世界是看不透的。政治能做什么呢? 快速的外科手术,然后就是观察偶发效应。他这样说什么意思? 有一家康采恩,他自愿为之提供了咨询,却不情愿地掌管了它,它陷入了困境。没有必要进一步去描述它。各种经济关联比大气层还要复杂得多,预言也就更不确切。老者侃侃而谈,声音低,语速快。只是时而能听到假牙轻轻磕碰的声音。杀人或指使杀人其实是出于必要。全场都惊呆了。尴尬。然后又是感动。仿佛老者在讲述一个爱情故事。毫无疑问,一说就是谋杀,有些失礼。艺术圈也把耳朵伸了过来。看样子,仿佛老者有些骑虎难下了。然而,一个国王和一个百岁老人也可以这样说。"他简直太吸引人了!"传来一位女演员的低语。我看过或觉得看过她演的电视或电影。幕布和银幕把所有的面孔都混成一团了。至少有十个人看上去一模一样。

---

① 博托·施特劳斯(1944— ),德国剧作家。
② 弗朗茨·约瑟夫·施特劳斯(1915—1988),德国政治家。

老者让人给自己倒上杯香槟酒。啜饮着。这时来了一位导演兼演员,我与他是老朋友了。瑞士人,一种失去了土地的俄罗斯爵爷的气派,习惯于与农奴们相处。身材高大富态,胡须整齐,刻意穿得比较随便。吻了吻女主人的手,发现客人们都很激动。他开心地扫视过人群,以他特有的、暖人心头的风度问候道:"你好,州议员先生,你好,海伦娜。"又向我招招手,挺友善的。他接着说:"我看州议员先生正要讲述他的故事。美妙极了。"说完,也倒上一杯香槟坐下。老者继续说下去。他身上弥漫出一种攫取了所有人的权威。其原因并非是他说什么,而是他怎样说。因此,想要以他的方式再现他的故事,根本是不可能的。当他直言不讳地讲起了凶杀时,女主人恐怕会谅解的。有人问他政治能起什么作用。他大概接着说,政治和经济遵循着同样的法则,即权力政治原则。这也适用于战争。尤其是经济,它是战争的继续,只是采用另一些手段而已。就像国与国之间会发生战争一样,企业和企业之间也会发生战争。一个康采恩内部的权力之争与内战一脉相承。人们总是面对着不是把他人排挤在权力之外就是被他人从权力中排挤出去的必然,比比皆是。这时,一个快速的外科手术就必不可少,然后再观察它到底成功与否。坦诚地说,在极罕见的情况下,才需要通过一场谋杀得到解决。谋杀其实是毫无作用的方式。恐怖行径只能在世界格局表面搅起涟漪。他的谋杀是必要的。然而问题并不是谋杀本身,而是只有谋杀才能解决问题的认识。毫无疑问,他也可以指使人去实施谋杀,一切都可以假借他人之手。可他现在都快一百岁了,还一直自己系鞋带。如果后来还有几次谋杀有必要,那也是自行了结的,上帝在创世时只下过一次手。发起一次就够了。他也觉得问题的解决来得闪电般迅速。他会心一笑。三十多年前,他不得不陪同一位当时既著名又不受欢迎的政治家,从一家私人诊所去机场。在诊所里,这位著名的政治家裹着厚厚的大衣迷迷糊糊地站在床前。有人要害他,他所推行的遗产税毁了太多的人。他要自卫。他从衣兜里掏出一把手枪。他要用来去干掉任何一个失去继承权的人。护士喊着救命逃掉了。他又把手枪塞回了衣兜。医生带着两名助手匆忙赶来。这医生是军队中尉,行医粗暴,他诊断说,这个病现在也得在政治家的大脑里了,就是这样,职业上马马虎虎,他又一次给这位先生狠狠地打了镇静剂,然后立刻打发他回家,不然的话,他就会死在这儿。一场短暂的格斗之后,有一位助手被打倒了,这可怜的家伙被扒掉了装有手枪的大衣,他的屁股上——对不起,女士们——扎满了针眼,又被裹在大衣里塞进了老者的劳斯莱斯轿车。于是他就与这位携带武器又发了疯的政治家一同乘车进了城。一个极其美丽的春天夜晚。傍晚时分。快七点钟。他们那儿的人起床早,晚饭也吃得早。当他与这个打盹的金融天才驱车在莱米街向下驶去,看见人们纷纷涌进餐馆时,他的脑海里突然闪现出一个怎样能以世上最巧妙的方式解决他的问题的可能。"我的上帝!"意大利出版商的德籍遗孀说,好有趣。老者继续说,那个他必须要清除其在康采恩的影响力的人经常习惯这个时分在一家尽人皆知的酒店用餐。老者喝光了第二杯香槟。他让人停下车,从打着呼噜的部长大衣兜里掏出手枪,走进了餐馆,断定自己没有弄错,那人正好在,他随后开枪打倒他,回到劳斯莱斯车上,把手枪又塞进这位政治家的大衣兜里,将女王陛下这位尊贵的部长送到机场,让他上了一架专机,专机带着生病的部长连同手枪飞回岛国去了。他一回去那个昔日帝国在经济上彻底垮掉了。从文化圈那边不断传来窃笑。女儿保持着诡异庄严的平静。就算她父亲说自己曾掌管过一所集中营,她都不会有什么表情。我们也着魔似地洗耳恭听。就像在听一个老炸弹投手讲故事。他讲述得有趣,甚或逗人,既轻松自如,又冷嘲热讽,这样使得一切变得抽象、不现实。一位出版商迷惑不解地问:"那您呢?""亲爱的。"他一边回答,一边从一盒粗雪茄里抽出一支(我回想起自己的吸烟岁月,猜测是托珀斯雪茄)。他忘记了两点。一则我们处在什么样的社会圈里,二则是司法。司法必然会以社会圈子为准绳作出判决,不管自觉不自觉,即便它——尤其是面对享有特权的人——有时候习惯于过分粗暴地行事,为了否认它所固有的偏见。可干吗要说这些无聊的呢。他被捕了,被州最高法院判了刑,后来又被陪审法院无罪释放,尽管谋杀是在众目睽睽之下发生的。就是这样,必然如此。缺少确凿证据。证人的证词互相矛盾。凶器一直没有找到。谁会在一位部长的衣服口袋里去找呢。人们也无法证实他杀人的动机。对检察官来说,一个康采恩是看不透的。后来发现有一个全国射击冠军恰好也在现场。法庭要传唤他时,他自缢身亡了。你无疑很有运气。当然也有可能确实是这位射击冠军开的枪,就在这个时刻,当时年逾古稀的他突然有了射击的兴致。唯一确凿的事实,就是那个死者,脑袋栽在配绿豆的罗西尼牛排上,他记得是这样。这个事实到底是怎么成为可能的,其实无关紧要。老者把雪茄点上,他之前有点像个拿着指挥棒的乐队指挥,把雪茄在手里摆弄来摆弄去。突然间,人群里爆发出一阵大笑,有几个人鼓起掌来。一位肥胖的记者打开窗子朝着夜色笑着说:"一个绝妙的笑话。"大家都深信他是无辜的。我也一样。到底为什么?因为他的魅力?因为他的年纪?真逗人,意大利出版商的德籍遗孀神采奕奕地说。女主人说,生活在书写着这一个个无比离奇的故事。老者的女儿看着我,冷漠而警惕,仿佛她想探个究竟,我到底信不信这个故事。老者抽着他的雪茄,吐出了一个又一个烟圈,我可从来没做到过。他明白,他说,一个被冤枉的人不像杀人凶手那样胆颤心惊,人们为之热烈鼓掌。没有人愿意相信他杀了人,这就是他的命。我大概也不相信吧,他说着转向我;在我的喜剧中,我立刻会把我的主人公成堆地送上西天。又是一阵大笑声,气氛达到高潮,端来清咖啡,还有白兰地。剩下的就是道德问题了,老者又开口说。他凝视着雪茄烟灰,没有掸掉它,而是小心地让烟灰越来越长。突然间他判若两人。不再是个百岁老人,而是一个超越时间的人。不管他是杀了人还是只有杀人的念头,他说,从道德上讲,关键在于动机,不在于具体实施。然而,如果一种行为并不符合社会表面上遵循的一般法则,道德问题毕竟是对一种行为辩护的问题,因为这个行为不符合一个社会所谓以此为准绳的普遍准则。这样一来,辩护就落入了辩证法的范畴。辩证法可以为一切辩护,所以也是道德的。因此,他认为任何辩护都是不伦不类的。夸张地说,每个道德都是不道德的。他只能说出这样的理由,他是为了一个康采恩的利益行动的,可尽管如此,它还是倒闭了,于是他那美妙的谋杀也就没有了任何用处,不管凶手是他还是别的什么人。所以,要问政治上能达到什么,他现在可以这样回答:如果说只是通过偶然事件,也就是偶然实现了什么的话,那也不过是你想要实现的东西的反面。说完他就要告辞了,但愿这个尊敬的女主人能恩准他走;但愿他的女儿海伦娜送他去"四季饭店"。女儿把他推出门,不屑再看我一眼。我觉得他的故事是杜撰的。谁会这样杀人呢。但不可忽视的是,老者曾经有权有势,而且很有影响力,要不施特劳斯怎么能会见他呢。我认为他是一个经济界领导人,干过什么见不得人的勾当。但要讲述交易所的内幕,那可比谋杀更复杂,所以他就大谈一桩杜撰的谋杀案,因为他从中可以确信,与交易投机不同,人们是不会相信他的。上了出租车后,我就把他的故事忘到了脑后,只是寻味着他归属于道德范畴的辩证法,并且突然想起了他的名字:柯勒,伊萨克·柯勒。在一次参加话剧院朋友的宴会时,我就坐在他对面。旁边就是他女儿。不知什么时候。好多年前了。我也不记得当时为什么而庆贺呢。没完没了的致辞。柯勒当时看上去活力十足,皮肤晒得黝黑。他女儿说,他刚环游世界归来。

之后的夏天,也许是初秋时节。一位熟人的父亲去世了,是个史提西-莫西女士。大约十五年前,她曾是我家的雇员。她告诉我说,她父亲的庄园要卖掉。我知道这庄园,有年头了,残破不堪。我决定买下它。景色宜人。下面就是史提西山谷,史提西牧场,再过去就是弗洛廷根和阿尔卑斯山高地。农庄后面是悬崖绝壁。村庄就是个小山沟,还没有坐落在真正的阿尔卑斯山里。老房子。有座小礼拜堂。弗洛廷根的牧师偶尔在这里布道。还有一家小旅馆。好奇怪,这年头还有与世隔绝的村子。我要与那个说情人讨价还价,村里的人就这么称呼律师。他住在"卢恩伯格"小旅馆的一间客房里,就在旅馆客厅里处理他的事物。处在充当听众的村民们之中。他看上去更像个乡村法官,当我到达时,他正在调解一场斗殴。一个农夫包着头上的伤口骂骂咧咧地走开了。事后再来描写这说情人有些难。大概不到五十岁。他也可能年轻得多。酗酒成性。喝一种名为"白滋"的烧酒,别的地方管这酒叫果子酒。他显得驼背,实则不然。阴郁易怒。脸面浮肿,并非不体面。一双水蓝色的眼睛布满红丝。大半时候很滑头,常常浑浑噩噩。他想方设法欺骗我,要的价钱是当年的熟人指点的两倍。他说了好些繁琐的故事,与史提西牧场当地议员打交道是多么困难。他胡诌了很多不成文的法律。他说那庄园闹鬼,那个史提西-莫西农夫上吊了。每个史提西-莫西农夫都是上吊死的。农夫们都公然恬不知耻地洗耳恭听。当他说起上吊自杀的农夫时,他们模仿着上吊自杀的样子,把右手举过头顶,仿佛他们牵着一根绳子,眼睛翻白,吐出舌头。我弄明白了,说情人不是想骗我,而是想阻止我买庄园——后来他反而又去欺骗我当年的女雇员的家人。他把庄园贱卖给了一个姓史提西-苏特林的。他发现我对庄园越来越没兴趣了,与其说因为他的借口,倒不如说因为乡民的敌意,于是就变得和蔼可亲。当然他已经喝醉了,但不讨厌。恰恰相反,他变得风趣了,尽管有些尖刻。他开始讲述。农夫们都围上来。他们鼓励他讲述。显然他们很熟悉他的故事。他们聆听着他讲述,就像聆听着一个讲童话的人。他声称自己曾是我国最大的城市中一位著名律师。用他的话说,臭名昭著。他挣了很多钱。与大银行分享,与城里的富家分享。然而,他最亲密的客户却是妓女。用他的话说,"他的婊子们"。他讲了无数的笑话,尤其是一个所谓"兰花-诺尔蒂"。他的绝大部分笑话我都认为是瞎编的,然而我被吸引住了。

  与其说我被这些故事倒不如说被包装在其中的社会批判吸引住了。批判有点无政府主义色彩。它不符合事实,只符合他的想象。他沉醉在一个有关谋杀案审判的新故事里。他模仿着被告,模仿着五位法官。农夫们开怀大笑。他作为辩护律师打赢了官司。随后他发现,那个被无罪释放的人原来是凶手。这人是政府议员,把说情人以及五位法官都给耍了。农夫们欢呼起来,也喝起了白滋酒。显然他们已经多次听了这个故事,而且百听不厌。他们一再催促说情人继续讲下去。他半推半就,有人给他倒上酒,他指着我,认为我可能不感兴趣吧,人们给我也倒上白滋酒。哪里呢,我饶有兴趣。说情人讲起了他如何竭尽全力想要再审这个案子,但政府,最终还有联邦法院阻挠这样做。议员总归是议员啊。每一个司法障碍,每一次刁难都会引发一阵哄笑。在我们自由的瑞士就是这样,一个农夫叫着,又要了一瓶白滋酒。后来他就单枪匹马地行动了,说情人说。他一直等着,直到那议员环游世界归来。他从媒体上获悉了他抵达的时间。然后他把自己的打算告诉了警长。警长让人封锁了机场,可是说情人却打扮成清洁女工跟着一群清洁工混进了机场,在可以打开的假胸里藏了一把手枪。有个警察摸了摸他的假胸,说情人尖叫起来,有人要强暴他。警长向他道歉,并把那个警察关进了机场禁闭室。农夫们拍腿欢呼。说情人又讲了他如何开枪打死了那个被他辩护释放的凶手。就在去头等舱休息室的路上。这议员头朝下栽倒在垃圾桶里。就像退尔与盖斯勒狭路相逢一样①,他把那个"狗东西"干掉了,一个农夫嚷道。其他农夫报以热烈的掌声。热闹非凡。这才叫正义。说情人表演着自己被捕的情景。描述着警长怎样撕下了他的假胸。爬上桌子。当着五个为被害人无辜开脱而现在不得不释放其凶手的法官的面发表辩护辞。由于他对法官们说"见鬼去吧,司法",便成了史提西山谷里的说情人。说完,他一屁股坐在椅子里。一个农夫站了起来,左手拿着半瓶白滋酒,拍拍说情人的肩膀说,他自己姓史提西–史提西,而说情人虽是史提西山谷里唯一的外姓,却是个地地道道的瑞士人。说完,他一口气喝干了瓶子里的酒,倒在桌上,打起了呼噜。其他人则高唱起已经被废除的国歌第一段:"瑞士万寿无疆,儿女茁壮成长,像圣雅各之战,争赴疆场。"②这个故事我反

---

① 指瑞士民间英雄威廉·退尔的故事。
② 本书中三段瑞士新旧国歌歌词,皆引自钱仁康《新编世界国歌博览》,上海音乐出版社,2010年。

正觉得有点耳熟。我还想知道一些细节，可说情人已经醉得无法对话了。几个农夫咄咄逼人地站起来，而另外几个已经唱到了第二段的结尾："巍巍阿尔卑斯，天然屏障雄峙，上帝所赐。我们挺立崖巅，临危难，脸不变，从容不迫地死，以哭为耻。"我同情说情人，他从明星律师变成了一个颓丧的偏远山村律师。他犯了凶案，赢了自己的官司，但谋杀却毁了他。我放弃了购买庄园的想法。我要走了，史提西山谷不欢迎城里来的人；由于他们从车牌上看出了我来自纳沙泰尔，就觉得我反正是个另类，虽然我跟他们说着完全一样的语言，只是不那么爱唱而已。我离开了小旅馆。"早晨天空放金光，照得我们亮堂堂，神在一片红光中下降。祈求上帝，委身于上帝吧，每当阿尔卑斯山闪耀红光。因为你们都懂得，因为你们都懂得，神就住在这块土地上。"歌声从我身后传过来。他们转而唱起了新国歌。

后来又忘得一干二净了。坐轮椅的老者、他女儿、史提西牧场旅馆中醉醺醺的杀人犯和周围醉醺醺的农夫，都沉入下意识之中。买不成庄园的怒气掩盖了这一切。我想买那庄园并非心血来潮。我需要换换环境。回来后，我开始进行调整，清掉了四十年来书写积累起来的破烂。大堆未经处理的信件、付了钱从来看都没看过一眼的账单、一些我从不知道的结算通知、堆积如山的修改稿、改个没完没了的手稿、残片、照片、草图、漫画，一片地地道道的狼藉，一部分必然变得井然有序，一部分必须被彻底清除。未读的手稿堆积成山，淹没在多年来未加处理的邮件的史前洪水里，我随手翻开一部。司法。扔掉这破玩意儿。要扔掉时，我的目光落在手稿的第一页，看到名誉博士伊萨克·柯勒这个名字。我又把手稿从塑料袋里捡回来。这是一位 H 博士从苏黎世寄来的，可是我从不读别人寄来的手稿。我对文学不感兴趣，我自己就是干这事的。H 博士。我记起来了。库尔。1957 年。一次报告会后。在一家酒店里。我去酒吧，想再喝杯威士忌。那儿除了半老的女招待，只有一个客人，还没等我坐下，他就来自报家门。他就是 H 博士，当年的苏黎世州警察局警长，一个身材高大肥胖的人,穿着过时,背心上横挂着一条金表链,现在已经很少有人这样打扮了。虽然他年事已高,蓬乱的头发依然黑油油的,髭须浓密。他坐在吧台前一个高凳上,喝着红酒,抽着巴伊亚诺雪茄,直接呼唤女招待的名字。他声音洪亮,动作灵活,一个不拘小节的人,让我又喜欢又害怕。第二天早上,他开车带我同去苏黎世。我翻看着手稿。它是用打字机打的。标题上方有一行手写字:"随您处置。"我开始读这份手稿。我从头到尾读了一遍。作者是个律师,驾驭不了素材。现实不时地干扰着他。结尾时,他描述了最重要的东西,然后突然没了时间。他写得太匆忙。总的来说更多是一篇平庸之作。有些情节也让我困惑,比如一些章节的标题:让秩序变成混乱的尝试。还有一些人名:尼科德穆斯·莫尔奇是谁,达芙妮·米勒是谁,伊尔瑟·弗洛伊德又是谁?谁会保留着一支花园侏儒队伍呢?警长不是曾经告诉我说他爱读让·保尔①吗?我无法再问警长了。他已经死了,1970年。我接着又读警长寄手稿时附上的信:"从史提西–卢平的葬礼上回来。只有莫克在场。事后与他在'剧院酒店'吃饭,有鹅肝汤、罗西尼牛排配绿豆。之后为莫克找了很久助听器。女招待把它跟餐盘一起收走了。要说我们那个正义狂人吧,他最终还是成功地混进了机场。混在一群清洁工里。他也开了枪,枪响时他吓得一头栽进了垃圾桶。所幸柯勒什么也没察觉,因为那时一架四引擎飞机正要起飞。反正刺客是不可能造成任何损害。他搞错了。我毕竟详细地描述过那旧货商。长号里的子弹其实是精心准备的空弹。事后不知该拿这位正义狂人怎么办。他完了。我不想把他交给司法。史提西–卢平(见上)关照了他,给他找了个差使。这已经是几年前的事了。您的H博士,前警长。"我打电话到史提西牧场,卢恩伯格旅馆的老板接的电话。我要找说情人。死了。上星期"埋掉了"。他叫什么呢?叫什么?就叫说情人。埋在哪儿了?想是弗洛廷根吧。我开车前去。公墓坐落在村外。有一道石墙围着。一扇铸

---

① 让·保尔(1763—1825),德国作家。

铁大门。天好冷。那年我第一次感觉到冬天已经来临。对我来说，公墓有种熟悉的东西。我小时候就在一座公墓里玩过。它很有个性。每个死者都有自己的坟墓、墓碑、铸铁十字架、底座、石柱，甚至可以看到一个天使，在一个名叫克里斯特里·摩泽尔的墓碑上。然而弗洛廷根的公墓却很现代化，是十年前由地方议会决定建造的。十年前死去的人已经尸骨不存，因为公墓的土地有限且不能再扩展——土地价格太高了——，所以只允许死者在家乡的土地里躺十年。然后就进入永恒之境了。可是这十年里死者必须笔直地躺着。每个人的墓都一样，摆着一样的花，竖着同样的墓碑，墓碑上也刻着同样的字体。死者们就这样一排排地躺着，我找的那个人也一样。活着时乱七八糟，死后则井然有序。最后一个，位于一个还空着的墓旁。墓碑已经立好，花也摆上了（紫菀、菊花）。墓碑上写着：

菲利克斯·施派特，说情人，1930—1984。

我在家又读了一遍手稿。这一定是照着原始手稿打下来的。尽管警长可能给其中添加了一些诗意，但手稿仍是原汁原味的。要说施派特的讲述吧，他在史提西山谷自我炫耀说身背着一桩他没有犯过的谋杀案。而柯勒在慕尼黑则把他犯下的谋杀罪名推到了那个他想借被害人要除掉的人身上。我将手稿复印了一份。我在电话簿里找到了名誉博士伊萨克·柯勒的地址。我把复印件寄给他。几天后，我收到海伦娜·柯勒的一封信。她请求我前往她那里。父亲的身体状况不允许她走开。我打了电话。第二天，我便踏进了柯勒的宅邸。

当我从铸铁大门迎着别墅走去时，觉得仿佛走进了手稿之中，仿佛手稿在评述我。大自然散发着财富的气息。茂盛的十月植物也毫不逊色。一路上树木十分壮观。几乎依然是一片夏日的景象。没有热风。一片片精心修剪的树篱和灌木丛。一尊尊长满青苔的雕像。一个个赤裸裸的大胡子神祇裸露着青春的屁股和腿肚子。一个个平静的池塘。一对神气十足的孔雀。一切都寂静又奇幻。只能听见寥寥几声鸟鸣。房子包裹在野葡萄、常春藤和玫瑰丛中,有很多山墙,又大又宽敞。里面舒适又轻松。古董家具,价值连城。墙上挂着印象派名画。晚期的荷兰古画(一位年迈的女佣领着我)。我要在伊萨克·柯勒博士的书房等着。这房间很宽敞,洒满金色的阳光。通过一个双扇门可以进入花园。门边两扇大窗户几乎一直开到地面。珍贵的木地板。一张巨大的办公桌。深深的皮椅。墙上没挂画,只有一排排的书,直到天花板上。全都是数学和自然科学著作,相当可观的藏书。在一个宽阔的角落上摆着台球桌,上面有四只球。穿过打开的门,年迈的名誉博士伊萨克·柯勒坐着轮椅进来了,显得更加柔弱,更加透明,简直像个幽灵。他好像没有看见我。他把轮椅弄到台球桌边。令我吃惊的是,他走下轮椅,开始打台球。海伦娜从后面一扇门里走出来。充满活力,穿着蓝色牛仔裤、真丝衬衫和手工针织的外衣,上有红、蓝、黄色三个大方块图案。她将一根手指放在嘴边。我明白了。我跟随着她。一间宽敞的会客室。又是一扇打开的玻璃门。我们坐在露台上,头上有把遮阳伞。这是我今年最后一次坐在户外。古老的藤椅,茶几上铺着一方青石。草坪上有一台割草机。初秋的几堆落叶。孔雀在其间漫步。她说自己正在花园中劳作。有个小伙子在后面的园子里一边翻地,一边吹着口哨。他们必须得把孔雀弄走。邻居们不断地投诉。他们已经投诉了半个世纪。但她父亲喜欢孔雀。她相信就是为了惹恼邻居们。他干脆让孔雀叫个不停。也不管警察时不时找上门来。孔雀的叫声是人们所能听到的最难听的声音。周边的房子因为孔雀而失去价值。土地价格低落。她父亲买断了一切。邻居们再也不敢投诉了。然后,她给我倒上茶。你父亲是个可怕的人,我说。也许吧,她说。她读没读过那手稿?浏览了一遍,她回答。施派特爱过你,我说,他不好意思写这些。你也爱过他。善良的施派特,她说,他唯一爱过的人是达芙妮,把她写得最生动。而对她海伦娜的爱,他不过是想象而已。他是想象而已,我直言道。善良的施派特十四天前死了,在史提西山谷。"茶凉了。"

她说着从露台把杯里的茶泼到落着黄叶的草坪上,正泼在小伙子脚前,他调皮地吹着口哨跑过去。

然后,孔雀叫了起来。这个时候它们一般不叫的,她说,它们马上就不叫了。可是孔雀并没有停下。我们最好还是进去吧,她说。于是我们进屋,关上对开门,坐在安乐椅上,中间是张小牌桌。白兰地?好的。她斟上酒。孔雀又在外面继续叫着,单调、吓人。幸好父亲听不见这畜牲叫了,她说,接着问我有没有读过与莫妮卡·施台尔曼那一段。我觉得这一切都不是真的,我答道。她自己也曾被请到她那里做客,在一个夏天的晚上,海伦娜说,那时她还不满十八岁,跟这座城里所有人一样,以为达芙妮就是莫妮卡·施台尔曼。对她又羡慕又嫉妒,还有些为贝诺吃醋,因为他对她敬而远之。然而,当时谁没受过他的诱惑呢,能跟贝诺睡在一起是时尚,就像能跟莫妮卡·施台尔曼睡在一起一样。尽管人们都相信这两人会结婚,也认为他们是天生的一对,但她,海伦娜是柯勒的女儿,是碰不得的。于是贝诺就躲开了她。可她接受施台尔曼邀请时一点也没多想,更多是暗暗地希望能在那儿遇见贝诺,她多么迷恋他啊。饭后喝咖啡时,她把这事告诉父亲。是不是请她去奥罗拉街,父亲问,伸手去拿马克白兰地;他在家总喝马克。去"蒙利普斯",她说,还没有人被邀请到那儿哩。不对,父亲回答她说,到现在为止,只有吕德维茨和他应邀去过那里。他能不能给她一个建议呢?她不听任何建议,她倔强地说。她可别接受这邀请,她父亲说着把酒喝干了,这就是他的建议。可她还是去了。她蹬着自行车穿过了瓦格纳直坡,把车靠在铁栅栏上,按了按大门口的门铃,她接着说。她感到很吃惊,一点动静也没有。然后她发现大栅栏门并没有上锁。她打开大门走进花园。可她刚一进去,就被一种不可名状的恐惧攫取了,想转身回去,但大门已经无法打开。如果说她先前讲述时犹犹豫豫的话,那么从此刻起,她说起话来,仿佛所发生的一切并非发生在她身上,而是发生在另一个人身上。按照她的说法,从这一刻起,她就意识到她已经被诱入了一个陷阱里。这个荒芜的花园笼罩在晚霞强烈的反光中,一道红光,她觉得十分险恶。她不由自主地迎着看不见的别墅向上走去。砾石在脚下作响。然后她看见路旁有一个花园侏儒,然后是三个,随之有许多侏儒从未剪的草丛中向外探望,被覆盖在羽扇豆和翠雀草之中,掩映在波斯菊下面。尽管它们的脸胖乎乎的,但在晚霞中显得邪恶。尤其当她发现树上也有叼着烟斗的侏儒冲着下面狞笑,她感到一阵恶心,快步从侏儒旁边走过去,直到来到一些脑袋硕大、几乎秃顶、没有长胡子的侏儒面前,一些用彩陶塑成的形象,比其他花园侏儒高大一些,大约有四岁孩子高低。她不敢从它们身边走过,发现这些侏儒中有一个在向她眨眼。她惊恐地瞪着这个形象。它开始狞笑起来。她一路上坡跑过花园,穿过一排排猥琐的侏儒,直跑到一片没有侏儒的草地上。那是一个平缓的斜坡,可以看到上面的别墅了。她上气不接下气地停在那里。她看看身后,希望她弄错了。一切不过是场噩梦。这时,她又看见那个狞笑着的侏儒迈着摇摇晃晃的小步向她走来。她向上朝着别墅奔去。她快速穿过敞开的大门。她听见身后有一阵碎步小跑的声音。她穿过一个前厅,然后又是一个大厅,尽管是夏天,壁炉噼噼啪啪在燃烧,一切空空如也,只有小步奔跑的声音尾随着她。她来到一个小房间里,用力撞上门,插上锁,环顾四周。只有她一个人。墙上贴满贝诺的照片。她扑倒在皮沙发上。一股奇怪的甜香味。她失去了知觉。后来她苏醒了,她继续讲述着。四个赤裸的大汉紧紧抱着她。他们都是光头,散发着刺鼻的橄榄油味。他们滑溜溜的像鱼一样。她一切都再也记不清了。她反抗,有人在大笑。然后她的双腿被强行掰开了。温特教授出现了,一丝不挂,大腹便便。在这个淫荡好色之徒上方,她看见了那个尾随着她的花园侏儒。她就蹲在柜子顶上。这时她才明白过来,那不是花园侏儒,而是一个女性怪物,她正从柜子顶上向下张望。这里所发生的一切只是遵从了这个长着成年人的大秃脑袋和四岁孩子身躯的怪物的意愿。她把她赶进了别墅,为了在她海伦娜的身上实现在她身上无法实现的东西;她梦寐以求要在自己身上实现的东西。当温特强暴她,贝诺和达芙妮也轮流扑到她身上时,海伦娜被快感这唯一的武器征服了。

她叫啊叫啊,她越是快活得难以言表,怪物的目光就越痛苦。怪物浑身颤抖,目光中投射出无穷无尽的嫉恨,仿佛被排除在海伦娜所感受到的快感之外的不幸所震撼了她。遵照她的命令,她的畜生们强奸了她。最后,怪物一边十分恐惧地大喊道:"停止!"一边啜泣起来。海伦娜被放开了,怪物被抱走了,她孤零零地呆在房间里。她收拢起自己的衣服。大厅的壁炉里还有火光。然后她摸索着走出了前厅,穿过漆黑的花园,来到大门前。大门未上锁,她这样结束了自己的讲述。她骑车回家了。

她沉默不语。她后来问我是不是吓着了。"没有,"我说,"不过最好再来点白兰地。"她给我和她都斟上酒。回家以后,她说,父亲还在书房里。爬在写字台前。他几乎看都没看她一眼。她向他讲述了所发生的一切。他听完后走向台球桌,开始打球。你还想怎样,他问。报仇,她回答。"忘掉这一切吧。"她父亲说。但她坚持要报仇。他停止打球,注视着她。他劝过她别去,可她还是去了。她的事。没有什么建议是必须遵从的,否则那就是命令了。事情发生了就是发生了,没什么大不了。你必须摆脱掉已经发生的事,谁永远无法忘却,那他就是与时代倒行逆施,最终会被碾得粉身碎骨。可我就是要报仇,她答道。"孩子。"父亲说,他只这么叫过她一回。他所说过的,也只是建议而已。她要报仇,好吧,仇是要报的。他的事。说完,他把四只球摆上台球桌,打了一杆,只一杆,先是把一只球打得撞到台边,又滚了回来,把另一只球撞进"袋子"里。温特,她父亲说,这时又一只球也落进球袋里,贝诺,还有达芙妮。当他说到施台尔曼时,台面空了。还有她?她问。她是球杆,他答道。他只用她一次。对他们怎么办,她问。"他们会死。"他回答。按照他定下的顺序,一个接一个死去。他让她去睡觉,他还要工作。

后来,我们正喝第三杯白兰地,她又接着这个对话。旁边房间里传来了台球的撞击声。她觉得这次对话更加可怕地留在她的记忆里,比之前发生在"蒙利普斯"的事更甚。她在房间里关了灯,在无尽的黑暗里,久久地望那一个个冷酷的星辰;它们毫不在乎,在我们这个呈现为不可名状的尘世虚妄的地球上存在不存在生命,更何况人的命运呢。这时,她心头顿生怀疑,父亲恐怕希望她前去,并料到她的好奇心会诱惑她。可那女矮人为什么偏偏选择了她呢?污辱她是针对她,还是她父亲?如果是针对她父亲的,为什么他一开始劝她不要报仇呢?他只想考虑要不要应对这场争斗?可争斗什么呢?谁与谁争斗呢?父亲津津乐道的那家砖瓦托拉斯的背后还隐藏着另外一些远远更加重要的托拉斯;他时而也谈起未来属于其的硅树脂。虽然她问过所有的人,大家都说搞不明白她父亲说这话是什么意思,这一切让她惴惴不安。是不是他与吕德维茨之间发生了权力斗争?是不是发生在她身上的一切不过是施台尔曼发给父亲的信号,她再也无法容忍他的干预?

  我思忖着她给我讲述的一切。我有一事不明,我说,她父亲在慕尼黑讲述了他的谋杀,好吧,他说出了一个假动机,可他是在"剧院酒店"前才起了这个念头,他可以用部长的手枪——不,这根本就不可能。海伦娜警惕地看着我。她是一个非常美丽的女子。不错,她说,她父亲没有说出真相。谋杀是他们俩商量好的,可怜的施派特猜中了。她父亲用自己的手枪打死了温特,又将凶器塞进了部长的大衣里。她随后在飞机上又从大衣袋里掏出手枪,到了伦敦后扔进泰晤士河。部长没有乘坐瑞士航空班机回伦敦,我打断她的话。史提西-卢平的反驳有道理,她说。但他不可能知道,遵照部长的愿望,她作为他的陪同一起飞到了伦敦。为了这个目的,她才一再去诊所看望过他。她沉默了,我注视着她。她经历了她的人生,我经历了我的人生。"施派特呢?"我问。她没有回避我的目光。我将自己与施派特的邂逅讲给她,她仔细听着。施派特看错了我,她平静地说,我同样也会看错她。那天夜里之后没几周,她就与温特有了私情,然后是贝诺,因此出现了贝诺与温特、达芙妮与贝诺的冲突,以及她与施台尔曼的决裂。至于她此间还跟什么人上过床,都无关紧要。跟所有人吧,这是最确切的说法。她自己也说不明白。她总是试图理性地解释一些不理性的东西,然而她的行为却强于她的理智。也许她所说的一切不过是为她在"蒙利普斯"所迸发出来的天性寻找借口;也许她一直盼望着再被强暴,因为人只有在遭到强暴时才是真正自由的:也不受自己意愿的约束。可这同样只是一种解释。她觉得自己不过是父亲的一个工具,这种可怕的感觉始终没有离开过她。所有他在打台球时提到的人,都按照之前所说的相继丧命了,最后一个是施台尔曼。两年前。她听他的建议进入了军火交易,特鲁格股份公司因此垮掉了。后来,人们发现她死在自己在希腊的一个岛上。她的四个贴身保镖被子弹打成了筛子。施台尔曼的尸体半年后才找到,头朝下挂在一棵橄榄树上。我看没看到这个消息?我对这名字完全没印象,我答道。海伦娜说,施台尔曼失踪的消息见报后,她在父亲桌上发现了一封电报,只有一行数字:1171953。要是把它当成日期来读,就是她遭到强奸的那天。如果杀人是父亲指使的,那么执行者是谁,这人背后还有谁,背后的背后又是谁呢?施台尔曼之死是否意味着一场经济战争的结束?这种作为权力争夺的经济战争到底是理性的还是不理性的东西呢?这个世界上到底在发生什么?她不知道。我也不知道,我说。

"我们回到施派特吧",我说,如果她不介意的话。不介意,她说。施派特接受她父亲的委托时,她曾希望他能发现背后的秘密。背后有什么秘密?背后是谁唆使父亲去杀人的,那就是她。不太合乎逻辑,我说。为什么?她问,是她唆使父亲这样干的,她本来可以选择。她在兜圈子,我断言说,她先是将一切罪责归于父亲,现在又归于自己。他们俩都有罪,她说。这一切简直就是疯狂,我说。她疯了,她回答。继续讲吧,我要求道。她依然泰然自若。她父亲被无罪释放了,他出门旅行了,施派特辱骂了她,几乎说中了真相。这时,她去找警长,向他坦白了一切。这意味着什么,我问。坦白了,一切都坦白了,她重复道。然后呢?我问。她沉默了。然后她说,警长也只是问一下,怎么回事呢?他然后点上一支雪茄说,死案一个。贝诺已经自杀了,事后要断定是谁开的枪,甚或要搜遍泰晤士河寻找那把枪,怎么可能呢。在有些案子中,司法失去了意义,纯粹成了摆设。她走她的人,他会忘记她所讲述的。为什么她父亲一次也没有提到施派特,我问。他把这人忘了。也包括史提西-卢平,我说。真奇怪,她说,她父亲幻想着是贝诺,而不是他杀了温特。只有她一个人知道父亲就是凶手。她到底是不是确切地知道怎么回事呢,我问,虽然不大可能,但的确也许是贝诺吧。她摇摇头。是她父亲。她检查过那把她从部长衣袋里拿出来的手枪,还在家里亲手给它装上了子弹。

她为什么要把这一切告诉我呢,我问。她吃惊地看着我。我又到底为什么把手稿寄给她呢?不就是为了弄清真相吗?我是个作家,不关心别人的真相,只关心自己的。对我来说,这关系到写一部小说,没有别的目的。一旦这本书出版了,上面将会写上我的名字,而不是施派特。至于手稿到底是施派特的还是我的,只有我心知肚明。我声称它是从警长那儿得来的。她也认识那个夸夸其谈的老家伙,他常来他们家里做客,把什么不该对外人讲的话都往外说。他也会在我这儿这样做的。然而,如果我要利用她,那么我可别把她描写成像歌德笔下一个彻头彻尾欠揍的女人,她们是那样无聊,除了菲利娜①,在这位老先生创造的所有形象中,他只情愿跟这一个睡觉。然后,她呆呆地盯着前方。小园丁吹着口哨从窗前走过。我能不能找到出去的路?我起身告辞。老人还一直在书房里打台球。台边球。

差四分两点。我来到书房前。当我布置这书房时,还能从这儿看到湖呢。可现在视线都被树木挡住了。我不得不伐掉其中几株,我搬来时它们还没有长出来。真可悲,不得不伐树,你在谋杀它们。橡树已经长得高大茂盛。看到这些树木,让我感觉到了时间,我的时

---

① 菲利娜是歌德的小说《威廉·迈斯特的学习时代》中的人物。

间。与我仰望天空时感觉到的不一样。怀着某种遗憾,我已经看见了昴星团、金牛座、五车二星,一些冬天的星星,可现在还是夏天啊。这是个信号,再过三分之一年,又会老去一岁。客观的时间在天上流逝,一个年近六十五岁的人可测的时间;它伴随着树木和我一起主观地迎着死亡,不再是可测的,而只能感觉到。可是地球是怎么感知时间的呢?我望着夜晚的湖面,除了人类对它的破坏,它没有发生变化。然而,地球感觉自己多老了?客观上?非常古老?四十五亿岁?或者它主观上感觉自己正当盛年,因为还要经过七十亿年,它才会被太阳烤干?或者,它在闪电般的速度中感觉时间,感觉自己是一股难以抑制的狂热力量,它把自己加热凝聚,崩裂大陆,抬高山脉,堆叠地层,将海水冲上陆地,我们在坚实的大地上的漫游其实只是走动在一个摇摇晃晃的地面上,它随时可能裂开,将我们吞噬?人类的时间到底是什么样?我们尽可能客观地测量了它,将它划分为古代、中古、近代和现代,还在期盼着更新的时代来临。是的,还有更加精细的时间划分,比如在东方的遗迹之后随之而来的是希腊人时代,恺撒和基督与之相连,接着是信仰时代,文艺复兴欢快地宣告了宗教改革时代的到来,之后便是理性不断张扬的年代,一发不可收,直到今天理性仍在高涨,它涨啊涨啊,我们可别小气了,第一次和第二次世界大战以及奥斯维辛是几个插曲,卓别林的声名盖过了希特勒,相信斯大林的只有阿尔巴尼亚人,四十年的和平,可不是哪儿都有的。坦诚地说,其实只存在于超级大国之间,存在于欧洲,总体上也存在于太平洋地区,包括通过广岛和长崎洗刷了罪过的日本,甚至中国也向旅行社开放了。然而,这种和平是怎样经历它的时间呢?它在哪儿又可以如此称道的时间呢?对和平来说,时间会停滞吗?如果是这样,和平能不能与它一起从头开始呢?时间会从和平身边溜走吗?它甚至会像暴风一样掠过和平,像龙卷风一样,把汽车刮成一团,将火车掀离轨道,把喷气式飞机甩到山峰上,把城市烧成焦土?我们这四十年可测量的和平时间客观上是怎样流逝的?在这个时间里,一场人们不停地为之武装的真正的战争似乎越来越不可想象,但却一直让人提心吊胆。为了维护和平时间,几百万人上街游行、打着标语、唱着流行曲祈祷,难道我们的和平时间不是早就拥有了我们昔日称之为战争的形式,因为我们把种种安抚我们的灾难植入我们的和平之中?世界历史在给人类上演着无穷无尽的时间,因为对地球来说,客观地测量,不过是一个短短的插曲,甚至不是这样,是地球一秒之内的插曲,从宇宙来说几乎是无法确定的,几乎连一块难以辨识的擦痕都留不下。多利亚人相信,他们刚一从土地里钻出来,依然跋涉在黏土里,就已经开始彼此袭击:其实我们也是这样争来斗去,不论在和平还是战争年代,几乎还没走出冰河纪,就是男人斗女人,女人斗男人,男人斗男人,女人斗女人,不是被理性而是被本能所引领,本能的发展比理性早了几百万年,其动机难以看透。就这样,我们通过拿原子弹、氢弹和中子弹来威慑,来维护我们身体上最可怕的东西,就像大猩猩捶打着我们的胸膛一样,为了震慑另一些大猩猩群。与此同时,我们冒着死于和平的危险,那个我们一心要保卫的和平,在惨死中被灭绝的森林枝叶所掩埋。① 我疲惫地回到写字台前。回到我的战场,进入我创造物的魔力中,但不是另一个现实,除了那个其时间到了尽头的现实,不是我们这个。它是由我虚构的,我却无法猜出它。我的创造物创造了他们的现实,它是被他们从我的想象中夺走的,因此也是被从我的现实中夺走,被从我创造他们所付出的时间中夺走的。于是,他们也是我们的全部现实的一部分,所有可能中的一种,其中一种我们称之为世界历史,而它也被囊括在我们虚构的范畴中。难道这个只有在我的想象中会变成现实的故事,这个由我书写的、现在离开我的故事比那个世界历史更荒唐?比我们建造城市的土地更经不起地震吗?而上帝呢?我们想想他,难道他会不同于名誉博士伊萨克·柯勒的行动吗?难道施派特没有拒绝委托、去寻找一个不存在的凶手的自由吗?难道他不是非得要找到一个并不存在的凶

---

① 20世纪80年代,欧洲发生了大规模的森林灭绝事件,是欧洲20世纪最重大的环境问题之一,引起了深入、持久的讨论,并产生了深刻的影响。

手,就像人类一样,当他们吃了分辨善恶树的果实时,必须找到并不存在的上帝,找到魔鬼?难道魔鬼不是上帝虚构用来为他失败的创造开脱吗?谁是罪人呢?是给予委托的人,还是接受委托的人?是颁发禁令的人,还是无视禁令的人?是颁布法律的人,还是触犯法律的人?是允许自由的人,还是感受自由的人?我们给予自由,我们给予自己自由,我们因为这样的自由而走向毁灭。我离开我现在变得空荡荡的书房,从我的创造物中解脱了。四点半。我第一次看见猎户座出现在天际。它在追踪谁呢?

# 退休探长

## 一部未完成的侦探小说

### （最终版本）

张世胜 译

# 1

11月30号，这天是赫希施泰特勒探长在伯尔尼州警察局任职的最后一天。但是，这一天他却没来位于凌霍夫的警察局上班。

其实他不是探长，而是一个警长。而且，要是事情都合乎常理的话，他原本还可以成为警察局长的。但是，也正因为一切都合情合理，他也只能是个警长。正因为如此，他自降了一级，固执地自称是探长。

但是，赫希施泰特勒探长并没有什么怨恨，因为他总是用一种疑虑的眼光看待自己的职业；他也没有某些公职人员身上特有的雄心壮志。他已经做好了思想准备，要接受事业上的失败。他的仕途总是在同一个地方不幸地戛然而止：本该让他轰隆隆驶进警察局长这个终点站的道岔从来都没有被扳过，也绝对不可能被扳。

五十年代末是第一次。警察局长卢修斯·鲁茨博士把赫希施泰特勒探长叫到办公室。"哎呀，"他说，"明天我就退休了，整个州都会欢欣鼓舞。你跟我一样也是搞法律的，工业开始高速发展了，所有人都无所顾忌地要离开这个像爸爸一样照顾我们的国家，而你本来可以成为伯尔尼州历史上最年轻的警察局长。但是你的性格啊！简直就是令人抓狂！多数情况下你啥都不说，但是你一开口就胡说八道。你看看你都说了些什么：你告诉咱们那位老实乖巧的联邦委员科伯特①。天哪！你对他说你当初之所以选择警察职业,是因为警察不可或缺,而军队就是多余的,对反正会不断灭亡、然后又不停重新出现的小国家尤其如此。你就别说话了吧！让你那样一说,好像希特勒怕过咱们警察似的,顶多也就是那些移民会害怕警察。据说希特勒倒是怕过咱们的军队,每个勇敢的瑞士人都必须相信这一点。国防部长更得相信,不然的话,彻底就没有抵抗意愿了。就算相信那玩意儿纯属胡闹,也得信啊。还有咱们的联邦委员冯·斯泰格尔②,你都给他胡诌些什么呢？——他的脑子本来就不太灵光——什么应该把政府里的罪犯关起来,而不是政治犯！赫希施泰特勒！你一定彻底昏头昏脑了。见鬼去吧！我没法把你当成我的接班人推荐上去,只能推荐施拉克因豪芬,那个大笨蛋。还有呢……"鲁茨就要结束他的告别演说了,"你离过两次婚！赫希施泰特勒,而我倒也离过婚。天性就是天性嘛。我知道,自古英雄难过美人关,咱们也都是英雄。但我可是吃了亏的,真的。好在他们竟然没让我提前退休,这真是个奇迹。后来再看,那样做也不值当。女人就是女人啊。但离一次婚跟离两次还不一样。你已经离过两次了,现在正在享用第三任妻子。如果你不管你自己,享用女人这件事会让你后悔的,对你的事业可没好处。赫希施泰特勒,你会吃亏的。"

第二次就是六十年代末,施拉克因豪芬临终前在岛屿医院的病床上对卢根比尔警署少尉轻声说道:我从未对赫希施泰特勒耍过什么手段。相反,我反倒总是对他说,他应该加入一个党,就像所有正派的伯尔尼人那样,就加入农民和独立派那个党。退一步讲,哪怕是加入社民党也行啊。但你猜他是怎么答复我的。他说,他就是他自

---

① 瑞士联邦委员会是瑞士的国家行政机关,其中的七名委员各自掌管一个联邦政府部门,并且在惯例上轮流担任瑞士联邦主席(总统)。卡尔·科伯特(Karl Kobelt,1891—1968),属于瑞士自由民主党,1940—1954年间担任瑞士联邦委员,负责国防、民防和体育部,还曾两次担任联邦主席。
② 爱德华·冯·施泰格尔(Eduard von Steiger,1881—1962),属于瑞士"农民、商人及独立派党"(缩写BGB,现今的瑞士人民党),1940—1951年间担任瑞士联邦委员,负责司法部,还曾两次担任联邦主席。

己的党。还有……现在他都结第五次婚了。"

后来,农民、商人及独立派党党员卢根比尔当上了警察局长。半年前,赫希施泰特勒探长想要好好记住自己的上司——他自己曾是卢根比尔的上司——于是去蒂芬瑙医院看了卢根比尔。

之前,卢根比尔开着保时捷在图恩至施皮茨的高速公路上跟一辆逆行的汽车迎面相撞。

情况很糟糕。医生先是锯掉了他的双腿,然后又说反正早就没救了。

那个时候,卢根比尔的妻子在肯尼亚,孩子们正在地中海的一艘游艇上,他父母还在百慕大群岛度假,而他的妹妹嫁到巴西去了。

卢根比尔的脸上露出落寞的笑容。

"看在上帝的分上,你可别再离婚了。"他对探长说,然后就与世长辞了。

肇事司机手里拿着一把火绒草站在走廊里。他是格林德瓦尔德小镇上的农民,都八十五岁了。

"他好些了吗?"农民问。

"好多了。"探长说。

当他回到凌霍夫的办公室时,看见办公桌上有一封信。

他的第七任妻子向法院提出了离婚申请。

两天后,伯尔尼州政府委员基穆里格尔——他同时也是伯尔尼州警察局的主管——在克拉姆街铁青个脸呆望着一张公函,上面写着要任命赫希施泰特勒为警察局长,这需要他签署之后才能生效。

"这不可能,"他对坐在访客皮沙发上抽着布里萨戈雪茄的国民院议员奥克森拜因说,"我们已经容忍了他在公共泳池里'光着上身',但一个离过七次婚的警察局长可就不行了。你知道我要干什么吗?亲爱的奥克森拜因,赫希施泰特勒马上就满六十岁了,时候一到我就让他退休。也就是在11月30号。送他的时候我再来一个热情洋溢的讲话,这样就把一切搞定了。咱们就把这个位子送给万岑里德吧。"

## 2

但是,还没等到11月30号,29号探长就没来凌霍夫上班。

那天要审理他第七任妻子提出的离婚申请。庭审结束后,就在赫希施泰特勒探长的第七任妻子、她的律师、探长的律师、四位陪审员和法院书记员纷纷离庭时,民事庭长艾伦伯格博士请探长留下来。

探长朝着第七任妻子的背影喊道:"丽思,再见!万事如意!"但她装作没听见一样,只有她的律师转过身来稍微点了点头。律师还是哈贝格,探长第一任妻子的律师就是他,从那以后他也是探长后六任妻子的律师。探长蛮喜欢他的,律师现在老了,小胡子变稀了,也没怎么打理。探长觉得他很亲切。

时间刚过12点。艾伦伯格站起身来。他是个巨人,快两米高的个子,体重过了150公斤,是个秃顶,留着一撮精心打理的山羊胡子。他那双棕色的眼睛就像圣伯纳犬①一样,天真的眼神让判决少了一些恐惧。人们都叫他:命运之山。

离婚带来了巨大的人力浪费,探长沮丧地说道:"你看看,我一个人用了多少个陪审员啊。"

"二十八个,还有三个法院书记员。"艾伦伯格一边说一边合上公文包。接着他问:"我们在哪儿吃饭?"

"不知道。"赫希施泰特勒说。

艾伦伯格说,他已经在商务餐厅②定了一张桌子。

他们俩穿上大衣,离开办公大楼。

"要下雪了。"艾伦伯格说。

---

① 英文名 Saint Bernard Dog,德文名 Bernhardiner。瑞士国犬,中文也译为救护犬。原产于阿尔卑斯山的圣伯纳修道院(Hospiz auf dem Grossen St. Bernhard)。
② Commerce,全名叫 Café du Commerce,伯尔尼老城里的一家餐馆,位于正义巷(Gerechtigkeitsgasse)。

他们慢慢地走进正义巷,一路上谁也没说话。进了商务餐厅后,他们在后边坐下来,就在吧台旁。艾伦伯格用西班牙语点菜,他一次就给自己点了两份海鲜烩饭①;因为他在西班牙的安达卢西亚有一栋房子,而且对自己的"安达卢西亚语"非常自豪。两个人吃着饭,谁也不说话。艾伦伯格吃得很快,把葡萄酒像水一样灌进嘴里,他又点了一份海鲜烩饭。他狼吞虎咽地吃完了第三份海鲜烩饭,到这时探长都还没吃完他的牛排。探长今天没有胃口,吃什么都难以下咽。饭店已经人满为患。到了两点钟左右,才稍微安静下来,这会儿俩人喝完了第二杯咖啡,也喝完了第二杯李子酒。艾伦伯格问探长:"我们再来半升芬丹②吧?"接着又补充道:"这个我来买单,你付不起这么多钱了。"

"为什么付不起?"探长问道。

"嗯……你都离过七次婚了。"

作为单身汉庭长应该把嘴闭上,赫希施泰特勒探长咕咕哝哝地说,更何况吃进去的钱比两个离过七次婚的探长花给那些老婆的钱还多好几倍呢。

作为一个谨小慎微的庭长是有发言权的,民事法庭庭长回应道,胃口好坏是他的私事儿。庭长要来雪茄盒,挑了一支巴西"总统"。这不像哈瓦那那样冲,他解释道。庭长在点燃雪茄前又喝了一口芬丹,还对探长说了声"干杯"。然后他带着既困惑又惊讶的神情摇了摇头。"想不到我在退休前还能看到这个。"

"什么啊?"探长问。

"你第七次离婚,"庭长说,"七次呀。都没法说了。而且都还是苗条女人。只是女人一个又一个之后,你们的年龄相差越来越大了。另外,每次她们都找了同样的理由:你好几个星期都不说话,对什么

---

① 源自西班牙巴伦西亚的名吃,用大米、肉、蔬菜、鱼及其他海鲜烹制而成。
② 一种历史悠久的白葡萄酒。芬丹(Fendant)是瑞士瓦莱州(瑞士西南部与意大利接壤的一个州,州府锡永,居民以使用法语为主)的说法。法国和瑞士西部叫 Chasselas(莎斯拉),德国叫 Gutedel(古特德)。

都不感兴趣。"

一个蓄着黑胡子、穿一身黑色灯芯绒西装的大个子在他们桌旁坐了下来。

"你好,艾伦伯格!"他说。

"你好,穆斯哈博尔。"民事法庭庭长说。

穆斯哈博尔盯着探长。"啊呸,真见鬼!"他说完站起身来,走出商务餐厅。

"我已经让他离过三次婚了,"艾伦伯格说,"才三次!"他大声笑着,"嗨,我简直被惯坏了。"

"他被我关过。"探长解释说。

"咋了?"艾伦伯格问。

"他要卖一幅霍德勒①的画。"

"那又怎么了?"

"那幅霍德勒是穆斯哈博尔自己画的。"探长回答道。

民事法庭庭长没说话,他抽了口雪茄,将杯中的葡萄酒一口喝完,然后说道:"他还给我当过中间人,把一幅霍德勒卖给了我。"

"噢,这样啊。"探长说。

"不管怎么说,穆斯哈博尔是个好画家。"艾伦伯格有点坐不住了。

"但却是个蹩脚的造假师,"探长解释说,他也将杯中的葡萄酒一口喝完,然后给俩人又都添上酒,他说:"维兹维尔②让他变好了。他有了长进。"

"他的风景画非常好。"艾伦伯格点了点头。

"他最近的那幅霍德勒非常好。"探长说。

"你该不会又要把他关进去吧?"民事法庭庭长皱着眉头问道。

"有啥用呢?"探长一边问一边喝酒。一幅好的假画比一幅差劲

---

① 霍德勒(1853—1918),瑞士象征主义和青春风格画家。
② Witzwil,瑞士著名的劳教机构,位于伯尔尼州,犯人主要从事农业和牧业。

的真画要好,他这样说。"希望你有这样一幅。"接着,探长陷入思索中。

"你知道吗,艾伦伯格,"探长又说道,"每当我后来再想我的那些老婆时,我总觉得,她们好像就是同一个人。你的观察很到位。我有过那么多老婆,很可能是因为她们在我的生活中并不重要。这一点她们也感受到了,在我身边觉得很无聊。可是又能怎么样呢,下班后我就需要安静。"

"曾经需要,"艾伦伯格回应说,"明天是你最后一天上班。你们俩本来都该想到这个的。"

"谁?"

"你和你的第七个老婆呀。"

"为什么?"

"你们俩本来应该等到你退休,"艾伦伯格坚定地解释说,"那样的话,你的婚姻说不定也不会散伙了。"

"天哪!"探长瞪着他,摇了摇头。"不,艾伦伯格,我的第七个老婆和另外六个老婆一样,她们的直觉是对的。对这些女人来说,我只在短时间里还有点意义,差不多有两个月她们觉得我还蛮好的,她们的幻想也就能持续这么久,然后,有那么两三年的时间,她们还希望自己并没有看错,可是后来——"

"咱们再来半升酒好了。"艾伦伯格提议说,然后他将巴西雪茄放到烟灰缸上。他说,这雪茄还是太冲了,他也上年纪了。他取出用了多年的登喜路烟斗,给里面填上烟丝。这时,服务员端来了他们要的半升葡萄酒,并给他们斟上。艾伦伯格小心翼翼地点燃黑色的寿百年,然后若有所思地问探长:"真见鬼,那你为什么结婚啊?你给我说说。"

"就那样结了啊。"探长回答道。

艾伦伯格把玩着他的登喜路烟斗。"我知道,赫希施泰特勒,"他说,"你都经历了七次失败的婚姻,我还这样说你确实有点好笑。但我的意思是,要是你当初不结婚的话,对你来说就容易些了。说实话,你的七次婚姻我连一次都没看好过。"

"这事能给谁说呢,"探长答道,接着又说道:"该死的职业啊。"

"哪个?"艾伦伯格问。

"我的。"

"我还以为你在说我的呢,"艾伦伯格说,"咱们俩都是破职业。"他想了想。"你的婚姻和职业有什么关系呢?"

"职业导致的心理变态。"探长解释说,伸手端起了芬丹。

艾伦伯格猛咂一口,发出寿百年的烟臭味。

探长把酒杯又放下。"为什么你从未结过婚而我却结了七次呢?我来告诉你:因为咱们都是可怜人,都是法的代表人。这听起来很庄严。所以也就很可笑。咱们都是小丑,艾伦伯格,小丑啊。而咱们俩的区别只有一个:你应该依法判决,我应该依法办案。只是应该。你必须判定一个事儿合法还是违法,比如说婚姻,而我……我必须办案,等我办完案之后,你们法官再来判定我办的案是不是正确,你们就代表法律。"

艾伦伯格揉了揉鼻子。每当他思索时,他总是这样。

"这对你有影响,对我也一样,"探长闷闷不乐地继续说,"我是说,与该死的法律打交道影响了咱们。你面对女人变得过分小心了;你从来都没结过婚,不就是害怕有一天还得去求你的同事,那个又讨厌又无聊的凯斯滕霍尔茨来判你离婚吗。我敢打赌,你出于对法律的敬畏从未和这个城市里的一个女人上过床——为此你就去国外度假,小伙子;你隔三差五往汉堡跑——而我一定要跟她上床的女人——不管你信不信——都非娶不可。这也算是例行公事吧,我自己也感到吃惊。不管你把某个人逮了还是娶了,最后都是一回事儿。我是个可怜的家伙,艾伦伯格。作为警察我总是依法办事,就这样,在女人这事上我也都是冲着结婚去的。不幸的是:我的一个个婚姻都是愚蠢的履行法律,只是例行公事而已。那些女人当然不会生你的气,她们只会生我的气。每个老婆都要跟我离婚,她们几乎还没搞明白是怎么回事。"

艾伦伯格向后靠了靠身子,注视着探长。"我真可怜你。"他说。

探长耸了耸肩。"我也可怜你。"他说。

艾伦伯格想了想。"总有这个或者那个你不会非得逮住不放吧?"

"第十个我是不会再娶了,"探长强调说,"我只跟她上床。"

服务生过来说,凌霍夫打来电话。探长一动不动。接着,老板走过来说,是万岑里德博士的电话,找探长。他依然一动不动。

"咱们再来半升酒,"民事法庭庭长提议说,"我今天不用再给人判决离婚了。一天只有一起离婚案,太难得了。必须庆贺一下。"

服务生端上半升酒时,艾伦伯格顺口问了句:"你了解汉堡吗?"

"汉堡是座大城市。"探长没有直接回答。

"我是说我和汉堡的事。"民事法庭庭长非要知道不可。

"别把这事放在心上,艾伦伯格,"探长安慰他说,"我们干警察的有时候会顺便知道一些根本不需要我们知道的事。也有跟民事法庭庭长有关的。现在,我们已经变成国际坏蛋了。"

"这话听着也在理,"艾伦伯格点了点头,看着登喜路烟斗里冒出来的烟气,"我害怕得都出汗了。"

两个人都不说话了。靠窗的桌边坐着几个年轻人,他们正在讨论跨国公司。几个人都反对别人的意见,也都反对跨国公司。

"一个绝顶漂亮的女人。"艾伦伯格说。

"谁啊?"探长问,刚才他在仔细听那几个年轻人说话。

"丽莎。"艾伦伯格回答说。

探长一口就把杯中的酒喝完了,又给自己添上了。"不管怎么说,那可不是什么好玩意儿。"他说。

"什么?"艾伦伯格问。

"跨国公司。"探长说。

"原来如此。好吧。有可能。"艾伦伯格咕哝着说,"这个我不懂。"

俩人又不说话了。

"哪个丽莎？"过了一会儿探长问。

艾伦伯格也一口喝完杯中的酒。

"你的第七个老婆啊，"他说，"我觉得你已经忘记她叫什么了。"

"一个人不可能记住所有的名字。"探长回答说。

民事法庭庭长在想什么呢？"明年我也就退休了。"他说。

## 3

他们一直还坐在商务餐厅里。在喝完最后半升酒后，他们又要了最后半升，然后又要了最后半升。后来，探长陪着有点摇摇晃晃的民事法庭庭长回到办公大楼。这时，鹅毛似的雪花从僵化不动、页岩般暗黑的天空上纷纷扬扬地落下来。探长从办公大楼出来，穿过火车站旁的拱廊，走进长巷区。但他却在社会大街的一栋房子前停住了脚步。他就住在这儿的三楼。他在那儿站了许久，犹豫不定。他想到第二天早晨；想到他在凌霍夫的办公室，那是他一直痛恨的地方；想到基穆里格尔，他是那样喜欢致欢送辞，所以明天肯定会假装碰巧到场；想到基穆里格尔的继任者万岑里德，他那么虚情假意，少不了也会背诵他那一套。而探长自己也会嘟哝些令人费解的话，感谢什么的，这个他知道。他们可能已经买好了一篮水果和葡萄酒当送别礼物，要不就是一本关于本州的画册。基穆里格尔常常会送些跟历史有关的书，可这又有什么必要呢？雪越下越大，社会大街慢慢变白了。探长朝他的汽车走去。先前他按照老习惯把他的旧雪佛兰停在邻居的房前，就在大学生餐厅的街对面。那儿本来不允许停车，但市警察局没有给他找麻烦。探长打开英帕拉[①]车门，坐在驾驶座上，他打开广播，靠在椅背上。有人在广播里在讲一位作家，说他声誉早就不可抗拒地日落西山

---

[①] Impala，美国通用公司雪佛兰旗下的著名车型，诞生于1958年。

了,他从来都不关心社会制度的变迁,甚至还公开承认自己是反黑格尔分子。现在真是什么样的犯罪都有啊,探长心想着。他眼看着雪花一点点遮住了车窗玻璃。他想算一算今天和艾伦伯格喝了多少个半升芬丹,却稀里糊涂算不清。他启动了雨刷,但在发动汽车前他不得不先下车去把汽车后窗和侧窗上的雪清理一下。然后他开车出了市区,车外仍然飞舞着雪花。

天很快就黑了。从汽车前灯的光线里看去,雪花好像是擦着光线飘落下去的。一片银色的世界包围了他。黑夜躲藏在外面,他滑进黑暗之中,时不时冒出巨大的黄眼睛:那是对面开来的汽车。广播里的人还在说个不停,他认为那个作家擅长的领域就是冷漠,所以他最近的新作品又是一部侦探小说。作家一直提到的多卷本作品显然只是吹牛,他就喜欢吹牛。雪越下越大,已经变成暴风雪了。路上的车少了很多。这个漫长而美丽的秋季过去了,大多数人都没想到冬天会来得这么突然。很多车停了下来,不敢再走了。雨刷基本上难以对付。广播里的人还在继续说着,这位作家重新创作侦探小说的尝试只有一点没有让人失望,那就是前言,之前作品的后记一直还能满足人们对他并不过分的要求,现在换成前言了,至少这是一个创新。探长心想着,他现在需要的正是一档文学节目;但是车外扑面而来的雪块让他没有时间换个频道。英帕拉开始打滑,然后又恢复正常。市区外的斜坡让他费了不少力气。一辆大众车轻而易举地超过了他。英帕拉前面突然冒出一个东西。英帕拉滑行了一段,斜着停在路边。不知道什么东西砸在雨刷上,雨刷停住不动了。探长下了车,站在雪地里。汽车的前盖上躺着一个男孩。一条大狗——探长觉得那是条大狗——拉着一个驮着奶桶的雪橇沿着满是积雪的公路滑下去,雪铺天盖地落下来。

"对不起。"男孩结结巴巴地说,他从前盖上爬下来,从探长和汽车中间跑过去,去追他的雪橇了。

"你这个小笨蛋。"探长冲着他的背影喊道。他很高兴,毕竟没出什么事儿。他又回到车上坐下,尽管他对发动汽车没有多大信心,还是使劲关上车门,但他竟然开动了。他不知道是怎么做到的,他一直在想英帕拉不行了,但它居然还能行。他听到广播里的人还在讲,字字句句都强调,好像都是珍品。广播里说,作家关于他自己如何想到写这部侦探小说的描述是整本书里最精彩的一节。作家开始只是梦到一场暴风雪,故事就以此为开端,但他一下子又漂到了大安的列斯群岛①的一座岛上,进了热带雨林里的一家旅馆。但愿他梦见的不是今天的这场暴风雪,探长心想着,做梦都想不到会有这样的暴风雪。这段上坡路似乎没有尽头。英帕拉像犁铧一样破雪而行。广播里还在讲述着作家的梦:团团波涛接连不断地涌进来,棕榈叶发出可怕的沙沙声,更像是在不停地打磨很多把刀子,空气潮湿又温暖,把一切都弄湿了,他就穿行在那样的空气里,感觉已经没有了室内空间似的,房间的天花板和四面的墙壁好像都没用了,作家在持续不断的敲击声与打磨声中陷入了无聊和疲倦之中。探长终于开过了斜坡,他自己都难以相信居然上来了。他开得很任性,对驾驶技术也不很懂。事实上,有好几个故事都在传颂探长的驾车技术。他还气恼的是,他出发时社会大街都已经开始下雪了,他不知道自己为什么开车出来了,连去哪儿也不知道。就算明天不想去办公室,他原本完全可以待在家里啊。这时,一座村庄的灯光闪现在眼前。他没有减慢车速,连滑带晃地穿过去。就这样不停地向前开着、开着。广播里的人还在继续评论:那个作家说,在梦里,他的窗户下长着湿润而浓密的棕榈,原始森林一直延伸到山谷里,地狱一般的气候让人觉得一直在洗蒸汽浴。为了抵抗这种梦境,他幻想自己在晚上开车遇到了暴风雪。简直胡说八道,探长心想着,但他自己也不知道他说的是作家、广播里的说话人,还是两个人都在胡说八道。探长开过一块高地,英帕拉像犁铧一样破雪而行。一长串汽车迎面开来,都很小心缓慢。他现在才发现后面跟着一辆车,它的光线从后视镜里让他感到刺眼。广播里的人还在继续说着,当然我们大家几乎都要相信作家的话了,

---

① 大安的列斯群岛,西印度群岛中的主要岛群,位于加勒比海北缘。

此次旅途中的其他奇遇也都鼓舞他再次尝试创作侦探小说。但我们比这位过于天真的作家看得更为深刻:暴风雪只不过象征着僵化的创造力,而再次创作侦探小说就是一次绝望的尝试。他已经没有希望再次获得创造力了。探长心想着,这会儿要是来上一首爵士乐就好了,最好是一首狂野的爵士乐,但是他不敢去找电台,只能紧紧地握住方向盘。对面的车队好像没完没了。然后,整条路一下子变空了。探长这才松了口气。广播里的人还在继续讲着,就连作家自己都承认,在最终成文时他所面临的主要困难是,构思那部小说和完成第一稿过去十年之后,作家自己也到了主人公的年龄,因此他面临的问题是,主人公究竟要如何度过余生。应该禁止在广播中谈论文化,探长心想着,他关掉了广播,朝窗外看去,他不由得骂了一句:在前车灯的光线里,他看见远处有个大家伙躺在路上,他松开油门,他根本想不到要刹车。太晚了。后面的车越来越近。探长不得不刹车。英帕拉就像慢动作一样向前滑行了一段,撞上了大黑团,它从马路上跳起来。是头奶牛。后面的车幸运地从旁边开了过去,消失在白茫茫的夜色中。奶牛也无声无息地消失在茫茫雪花里,消失在路旁的雪地里。探长摇下车窗,雪花飘了进来。英帕拉旁站着一个人,也浑身是雪。

"非常感谢你,"男人带着沙哑的声音说,"我就知道这畜生自己能起得来。"

探长受够了。他沿着一片森林边沿行驶,在最近的一家旅店门前停下车。他知道自己在什么地方,也知道他为什么要在这个突如其来的冬天开那么久的车。

4

这座饭店坐落在林边,以前是个破落的小酒馆,几年前烧毁了。当时的情形就像是燃了一把旺火,一切都化为灰烬。非常快,几乎无声无息。第二天,一切看起来都非常整齐,几乎可以说,就连几根烧焦的房梁都找不到。而且,一家这样破落的小酒馆却投了份高额的火灾保险,数目大得惊人。一年半之后,一家新的饭店在这里拔地而起。探长在饭店前停下车。他把英帕拉扔在门口,这样随意停车实际上是不被允许的。新饭店现在已成了个非常精致的美食餐厅,可以提供上佳的勃艮第和波尔多葡萄酒,还拥有自己的停车场。现在只停了几辆车,积雪像一块厚重的软毯子一样盖在停车场。马路对面还有一个停车场,那里停着三辆货车。

探长走进饭店,没有去那个装修雅致的本地风味厅,在那儿用餐的都是些愿意花钱消费特殊东西的贵宾;探长去了大厅,里面坐着一些货车司机和几个正在玩雅斯牌①的邻村农民。他们连头都不抬一下。探长在炉子旁边找了个角落坐下。一位苗条、年轻的女服务员从柜台后面走出来。她披着一头浅棕色的头发,两只胳膊上有些雀斑。她愣了一下。探长点了两份煎蛋、面包和四分之三升博若莱②葡萄酒。"酒不要太凉。"探长又叮咛了一句。老板娘走进大厅,装作没看见探长,又走了出去。这时,女服务员端来了煎蛋、面包和葡萄酒。

"布莱泽小姐,你怎么样?"探长问她。

"你可以跟大家一样称呼我。"她闷闷不乐地说。

"克莱尔,你怎么样?"探长问。

"我过得怎么样和你一点关系都没有。"她一边回答,一边将盛有两个煎蛋的盘子放到桌上。

随后酒店老板走了进来。"是谁把车停得那么糟糕,直接堵在大门口?"他问道,然后就不吭声了,犹豫片刻后坐在探长对面。

"嗯,"探长说,"克莱尔就在你这儿工作,鲍蒂格先生。"

"她犯什么事了?"鲍蒂格问。

"后天我就退休了。"探长回答道。

---

① Jass,瑞士一种纸牌游戏,共三十六张牌,供二至四人玩。这是瑞士的全民游戏。
② Beaujolais,博若莱,法国中东部的一个丘陵地区,以葡萄酒闻名。所产葡萄酒与地方同名,也叫博若莱。

"她卖肉,"老板说,"我知道的。有时候她还顺个钱包。但她在这里只是当服务员,不在这儿过夜。"

探长吃着煎蛋,把面包泡在蛋汁里。"你给自己建了个漂亮的新饭店,鲍蒂格先生。"他补充道。

"那个旧的投了份好保险。"老板说。

"那份保险太好了。"探长说。

"克莱尔,再来半升博若莱,给我也拿一个酒杯。"店主吩咐道。

两个男人沉默起来。探长朝那排窗户望去。窗后漆黑的夜晚像是一堵墙,显得冷漠,拒人于千里之外,难以穿透。

"还在下雪?"探长问。

"一直下个不停,"老板回答说,"我在想客人们怎样回城去。"

"我不担心。"探长回答道。

两只胳膊上有雀斑的服务员端来葡萄酒和给老板的杯子,给两人斟上酒。探长从桌上递给鲍蒂格一个黑色的小东西。

"这是什么意思?"店主问道。

"一只被火烧坏了的打火机,"探长回答道,"你的打火机,鲍蒂格先生。"

店主喝干杯中的博若莱葡萄酒,他说,这个冬季会很漫长。

"我那辆旧雪佛兰英帕拉都打滑了好几次。"探长告诉店主。

"我开的是辆奔驰220,"店主说,"自动挡。"

"你现在开得起了,鲍蒂格先生。"探长确认道,"还有啊,我得祝贺你,你的气色看着可比以前好了。"

"我酒喝得少了,"店主回答说,将打火机又推给探长,"这不是我的。"

探长也将杯中的酒喝干了。

"鲍蒂格先生,火灾后我勘查了现场,你或许还记得吧。就在房子烧毁之后的瓦砾中我找到了这只打火机,就在以前的棚屋那儿。我让人化验分析过瓦砾。干草上泼过汽油。"

"这个博若莱我觉得不好喝,"老板说,"你跟我一起喝一瓶拉图①吧,1970年产的。"

"好吧。"探长说。

女服务员端来了一瓶拉图。

"这酒的温度调得很好,"老板说,"这样的酒我是第一次喝。只有那些买得起这种酒的客人才会喝它。"

"你现在买得起它了。"探长说。

"这是第一次,也是最后一次。"老板一边嘴里咕哝着,一边打开葡萄酒,并小心地将酒倒进两只波尔多酒杯里。

"真好喝!"探长称赞道。

"波亚克②。"老板尴尬地说。

探长重新尝了尝酒。他说,他对名贵的葡萄酒并不懂。

"在我看来,这是最好的波尔多葡萄酒。"老板说,他的声音里透出几分哀伤。

"鲍蒂格先生,你这儿有客房吗?"

"有的。"

"我在这儿过一夜,"探长说,"你能给我一套睡衣吗?我什么都没带。是直接开车来的。"

老板没说话。"没别的事吗?"过了一会儿,他问道。

"没别的事。"探长说。

"我给你一套我的睡衣。"老板若有所思地说。

探长将身子靠在椅背上。"咱们把拉图酒庄的酒喝完吧,"他说,"还有个事要麻烦你一下,鲍蒂格先生。这是我的车钥匙。后备箱里有两个冬季胎。你明天让人给我换上吧。反正汽修厂离这儿

---

① 酒名及其说明原为法语:La Tour, mise en bouteille au chateau1970。该酒庄位于法国勃艮第。拉图酒庄(法文:Château Latour)位于波亚克(Pauillac)市,该庄出产的葡萄酒是享誉世界的波尔多葡萄酒之一。

② 波亚克(法语:Pauillac)是法国著名的葡萄酒产地,在1855年波尔多葡萄酒官方分级中,五个一级酒庄中有三个位于波亚克:拉菲酒庄、拉图酒庄和木桐酒庄。

不远。"

## 5

第二天清晨,探长来到旅店门前。虽然太阳已经出来了,但天气还是冰冷冰冷的。晚上还下过雪,现在开始刮起北风。他的汽车已经停到门前,轮胎换好了。老板出现在探长身旁。

"我们先喝杯咖啡吧?"鲍蒂格先生问。

"好啊,"探长回答说,"这冻死人的天气来得太早了。"

"看我昨天给你说什么来着?"老板说,"今年的冬天会特别冷,我昨天就说过了。"

"恰恰相反。"探长回答道,坐到炉子后边的桌旁。他说,这个冬天会很温和,一下子下了很多雪,这意味着会有一个不同寻常的冬季。过不了多久,天气就会回暖,然后就开始下雨,整个12月都一直会这样。

"咖啡好了吗?"老板问。

探长说,他自己只喝加很多牛奶的咖啡。老板娘把咖啡端上来摆好。大厅里没有别的人。

等探长喝完了牛奶咖啡时,店主问:"我们现在走吧?"

"我们?"探长说,他若有所思地打量着老板,"鲍蒂格先生,你说的'我们'是什么意思?"

店主沉默了一会儿。然后他慢慢说道:"对,我承认,是我烧了那个旧小酒馆。你可以带我走,探长先生,我已经想好了,我老婆也想好了。你就是为了这事来的。"

"是我撺掇我丈夫那样做的。"老板娘说着坐在他们身旁。

探长说,他不是为这事来的。

"那究竟为什么?"店主问。

"鲍蒂格先生,我已经给你说过了,我来这里没有别的事。"探长说道,他不慌不忙地喝着牛奶咖啡。然后,他抬起头来。

"一年前，"他说，"我经常来你的饭店，鲍蒂格太太。现在这儿已经变成了非常好的饭店。你们从火灾中搞出了名堂。好吧，咱们得承认，保险公司确实被薅了羊毛，但这会让它少发财吗？我这辈子抓了太多的人，以至于——鬼知道——我有时候也会把抓谁不抓谁当作我的道义职责。你看啊，鲍蒂格先生，我认识一位牧师，他每年都会将自己年收入的十分之一放进一个特别的账户，就是贫民救济基金。所以，不管怎样，我也把我的罪犯中的十分之一放进一个特别的账户，就是我的不公正账户。拿去吧，鲍蒂格先生，你的打火机。你把它扔到林子什么地方去吧。那份说干草上泼了汽油的鉴定早就被销毁了。现在，给我算账吧，算上吃饭、四分之三升博若莱、住宿和换轮胎，这样咱们就两清了。昨天晚上的拉图葡萄酒和今天的牛奶咖啡是你主动请的客，这我得好好感谢你。"

## 6

探长开着他的旧英帕拉，他没有上干线公路，而是选了一条通进森林的小路。路上的雪已被扫雪机清理过。然而，当他想要拐进一条林间小道时，却发现这条路不能通行。探长从英帕拉下来，锁上车门，踩着积雪走进林间小路。冷杉白晃晃的，探长一向对大自然没什么好感，这会儿感觉好像要费力地穿过一块巨大的糖心蛋糕。虽然他身上的大衣还能保暖，但雪已经灌进了他的鞋子里。他湿着脚一步一步向前走去。迎面走来一个脚穿靴子、身穿黑色波斯羔羊皮大衣的女人。

"早上好，克莱尔，"探长跟她打招呼，"你住在费勒尔那里？"

"你要去找他吗？"克莱尔问。她的神情很严肃，但她还是个漂亮姑娘。连探长自己也很难说清楚他为什么特别喜欢克莱尔。

"看起来你过得挺快活的，克莱尔。"探长说。

"你找费勒尔干什么？"她问道。

探长若有所思地打量着这女人。

"费勒尔和我是老朋友了。"探长终于说道。

"这我一点都不知道。"她说。

"费勒尔也不知道。"探长笑了笑,踩着沉重的步子继续走去。

克莱尔疑惑不解地望着探长的背影,等到他拐到下一个冷杉丛之后,她跑进了森林里。冷杉树下的雪少一些,所以比走林间小路要快些。不过,她在一块空地边摔倒了。有人扶她站了起来。是探长。

"你安心去鲍蒂格那儿上班吧,克莱尔,"探长说道,"费勒尔不会有事的。我向你保证。"

克莱尔盯着探长。

"当真?"她木然地说,几乎都听不见。

"当真。"探长回答道,他看着她的背影,看着她消失在林中。接着,他继续艰难地向雪地里走去。

## 7

一刻钟后,探长来到费勒尔的废车场。在这片宽阔的空地里放着压扁的、撞瘪的、以各种方式损坏的汽车,也有已经非常陈旧、早就过时、拆解一半的汽车,车子都被雪盖住了,看起来非常怪异。探长满意地发现,主要都是些货车。他一步一步地朝着房子走去。费勒尔坐在一台旧拖拉机上,正在将一辆更旧的货车往棚子里拖。

"早上好,费勒尔!"探长打了声招呼。

费勒尔从拖拉机上下来,挠了挠脑袋,他问道:"你是谁啊?"

"你别装了。"探长说。

"好吧,"费勒尔咕哝着说,"我觉得你可能是州警察局的探长。"

"进屋去。"探长说。

"进屋去。"费勒尔说。

他们走进屋子,穿过一条走廊。客厅的门敞开着,厨房看上去很整洁。"克莱尔把屋子收拾得不错。"探长说。

"一个很好的姑娘,"费勒尔说,他心有疑虑地盯着探长,"她又在城里……我是说,她又有什么麻烦了?"

"没有。"探长回答道。

"就算有,我还是要娶她。"费勒尔说。

"要是我的话,也会这么做。"探长附和着。

"但结婚已经不时兴了。"费勒尔说。

"在你的圈子里还挺时兴的。"探长纠正道。

他们坐到厨房的桌旁。灶上放着一把壶,开着小火。

"咖啡?"

"好。"

费勒尔从壶里把咖啡倒进两个蓝色的杯子里。探长把两只鞋子脱下,把脚伸到炉灶跟前。

"樱桃酒①?"费勒尔一边问,一边从架子上取下一瓶基安蒂酒②。

"好啊。"探长点了点头。

"它的味道很棒,"费勒尔问,"倒在咖啡里好吗?"

"好吧。"

费勒尔将樱桃酒倒进咖啡。探长尝了尝。"估计你需要这样的'加料咖啡'。"

"你是来找我的。"费勒尔恍然大悟。

"是的。"探长断言道。

俩人都不说话了。

"你一个人来的?"费勒尔问。

"一个人。没人知道我在你这儿,除了克莱尔就没人知道了。"探长说。

"除了克莱尔。"费勒尔重复了一遍,弹开一把大折刀。

"她应该会保密吧。"

---

① 用发酵樱桃做成的烧酒,可直接饮用,也可以用作佐料。
② 基安蒂酒(意大利语:Chianti),一种意大利红葡萄酒,出产自托斯卡纳大区基安蒂产区,曾经是意大利葡萄酒的典型代表。

## 8

费勒尔用折刀从一条长面包上小心地切下一大块,取来奶酪,同样小心地切下一块,然后又合上折刀。

"你找我有什么事?"费勒尔问。

探长也像费勒尔切面包和奶酪那样仔细地喝着"加料咖啡"。"费勒尔,"他说,"从明天起我就退休了,一个退休的人得有自己的爱好。哦,我的爱好就是去拜访那些我没有了结的案子。"

费勒尔又把折刀弹了开来。

"你想了结你那些没有了结的案子?"他平静地问,"要是我的话,干脆撒手不管了。"

探长把空杯子递给费勒尔。

"拜访,不是了结,"他说,"我只是想知道他们现在过得怎么样。"

"我永远都不明白你到底想干什么,"费勒尔回答说,他给探长倒上咖啡,又从基安蒂酒瓶里加上樱桃酒,然后又伸手拿起折刀。"你真是个怪人,说话也怪。"费勒尔一边说,一边又给他们俩分别切好一块奶酪。"拜访那些你没有了结的案子!我可不在之列。我不知道你想要干什么。"

"和你一起入室盗窃。"探长回答道。

## 9

费勒尔又把折刀合上,他保证说他从未干过入室盗窃的事。

探长喝着加了樱桃酒的咖啡。"费勒尔,"他解释说,"我们这些干刑侦的会遵循一条特定的准则,这不是什么法律,但却是个很实用的暂时性的假设。"

"太高深了。"费勒尔说。

"这样吧,咱们假设每个犯罪分子始终用相同的手法作案。"探长耐心地解释着。

"哦,你们是这样想的啊。"费勒尔干巴巴地说,他吃着面包和奶酪,又给咖啡加上樱桃酒。

"你的走廊里挂着一块上乘的红色阿富汗针织软毛挂毯。客厅里铺着两块卡曼地毯①,我确信,要是真要找的话,我还能再找到两块地毯:一块伊斯法罕②,一块布哈拉③。"探长一边说,一边也给自己的咖啡里加了些樱桃酒。

"你可以检查一下。"费勒尔说。

"我觉得没必要,"探长回答道,"要找的话,肯定会找得到的。"

"你会找到的。"费勒尔说着又把折刀打开了。

"我会找到的。"探长肯定地说。

"你的话真难懂,跟中国话一样。"费勒尔说。

"那条当装饰挂在走廊墙上的壁毯才是中国的。"探长回答道。

费勒尔的右手拿着折刀,它一直都没有合上。

"你以为我是偷壁毯的?"费勒尔问道,他充满自信地盯着探长。

"我以为你偷的是保险柜。"探长回答道。

## 10

"你听我说,费勒尔。"探长继续讲着,费勒尔一直还坐在厨房桌旁,面对探长一动不动,面前的咖啡杯里只剩下樱桃酒,几乎没有咖啡了,还有面包和奶酪。"你听我说,费勒尔,我们州警察局有一连串从来都没查明的案子。策齐维尔镇的一家巧克力工厂被偷走了一个保险柜,还有威尔迪斯巴赫镇的镇长家,麦道夫的一家正要改造的

---

① 原文 Kirman,一种花饰极其考究的伊朗地毯。
② 伊朗地名,伊斯法罕省的省会城市也叫伊斯法罕。伊斯法罕号称伊朗最好的地毯产地,是最高级波斯地毯的代名词。
③ 乌兹别克斯坦城市,布哈拉的古地毯是古董地毯中的精品。

储蓄银行,许特里根镇的一家大型锯木厂的办公室……嗨,我都记不全了。"

"这和我的挂毯有什么关系呢?"费勒尔一边问,一边又给咖啡杯里加上樱桃酒,这会儿他的杯子空了。

"这些丢了保险柜的地方都是负责人的私人办公室,不是在二楼就是在带半地下室的一楼。"探长解释道。

"那又怎样?"费勒尔不耐烦地问道,开始喝着樱桃酒。

"笨重又结实,"探长补充说,"在那样的办公室里撬开一个保险柜可不容易。肯定是行家。"探长补充道。

"我可不是什么行家。"费勒尔说,继续喝着他的樱桃酒。

"对啊,"探长说,"所以你当时选择了另外一个办法。"

"啥办法?"费勒尔慢慢有些明白了。

探长没有受到他的影响。"这些丢了保险柜的房子都在铁路沿线。"

费勒尔摇了摇头。"巧合。"他说。

"我不知道,"探长回答说,"假如晚上把那些负责人的办公室里的地毯铺在货车上,等到货运火车经过的那一刻再把保险柜从窗户或阳台推到毯子上,那它的声音就会被刚好路过的火车盖住,然后就可以开着车把保险柜拉到森林里某个地方或一块偏僻的平地,就能安安然然地撬开它了。"

"那还用说吗。"费勒尔一边坦然地说,一边把酒瓶塞上了。

"所有的保险柜都找到了,"探长说,"它们全都在一些偏僻的地方。"

"那你能证明我和这事儿有关吗?"费勒尔一边说,一边认真地看着他的折刀,"不管是你还是州警察局都做不到。"

"费勒尔,"探长回答说,"幸亏你对现代犯罪侦查学并不了解。如果他们真要调查你的挂毯的话,那你恐怕就会感到惊讶,这些专家没有什么不会弄个水落石出的。再说吧,那些失主也会到场。他们也会认出那些挂毯。"

费勒尔不说话了。

"探长。"他终于说道。

"费勒尔?"

"你从什么时候知道壁毯就在我这里?"

探长笑了笑说:"最早几起入室盗窃案发生在四年前。两年前,就在我得病前不久,有个星期天我在林子里溜达。就这样,我发现了你的废车场,我觉得很奇怪。我的怀疑不是没有来由的。两天后的夜里我来了一次,正好看见你开着货车出去了,我就把整栋房子搜了一遍。当时我也注意到了那些挂毯。可比现在少多了。克莱尔那时候还没住在你这里。"

探长停住不说了。费勒尔盯着他的空咖啡杯。探长接着又说道,"也就是那天晚上,在考尼根发生了一起入室盗窃案。在穆斯林使团①驻地里,就在布格多夫 ——图恩铁道线边上。"

"穆斯林,"费勒尔回应说,"据说很难改变他们的信仰。"

"尽管如此,穆斯林使团的保险柜还是被偷了。后来在迪斯巴赫和与基森中间的一条小河旁找到了。"

## 11

门口出现了一个男人。是个大个子。他穿着一件黑色皮大衣,衬里是染红的羊毛皮。他目瞪口呆地盯着探长,然后说了句"真他妈倒霉"。

"你好,凯勒尔!"探长跟他打了声招呼,"费勒尔,你有能抽的吗?"

费勒尔把一盒布里萨戈推过去,他说:"探长全都知道了。"说完也从盒里取出一支雪茄。

---

① 基督新教成立的传教机构,目的是劝说穆斯林皈依基督教。该使团在科诺尔芬根的活动留有历史记录。

"真他妈倒霉。"凯勒尔又来了这句。

"看样子你的词汇量大大减小了啊,凯勒尔。"探长说,"你在多尔伯格时可不是这个样子。"探长说。

凯勒尔不禁恼怒了。

"多亏你,我才有了四年多尔伯格的经历啊。"

"真正的罪犯是不会让人逮住的,"探长熟练地点燃手中的布里萨戈,然后才冷峻地回应道,"你也不过是个小蟊贼。"

凯勒尔讥笑道:"那么你也不过是个小探长而已。"

"小得可怜啊。"探长回应道。

"不好说。"费勒尔说。

凯勒尔陷入了沉思。

"给我一杯樱桃酒。"过了一会儿他才说道。

"最好别给他酒喝。"探长提醒说,凯勒尔今天还要开车呢。凯勒尔听到这话又重复了一次口头禅,这是今天第三次了。

费勒尔把玩着他的折刀。他说,探长想跟他们一起去入室盗窃,他退休了。

"从明天才开始。"探长补充说。

凯勒尔想了想,变得满腹狐疑。

"我们要是中了这套那就太蠢了。"他说。

费勒尔宽慰他说:"没人知道他在这儿。"

"这是谁说的?"凯勒尔问。

"探长。"费勒尔说。

"太好了,"凯勒尔回答说,"那事不都了结了嘛。"说话间他也将一把折刀弹了开来。

"胡闹。"费勒尔咕哝着。

"谁能让咱们相信他说的是真话呢?"凯勒尔问。

没人回应他。

这个身穿黑色皮大衣的大个子又想了几分钟。然后,第四次重复了他的口头禅。接着,他的脸上露出喜色,他说自己有个好主意。

"我担心的就是这个。"费勒尔说。

"我们干脆就别干了。"凯勒尔说,他对自己的灵机一动很自豪。

费勒尔叹了口气说:"要是说探长骗了我们,警察也全都知道他就在我们这儿,那不管我们干不干都完蛋了。因为探长有证据,能证明是我们偷了保险柜。实际上,我不觉得他在骗人,因为两年前他就掌握那些证据了。"

"那咱们还是干掉他算了?"凯勒尔一脸困惑地问。

"你这个蠢货。"费勒尔断言道,他将折刀扎进桌面,刀子直直地插在那儿。

"就算他骗了咱们,要是干掉他的话,那咱们的账单上除了入室盗窃之外还有谋杀,那就得蹲一辈子大牢了。咱们今天晚上只能带上他一起干。"

凯勒尔第五次重复了他的口头禅。

然后,他也拿起一支布里萨戈。

## 12

快7点半时,他们从一口锅里舀出肉汤来喝,汤里有葱、萝卜、白菜、芹菜、洋葱、大蒜和桂皮,把汤里的肉也捞出来切碎了慢慢吃着。吃饭时,三个人都没说话。探长和费勒尔还倒了樱桃酒喝。他们不许凯勒尔喝。

"夜里会冷。"费勒尔说。

11点半左右,克莱尔回来了。她脱下波斯羔羊皮大衣。

"这大衣是从乌岑施泰因那儿弄来的,"探长说,"是那位厂长的私人秘书让厂长把它挂在办公室的保险柜旁。"

"因为她和老板就睡在隔壁房间。"费勒尔回答说。

探长又熟练地点燃了一支布里萨戈。

"你们今晚去吗?"克莱尔问。

费勒尔站起身说:"现在就走。"

克莱尔没再说什么。

三个男人从厨房出来,走到屋子外边。又开始下雪了。

"我们把车开过来。"费勒尔说。

费勒尔和凯勒尔消失在废车中间,那些废车跟黑色的怪物一般。天很亮,几乎都满月了,月光在冷杉间不停闪烁。探长看着天空,他看到了大熊座和小熊座,他很满意自己居然找到了开阳星,但是这颗暗一点的恒星居然比以前更亮了。他想,自己慢慢有远视眼了。

一辆货车悄无声息地开过来。没开车灯。货车看起来跟家具车一样大。屋子的门打开了,探长感觉到了克莱尔的呼吸。然后门又关上了。

有个人从驾驶室里跳下来。是凯勒尔。

"上车!"他命令道。

探长照办了。在驾驶室里,他坐在费勒尔和凯勒尔中间。

他们穿过森林,开得很慢,没开车灯。从远处传来钟声,12点了。

"现在我退休了。"探长满意地说道。

车停了下来,费勒尔和凯勒尔下了车。出于好奇,探长也从车上下来了,但一不小心陷进一个雪堆里,双膝差点都淹没了。林中小路两侧都堆起了厚厚的雪。费勒尔和凯勒尔开始捣腾货车,他们把罩在车厢和车顶上的、用深色粗麻布做成的厢篷取下来。在月光的反射下,这辆货车现在看起来就像一辆白色的家具车,至少探长是这么认为的。

"你们这是在干什么?"探长问。

"现在这辆车就像刷上了白色油漆。"费勒尔证实了探长的猜测。

"上边还刷着很大的几个字:'家具运输公司'。"

"为啥?"探长问。

"为了显眼啊,"费勒尔回答说,"因此我们才在有月亮的晚上出来。人人都能看见我们的车才好。"

探长笑了笑说:"够狡猾的。"

他们从林间小路驶上公路,前大灯全都打开了,然后从森林里开了出来。他们穿过几个村庄,朝着伯尔尼开去。他们驶过新建的阿勒河大桥,看见桥头停着一辆警车,车旁站着市警察局的洛赫尔。除了他,桥上只有几个人,已经12点半了。洛赫尔示意停车。费勒尔将车停下。

"请打开近光灯!"洛赫尔命令道。

"对不起。"费勒尔说。

"走吧!"洛赫尔命令道。

他们继续行驶。"你以前认识这条子吗?"费勒尔貌似随意地问道。

"市警察局的,我有时跟他一起打雅斯牌。"探长干巴巴地回答道。

"真走运,"凯勒尔说,"他居然没有认出你。"

"要是认出来的话,那他就更不会起疑心了。"探长说。

"那他现在起疑心了?"费勒尔说,在一个停车让行的标志牌前停住车。

"没有,"探长断言说,"洛赫尔头脑简单,不会认出这车牌号是假的。"

"他怎么能认出来呢?"费勒尔通过一个十字路口。

"因为你们给家具车装的号牌是索洛图恩州警督的。"探长说。

"真见鬼。"凯勒尔咕哝道。

"你这个白痴!"费勒尔咒骂道,"车牌号是你偷来的。"

"没事,"探长说,"毕竟只有很有经验的条子才会注意到这一点。"

他们开车穿过伯利恒。探长很好奇现在是朝穆尔腾—洛桑方向还是凯尔泽斯—因斯—纳沙泰尔方向开。车开过聚蒙嫩后又拐向通往纳沙泰尔的路。驶过因斯后他们又朝着维兹维尔监狱方向开去。快到监狱时,他们在一片森林旁边停下来。

"这儿最安全。"费勒尔解释道。

"我觉得也是。"探长肯定地说。

"照点光!"费勒尔命令说。凯勒尔打着一只手电筒,费勒尔又换上了一个车牌。

"这个是不是好一点?"费勒尔问探长。

"好不了多少,"探长回答说,"这是弗莱堡州检察官的。"

费勒尔咒骂着。他瞬间看上去想要揍凯勒尔。接着费勒尔和凯勒尔开始卸家具车顶棚和车厢栏板。"麻烦你给我们照个亮好吗?"他们问探长。

"好的。"探长回答道,帮他们举起手电筒。

此时此刻,家具车完全变了样。车厢侧栏板变低了。探长还注意到,车厢里铺上了厚厚的麦秆。

"我们的办法机灵着呢。"费勒尔自豪地说。然后他们开车从维兹维尔监狱旁过去了。

"我曾在这里面种过九个月菜,"凯勒尔说,甚至有点自豪,"我当时算是个好菜农。"

探长点了点头。"警察局食堂的蔬菜就是从这儿来的。"

快到甘佩伦时,他们又拐进一条通往纳沙泰尔的公路。

已经快三点了。

"那趟运货的火车四点五分到。"费勒尔说。

他们开车穿过圣布莱斯,然后把车停在一家汽修厂旁边。汽修厂后面紧挨着一座铁道桥,桥下是一条宽阔的匝道,由此可以进入通往纳沙泰尔的公路。汽修厂里漆黑一片,就连壳牌的广告灯箱也关闭了。费勒尔开车小心地绕到汽修厂背后,进了后院。他将车停在一座阳台下。"办公室就在阳台里面,"他解释道,"我们爬上去。"

他们从货车爬到阳台上。凯勒尔带了一把玻璃刀。

"我用它在玻璃上划个圈。"他用行家的口吻解释说。

探长打开阳台门。"太外行了,"他说,"先要看看阳台门锁着没。凯勒尔,这种事你已经干过两次了,有两次门没上锁你却把玻璃切开了。"

费勒尔愤怒地补充道,他一直都在说,凯勒尔纯粹就是个没长进的新手。

紧挨着汽修厂的房子里传来了狗的叫声,看来汽修厂的主人就住在里面。

"瞧瞧,"探长说,"你们俩声音都太大了。"

"我们溜吧。"费勒尔低声提议。

"瞎扯。"探长说。

"说不定会有人爬起来看看啥情况。"凯勒尔低声说。探长感觉到这个犯罪分子害怕得发抖了。

"过了三点是不会有人轻易起床的。"探长宽慰着他们,走进办公室。

费勒尔和凯勒尔又鼓起了勇气。他们小心地从车上抬起一个像双轮推车的工具放到阳台上。阳台的栏杆是用铁棍做的。

"没问题,"费勒尔低声说,"栏杆很结实。请你给我们照点光。"

探长用手电筒照亮。

费勒尔和凯勒尔把办公室的地毯卷了起来。

这是一块红色的椰丝毯。

"这样的地毯我有很多。"费勒尔说。

"你们又不是偷地毯的。"探长边说边打着手电筒。

费勒尔和凯勒尔将地毯铺在车厢的麦秆上。探长一个人在办公室里,他打着手电筒四下张望。保险柜旁边有一扇门,门上挂着一件灰色工作服。

过了一会儿,费勒尔和凯勒尔又从阳台爬上来。

"现在该轮到保险柜了。"费勒尔说。

保险柜在门边靠墙放着,费勒尔和凯勒尔将他们的专用工具推到保险柜跟前,开始忙活起来。他们摇动工具上的手柄,把保险柜抬起,然后推到阳台上。他们将保险柜高高地顶起来,直到它高出阳台铁栏杆。

"一个聪明绝顶的工具,"费勒尔说,"是我发明的。"

"二十分钟后火车就来了。"凯勒尔说。

"干我们这行就得学会等待时机。"费勒尔言简意赅地说。

三个人站在阳台上,就这样等着。

天冷得刺骨。

他们冻得够呛。

月亮下去了。星星显得很耀眼。

"要是能抽烟就好了。"凯勒尔抱怨着说。

"住嘴!"费勒尔生气地小声说道。

终于来了一列运货的火车,长得看不到尽头,轰隆隆地从桥上驶过。

费勒尔和凯勒尔把保险柜从阳台上翻倒在货车上,然后和探长一起从阳台上爬下来。等他们发动汽车时,火车还行驶在桥上。

他们开车穿过因斯、芬斯特亨嫩、锡塞伦,然后进入大沼泽地。

他们在运河边开车拐进灌木丛中,然后用铁锤和铁撬开工了。

探长打着手电筒为他们照亮。

凌晨四点四十分,保险柜打开了。里面放着一些商务函件和25法郎。

## 13

早上快6点半左右,他们回到费勒尔的废车场。现在这辆车看起来像是一辆绿色的送货车。

克莱尔已经在等他们。她准备好热腾腾的牛奶咖啡,还有煎蛋、面包和奶酪。

"我们搞到了二十五法郎。"费勒尔说,然后他就沉默了,其他人也都不说话,只顾喝着吃着。

"嗯?"费勒尔问。

探长唏巴唏巴地喝着热乎乎的牛奶咖啡。

"车牌号的事我就不说了,还有凯勒尔在门没上锁的情况下还打算切开玻璃的事儿我也不说了。原谅了,也忘记了。另外一个就是你们在行动时使用的办法。太复杂。不停改装车身是没用的。我经常在想,为什么总是有人干事那么麻烦。那是因为干事的人里没有真正的行家。真正的行家干啥都很简单。他们很清楚,警察缺少人手,尤其缺少训练有素的人手,根本没法对付那些真正的行家。要是警察逮着一个真正的行家,那也是他们走了好运;要是一个真正的行家被逮住了,那是他运气不好。总的说来,费勒尔、凯勒尔,就犯罪侦查学而言,你俩都是外行。"

"太严厉了,"费勒尔说,"这样的批评我反正没法接受。"

"你干哪个挣钱多?废车场还是入室盗窃?"

"废车场。"费勒尔回答说。

"多多少?"探长问。

"多很多。"费勒尔低声说。

"我相信你的话。"探长说。

"这阵子啥都不景气。"凯勒尔解释说。

"经济衰退确实也影响到我们这些人了,"凯勒尔抱怨说,"一方面顾客没有钱,另一方面我们必须特别小心,免得被当成恐怖分子。"

"这些糟糕透顶的家伙还把整个实打实的犯罪都搞臭了。"凯勒尔咒骂着。

"还有那些毒贩子,"费勒尔抱怨说,"那些人打哪儿冒出来的?全都是市民家庭出身。那些恐怖分子也是。哦,探长,你说我们不是行家,这话我没法接受,你得收回去。"

"我就不明白,费勒尔,"探长说,"保险柜旁边的门上挂着一件工作服。"

"咋了?"费勒尔一脸茫然地问。

"我搜过了,"探长坦诚地说,"右边口袋里装着两万八千法郎。"

"该死的。"费勒尔骂道。

"不知怎么回事,我真的为你们俩感到遗憾,"探长说,他呼噜噜地喝完了牛奶咖啡,"我也为我自己感到遗憾。两万八啊。一辆新的英帕拉也就值这么多钱。"

## 14

吃过早餐后,探长困了。他原本打算回城里,然而,当费勒尔将他带进一间陈设简单的房间时,他就将启程的时间推迟到中午了。他四下看了看这间房。百叶窗关着,床上方的木墙上挂着一幅彩色的船锚图片。探长脱掉鞋子和上衣,躺倒在被子上,立刻就睡着了。后来,他梦见有人站在他床边注视着他。他醒来一看,克莱尔站在他床边。

"克莱尔,你来这儿干什么?"探长问。

"你躺在我的床上。"克莱尔回答说,她垂下眼睑,平静地看着探长。探长这时才注意到,她身穿睡衣站在他面前。

"现在几点了?"探长问,他依然很困,都不想看自己的手表。他只是朝窗户望去。但是,百叶窗仍关着。

"半夜了。"克莱尔说。

"嗯,"探长说,"我才退休,第一天就这样睡过去了。"

"入室盗窃很累的。"克莱尔确认说。

"我是个老男人了。"探长说,他躺在床上没动。他仍然很困。"费勒尔呢?"他问。

"他和凯勒尔正在厨房猛喝呢,"她说,"二十五法郎太少了。"

探长仍然躺着没动。"我该走了,"他说,"我得把我的旧英帕拉找到。"

"外面正在下雨,"克莱尔说,"变天了。"

探长专注地听了一下。"没错,是在下雨,"他确认说,接着又说:"淋点雨也没事儿,"但他依然躺着没动,"我有点儿冷。"

"我也有点冷,"克莱尔说,"如果你脱掉衣服,钻进被窝,我就能躺到你身边了。"

"克莱尔,是费勒尔让你来的吗?"探长问。

"不是,"克莱尔回答说,"我做什么跟他一点关系没有。他有那二十五法郎和樱桃酒呢。"

探长沉思地注视着克莱尔。她站在他面前,身材苗条,穿着一身白色睡衣,两只胳膊上有一些雀斑。

"我已经很久没碰过女人了。"他说。

"那你今晚就需要一个,"克莱尔说,"当时你对我很好,没让他们把我关进辛德尔邦克①。现在该是我对你好的时候了。"

## 15

第二天上午 11 点左右,探长满意地回到位于社会大街的房子里(外边正下着倾盆大雨),他发现画家巴泽尔·费兹躺在书房的旧皮沙发上。他睡得很沉,看来是喝醉了。探长进了厨房和浴室后,就更加确信画家喝醉了。探长没有别的办法,只好把楼下的格万德尔太太请上来。即便是星期天,而且还是基督降临节间的第一个星期日,他也不得不这样做。

"都怨你自己,博士先生,"她大声地呵斥道,"你从来不锁房门。你这里从来都没有人入室盗窃,这简直是个奇迹。看来没人敢入警察家盗窃啊。"

探长在旁边的卧室里一边换衣服一边说,他已经不是警察了,而且他也不喜欢人家叫他"博士",这一点格万德尔太太很清楚。

书房里的电话响了。

探长穿了双厚实的红袜子。他讨厌穿鞋。在家里走来走去时他都不穿鞋。他冬天穿着袜子,夏天就光脚。他走了过去。是万岑里德打来的电话。"马上来我办公室。"他命令道。

---

① Hindelbank,瑞士伯尔尼州下辖的市镇,那里设有一座女子监狱。

"第一,我已经退休了,"探长回答道,"第二,今天是星期天。"

格万德尔太太还在浴室里忙来忙去,手里拿着垃圾桶、抹布和笤帚。

巴泽尔·费兹试图从沙发上站起来,但却跪倒在地上。

"我这是在哪儿?"他费劲地问了一句。

"在我家。"探长回答说。

"我画了好多个寡妇。一幅有几百个寡妇的巨画。"巴泽尔·费兹宣告说,"这是我的代表作。寡妇统治着世界。富有的寡妇,高兴的寡妇,贪得无厌的寡妇,怀了孩子的寡妇。"

然后他愣住了。又问:"为什么我会在这儿?"

"不知道。"探长说。

"我几时来的?"费兹问。

"也不知道。"探长说。

"你当初就不该当刑警。"费兹说。

"我明白。"探长承认道。

"我很可能是庆祝完成了我的寡妇画。"巴泽尔·费兹思索着说。

"很可能。"探长点了点头。

"咱们是这样认识的,有一天夜里三点钟我爬上食童喷泉①,对着雕像撒尿。"巴泽尔·费兹回忆起往事。

探长点了点头说:"我还记得。"

巴泽尔·费兹感激地说,探长当时没有对他提出指控。

探长说,这不是他的职责,他不是市警察局的。

"我有权利朝雕像撒尿,"巴泽尔·费兹解释说,"这不仅是我的权利,也是我的义务。我反对食童。"

食童喷泉是一个反犹太人的文物,探长说。

---

① Kindlifresserbrunnen,是瑞士伯尔尼老城的一座喷泉。喷泉的雕塑表现一个坐着的食人魔正在吞食一个裸体的孩子,在他身边有个袋子,里面装了更多的孩子。

"这个谁还知道啊,"巴泽尔·费兹愤怒地反驳道,"它以前是什么并不重要,但现在它鼓励人们去吃小孩,而且这座雕像还被列为保护文物。"

他又睡着了,这次是在地毯上。电话又响了。还是万岑里德打来的。"麻烦你马上来我办公室。"他的语气客气了些。

"我已经退休了。"探长重复了一遍刚才的话,再次把电话挂断了。画家又醒了。

"而且你也没有对我和一个十三岁的姑娘发生关系提出指控。"他说。

"不仅仅是为了你。"探长平静地说。

"是那个调皮鬼勾引我的。"

"我知道。"

"她还勾引了别人。"

"我知道。"

"半城的人。"

"有点夸张了。"探长说。

费兹又打起呼噜了。这次是坐在暖气旁的靠背椅上。探长在沙发上坐下。格万德尔太太拿着垃圾桶、抹布和扫把从浴室里走出来。她走的时候仍然很恼怒,探长向她表示感谢。他点燃了一支小巧而细长的哈瓦那雪茄,开始仔细阅读他在回家途中买的《一瞥报》①。第一版上就是发生在圣布莱斯和纳沙泰尔之间一家汽修厂的入室盗窃案。

万岑里德、州政府委员基穆里格尔和吕菲纳赫特走进客厅,他们身上穿着湿漉漉的雨衣。

"我们摁过门铃的。"万岑里德解释道。

探长头也没抬说道:"门铃坏了。"

---

① Blick,瑞士的德语小报,1959 年开始发行,主要报道犯罪、性和体育方面的新闻。20 世纪 60 年代,该报纸是瑞士发行量最大的报纸。

"所以我们也就进来了。"基穆里格尔说。

"你好,吕菲纳赫特。"探长说。吕菲纳赫特是他的继任。

他接着把《一瞥报》上那篇文章看完了。

"这一起入室盗窃干得漂亮,"他说,"倒霉的是,窃贼并没有找到工作服里的两万八千法郎。但是,总体上说,从犯罪侦查学角度来看,他们值得我们尊重。"

那三个人都没说话,一直在等探长请他们就座。然而,探长连身子挪都没挪一下。

州政府委员基穆里格尔清了清嗓子。"探长,"他终于开口说道,"我们此行是为一件极其重大的事。现在,那些罪犯在纳沙泰尔偷了什么或者没偷什么都不重要了。"

"我已经退休了。"探长说。

"是的,"基穆里格尔说,"但我们还是必须跟你说一说。"

"你说吧。"探长说。

"只限咱们之间。"万岑里德回了一句,他的目光瞥向睡在暖气旁的靠背椅里的画家。

"打呼噜的人是不会听人谈话的。"探长说。

"尽管如此,我们还是坚持我们的意见。"

探长叫醒了画家。"你必须走人了,费兹,"他解释说,"我这会儿有国事访问呢。"

巴泽尔·费兹迷惑地盯着几个来访者,最后还是从靠背椅上站起身来,但差点儿又倒了下去,他嘴里唱着:"堕落的人只会越陷越深。"接着他还说,他在某天夜里两点钟爬上了食童喷泉,对着雕像撒了尿。接着他跟跟跄跄地往外走去,然后用力地把门给摔上了。

"终于走了!"万岑里德说。

他们三人坐在皮沙发对面几把靠背椅上。靠背椅和沙发之间摆着一张玻璃茶几。

吕菲纳赫特取出记录本。"他对着食童喷泉……"他说,"这个我要记下来。"

"你要指控他?"探长问,他皱起了眉头。

"食童喷泉属于文物保护对象。"万岑里德在旁边给吕菲纳赫特帮腔。

"咱们不是为了这事来的。"州政府委员基穆里格尔不耐烦地打断了万岑里德的话。

吕菲纳赫特慌忙又将记录本收了起来。

"说吧。"探长说。

"吕菲纳赫特,你把复印件给他。"基穆里格尔命令道。

吕菲纳赫特照办了。探长迅速地瞥了一眼复印件,然后将它放在玻璃茶几上。

"这是谁搞的?"探长问。

"吕菲纳赫特。"万岑里德回答道。

"偷偷搞的。"探长断言说。

"这是他的分内事。"基穆里格尔回答道。

"噢。"探长说。

"原件在哪儿?"基穆里格尔问。

"销毁了。"探长说。

"都没让我知道是什么内容。"万岑里德愤愤地说。

"是的。"探长承认道。

"我很震惊。"州政府委员基穆里格尔说。

三个客人阴沉着脸,目光呆滞。

"道德是我们国家的根基所在。"基穆里格尔解释说。

"那还用说。"探长说。

"幸好吕菲纳赫特当时在场。"万岑里德断言说。

"可惜。"探长说。

一片沉默。楼下传来格万德尔太太留声机的声音。她听的是朱庇特交响乐。

"探长,"基穆里格尔终于开口说道,"这张复印件的原件是你审讯一位意大利外籍工人的记录。从中可以看出,这个年轻人和州政府委员罗纳尔德·冯·鲁比根先生有过同性恋关系。"

"那又怎样？"

"但你隐瞒了这一发现。"

"冯·鲁比根是我们最好的州政府委员。"探长说。

"曾经是。"州政府委员基穆里格尔纠正道。

探长不说话了，他把那份《一瞥报》折起来，又点燃了一支小巧的哈瓦那雪茄。

"这是什么意思？"探长终于问道。

"州政府委员罗纳尔德·冯·鲁比根今天已经辞职了，"基穆里格尔平静地说，"这事明天会提交议会。"

探长抽着烟。

三人站起身来。

"将照片复印件还给我们吧。"万岑里德要求道。

探长将照片复印件推了过去。基穆里格尔拿起来收好。

三人正准备离开。

"州政府委员基穆里格尔先生。"探长心平气静地叫道。

州政府委员惊讶地停住脚步。

"我想单独和你说几句。"探长面无表情地解释说。

万岑里德和吕菲纳赫特走了。

"嗯，探长，"州政府委员冷冷地问道，"你是不是还私自拿走了别的什么文件？"

"没错。"

州政府委员说，探长最好将实情和盘托出。他像父亲似的坐到探长对面的靠背椅上。

"费兹确实朝食童雕像上撒尿了。"探长说。

州政府委员一脸错愕地注视着探长。"这就是你想要跟我说的？"

"是的。"探长点点头。

州政府委员惊讶地说："那又怎么样？会给他寄一份罚款通

知的。"

"不会的。"探长说。

"时代变了,探长,"州政府委员高傲地说道,"你已经不在其位了。"

探长没说话,注视着州政府委员,然后将哈瓦那雪茄放在烟灰缸上。

画家要负责任的还不止这一件事,过了好一会儿探长才说道。"巴泽尔·费兹还和一位十三岁的小姑娘有过不正当关系。"

"无耻!"基穆里格尔激动地说,"天哪,探长,这事你居然隐瞒不报。这对你的退休待遇会产生不利影响。我们必须成立一个委员会调查你的事。"

"天哪,"探长平静地说,"那个十三岁的姑娘是一位国民院议员的女儿,如今她父亲还兼任州政府委员和警察局的主管部长。"

州政府委员基穆里格尔缓缓地站起身来。

"我的女儿?"他结结巴巴地说。

"她今年十五岁了,"探长平静地说,"她还跟万岑里德鬼混过。"

州政府委员两眼呆呆地瞪着。

"还跟万岑里德?"他低声说道。

"或许你应该更多关注你女儿。"探长建议道。

"你打算怎么做?"州政府委员问道。

"你什么都不用害怕,"探长说,"吕菲纳赫特什么都不知道,也没有什么复印件。你女儿的事不会提交议会的。"

"谢谢你。"州政府委员喃喃地说。

"别客气。"探长回答道。

"封·鲁比根的事让我觉得很遗憾。"州政府委员说。

"那事我们现在也改变不了什么。"探长恼火地说。

"不,"州政府委员说,"议会……"

"有传言称联邦委员克莱恩比尔将于年底辞职。"探长说。

"噢。"州政府委员尴尬地回答说。

"封·鲁比根按说本应成为他的继任。"探长说。

"哦。"州政府委员重复说。

"现在你成为克莱恩比尔的继任了。"探长确定说。

州政府委员基穆里格尔不再回答什么了。

"我告诉你啊,"探长说,"过一阵子我会爬上那座所谓的正义喷泉①,然后朝着正义雕像撒尿。"

州政府委员走了出去,连声招呼也没打。

## 16

星期天探长喜欢在家就餐。由于他之前什么也没能采购,就往平底锅里敲了两个鸡蛋,就着吃了面包,还喝了一杯波尔多干白葡萄酒。那是他当料酒搞回来的,都保存在一升装的瓶子里。

下午两点钟,他走出房子。看见英帕拉的雨刷和挡风玻璃之间夹着一张罚款单。

他的邻居站在屋前小花园的门口。这位医生宽大而敦实,他脸颊的胡须已经慢慢蓄成了满脸的络腮胡。

"正义总算在你身上实现了,"医生轻松地说,"这可让我等了好多年啊。"

"基督降临节的第一个星期日啊,"探长回答说,他还把罚款单揉成了一团,"我刚刚退休,特权就全泡汤了。"

他开车去了劳贝克大街。

他摁了一下花园的门铃。对讲机里传来一个女人的声音,问是谁在门口。他说出自己的名字。花园门发出嗡嗡的响声。他打开门,穿过精心打理的花园朝别墅走去。封·鲁比根夫人已经在房子门口迎接探长。

---

① Gerechtigkeitsbrunnen,位于伯尔尼市正义巷,也译为正义女神喷泉,因为喷泉上立着一尊正义女神的雕像。

她说,探长一定是来找她丈夫的,但这会儿他在肖蒙山①上的度假寓所。州议会明天有一个重要会议,她丈夫必须做些准备。接着,她问探长是否要喝杯咖啡。

探长说,这再好不过了,他很愿意喝杯咖啡,州政府委员夫人能邀请他,让人受宠若惊啊。

她领着探长穿过饭厅,走进客厅。他们在壁炉前的小桌子旁边坐下。他们坐在铺着印花布的沙发椅上,椅子很舒服。直到这时,探长才注意到窗户旁的角落里卧着一只纽芬兰长毛犬。它正在睡觉。

"这是理查德②第一次没有带着博多一起上肖蒙山,"冯·鲁比根夫人一边准备咖啡,一边对探长解释道,"这条狗很喜欢待在肖蒙山上,但我丈夫今天要在那儿过夜,然后明早直接去开会。"

探长沉思着说,那她丈夫今天就不会回家了。

"通常他总会先回家,然后独自走的,"州政府委员夫人回答说,"单是因为博多他也会这样做的。以前他还会带上孩子们一起上山。但现在他们都上高中了——你也知道是啥情况——孩子们都有他们自己的朋友了……"

封·鲁比根夫人给探长添了点咖啡,然后给自己也添上。"你要来杯白兰地、樱桃酒或者果渣酒吗?"她问道,"我刚才都忘了问你。"

"一杯果渣酒。"探长闷闷不乐地回答。

州政府委员夫人站起身来,朝餐具柜走去,拿着一个瓶子和一只玻璃杯回来了。

"罗伯特该不该那样?"她一边问,一边给杯里倒果渣酒。

探长思考了一下。

"是有人打算推举他当党主席吗?"他问。

---

① Chaumont,瑞士纳沙泰尔市的标志性山峰。
② 在这篇未完成的侦探小说里,封·鲁比根的名有三个不同版本:罗纳尔德(Ronald)、理查德(Richard)、罗伯特(Robert)。

"上周一,"封·鲁比根夫人说,"理事会决定在党代会上推举他当主席。罗伯特原来以为他们会推举基穆里格尔的。"

"最好别去碰警察局的主管部长,"探长说,"政党主席会成为联邦委员,没人知道国民议员能否咽下这口气。州政府委员夫人,他们会吃掉你丈夫的。他是什么时候到肖蒙山上去的?"

"八点钟就去了,"封·鲁比根夫人说,"那会儿我还在睡觉呢。他昨晚回到家时,我也在睡觉。我等到夜里一点他都没回来。今天我发现他给我留了一封信,一封非常可爱的私人信件,他在信的结尾写道,他必须上肖蒙山去,明天才能回家。"

探长喝完杯里的果渣酒,他说,非常感谢州政府委员夫人的邀请,现在他必须走了。

# D